M000305020

MADAME ZOLA

Evelyne Bloch-Dano est agrégée de lettres. Elle a publié des études littéraires et pédagogiques et collabore également au *Magazine littéraire* et à *Marie-Claire*.
Madame Zola a reçu le Grand Prix des lectrices de *Elle* en 1998. Evelyne Bloch-Dano a aussi publié *Flora Tristan – La femme-messie* (Grasset 2001) – Prix François Billetdoux.

EVELYNE BLOCH-DANO

Madame Zola

GRASSET

à Pierre

GABRIELLE MELEY

1

La tombe de l'enfant

11 mars 1859, rue d'Enfer, la bien nommée.

Gabrielle, son bébé de quatre jours dans les bras, franchit la porte de l'Hôpital des Enfants-Trouvés. Elle chercha des yeux le bureau des admissions. Un commis secrétaire, assis derrière une grande table de chêne, lui fit signe d'entrer.

Contre un mur, un lit de camp garni d'une toile cirée ; au-dessus, un crucifix. La jeune femme serrait avec maladresse la petite fille contre elle. L'employé lui montra une chaise face à lui. À sa demande, elle déclina son identité, celle de l'enfant – Caroline, le prénom de sa mère, Gabrielle, celui qu'elle s'était choisi – mais ne dévoila pas le nom du père. L'employé nota : « Fille naturelle. » Elle ne donna pas son adresse non plus. Il posait ses questions l'une après l'autre d'une voix neutre, mais sans malveillance en les lisant sur une feuille imprimée à l'avance. À la question « Pourquoi abandonnez-vous votre enfant ? », elle répondit que ses moyens ne lui permettaient pas de l'élever. À la question « Savez-vous que vous ne pourrez plus le voir ? », elle baissa la tête. L'employé poursuivit :

« Que vous ne pourrez avoir de ses nouvelles que tous les trois mois et en payant ?

— Oui.

— Qu'il sera envoyé à la campagne dans un département fort éloigné et placé chez des gens qui ne seront pas plus heureux que vous et n'auront pas pour votre enfant la tendresse que vous devez lui porter ?

— Oui.

— Que, quelle que soit la sollicitude de l'administration, il ne sera jamais aussi bien que près de vous ?

— Oui.

— Que vous ne saurez jamais où il est ? »

Elle ne répondit pas. On ne répond pas à ces questions-là. Elle faillit se lever et repartir avec son enfant. Mais déjà la question suivante tombait, comme une excuse : « Votre famille pourrait-elle se charger de votre enfant ? » Elle répondit non.

Le commis relut ses déclarations à voix haute, et lui passa la plume pour signer le procès-verbal. De son écriture élancée, elle signa « Alexandrine Éléonore Meley ».

Le commis tira alors un cordon de sonnette, et une fille de service apparut. Elle prit le bébé, l'étendit sur le lit, défit les langes et constata à voix haute : « Une petite fille. » À ces mots, Gabrielle éclata en sanglots. Le commis s'approcha d'elle, et lui demanda doucement : « Si cela vous fait tant de peine d'abandonner cet enfant, pourquoi ne le gardez-vous pas ? » Alors, elle se redressa d'un bond, le dévisagea une fraction de seconde, courut vers la porte et s'enfuit. Le commis haussa les épaules et murmura : « C'est toujours comme ça. »

Ce récit permet d'imaginer l'abandon de la petite Caroline par sa mère Alexandrine Meley, tel que le rapporte l'acte officiel que nous avons retrouvé. Il est rigoureusement fidèle au déroulement des admissions à l'hôpital des Enfants-Trouvés où étaient rassemblés les enfants abandonnés. En 1859, le tour, qui permettait d'exposer les enfants dans l'anonymat le plus total, était presque tombé en désuétude. On rendait ce plateau tournant incorporé au mur des hospices responsable de l'accroissement des abandons, et en 1860, il n'en restait plus que 25 en France, dont 12 seulement étaient totalement libres. Les autres, comme à Paris et à Évreux, étaient retenus à l'intérieur par un crochet, ce qui permettait une surveillance. Toutefois, pour quelques médecins de l'époque, comme le docteur Brochard, grand défenseur des déshérités et spécialiste de l'abandon, la suppression du tour et la disparition de l'anonymat eurent des conséquences bien plus graves : l'augmentation des avortements et des infanticides[1]. En 1861, cinq tours seulement subsistaient, à Marseille, Évreux, Paris, Brest et Rouen.

L'admission à visage découvert avait pour but de sélectionner en quelque sorte les mères les plus motivées. Les autres étaient censées renoncer. Tout était fait pour essayer de les décourager, et les amener à réfléchir à leur acte. Elle permettait d'offrir certains subsides aux filles-mères, au cas où elles changeraient d'avis, en les encourageant à allaiter leur enfant et à l'élever elles-mêmes.

Elle facilitait également l'identification des enfants. Mais on imagine le courage, ou plus exactement le désespoir nécessaire pour se résoudre à cet acte d'abandon, même si, comme l'a montré Élisabeth Badinter[2], le sentiment maternel n'avait pas alors dans les esprits la valeur absolue et universelle qu'il a aujourd'hui.

Il existait une autre pratique que nous ne pouvons exclure tout à fait dans le cas de Gabrielle, les procès-verbaux d'abandon n'existant qu'à partir de 1860. Dans bien des cas, les sages-femmes jouaient les intermédiaires et se chargeaient, moyennant finance, de la triste besogne. Certaines, même, n'hésitaient pas à faire pression sur les jeunes accouchées pour qu'elles se débarrassent de leur enfant. Un véritable commerce des abandons sévissait, les pauvres filles séduites étant prêtes à livrer toutes leurs économies, et parfois jusqu'à leurs quelques hardes pour échapper au poids de

---

1. Docteur Brochard, *De la mortalité des enfants en France*, Plon, 1866.
2. Élisabeth Badinter, *L'Amour en plus*, Flammarion, 1980.

leur « faute », se sachant incapables d'élever cet enfant qui parfois n'était pas le premier. Et que dire des femmes mariées[1] ?

Enfin, malgré l'interdiction, il restait les enfants trouvés, exposés dans les jardins publics, sur les marches des églises ou au pied des statues. La plupart du temps, ceux-là n'avaient même pas de nom.

Pour mesurer l'importance des abandons, rappelons un chiffre cité par Armangaud pour l'année 1859 : 76 500, chiffre qui représente du reste une baisse importante par rapport à la décennie précédente[2]. Le Registre de réception des enfants trouvés et orphelins, sur lequel chaque enfant est inscrit le jour de son admission, donne dans un bilan mensuel, pour la seule ville de Paris et pour le seul mois de mars 1859, le total de 323 enfants. L'employé précise que sur ces 323 enfants, 276 sont abandonnés, 29 trouvés, et 19 orphelins. Le nombre de filles et de garçons est sensiblement le même, les enfants présumés naturels étant presque sept fois plus nombreux que les enfants légitimes. Il faut leur ajouter tous les enfants envoyés directement en nourrice à la campagne, et dont aucun document officiel ne conserve la trace.

Comme le remarque Maxime Du Camp, « ce ne sont point positivement des duchesses et des marquises qui abandonnent leurs enfants, on peut le croire, et les femmes qui ont ce triste courage appartiennent presque toutes aux plus humbles conditions sociales[3] ». En premier lieu, viennent les domestiques, puis les couturières, et enfin les journalières. Mais, ajoute-t-il, « toutes les fois qu'une femme de mauvaises mœurs est arrêtée en flagrant délit de prostitution clandestine, elle ne manque pas, selon qu'elle est plus ou moins

---

1. Zola décrira ces procédés ignobles dans *Fécondité*, Fasquelle, 1899.

2. Cité par Élisabeth Badinter, *op. cit.*

3. Maxime Du Camp, *Paris, ses organes, ses fonctions et sa vie jusqu'en 1870*, Rondeau, Monaco, 1993.

jeune, de se dire couturière ou journalière ». Le nombre d'enfants abandonnés varie aussi selon les arrondissements. Si les quartiers bourgeois ou aristocratiques n'en fournissent qu'une faible partie, le IVe et son réseau de rues mal famées autour de l'Hôtel de Ville, le VIe, quartier des étudiants, le Xe, quartier ouvrier, et surtout le XIVe composent le gros du contingent. Ce dernier arrondissement « abrite une population d'artistes inférieurs, de bateleurs, d'ouvriers sans ouvrage et de coureurs de barrière [1] ». Quant aux causes d'abandon, « la lâcheté de l'homme y apparaît dans toute sa laideur ; c'est la femme seule, la mère, qui porte tout le poids ; pour elle seule, la honte et la souffrance ».

Si Gabrielle, la jeune lingère, est venue mettre au monde son enfant à la Maison d'accouchement du boulevard Port-Royal où l'on assiste les filles-mères, c'est parce qu'elle n'a sans doute personne vers qui se tourner. Qui est le père ? Où vit-elle ? Que fait-elle après l'abandon de son enfant ? Nous l'ignorons.

Mais nous savons ce qu'il advint de la petite Caroline Gabrielle.

Après avoir constaté son sexe, la fille de service attacha sur le bonnet du bébé un parchemin, où l'on avait inscrit son numéro d'enregistrement, le 810, ses nom et prénoms, la date de sa naissance et celle de son placement. Vert pour les garçons, le parchemin était blanc pour les filles. Au bras gauche, on lui plaça un bracelet de ruban de fil sur lequel on avait cousu la bande de parchemin. Jusqu'en 1862, la série des numéros se renouvelait chaque année : en ce 11 mars, Caroline était donc le huit cent dixième bébé recueilli à Paris depuis le début de l'année 1859.

Une sœur emporta ensuite la petite fille à la crèche, pour la confier à l'une des nourrices sédentaires chargée de l'allaitement. Ces nourrices, pour la plupart des filles-mères qui avaient perdu ou sevré leur enfant,

---

1. *Idem.*

logeaient sur place dans un grand dortoir. Puis, sur un
lit de camp installé devant une immense cheminée, on
déshabilla Caroline, on la lava et on l'emmaillota dans
des langes propres et secs. On la coucha ensuite dans
l'un des 80 berceaux en fer, ou plutôt des petits lits à
roulettes alignés dans la grande salle de la crèche,
située juste au-dessus de la chapelle dont elle avait la
dimension. Sur le linteau de la porte, une inscription
qui en dit long : « Mon père et ma mère m'ont abandonné, mais le Seigneur a pris soin de moi. » Dès le
lendemain, on porta Caroline à la chapelle, où l'aumô-
nier lui administra le baptême en même temps qu'à
tous les bébés arrivés le même jour. On fixa autour de
son cou un collier inamovible, qui constituait la garantie de son identité : depuis 1850, il se composait de
dix-sept olives en os, reliées par une ganse de soie à
neuf branches, avec un cadenas scellé, en argent. Le
fameux collier des enfants de l'Assistance.

Sur le Registre de réception des enfants trouvés et
orphelins, il est précisé que Caroline Gabrielle Meley,
née le 7 mars 1859 et admise le 11 mars à l'Assistance
publique sous le numéro 810, était en bonne santé. Elle
pouvait donc voyager : dès le lendemain de son arrivée
aux Enfants-Trouvés, on l'envoya en nourrice à la
campagne. Elle avait cinq jours.

On a du mal à se figurer aujourd'hui cette épouvantable odyssée des enfants assistés. Il faut d'abord
savoir qu'il était impossible de les garder tous à l'hospice, ou de les faire élever dans les villes. On pensait
même que ce n'était pas souhaitable, et qu'il valait
mieux envoyer ces enfants à la campagne. La plupart
des nourrices étaient donc des paysannes pauvres, parfois même misérables, intéressées par les quelques
sous que pouvait leur rapporter un enfant de l'Assistance.

Pour éviter l'engorgement de l'hospice, et, pensait-
on, améliorer la survie des enfants, il fallait donc que
les nourrices viennent régulièrement chercher les

enfants qui paraissaient aptes à supporter le voyage. Des « meneuses » étaient chargées de les acheminer par groupes d'une quinzaine, et de les ramener dans leur province. À date fixe, les nourrices se réunissaient donc au chef-lieu d'arrondissement, munies d'un certificat d'allaitement délivré par le maire de leur commune, et visé par le médecin du canton. Par suite d'irrégularités en tous genres dont l'énumération fait dresser les cheveux sur la tête (nourrices « de paille », fausses déclarations, vieilles de plus de soixante ans, femmes malades, mères abandonnant leur propre enfant pour gagner de quoi vivre, revente d'un certificat à une nourrice refusée par l'administration, etc.), un médecin devait effectuer une contre-visite et porter sur le certificat le résultat de ses examens. On attachait ensuite au poignet gauche de chaque nourrice un ruban de fil dont les extrémités étaient scellées par un cachet, afin d'empêcher les « nourrices voyageuses » de se substituer à elles : ces femmes faisaient le voyage à la place des « vraies » nourrices, et se présentaient à l'hospice, certificat en main. Elles se chargeaient de l'acheminement des bébés, exigeant en retour le premier mois de pension et une partie des vêtements. Comme le soulignait une circulaire de 1833 :

> « Ces femmes sont dures et peu soigneuses. Il leur importe fort peu que les enfants meurent ou vivent après leur arrivée ; qu'elles aient le temps de clore leur marché, c'est tout ce qu'elles désirent[1]. »

Quant aux nourrices elles-mêmes, elles étaient si mal payées que seules les plus pauvres sollicitaient cette tâche. Le recrutement s'avérait donc plus difficile d'année en année. On les faisait patienter dans une salle commune de l'hospice ; en attendant la remise des nourrissons, elles travaillaient à un ouvrage de cou-

---

1. Cité par Albert Dupoux, *in* « Sur les pas de M. Vincent », *Revue de l'Assistance publique*, Paris, 1958.

ture sous la garde d'une surveillante, et dormaient dans un dortoir situé sous les combles. Venues chacune de leur région, on les reconnaissait à leur coiffe, petit bonnet plissé pour les Bretonnes d'Ille-et-Vilaine ou chapeau de paille à rubans noirs des paysannes de l'Allier. Au moment du départ, on leur remettait la layette, un flacon de miel destiné à combattre le muguet des nouveau-nés, et pour elles-mêmes, un ample manteau bleu à capuchon.

Le transport s'est fait d'abord dans des charrettes à ciel ouvert et sans ressorts dans lesquelles nourrices et enfants s'entassaient pêle-mêle. Selon la destination, il fallait huit à quinze jours de route aller-retour. Les « lieux de couchée » étaient en général des auberges de rouliers, sales et sans confort. On faisait coucher les nourrices à plusieurs dans un même lit, avec les nourrissons. Un rapport note qu'à Beauvais, « les enfants sont couchés et rangés par terre sur des bottes de paille et un matelas ». On est en novembre, mais la chambre « n'a ni cheminée ni poêle ».

Le chemin de fer a amélioré grandement ces conditions ignobles de transport, même si les wagons de troisième classe non chauffés n'avaient rien d'une nursery modèle. En 1859, l'administration assurait elle-même le transfert de l'hospice aux gares, mais n'empêchait pas certaines nourrices de faire à pied le chemin de la gare à chez elles, parfois long de plusieurs kilomètres.

Les voyageurs des lignes de l'Ouest ou de la Normandie rencontraient à tout moment des convois de nourrices. En plein hiver, lorsque la terre était couverte de neige, ces malheureuses grelottaient avec leurs nourrissons dans les wagons de troisième classe. Le voyage était long pour celles qui allaient en Bretagne. Si elles voulaient dormir quelques instants, elles déposaient leurs nourrissons enveloppés d'une couverture légère sur les bancs de bois. S'ils ne mouraient pas de froid, ils contractaient des maladies presque toujours incurables.

« Pendant ce temps-là, s'indigne le docteur Brochard, les chevaux qui vont chez les éleveurs de ces riches contrées sont, dans le même convoi, admirablement installés dans de confortables écuries. Peut-on pousser plus loin le mépris de l'existence humaine [1] ? »

À la suite d'un arrêté interdisant aux agriculteurs de faire voyager les veaux et les moutons la tête pendant hors de leur charrette, le docteur Brochard tenta en vain de faire adopter un arrêté complémentaire, interdisant aux compagnies de chemin de fer de faire voyager les nourrissons en hiver dans des wagons non chauffés. « Il est probable qu'il se fera longtemps encore attendre. Il y a tant à faire pour les animaux ! » conclut-il avec amertume.

C'est ainsi que le 12 mars 1859, la petite Caroline Gabrielle Meley, âgée de cinq jours et abandonnée la veille par sa mère, fut convoyée à Montfort, en Ille-et-Vilaine, l'un des tout nouveaux centres de placements nourriciers.

On se doute que, dans ces conditions, nombreux étaient les enfants qui ne survivaient pas au voyage. Même parmi les plus résistants, la mortalité des nourrissons était effroyable. Les chiffres varient selon les sources, mais tous sont terrifiants : une enquête du ministère de l'Intérieur, portant sur 5 000 communes, donne pour l'année 1869 le pourcentage de 51 %, contre 19 % pour les enfants élevés dans leur propre famille, ce qui est déjà à nos yeux un chiffre considérable. L'enquête précise que, dans certains départements, les décès des enfants assistés n'ont même pas été comptabilisés. Le docteur Brochard évalue à cinquante mille par an le nombre d'enfants assistés morts dans leur première année, faute de soins, d'une surveillance médicale, d'un minimum d'intérêt porté à leur existence. Sur le registre de dépôt de l'Assistance

---

1. Docteur Brochard, *La Vérité sur les enfants trouvés*, Plon, 1876.

publique, on compte 176 décès dans les *deux ou trois mois* qui suivent la naissance des 323 enfants inscrits en mars 1859. Un pourcentage normal. En 1862, un rapport de la Commission de l'enquête générale sur les enfants assistés, donc parfaitement officiel, évalua jusqu'à 90 % la mortalité des enfants entre un mois et un an dans certaines régions comme la Loire-Inférieure. Une probabilité d'un sur dix.

Dans leur sécheresse, ces chiffres extrêmes disent tout : un bébé abandonné à cette époque avait bien peu de chances de vivre. L'ignorance, la négligence, les mauvais traitements, la misère, la crasse, la malnutrition, et plus que tout peut-être, le rejet et l'indifférence le condamnaient à une mort probable. Les mères le savaient-elles ? Leur propre survie, économique, morale, psychologique était à ce prix. Cet enfant qu'elles ne pourraient jamais revoir, elles le précipitaient dans le grand trou noir de l'oubli. Quand le remords les prenait, il était en général trop tard.

La petite Caroline, en bonne santé à sa naissance, parvint à survivre au trajet jusqu'en Bretagne, long et pénible. Mais pas au reste. La ferme de Montfort était sale et humide. Il faisait froid. On ne changeait pas son linge qui dégagea vite une forte puanteur. On la laissait pleurer des heures, ou on l'abrutissait en la forçant à avaler de la gnole. Bientôt, elle n'eut même plus la force de geindre. Elle mourut le 23 mars 1859. Elle avait trois semaines.

Ce jour-là, ce jour-là très exactement, sa mère, Alexandrine Meley, dite Gabrielle, fêtait ses vingt ans.

Même Zola n'aurait pas osé l'inventer.

Où le bébé fut-il enterré ? Peut-être dans l'un de ces cimetières d'enfants décrit dans *L'Œuvre*,

> « rien que des tombes d'enfants, à l'infini rangées avec ordre, régulièrement séparées par des sentiers étroits, pareilles à une ville enfantine de la mort. (...) Les croix disaient les âges : deux ans, seize mois, cinq mois. Une pauvre croix, sans entourage, qui débordait

et se trouvait plantée de biais dans une allée, portait simplement : *Eugénie, trois jours*. N'être pas encore et dormir déjà là, à part, comme les enfants que les familles, aux soirs de fête, font dîner à la petite table ! »

Comme la petite Eugénie, Caroline ne mangea jamais à la table des grands.

Alexandrine Meley n'aura plus jamais d'enfant. Quelles qu'en soient les raisons, sa stérilité sera définitive et d'autant plus douloureuse qu'elle est inséparable du poids de l'abandon. À vingt ans, on n'imagine pas ces choses-là. Sans doute crut-elle que la petite Caroline existait quelque part, sinon heureuse, du moins vivante. Y pensa-t-elle souvent, elle qui aimait tant les enfants ? Elle dut espérer en avoir d'autres, peut-être même fit-elle une ou deux fausses couches, ces choses-là étaient si courantes. Et puis un jour, plus rien. Est-ce à ce moment-là qu'elle chercha avec Émile Zola à retrouver la trace de Caroline ?

Le certificat d'origine délivré « à titre de simple renseignement » par l'administration de l'Assistance publique date du 12 août 1872, mais c'est l'année de reconstitution d'un grand nombre d'actes, après les désordres de la Commune. Il porte les noms et prénoms de la petite fille, son numéro et la phrase suivante : « Cette élève née à Paris, ancien XIIe arrondissement le 7 mars 1859 en fille naturelle de Meley Alexandrine Éléonore. » L'acte de naissance proprement dit n'a pu être dressé qu'à la demande de la mère. Il est daté du 14 juillet 1877. C'est probablement à cette date qu'elle entreprit ses démarches. L'inscription du décès n'est portée que sur le Registre de réception des enfants trouvés, mais on peut penser qu'il lui fut communiqué. Caroline aurait eu alors dix-huit ans.

On a toujours cru, et dit, qu'Alexandrine n'avait jamais pu avoir d'enfant. Ce drame de sa jeunesse est l'épisode fondateur de sa vie. Il est à l'origine du grand silence sur son passé, un passé dont il n'y avait plus rien à sauver. Plus qu'un simple silence, un mutisme. Muette comme la tombe, telle fut Alexandrine. Seul son corps, à intervalles réguliers, parla pour elle : asthme, évanouissements, migraines, ses maladies furent ses seules confidences. À une exception près, et de taille : celles qu'elle fit à son mari qui connut son secret. Femme en mal d'enfant, portant sans doute le fardeau d'une grande culpabilité et d'un immense regret, elle vécut sa vie durant le deuil d'une enfant qu'elle n'avait pas su mettre au monde. Elle dut se donner tantôt toutes les excuses, tantôt tous les torts. S'en vouloir, et en vouloir au père dont nous ne savons rien. Pour payer sa dette, il lui fallut du temps, et bien de la souffrance.

Cependant, gardons-nous de dramatiser. Nous avons vu que l'abandon est une chose presque banale au XIXᵉ siècle. Peut-être y eut-il aussi chez Gabrielle une part d'insouciance, l'inconscience d'une belle fille qui n'a pas su dire non, et espère en l'avenir pour arranger les choses. Peut-être, dans les premiers temps, fut-elle soulagée. Peut-être, son geste ne lui fut-il douloureux que beaucoup plus tard, quand elle en mesura le caractère irréversible et tragique. C'est alors, alors seulement que son erreur de jeunesse pesa le poids d'une faute.

N'en doutons point : il est là le mystère d'Alexandrine, celui qu'elle chercha à cacher, et qu'elle enfouit dans son passé, enveloppé pour toujours dans les jupons de Gabrielle la lingère. Cette tache-là, aucune blanchisseuse ne parviendrait jamais à l'effacer. Même si la vie, beaucoup plus tard, allait lui offrir une extraordinaire occasion de la *rattraper*.

2

Le Paris des petits métiers

Sur l'enfance d'Alexandrine règne un grand silence. Jamais, ou presque, elle ne se confia sur ses premières années. Quelques mots seulement, échappés à sa plume comme par inadvertance. Pourtant, même s'il reste bien des zones d'ombre, nous savons aujourd'hui que cette jeunesse ne fut pas heureuse. Quant à sa part de mystère, elle lui revient en toute justice. Les morts ont sur nous ce droit inaliénable d'une vie à jamais privée.

Éléonore Alexandrine Meley voit le jour le samedi 23 mars 1839, à dix heures du matin, au 14 rue de Saint-Lazare à Paris. Deux prénoms nobles pour une enfant du hasard, née des amours adolescentes de deux très jeunes gens.

Edmond Jacques Meley n'a pas dix-neuf ans quand il fait la connaissance de Caroline Wadoux, une petite marchande, fille d'un aubergiste de la rue de Turenne. Caroline a tout juste seize ans – elle est née le 11 mars 1822 – et elle est belle. Les amoureux se sont-ils rencontrés dans un bal, ou leur métier les a-t-il réunis ? Ils ne fréquentent pourtant pas le même quartier : elle habite rue de Buffault, non loin de Notre-Dame-de-Lorette, dans l'actuel IXe arrondissement[1], et lui, cour du Dragon, près du Quartier latin, un lieu qui a connu son heure de gloire mais n'abrite plus que des mar-

---

1. La classification des arrondissements a été modifiée en 1860. Pour simplifier, nous utiliserons l'actuelle répartition.

chands de ferraille et des logements modestes. Rive
gauche, rive droite : côté père, côté mère ? Nous
retrouverons cette géographie du cœur dans la vie
d'Alexandrine.

Les Meley sont des marchands de coton, originaires
d'Yvetot, en Normandie. La prospérité de la ville s'est
affaiblie tout au long du XIXe siècle, comme en témoigne la chute constante de la population. Jadis chaque
maison avait son métier à tisser. À la fin du siècle, de
la quarantaine de fabricants qui faisaient tisser leurs
mouchoirs dans les campagnes, il n'en reste plus que
quatre. Les ouvriers toiliers sont drainés vers les val-
lées environnantes : de plusieurs milliers, leur nombre
chute à mille cinq cents. La raison en est simple :
aucune eau vive ne vient alimenter Yvetot, la source
la plus proche, celle du Rançon, est distante de sept
kilomètres. Les habitants ont beau supplier Napoléon
de passage dans leur cité, l'eau ne sera amenée à Yvetot qu'en 1884. Trop tard pour les fabriques modernes
qui se sont installées ailleurs. Yvetot est devenue une
ville assoupie, dont la rue principale, propre, large,
mais terriblement calme sue l'ennui. On comprend le
mot de Flaubert, « Voir Yvetot et mourir ».

Comme beaucoup d'habitants d'Yvetot, les Meley
ont perdu leur travail, et ont été contraints à la recon-
version et à l'exil. C'est à Rouen que naît en 1820
Edmond Jacques, le père d'Alexandrine, avant d'être
embarqué quelques années plus tard pour Paris avec
Bibienne, Narcisse et Honoré, ses deux frères et sa
sœur. Bibienne s'installe avec un typographe, Jean-
Pierre Laborde-Scar, profession que va exercer aussi
Honoré. Quant à leur père et leur frère Narcisse, ils
renouent, semble-t-il, avec la bonneterie. Cette migra-
tion des Meley va correspondre à un émiettement de
leur statut social, et à une rupture quasi totale avec
leurs racines. Quant à leurs enfants, ils seront parisiens.

Caroline Wadoux a accouché chez une sage-femme,
Mme de Martrès, et non à domicile. Il était fréquent

que les sages-femmes, dont le rôle était parfois équivoque, accueillent discrètement chez elles les jeunes filles en rupture de ban. La rue Saint-Lazare n'est pas très loin de la rue de Buffault. Il est probable que les Wadoux n'ont pas vu d'un très bon œil cette maternité précoce. Quant aux Meley, cette entorse aux règles sacro-saintes du mariage, jusqu'alors respectées dans cette famille d'anciens notables provinciaux, les a certainement contrariés. Avec la vie citadine viennent les écarts et le déclassement. Le pas de clerc d'Edmond ne sera pas le dernier dans le groupe, et on peut penser que ses frères et sœur ont fini par lui pardonner. Pour ses parents, nous n'en savons rien : Jacques Alexandre meurt deux ans plus tard, dans le IXe arrondissement. Marie-Rose, sa femme, lui survivra plus de trente ans.

Mais le jeune Edmond ne fuit pas ses responsabilités de père. Dans les trois jours qui suivent, il déclare la petite fille et lui donne son nom quand tant d'autres, à la même époque, laissent la mère se débrouiller avec son enfant. Jusqu'à la fin, sa fille gardera des liens avec lui : question de *reconnaissance*. Mais elle portera longtemps la trace de sa condition d'enfant illégitime. Deux témoins sont présents : Naphtalie Lopez, un marchand de bimbeloterie, et Honoré Alexandre, le frère aîné. Ils ont traversé la Seine avec Edmond pour signer dans le registre de la mairie du IXe. Un bonnetier, une marchande, un bimbelotier, un typographe : le plus âgé n'a pas trente ans, et à eux quatre, ils forment un échantillon du Paris populaire de l'époque, le Paris des petits métiers, avec ses odeurs de fleurs et de tissu neuf, de gargote et d'encre d'imprimerie, de pauvreté aussi. Ce sont leurs semblables qui peuplent les étages supérieurs des maisons, les chambres sans feu, les garnis misérables, les cours sombres, les marchés colorés et les ruelles étroites du Paris d'avant Haussmann.

Nous sommes en 1839, la monarchie de Juillet est au milieu du gué. Ce régime a laissé un souvenir un peu tiède : pas de guerre à l'extérieur, à l'exception de la conquête coloniale, une relative prospérité, un

mélange incertain de progrès économique et d'immobi-
lisme, quelques explosions sociales comme les
émeutes de 1832 à l'occasion des funérailles du général Lamarque ou celles des canuts à Lyon. Quant au
slogan de Guizot, « Enrichissez-vous », à qui
s'adresse-t-il ? Certainement pas aux classes populaires
dont les conditions de vie sont encore terriblement difficiles. La fin de la décennie marque une période sans
relief politique, malgré les émeutes de Barbès et de
Blanqui qui vont secouer deux mois plus tard le cœur
de Paris : les émeutiers s'empareront de la Préfecture
et de l'Hôtel de Ville avant d'être écrasés par la garde
nationale.

Le romantisme, lui, est à son apogée : on publie les
Illusions perdues et *Splendeurs et Misères des courtisanes* de Balzac, Stendhal donne *La Chartreuse de
Parme* et Chopin ses *Préludes*. Un an plus tôt, un
Anglais, Charles Dickens, a écrit *Oliver Twist*, l'histoire d'un enfant abandonné, livré à la terrible misère
des grandes villes. Un enfant seul, aux prises avec un
monde adulte cruel. En France, il faudra encore
attendre quelques années pour que la littérature
dénonce les conditions de vie du petit peuple de Paris.
Les Mystères de Paris, Les Misérables, puis *L'Assommoir* : ne nous y trompons pas, du feuilleton populaire
au roman naturaliste en passant par la fresque épique,
ces trois œuvres écrites sur une période de vingt-cinq
ans donnent au-delà des travestissements romanesques
une image étonnamment juste des classes pauvres de
la capitale. C'est ainsi qu'il faut imaginer le Paris
d'Alexandrine.

Caroline et Edmond ne vivront pas longtemps
ensemble. Mais nous ne savons rien des premières
années d'Alexandrine. Est-elle élevée par sa mère, ses
parents, ses grands-parents ? Qui la nourrit, lui parle,
lui apprend à lire, à écrire ? Il faut attendre le 30 août
1848 pour que soit votée la loi établissant un maximum
de douze heures par journée de travail : combien de

temps reste-t-il à une travailleuse comme Caroline pour s'occuper de son enfant ?

Une chose est certaine : Caroline tient à sa petite fille. Elle y tient tant, même, que le 4 octobre 1847, elle se rend à la mairie du IIe arrondissement pour y reconnaître Éléonore Alexandrine comme sa fille naturelle. Pourquoi ? Cette démarche s'explique peut-être quelques mois plus tard, quand Edmond-Jacques se marie, avec une autre. En effet, le 4 janvier 1848, il épouse à la mairie de Montmartre Joséphine Derumigny, fille d'un meunier de Fossemanant, dans la Somme. Fossemanant : tout est dit. Caroline a pu craindre de perdre la garde de sa fille, qui « appartient » légalement à son père puisqu'il l'a déclarée. Mais Joséphine a vingt-trois ans, et bientôt des espoirs de maternité.

En décembre de la même année, elle met au monde un petit garçon, Edmond Jean Théodore. Il porte les prénoms de son parrain, Jean Théodore Laborde-Scar. Bibienne sera la marraine. Le baptême a lieu à Saint-Roch : Edmond habite désormais 23 rue de la Sourdière, dans la même maison que sa sœur et son beau-frère, prote d'imprimerie. Il est devenu commis. L'affection entre le frère et la sœur est solide mais leur cohabitation ne dure pas, et on le retrouve un an plus tard à quelques dizaines de mètres de là, au 34 rue du Marché-Saint-Honoré, dans le Ier arrondissement. Curieux personnage que cet Edmond, un peu faible et instable sans doute, comme l'indiquent ses changements de domicile, marié à une femme à forte poigne, mais très attaché à sa propre famille qu'unissent des liens presque tribaux. Malgré les querelles, ces liens ne se déchireront jamais complètement.

Pendant qu'Edmond fonde sa nouvelle famille, que devient la fillette ? Elle vit avec sa mère, au 123 de la rue Saint-Honoré, un peu plus loin vers les Halles. Si le logement est pauvre, l'atmosphère est pittoresque. Cet ancien hôtel particulier, l'hôtel d'Aligre qui sera

détruit quelques années plus tard, est peuplé par une
foule de commerçants et d'artisans. L'un des premiers
restaurateurs parisiens y a installé ses cuisines, et
depuis 1840, Mabille y a ouvert son cours de danse,
qui donnera naissance au célèbre « bal des chiens »,
couru par tous les commis du quartier. Caroline est
devenue fleuriste. Vend-elle des fleurs, ou en fabrique-
t-elle, comme l'indique plutôt le terme à l'époque ? La
proximité des Halles et son précédent métier ont pu
faire pencher pour la première hypothèse, mais rien
n'est moins certain. Nous y reviendrons.

En tout cas, elle est sur le point de se marier à son
tour, avec Louis-Charles Deschamps, un écuyer de
trente ans, originaire lui aussi de la région de Rouen,
de Lillebonne très exactement. Le 7 juin 1849, c'est
chose faite. Ils emménagent ensemble 18 rue des
Petits-Carreaux. Comme la rue Montorgueil et la rue
Poissonnière dont elle est le prolongement, cette rue
appartient à l'ancien chemin de la marée, qu'emprun-
tait le poisson pêché en mer du Nord. Tout cela sent
bon la halle : le Ventre de Paris y palpite. On y parle
haut et fort. Et du bal Mabille à la Foire aux musiciens,
installée justement au 18, il n'y a qu'un pas de danse...

Alexandrine a dix ans. Des boucles brunes, un petit
visage volontaire, des bras potelés, des jambes mus-
clées : cette fillette robuste et vive est la fierté de sa
mère. Et quelle énergie ! Retrouver la bande d'enfants
qui a fait du quartier Montorgueil son terrain de jeux,
se faufiler parmi les charrettes et les éventaires, taquiner les marchandes des quatre-saisons, bousculer les
harengères, renverser les cageots, chaparder un fruit ou
une fleur, sauter dans les flaques, voilà ce qu'elle aime.
Et puis, une nouvelle vie commence pour Alexandrine,
dans un « vrai » « foyer », avec quelque chose qui ressemble à une « vraie » famille.

Le pire est devant elle.

Le 15 octobre 1848, très exactement, le choléra
débarque à Dunkerque. En mars 1849, les premiers cas

sont signalés à Paris. Comme en 1832, « la porte de l'hiver encore entrouverte laissait échapper des souffles de froid et de mort[1] ». Il a fallu six mois à l'épidémie pour parcourir trois cents kilomètres. Elle fera cent dix mille morts. On en dénombre – les chiffres sont d'une terrible précision – 19 184 à Paris, à raison de 600 par jour.

Dès le début du XIXᵉ siècle, de nombreux auteurs ont montré le lien entre le choléra et les conditions de vie des plus pauvres. À chaque épidémie, se manifestent avec force les antagonismes sociaux. Les bourgeois fuient la ville, ferment les boutiques et les ateliers. Pour eux, le choléra est par excellence la maladie du peuple, celle des classes laborieuses, doublement dangereuses. Pour les classes populaires, ce sont les dirigeants qui sont responsables. Partout, des accusations d'empoisonnement circulent. En Pologne, on accuse les Juifs, en Russie, le tsar, à Paris le gouvernement de la République.

Comme pour l'épidémie de 1832, celle de 1849 touche une population déjà ébranlée et affaiblie par les émeutes, la répression et les émotions violentes de la révolution de 1848. Dans les deux cas « la maladie politique et la maladie sociale », selon le mot de Hugo, sont inséparables. L'épidémie frappe de plein fouet les quartiers les plus misérables, ceux où s'entasse une population mal nourrie, mal logée, mal soignée. Les violences politiques, la criminalité quotidienne, les suicides qui se développent surtout dans les quartiers populaires, les infanticides, les abandons d'enfants, tout cela constitue la toile de fond de l'épidémie. Le cadre urbain est de plus en plus inadapté à l'accroissement d'une population misérable et instable, vivant dans une promiscuité qu'on a du mal à imaginer aujourd'hui. L'épidémie a débuté dans la rue de la Mortellerie, de sinistre mémoire. Les chiffres de la mortalité augmentent avec la densité. Dans ces mai-

---

1. Victor Hugo, *Les Misérables*, 1862.

sons étroites, aux logements surpeuplés, aux garnis
étouffants, l'épidémie fait des ravages. Bien vite, Paris
n'arrive plus à éliminer ses morts, et ils ajoutent à l'atmosphère pestilentielle de la ville.

L'inégalité devant la mort reflète donc l'inégalité
devant la vie : en 1832, les plus touchées en France
comme en Angleterre, à Lille comme à Bordeaux ou
en Normandie ce sont les femmes encore moins bien
nourries et plus exposées que les hommes. En 1849, il
en va de même.

« Et votre famille ? demande la Goualeuse à
Rodolphe dans *Les Mystères de Paris*.

— Le choléra l'a mangée », répond celui-ci.

Le 4 septembre 1849, le choléra a mangé Caroline,
la petite fleuriste. Elle avait vingt-sept ans.

On connaît les symptômes de la maladie, la fatigue
soudaine et écrasante, les tremblements, la cyanose qui
raidit les membres et marbre les cuisses et le ventre de
plaques bleues, les vomissements de matières blanches
et grumeleuses comme du riz, et surtout les terribles
diarrhées qui laissent échapper des flots de selles
liquides, et vident le corps comme une outre. La déshy-
dratation est rapide, la mort foudroyante et horrible.
Dans le logement étroit de la rue des Petits-Carreaux,
Alexandrine a dû voir sa mère mourir, à cinq heures
du matin, la langue pendante et violette, les yeux
exorbités, une mort hideuse et sale. Une mort qui pue.
Ces images et ces odeurs ne s'oublient pas. Un ami, le
tailleur Alfred Delamare, est aux côtés de Louis-
Charles pour signer l'acte de décès. Sa femme Élisabeth a-t-elle emmené la petite fille chez elle, rue
d'Aboukir, pour la mettre à l'abri ? On peut l'espérer,
car le choléra fut aussi l'occasion d'une grande solidarité populaire.

Mais, quelques mots dans sa dernière lettre à Denise
Le Blond-Zola, en 1925, peu de temps avant sa mort,
nous le prouvent : Alexandrine n'oubliera jamais. Et
quand en 1898, au moment de la fuite de Zola en

Angleterre, elle devra choisir un nom de clandestinité, elle signera ses lettres : Caroline Wadoux.

Le foyer d'Edmond et de Joséphine a lui aussi été frappé, sans qu'on sache s'il s'agit de la même maladie. Le 14 juin, une semaine après le mariage des Deschamps, le petit Edmond Jean est mort. Un bébé de six mois, comme il en meurt par milliers à l'époque : à peine un deuil, tout juste un effacement.

Louis-Charles, pour sa part, n'est pas resté longtemps solitaire. La carrière de veuf inconsolé, visiblement, ne lui sourit pas. Le fringant écuyer – comment l'imaginer autrement ? – s'est remarié à peine six mois plus tard, le 16 mars 1850, avec une certaine Antoinette Ramus, vingt-cinq printemps, et n'a même pas attendu cette date pour vivre avec elle. Elle partage déjà son domicile, et accessoirement le lit de Caroline. La petite Alexandrine a dû ouvrir de grands yeux. Entre-temps, Louis-Charles a changé d'activité et il est devenu employé. On l'imagine mal continuant à élever dans ces conditions la fille de sa première femme : il a dû la rendre assez vite à son père naturel.

D'un côté, donc, les Deschamps, un beau-père et son épouse que rien ne contraint à aimer la fille de Caroline. De l'autre, les Meley, un père qu'elle connaît peu, et sa femme qui, elle non plus, n'a vraiment aucune raison de s'attacher à l'enfant. Dans une famille aussi unie que les Meley, l'un ou l'autre des frères et sœur a pu proposer de la prendre en charge. Vit-elle quelque temps chez les Laborde, auxquels elle restera très attachée ? Narcisse et sa femme Anastasie la recueillent-ils ? Est-elle ballottée d'un « foyer » à l'autre, comme un objet indésirable ? C'est possible. Le plus vraisemblable, cependant, est qu'elle a vécu épisodiquement chez son père. Un document dont nous reparlerons atteste encore sa présence à son domicile en 1857. Y sera-t-elle heureuse ? C'est une autre histoire. De toutes les façons, elle n'a guère le choix, à onze ans.

Edmond est maintenant typographe, comme son beau-frère Laborde-Scar. Il exercera officiellement cette profession durant une vingtaine d'années. Il habite toujours rue du Marché-Saint-Honoré, où vient de naître, le 3 mai 1850, une nouvelle petite fille, Berthe Ophélie. La naissance de cette demi-sœur va faire de Joséphine une véritable marâtre pour Alexandrine. L'enfant est traitée durement, mal aimée. Sans doute Joséphine lui fait-elle sentir qu'elle ne fait pas partie de la famille, qu'elle est une bâtarde ; sans doute charge-t-elle la fillette de onze ans de certaines tâches ménagères trop écrasantes pour elle ; sans doute, le père n'ose-t-il pas contrecarrer sa femme, encore bien content qu'elle accepte l'orpheline chez elle.

Sans noircir à l'excès le tableau, il y a du Cendrillon et du Cosette chez la petite Alexandrine. Elle doit apprendre à ravaler ses larmes et balayer le plancher. La fontaine est à deux pas, au milieu des quatre halles du marché Saint-Honoré, mais les seaux sont lourds. Elle deviendra une ménagère impeccable mais ne saura jamais ce qu'est la douceur. Non, Alexandrine ne sera pas une femme douce. Comment le serait-elle ? Sans être une enfant martyre, elle n'a pas connu la tendresse et la chaleur d'un foyer. Son silence obstiné sur son enfance peut laisser penser à un véritable traumatisme. Fut-elle le témoin ou l'objet de violences ? C'est possible. Il n'y a pas à aller bien loin pour comprendre. Pensez aux enfants du peuple chez Zola, à leur précocité, à leur sérieux, à leur indépendance, à leur besoin d'amour, les filles surtout : Miette, Catherine, Eulalie, Nana et tant d'autres... Fillettes écrasées par la meule de la pauvreté, de l'ignorance, de l'injustice que seules peuvent sauver une force de vie exceptionnelle, et la volonté de s'en sortir. Cette force-là, Alexandrine la possède, elle ne la quittera pas. Ces enfances saccagées, on en sort brisé ou invulnérable – même si l'invulnérabilité totale n'existe pas. Ce qu'elle aura conquis de haute lutte, elle ne le lâchera pas. Et par-dessus tout, elle y gagnera un formidable appétit de vivre.

C'est lui qui éclate dans son rire insolent quand, quelques années plus tard, elle pousse en retard la porte de l'atelier où elle travaille tous les jours. Elle est fleuriste, comme sa mère. Non pas marchande de fleurs, comme on l'a cru, mais apprentie dans un atelier de fabrication de fleurs artificielles. C'est ce qu'on appelle alors une « fleuriste », comme en témoigne le Bottin du commerce de 1850 à 1857.

Elles sont nombreuses, en effet, les petites fleuristes qui tournent entre leurs doigts agiles les milliers de fleurs en tissu qui orneront les toilettes des Parisiennes, des grandes dames aux midinettes : chapeaux, corsages, ceintures, voiles de mariée, la mode du Second Empire les sème à profusion. Il en faut, des ouvrières dans ces ateliers souvent situés dans le Sentier comme ceux de passementerie ou de couture, tout près des marchands de tissu. On a pensé qu'une tante d'Alexandrine, non du côté Meley mais du côté Deschamps, avait pu lui apprendre son métier. Pourquoi pas ? À condition de substituer au commerce des fleurs fraîches la fabrication des fleurs artificielles. C'est le cas du Deschamps situé rue d'Aboukir, et de celui de la rue Bourbon-Villeneuve, qui tous deux font commerce de « fleurs fines » fabriquées en atelier. La rue d'Aboukir où habitait aussi l'ami de Deschamps, Alfred Delamare, est tout près de la rue du Caire.

Or, c'est justement là que Zola, dans *L'Assommoir*, place l'atelier Titreville où Mme Lerat, la sœur aînée de Coupeau, prend en apprentissage sa nièce Nana, âgée de treize ans. Deux ans plus tard, Nana, devenue ouvrière, gagne quarante sous et n'a pas son pareil pour rouler les queues de violette : « Rien que le geste de prendre une mince bande de papier vert, et allez-y ! le papier filait et enveloppait le laiton ; puis une goutte de gomme en haut pour coller, c'était fait, c'était un brin de verdure frais et délicat, bon à mettre sur les

appas des dames. » L'établi avec son fouillis de fils de
fer, de pots de colle, de papier vert et marron, de
pétales de soie, de satin et de velours, les ouvrières qui
déjeunent sur leurs genoux « pour ne pas salir l'établi », leurs plaisanteries délurées, leur envol à la fin de
la journée sont décrits avec humour et précision par
Zola, et nous permettent d'imaginer Alexandrine au
même âge.

Les fleuristes ont mauvaise réputation. « Toutes des
Marie-couche-toi-là », murmure Lorilleux le jour de la
communion de Nana. Mais Madame Lerat proteste en
connaissance de cause :

> « Il y a des femmes très bien parmi les fleuristes,
> apprenez ça ! (...) Elles sont faites comme les autres
> femmes, elles n'ont pas de la peau partout, bien sûr.
> Seulement, elles se tiennent, elles choisissent avec
> goût, quand elles ont une faute à faire... Oui, ça leur
> vient des fleurs. Moi, c'est ce qui m'a conservée... »

Est-ce aussi ce qui conservera Alexandrine ?

L'école, c'est sûr, elle n'y est pas allée longtemps.
À l'époque, moins des deux tiers des filles sont scolari-
sées, et encore, jamais au-delà du primaire. En 1850,
la loi Falloux oblige toute commune de plus de huit
cents habitants à ouvrir une école de filles. Au pro-
gramme de base des garçons, écriture, calcul, instruction morale et religieuse, on ajoute le dessin, le chant,
et surtout les travaux d'aiguille. Fréquente-t-elle l'une
de ces écoles, ou plus vraisemblablement, l'une des
nombreuses pensions bon marché, où enseignent pour
quelques francs des sous-maîtresses souvent aussi
pauvres que leurs élèves ?

Quoi qu'il en soit, ses études n'ont pas été bien
longues. Et l'essentiel, elle l'a acquis plus tard, aux
côtés d'Émile Zola. Dans les milieux populaires, la
communion solennelle marquait souvent la fin des
études. Dans bien des cas, l'apprentissage d'un métier
commençait donc pour les filles vers treize ans.

Les journées d'atelier, les flâneries rue des Petits-Carreaux, rue du Faubourg-Poissonnière ou rue du Caire, les fous rires avec les copines, « les envies d'être bien mise, de manger dans les restaurants, d'aller au spectacle », les propositions des vieux messieurs, Alexandrine les a connus. De son expérience de fleuriste, elle gardera l'esprit mordant et les doigts agiles, le goût de la plaisanterie acidulée et l'amour du travail manuel.

Même si la piste Deschamps peut laisser sceptique (après tout c'est un nom très courant), c'est sur cet humus que s'est formée l'adolescence d'Alexandrine, qu'il s'agisse du métier de fleuriste, ou de tout autre du même genre : dans la promiscuité de l'atelier, les commérages et les rires de gamines, les heures de travail pour quelques sous. Soulagée d'échapper aux querelles de famille, aux récriminations de Joséphine, Alexandrine a grandi tôt, malgré la mauvaise nourriture et l'air vicié de ce quartier aux ruelles étroites et insalubres. Sa taille élancée et sa chevelure brune, son goût pour la parure et les colifichets lui ont valu des succès bien avant l'âge, certainement. Elle a été l'une de ces ouvrières parisiennes qui peuplent les chansons et les romans populaires, moqueuses et sentimentales. Dures aussi. Elle a les pieds bien sur terre. Elle les gardera.

Qu'Alexandrine ait été ensuite blanchisseuse, l'une des hypothèses les plus souvent répétées, d'un auteur à l'autre, de Lanoux à Troyat, il n'y en a pas la moindre trace. Cela sent trop son *Assommoir* : un emprunt aussi direct à sa biographie n'aurait jamais été accepté par une Alexandrine qui faisait tout pour cacher son passé. Qu'elle ait côtoyé des blanchisseuses ou des repasseuses, souvent de près, la chose est possible, nous verrons pourquoi. Qu'elle l'ait été elle-même, rien ne permet de le supposer.

Mais une autre piste, nouvelle, celle-ci, s'offre à nous.

Alexandrine a un oncle, Narcisse Meley, le frère
aîné de son père. Né à Yvetot en 1816, il habite lui
aussi à Paris. Son métier ? voyageur de commerce,
sans doute dans la bonneterie comme ses parents et son
frère. Un homme à bonnes fortunes, ce Narcisse.
Durant plusieurs années, il entretient une liaison avec
une jeune Bretonne, Marguerite Lesaux. Marguerite
habite 22 rue Geoffroy-l'Asnier, tout près de l'Hôtel
de Ville. On pourrait s'attendre à l'un de ces garnis
crasseux qui pullulent dans cette rue aux maisons
vétustes, mais non : au 22, se trouve un ravissant hôtel
particulier, reconstruit au XVIIᵉ. Une porte en bois
sculpté s'ouvre sur la cour. À droite, s'élance un bel
escalier à balustre. Au fond, l'hôtel de Châlons-
Luxembourg, appartenant à une famille de riches
commerçants rouennais. La beauté du lieu contraste
avec la misère alentour. Marguerite est employée chez
les Châlons. Hasard ou non, on se souvient que les
Meley sont eux aussi originaires de Rouen.

Le 27 mars 1857, Marguerite Lesaux met au monde
un petit garçon, qu'on baptise en l'église de Saint-Ger-
vais, et qu'on nomme Narcisse Edmond, en l'honneur
de son oncle et parrain, Edmond, le père d'Alexandrine. C'est aussi un grand jour pour la jeune fille, âgée
de dix-huit ans : c'est elle, la marraine. Le registre de
l'archevêché précise qu'elle demeure *avec son père*
7 rue Saint-Étienne (aujourd'hui, la rue Dulong, dans
le XVIIᵉ arrondissement, à deux pas du square des
Batignolles). C'est pour nous un document essentiel.
Sur l'acte de naissance, l'enfant est déclaré sous le
nom de sa mère, Lesaux, et de père non dénommé. Et
pour cause : Narcisse est déjà marié.

L'histoire de Marguerite est banale et triste. Elle est
montée de Saint-Ivy, dans son Finistère natal, pour
gagner sa vie à Paris. Elle a rencontré Narcisse Meley.
Elle s'est retrouvée enceinte, elle a gardé l'enfant, et
elle l'a élevé seule. Six ans plus tard, le 4 janvier 1863,
la femme de Narcisse, Anastasie Lemonnier, meurt à
Nantes. À partir de cette date, Narcisse loue au 7 rue

Guy-de-la-Brosse, dans le quartier des arènes de Lutèce, un petit appartement au quatrième étage : une porte cochère, une cour et un jardin avec un pavillon servant d'écurie et de remise, un bâtiment en moellons qui donne sur la rue, une entrée sombre, une cuisine, un salon, une chambre à coucher. L'immeuble abrite un marchand de vin, des employés, des commis voyageurs. Marguerite y vit avec l'enfant. Quant à Narcisse, difficile de savoir s'il loue seulement l'appartement (il le fera jusqu'en 1865), ou s'il y demeure aussi, avec Marguerite.

Ce qui est sûr, c'est que le 18 juin 1864, Marguerite Lesaux, âgée de trente ans, célibataire, meurt dans la solitude à l'hospice de la Pitié, situé tout près, rue Lacépède. De sa mort ne témoigneront que deux employés de l'hospice. Plus jamais on n'entendra parler de Marguerite.

Le 4 janvier 1868, soit cinq ans jour pour jour après la mort de sa première femme, Narcisse, âgé de quarante-neuf ans, se remarie : sa nouvelle épouse est une jeune institutrice de vingt-quatre ans, déjà veuve, Émilie Michelet.

Quant au petit Narcisse Edmond, il fera rétablir bien plus tard son acte de naissance complet. Le 18 novembre 1876, à l'âge de dix-neuf ans, devenu pâtissier rue du Jour, il obtient la modification de son identité, et prend le nom de Meley. Quelques mois plus tard, le 10 janvier 1877, une pièce de son dossier d'état civil est reprise par J.-P. Laborde-Scar, le mari de Bibienne. Laquelle et pourquoi ? Toutes les familles ont leurs mystères.

Or, Marguerite était lingère.

Le certificat de baptême du petit Narcisse Edmond nous confirme que Narcisse et son frère ont conservé des liens étroits, et que Marguerite connaît bien Alexandrine, puisqu'elle l'a choisie comme marraine de son fils. La découverte de ce personnage nous permet d'avoir des certitudes nouvelles sur le métier de la jeune fille. En 1857, Alexandrine a dix-huit ans. Elle habite déjà le quartier des Batignolles. Et c'est Marguerite, à n'en pas douter, qui lui a donné le goût des travaux d'aiguille et fait d'elle la couseuse habile qu'elle sera toute sa vie : robes, garnitures de dentelle, tapisserie, rideaux, linge de maison, Alexandrine aura toujours la passion de la couture, et s'y consacrera en véritable professionnelle. On peut légitimement penser qu'elle a travaillé comme lingère aux côtés de sa tante : celle-ci après avoir quitté son emploi rue Geoffroy-l'Asnier, probablement à la naissance de son enfant, a pu se mettre à son compte ou travailler en boutique.

La légende de la blanchisseuse s'explique alors : la lingère devait aussi bien entretenir le linge, le repasser, que coudre et repriser. Elle pouvait être au service d'une famille fortunée, travailler en atelier, en boutique, ou en chambre. Mais elle n'avait pas affaire au linge sale, ce qui la distinguait radicalement de la blanchisseuse, dont la réputation était particulièrement équivoque. Son métier mettait la blanchisseuse au cœur de l'intimité la plus cachée des familles. Ainsi, elle

> « savait (...) les secrets de la propreté de chacun, les dessous des voisines qui traversaient la rue en jupe de soie, le nombre de bas, de mouchoirs, de chemises qu'on salissait par semaine, la façon dont les gens déchiraient certaines pièces, toujours au même endroit[1] ».

La grossièreté et la verdeur des blanchisseuses n'avaient d'égale que la dureté de leur travail.

Il entrait plus de délicatesse dans le métier des lingères, même si on les prétendait légères. Elles appartenaient à une très ancienne corporation, exclusivement réservée aux femmes. Pour exercer, elles devaient avoir dix-huit ans et trois ans d'apprentissage. Elles fabriquaient le linge de maison, ainsi que la lingerie

---

1. Zola, *L'Assommoir*.

fine, en particulier tous les sous-vêtements qui ne s'achetèrent en boutique que plus tard. À l'époque, les chemises, les camisoles, les jupons, les cols, les manches, toutes ces pièces de lingerie délicates sont cousues en atelier ou à façon par des ouvrières la plupart du temps très mal rémunérées. Le salaire moyen vers 1870 est de 1,60 franc par jour, soit environ 35 F d'aujourd'hui. Le métier de lingère est fort répandu à Paris, puisqu'on en compte 8 974 en 1847, dont 2 312 en atelier, et 4 237 en chambre. Vingt ans plus tard, elles sont presque dix mille.

Très vraisemblablement, Alexandrine a donc exercé ce métier aux côtés de sa tante, et avec elle a appris à manier le fer et l'aiguille. Henry Céard, l'ami intime des Zola, pensait qu'elle avait été couturière. De la lingère à la couturière, il n'y avait qu'un pas qu'elle a pu franchir au gré des occasions.

Marguerite a rejoint Caroline au panthéon des pauvres filles, petites mortes vite oubliées. Caroline la fleuriste et Marguerite la lingère sont deux figures jumelles de femmes à qui la vie n'a pas fait de cadeau, des femmes du peuple qui n'ont même pas eu le bonheur de voir leur enfant grandir : « des déshéritées de l'existence », comme les appellera plus tard Alexandrine. Elles sont les deux figures tutélaires de sa jeunesse, toutes deux disparues avant trente ans, victimes de la pauvreté, de la maladie, de l'injustice de la vie. Elles ne sont pas des exceptions à l'époque, bien au contraire. Si on les rencontre si souvent dans la littérature, du mélodrame au roman réaliste, ces jeunes ouvrières, ces pauvres filles qui mettent au monde des enfants sans père, qui les élèvent tant bien que mal, et qui meurent précocement à l'hospice, c'est parce qu'elles sont des milliers, filles honnêtes le plus souvent, au destin obscur. Marguerite est l'image même de ces femmes. Alexandrine s'en souviendra-t-elle en accueillant chez elle, des années plus tard, une jeune lingère appelée Jeanne Rozerot ?

Alors, fleuriste ? lingère ? Les deux, répondrons-nous, et successivement. Deux métiers modestes, mal payés, mal considérés. Deux métiers manuels, aussi, en relation avec la parure et la féminité, et qui seront à l'origine de l'élégance de Madame Zola.

L'histoire d'Alexandrine Meley est tristement archétypique. C'est celle d'une fille du peuple au XIXe siècle : une naissance illégitime, une enfance douloureuse et solitaire, la mort prématurée d'une mère emportée par une épidémie affreuse, le manque d'amour, l'atelier, la pauvreté, l'apprentissage, la grossesse non désirée, l'abandon de son enfant, quelques bonnes fortunes sans doute – un étudiant en médecine avec qui elle vit quelque temps rue Monsieur-le-Prince –, les heures de couture, plus tard les heures de pose. À l'horizon, le spectre des filles pauvres : la faim, la maladie, l'hôpital. Roman, mélodrame ? rappelez-vous Marguerite Lesaux. Et combien en a-t-elle rencontré, des plus vieilles d'un ou deux ans, ou de vingt ans, ou de quarante, usées et sans dents ? Les aînées montrent l'exemple. A-t-elle décidé que, pour elle, il en irait autrement ? S'est-elle juré d'échapper à ce sort si commun ou a-t-elle continué son chemin avec l'espoir de rencontrer un jour celui qui changerait sa vie ?

Il est certain que le souvenir de Caroline et de Marguerite l'a marquée profondément. Les femmes qui l'ont entourée dans sa jeunesse, les voici : d'un côté, sa belle-mère, Joséphine, une femme probablement dure, qu'elle n'aime pas. De l'autre, Caroline et Marguerite, et leur vie fichue. Elle fera tout pour ne pas être l'une de ces femmes sacrifiées, pour échapper à leur destin, tracer sa route sans regarder derrière elle, bref, rester en vie. Et pour commencer, elle changera de nom, elle s'appellera Gabrielle, nom de guerre choisi avant ses vingt ans, et destiné à accompagner sa nouvelle vie. Gabrielle, c'est tellement plus gracieux, un prénom de jeune fille en fleurs. C'est ainsi que nous la nommerons désormais. Pour quelque temps, du moins.

Gabrielle n'est pas romantique. Elle a l'esprit critique, et le sens de la réalité. Sentimentale, à la façon des midinettes, mais pas rêveuse. Elle aime s'amuser. Très énergique, jamais aussi à son aise que dans l'action, on l'imagine plus volontiers, non pas se laissant porter par la vie, mais s'agrippant à elle, jour après jour, besogne après besogne. Elle ne se laisse pas guider par ses rêves, mais se fixe des buts dont elle se laisse difficilement détourner. Elle est brune et belle, altière, la dent dure, un peu cruelle quoique rieuse, gourmande et sans doute peu farouche. Mais ne l'approche pas qui veut : Gabrielle n'est pas commode. Sa voix peut tourner à l'aigre, si l'on n'y prend pas garde.

3

La belle Gabrielle

Gabrielle a vingt-cinq ans. Elle est libre. Son métier de lingère lui permet tout juste de vivre. De temps à autre, pour quelques sous ou quelques repas, elle pose pour l'un des jeunes peintres qui fréquentent l'Académie suisse. Elle sait qu'eux non plus ne sont pas riches, et que la plupart du temps, sortis de l'Académie, ils n'ont pas les moyens de se payer des modèles professionnels. Alors, elle fait partie de ces filles qu'on appelle les « poseuses », et dont les bandeaux noirs et les jupons clairs peuplent çà et là leurs toiles.

Parmi ces peintres, Cézanne, un fils de banquier, pauvre comme Job, un sauvage débraillé et irascible, si timide avec les femmes. C'est son ami d'enfance, Émile Zola, qui l'a convaincu en 1861 de quitter sa ville d'Aix-en-Provence. Son père lui a coupé les vivres. Un fou de travail, ce Paul Cézanne, tous les jours à l'atelier dès six heures du matin, à barbouiller ses toiles bizarres. Il est resté à Paris quelques mois, puis il est reparti. Deux ans plus tard, il est revenu, toujours aussi instable. On dit que Gabrielle lui a inspiré un portrait étrange et tourmenté. Elle y figure enveloppée d'un ample manteau gris, et seul son visage blanc et très beau se détache sur le fond sombre. La tristesse et le défi, la rêverie et l'autorité, la vulgarité et la hauteur se conjuguent dans la mélancolie des yeux noirs dont le regard coule vers le côté, et la fermeté de la bouche et du menton relevé, mâchoires serrées. Ce portrait est trop vrai. Gabrielle n'aime pas qu'on lui vole ses secrets [1].

Elle préfère Antoine, si joli garçon, avec sa moustache blonde, ses yeux vifs, et son éternel sourire. Antoine Guillemet est peintre, lui aussi, mais ça ne l'empêche pas d'être bon vivant et gai. Tout le monde l'aime, ce fils de marchand de vin qui peint de si jolis paysages. Manet lui a même demandé de poser pour son célèbre tableau *Le Balcon* : c'est lui, le grand blond qui bombe le torse d'un air satisfait, derrière les deux jeunes femmes assises, Berthe Morisot et Fanny Claus. Plus tard, il fera partie du jury du Salon, et c'est grâce à lui que ce pauvre Cézanne pourra exposer l'une de ses toiles. Une toute petite toile, un portrait qu'on accrochera si haut que personne ne pourra la voir... Gabrielle les connaît presque tous, les peintres qui refont le monde chez le Père Suisse, dans la fumée des pipes et l'odeur de térébenthine : Claude Monet, Édouard Manet, Camille Pissarro, Empéraire l'étrange nain, Oller y Cestero l'Espagnol et tant d'autres. Comme elle connaît aussi ceux qui fréquentent le village des Batignolles, Frédéric Bazille, doux et mélancolique, si talentueux, si beau garçon, qui mourra durant la guerre de 1870 à Beaune-la-Rolande, Auguste Renoir qui partage son atelier, ou Alfred Sisley, ce jeune Anglais que sa famille a vainement tenté de convertir au commerce.

Les Batignolles, la place Clichy, c'est le quartier de Gabrielle, l'endroit qu'elle aime le plus au monde. Elle en connaît toutes les boutiques, les cafés, les ateliers. Trotter de la rive droite à la rive gauche ne lui fait pas peur, et l'on croise souvent sa silhouette élancée aux côtés des bohèmes qui peuplent les cafés et les bords de Seine. Comme ses compagnes, lingères, petites couturières, grisettes ou modèles, elle aime rire et s'amuser en bande, se régaler de friture et de vin blanc frais

---

1. *Étude de femme*, 1864 (46 × 38 cm), nº 22 sur le catalogue Venturi. Ce tableau a appartenu aux Zola. Adhémar y voit un portrait de Gabrielle Meley.

dans les guinguettes, valser dans les bras du bel
Antoine, ou se moquer des colères de Paul. Elle aime
les cafés où l'on discute tard dans la nuit, les rues
grises au petit jour. Elle est coquette, tendre et impi-
toyable. Son superbe port de tête, la souplesse de sa
taille, la couronne de ses cheveux noirs en font un
modèle apprécié, si l'on en croit Sophie Monneret, qui
voit en elle l'une des inspiratrices de Monet.

Selon ce critique d'art [1], c'est à elle que fait allusion
Bazille en répondant à Monet qui lui demande durant
l'été 1865 de venir poser pour son *Déjeuner sur
l'herbe* : « La jeune Gabrielle arrive lundi dans la journée, ce ne serait pas drôle que vous ne soyez pas là. »
Sophie Monneret fait le rapprochement entre ce
tableau, une étude préliminaire, et le tableau *Femmes
au jardin* peint par Monet au printemps 1866. Sur
toutes ces toiles, ainsi que sur un dessin retrouvé dans
les papiers de Monet à Méric, figure la même jeune
femme brune, vêtue de la même robe à soutaches, bien
élégante pour une partie de campagne. Debout à côté
de Bazille dans *Le Déjeuner sur l'herbe*, sur le point
de redresser son chignon ou son chapeau, le visage en
grande partie caché par son bras, elle est assise au premier plan dans *Femmes au jardin*, sa robe blanche largement étalée autour d'elle, des fleurs dans les bras.
Eclatante, sensuelle et fraîche sous son ombrelle, elle
évoque le rayonnement d'un plein été adouci par les
sous-bois. Dans les deux tableaux, règne une atmosphère d'intimité et de bonheur qui reflète la jeunesse
d'un art en plein épanouissement. S'agit-il vraiment
de Gabrielle ? On aimerait le croire. C'est Bazille qui
achètera le tableau en 1867, ce même Bazille que Zola
devait choisir pour modèle du personnage de Félicien
dans *Le Rêve*, trente ans plus tard...

Regardons la jeune femme resplendissante des
tableaux de Monet. Et imaginons la belle Gabrielle

---

1. Sophie Monneret, *Cézanne, Zola, la fraternité du génie*,
Denoël, 1978.

telle que Zola la voit pour la première fois au bras de son ami Cézanne.

Faut-il s'étonner de l'incertitude qui entoure les circonstances exactes de la rencontre entre Gabrielle Meley et Émile Zola ? Seuls quelques indices nous permettent de reconstituer les débuts d'un amour qui allait durer trente-huit ans. Tout a dû commencer au sein du groupe qui mêle les jeunes artistes et leurs maîtresses, rapins et grisettes. Zola accompagne souvent Cézanne dans les ateliers, il se passionne pour les discussions de ces jeunes peintres révoltés par l'académisme de leurs maîtres et du public. Il aime cette ambiance studieuse et survoltée, il aime avoir du monde autour de lui, et chaque jeudi soir, dans son petit appartement de la rue des Feuillantines, il tient table ouverte. Cézanne, Baille, l'ami d'enfance, Chaillan, Guillemet, Pissarro, puis un peu plus tard, Antony Valabrègue, un jeune Aixois de dix-neuf ans qui taquine la muse viennent y dîner et bavarder une partie de la nuit.

Émile Zola est né le 2 avril 1840 à Paris. Son père, François Zola, est un ingénieur brillant, d'origine italienne. Sa mère, Émilie Aubert (curieux hasard, elle porte le même patronyme que la mère de Cézanne), est la fille d'un peintre vitrier. Émile a trois ans quand sa famille s'installe à Aix : son père est chargé de construire le barrage qui permettra d'alimenter la ville en eau. La famille Aubert accompagne les Zola, et tous habitent impasse Silvacanne. Le petit Émile est un enfant choyé, une promesse de bonheur pour tous. Quatre ans plus tard, c'est le drame : François Zola meurt alors qu'il était en voyage à Marseille, foudroyé par une pneumonie. L'enfant a sept ans. Émilie Zola se retrouve sans ressources, ou presque. Bientôt, même le quartier populaire où ils habitent se révèle trop cher, et ils doivent changer de domicile. C'est le début d'une longue série de déménagements qui vont mener la veuve et sa famille dans des logements de plus en plus pauvres.

Émile est un enfant gâté, adoré par sa mère. Grâce
à une bourse, on le fait entrer au collège Bourbon, où
il rencontre Paul Cézanne et Baptistin Baille, et avec
eux se noue une amitié solide, faite de discussions, de
rêves, de projets, de promenades et de baignades qu'il
n'oubliera jamais. En 1854, la construction du canal est
achevée, mais à la suite des manœuvres d'un homme
d'affaires, Jules Migeon, la famille se retrouve totalement ruinée.

Trois ans plus tard, Émilie Zola décide de tenter sa
chance à Paris, et elle s'installe avec son fils et son
père Louis-Auguste Aubert dans un hôtel meublé de la
rue Monsieur-le-Prince – où habitera aussi Gabrielle.
Émile entre au lycée Saint-Louis en seconde, mais il a
du mal à s'habituer à Paris. Le soleil et ses amis lui
manquent, et malgré les vacances d'été à Aix, il tombe
gravement malade. Il s'épanche dans les longues lettres
qu'il adresse à Cézanne et à Baille, dans un drame en
vers et des poèmes. Romantique, exalté, il se passionne
pour la poésie, mais envisage d'être avocat, « assuré
que l'oreille de l'écrivain se montrera sous la toge ».
Les Zola déménagent : en dix ans, ils changeront treize
fois de domicile. Déception terrible : le jeune garçon
rate son baccalauréat. Il s'en veut beaucoup de ne pas
être digne de la confiance et des ambitions de sa mère.
Ce fils unique vouera un véritable culte à celle qui l'a
élevé.

Leur vie est de plus en plus difficile. Pour ne pas
être à la charge de sa mère, il prend un travail aux
docks, pour 60 francs par mois. Il loge dans un hôtel
garni, et se sent sans forces ni espoir, « dans une
période bête de la vie ». En 1861, il touche le fond de
la misère : un garni ignoble au 11 de la rue Soufflot,
dont les cloisons minces laissent deviner la vie agitée
des locataires, étudiants et filles. Parfois, c'est une
rixe ; d'autres fois, une descente de la police des
mœurs. Au menu, du pain et du café ; ou du pain et
deux sous de pommes. « Quelquefois, rien que du

pain ! Quelquefois, pas de pain du tout [1] ! » Il lui arrive
de rester au lit parce qu'il a engagé au mont-de-piété
son seul pantalon. Il s'enveloppe alors d'une couverture pour lire et écrire : c'est ce qu'il appelle « faire
l'arabe ». Sa première expérience de la sexualité, qu'il
racontera dans *La Confession de Claude*, s'avère assez
sordide : il recueille quelque temps une fille publique,
Berthe, qui lui laissera un souvenir amer et dégoûté.
Malgré la visite de Cézanne qu'il n'a pas vu depuis
longtemps, il frôle le désespoir. Il écrit à Baille : « Je
subis depuis quelques jours une rude attaque de spleen.
Cette maladie prend chez moi des caractères singu-
liers ; abattement mêlé d'inquiétude, souffrance physique et morale. Tout me semble couvert d'un voile
noir ; je ne suis bien nulle part, j'exagère tout en douleur et en joie. »

Mais le 1er mars 1862, il entre comme employé au
service des expéditions chez Hachette. Il ne végète pas
longtemps dans cet emploi, et devient vite chef de la
publicité. L'horizon se découvre : sa nouvelle fonction
lui permet de rencontrer, par la petite porte, des écrivains connus. Il se fait des relations dans la presse, et
surtout, il reprend confiance en lui et en l'avenir. Dès
l'année suivante, il parvient à placer quelques articles.
Il est au tout début de sa carrière.

En mars 1864, quand Gabrielle le rencontre, il n'a
encore rien publié, à part quelques articles, et travaille
à son recueil *Contes à Ninon*, en attendant une gloire
littéraire dont il ne doute pas. Pourtant, rien ne permet
de soupçonner le génie chez ce jeune homme au regard
myope, réservé et timide en public. C'est même ce qui
a frappé la lingère, la première fois qu'elle l'a vu, ce
mélange de douceur et de force. Il est de sa taille
– 1,72 m – mais paraît petit et râblé à côté de Guillemet
et de Bazille. Tout de suite, le jeune écrivain l'a regar-
dée, elle en est certaine, et tout de suite, elle a senti
que quelque chose s'échangeait entre eux. Le ton

---

1. Paul Alexis, *Émile Zola, Notes d'un ami*, Charpentier, 1882.

monte autour de la table, il est question du prochain
Salon. On parle de Manet. Son tableau *Le Déjeuner sur
l'herbe* a fait scandale au Salon des Refusés l'année
précédente. Guillemet badine. Cézanne tape du poing
sur la table. Tous parlent en même temps. Émile Zola
prend alors la parole, et l'homme effacé disparaît
comme par enchantement. À la place, il y a un artiste
passionné et convaincu, que les autres écoutent avec
respect. Mais Gabrielle ne prête pas attention à ses
paroles. Elle regarde le visage au teint mat soudain
vibrant, le front haut et droit, les yeux bruns et doux,
le nez irrégulier, les mains expressives. Quand il s'arrête de parler, tous applaudissent. Elle seule reste silencieuse, toute à ses songes.

Plus tard, il s'approche d'elle, et lui pose quelques
questions. Elle sent qu'elle l'intrigue, qu'elle l'intimide
aussi. Mais elle ne peut savoir à quel point il est attiré
par elle. Le langage et les manières de cette fille hardie
et pulpeuse trahissent ses origines : Gabrielle est
peuple, cela ne fait pas le moindre doute. Mais en
même temps, elle a de l'allure, une tournure élégante –
du chic, pourrait-on dire. Et surtout, une personnalité,
une droiture, une énergie, une insolence qui ne peuvent
que fasciner un garçon timide et sans expérience
comme Zola. Grande, bien charpentée, sensuelle, la
chevelure épaisse et un peu bouclée, les yeux noirs,
« de ce noir étonnant et profond qu'ont les yeux des
infantes de Vélasquez » comme l'écrira d'elle Huysmans, elle a ce mélange de liberté et de fierté, de
gouaille et de majesté, de mystère enfin, qui séduit
chez des femmes comme la Garance des *Enfants du
Paradis*. Elle est courtisée. Sans doute faudra-t-il un
peu de temps à Émile Zola pour comprendre tout ce
que cache cette assurance : les années de lutte, de solitude, de souffrance. Parfois, les yeux sombres de la
jeune femme se voilent, et la mélancolie envahit son
visage. Sensible et intuitif, il devine vite en Gabrielle
une sœur en pauvreté et en ambition, blessée très jeune
dans ses affections. Mais il aime aussi en elle cette

force de vie et cet enthousiasme qui répondent à son propre désir de puissance. Comment ne se comprendraient-ils pas ?

Ils n'oublieront jamais ce jeudi 17 mars 1864, et le fêteront en tête-à-tête toute leur vie. Quant à la date du 28 décembre, elle marque peut-être le début de relations plus intimes, une « vie commune » dont Alexandrine constatera des années plus tard qu'elle a cessé d'exister [1]. Cézanne repart pour Aix en juillet. Gabrielle et Émile continuent à se voir en son absence – le peintre ne revient à Paris que six mois plus tard, début 1865. Entre-temps, ils se sont aimés, comme le laisse supposer une photo d'Alexandrine dédicacée par Zola en 1901 à la « compagne de trente-sept ans de ménage ».

Gabrielle a-t-elle déjà deviné dans ce jeune écrivain plein d'énergie l'être sensible et émotif, sujet à de profonds accès de mélancolie et à de grands élans d'exaltation, le fils aimant, l'ami dévoué, le travailleur acharné ? « Être insaisissable, profond, mêlé, après tout ; douloureux, anxieux, trouble, douteux. » Ainsi le définiront les frères Goncourt la première fois qu'ils le verront en 1868. De l'amour, il n'a connu que les vapeurs de l'idéalisme ou les miasmes de la vénalité. Il y a en lui une immense pureté, jointe à un besoin viscéral de réussir. Son ambition n'a d'égale que ses doutes, et son amour sensuel de la vie, sa hantise de la mort.

Comme Gabrielle qui a perdu sa mère, et à peu près au même âge, il a perdu son père. Comme elle, il a connu la grande pauvreté et l'humiliation. Il a dû travailler jeune pour gagner sa vie. Ils ont le même besoin de revanche sur l'existence, le même appétit de vivre, les mêmes tendances à l'hypocondrie, la même obsession de la mort. Les ressemblances s'arrêtent là. Indéniablement, leur milieu d'origine, leur culture, leurs expériences, leur caractère, et leurs dons sont différents. Autrement dit, ils ont assez de points communs pour se comprendre, et de dissemblances pour s'aimer.

---

1. Voir p. 343-344.

4

La vie de bohème

C'est au début de l'année 1866 que Gabrielle et Émile se mettent en ménage, rue de l'École-de-Médecine, en plein Quartier latin. Quelques mois plus tard, ils déménagent pour la rue de Vaugirard, au 10, juste à côté de l'Odéon : un vrai petit appartement, au sixième étage, avec une salle à manger, une chambre à coucher, un salon, et même, une chambre d'ami et une terrasse qui donne sur les jardins du Luxembourg. « Un palais véritable », comme l'écrit Émile tout fier à son ami Numa Coste. Le souvenir des garnis et des taudis est encore si frais qu'ils n'en reviennent pas de ce luxe pourtant bien modeste.

Tout autour, le Quartier latin, l'univers des étudiants et des rapins, avec ses rues étroites et souvent mal famées. Ce n'est pas la première fois que Gabrielle habite le quartier des Écoles. Mais elle préfère la rive droite. Dans une lettre écrite à Denise Le Blond-Zola, quelques jours avant sa mort, en 1925, elle dira qu'il lui a été « difficile d'habiter le Quartier latin lors de son mariage ». Sans doute veut-elle parler des débuts de sa vie commune avec Zola, car dès 1867, ils changeront d'arrondissement. S'agit-il de l'ambiance du Quartier latin, de ses habitants, ou des souvenirs qu'il éveille chez elle ?

En vivant avec Zola, Gabrielle le découvre : il travaille à longueur de journée, son labeur est sans fin. Quand il ne rédige pas un article pour l'un des journaux auxquels il collabore, *Le Salut public, Le Figaro* ou *Le Grand Journal*, il travaille à son livre, *Le Vœu d'une morte*, qui doit paraître en septembre dans *L'Événement*. Et le reste du temps, il écrit des lettres, des dizaines de pages couvertes de son écriture fine : aux directeurs de journaux, aux critiques, aux amis. Il passe sa vie la plume à la main, assis à son petit bureau de jeunesse.

Le 31 janvier, il a quitté la librairie Hachette où il gagnait sa vie depuis quatre ans. Ils vivront de sa plume. Sur le moment, Gabrielle a été un peu inquiète, mais elle a repris confiance. Il est si différent des artistes qu'elle a connus, si sérieux, si travailleur. Si gentil aussi : une fille comme elle n'a pas toujours été habituée à tant de respect et de délicatesse. Avec lui, enfin, elle entrevoit une vie possible. De temps à autre, elle y pense. Ils ne parlent pas encore de l'avenir, ils vivent leur amour au jour le jour. Mais petit à petit s'installent entre eux des habitudes, des rites. Il lui offre des fleurs. Elle lui fait la cuisine. Ça ressemble à un jeu, et c'est déjà la vie ensemble. Ils ne se disputent pas, ils ont toujours quelque chose à se dire. Bien sûr, elle n'a rien appris dans les livres et lui, il sait tout. Mais elle a tellement envie de savoir, et lui, il aime tant partager. Elle est fière de lui, elle le sera toujours. Elle a déjà compris que sa tâche consiste à l'aider de son mieux, à sa façon. Jour après jour, elle se rend indispensable. Elle connaît bien mieux la vie que lui. Elle le protège. L'appartement est bien tenu, elle s'occupe de tout. Elle prend garde de ne pas le déranger quand il écrit, et met son talent dans les petits plats qu'elle lui prépare. Résultat : elle engraisse, et lui, il maigrit un peu, tant il se donne à sa tâche.

Le 13 mars 1865, paraît dans *Le Petit Journal* un portrait-carte intitulé « L'Amour sous les toits ». Ce petit récit qui sera publié en 1866 dans *Esquisses parisiennes* s'inspire du passé de Gabrielle, et de sa vie de cousette. Le portrait est si ressemblant que Georges

Pajot, un ami de jeunesse de Zola, ne s'y est pas trompé :

> « Dis bien à Gabrielle... J'ai oublié de dire madame. Qu'elle ne s'en formalise pas et qu'elle me pardonne cette familiarité en faveur de l'affection que je lui porte si elle te rend heureux ; et puis je suis trop loin et elle est trop sage pour que ce soit dangereux. Dis-lui donc que j'ai été tout aise de voir sa photographie publiée à 20 000 lecteurs et d'en avoir un exemplaire [1]. »

Il a même ajouté, de manière bien alambiquée : « J'aurais pensé de même si je n'eusse su l'exprimer ainsi » avant de s'excuser de sa maladresse : « Diable que cela sent le madrigal (...) ce ne sont pourtant point des bégaiements d'amour. Je te prie de le croire et de ne pas être jaloux. »

Sans doute, la « belle Gabrielle », comme il aime l'appeler, est-elle assez séduisante pour qu'il se justifie aussi lourdement. De là à imaginer, comme certains, une liaison avec elle ! Non, Georges Pajot est un homme galant, et un ami prudent. Du reste, cela ne prête guère à conséquence. Depuis qu'il est ingénieur aux forges de Fourchambault, dans la Nièvre, ce pauvre Georges s'ennuie mortellement, et les serveuses d'auberge ne lui font pas oublier les années de bohème qu'il a partagées avec son ami. Un peu d'humour est salutaire, du fond de son désert nivernois. En tout cas, pas de doute, il a bien reconnu Gabrielle dans le personnage charmant de Marthe, la petite grisette. Du reste, c'est sous le prénom de Gabrielle qu'elle est décrite dans le manuscrit.

La grisette et l'artiste : le couple exemplaire du XIXe siècle. Depuis *Mimi Pinson*, le conte publié par Musset en 1845, la grisette est devenue un type littéraire. Elle incarne l'une des figures de la Parisienne, un

---

1. Georges Pajot, 15 mars 1865, cité par Colette Becker, « Un ami de jeunesse d'Émile Zola », *Cahiers naturalistes*, n° 53.

Paris populaire et vivant, à la jambe leste, aux amours passagères. Ce nom seul de « grisette » associe le vêtement pauvre de la jeune ouvrière à la fragilité gracieuse du diminutif. Cœur tendre et esprit vif, parole agile et regard malicieux : tirer l'aiguille n'empêche pas la langue d'aller, et dans les ateliers, il s'en conte parfois de belles ! Mais une fois qu'elle a donné son cœur, la grisette est sincère, et elle peut mourir d'amour, comme la Mimi de *La Bohème*. Elle côtoie l'univers de la mode, elle a du goût, et une élégance naturelle, ce fameux chic parisien dont on ne sait au juste de quoi il est fait. Est-ce là ce qui charme artistes et bohèmes ? Les grisettes sont leurs compagnes favorites, moins vénales que les filles ou les lorettes, plus faciles que les bourgeoises, plus charmantes que les ouvrières.

Le romantisme en fixe les grands traits : le bon cœur, la générosité, la simplicité, le courage, l'indépendance. Les réalistes en feront la représentante d'une catégorie sociale, avec ses mœurs, son langage, ses rêves et ses drames. La Mimi des *Scènes de la vie de bohème* de Murger n'est certes pas une inconnue pour Zola. Mais où s'arrête la réalité, où commence la littérature ? L'amour sous les toits, ce sont aussi ses débuts dans la vie avec Gabrielle...

Elle-même est frappée par la fidélité des souvenirs d'Émile. Tout est là : son ancienne chambrette impeccable, où « tout est blanc et lumineux », les gravures naïves et les bibelots gagnés dans les fêtes foraines ; le buste de Béranger, « le poète des greniers », l'Amour en plâtre doré, les gravures tirées du voyage de Dumont d'Urville. Il s'est donné la peine d'énumérer tous ses trésors de jeune fille pauvre, et même s'il a modifié un ou deux détails, elle ne peut pas ne pas se reconnaître. Il a saisi au vol sa silhouette élégante, ses jupes retroussées sur la cheville, les moineaux, le pavé de Paris. C'est beau comme du Musset, ce poète qu'il admire tant, et qui restera le préféré de Gabrielle ! Plus tard, les critiques feront la petite bouche devant ces textes de jeunesse. Ils verront des clichés dans ces instanés de leurs premières amours. Mais comment la jeune femme n'y lirait-elle pas l'amour de son artiste pour elle, une sorte d'hommage ? Comment n'en serait-elle pas touchée ? Quand il écrit de sa vie qu'« elle a toute la dignité de la passion vraie, toute la moralité du travail incessant », pour la première fois, elle se sent comprise.

Elle se découvre par ses yeux. Oui, comme Marthe, « elle n'est plus seule au monde, elle a rencontré un bon garçon ». Comme Marthe, « elle s'est laissé aimer, et elle a aimé elle-même ». C'est vrai, Gabrielle n'est peut-être pas une vertu, mais elle écoute son cœur. Une Gabrielle gaie et courageuse, ne trichant ni avec la vie ni avec ses sentiments, indépendante, honnête et d'une méticuleuse propreté : c'est ainsi que la voit Émile. Sans doute, elle s'en rend bien compte, il l'a idéalisée pour les besoins de l'histoire, mais après tout, le croquis est assez fidèle puisque Georges Pajot lui-même...

Or, ce portrait de Gabrielle prend tout son sens quand on le rapproche de celui de Berthe, la première maîtresse de Zola, peinte dans *La Confession de Claude* sous les traits de Laurence. Dans ce roman commencé en 1862-1863 avant sa rencontre avec Gabrielle, abandonné puis repris et achevé en 1865, il règle ses comptes avec le passé tout en prenant le contre-pied du stéréotype de la grisette. « Ils mentent, ils mentent, ils mentent », lance-t-il en parlant de ceux qui idéalisent les Mimi. Ainsi, les deux portraits s'opposent-ils point par point. À la chambrette impeccable de Marthe, il convient de comparer le taudis habité par Laurence :

> « J'avais en entrant senti s'en échapper un violent parfum de musc, qui se mêlant à l'odeur âcre d'humidité, saisissait étrangement l'odorat. Sur la cheminée se rangeait une file de bouteilles et de petits pots gras encore d'huiles aromatiques. Au-dessus pendait une glace étoilée dont le tain manquait par larges plaques. D'ailleurs, les murs étaient nus ; tout traînait à terre ;

> souliers de satin éculés, linges sales, rubans fanés, lambeaux de dentelle. »

De la même façon, Gabrielle est une anti-Laurence. À cette femme inexpressive, sans vie, le narrateur a par moments envie de crier :

> « Lève-toi, et battons-nous ; réveille-toi, et crie, jure, montre-moi que tu vis encore en me faisant souffrir. » Il ajoute : « Elle me regarde avec des yeux éteints ; je recule effrayé, n'osant parler. Laurence est morte, morte de cœur et de pensée. Je n'ai rien à tenter sur ce cadavre. »

Laurence est tout l'inverse de la femme vibrante, parfois excessive dans ses exigences, ses dons et sa susceptibilité qu'est Gabrielle. Cela n'échappera pas au fidèle Pajot qui écrit lors de la publication de *La Confession de Claude* :

> « Il n'est pas juste que Laurence te fasse oublier le présent. La douleur passée ne gêne en rien le bonheur d'aujourd'hui. Fais donc mes compliments à Gabrielle qui si elle t'inspire un roman, ne le fera pas aussi triste que celui d'autrefois [1]. »

L'amour d'Émile Zola pour Gabrielle a libéré ses forces d'espérance et d'idéalisme. Il est heureux. Qu'importe si la grisette perd en vérité ce qu'elle gagne en sympathie. Et si Gabrielle n'inspirera jamais vraiment de roman à son compagnon.

Mais est-ce bien sûr ? Elle ne sera jamais une muse, certes, mais certains de ses traits se retrouvent à plusieurs reprises sous la plume de Zola.

Ainsi, *Madeleine Férat*, roman écrit en 1868, d'après un drame, *Madeleine*, datant de 1865, l'année de *La Confession de Claude*. On y retrouve le parallèle

---

1. Lettre du 19 octobre 1865, *in* Colette Becker, article cité.

entre deux filles du peuple. Vert-de-gris incarne la déchéance de la grisette tombée au trottoir et détruite par l'alcool. Sa silhouette déformée et grimaçante poursuit Madeleine qui, elle, tente d'échapper au passé grâce à l'amour de Guillaume, un jeune homme sensible et pur. Son échec est dû davantage à la fatalité « scientifique » qui la marque à jamais de l'empreinte de son premier amant, qu'à des motifs proprement personnels. Au-delà du thème mélodramatique de l'impossible rachat de la femme perdue, se profile un parallèle troublant avec Gabrielle. À travers ces deux personnages, Vert-de-gris et Madeleine, on retrouve la hantise de la jeune femme : ne pas devenir l'une de ces filles perdues, ne pas succomber à la fatalité sociale de la misère. Comme Gabrielle, Madeleine issue d'un milieu modeste a dû se battre seule. Grâce à son mariage avec Guillaume, elle peut s'estimer et « oublier la honte de son passé ». Elle règne « en femme légitime ». Même son portrait n'est pas sans rappeler Gabrielle :

> « C'était une grande et belle fille dont les membres souples et forts annonçaient une rare énergie. Le visage était caractéristique. Le haut avait une solidité, presque une dureté masculine ; la peau se tendait fortement sur le front ; les tempes, le nez et les pommettes accusaient les rondeurs de la charpente osseuse, donnant à la figure le froid et la fermeté d'un marbre (...) Le bas du visage, au contraire était d'une délicatesse exquise ; il y avait de voluptueuses mollesses dans l'attache des joues, aux deux coins de la bouche, où se creusaient de légères fossettes. »

À la force presque virile de Madeleine, il oppose la fragilité de son compagnon. Cet homme-enfant, humilié et maltraité par ses camarades de classe, comme Zola à Aix, rêve d'oublier les blessures de la réalité dans les bras de son aimée. Nerveux, sans volonté, il se repose entièrement sur elle, il est « la femme dans

le ménage, l'être faible qui obéit... ». Sa nature nerveuse est rassérénée par le calme de Madeleine. Le
jour où elle sombrera, il ne lui survivra pas.

Il serait absurde de faire de *Madeleine Férat* un récit
directement autobiographique. Mais tout se passe
comme si Zola avait utilisé certains éléments du réel
– personnages, lieux, situations – comme une matière
première romanesque, chargeant le texte de transposer
et d'orchestrer ses peurs et ses obsessions. Madeleine
est la projection tragique d'une Gabrielle qui n'aurait
pas échappé à son passé, et aurait entraîné avec elle un
Zola dépourvu de sa force de création. Il est possible
que le roman fournisse d'autres clefs que nous ne
savons pas déchiffrer. Ainsi, Jacques, l'ami de Guillaume, n'emprunte-t-il à Cézanne que la reconnaissance que Zola lui voue pour l'avoir protégé de ses
condisciples, ou d'autres traits plus intimes, comme sa
relation sensuelle avec Madeleine ? Nous n'en savons
rien.

5

Parties de campagne

Le jeune couple, contrairement aux héros de *Madeleine Férat*, est loin de vivre replié sur lui-même. Les Zola auront toujours beaucoup d'amis, et dès cette époque, ils vivent entourés d'une véritable bande. Émile a même le culte de l'amitié, et très vite, Gabrielle se trouve intégrée au groupe de ses amis d'enfance et de jeunesse : Georges Pajot, Baptistin Baille, Cézanne, Numa Coste, Antony Valabrègue, Marius Roux et Philippe Solari, pour les plus anciens, et pour les plus récents, les peintres de la nouvelle école : Bazille, Fantin, Pissarro, Monet, Guillaumin, Guillemet. Sa place parmi eux est d'autant plus naturelle qu'elle en a connu certains avant de rencontrer Zola. N'est-ce pas grâce à Cézanne qu'ils se sont rencontrés ? Quant aux Aixois, Baille le polytechnicien, Valabrègue le poète, Roux le journaliste, Solari le sculpteur, elle apprend vite à les connaître.

Tous sont épris de nature : beaucoup parmi eux sont provinciaux d'origine, et ils y retrouvent un équilibre et une source d'inspiration. Bien sûr, Paris, ses journaux, ses cafés, ses théâtres leur paraissent indispensables à toute vie artistique ou intellectuelle, mais ils ont besoin de respirer un air plus sain, de s'ébattre, de se retrouver en toute liberté à la campagne. Avant sa rencontre avec Gabrielle, ce fut le cabaret de la mère Sens, à Fontenay-aux-Roses que Zola décrit dans sa nouvelle « Aux champs » : Courbet et les peintres réalistes l'ont fréquenté une vingtaine d'années plus tôt, on y déguste un petit vin aigre dans des pots de terre, et du lapin en gibelotte. Cézanne et Zola se sont enchantés des sous-bois et des bosquets, de la mare verte au bord de laquelle ils passaient tous leurs dimanches.

Puis, les amis ont élu de nouvelles terres d'évasion, Le Plessis, Châtenay, Verrières. Cette fois, Gabrielle accompagne Émile. Quelle place ces souvenirs de jeunesse occuperont-ils dans sa mémoire ? Nous ne disposons que de ceux de Zola, conservés dans toute leur fraîcheur dans les *Contes*, et dans certaines pages de *Madeleine Férat* et de *L'Œuvre*. En les lisant, on ne peut s'empêcher de penser que pour Gabrielle aussi, ces étés verdoyants resteront comme le symbole d'une époque heureuse.

Ainsi, ce jour de juin, tout au début de leur amour, où ils s'étaient promenés dans les bois de Verrières. Ce matin-là, Émile avait décidé de partir très tôt. Il y avait eu un orage, pendant la nuit, et l'air en était tout rafraîchi. À neuf heures, ils étaient dans les bois. Était-ce un mardi, un mercredi ? Un jour de semaine, en tout cas. Les taillis étaient déserts, ils pouvaient marcher enlacés, échanger des baisers sans se cacher, courir dans l'herbe. Gabrielle a toujours eu pour la campagne un amour de Parisienne, romanesque et gourmand. Justement, au moment où elle s'y attendait le moins, elle a découvert des fraisiers. Elle a crié « des fraises ! des fraises ! » et Émile l'a rejointe. Des fraisiers, oui, mais des fraises, point. Ils ont marché, pliés en deux, le nez au sol, prêts à battre la forêt tout entière dans l'espoir d'une seule petite fraise. Quand soudain, miracle ! Gabrielle en a trouvé une. Oh, une toute petite, à peine mûre. Qui allait la manger ? En toute équité, ils ont décidé de la partager, et l'ont grignotée bouche à bouche... Ceci entraîne cela : il y eut d'autres fraises, et d'autres baisers. Ils ont déposé leur récolte dans un grand mouchoir blanc. L'ombre est si tentante après l'effort. Ils se sont couchés sur la mousse, et de baisers en baisers... Oui, mais quand ils ont voulu déguster leurs fraises, ils se sont aperçus qu'ils s'étaient couchés sur le mouchoir ! Baisers volés, sieste coquine, cette fois encore, Zola s'est souvenu de ces jolis moments, et les a racontés à sa façon dans une nouvelle intitulée « Les Fraises ». Entre-temps, Gabrielle est devenue sous sa plume Cendrine, puis Ninon.

En 1866, la bande découvre Bennecourt, et voici les bosquets de Fontenay et de Verrières oubliés ! C'est un petit paradis, inconnu encore des Parisiens. La Seine y serpente. Ils passent leurs journées en canot, ils jouent aux Robinsons sur des îles désertes, aux ombrages épais.

Durant plusieurs années, à la belle saison, de mai à septembre, la petite colonie va se retrouver dans ce village, sur la rive droite de la Seine, à une dizaine de kilomètres de Mantes. Parfois, certains y restent plus longtemps, pour travailler, comme Cézanne et Valabrègue, en cet été 1866. Ils prennent le train Paris-Le Havre, à Saint-Lazare (celui-là même qui passera au pied de la propriété de Médan, et que Zola évoquera dans *La Bête humaine*), s'arrêtent à Bonnières-sur-Seine et franchissent le fleuve par le bac. Un second bac « craquant sur ses chaînes » les conduit au hameau de Gloton.

Gabrielle et Émile se rendent à la belle saison à Bennecourt, et logent à l'auberge Dumont (dans les nouvelles de Zola, elle deviendra l'auberge de la mère Gigoux). Zola séjourne aussi une fois chez le maréchal-ferrant, Jean-Jacques Calvaire-Levasseur. En juillet et en août 1868, ils descendent à l'auberge avec le peintre Guillemet, les Monet et leur fils. En 1869, ils louent aux Pernelle une maison qu'ils garderont jusqu'en 1871 et où ils feront de fréquents séjours.

Zola décrira la maison Pernelle dans *L'Œuvre*, le plus autobiographique de ses romans. Le dossier préparatoire du roman atteste des nombreuses ressemblances entre l'écrivain Sandoz et sa femme Henriette, et son propre couple avec Gabrielle. Mais en l'occurrence, c'est au peintre Claude Lantier et à sa compagne Christine qu'il prête « les journées adorables » qu'il passe à Bennecourt avec Gabrielle.

Ils habitent une immense maison, pauvrement meublée. En bas, une cuisine et une grande salle. En haut, deux vastes chambres. Mais ils s'enchantent du jardin abandonné devant la maison, si poétique avec ses abricotiers superbes et ses rosiers géants. Derrière la maison, le petit champ de pommes de terre vient leur rappeler qu'ils sont dans une vraie campagne. Ils se lèvent tard le matin et, après le déjeuner, se promènent sur le plateau planté de pommiers, ou le long de la Seine. Parfois, ils s'aventurent jusqu'à La Roche-Guyon, ou traversent la Seine, vers les champs de blé de Bonnières et de Jeufosse. Ils ont acheté un vieux canot, et y passent des heures, et souvent des jours entiers. Quand le soleil est trop fort, ils se réfugient sous l'ombre des saules. Parfois, Émile doit sauter sur le sable, et jambes nues, pousser le canot de toutes ses forces. Quant à Gabrielle, elle n'est pas en reste, et elle aime ramer à contre-courant, plus robuste que bien des hommes. Quel appétit quand ils rentrent, et comme ils dévorent la soupe aux choux et l'omelette ! À neuf heures, ils sont au lit, et ne se réveillent à l'aube que pour jouer, comme des gamins, à se lancer les oreillers, avant de se rendormir, tendrement réunis.

Le hameau de Gloton a peu changé. Bien sûr, aujourd'hui, un pont a remplacé le bac, des voitures les chevaux, une boulangerie l'auberge Dumont. Mais les fermes, les ruelles – rue des Lilas, rue des Anémones, rue des Roses –, la terrasse du café-tabac Le Zola au bord de l'eau, les grands saules, les couples qui se promènent le long de la Seine, les jardinets de l'île parlent encore de la douceur de vivre à Bennecourt, dans les années 1860...

Clairs étés, dont Zola a laissé maintes descriptions dans ses nouvelles et ses chroniques. Dans « La Rivière », il évoque sa chambre chez le maréchal-ferrant, les murs blanchis à la chaux et décorés naïvement, le grand lit aux odeurs de linge frais, la dernière lessive dans l'armoire, les heures passées à canoter, à pêcher, à rêver sur l'eau. Tous ces textes écrits une quinzaine d'années plus tard respirent la nostalgie de la jeunesse, et mêlent la poésie à l'humour.

Ainsi, le petit récit « Une farce » qui recrée de façon plaisante l'ambiance de ces journées d'été. Certes, dans ce texte, comme dans tous les autres, il faut faire la part de l'invention littéraire et du souvenir, du détail vrai et de la déformation, de l'exagération et du souci de vérité. Ces contes sont écrits pour plaire à des lecteurs au moins autant qu'à leur auteur. Zola, à l'évidence, s'enchante de retrouver le parfum de cette époque, et s'amuse à distraire son public en homme de métier.

Ce retour aux origines, ces parties de campagne où éclate la gaieté malicieuse d'une bande de jeunes artistes et leurs maîtresses sont à la fois des exercices de style et des jeux de mémoire. Voilà pourquoi nous pouvons y voir en même temps un reflet fidèle du passé, et une fiction mêlant adroitement ce qui fut à ce qui aurait pu être. Ils n'ont pas pour nous valeur de document au même titre qu'une lettre ou un témoignage direct, mais ils sont l'un des chemins qui nous mènent à la jeunesse de Gabrielle et Émile Zola, ils en gardent la trace : ils nous laissent entrevoir la gaieté, l'insouciance de ces journées d'été, comme quelques notes d'une chanson, ou les couleurs d'une toile.

Cette fois encore, l'histoire est simple : un groupe de jeunes gens débarque à Gloton, chez la mère Gigoux. Ils sont huit, six garçons et deux filles. L'essayiste R. Walter a montré que les personnages étaient la transposition fidèle de la bande qui entoure Zola[1] : Jean-Baptiste Chaillan, ami de jeunesse et peintre médiocre, Cézanne, le sculpteur Solari, le poète aixois Valabrègue, Guillemet, Thérèse Strempel, maîtresse et future épouse de Solari, et Gabrielle, sous les traits de Louise. La transposition des deux personnages féminins reposerait sur une inversion symétrique : dans la réalité, Thérèse est petite, Marguerite est une grande

---

1. R. Walter, « Zola et ses amis à Bennecourt », *Cahiers naturalistes*, n° 17.

brune, Gabrielle est brune, et Louise « une grosse blonde ». Suivons-le un instant sur sa piste, car même si
Zola a sans doute pris quelque liberté avec la situation
et les personnages, elle a l'intérêt de nous dévoiler les
relations qu'entretenaient entre eux les jeunes gens, et
un aspect inédit de la personnalité de Gabrielle.

L'ambiance est bon enfant, on canote, on fume, on
se baigne, on bavarde, on dévore l'omelette et les
pommes de terre frites de la mère Gigoux. Les dames
« ne se gênent pas et retirent tranquillement leur chemise derrière un tronc d'arbre[1] » pour se baigner, et
participent aux discussions enflammées qui mettent
aux prises romantiques et partisans du réalisme. Elles
sont « très au courant des questions que l'on discute et
portent, elles aussi, des jugements carrés ». Notons au
passage l'évolution de Louise, la grisette passée, au
contact de son amant, du chromo aux questions d'esthétique... Mais il y a parmi eux un fâcheux, un nommé
Planchet, dont le modèle serait le peintre Guillemet. Il
devient le jouet de la bande. On s'est contenté jusqu'à
présent de lui faire les farces classiques : attacher un
hareng saur à sa ligne, emporter ses vêtements pendant
qu'il se baignait, glisser des orties fraîches dans son
lit. Mais comment se débarrasser de lui ? C'est Louise
qui propose de s'en charger :

« Vous ne savez pas, je vais faire semblant de tomber amoureuse de lui. Je demande trois jours pour le
forcer à reprendre le chemin de fer. »

La proposition est acceptée avec des cris de joie.

Et Louise met son plan en action : frôlements de
genou, main furtivement serrée, pied délicatement posé
sur celui du malheureux garçon, aussi étonné que gêné.
La coquine va jusqu'à glisser l'une de ses jambes entre
les siennes, pendant qu'ils sont tous étendus dans
l'herbe, le soir. Les autres étouffent leurs rires, et attendent que « cette grande andouille de Planchet » se

---

1. Zola, « Une farce » dans *Les Parisiens en villégiature. Contes
et nouvelles*, coll. Pléiade, Gallimard.

décide à partir. Rien n'y fait. Louise décide de frapper un grand coup : elle lui donne rendez-vous au bord de l'eau, non sans avoir prévenu Morand (Zola ?), son amant. Quand celui-ci arrive, le pauvre Planchet n'a d'autre solution que de se cacher entre les roseaux, dans la rivière. Morand est rejoint par les autres, et les voilà qui passent gaiement une heure à bavarder, et même à lancer des cailloux pour faire des ricochets. Terrorisé, Planchet n'osera sortir de l'eau qu'après le départ de la petite bande.

Il va se coucher avec une forte fièvre.

Mais tandis que les autres plaisantent, Louise demeure rêveuse. Elle se lève pour lui porter de la tisane : « On se moque des gens, mais ce n'est pas une raison pour les faire crever. D'ailleurs, il n'est pas plus ridicule qu'un autre, ce Planchet, un peu long peut-être. » Malgré tout, elle a une nouvelle idée qui lui permettra de gagner son pari qu'elle ne perd pas de vue : le lendemain, elle fera semblant de partir avec Planchet, et s'esquivera au dernier moment en le traitant de jobard.

Oui, mais le lendemain, quand le train s'ébranle sous les yeux stupéfaits des amis, Louise ne descend pas...

Petite revanche d'auteur sur un ex-rival ? Jaloux, Zola ? Peut-être. S'il s'agit vraiment de Guillemet, il faut bien reconnaître qu'il n'est pas flatté. Quant à Louise-Gabrielle, comment ne pas remarquer son esprit malicieux et sa liberté de mœurs ? Est-ce cette image qu'elle souhaitera effacer plus tard, quand avec le mariage elle aura conquis la respectabilité ? À l'évidence, à Bennecourt, on est bien loin des raideurs et des frilosités de la bourgeoisie. Dans ce milieu bohème, filles et garçons discutent coude à coude, se baignent et rament ensemble, s'allongent dans l'herbe ou sur des bottes de paille. Dans *Le Déjeuner sur l'herbe* de Manet, il passait déjà un peu de cette liberté. Quant aux discussions fougueuses sur l'art, elles se prolongeront à Paris.

6

Un début dans la vie

L'existence de Gabrielle a désormais pour centre le travail de son compagnon. En 1865, Émile Zola a publié *La Confession de Claude*, le roman inspiré par ses premières expériences amoureuses. Depuis son départ de la maison Hachette, sa carrière de journaliste a démarré en flèche. Elle n'en revient pas. Comment peut-on écrire autant ? 178 articles rien que pour l'année 1866. À cette vie trépidante s'ajoutent les sorties au théâtre, les visites des amis, les dîners du jeudi. Avec l'argent que gagne l'écrivain, ils vivent à trois puisqu'il entretient aussi sa mère, Émilie. Mais après les succès de 1866, débute une période plus difficile. On lui prend moins d'une vingtaine d'articles durant l'année 1867. Les soucis d'argent se font à nouveau durement sentir.

Gabrielle est une compagne à la mesure de Zola. Elle sait ce que travailler veut dire. Elle a l'expérience de la pauvreté : c'est toute sa vie. Elle sait se servir de ses mains, cuisiner, laver, coudre. Elle sait marchander chez l'épicière pour obtenir un crédit, ou faire d'un bas morceau un fricot appétissant. Le ragoût de pommes de terre n'a pas de secret pour elle. Ce qui la lasse, parce qu'elle l'a trop connue, c'est l'incertitude du lendemain. Dès cette période, elle partage le rêve de son compagnon : gagner assez d'argent pour vivre à son aise sans crainte du lendemain, être délivrés « du souci des intérêts matériels de la vie ». Ils n'envient pas les riches, mais ils ne méprisent pas non plus l'argent. Ils savent trop l'un et l'autre ce que signifie en manquer. Ils ont le même besoin de sécurité, le même désir de confort. Gabrielle a déjà compris, *très vite* compris que c'est grâce à sa plume que Zola y parviendra, et que pour cela, il faut lui assurer les meilleures conditions de travail possible.

Son destin de femme d'écrivain se forge en ces années-là.

Parfois, elle fait le siège de Hachette pour une pièce de cinq francs. Quand les fonds sont trop bas, il lui arrive de travailler chez l'éditeur à faire des bandes pour gagner quelques sous. Parfois, elle se rend avec sa belle-mère au mont-de-piété, y engager quelques objets – une montre, un bracelet, son joli châle, ou même une robe – pour recevoir plus dignement les amis à dîner. Ces amis-là s'en souviendront toute leur vie. Ils sont dans une extrême pauvreté, et ce n'est pas la dernière fois. Malgré ses réticences, l'artiste doit demander parfois des avances pour faire bouillir la marmite, multiplier les sollicitations auprès des directeurs de journaux, se vendre pour payer les dettes de sa mère, comme celle qu'elle a contractée en 1858 auprès de l'ancien boulanger d'Aix, et qu'il règle en 1869. Pour cela, une seule solution, écrire.

Durant des années, leur vie matérielle sera très difficile, même s'ils ne sont plus dans la misère noire qu'a connue Émile dans sa jeunesse. En 1868, il leur faudra demander de l'aide à certains amis, comme Manet qui expose au Salon le portrait de Zola peint l'hiver précédent, avant de lui en faire cadeau. Au lendemain du siège de Paris, en 1871, ils auront à peine de quoi manger. La vie de Gabrielle est rythmée par le travail de son compagnon. Mais elle s'y soumet volontiers, pourvu qu'on reconnaisse à Zola du talent. Ce qu'elle ne supporte pas, c'est qu'on ait des torts envers lui, qu'on lui refuse un article, ou qu'on lui joue un mauvais tour. La vie lui a appris depuis longtemps à se méfier. Celui-ci n'est-il pas intéressé ? Celui-là ne le trahit-il pas ?

Gabrielle veille au grain.

Elle apprend beaucoup aussi. Sans doute a-t-elle déjà fréquenté des artistes. Mais la plupart du temps, ils étaient peintres, et leur langage n'était pas le sien. Avec Zola, il en va tout autrement.

Au fil des années, la jeune grisette légère et ignorante va se transformer en épouse accomplie, en compagne idéale d'écrivain, telle qu'il la définira des années plus tard dans *L'Œuvre*. Comment cette métamorphose s'est-elle faite ? Progressivement, au contact de Zola, elle s'est cultivée ; à force d'en être témoin, les débats esthétiques lui sont devenus familiers, son goût s'est affiné. Elle lit beaucoup. Elle n'aura jamais de prétentions personnelles à l'art, mais elle suivra toujours de près tout ce qui concerne son mari, elle y sera associée, souvent confidente, parfois conseillère, toujours à ses côtés dans les grands débats auxquels il participera. Rien ne lui sera étranger de la vie littéraire, avec ses querelles, ses rivalités, ses loyautés aussi. Dans une lettre bien postérieure, elle précisera avec fierté qu'elle s'est donné près de Zola « la fonction de secrétaire ». Le romancier n'en aura pas d'autre. Deuxième facteur de transformation, évident : l'âge. Gabrielle en s'approchant de la trentaine se pose. Le mariage achèvera sa métamorphose.

En avril 1867, les Zola se sont installés sur la rive droite. Retour aux origines pour Gabrielle, qui retrouve ses racines avec joie. Émile ne connaît que les environs du Quartier latin : à son tour de lui faire partager son univers. Plus jamais, ils ne s'en éloigneront. C'est sur son territoire qu'ils vivront. Une partie de la famille Meley habitera ce même quartier, parfois très près de chez eux. Ils déménageront cinq fois, dans un périmètre restreint qui va des Batignolles au quartier Saint-Lazare. De la rue Moncey où le loyer est de six cent cinquante francs à l'hôtel particulier de la rue de

Bruxelles dont le dernier bail est de huit mille francs, se mesure leur évolution sociale.

Ils habitent au coin de l'avenue de Clichy, dans un appartement de quatre pièces au troisième étage. Ils le partagent avec Madame Zola mère, qui, cette fois, s'est installée avec eux.

Émilie Zola adore son fils unique et n'a pas vu d'un très bon œil sa liaison avec cette nouvelle compagne. À l'exception de quelques mois, durant l'hiver 1861-1862, elle a toujours vécu seule avec lui. La première séparation, ce fut à cause de la liaison d'Émile avec Berthe, la « fille à parties », la deuxième, à cause de Gabrielle. Une fille galante et une grisette ! De quoi inquiéter une mère aimante ! Et cette Gabrielle paraît bien dangereuse : grande et belle, le caractère décidé, le verbe haut. Et ces yeux noirs... Plus âgée que son Émile, aussi : pas de beaucoup, mais treize mois, cela compte, à une époque où la femme doit être beaucoup plus jeune que son mari. Plus jeune, donc plus docile, moins expérimentée – que dis-je ? *inexpérimentée*. Or, rien ne laisse entendre que la belle Gabrielle soit sans expérience. Ses qualités mêmes en font une rivale : l'ordre, la propreté, l'esprit de décision, ses talents de maîtresse de maison, son admiration totale pour Zola, son amour enfin. Vraiment, elle a tout pour déplaire à la mère d'un fils chéri, et au talent déjà si prometteur. Gabrielle sent-elle dès le début cette hostilité, ou celle-ci ne se trahit-elle que lorsque Madame Zola rejoint le couple, en 1867 ?

Il faut bien le dire, les relations entre les deux femmes ne seront jamais excellentes. Il semble cependant qu'on ait exagéré la mésentente entre elles, que rien dans la correspondance ne vient attester. Durant des années, le trio sera indissolublement uni. Quand le jeune couple est au loin, Émilie ne manque jamais de s'enquérir de la santé de Gabrielle. Alexandrine témoignera un vrai chagrin à la mort de sa belle-mère, accru sans doute par le désespoir de son mari. Mais des tensions existent, c'est vrai. La mère, à juste titre, reproche à sa future belle-fille son caractère autoritaire. Sans doute Madame Zola se sent-elle parfois de trop, déçue aussi que son fils n'ait pas trouvé compagnie de meilleure origine. Elle a dû rêver mieux. Et encore, sans doute ne sait-elle pas tout. Quant à Gabrielle, il lui a fallu marquer sa place, imposer son personnage qui ne manque ni d'aplomb ni d'incertitudes. Les liens que peut entretenir cette fille qui a grandi sans mère et qui a abandonné son propre enfant, avec une mère aussi aimante et exclusive ne peuvent être que complexes.

Au fond, leurs relations sont exactement celles qu'on peut attendre de deux femmes possessives, aimant le même homme et partageant la même maison. Par certains côtés, elles se ressemblent beaucoup. Il y a entre elles une certaine jalousie et une lutte pour le pouvoir domestique, peut-être même un peu plus. Mais rien ne laisse suspecter à cette époque de véritables conflits ou déchirements. À peine quelques scènes. La rivalité, certaine, est assez sourde. On évite d'y mêler Émile qui unit dans un même amour ses deux femmes. Prudemment, Madame Mère laisse leur indépendance aux jeunes gens. Ils partent sans elle en vacances. Mais les lettres pleines de sollicitude qu'elle adresse à son fils en disent long sur ses inquiétudes. Elle multiplie des avis de prudence qui paraissent bien ridicules à Gabrielle. Franchement, à vingt-sept ans, il commence à être en âge de faire ce qui lui plaît. Alors qu'il est à Bennecourt, Émilie écrit par exemple à son fils :

> « Ne va pas sur l'eau, le vent est gros et une barque peut chavirer, tu me promets, Émile, que tu suivras mon conseil, n'est-ce pas ? »

Inutile d'ajouter qu'Émile, comme tous les fils bien-aimés, s'empressera de rassurer sa maman, et de ne pas suivre son conseil !

Un an plus tard, en avril 1868, tous trois s'installent aux Batignolles, rue Truffaut dans un petit pavillon

avec jardin. Ils habiteront ce quartier des Batignolles
jusqu'en 1877.

Or, ce choix ne manque pas d'intérêt. Il faut se rappeler qu'à l'origine, le village des Batignolles, situé
au-delà de la barrière de Clichy, se trouvait en dehors
de la ville de Paris, délimitée par le fameux mur des
Fermiers généraux, édifié en 1783 afin de protéger
l'octroi. Le village avait considérablement grossi dès
1830, les spéculateurs achetant des terrains bon
marché, et faisant construire des maisons de campagne
très simples. La petite bourgeoisie prend l'habitude de
s'y rendre pendant l'été, et loue ces maisons au loyer
modique. En 1841, la construction des fortifications de
Thiers, destinée à protéger les villages environnants
d'une éventuelle coalition étrangère forme sa limite
nord. Sous le Second Empire, une dizaine d'années
avant qu'Alexandrine et Émile s'y installent, on
célèbre encore l'air pur des Batignolles, protégé du
vent du nord par la butte Montmartre. La population
est composée principalement de commerçants retirés,
de rentiers, d'officiers retraités et d'employés « venus
chercher le repos après une vie active » : on est bien
loin de la jeunesse bohème du Quartier latin. Les textes
de l'époque célèbrent ses doux parfums, ajoutant
même que les prisonniers pour dettes sortant de la rue
de Clichy viennent s'y promener « pour y apprendre à
respirer l'air libre [1] » !

Ainsi, le rentier batignollais devient-il un type
social, « non encore décrit par les Naturalistes »,
comme le signale un journal satirique de l'époque ! Le
vin n'est pas cher, puisqu'il échappe aux taxes municipales de la ville de Paris, et de nombreux cafés et des
guinguettes, comme la célèbre auberge du Père
Lathuile, se sont installés près des premières fortifications. Les jardins campagnards, les cours où l'on élève
des animaux, alternent avec les immeubles de rapport
qui commencent à s'édifier vers 1860 au milieu des

---

1. Annuaire des Batignolles-Monceau, 1857-1858.

champs de blé et de pommes de terre. Quant au chemin de fer, il entraîne l'industrialisation du quartier des Épinettes, tout proche. En 1859, on procède à la destruction du premier mur (la réunion du chemin de ronde et du boulevard donnera naissance aux Boulevards extérieurs), et en janvier 1860, le village des Batignolles est annexé et intégré au XVIIe arrondissement de Paris, malgré l'opposition de nombreux petits commerçants, redoutant les hausses de prix que provoquera le décret d'annexion : il faudra payer l'octroi, les denrées de première nécessité seront plus coûteuses, et le prix des terrains montera. Mais la croissance de Paris est d'un autre poids...

Tel est donc le quartier où les Zola vont s'installer, aux confins de Paris et de la banlieue, de la tradition campagnarde et du modernisme : ils y trouveront à la fois un mode de vie simple qui leur convient – Gabrielle et Madame Zola élèveront même des lapins et des canards, avant-goût de la ferme de Médan et moyen économique d'améliorer l'ordinaire – et la proximité de Paris, nécessaire au journaliste qu'est Zola.

Enfin, tout près, 11 Grande-Rue des Batignolles (aujourd'hui, 9 avenue de Clichy) se trouve le Café Guerbois, lieu de rendez-vous des Impressionnistes. C'est Manet qui le premier y a pris ses habitudes, à deux pas de son marchand de pinceaux et de peintures, Hennequin. Assez vite, il est rejoint par les jeunes artistes qui se reconnaissent en lui, Degas, Fantin-Latour, Bazille, Monet, Pissarro, Cézanne, Renoir. Ils se réunissent tous les vendredis soir autour de deux tables qui leur sont réservées. Zola, Nadar, et l'écrivain et critique d'art Duranty les rejoignent souvent. On y discute avec vigueur et enthousiasme, on s'y forge une esthétique, on y retrempe ses forces.

Gabrielle n'accompagne pas toujours Zola à ces réunions. Bien sûr, il lui est arrivé de partager ces heures enfumées en écoutant distraitement les discussions fiévreuses des artistes. Mais le milieu des peintres lui est

de moins en moins familier. On a l'impression qu'elle
prend ses distances, quelques années avant Zola. Elle
n'apprécie pas toujours les créations de la nouvelle
école. La plupart du temps, elle préfère rester à la maison avec Émilie, et attendre son mari en brodant. Il s'y
rend donc seul, puis quitte ses amis sur le boulevard
pour rentrer chez lui, tandis que les autres continuent
leur route ensemble vers le centre de Paris. Le combat
des jeunes peintres, que va très tôt soutenir Zola, ses
propres difficultés avec la critique forment la toile de
fond de ces années aux Batignolles, auxquelles
Gabrielle est étroitement associée.

À partir de 1869, ils s'installent au 14 rue La Condamine, une rue étroite qui relie l'avenue de Clichy à la
rue de Rome. Ils habitent à deux pas de la place Clichy,
dans un pavillon avec jardin que Zola a décrit dans
L'Œuvre et que Paul Alexis, fidèle entre les fidèles,
évoque dans ses *Notes d'un ami*, la première biographie du romancier. C'est une toute petite maison, « une
vraie boîte de carton » comme l'écrit Zola, aux cloisons minces comme des feuilles de papier. Un salon
dont il a fait son cabinet de travail, une salle à manger
et une cuisine, avec, à l'étage, une grande chambre où
loge Madame Zola, et une chambre plus petite où dort
le couple ; la salle à manger est si minuscule qu'il a
fallu creuser une niche dans le mur pour y loger le
piano mais le jardin est plaisant, avec ses arbres, et ses
plates-bandes que Zola bêche, sème et arrose régulièrement. Pavillon modeste par conséquent, mais dont
Gabrielle et Émile s'enchantent. Cette « petite maison
de travail et d'espoir » restera comme un symbole de
leurs vrais débuts, des soirées entre amis autour de la
table ronde, ou des dîners à trois sur la terrasse étroite,
auxquels viennent se joindre les familiers de la maison.
On dîne vers les six heures, comme en province, mais
souvent, la soirée se prolonge tard dans la nuit. Ces
soirs-là, Gabrielle sert le thé sous les étoiles.

Dans une lettre à un correspondant russe, Bobory-
kine, écrite en 1876, Zola raconte lui-même sa vie quo-

tidienne qui n'a guère changé en une dizaine d'années, et insiste sur sa banalité :

« Je vis très à l'écart, dans un quartier éloigné, au fin fond des Batignolles. J'habite une petite maison avec ma femme, ma mère, deux chiens et un chat. Si quelqu'un passe me voir le jeudi soir, il s'agit surtout d'amis d'enfance qui sont presque tous des Provençaux. Je sors le moins possible. (...) Je me suis éloigné de tout, exprès, pour travailler le plus tranquillement possible. Je travaille de la manière la plus bourgeoise. Mes heures sont fixées : le matin, je m'assieds à ma table, comme un marchand à son comptoir ; j'écris tout doucement, en moyenne trois pages par jour, sans recopier : imaginez-vous une femme qui brode de la laine, point par point ; (...) en réalité, tous les véritables travailleurs, à notre époque doivent être par nécessité des gens paisibles, éloignés de toute pose et qui vivent en famille, comme n'importe quel notaire d'une petite ville.

(...) Quand je suis content de ma journée, le soir, je joue aux dominos avec ma femme et ma mère. J'attends ainsi plus facilement le succès. »

Pour Gabrielle, la vie n'a pas toujours été si douce par le passé. Il y a dans ces soirées tranquilles l'apaisement d'un équilibre enfin trouvé. Elle y puise une force et une confiance dans l'avenir qu'elle n'a jamais connues. Les parties de dominos sous la lampe, le bruit des aiguilles à tricoter, le chien couché en rond sous la table, c'est le bonheur tel qu'elle l'a rêvé. Quelque chose qui ressemble à une famille... Et puis, il y a les jeudis...

7

Les jeudis

Depuis 1864, Émile Zola a pris l'habitude de réunir ses amis chez lui. Les jeudis sont à la fois l'occasion de se retrouver entre camarades de la même bande, entre artistes partageant les mêmes convictions, et entre convives appréciant la bonne chère. La présence à ses côtés de Gabrielle non seulement n'a pas affaibli le rite, mais lui a même donné un relief nouveau. Dans leur vie à tous deux, les jeudis joueront un rôle essentiel, pour des raisons différentes et complémentaires.

À Zola, ils permettent d'exprimer son besoin d'amitié et son goût de la théorie, ils favorisent la solidité du groupe. Difficile de séparer chez lui le sentiment de l'intellect, ce Méridional inquiet, volubile et chaleureux a le culte des amis, et une profonde affection pour ceux qu'il a choisis. Fidèle, il supporte mal les défections qu'il ressent comme un abandon, ou même les relâchements de l'amitié. Un groupe, c'est d'abord la solidarité, la chance de « marcher au feu ensemble ». C'est aussi une machine de guerre, un moyen d'occuper l'espace littéraire, de constituer un réseau, de faire pression sur les éditeurs et la critique, de s'entraider. Autour de lui, les groupes évolueront, de la bande des amis aixois aux Impressionnistes, des naturalistes de Médan aux partisans de Dreyfus mais les jeudis resteront une institution à laquelle sa compagne participera étroitement, et qu'elle maintiendra bien après la mort de son mari.

Pour Gabrielle, les jeudis conjuguent l'occasion de jouer son rôle auprès de Zola, et le plaisir de cuisiner et de recevoir. C'est une excellente cuisinière, tous en témoignent.

Pour tous les deux, ces jeudis sont sacrés : « Nous les attendions comme un rendez-vous d'amour », confie l'écrivain dans le dossier préparatoire de *L'Œuvre*.

À l'époque de la rue La Condamine, Gabrielle s'occupe encore personnellement de la cuisine, et fait déjà la preuve de ses talents de maîtresse de maison. La gourmandise est le péché mignon de Zola. Il confie à Edmond de Goncourt : « Chez moi, quand il n'y a pas quelque chose de bon à dîner, je suis malheureux, tout à fait malheureux. » Il lui arrive même d'aller en cuisine, et de détacher le fond d'une poêle en la secouant d'un coup de poignet. Quant à Gabrielle, elle n'est pas en reste. Son tour de main est admirable. D'ailleurs, elle sait tout faire de ses mains, c'est un don. L'une de ses spécialités, c'est la bouillabaisse dont Émile lui a donné la recette. Elle en est très fière : même les amis provençaux reconnaissent qu'on n'en mange pas de meilleure à Marseille.

Dès que les invités arrivent, elle retire le grand tablier blanc qui protège sa robe de popeline noire et leur serre la main. Sa haute silhouette, son regard expressif et ses belles épaules mettent une note féminine dans ce repas de copains. L'ambiance est bon enfant. Tout le monde se tutoie : on est entre collègues, comme on dit au pays. Voici Valabrègue, poète à ses heures et critique d'art. Il a amené avec lui le jeune Paul Alexis, âgé de vingt-deux ans à peine. Son admiration pour le romancier est sans bornes, et rien que pour cela, Gabrielle l'accepte, ce qui ne l'empêche pas de le taquiner. Puis le journaliste Marius Roux, l'ami de pension d'Émile, autant dire l'ami de toujours. Coste et Cézanne ne sont pas encore arrivés. Cézanne travaille en ce moment à la toile qu'il a commencée ici même, et qu'il intitule le plus simplement du monde *Paul Alexis lisant un manuscrit à Émile Zola.*

Gabrielle met son point d'honneur à servir ses convives elle-même, et veille à ce qu'ils ne manquent de rien. Elle court à la cuisine, revient avec la soupière fumante à nouveau pleine à ras bord, toute rose encore de la chaleur du fourneau. Le menu est copieux mais simple : après la bouillabaisse, elle apporte un civet de lièvre, une volaille rôtie accompagnée d'une salade, du fromage accompagné d'un petit vin de Bourgogne, dont le ménage a fait venir une pièce sur les droits d'auteur du premier roman. Plus tard, elle leur propose des biscuits et un thé. Tout en parlant, Zola aide à plier la nappe. La discussion s'échauffe, et la fumée des cigarettes envahit la petite pièce. Gabrielle a posé la main contre sa joue, elle écoute. De temps à autre, elle échange un regard complice avec Émile.

Dans ces dîners, Zola place toute son amitié pour ses camarades, et Gabrielle tout son amour pour Zola. Son talent de cuisinière, elle le met au service de ses sentiments pour Émile. Goncourt notera le goût de Zola pour

> « les petits plats cuisinés par sa femme, cuisinés comme en province, cuisinés avec la foi et la religion d'une cuisinière en le génie de son maître [1] ».

On ne saurait mieux dire. Elle y met tout son cœur, son cœur de cuisinière prompt à s'échauffer mais large et généreux. C'est son hommage de femme nourricière au talent de son mari. Les jeudis sont ainsi pour Gabrielle une manière privilégiée d'exprimer sa reconnaissance à Zola, et d'en être reconnue. Recevoir les amis d'Émile est aussi une façon de participer à sa carrière, de jouer sa partition dans la petite musique de la réussite, de devenir indispensable. Au fil du temps,

---

1. *Journal* des Goncourt, 15 octobre 1876, coll. Bouquins, 3 tomes, Laffont.

la gastronomie prendra une place de plus en plus grande dans la vie de leur couple. Et les dîners d'Alexandrine seront salués par tous comme du grand art.

Quelques années plus tard, quand leur train de vie a changé, Gabrielle devenue Alexandrine possède cuisinière et valet de chambre. Désormais, elle ne fait plus la cuisine elle-même, mais continue à y veiller de très près. Elle accompagne la cuisinière au marché, et passe en personne chez les fournisseurs. Ils savent qu'elle ne prend que le meilleur. Elle s'amuse à composer des menus exotiques qui enchantent Zola et leurs amis. C'est un peu son Invitation au voyage. Le résultat est parfois somptueux, à l'image de ce dîner offert par les Sandoz dans *L'Œuvre* :

> « Un potage queue de bœuf, des rougets de roche grillés, un filet aux cèpes, des raviolis à l'italienne, des gelinottes de Russie et une salade de truffes, sans compter du caviar et des kilkis en hors-d'œuvre, une glace pralinée, un petit fromage hongrois couleur d'émeraude, des fruits, des pâtisseries. Comme vin, simplement, du vieux bordeaux dans les carafes, du chambertin au rôti, et un vin mousseux de la Moselle, en remplacement du vin de Champagne, jugé banal. »

Le thé sera servi dans un samovar, sur une nappe russe, et accompagné d'une brioche, d'assiettes de sucreries et de gâteaux, et de « tout un luxe barbare de liqueurs, whisky, genièvre, kummel, raki de Chio ».

Ce repas est une véritable œuvre d'art, il est conçu comme tel. Équilibre entre le nord et le sud, l'est et l'ouest, la couleur et le brun, le sucré et le salé, le doux et le fort, les fruits de la terre et ceux de la mer, le proche et le lointain, il est né de l'imagination du romancier, mais s'inspire de très près de ceux de Médan ou de la rue de Bruxelles.

Toutefois, Gabrielle, tout comme Émile, déteste les

mondanités. Son caractère direct et sa franchise s'accommodent mal de la comédie sociale. Il lui faudra des années pour apprendre à faire semblant, et encore... Des années aussi, pour prendre confiance en elle, et oser se mêler, par exemple, à la société élégante que recevra Marguerite Charpentier, la femme de l'éditeur de Zola, à ses vendredis de la rue de Grenelle. Non qu'elle soit timide, mais elle restera longtemps consciente de ce qui la sépare des gens du monde. Très sociable, sachant comme Zola nouer des amitiés solides, Gabrielle n'aura jamais l'ambition ou le désir de tenir un salon, ce qui ne l'empêchera pas de recevoir, et même plus tard d'avoir son jour... Nous le verrons, les invités rue de Bruxelles ou à Médan seront nombreux. Mais ce seront pour la plupart des artistes, et toujours des fidèles ou des gens avec lesquels se nouent des rapports chaleureux ou amicaux. Ceux que Goncourt appelle « les caudataires » forment autour de Zola un groupe solide et solidaire. D'aucuns diront une coterie.

Les jeudis des Batignolles ne sont donc pas des réunions mondaines. Ils sont l'œuvre commune de Gabrielle et d'Émile, une sorte de fête de famille élargie, un rituel amical, même s'ils ont dès le début une portée artistique non négligeable, et s'ils joueront un rôle déterminant dans la fondation du naturalisme.

Ils évolueront au rythme des amitiés. Un jour, par exemple, il faut renoncer à celles de l'enfance qu'on croyait éternelles et en faire son deuil. Le merveilleux dîner de *L'Œuvre* ne rencontre qu'indifférence, les anciens amis sont bien trop occupés à s'envier et se déchirer. Il arrive le pire à la maîtresse de maison : les convives engloutissent les mets délicats sans même savoir ce qu'ils mangent. Elle leur demande en vain « un peu de recueillement pour les raviolis », mais les discussions reprennent de plus belle. À la fin, le couple assiste « à la déroute de (son) menu », uni dans une même déception. Après le départ des invités, Sandoz, comme Zola sans doute, pleure ses illusions de jeunesse et son beau rêve d'éternité, mais sa femme, plus lucide, ou moins engagée, lui glisse : « Je t'avais prévenu, j'avais bien compris. » Phrase qu'on croirait sortie de la bouche de Gabrielle...

8

Épouse ou concubine

Le Second Empire vit ses derniers mois. Bientôt, ce sera la Troisième République, et l'Ordre moral. Les valeurs bourgeoises sont devenues les valeurs dominantes. Elles s'affirment en s'opposant à l'image de facilité, de futilité et de débauche de l'Empire, vision simplificatrice et exagérée, mais qui s'impose à travers toute l'Europe : *La Vie parisienne*, le cancan, les grandes courtisanes, le plaisir... Pour la bourgeoisie, au contraire, l'argent acquis par le travail et l'épargne entraîne un mode de vie basé sur la régularité et la morale.

Le mariage est l'un des fondements de cette société, et joue un rôle essentiel d'intégration ou d'exclusion sociale. On pourrait même dire qu'il est la résultante et le signe de l'appartenance à telle ou telle classe de la société. Affaire d'argent, le plus souvent, reposant sur l'institution de la dot, il est en lui-même l'un des rouages de la machine sociale. Il constitue l'objectif de toute éducation de jeune fille. Il figure, dans la bourgeoisie, comme le destin non seulement de la femme, mais celui de la famille : bien marier sa fille, conclure un beau mariage, c'est-à-dire avantageux et en accord avec sa situation sert à justifier des années de labeur et d'épargne. Qui l'a mieux montré que Zola dans *Pot-Bouille* ?

Non que l'union libre soit rare. Au contraire : c'est parce qu'elle est très fréquente que le mariage consti-

tue la barrière infranchissable qu'oppose la bourgeoisie
au peuple. En effet, chez les ouvriers, on vit souvent en
concubinage. La proportion de naissances illégitimes
s'élève à 20 % à Paris en 1872, dans une population
citadine constituée de 40 à 60 % d'ouvriers. Cette
situation s'explique en partie par la précarité des conditions de vie, qui exclut toute prévision à long terme.
Un verbe est même inventé, dans le pays de Bade :
parisieren. Il signifie vivre comme à Paris, c'est-à-dire
en concubinage. Les milieux catholiques s'insurgent
régulièrement contre cet état de fait, dénonçant l'immoralité dans laquelle vivent les ouvrières. Quant au
droit, issu du Code civil, il ignore bien entendu le
concubinage, qui n'a aucune existence légale. Voilà
pourquoi se marier est l'un des premiers gestes des
ouvriers ayant acquis un peu d'aisance et de stabilité
et permet de *légitimer* une situation.

Seules, quelques fortes personnalités, telles que
George Sand ou Marie d'Agoult, avaient pu jadis bra-
ver l'opinion en s'affichant avec leurs amants. Mais il
s'agissait d'une autre époque, moins conformiste. Et
puis, elles avaient été mariées, et leur attitude corres-
pondait à leur conception de la femme et de sa liberté.
Elles-mêmes écrivaient. On ne se fit pas faute de les
vilipender, du reste. À quelques exceptions près, il faudra attendre la veille de la Première Guerre mondiale
pour que l'union libre soit vraiment prônée par les
milieux libertaires. Et même à cette époque, elle ne
sera véritablement en faveur que dans les milieux artistiques et intellectuels. Pensons au scandale de *La Gar-
çonne* de Victor Margueritte, qui montrait en 1922 une
jeune fille de la bourgeoisie refusant le fiancé que lui
proposait sa famille, pour choisir une existence indépendante.

En 1870, l'union libre conduit encore nécessaire-
ment la femme à la marginalisation. On exige d'elle
une moralité sans tache. Elle doit arriver vierge au
mariage, en cas d'adultère elle est punie beaucoup plus
durement que l'époux. Vivant en concubinage, elle

devient un objet d'opprobre, aussi bien social que moral. Une femme respectable ne fréquente pas une femme qui vit avec un homme sans être mariée, elle ne lui adresse même pas la parole.

Ainsi, sa mise à l'écart n'est pas seulement une règle mondaine qui l'exclurait des salons, par exemple, ou la rendrait « infréquentable », mais une règle éthique qui la rend dangereuse pour la moralité publique. Dans les milieux bourgeois, pèse sur elle une véritable interdiction qui en fait une paria. Dans les milieux artistes, l'interdit est moins fort, mais il existe tout de même.

Gabrielle Meley, outre sa situation personnelle, doit aussi faire face à l'hostilité rencontrée par Émile Zola. Le 23 janvier 1868, un article de Louis Ulbach intitulé « La littérature putride » marque la parution de *Thérèse Raquin*. Le roman y est associé à *Germinie Lacerteux* des Goncourt, et aux toiles de Manet et de Courbet. Le critique stigmatise l'« école monstrueuse qui prétend substituer l'éloquence du charnier à l'éloquence de la chair » et voit dans *Thérèse Raquin* « le résidu de toutes les horreurs publiées précédemment ». C'est le début d'une longue série d'articles injurieux qui dénoncent avec une violence inouïe l'immoralité de Zola.

Celui-ci a toujours su se défendre contre ces accusations, en arguant de la dimension scientifique de ses romans. Il répond avec virulence dans *Le Figaro*. Mais comment Gabrielle les prend-elle ? Elle a le sang vif. Et on peut penser qu'en lisant l'article, ce sang n'a fait qu'un tour. Son premier mouvement a été de colère, et elle ne l'a pas envoyé dire à Émile. Qu'il réponde, et lui dise son fait à ce... comment déjà ? Ulbach. Mais petit à petit, lui sont venus des doutes. Puis, des craintes. Et si par sa seule présence, elle allait servir de prétexte à de nouvelles charges aussi violentes qu'injustes contre son compagnon ? Son passé, ses liaisons, les métiers modestes qu'elle a exercés, leur union libre ne sont-ils pas autant de manquements à la morale bourgeoise ? Et le pire de tout, cette faute de jeunesse qui marque à jamais sa mémoire, l'abandon de la petite fille. Si l'on savait ? Si les gens l'apprenaient ? Entre des mains habiles, c'est sa propre vie qui peut être retournée contre l'homme qu'elle aime.

Gabrielle ne veut pas être une pièce à conviction supplémentaire versée au dossier de l'immoralité de l'artiste. Son respect des convenances, son « bourgeoisisme » se développeront en même temps que la notoriété de Zola. Non par snobisme, comme on l'a dit, mais comme une armure contre les indiscrétions. *Il ne faut pas qu'on sache.* Elle doit être d'autant plus insoupçonnable qu'on ne pardonnera rien à Zola, stigmatisé par une critique de plus en plus violente. Et force est de constater que Zola respectera ce silence sur le passé de sa femme. Il s'y conformera à la lettre, il sera entre eux comme un pacte, un secret conjugal librement partagé. En échange, elle lui offrira l'absolu dévouement de toute sa vie. Un sentiment de reconnaissance sans limites. Face aux attaques dont Zola sera la cible, Gabrielle sera toujours beaucoup plus vulnérable que lui, parce qu'elles touchent le point focal de son passé : l'absence de respectabilité, cette pierre de touche de la société du XIXᵉ siècle.

On comprend alors que pour elle, il devient de plus en plus difficile d'accepter leur situation irrégulière. Plus sa vie commune avec Zola l'éloigne de son passé, moins elle supporte d'y être identifiée. Bien sûr, tous les amis la considèrent comme la femme d'Émile, et comme leur « camarade » – le mot est du romancier. Une égale, dont tous savent combien la présence est essentielle à Zola. Mais aux yeux de la société, elle le sait, elle n'est qu'une concubine, une femme vivant chez un homme. Ce sont mille petites choses, vexations quotidiennes, piqûres d'amour-propre, presque riens qui vont devenir peu à peu douloureux et insupportables : une remarque de la voisine, hier, le regard de l'épicière aujourd'hui, l'air gêné d'Émile quand il reçoit une invitation à laquelle elle n'est pas conviée. Les Goncourt, par exemple, qu'il fréquente depuis décembre 1868, l'invitent seul, en garçon. Et surtout, elle éprouve ce sentiment profond, un peu inavouable que leur couple ne sera vraiment durable que s'ils se marient. Dès lors qu'ils n'envisagent pas de se quitter, à quoi bon cette irrégularité inutile ? Et que dire des bourgeois, prêts à se servir de cette arme contre Émile ? Elle n'a pas besoin de lui en parler pour qu'il le sache. Il s'en rend compte. Témoins, ces pages de *L'Œuvre* qu'on ne peut s'empêcher de rapprocher de leur situation.

Le peintre Claude Lantier vit avec Christine, une jeune provinciale qu'il a recueillie un soir de pluie. Ils ont un enfant, mais ne sont pas mariés. Sandoz invite Claude à l'un de ses jeudis, auquel est associée désormais Henriette, qu'il vient d'épouser.

> « – Dis donc, mon vieux, avait-il dit franchement à Claude, ça m'ennuie beaucoup...
> — Quoi donc ?
> — Tu n'es pas marié... Oh ! moi, tu sais, je recevrais bien volontiers ta femme... Mais ce sont les imbéciles, un tas de bourgeois qui me guettent et qui raconteraient des abominations...
> — Mais certainement, mon vieux, mais Christine elle-même refuserait d'aller chez toi... Oh nous comprenons très bien, j'irai seul, compte là-dessus ! »

Ce dialogue souligne à quel point l'exclusion de Christine, malgré sa discrétion et sa bonne éducation, va de soi, comme une règle admise par tous, y compris par la jeune femme elle-même. L'époque est d'ailleurs marquée par une régression très nette de la place des femmes dans la société, rarement aussi soumises à la morale dominante qu'en ce milieu du XIXe siècle.

Toutefois, Sandoz éprouve un certain embarras, qui tient plus à sa générosité qu'à une remise en cause de la loi sociale. Le motif qu'il invoque est-il un prétexte ? Sandoz, comme Zola, a des ennemis qui ne cherchent que l'occasion de lui nuire. Si la seule pré-

sence de Christine, simple invitée, peut être reprochée
à Sandoz, qu'en est-il de la vie de Zola avec Gabrielle,
dont le passé est plus scabreux que celui de la jeune
provinciale ? Avec sensibilité et l'expérience d'un
compagnon attentif, Zola évoque « tout ce qui blesse
une femme vivant chez un homme », les méchancetés
du voisinage, la solitude qu'implique cette mise au ban
de la société. Mais le jugement social n'épargnera pas
Christine, même une fois mariée. La condamnation
vient justement de la compagne de Jory, Mathilde
Jabouille, vieille débauchée qui s'est rangée sur le tard.
Elle jette un regard froid sur

> « cette femme, qui, disait-on, avait vécu longtemps
> avec un homme avant d'être mariée. Elle était d'une
> rigidité excessive sur ce point depuis que la tolérance
> du monde littéraire et artistique l'avait fait admettre
> elle-même dans quelques salons ».

Ce mécanisme psychologique bien connu qui
consiste à reprocher aux autres ce qu'on pourrait se
reprocher à soi-même la conduit donc à être la plus
intolérante. À cette attitude intransigeante et mesquine
de Mathilde, Zola oppose la générosité d'Henriette
Sandoz qui réserve à Christine le meilleur accueil.

Or, Alexandrine, quelques mois après son mariage,
aura une attitude assez semblable à celle de Mathilde,
à l'égard de Marie, la compagne de Marius Roux, et,
en 1907, elle ira même jusqu'à supprimer toutes les
allusions à cette jeune femme dans la correspondance
de son mari. Pour les mêmes raisons, semble-t-il, elle
évite également de fréquenter Hortense Fiquet, l'amie
de Cézanne. Sans doute, ces jeunes femmes lui rappel-
lent-elles de façon déplaisante, voire douloureuse, un
passé qu'elle cherche à oublier, et à faire oublier. Sans
doute aussi se sent-elle obligée d'être irréprochable,
et au prix d'une certaine injustice s'achète-t-elle une
conduite aux yeux de la société.

Au passage, on remarque la façon dont le créateur

fait glisser d'un personnage à l'autre les situations et les attitudes de la vie réelle, de façon à sauvegarder leur cohérence psychologique et dramatique et l'image qu'il veut donner d'eux. Ainsi, Henriette devient-elle une Alexandrine modèle, une Alexandrine qui n'aurait pas été Gabrielle. Voici l'ébauche qu'en donne Zola dans le dossier préparatoire de *L'Œuvre* :

> « Madame Sandoz, une honnête femme, un mariage très simple, bonne femme, intelligente, pas bas-bleu, très bonne ménagère, Parisienne, simple. »

N'y a-t-il pas là un portrait concentré d'Alexandrine, telle que peut la recréer l'homme qui vit avec elle depuis une vingtaine d'années ?

Dans le roman, Lantier et Christine se chargent de la situation extra-conjugale, et Mathilde, des « petits côtés » d'Alexandrine. Tout est fait, d'une certaine manière, pour préserver le couple Sandoz-Henriette qui devient de la sorte une version « purifiée », respectable du couple Zola-Gabrielle.

Mais les choses deviennent plus complexes quand on regarde de près le dossier préparatoire de *L'Œuvre*.

Dans sa première ébauche, Zola pense donner pour compagne au peintre Lantier la jeune Irma Bécot. Voici le passé qu'il lui concocte : Irma est la fille d'un épicier de la rue Montorgueil. Son instruction est poussée jusqu'à quatorze ans. Son domaine, c'est la rue : « La rue de plain-pied. » Après la ruine et la mort de son père, elle est recueillie par une tante pauvre, mais elles ne s'entendent pas. Irma est bonne ou mauvaise selon les occasions. Et surtout, elle a « le goût des peintres ». Mince, jolie, c'est l'« une de ces vraies filles du pavé de Paris ». Difficile de ne pas y voir une sorte de variante de l'histoire d'Alexandrine, mélangée à des clichés de littérature populaire. Le plus drôle, c'est que finalement, il renoncera à en faire la compagne de Claude, lui préférant Christine, une jeune provinciale innocente. Irma Bécot, au nom prédestiné,

deviendra, selon les mots de son créateur, « une bai-
seuse et une sauteuse » ! On remarque au passage le
thème récurrent chez Zola de l'orpheline recueillie par
sa tante, dont il est difficile de ne pas voir le lien avec
l'enfance d'Alexandrine.

La question du nom et celle de la maternité sont au
cœur de l'existence secrète d'Alexandrine Meley [1]. À
vingt ans, elle a changé de prénom. À trente, elle aspire
à trouver une légitimité. Être la « légitime », c'est
conquérir *sa* place et *son* identité. On comprend dès
lors comment, pour Gabrielle, être l'épouse d'Émile
Zola revient à justifier sa propre existence : elle peut
enfin endosser sa véritable identité, elle peut redevenir
Alexandrine.

Il lui reste à gommer peu à peu toutes les traces de
sa jeunesse, lettres, photographies, documents, bref, il
reste à supprimer Gabrielle. Alexandrine Zola fera dis-
paraître toute allusion à sa vie antérieure au mariage.
L'amnésie peut-elle se décréter ? Non, si on est seul
à la porter. Oui, si l'on garde autour de soi quelques
confidents, comme des témoins du vieil homme
dépouillé. Les Meley et les Laborde-Scar (sa tante et
son oncle) vont jouer ce rôle. Ils seront les garants de
son unité. Sans eux, elle risquerait de sombrer dans la
confusion. Après tout, pour eux, n'a-t-elle pas toujours
été Alexandrine ? Gabrielle n'aura donc été qu'une
parenthèse, mais essentielle car elle lui a permis de
conquérir sa place dans l'existence. En redevenant
Alexandrine, elle s'offre plus qu'une virginité : un
baptême.

Je crois volontiers que s'il ne demeure aucune trace
de cette vie d'avant la vie, c'est parce que la vraie
naissance d'Alexandrine a lieu le 31 mai 1870, le jour
de son mariage : ce jour-là, Alexandrine Zola vient
enfin au monde.

---

1. Elles reviendront se poser beaucoup plus tard, et de façon bou-
leversante, à propos des enfants de Zola.

9

Bourgeoisement

Aux yeux d'Émile Zola, le mariage est un acte tout aussi fondateur que pour Gabrielle, mais pour des raisons différentes. Une fois encore, il s'en explique par la bouche de Pierre Sandoz à qui il confie le soin de définir sa conception du mariage. Ce texte capital, écrit en 1886, soit une quinzaine d'années plus tard, permet d'entrevoir les rapports entre Alexandrine et Émile Zola. Mais au-delà de sa signification particulière, il possède peut-être une valeur exemplaire quant à la relation que peut entretenir, selon le romancier, un créateur avec celle qui partage sa vie.

« Sandoz expliqua ses idées sur le mariage qu'il considérait bourgeoisement comme la condition même du bon travail, de la besogne réglée et solide, pour les grands producteurs modernes. La femme dévastatrice, la femme qui tue l'artiste, lui broie le cœur et lui mange le cerveau, était une idée romantique, contre laquelle les faits protestaient. Lui, d'ailleurs, avait le besoin d'une affection gardienne de sa tranquillité, d'un intérieur de tendresse où il pût se cloîtrer, afin de consacrer sa vie entière à l'œuvre énorme dont il promenait le rêve. Et il ajoutait que tout dépendait du choix, il croyait avoir trouvé celle qu'il cherchait, une orpheline, la simple fille de petits commerçants sans un sou, mais belle, intelligente. Depuis six mois, après avoir donné sa démission d'employé, il s'était lancé dans le journalisme, où il gagnait plus largement sa vie. Il venait d'installer sa mère dans une petite maison des Batignolles, il y voulait l'existence à trois, deux femmes pour l'aimer, et lui les reins assez forts pour nourrir tout son monde [1]. »

Le mot clef est naturellement « bourgeoisement », dépouillé ici de son sens péjoratif. Il s'agit bien d'une conception bourgeoise du mariage *et* de la création : au culte romantique de la souffrance créatrice, Zola oppose les vertus modernes de la production. La régularité, la solidité qualifient aussi bien l'amour que l'écriture. Le premier garantira la productivité de la seconde. La création ne peut germer qu'au cœur d'un « intérieur de tendresse », image à la fois du foyer conjugal, et de la paix du cœur, voire des sens. Seule l'intériorité, celle de l'espace où il se cloître, celle de l'imaginaire où il puise ses rêves, est féconde : ce que l'écrivain demande à sa femme, c'est de protéger cette fécondité et non de l'inspirer, d'en être la gardienne et non la muse. À sa façon, elle est une collaboratrice. Le mariage est une association, un attelage. On voit comment les rôles se répartiront entre Alexandrine et Zola, sur le modèle du couple bourgeois : un mari productif qui assure par son travail la subsistance de la famille, une épouse qui prend en charge le foyer.

Le compagnonnage est le ciment du couple Zola. Il est fait de respect mutuel, et de « tendresses tranquilles », qu'ailleurs Zola compare à « ces longues plaines normandes, grasses et monotones [2] ». Paysage fécond et rassurant, donc, mais dont l'absence de relief pourra un jour engendrer le désir de chemins plus escarpés...

Reste la question essentielle du choix de la compagne : ici encore, semble régner un rationalisme qui exclut les aléas de la passion. La jeune fille qu'a trouvée Sandoz correspond exactement aux critères

---

1. Zola, *L'Œuvre*.
2. Zola, *Madeleine Férat*.

qu'il s'était fixés. Il s'agit d'« une orpheline, la simple fille de petits commerçants sans un sou, mais belle, intelligente ».

C'est la simplicité et l'honnêteté qui marquent le personnage de Madame Sandoz, et aussi l'aptitude à évoluer que promet son intelligence. Point de dot ou de patrimoine : Zola, pas plus que Sandoz, n'entre dans les calculs de l'intérêt financier (et en cela se distingue radicalement de la conception bourgeoise du mariage), mais une spéculation inconsciente sur les sentiments d'attachement et de reconnaissance qu'elle pourra lui vouer. Sa dot est dans l'assurance qu'elle lui donne de pouvoir écrire, donc de conquérir argent et renommée. C'est un placement à moyen et à long terme.

L'ascension de Zola et la construction de son œuvre maîtresse sont ainsi inséparables de la présence à ses côtés d'Alexandrine, non pour des raisons sentimentales ou conjoncturelles, mais parce qu'ils sont engagés tous les deux dans une même *dynamique* existentielle, celle de la réussite : l'année même de leur mariage paraît, en feuilleton dans *Le Siècle*, le premier volume de la série des Rougon-Macquart, *La Fortune des Rougon*. Cette œuvre, ils vont la porter ensemble, l'élever, littéralement, comme les enfants qu'ils n'auront jamais ensemble. Pour Claude Lantier, le héros de *L'Œuvre*, « enfanter des œuvres d'art (est) préféré à l'enfantement de l'œuvre de chair ». La fécondité des Zola sera celle d'un ménage d'écrivain. Écrivain au singulier. Mais la première créature à en sortir neuve et conquérante se nommera Madame Zola.

En ce cas, on peut se demander pourquoi ils ne se sont pas mariés plus tôt. En 1870, ils se connaissent et vivent ensemble depuis plus de cinq ans, ils ont eu le temps de s'apprécier, et sont d'un âge plus que raisonnable pour convoler : il a trente ans, et elle trente et un. Faut-il voir dans cette longue attente l'hostilité de Madame François Zola à un mariage qu'elle jugeait sans doute décevant ? Cette « digne et excellente femme » avait par sa maladresse et son inexpérience accumulé les dettes depuis son veuvage survenu en 1847. Son fils l'avait prise en charge dès qu'il avait commencé à gagner sa vie. « De caractère indépendant, plutôt gaie, très émotive », comme la décrit sa petite-fille Denise Le Blond-Zola[1], elle fut sans doute une mère assez possessive. Elle accepta difficilement la liaison, et moins encore le mariage de son fils avec Gabrielle. Peut-être même ne l'accepta-t-elle pas du tout. Colette Becker remarque que le mariage eut lieu deux mois après les trente ans d'Émile, quand il n'avait plus besoin d'autorisation maternelle. En effet

> « le code civil de 1803 stipule qu'avant vingt-cinq ans un garçon ne peut se marier sans le consentement de ses parents. De vingt-cinq à trente ans, il peut passer outre, mais à condition de recueillir leur avis par "actes respectueux" (notifiés par notaire) renouvelés trois fois de suite, à un mois au moins d'intervalle. Un mois après la troisième réponse négative, on peut se marier. À partir de trente ans, un seul acte respectueux suffit[2] ».

L'interprétation est séduisante. Toutefois imagine-t-on l'ambiance chez les Zola lors de ces différents refus ? Comment expliquer que Madame Zola ait continué à vivre chez son fils comme par le passé, sans tensions excessives ? Quand on connaît le caractère plutôt ferme des deux femmes, l'affrontement direct n'aurait pas tardé. Or, rien dans la correspondance ne laisse supposer une aussi forte hostilité, qui n'aurait pas manqué de s'exprimer. Voici par exemple l'une des lettres écrites par Émilie en août 1870, soit très peu

---

1. Denise Le Blond-Zola, *Émile Zola raconté par sa fille*, Grasset, 1931.

2. *Xavier-Édouard Lejeune*, enquête de Michel et Philippe Lejeune, Arthaud-Montalba, 1984, cité par Colette Becker dans son *Dictionnaire d'Émile Zola*, coll. Bouquins, Laffont, 1993.

de temps après le mariage, alors qu'Émile et Alexandrine sont à Bennecourt :

« Mes chers enfants,

Vous avez dû recevoir hier une dépêche télégraphique, je suis arrivée 5 minutes trop tard à la poste, c'est la pendule qui était arrêtée, de là mon erreur ; j'ai donc cru la réparer en vous télégraphiant quelques mots pour ne pas vous laisser dans l'inquiétude.

Je n'ai encore vu personne, on dirait franchement que la maison est un désert. Je ne m'en plains pas attendu que je m'en trouve plus tranquille.

Je suis heureuse, cependant de savoir que vous vous portez bien, cependant Gabrielle me dit dans sa lettre "assez bien" cela me laisse un doute pour elle. J'aime à croire que ce doute sera démenti en vous voyant revenir tous deux en bonne santé.

Vous n'êtes pas riches en prunes, les nôtres d'ici, vous récompenseront car j'en ai mangé quelques-unes, que j'ai trouvées bonnes, elles prennent beaucoup plus de saveur en mûrissant.

(...) Il a plu hier et avant-hier, je ne m'étonne donc pas du temps incertain que vous avez. Portez-vous bien, ne faites pas d'imprudences, surtout Gabrielle qui a besoin de se bien ménager pour me revenir pourvue d'une bonne santé.

Je vous embrasse de cœur mille et mille fois.

Votre bien dévouée mère

Vve F. Zola »

Difficile d'y déceler la moindre froideur à l'égard du couple récemment marié. Il faudrait imaginer Madame François Zola bien hypocrite ou bien versatile pour imaginer qu'après avoir lutté pendant des années contre cette union, elle ait changé à ce point de sentiment.

Reste que cinq ans se sont écoulés depuis la rencontre des deux jeunes gens. Peut-être tout simplement,

par affection pour cette mère qui l'avait élevé et qu'il
aimait, Émile a-t-il tenu compte de ses réserves, à
l'évidence très fortes, et évité de brusquer les choses.
Elles auront mûri d'elles-mêmes. Madame François
Zola a bien dû s'apercevoir, comme tout son entourage, que Gabrielle rendait son fils heureux. Elle a
mesuré sa détermination. Elle a compris son propre
échec. Et peut-être, après tout, la solution du mariage
après trente ans lui a-t-elle permis d'accepter l'union
de son fils avec l'ancienne grisette, sans avoir à y
mettre directement la main.

Avec le temps, il n'y avait plus de raisons pour que
le mariage ne se fasse pas. Il s'est donc fait, tout naturellement.

Il a lieu à la mairie du XVIIe arrondissement, le
mardi 31 mai 1870. Les témoins sont les vrais amis :
Paul Cézanne et Paul Alexis, Marius Roux et Solari,
tous des Aixois. Une remarque s'impose, aussi évi-
dente qu'étonnante : même si elle les connaît depuis
longtemps, les témoins de Gabrielle sont surtout des
camarades de Zola. Certes, jusqu'en 1897, les femmes
n'ont pas le droit de figurer comme témoins sur les
actes officiels, ce qui exclut d'éventuelles amies. Mais
n'a-t-elle de son côté personne, ami de jeunesse, cousin, à qui confier ce rôle ? N'a-t-elle gardé aucun lien
avec sa vie antérieure ? Il y a là un déséquilibre qui
peut surprendre, comme un dénuement d'orpheline.
Elle semble avoir choisi d'entrer dans sa vie nouvelle
sur la foi de témoins garantis par son mari, de témoins
« du côté de Zola ». Symboliquement, Alexandrine
laisse les amis de Gabrielle derrière elle.

Elle a tant attendu ce jour, tant redouté qu'il n'arrive
jamais. Depuis bientôt une semaine, sa tenue est prête.
Rien de très luxueux, ses moyens ne le lui permettent
pas, mais une jolie robe qu'elle pourra remettre par la
suite. Sa belle-mère, faisant bon cœur contre mauvaise
fortune, l'a aidée à choisir la mousseline à rayures
bleues et blanches, et l'ancienne lingère a taillé sa robe

à la dernière mode. En ce printemps 1870, la tournure – ce petit coussinet qu'on place en bas des reins – est en passe de détrôner la crinoline : le drapé de sa large jupe, son corset serré, les six jupons superposés sous le tissu léger mettent en valeur sa taille élégante. Des rubans bleus sur les manches et les volants, un col de dentelle pour seul ornement, un petit chapeau haut perché sur ses cheveux tirés en arrière, un châle à franges sur les épaules, quelques brins de muguet au corsage : « sculpturale, matérielle, vivante [1] », telle est Gabrielle Meley quand elle pénètre au bras de Paul Cézanne dans la mairie.

Les Batignollais sont très fiers de leur mairie, la plus belle, paraît-il, de la banlieue parisienne quand elle a été construite par Eugène Lequeux une vingtaine d'années plus tôt. Sa façade à colonnes, son beffroi à quatre cadrans l'ont fait surnommer le « biscuit de Savoie », et Cézanne et Solari ne se privent pas d'ironiser sur la triple inscription gravée en lettres d'or sur des plaques en marbre rouge. Une décoration bien faite pour épater le bourgeois, se gausse le peintre – même si Gabrielle, dans son for intérieur, est impressionnée par les moulures et les hauts plafonds. Il n'y aura pas de cérémonie religieuse, ils n'y tiennent pas. Il est entendu que ce mariage est une simple formalité. Après tout, ils vivent ensemble depuis cinq ans. Pourtant, même si elle n'en laisse rien paraître, Gabrielle ne peut s'empêcher d'être émue. Elle jette un coup d'œil à Émile. Tout pâle dans son costume noir, il ne semble pas moins impressionné qu'elle.

En quelques phrases monocordes, le maire a expédié les formalités. Ils se sont levés, rassis, puis levés à nouveau pour signer avec les témoins le registre des mariages. Bientôt, tout a été fait, à peine le temps de s'en apercevoir. Ils se retrouvent sur le perron, en plein soleil. Émile prend le bras de Gabrielle, rayonnante.

---

1. Armand Lanoux, *Bonjour, Monsieur Zola*, Hachette, 1964.

Les camarades les félicitent en plaisantant, et ils partent tous déjeuner en bande pour fêter l'événement.

C'est un mardi, un jour ordinaire. Le mariage n'a rien de la noce de Gervaise. C'est presque un mariage à la sauvette. Mais envers et contre tout, il durera plus de trente ans, jusqu'à la mort d'Émile Zola. Et même au-delà. Gabrielle est devenue Alexandrine Zola.

ALEXANDRINE ZOLA

10

La débâcle

Depuis 1868, Zola collabore à *La Tribune*, un journal d'opposition à l'Empire. Il publie dans ce journal, ainsi que dans *Le Rappel* et *La Cloche*, des articles de plus en plus polémiques. Celui du 17 août, à propos de la guerre, entraîne même la suspension de *La Cloche*. C'est dire si les Zola vivent au cœur de l'actualité, et suivent, comme des milliers de Parisiens, l'évolution rapide de la guerre. Six semaines suffisent à la Prusse pour mettre à bas l'Empire. Le 4 septembre 1870, la République est proclamée. Le nouveau gouvernement se charge de poursuivre la guerre. En quinze jours, Paris sera investi par les armées prussiennes. Frédéric Bazille s'engage dans les zouaves (il mourra sur le champ de bataille), Édouard Manet dans la garde nationale, Edgar Degas dans l'artillerie, Antoine Guillemet dans la garde mobile avec le frère de Manet. Claude Monet, Camille Pissarro et Alfred Sisley partiront pour Londres. Zola, lui, fils de veuve et myope est dégagé des obligations militaires. Il souhaite rester à Paris pour suivre les événements, mais Alexandrine le convainc de fuir la capitale avant l'arrivée des troupes allemandes. Elle est terrifiée. Elle si vaillante, la voici persuadée que des hordes de Prussiens vont déferler sur Paris, et tout saccager. Est-ce le lointain souvenir de la révolution de 1848 ? Elle ne peut supporter l'idée des coups de feu, du désordre, des blessés. Ils habitent si près de la ligne de fortifications...

Il faut dire que les bruits les plus épouvantables circulent sur les exactions auxquelles doivent se livrer les
Prussiens. Tant pis, Émile se résigne à l'accompagner
à Marseille, il rentrera dans quelques jours, si la chose
est possible, et reprendra son poste. Ils ne sont pas les
seuls à quitter Paris : des centaines de milliers de Parisiens quittent la capitale, certains dès l'annonce de la
République, d'autres en novembre, lors des élections
municipales. C'est le désordre éternel des exodes :

> « On se pousse les uns les autres, sous les roues de
> toutes ces voitures, de tous ces déménagements, de
> toutes ces fuites, de ce défilé de charrettes, de trans-
> ports militaires, d'omnibus, enchevêtrés les uns dans
> les autres, embourbés dans le chemin défoncé [1] »,

commente Goncourt, monté sur le rempart de la barrière de l'Étoile pour contempler Neuilly dévasté.
Seule est encore debout la chapelle d'Orléans. Depuis
la fin du mois d'août, on a évacué les maisons de la
zone militaire et commencé leur destruction. Les ban-
lieusards refluent vers Paris, les Parisiens fuient vers
la province. Les Champs-Élysées et le Champ-de-Mars
servent de camp militaire, la grande allée des Tuileries
est jonchée de paille et forme une immense écurie.
C'est tantôt l'insouciance, tantôt l'angoisse, l'excitation des grands événements, et la peur de la défaite.

Les Zola sont descendus à Marseille. Ils vont
d'abord séjourner à L'Estaque, où logent déjà Cézanne
et sa compagne Hortense Fiquet, dite la Boule, puis au
15 rue Haxo. Le siège de la capitale l'empêchant de
rentrer, Zola propose à son ami Marius Roux, son plus
ancien ami, journaliste à Marseille, de fonder ensemble
un journal : excellente façon de s'occuper durant ce
séjour forcé, dont nul ne peut savoir alors combien il
durera, mais aussi de faire entrer un peu d'argent, puis-

---

1. *Journal* des Goncourt, 7 septembre 1870.

qu'ils ne disposent plus d'aucun revenu. Le fidèle Alexis, resté à Paris, est chargé de transmettre l'information. *La Marseillaise*, quotidien à cinq centimes, est ainsi fondé, avec l'aide de M. Arnaud, directeur du *Messager de Provence*. Mais les temps sont difficiles, les fonds insuffisants et la concurrence trop rude : il faut vendre le journal, tout en continuant à y collaborer.

Comment faire ? Où trouver de nouvelles ressources ? Zola décide de se rendre à Bordeaux, où s'est replié le gouvernement de la Défense nationale, afin de prendre contact avec les quelques relations qu'il peut avoir dans le parti républicain parvenu au pouvoir. Son idée, c'est de solliciter la sous-préfecture d'Aix. Encore faut-il pour cela que l'actuel sous-préfet, M. Martin, soit destitué.

Le 12 décembre 1870, il arrive à Bordeaux. Il s'empresse de raconter les détails de son voyage et de son installation à Alexandrine et Émilie, restées à Marseille faute d'argent pour les faire venir. Zola loge à l'hôtel : deux francs la chambre, ce n'est pas bien cher, mais chaque sou compte : ils sont si pauvres... Pendant son absence, c'est Marius Roux qui prendra soin des deux femmes.

Émile commence ses démarches, sans grand succès au début. On lui propose Quimperlé, « un trou », commente Alexandrine, informée par Marie, l'amie de Roux. Zola voudrait « tout bâcler en quelques minutes », et se désespère de voir ses affaires traîner. Il se sent nerveux, perdu, excédé par la pluie incessante. Son seul espoir, c'est « qu'une fois réunis, nous vaincrons la mauvaise fortune à force de courage ». Enfin, le 20 décembre, il se rend chez le député républicain Glais-Bizoin, qui accepte de l'engager comme secrétaire pour 500 francs par mois. Le voilà tiré d'affaire, même s'ils doivent encore rester séparés quelques jours :

« Dites-vous pour vous consoler que j'ai le pied sur le premier échelon, et que je monterai jusqu'en haut. »

Si pénible que fût pour les Zola cette séparation forcée, le biographe ne peut que s'en réjouir égoïstement :
grâce à cela, nous disposons des premières lettres
d'Alexandrine ! Il y en a dix, écrites du 14 au
24 décembre 1870, date à laquelle les deux femmes
pourront enfin rejoindre leur homme.

Ces lettres sont un précieux document qui nous
donne de la jeune femme une image prise sur le vif.
Elle écrit comme elle parle : tant mieux, il nous semble
l'entendre. L'orthographe est un peu incertaine, mais à
peine, la ponctuation absente ou fantaisiste, comme
chez beaucoup de ses contemporains. C'est la syntaxe
qui est la plus malmenée, jaillissant au rythme d'une
pensée spontanée et d'une parole qu'on imagine viru-
lente. Certains mots ou expressions familiers, à la
limite de la vulgarité, nous rappellent ses origines.
Nous ne sommes pas lecteurs d'une correspondance
littéraire, nous percevons une intimité familiale, non sans
indiscrétion. Sous nos yeux, avec sa grande écriture
élancée, Alexandrine se met à vivre.

Alexandrine ? oui, c'est ainsi qu'elle signe, ou plus
exactement : « Al. Zola. » Ce n'est que plus tard
qu'elle tracera son prénom en entier, obliquement sur
la page. Donc, nous n'en sommes qu'aux initiales :
hésite-t-elle encore à l'écrire en entier, cet interminable
prénom d'impératrice ? Quant à sa belle-mère, elle
continue, réaction naturelle, à l'appeler Gabrielle. Mais
en famille, on se donne aussi des petits noms : Émilie
est Madame Canard, Gabrielle, Coco, et Émile, Mimi.
Voilà pour les noms de code.

Elles partagent le même courrier, et reçoivent une
lettre pour deux de Zola. À chaque fois, c'est Alexandrine qui écrit la première, et Mme François Zola à sa
suite. Bien souvent, la bavarde n'a pas laissé grand-
chose à dire à sa belle-mère, et celle-ci doit se contenter de conseils maternels, et de nouvelles de Bertrand,
le chien ! C'est dire que cette correspondance à trois se
prête assez peu aux épanchements intimes des époux.
Cependant, la tendresse, la connivence et l'humour ne

perdent pas leurs droits, au milieu des considérations matérielles, et des détails minutieux des démarches des deux femmes pour obtenir quelques sous. Leur gêne financière est extrême, parfois, elles n'ont même pas de quoi acheter de porte-plume pour écrire, et doivent en fabriquer un en papier, bien peu commode. Mais à la demande de Zola, Coco s'est acheté du tissu pour se faire une robe. Faute d'argent, « la robe est tout plein laide » commente charitablement Mme Zola. Coco l'avoue elle-même, parlant drôlement d'elle à la troisième personne, comme chaque fois qu'elle utilise ce surnom :

> « Coco s'est acheté sa robe mais elle n'est pas belle et j'ai peur qu'elle ne te plaise pas. Enfin, tant pis ! j'y travaille car je voudrais l'avoir finie à ton retour... »
> (19 décembre 1870).

Les premiers jours, le temps est doux et humide, et il faut ouvrir les deux fenêtres de la chambre si l'on veut un peu d'air. Mais à Bordeaux, il fait glacial, et le froid va gagner Marseille où, une semaine plus tard, les ruisseaux sont pris par le gel. Les deux femmes se privent de tout, mais n'ont qu'un souci, inlassablement répété : qu'Émile prenne son temps, qu'il soit patient, qu'il fasse au mieux, et prenne soin de lui. Alexandrine réussit à lui envoyer cinquante francs pour être sûre qu'il mange chaud. Déjeuner chaud, c'est le luxe des pauvres. Elle lui écrit :

> « Cher Émile,
> Ci-joint cinquante francs pour éviter de déjeuner froid. Entends-tu bien, avec un temps humide comme cela, tu attraperais du mal, et cela doit être une des distractions de ta journée, qui sont assez restreintes, je le vois d'après ta lettre [1]. »

---

1. 16 décembre 1870, provenance ITEM-CNRS – Centre Zola.

Ces précautions maternelles n'empêchent pas Coco
de minauder, ou de jouer à la petite fille :

> « Vieux gourmand, tu as mangé des huîtres sans
> Coco, mais Coco y mange des moules pour un sou
> tous les jours ! » (15 décembre 1870).

L'entente entre Alexandrine et Émilie semble har-
monieuse. S'il y a des tensions entre elles, rien n'en
transparaît dans les lettres qu'elles adressent à Émile,
au contraire. Maman, ainsi l'appelle Alexandrine, a
soigné Coco au lait de poule pendant son rhume, et fait
une brandade « bonne au-dessus de toute expression ».
On a même gardé un morceau de morue pour le fils
chéri. Elles se sont acheté deux alliances « en toc »,
précise-t-elle, rassurante, l'une à 1 F, l'autre (la sienne !) à 2,50 F. Enfin, au Bon Marché, Coco a acheté
pour Maman Canard le même tissu que le sien pour lui
faire une robe. Il s'agit de faire honneur à Émile quand
elles le rejoindront à Bordeaux... Voilà qui rend bien
jalouse Marie, l'amie de Roux, paraît-il. Alexandrine
et Émilie rivalisent de sollicitude maternelle, et se
relayent pour conseiller l'absent. Ainsi, Alexandrine,
qui tient absolument à ce qu'il fasse un peu de tou-
risme, lui écrit :

> « (...) Fais ta promenade à Arcachon, à moins que
> le temps soit par trop mauvais, va une fois au théâtre
> au lieu de te promener sous les arcades. Tu pourras
> nous dire comment elles sont, si tu n'as pas d'autres
> promenades. Va, mon pauvre chéri, prends patience...
> Si toutefois tu avais encore besoin de quelque chose,
> écris-le-nous [1]. »

Sa confiance en lui, inébranlable, est sans cesse
affirmée : ce qu'il demande est légitime, il le mérite :

---

1. 16 décembre 1870, *id.*

« Va pauvre Mimi nous serons peut-être un jour plus heureux, il est vrai que tu ne l'auras pas volé [1]. »

Et le lendemain, à propos de la sous-préfecture qu'il sollicite :

« On te le doit bien, tu as assez travaillé pour eux, ils pourraient bien te récompenser, surtout que ce que tu demandes est bien peu. »

Son énergie et son activité de femme pauvre, habituée à solliciter, à réclamer son dû sans jamais lâcher prise, ne faiblissent pas ; elle tient avec rigueur les cordons de la bourse, et rend compte de chaque sou gagné ou dépensé. Ainsi, le 21 décembre, alors qu'elle vient d'apprendre que Zola a réussi à obtenir un poste de secrétaire auprès du député Glais-Bizoin :

« J'arrive de chez Roux, je ne puis t'envoyer de dépêche en réponse à la tienne pour te prouver notre joie, il faudrait qu'on aille la faire viser par Cabrol, et inutile d'aller chercher des questions embarrassantes. Je vais donner congé demain matin, je presse Roux pour tâcher d'avoir l'argent de Chappuis, puisqu'il nous abandonne sa part, ça fera 300 F, j'aurai sans doute 20 F à donner à Augustine au moment de mon départ, 30 F pour des bottines, et puis peut-être une vingtaine de francs de faux frais. Je ferai retaper les malles, et je pense qu'elles pourront encore faire le voyage. Il me restera donc à peu près 225 F, il nous faut 80 F de places plus 10 F pour Bertrand, plus les frais de surplus de voyage. Calcule d'après cela ce qui me restera. Donne-moi bien toutes les instructions nécessaires maintenant. Je crois que tu pourrais avoir nos laissez-passer, ce qui ferait 80 F d'économie. Ça ne ferait pas de mal ! Un employé peut faire venir sa famille gratuitement, du moment qu'on le déplace du

---

1. 15 décembre 1870, *id.*

lieu où il est. Informe-t'en toujours, ça serait une
bonne journée de gagnée.

Au revoir Mimi, à bientôt. Je t'embrasse de tout
cœur. »

Étroitement associée à son mari, elle discute du journal et les mille détails qu'elle donne prouvent qu'elle
est parfaitement au fait de la situation. Elle prodigue
aussi avec sa belle-mère conseils et encouragements à
Zola, impatient et prompt à se décourager :

> « Tu ne parles que de la sous-préfecture d'Aix ; et
> celle d'Arles, tu n'y penses donc plus ? Si toutefois tu
> ne revenais qu'avec une promesse, tâche qu'elle soit
> sûre, fais-toi donner des lettres en poussant les gens.
> Tu sais, ce n'est qu'avec de l'audace et en insistant
> qu'on arrive auprès de ces gens-là [1]... »

> « Méfie-toi de tout le monde, mon pauvre Mimi, je
> ne le répéterai jamais assez. »

> « ... je te le disais hier, on peut dire ces choses-là
> de vive voix, pas plus. Fais bien attention aussi quand
> tu écris à Roux de bien peser chaque mot, afin de ne
> pas laisser entre des mains étrangères des choses dont
> on a regret plus tard. Si tu n'écoutes pas Coco à ce
> sujet, tu aurais tort, entends-tu, aussi bien pour Roux
> comme pour les autres [2]... »

Cette sagesse de femme du peuple qui a eu à se
battre et à défendre ses intérêts s'accompagne de
méfiance non sans mesquinerie parfois. Les relations
avec Marius Roux, chargé de s'occuper des affaires de
Zola à Marseille, se tendent, et l'agressivité d'Alexandrine prend souvent pour cible Marie, sa compagne.
Cette Marie mange des alouettes pendant que les
dames Zola peinent à la tâche, et se montre jalouse au

---

1. 16 décembre 1870, *id.*
2. 20 décembre 1870, *id.*

premier petit avantage ! Distance aussi à l'égard de la Boule, Hortense Fiquet, la compagne de Cézanne, caché à L'Estaque pour échapper à la conscription.

Ses remarques sont parfois franchement acides.

> « Je ne te parle pas de *La Marseillaise* qui est bien morte, et je suis bien contrariée de t'avoir parlé de sa résurrection. Elle était comme les poitrinaires : c'est au moment où l'on espérait du mieux qu'elle meurt ! Tu me dis que tu vas lire les numéros que tu reçois. Bien du plaisir ! moi, j'ai envie de la mettre en pièces tous les soirs tant ce qu'elle renferme est idiot et insensé. Singulière façon de faire un journal [1]... »

Voilà ce que Zola appellerait un jugement carré !

Elle veille sur son mari comme sur un grand naïf prompt à se décourager ou à se laisser berner. Jamais, pas plus qu'Émilie, Alexandrine ne perd courage. Jamais, pas plus que sa belle-mère, elle ne laisse échapper une plainte. Une seule fois, sur le point de quitter Marseille, elle constate : « S'il me fallait recommencer souvent d'être séparés comme cela, je crois qu'il vaudrait mieux se jeter la tête contre les murs... » Et de fait, en lisant ses lettres, tout comme celles de Zola, on a du mal à s'imaginer que la séparation ne va durer que quinze jours ! Toute son énergie vise à protéger son homme à distance, à le soutenir, à le guider. Ces lettres nous donnent aussi une idée de son influence sur lui. Son esprit pragmatique, possessif, combatif constitue un appui solide, mais aussi une incessante pression. Alexandrine est une guerrière, et on a parfois l'impression qu'elle aimerait bien aller au front à la place de son homme. Elle sait aussi se défendre : Zola s'étonne-t-il du peu d'argent qu'il reste ? elle lui livre le détail minutieux de ses comptes, blessée sans doute. Elle conclut par un sec :

---

1. 17 décembre 1870, *id*.

> « Voyez Monsieur si mon compte est juste, autre-
> ment faites vos observations. (...) Médite tout cela, et
> dis-moi bien comment je dois m'arranger pour qu'il
> n'y ait pas de malentendu[1]. »

Mais cela n'exclut pas l'humour, et les plaisanteries
d'épouse vigilante[2] :

> « Regarde un peu les Bordelaises, vois si elles ont
> aussi bonne tournure que les Marseillaises, si elles
> sont plus jolies. Mais, tu sais, ne fais que les regarder,
> pas plus, vieux polisson ! »

Enfin, le 24 décembre, c'est le départ, et le soulagement d'Alexandrine est d'autant plus grand qu'elles
ont donné leur congé à Augustine, la logeuse, et
qu'elles risquent de se retrouver à la porte sous peu.

> « Cher Mimi,
> Nous partons ce soir tant bien que mal. Enfin, nous
> tâcherons de nous retourner comme nous pourrons, je
> ne puis rester plus longtemps. À bientôt, demain, nous
> pourrons nous embrasser.
> Ta femme dévouée
> Al. Zola »

Mais Zola ne reçoit pas la lettre à temps. Celle qu'il
écrit le 25 lui est retournée. Il a trouvé un logement
pour les accueillir, 48 rue Lalande, malgré les préventions de Coco qui affirme que « les hommes s'y
connaissent peu en ces sortes de choses » mais il perd
courage, et craint qu'après avoir donné leur congé,
elles ne soient à la rue à Marseille :

> « Je suis à bout de courage et je suis dans les rues
> à errer comme une âme en peine. Tant qu'il m'a fallu

---

1. 22 décembre 1870, *id.*
2. 21 décembre 1870, *id.*

lutter, j'ai pu supporter notre séparation, mais depuis que je suis casé, vous ne sauriez combien je m'impatiente. »

Le 27, enfin, après un voyage difficile, sous la neige, Alexandrine, Émilie et le chien Bertrand arrivent à Bordeaux. Elles ont passé une journée et une nuit à Frontignan, bloquées par la neige. La petite famille est enfin réunie, mais sans un sou jusqu'à ce que Zola puisse toucher ses appointements de secrétaire. Roux et Valabrègue les rejoignent : le cercle se reforme. Zola reprend sa collaboration à *La Cloche* et devient chroniqueur parlementaire.

À Bordeaux, Alexandrine a retrouvé son Mimi. Elle n'a plus besoin de lui écrire, elle peut lui prodiguer ses conseils de vive voix.

Ils vont rester à Bordeaux jusqu'en mars 1871, et rentreront à Paris avec l'Assemblée nationale. Leur ascension peut enfin commencer : il faudra à Zola six ans et six livres pour conquérir la fortune et la gloire. Alexandrine sera à ses côtés. Gabrielle appartient désormais au passé.

Une guerre est toujours plus qu'un simple épisode de l'Histoire. Depuis sa naissance, Alexandrine a vécu la monarchie de Louis-Philippe, la révolution de 1848, la Deuxième République, le coup d'État de Louis-Napoléon Bonaparte et le Second Empire. Elle a toujours habité Paris, au cœur des événements. Elle a assisté à ces transformations profondes de la société française que montrera si bien Zola. Le Paris de sa jeunesse a bien changé. Les travaux d'Haussmann ont éventré la capitale, nivelé des quartiers entiers, rasé des centaines de maisons anciennes. Les Halles telles que les a connues Alexandrine n'existent plus. En vingt ans Paris a changé d'échelle. Artères immenses, grands immeubles bourgeois, grands magasins, grands hôtels, tout est à la mesure d'une ville dont la population a doublé. Et cette ville moderne plaît à Alexandrine :

les rues mieux éclairées, plus propres, les splendides espaces verts, le bois de Boulogne, les parcs Monceau, Montsouris, les Buttes-Chaumont, les jardins anglais des Champs-Élysées, les théâtres des Boulevards, les cafés rutilants dessinent un Paris magique et puissant auquel elle a souvent pensé durant son exil provincial. Elle est fière de ce Paris-là.

Et elle, Alexandrine ? La femme de trente-deux ans se reconnaît-elle encore dans la petite couturière qui vivait sous les toits ? Y songe-t-elle seulement ? Alexandrine n'est pas une femme du passé. La nostalgie chez elle arrive par bouffées, mais elle est rare, et vite chassée. Il n'y a pas grand-chose dans sa jeunesse qu'elle puisse évoquer avec plaisir. Il faut bien le reconnaître, le seul attachement, vigoureux celui-ci, au passé aura la forme de la rancune. Les mauvais coups, Alexandrine ne les oublie jamais. Fidèle aux êtres, entière dans ses amours et ses haines, elle a un compte trop lourd à régler avec son propre passé pour y vagabonder en toute liberté. Elle préfère aller de l'avant, curieuse, avide de découvertes, de rencontres, de nouveauté. Elle manifeste une double disposition, apparemment paradoxale, à l'attachement et à la rupture. D'une générosité inépuisable à l'égard de ceux qu'elle aime, elle attend en retour cette reconnaissance qui lui est si nécessaire pour vivre. Est-elle déçue, qu'elle n'a pas de mots assez durs pour ceux qui ont trahi cette confiance. Elle ne peut aimer qu'un homme à qui elle voue une admiration sans bornes. De telles femmes peuvent être querelleuses, violentes, critiques, mais leur amour est inconditionnel. Elles sont le meilleur appui des créateurs parce qu'elles les soutiennent sans rivaliser avec eux. Elles sont, quoi qu'il arrive, de leur côté.

Madame Zola ne fut pas pour autant une femme de l'ombre, contrairement aux jugements hâtifs prononcés çà et là. Les proches de Zola ne s'y trompaient pas, et s'ils reconnaissaient ses qualités de maîtresse de maison, ils ne la réduisaient pas au rôle d'intendante ou de cuisinière. Alexandrine est une compagne au sens plein du terme. Sa vigilance, sa méfiance, sa volonté, son esprit pratique, son sens des réalités, son humour, sa vitalité, son énergie tissent autour de l'écrivain un filet protecteur d'une extraordinaire solidité. Le mariage et la séparation forcée due à la guerre (comme plus tard, celle de l'exil durant l'affaire Dreyfus) ne font qu'accentuer cette disposition.

Durant le siège de Paris, les Batignolles ont peu souffert des bombardements prussiens. Bien sûr, comme partout dans la capitale, les privations ont été terribles et les marchés ont proposé pour seules viandes du chien, du chat, des souris et du rat. On imagine la réaction d'Alexandrine et d'Émile à la lecture de la lettre de leur ami Philippe Solari :

> « On voyait à l'étal des chiens et des rats écorchés, très beaux de couleur, mais très cher, 3 et 4 fr. la livre. J'ai failli manger de la tête de chien qu'on voulait me vendre pour du veau [1]. »

De quoi dégoûter de moins fins gastronomes, amis des bêtes de surcroît. Quant à Castor et Pollux, les deux éléphants du Jardin des plantes dévorés par les Parisiens, auraient-ils piqué la curiosité d'Alexandrine, friande de cuisine exotique ?

Dès le 9 février 1871, Manet a averti ses amis de la réquisition de la rue La Condamine. Paul Alexis confirme : une famille de réfugiés, le père, la mère et les cinq enfants, a été abritée dans la petite maison. Heureusement, ajoute-t-il, on n'a laissé à leur disposition que le rez-de-chaussée. Les tableaux, l'argenterie et les objets laissés sur la table ont été montés au premier par ses soins. Affolement des Zola. Par-dessus tout, on craint pour les papiers, et pour le jardin. Alexis

---

1. Bakker, *Correspondance*, Presses de l'Université de Montréal – CNRS, 1978-1995, tome 2, p. 278, note 2.

est chargé de faire le point, et surtout de veiller à ce qu'on entretienne le jardin. Le 27, nouvelle lettre, rassurante : le logement a été évacué au bout de dix jours, le cabinet et les papiers de Zola n'ont pas souffert, les tableaux sont à l'abri... et les rosiers, les arbres et la vigne seront taillés.

Le 2 mars, Paris a été évacué par les Allemands. Le 11, l'Assemblée quitte Bordeaux et le 20 mars, s'installe à Versailles. L'armée a tenté en vain de reprendre les canons de Montmartre, et à la suite de la mort des généraux Lecomte et Clément Thomas, le Gouvernement quitte à son tour Paris et rejoint l'Assemblée à Versailles. Le 26 mars, c'est l'élection de la Commune de Paris. Deux mois de confusion et de violence s'annoncent, que clôtureront la terrible Semaine sanglante, marquée du 21 mai au 28 mai 1871 par l'entrée des Versaillais dans Paris, et la répression sans pitié de la Commune.

Le quartier des Batignolles, cette fois, n'est pas épargné. Le Club des femmes des Batignolles se réunit dans l'église Sainte-Marie dépouillée de ses ornements religieux, et le Club de la révolution a pour siège, un peu plus tard, l'église Saint-Michel. Des drapeaux rouges constituent l'essentiel de la décoration, et l'autel a été converti en comptoir de cabaret. L'entrée est gratuite, et *La Marseillaise* avec accompagnement d'orgue prélude aux discours les plus enthousiastes. On vient en curieux, ou en convaincu, c'est selon. La pasionaria locale a pour surnom la Blanchisseuse. Prêchant ouvertement la prostitution, le meurtre et le pillage, armée d'un revolver dont elle n'hésite pas à faire usage, la femme Lefèvre, ci-devant blanchisseuse au lavoir Sainte-Marie, sera finalement tuée à la barricade de la rue des Dames le 23 mai, après avoir enflammé son public soir après soir. On le voit, le quartier ne manque pas d'animation.

Zola a longtemps espéré une conciliation possible entre Communards et Versaillais. Il doit se rendre à l'évidence, et fustige aussi bien la Commune, cette

« abominable parodie de 93 », que l'égoïsme des Parisiens fortunés. Les Zola sont rentrés le 14 mars à Paris. Dès le 20, pour des raisons mal élucidées, l'écrivain est arrêté à Paris, au moment où il s'apprête à prendre le train pour Versailles, afin de rendre compte pour le journal *La Cloche* de la première séance de l'Assemblée. Le lendemain, même incident, mais à Versailles. L'hostilité de *La Cloche* à la Commune n'y est sans doute pas étrangère. Il est conduit à l'Orangerie du château avec d'autres « suspects », puis relâché grâce à Charles Simon. Il n'en poursuit pas moins ses comptes rendus. Mais, le 31 mars, l'accès à la gare Saint-Lazare étant interdit par les autorités versaillaises qui préparent une opération militaire, il doit aller prendre son train à la gare Montparnasse, à des kilomètres des Batignolles.

À chaque aventure, Alexandrine est plus inquiète. Elle n'a pas tort : deux jours plus tard, l'armée versaillaise engage l'offensive contre la Commune, et s'installe à Courbevoie. Le 5 avril, la Commune supprime plusieurs journaux, et cette atteinte à la liberté de la presse révolte Zola. On forme un nouveau Comité de salut public. On parle d'une « levée en masse ». Le canon tonne nuit et jour, les obus sifflent au-dessus du petit jardin. Le 10 mai, Émile est menacé d'être arrêté à titre d'otage. Or, depuis le 6 avril, toute exécution d'un Versaillais par les Communards aura pour réplique la mort de trois otages. Il se réfugie à Saint-Denis, et presse sa mère et Alexandrine de le rejoindre. On quittera une nouvelle fois la rue La Condamine. Mais pas question d'être séparés, cette fois. Les préparatifs sont vite faits, et les deux femmes le retrouvent à Saint-Denis, où les Prussiens délivrent des laissez-passer à ceux qui désirent quitter Paris.

Le 13 mai, les voilà partis tous les trois pour Gloton, dans la maison qu'ils louent aux Pernelle. Ils retrouvent avec soulagement Bennecourt où ils se sentent à l'abri. Les canons tonnent à Montmartre. Zola continue à écrire, et pêche à la ligne. Alexandrine s'assied près de lui au bord de l'eau. Paris et sa violence sont bien loin.

La Semaine sanglante n'épargnera pas les Batignolles. Le dimanche 21 mai, les Versaillais investissent la plaine Monceau et les Batignolles pour libérer la gare Saint-Lazare et la place Clichy, où se tient le quartier général des Communards. Au cours des combats, l'atelier de Manet est dévasté. Après deux jours d'affrontements très violents, les Versaillais se rendent maîtres du terrain. Les rues sont jonchées de cadavres. Deux chapelles ardentes sont dressées, l'une dans la gare des Batignolles, l'autre place des Promenades. On creuse deux grandes fosses communes dans le parc Monceau et dans le square des Batignolles pour enterrer les morts. Les derniers combats auront lieu le mercredi 24. Paris flambe : l'Hôtel de Ville, les Tuileries, le ministère des Finances, une partie du Louvre, le Palais-Royal dressent leurs façades calcinées, aux murs noircis, aux fenêtres béantes. Il faudra plus de dix ans pour réparer les dégâts.

Et pourtant, quand au bout d'une quinzaine de jours, les Zola rentrent, chez eux tout est en ordre. Le 4 juillet, Émile peut écrire à Cézanne :

> « Aujourd'hui, je me retrouve tranquillement aux Batignolles, comme au sortir d'un mauvais rêve. Mon pavillon est le même, le jardin n'a pas bougé, pas un meuble, pas une plante n'a souffert, et je puis croire que ces deux sièges sont une farce, inventée pour effrayer les enfants. »

Au propre comme au figuré, Alexandrine et Émile Zola sont passés à côté de la Commune.

11

Les sentiers de la gloire

La période qui s'ouvre marque une étape importante dans la vie des Zola : le début de la notoriété. Au prix d'un travail forcené et d'une activité de tous les instants, Zola se fait une place dans la vie littéraire. Pour nous en tenir à l'essentiel, rappelons qu'entre 1871 et 1877, il publie *La Fortune des Rougon, La Curée, Le Ventre de Paris, La Conquête de Plassans, La Faute de l'abbé Mouret, Son Excellence Eugène Rougon* et *L'Assommoir*. À cela, il faut ajouter trois pièces de théâtre, l'adaptation de *Thérèse Raquin, Les Héritiers Rabourdin* et *Le Bouton de Rose*, une multitude d'articles, et un recueil de nouvelles, *Les Nouveaux Contes à Ninon*. On mesure la puissance de son génie, mais aussi les heures de travail qu'il doit fournir, et l'épuisement qui en résulte. Dans *L'Œuvre*, écrit quelques années plus tard, il confiera : « Le travail a pris mon existence. Peu à peu, il m'a volé ma mère, ma femme, tout ce que j'aime. » En 1872, il est au début du processus, mais respecte déjà la règle qu'il s'est fixée : *Nulla dies sine linea*, pas un jour sans une ligne.

Le rôle d'Alexandrine à ses côtés n'en est que plus fondamental. Elle prend un grand plaisir à administrer choses et biens, domaine dans lequel son sens des réalités et son esprit terrien font merveille. En sauvegardant la paix d'Émile, elle assure aussi la sienne. La séparation de leurs champs d'action limite les frictions que déteste Zola. Épouse de charcutier, on imaginerait

Alexandrine trônant à la caisse, tout en se mêlant peut-
être des affaires de l'arrière-boutique.

Est-ce à dire qu'elle ne se soucie pas de ce qu'il
écrit ? Loin de là. Il lui arrive même d'y participer
indirectement, comme lors de la préparation du *Ventre
de Paris*. On sait que la rédaction de chaque roman de
Zola est précédée par un travail de recherche minutieux
et la constitution d'un dossier préparatoire. Pour ce
roman qui a pour cadre les Halles, il se lance, en
compagnie de son ami l'éditeur Maurice Dreyfous,
dans des expéditions nocturnes qui ont pour but de surprendre l'éveil du marché, des premières heures de la
nuit à celles du jour. Inquiète, ou simplement désireuse
de participer à cette aventure, Alexandrine ne tarde pas
à l'accompagner. Comment ne lui serait-elle pas utile
dans ce quartier qu'elle a bien connu, même si la
construction des nouvelles Halles en 1857 en a passa-
blement modifié la physionomie ? On l'imagine remet-
tant ses pas dans ceux de son enfance rue des Petits-
Carreaux ou rue Montorgueil, retrouvant les bruits et
les odeurs dont son mari saura parler mieux que personne. Toute sa vie, raconte Denise Le Blond-Zola,
Alexandrine gardera le souvenir d'une nuit d'exploration qui s'acheva par une soupe à deux sous délicieuse
dont elle se vanta d'avoir conservé précieusement la
recette.

Peut-être s'agit-il de cette soupe aux choux odorante
évoquée dans le roman, servie dans une rue couverte
des Halles au petit matin, dans un seau de fer-blanc
qui fume sur un petit réchaud bas. « La femme, armée
d'une cuiller à pot, prenant de minces tranches de pain
au fond d'une corbeille, trempait la soupe dans des
tasses jaunes [1]. » Émile et Alexandrine ont-ils eux aussi
reçu au visage l'odeur parfumée de la vapeur avant de
se brûler les lèvres au bouillon de cette « diablesse de
soupe aux choux » ?

---

1. Zola, *Le Ventre de Paris*.

Durant cette période, Alexandrine poursuit aussi son apprentissage social. Son mariage a légitimé son rôle auprès de l'écrivain. Il lui faut en être digne. Les nouvelles relations littéraires de son mari, son métier de critique dramatique les amènent à sortir davantage ou à fréquenter les salles de théâtre. Tous les lundis, ou presque, elle l'accompagne au théâtre. Et même si elle n'est pas toujours à ses côtés, elle a largement sa part dans ces mondanités, parfois à son corps défendant.

Depuis 1872, Zola est édité par Georges Charpentier, qui deviendra un éditeur d'avant-garde en publiant Gustave Flaubert, les frères Goncourt, Alphonse Daudet, Joris-Karl Huysmans, Guy de Maupassant, Henry Céard et tous les autres naturalistes. Rapidement, des liens très étroits se créent entre les deux hommes. Georges Charpentier, dit Zizi, un homme doux, rêveur, presque timide, a connu la bohème après s'être brouillé avec son père. Puis ils se sont réconciliés, et il a repris la maison d'édition familiale en s'associant pour cinq ans avec son ami Maurice Dreyfous. En 1872, il vient d'épouser Marguerite Lemonnier, la fille d'un ancien joaillier de la Couronne, ruiné par la chute de l'Empire. Marguerite a grandi place Vendôme, élevée avec faste par une mère d'origine noble, les Reygondo du Châtelet, et elle a reçu une éducation très soignée. Grâce à ses gouvernantes, elle a même appris l'anglais et l'allemand. Elle est ravissante, ses yeux gris et moqueurs, son impertinence, son élégance que souligne un laisser-aller étudié, un rien de condescendance, et « un manque absolu d'humilité [1] » en font très vite la coqueluche de Paris. Elle est surtout très intelligente.

Cette jeune femme brillante, habituée au meilleur monde, ne va pas tarder à tenir l'un des salons les plus courus de la capitale. Dès 1872, elle organise une série de réceptions qui attirent l'élite du monde des lettres et des arts, ravie de reprendre une vie mondaine inter-

---

1. Michel Robida, *Le Salon des Charpentier*, Bibliothèque des arts, 1978.

rompue par la guerre et la Commune. Ce qui pourrait sembler une dépense dangereuse pour la maison d'édition encore fragile s'avère un excellent calcul. Rapidement, on joue des pièces inédites des auteurs maison, des comédiens célèbres, des peintres, des chanteurs et bien sûr des auteurs prennent l'habitude de se retrouver dans ses salons. Et si son mari beaucoup plus bohème rechigne d'abord à jouer les maîtres de maison, attendant le départ des « embêteurs » pour fumer une bonne pipe avec ses vieux copains, il comprend vite que Marguerite sait ce qu'elle fait. Le vendredi soir, le Tout-Paris se bouscule quai du Louvre d'abord, puis dans son hôtel particulier de la rue de Grenelle. Aux soirées des Charpentier, se pressent parfois plus de quatre cents invités. Pour la première fois, un salon s'ouvre à tous les milieux, à toutes les tendances politiques. La duchesse de Rohan et la duchesse d'Uzès venues en voisines côtoient des hommes politiques républicains aux idées avancées tels que Gambetta ou Clemenceau.

Tous les auteurs publiés par Charpentier s'y retrouvent, ainsi que les artistes impressionnistes dont elle est la protectrice. L'un des plus fidèles est Renoir qui la peindra à plusieurs reprises avec ses enfants. Les Charpentier n'hésitent pas à dépenser des fortunes pour aider les peintres, commandant des œuvres, les achetant à prix d'or, les recommandant à leurs amis. Camille Saint-Saëns, Jules Massenet, Reynaldo Hahn ou Emmanuel Chabrier y joueront leurs œuvres, Yvette Guilbert y chantera Bruant, Paul Déroulède, « l'enfant chéri des dames », y parlera de Jeanne d'Arc dans son bel uniforme de lieutenant de chasseurs à pied. Quant à Marcel Proust, l'un des admirateurs de Marguerite Charpentier, il décrira au début du *Temps retrouvé* le salon avec ses « meubles recouverts de vieille soie, beaucoup de lampes, de belles fleurs, de beaux fruits, de belles robes... », et prêtera certains de ses traits à Oriane de Guermantes, tout en dotant Madame Verdurin devenue princesse de Guermantes de son audace en matière d'avant-garde.

Mais Marguerite n'est pas seulement une mondaine. Elle possède une influence considérable sur son mari. Les Charpentier sont plus que des mécènes, ils sont des éditeurs engagés, qui prennent parfois de grands risques au nom d'une certaine idée de l'art, comme le montre *La Vie moderne*, revue créée pour soutenir leurs artistes. L'efficacité de Marguerite fait que les auteurs s'adressent souvent à elle en cas d'urgence : « Autant son mari était indolent et je "m'en fichiste", autant elle était active, ambitieuse et pleine de volonté », remarque Maurice Dreyfous, l'associé de Charpentier[1]. En août 1887, lors de la publication de *La Terre*, un article du journal *Le Salut public* de Lyon prétend même que la direction littéraire des éditions Charpentier repose sur un triumvirat féminin composé de Marguerite Charpentier, Julia Daudet et Juliette Adam, « façon d'Académie au petit pied, mais d'Académie où les femmes ont leurs entrées ».

On comprend pourquoi il faudra plusieurs années à Alexandrine pour se sentir vraiment à l'aise dans le salon de cette femme que tous admirent : en 1877, alors que les deux couples ont déjà passé des vacances ensemble, Zola, resté à L'Estaque, doit encourager sa femme venue à Paris pour les obsèques de son père, à s'y rendre seule :

> « Il resterait encore les Charpentier. Je te parle encore d'eux, bien que je sache que cela va te contrarier. Si tu ne leur donnes pas signe de vie, cela leur semblera bien singulier. La question de toilette n'est pas sérieuse ; tu es en deuil, et tu peux dire que tu es partie comme une folle, ce qui est vrai. Fais un effort, ma chérie, si cela ne te coûte pas trop[2]... »

Outre la situation particulière (elle vient d'enterrer son père) ces réticences traduisent moins un manque

---

1. Maurice Dreyfous, *Ce qu'il me reste à dire*, Ollendorf, 1912.
2. Bakker, *op. cit.*, tome 3, 13 septembre 1877.

de sympathie qu'un sentiment d'infériorité bien compréhensible. Comment pourrait-elle se sentir à l'aise ? Jamais ces deux femmes n'auraient dû se fréquenter. Le milieu d'origine, l'éducation, le passé d'Alexandrine rendent même miraculeuse une telle rencontre. Gabrielle la lingère aurait-elle même eu la chance de travailler pour Marguerite qui s'habille chez les plus grands couturiers ?

L'élégante Marguerite Charpentier est à la fois une sorte de modèle pour Alexandrine, et un terrible juge en puissance. Même Émile fait appel à ses compétences en matière de mondanité et de code social. Ainsi, en 1879, il lui demande conseil pour le roman *Nana* qu'il est en train d'écrire :

> « Dans le grand monde, lors d'un mariage, donne-t-on un bal et quel soir ? Le soir du contrat ou le soir de l'église ? J'aimerais mieux le soir de l'église. Je voudrais que le bal eût lieu dans le salon des Muffat. Surtout, si le bal est tout à fait impossible, puis-je faire donner une soirée ? – Autre chose, si c'était le soir du contrat, quelle serait la tenue de la mariée ? Et si c'était le soir de l'église, devrais-je faire partir les mariés pour le voyage réglementaire à l'issue du bal ? »

Et il ajoute cette remarque qui en dit long : « Je viens de me disputer avec ma femme sur toutes les questions que je vous pose, et je vous prends pour arbitre. » On imagine assez bien Alexandrine et Émile, dont l'expérience mondaine se vaut, se querellant sur des questions d'étiquette, preuve, en tout cas, que Zola partage avec sa femme certaines de ses préoccupations romanesques. Et devinez qui l'emporta ? Eh bien ! ce fut Alexandrine, comme en convint avec bonne humeur le romancier. Gageons qu'elle put triompher d'un « je te l'avais bien dit ! » victorieux...

À l'admiration d'Alexandrine pour Marguerite se mêlent donc forcément de la crainte et de l'agressivité.

Leurs relations resteront ambivalentes. Face à Madame Charpentier, l'ancienne grisette mesure le chemin qui lui reste à parcourir pour être une grande dame. Ne risque-t-elle pas d'être à tout moment dévoilée ? Tant d'impairs à éviter, de minuscules fautes de goût, d'ignorance, de timidité à surmonter. Peut-être même doute-t-elle parfois d'y parvenir un jour. Comment pourrait-elle deviner qu'il faudra pour cela des événements autrement plus graves ?

Jamais Alexandrine n'oublie complètement d'où elle vient, car si cela lui arrivait, elle cesserait d'être vigilante, et se trahirait. Cette conspiration du silence qui unit dans une même discrétion son mari et sa proche famille lui permet sinon de donner le change, du moins d'en effacer les marques. Bien sûr, on soupçonne ses origines, mais on lui sait gré de ne pas en faire état. On comprend, à mesurer son évolution, que l'effacement de Gabrielle est une décision de la volonté d'Alexandrine, et non un aléa de l'inconscient. Exactement comme Zola fait procéder *Les Rougon-Macquart* d'un plan concerté et non d'une série de jaillissements improvisés, Alexandrine accompagnera la réussite de son mari d'une construction raisonnée : celle de sa propre identité. À sa façon, n'est-elle pas la négation vivante des théories du roman expérimental ?

Sans doute, en 1872, est-il un peu tôt pour l'affirmer. Mais à n'en pas douter, Alexandrine y travaille, au moins autant que son mari à son œuvre.

Au cours de ces années, Zola gagne la reconnaissance de ses pairs, et se fait amis et ennemis dans le monde littéraire. Il fréquente Jules et Edmond de Goncourt depuis 1868, et cahin-caha, avec force querelles, brouilles et réconciliations dont le *Journal* de Goncourt donne maints exemples, leurs relations dureront jusqu'à la mort d'Edmond en 1896. Il se lie aussi avec Gustave Flaubert, Alphonse Daudet et Ivan Tourgueniev, et des dîners littéraires les réunissent régulièrement. La plupart, comme le « dîner des auteurs

sifflés » ou « dîner des cinq », se passent généralement
entre hommes. Ce dernier regroupe cinq auteurs qui
ont en commun d'avoir essuyé de cuisants échecs au
théâtre. Flaubert, Daudet, Goncourt, Zola et Tourgueniev se retrouvent chaque mois pour dîner ensemble à
partir de 1874. À la mort de Flaubert, pour qui tous
ont une grande admiration, ces dîners s'espaceront de
plus en plus. Sous la plume d'Edmond de Goncourt
– Jules est mort en 1870 – apparaît un Zola mélancolique et angoissé, un « gros garçon, plein de naïveté
enfantine, d'exigences de putain gâtée », obsédé par
« la ponte quotidienne des cent lignes qu'il s'arrache
chaque jour », et qui parle à ses amis de « son cénobi-
tisme, de sa vie d'intérieur, qui n'a de distraction le
soir, que quelques parties de dominos avec sa femme
ou la visite de compatriotes [1] ». Mais ce Zola en pan-
toufles, note l'écrivain toujours prompt à déceler un
rival, est aussi un ambitieux acharné à conquérir Paris,
plein du désir de revanche des anciens pauvres.

Au cours de ces repas, la conversation est souvent
leste, si l'on en croit les comptes rendus de Goncourt
dans son *Journal*. Trois d'entre eux sont célibataires,
quant à Daudet, syphilitique, il trompe sa femme Julia
avec autant de constance que de conscience (mauvaise). Zola fit-il vraiment les confidences sur sa
sexualité rapportées par Goncourt ? En tout cas,
Alexandrine est sans doute loin de se douter à l'époque
que la conversation prend parfois un tour aussi intime,
et que sa vie privée s'étale entre la poire et le fromage
à la table de Flaubert ou à celle de Goncourt. Le
rythme de leurs relations sexuelles – une fois tous les
dix jours –, l'influence du coït sur la créativité de son
compagnon, tout y passe. Difficile de croire que cette
mauvaise langue de Goncourt ait *tout* inventé : certains
détails en disent long sur la pudeur des maris les plus
honnêtes. Les cinq hommes rivalisent en confidences
et plaisanteries salaces ; chacun se vante de ses

---

1. Goncourt, *Journal*, 25 janvier 1875.

exploits, Zola affirmant n'avoir en amour aucun sens moral, et avoir couché dans sa jeunesse avec les femmes de ses meilleurs amis (on retrouve au passage le thème de *Madeleine Férat*, et la suspicion qui pèse sur les relations entre Cézanne et Gabrielle). C'est à qui sera le plus « cochon », comme dit Goncourt, qui remarque que chez Zola « la cochonnerie se dépense maintenant tout entière dans la copie [1] ». Mais après tout, ne peut-on penser qu'Alexandrine est aussi pour quelque chose dans ce nouvel équilibre, même si Goncourt pense que Zola, tout comme lui-même, n'a jamais été vraiment amoureux ?

D'autres dîners se font en cercle plus large, comme ceux du « Bœuf nature », créé à l'initiative de Numa Coste à partir de 1874, ou comme les soupers des soirs de première, et les simples invitations entre amis : la conversation prend alors un tour moins intime car les dames sont présentes. Alexandrine retrouve souvent à ces agapes Madame Daudet et Madame Charpentier. Julia Daudet remarquera plus tard que la conversation entre ces esprits supérieurs ne s'élevait guère au-dessus de leurs intérêts particuliers. Pas de véritable confiance entre eux, note-t-elle, pas d'intimité vraie, même à la campagne, « dans la tranquillité des champs ». Et que dire si la conversation porte sur la vie littéraire, les journaux, ou pire, les tirages de leurs livres ! Les grands hommes s'annulent réciproquement, conclut-elle, comme les ténors ou les virtuoses dans un orchestre, il n'en faut pas plus de deux à la même table pour que chacun puisse briller [2].

Si la conversation est décevante, la chair, elle, n'est pas triste. On mange une bouillabaisse et du pâté de grive corse chez les Daudet, des tartelettes au poisson japonaises chez les Charpentier, des gelinottes chez les Zola [3].

---

1. *Idem*, 5 mai 1876.

2. Julia Daudet, *Souvenirs autour d'un groupe littéraire*, Fasquelle, 1910.

3. Goncourt, *Journal*, 3 avril 1878.

« En gens de tempérament, raconte Daudet, nous étions tous gourmands. Par exemple, autant de gourmandises que de tempéraments, de recettes que de provinces. Il fallait à Flaubert des beurres de Normandie et des canards rouennais à l'étouffade ; Edmond de Goncourt, raffiné, exotique, réclamait des confitures de gingembre ; Zola les oursins et les coquillages ; Tourgueniev dégustait son caviar. Ah ! Nous n'étions pas faciles à nourrir, et les restaurants de Paris doivent se souvenir de nous. On en changeait souvent. Tantôt c'était chez Adolphe et Pellé, derrière l'Opéra, tantôt place de l'Opéra-Comique ; puis chez Voisin, dont la cave apaisait toutes les exigences, réconciliait les appétits. »

Chaque année à partir de 1882, Émile et Alexandrine Zola, Alphonse et Julia Daudet, Marguerite et Georges Charpentier, et Edmond de Goncourt se retrouvent aussi le 1er mai chez Ledoyen pour l'ouverture du Salon. Mais entre-temps, Alexandrine sera devenue beaucoup plus intime avec Marguerite Charpentier : Goncourt les entend un jour « se déclarer en riant les trois femmes les plus raisonnables de Paris, en reconnaissant réciproquement sur le dos des unes et des autres, les manteaux qu'elles portent depuis les trois ans qu'elles viennent à déjeuner [1] ». Un rire qui en dit long sur les Parisiennes...

Alexandrine ne sera jamais une amie très proche de Julia Daudet, mais au cours des années qui viennent elles sont amenées à se fréquenter très régulièrement. Dîners à Paris, journées de campagne à Champrosay chez les Daudet, ou plus tard à Médan réunissent fréquemment les Charpentier, les Zola et les Daudet.

Encore une femme redoutable aux yeux d'une nouvelle venue dans le sérail : issue d'un milieu riche et cultivé, ancienne maîtresse de François Coppée, musicienne, critique sous le pseudonyme de Karl Steen,

---

1. *Idem*, 1er mai 1884.

Julia Allard est écrivain elle-même. En 1879, elle publiera un recueil d'études littéraires, de poésies et de souvenirs sous le titre d'*Impressions de nature et d'art*. Elle reçoit de nombreux artistes dans son salon de la rue de Bellerive à Paris, et dans sa maison de campagne de Champrosay. On la soupçonne également d'être pour une bonne part dans les œuvres de son mari, dont elle est la fidèle collaboratrice. Zola s'inspirera du reste du couple Daudet dans une nouvelle écrite en 1880, « Madame Sourdis ». Maîtresse, d'après certains, d'Edmond de Goncourt qui lui voue une admiration sans bornes, elle est l'épouse dévouée d'un homme charmant, faible et malade, et la mère de trois enfants dont deux laisseront un prénom, Lucien, esthète et mondain, proche de l'Impératrice en exil et de Marcel Proust, et le bouillant Léon, fondateur avec Charles Maurras de *L'Action française*. Cette femme intelligente, à la forte personnalité jouera aussi un rôle non négligeable dans les querelles qui déchireront le groupe naturaliste.

Julia Daudet, Marguerite Charpentier : deux femmes d'élite qui ont reçu à la naissance la pratique d'un milieu, son éducation, sa culture, sa richesse. Il faut à la fille de Caroline Wadoux et d'Edmond Meley une bonne dose de confiance en elle pour les côtoyer et marcher sur leurs traces. Mais elle a dans son jeu des atouts solides : le talent et bientôt la célébrité de son mari que ses confrères reconnaissent, serait-ce à contrecœur, comme un chef de file ; leur commun désir de réussite ; et son extraordinaire volonté de devenir, elle aussi, une grande dame.

Fait-elle toujours illusion ? Non, si l'on croit Goncourt qui, à plusieurs reprises, souligne avec méchanceté les intonations de « harengère maigre » de la « femme Zola » (rappelons qu'à l'origine, une harengère est une marchande de harengs : retour à la rue des Petits-Carreaux, par où transitait la marée venue du Nord...). En 1878, le soir de l'échec de la pièce de Zola, *Le Bouton de rose*, un « souper d'enterrement »

qui a lieu chez Véfour, elle reproche aigrement à son
mari, paraît-il, les coupures qu'il aurait dû pratiquer
dans le texte s'il avait suivi ses conseils, et se venge
de l'insuccès de la pièce sur le jeune Paul Alexis
qu'elle appelle sa « tête de Turc ». Quelques jours plus
tard, la voici qui oblige presque le pauvre Émile,
fatigué, à se rendre au bal Cernuschi pour y prendre
des notes. Un autre soir, une dizaine d'années plus
tard, elle se distingue encore au cours d'un dîner chez
les Daudet :

> « On se met à table. Daudet me crie : "Goncourt,
> j'ai été chercher pour vous chez Joret, des morilles."
> Sur cette phrase, s'élève la voix aigre de Mme Zola,
> qui dit tout haut : "Oh ! aujourd'hui, ça n'est pas rare
> les morilles, ça coûte trois francs..." »

Elle a des remarques de cette amabilité pendant tout
le dîner. Mme Charpentier avec diplomatie travaille à
l'adoucir. À propos d'une bouillabaisse que les Daudet
ont fait venir de Marseille, elle souligne le talent
d'Alexandrine à faire ce plat, mais pour toute récom-
pense, récolte cette apostrophe : « Vraiment, madame,
vous feriez croire que je passe ma vie à la cuisine ! »
    La soirée, bien lancée, se poursuit par une discussion
très animée entre Zola et Goncourt sur l'esprit.

> « Ça a été très vif, très aigu, très batailleur, si bataill-
> eur à ce qu'il paraît, que pendant la joute, Mme Zola
> ne cessait de répéter presque tout haut : "Si ça conti-
> nue, je vais pleurer... Si ça continue, je vais m'en
> aller[1]." »

Et Goncourt de conclure sur le commencement de
folie des grandeurs qui sévit chez les Zola qui ne sup-
portent plus la moindre critique.
    On sait que les commérages de Goncourt ne sont pas

---

1. Goncourt, *Journal*, 10 avril 1886.

toujours à prendre à la lettre, mais ici ils paraissent
assez vraisemblables. Bel exemple d'une Alexandrine
au caractère difficile et qui ne saura jamais pratiquer
l'art de cacher ses sentiments en société. Toujours solidaire de son époux quand il est attaqué, elle n'hésite
pas à le houspiller en public. Son joli visage peut
paraître méchant, rapporte Goncourt qui décèle, un soir
de contrariété, dans sa voix, « l'aigreur d'une poissarde
qui va bientôt nous engueuler [1] ».

On le voit, l'apprentissage d'Alexandrine Zola ne se
fait pas sans heurts ni difficultés. On imagine quelles
seront parfois son appréhension et sa gêne, mais aussi
sa fierté et sa satisfaction quand, au fil des années,
elle maîtrisera sans hésiter les règles du savoir-vivre
et devint à son tour l'une des meilleures hôtesses de
Paris.

En avril 1874, les Zola emménagent rue Saint-Georges. Cette rue du XVII⁰ arrondissement (aujourd'hui la
rue des Apennins), qui donne dans l'avenue de Clichy,
est située tout près du marché des Batignolles, toujours
dans ce quartier qu'affectionne Alexandrine. C'est un
nouveau pas dans l'aisance.

> « C'était un petit hôtel, avec jardin (...), raconte Paul
> Alexis dans sa biographie de Zola. Pas d'autres loca-
> taires ! Et point de concierge ! Ce double rêve de tout
> ménage parisien un peu à l'aise se trouvait réalisé. (...)
> Un sous-sol pour l'office et la cuisine ; au rez-de-
> chaussée le salon et la salle à manger ; puis deux éta-
> ges ; le premier pour lui et sa femme, une vaste
> chambre et un cabinet de travail très gai donnant sur
> le jardin ; enfin le second étage pour sa mère. »

Le loyer est de 1 500 francs par an, et reflète lui
aussi l'amélioration du train de vie des Zola. Mais un
autre détail retient notre attention : c'est la situation

---

[1]. *Idem*, 8 juin 1891.

géographique de cette maison, à quelques dizaines de mètres de l'avenue de Clichy. Ce n'est pas un hasard.

En effet, depuis 1871, Edmond Meley, le père d'Alexandrine, s'est installé à son tour dans le quartier. Le 1ᵉʳ octobre 1871, il a signé un bail de douze ans pour la location d'une maison, située 159 avenue de Clichy, à peu près à la hauteur de la rue Cardinet, soit tout près de la rue des Apennins. Edmond n'est plus typographe. Sa profession ? marchand de vin. Il sous-loue également des appartements meublés dans cette solide maison, en pierre de taille, avec cinq étages et une cave pour conserver les fûts. À la mort d'Edmond, Joséphine, devenue la « Veuve Meley cabaretier et loueuse de garnis », reprendra sa suite, et en octobre 1883, elle fera proroger le bail pour douze ans. Elle louera jusqu'à douze chambres en garni, à l'enseigne de l'Hôtel de Picardie, en hommage à ses origines [1].

Quels liens l'amie de Marguerite Charpentier et de Julia Daudet entretient-elle avec ce père marchand de vin et tenancier de garni ? En s'installant à quelques mètres de chez lui, en 1874, elle ne peut pas ignorer sa présence.

Pas plus qu'elle n'ignore sa demi-sœur, Berthe, dont nous révélons pour la première fois l'existence. La petite Berthe née en mai 1850 à Paris n'a pas vécu, et en juin 1857, Joséphine a mis au monde une deuxième petite fille, prénommée elle aussi Berthe Ophélie. L'enfant est née à Guillon dans le Doubs, un village de 183 habitants, qu'enrichissent un établissement thermal et un casino. Les listes de recensement de 1856 et de 1861 ayant disparu, nous ne savons rien du séjour

---

1. Cette découverte nous conduit à nous demander si dans le passé, les Meley avaient déjà exercé cette profession. S'expliquerait alors la rumeur selon laquelle Alexandrine était la fille d'un hôtelier du passage Lathuile, qui jouxte l'avenue de Clichy. Elle-même évoque, dans l'une de ses dernières lettres, un hôtel à Clichy où elle aurait vécu à vingt ans. Mais la phrase est un peu obscure, et n'offre pas de certitudes.

des Meley à Guillon, sinon que sur l'acte de naissance de la petite fille, ils se déclarent « commerçants ».

Alexandrine assistera-t-elle le 8 mai 1877 au mariage de Berthe, sa demi-sœur, avec Paul Gaillard, un jeune veuf d'origine savoyarde, ouvrier en chaises de son état ? Le Gaillard en question est un locataire du garni. Il a dû croiser sa future dans l'escalier ou au cabaret. Peut-être l'a-t-elle servi ? La noce est joyeuse, les témoins, des voisins et des amis : Alfred Rousseau, un mécanicien, Jean-Baptiste Mettet, le patron de Paul, fabricant de chaises, Victor Michaudeau, un marchand de vin, et Adolphe Lefort, employé. Tous habitent le quartier.

Or, quelques mois plus tôt, Zola vient justement de publier son roman *L'Assommoir* qui a pour cadre la Goutte-d'Or, un quartier proche, un peu plus à l'est de Paris. Il y décrit le même monde, celui des artisans et du petit peuple de Paris. Coïncidence ou non, il est difficile de ne pas remarquer à quel point ce milieu social, loin de lui être étranger, comme le seront par exemple les mineurs de *Germinal* ou les paysans de *La Terre*, le touche de près, qu'il s'agisse de la famille d'Alexandrine ou de celle de sa mère Émilie. Qu'ils aient ou non gardé des contacts – et la proximité géographique est troublante de ce point de vue – les Meley appartiennent au champ mental du romancier. L'influence d'Alexandrine, par ses origines, ses souvenirs, sa personnalité, sa famille, sur la dimension populaire des romans de Zola nous semble déterminante. *L'Assommoir* restera le roman préféré de Madame Zola.

Le succès de *L'Assommoir* permet au couple de s'installer en avril 1877 rue de Boulogne (aujourd'hui rue Ballu), de l'autre côté de la place Clichy, plus au sud, dans les nouveaux quartiers bourgeois... Ils vont devenir riches, très riches. Dès cette date, le fossé va se creuser encore entre Alexandrine et les siens, accentuant la distance qu'elle a prise depuis longtemps avec eux. Géographiquement proche (son oncle Narcisse, depuis son remariage, habite lui aussi ce quartier, au 24 chemin des Bœufs), socialement et moralement lointaine, Madame Zola traduit ainsi peut-être l'ambivalence des sentiments qu'elle porte au clan Meley.

12

Au bord de la mer

Alexandrine resserre d'autres liens de famille à cette époque, ceux qu'elle entretient avec les Laborde. On se rappelle peut-être que la sœur d'Edmond, Bibienne, vivait avec un imprimeur, Jean-Pierre Laborde-Scar. Il est suffisamment malade pour que leur mariage soit prononcé *in extremis* à leur domicile, en présence d'un médecin, en 1878. Plus de vingt ans auparavant, en 1845, ils ont eu un fils, Émile, qui est donc le cousin germain d'Alexandrine. Devenu employé au Comptoir d'escompte, il épouse Amélie Perrinon le 21 avril 1874. Émile Zola est son témoin, et une grande amitié va unir Alexandrine et Amélie. Les Laborde auront trois enfants, Élina dite Lili en 1875, Albert, le filleul d'Alexandrine, en 1878 et André. Née en 1846 à Paris, Amélie Perrinon a passé une partie de son enfance aux Antilles, son père, polytechnicien et officier de marine, étant commissaire général de la République à la Martinique dont il était originaire. Grâce à lui, le décret d'abolition de l'esclavage peut être appliqué sans troubles en 1848. Représentant du peuple à l'Assemblée constituante de 1848, il doit s'exiler en 1852. Après la mort de ses parents, Amélie revient à Paris avec ses sœurs, et connaît une jeunesse difficile. Elle se retrouve veuve en 1882, et perd son plus jeune fils en 1883. Sa passion de la politique et de la littérature, son caractère très gai, les traductions de l'anglais qu'elle effectue pour Zola la font adopter par le couple qui l'accueille très souvent à Médan et en vacances avec ses enfants.

Alexandrine éprouve une grande affection pour les enfants d'Amélie, Élina et Albert. Ses lettres à sa cousine, plus jeune qu'elle de sept ans, témoignent de leur complicité et de leur familiarité. Avec Amélie, Alexandrine ne fait pas de façons. Elle se laisse aller à sa spontanéité, sa causticité, sa générosité ou son humeur querelleuse. Elle lui confie ses états d'âme, ses soucis, ses joies. À partir de 1877 environ, ces lettres nous permettent ainsi de mieux connaître la vie privée d'Alexandrine, même si, malheureusement, les réponses d'Amélie ont disparu. Très vive, passionnée, entière, Amélie n'est pas sans ressembler par certains côtés à Alexandrine. Cela explique peut-être que les deux femmes, très unies, se brouilleront après la mort de Zola. Elles ne se reverront jamais, mais Albert Laborde continuera à fréquenter sa marraine, et lui consacrera un ouvrage plein de délicatesse et d'affection [1].

Au mois de mai 1874, Alexandrine tombe malade, et reste alitée durant un mois. En mai 75, nouvel accès de la maladie. Émile, inquiet, écrit à Ivan Tourgueniev :

> « J'ai ma pauvre femme si malade que je n'ose la quitter ce matin. Je viens de passer une quinzaine terrible. Enfin ! J'espère que tout se remettra. »

Et plus loin :

> « Portez-vous bien, mon cher ami. La souffrance est abominable. »

Un mois plus tard, après une embellie, nouvelle rechute. Quelle est cette maladie dont les accès saisissent à intervalles plus ou moins réguliers Alexandrine, et la tiennent deux mois durant au lit ? Nous y reviendrons.

---

1. Albert Laborde, *Trente-huit années près de Zola. La vie d'Alexandrine Émile Zola*, Les Éditeurs français réunis, 1963.

Le médecin a conseillé les bains de mer. Excellente occasion pour les Zola de prendre enfin des vacances. Voilà bientôt dix ans qu'ils rêvent de passer un été au bord de la mer. L'année précédente, invités à Cabourg par les Charpentier, puis à Villerville, chez les Guillemet, ils ont décliné les deux invitations à cause du travail de Zola. Au passage, on note la distinction entre les deux plages, la première, élégante et fréquentée par le meilleur monde, la seconde plus intime et appréciée par les artistes. En mai, Émile a demandé à Paul Alexis, sur le point de partir pour Saint-Malo, de chercher pour eux une location sur la côte. Ses directives sont précises :

> « Une petite maison, cuisine, salle à manger, trois chambres, avec un jardin, le tout au bord de la mer, tout au bord s'il est possible ; de plus il faut que la mer soit commode en cet endroit pour prendre des bains[1]. »

Finalement, ils partent en août pour Saint-Aubin-sur-Mer, dans le Calvados. Le Second Empire a lancé la mode des séjours balnéaires, et la proximité de Paris ainsi que le développement du réseau ferroviaire ont favorisé les plages normandes. Saint-Aubin n'est pas exactement ce qu'on appelle à l'époque « un petit trou pas cher », mais plutôt une villégiature de moyenne importance (en 1907, par exemple, elle reçoit entre quatre et cinq mille touristes). Un guide la présente en 1875 comme « une plage de bonne bourgeoisie très traditionaliste et fort éloignée des outrecuidances ». En 1929, elle sera même couronnée « la plage la plus saine de France[2] ! ».

Les Zola sont à peine installés qu'Émile propose à Paul Alexis de venir les rejoindre. Minutieux comme toujours, il fournit horaires et directives : prendre à

---

1. Bakker, *op. cit.*, tome 2.
2. Cf. Gabriel Désert, *La Vie quotidienne sur les plages normandes du Second Empire aux Années folles*, Hachette, 1983.

9 heures le train pour Caen, en arrivant à Caen emprunter la voiture Allouard qui l'amènera jusqu'à Saint-
Aubin pour six heures, sans oublier le montant de l'expédition : 37 francs tout compris. Dans ce plat pays,
dont au début « l'abominable laideur » suffoque le
Méridional épris de relief, « la mer est belle et il
souffle un vent qui sent bon ». Les changements de
temps et de lumière du ciel normand ne tardent pas
à enthousiasmer Alexandrine et Émile. Celui-ci écrit,
toujours à Paul Alexis :

> « Nous avons ici des temps superbes, des tempêtes,
> des jours de grand soleil, des nuits de Naples, des mers
> phosphorescentes [1]... »

Et le miracle se produit : effet de l'iode, des algues
et de la mer dans laquelle elle patauge chaque jour,
Alexandrine se sent mieux. Elle est toujours fatiguée,
mais pas malade. Comme ses contemporains, elle croit
dur comme fer aux vertus de la balnéothérapie, particulièrement recommandée aux asthmatiques et aux
déprimés. « Les bains sont un des moyens thérapeu-
tiques les plus puissants que la nature nous ait offerts »,
affirme un mémoire de médecine de l'époque. Rares
sont en effet ceux qui se baignent avec plaisir. Les
bains de mer sont plus proches de la thalassothérapie
que de l'hédonisme vacancier. La codification médicale est d'une extrême précision, et les médecins soulignent les dangers d'une transgression aux lois qu'ils
fixent. Ces règles varieront peu jusqu'au début du
XXᵉ siècle puisque le *Larousse médical* de 1929 limite
encore la durée des bains à dix minutes, leur nombre à
deux par jour, « de dix heures à midi, de trois heures
à cinq heures l'après-midi [2] ». Quant à la méthode, elle
garde la brutalité des ères de pionniers : on doit « se
hâter de s'y plonger tout entier et rester complètement

---

1. Bakker, *op. cit.*, tome 3.
2. Cité par Jean-Didier Urbain, in *Sur la plage*, Essais Payot,
1994.

immergé, sauf la tête, pendant toute la durée du bain ». On préconise même « les affusions générales avec des seaux d'eau de mer versés sur la tête » pour ceux qui ne savent pas nager. Dans certains cas, on conseille de faire suivre le bain « à la lame » d'une bonne friction et d'un bain de pieds chaud. On comprend qu'en 1875, les baigneurs soient encore assez rares, et que les vertus hygiénistes puissent seules l'emporter sur une phobie assez généralement partagée. Autrement dit, on fréquente les plages, mais on se baigne peu.

Alexandrine, elle, est venue pour se soigner et elle le fait avec l'application passionnée qu'elle met en toute chose. Elle y prend aussi du plaisir, comme à tout ce qui concerne sa santé (plus tard, ce seront les cures). « Son bain, raconte Zola à Georges Charpentier, est élevé à la hauteur d'une institution. » Quand on connaît le climat de la côte normande et la température de la Manche, on ne peut que saluer, comme son mari admiratif, son « héroïsme ». Il est vrai qu'elle a des origines normandes et que, comme ses semblables, elle patauge à mi-cuisses plus qu'elle ne nage, vêtue d'un costume de laine et protégée par un chapeau de paille, ou un bonnet de caoutchouc noir. La mode, cette année-là, est aux rayures bleues et blanches. Elle se plie aux prescriptions des médecins et ne prolonge pas son bain au-delà d'une quinzaine de minutes. Cela n'enlève rien à son courage, d'autant que, l'esprit toujours pratique, elle en profite pour pêcher la crevette, dont elle entretient la maisonnée. Pas de pollution à l'époque, on guette les grandes marées qui amèneront « les crevettes rouges ».

Pendant ce temps, autre forme d'héroïsme, Zola reste à sa table de travail, face à la mer, et écrit. Entre divers travaux, il rédige une étude sur Goncourt, achève *Son Excellence Eugène Rougon*, et commence à réfléchir à *L'Assommoir*. Mais lui aussi finit par se laisser tenter par la marée, et accompagne sa femme à la pêche. Les crevettes rouges n'étaient pas un mythe : Émile en ramasse lui-même. La beauté de la plage les

console de la laideur de l'arrière-pays et de la modestie
de leur logement, aux portes branlantes et aux meubles
primitifs. Aspasie Charpentier, la mère de Georges, est
venue elle aussi leur rendre visite dans leur « taudis de
bohémiens qui campent » et restera jusqu'au 23 septembre. « L'ombre de Zola », comme Céard appellera
Alexis, a rapporté la théière qu'on avait oubliée. Et
comme le temps est très beau jusqu'à la mi-septembre,
on fait des excursions à Arromanches et à Caen, ou on
va au port assister à la criée.

Mais bientôt, les grandes marées d'équinoxe enva-
hissent la plage presque vide, et viennent inonder la
cabine où Alexandrine et Émile se sont réfugiés. Raton
le chien manque d'être noyé : il est temps de rentrer.
Alexandrine se sent toujours « patraque » (c'est son
mot, et il est amusant de noter que Zola l'emploie
aussi). Est-elle guérie ? Difficile à dire. On assure à
son mari que les effets bénéfiques de la mer se feront
sentir à Paris. Il ne demande qu'à le croire. Du reste,
c'est vrai, elle paraît être en meilleure forme, même si
elle est toujours très lasse.

L'année suivante, nouvelles aventures, sous de nouveaux climats. Cette fois, destination la Bretagne, avec
les Charpentier. On est loin des plages à la mode, et le
choix relève d'une véritable originalité. Les hommes
partent en éclaireurs à la mi-juillet, à la recherche
d'une location. Émile écrit tendrement à sa femme :

> « Excellent voyage, mon beau loulou. Une nuit
> splendide. En entrant dans le wagon, on étouffait, mais
> dès que tout a été ouvert et qu'on a marché, nous nous
> sommes trouvés très bien. Retourne les coussins des
> banquettes, parce que le dessous est en crin et que
> c'est plus frais.
>
> Il y a deux changements de train, à Nantes à
> 6 heures, et à Savenay à 7 heures et demie. La Loire
> est superbe au soleil levant, entre Angers et Nantes.
> Mets-toi à la gauche du train.

Je t'écris de l'hôtel Couronné où nous venons d'user deux seaux d'eau pour nous laver. Nous étions couverts de poussière. Nous venons de louer une voiture qui nous coûtera trente francs pour les deux jours. Et nous partons immédiatement pour Le Pouliguen. Demain soir, nous reviendrons coucher à l'hôtel Couronné et nous serons mercredi matin à la gare avec un omnibus.

Je n'ai pas eu froid du tout, et mon paletot ne m'a pas manqué. Ne fais pas trop de courses pour le ravoir. Il suffit que tu préviennes et nous le retrouverons à notre retour.

Ne te fais pas de souci. Arrange tout bien. Embrasse Bertrand. Et à mercredi matin, mon beau loulou.

Je t'embrasse tout plein. Encore et encore. »

Cette lettre est l'une des seules de cette époque à lever un coin du voile sur l'intimité d'Alexandrine et Émile. Et pour cause : ils n'ont pas eu l'occasion de s'écrire puisque depuis la guerre ils n'ont jamais été séparés. Le petit nom tendre qu'ailleurs Alexandrine emploie à son tour pour son mari (il est Loulou-chien, elle est Loulou-chat), les conseils, les recommandations, les baisers, le ton mi-amoureux mi-popote, tout marque la confiance, la complicité, la sollicitude réciproque, et l'amour qui les unissent.

L'arrivée à Piriac, leur destination finale, est des plus mouvementées : comme prévu, à Saint-Nazaire, les Charpentier et les Zola, en tout une dizaine de personnes (il faut compter les enfants, mais aussi le personnel qu'on emmène en vacances) se sont entassées dans un omnibus loué à cet effet. Sur l'impériale, on a chargé une douzaine de grosses malles. A quelques kilomètres de Piriac, c'est l'accident : un écrou se dévisse, la roue se défait, et l'omnibus verse sur le côté, une voiture prise sous lui amortissant sa chute. On imagine la panique. Zola s'extirpe le premier par le carreau, et tente de faire sortir les autres. Mais la portière refuse de s'ouvrir. Et le voilà tirant tant bien que mal les autres voyageurs par la vitre, enfants et femmes, dont certaines pèsent leur poids, sans parler des jupons volumineux des dames qui ne doivent pas lui faciliter la tâche. On imagine assez bien le sauvetage, et l'état piteux de la compagnie éparpillée avec armes et bagages sur le bas-côté de la route. Dans l'émotion, Alexandrine « s'évanouit raide par terre » dès qu'elle est hors de danger. Mais il y aura eu plus de peur que de mal. Une voiture conduit les estivants à Piriac, les bagages suivront plus tard sur une charrette.

Les vacances ont mal commencé, mais se poursuivent bien. La région est belle, la maison spacieuse et située au bord de la mer. Piriac est un charmant petit port, et la côte sauvage rappelle à Émile sa Provence. On se régale de coquillages, d'huîtres qu'on va déguster jusqu'à Kerkabelec, on fait des festins de clovisses et de palourdes dont Zola raffole. Les crevettes sont au rendez-vous. Les deux familles pêchent, se baignent, se promènent. Alexandrine dorlote les petits Charpentier dont le dernier, Paul, le filleul de Zola, a tout juste un an. On va aux courses à Guérande, ou se promener le long de la côte, à Batz et au Croisic. On passe la soirée sur la plage à regarder les étoiles en bavardant doucement. Bref, « une belle vie, qu'il faudrait mener quatre mois par an pour bien se porter », conclut Zola dans sa lettre à Alexis du 24 juillet 1876. Alexandrine est heureuse elle aussi : cette fois, son « Mimi » n'a presque pas travaillé, elle s'est baignée, et elle a appris à mieux connaître Marguerite Charpentier. Rien de tel que les vacances pour créer des liens. Et dans ce trou perdu, à l'écart de toutes les mondanités, Marguerite lui a semblé plus simple et plus abordable.

Ils renoncent à se rendre ensuite à L'Estaque, comme ils l'avaient envisagé. Mais c'est promis, l'an prochain, ils passeront trois mois, peut-être quatre dans le Midi.

13

L'année de « L'Assommoir »

1877 marque un tournant dans l'histoire de la France, tout comme dans celle des Zola. Le 24 janvier, *L'Assommoir* paraît en librairie. Le succès extraordinaire de ce roman fait d'Émile Zola un homme célèbre et riche.

Le 16 mai, le président Mac-Mahon obtient la démission de son président du Conseil, Jules Simon, et le 25 juin, il dissout la Chambre des députés. En octobre, les élections voient la victoire des républicains. Même si seuls les républicains modérés ont des postes importants (on les appelle « les cravates blanches »), pour la première fois en France, un républicain de gauche, Freycinet, fait partie du gouvernement. Sans grande audace, ces républicains enclins au compromis, favorables à une politique opportuniste, bénéficient d'une période de prospérité marquée par l'innovation et la puissance des banques.

En mai 1878, l'Exposition universelle de Paris vient célébrer l'esprit de l'époque et ses réalisations : les audaces architecturales, la construction du Trocadéro, avec son immense salle de 6 000 places et son ascenseur, les pavillons coloniaux, les productions industrielles de pointe, les nombreuses fêtes auxquelles participent spontanément des milliers de badauds font de Paris la capitale incontestée de l'époque : en 1879, le Parlement se décide à quitter Versailles où il s'était réfugié en 1871, et se réinstalle à Paris.

Les Zola sont au cœur de ce monde moderne et parisien. Émile se passionne pour l'Exposition universelle qu'il commente pour la revue russe *Le Messager de l'Europe*. Alexandrine en parcourt les allées avec curiosité et enthousiasme. Le succès de *L'Assommoir*, même s'il soulève une partie de la critique contre son auteur, les met à l'abri du besoin. Avec une générosité rare pour un éditeur, Georges Charpentier modifie son contrat avec Zola, lui garantissant cinquante centimes sur les trois francs cinquante que coûte chaque volume. Le 16 avril 1877, un dîner particulièrement cordial et gai, aux dires de Goncourt, réunit Huysmans, Henry Céard, Léon Hennique, Paul Alexis, Octave Mirbeau et Guy de Maupassant en présence de Flaubert, Zola et Goncourt « sacrés officiellement les trois maîtres de l'heure présente [1] », et marque la fondation du groupe naturaliste dont Zola deviendra rapidement le chef de file. Le dîner a lieu au restaurant Trap, au coin de la rue Saint-Lazare et du passage Tivoli, et le menu rend hommage aux « maîtres » :

> « Potage purée *Bovary* ; truite saumonée à la *Fille Elisa* ; poularde truffée à la *Saint-Antoine* ; artichauts au *Cœur simple* ; parfait naturaliste ; vin de *Coupeau* ; liqueur de *L'Assommoir*. »

C'est du moins la version que publie *La République des Lettres*. Selon Céard, elle est totalement fantaisiste. Peu importe. Les jeunes naturalistes sont lancés. La plupart d'entre eux sont à l'aube de leur carrière. Hennique n'a publié qu'un fragment de drame romantique, Huysmans, un seul ouvrage, *Le Drageoir aux épices*, Mirbeau des articles dans un journal bonapartiste ; quant à Henry Céard, qui deviendra l'ami intime des Zola, il a commencé des études de médecine, et les a abandonnées pour une carrière au ministère de la Guerre où il restera jusqu'en 1882. Il deviendra ensuite

---

1. Goncourt, *Journal*, 16 avril 1877.

bibliothécaire, puis sous-conservateur à l'hôtel Carnavalet. C'est un très fin critique littéraire, mais sa carrière d'écrivain restera confidentielle – ce qui ne l'empêchera pas d'être élu à l'académie Goncourt en 1918. Aucun d'entre eux ne peut vivre encore de ses œuvres, et tous, y compris Maupassant qui n'a pas encore publié, sont employés dans l'Administration. En 1877, Mirbeau est même nommé chef de cabinet du préfet de l'Ariège et, de ce fait, ne pourra pas participer à l'élaboration des *Soirées de Médan*.

Le 27 mai, Alexandrine, Émile et Madame Zola mère prennent la route pour L'Estaque, à côté de Marseille. Pourquoi L'Estaque ? On l'a vu, la Bretagne, ses coquillages et ses rochers ont réveillé chez Émile la nostalgie du Midi. Les Zola y ont déjà séjourné, brièvement, en 1870, quand ils fuyaient Paris. Cette fois, c'est la notoriété éclatante de l'écrivain qui l'oblige à préférer à la capitale ou aux plages fréquentées de la côte normande, un modeste village de pêcheurs. Une fois encore, la Faculté recommande les bains de mer à Alexandrine, toujours patraque. En route donc pour la Provence. On pourra peut-être retrouver l'ami Cézanne, et les Aixois seront tout près.

Au début, tout va bien. Il fait même moins chaud qu'à Paris. La chambre d'Alexandrine et Émile donne sur la mer, et chaque matin, en ouvrant les fenêtres, ils peuvent contempler le paysage superbe :

> « Des deux côtés du golfe, des bras de rochers s'avancent tandis que les îles, au large, semblent barrer l'horizon ; et la mer n'est plus qu'un vaste bassin, un lac d'un bleu intense par les beaux temps. Au pied des montagnes, au fond, Marseille étage ses maisons sur des collines basses ; quand l'air est limpide, on aperçoit, de l'Estaque, la jetée grise de la Joliette, avec les fines mâtures des vaisseaux, dans le port ; puis derrière, des façades se montrent au milieu de massifs

d'arbres, la chapelle de Notre-Dame de la Garde blan-
chit sur une hauteur, en plein ciel[1]. »

Émile s'est installé un pupitre d'enfant, devant la
fenêtre, et il écrit son nouveau roman, *Une page
d'amour*. Son regard myope parcourt la mer et l'horizon, et sa main trace sur le papier les lignes qui composent les cinq grandes descriptions de Paris qui
ponctuent le roman. Pendant ce temps, Alexandrine
coud les rideaux de leur nouveau domicile de la rue de
Boulogne. Toujours admiratif, Émile écrit à Marguerite
Charpentier :

> « Ma femme est dans une besogne formidable : elle
> fait mes rideaux, des appliques de vieilles fleurs de
> soie sur du velours, et je vous affirme que c'est un joli
> travail. »

Les deux époux partagent l'heure du bain, repoussée
à cause de la chaleur à six heures, lorsque le soleil se
couche. Moment rituel et prolongé dans la mer chaude
dont on sort à peine rafraîchi, suivi du dîner et de la
tranquille contemplation du ciel admirable jusqu'à dix
heures. Ils évitent Marseille, « ville d'épiciers », et
mènent une vie tranquille et laborieuse. Leur seul
excès, comme toujours, c'est la gourmandise. Les
fruits d'été, les pêches, les abricots, les figues, le raisin,
la cuisine au piment, les coquillages qui rendent « les
idées légères », et surtout la bouillabaisse, bref, « un
tas de saletés exquises » qu'Émile reconnaît manger
sans mesure font de leur séjour un festin permanent.
Alexandrine peaufine in situ sa recette de la bouillabaisse, que son mari se plaît à écrire étymologiquement
« bouille-à-baisse ». Le secret de ce plat est dans sa
cuisson rapide et très vive :

> « Le poisson au fond de la poêle, simplement cou-

---

1. Zola, *Naïs Micoulin*.

vert d'eau, avec de l'oignon, de l'huile, de l'ail, une poignée de poivre, une tomate, un demi-verre d'huile ; puis la poêle sur le feu, un feu formidable, à rôtir un mouton[1]. »

La chaleur aidant, la sanction ne tarde pas : Alexandrine et Émile tombent tous les deux malades durant huit jours. Émilie, plus solide ou plus raisonnable, échappe seule à la gastrite galopante qui tient les deux époux au lit durant une semaine, aux alentours du 9 juillet. Maux de tête violents et dérangement intestinal sont-ils vraiment à mettre au compte des excès de table et du sirocco ? C'est bien possible. L'alerte doit être sévère, puisque Émile ne peut ni lire ni écrire. Il s'en explique avec insistance auprès de ses correspondants. À moins que leur indisposition n'ait une autre raison, plus secrète et plus tragique.

Le 14 juillet 1877 est rétabli l'acte de naissance officiel de la petite Caroline Gabrielle. L'Assistance publique ne délivrait pas d'acte de naissance, mais un simple « certificat d'origine » qui portait le numéro de l'enfant assisté. L'acte de naissance n'était délivré que sur demande. Alexandrine savait-elle déjà que sa fille était morte ? L'a-t-elle appris au cours de ces semaines ? Y a-t-il un lien entre cette procédure et le malaise, gastrique ou non, dont ont souffert les Zola à ce moment-là, et leur retraite ? Impossible de répondre avec certitude. On peut seulement noter l'allusion de Zola, dans une lettre ultérieure à Alexandrine, « à tous les ennuis » qu'ils ont eus depuis le début de l'été, et la concordance des dates. Autre indice, mince également : dans une lettre à sa cousine du 11 juillet 1877, Alexandrine, elle, ne fait aucune allusion à un embarras gastrique, mais à de « fortes courbatures ». Indices légers, nous en convenons, mais troublants.

Quoi qu'il en soit, le rétablissement tardif de cet acte de naissance nous conduit à nous demander à qu'

---

1. *Idem*. La répétition du mot « huile » est de Zola.

moment Alexandrine a recherché la trace de son enfant, et quand, au juste, elle l'a retrouvée et a du même coup, sans doute, appris sa mort[1].

À cette femme de trente-huit ans, se pose de façon aiguë la question de la maternité. Elle a été enceinte, elle a accouché, tout l'autorise à se croire féconde. La stérilité de leur couple est-elle mise au compte de Zola, ou à celui de la santé chancelante de la jeune femme ? C'est certainement pour Alexandrine un facteur de grande angoisse et d'insatisfaction, que peut raviver douloureusement tout rappel de sa première maternité. Comme il doit être amer le souvenir de cette petite fille qu'elle n'a tenue que quatre jours contre elle avant de l'abandonner et de la perdre définitivement. Elle a pu espérer effacer cet abandon et cette mort en donnant à nouveau la vie. Qu'on imagine la souffrance d'une femme à qui la nature – appelons cela la nature – refuse cette nouvelle chance. Coupable d'avoir abandonné son bébé, coupable de sa mort à trois semaines, elle est aussi coupable de ne pas pouvoir donner un enfant à son mari. La maternité est au XIXe siècle le seul véritable accomplissement pour une femme.

> « Quel est le grand devoir de la femme ? Enfanter, encore enfanter, toujours enfanter. Que la femme se refuse à la maternité, qu'elle la limite, qu'elle la supprime et la femme ne mérite plus ses droits ; la femme n'est plus rien »,

écrit encore le docteur Doleris en 1918. Même les artistes, les intellectuelles, les femmes du monde ou les prostituées mettent au monde des enfants, et célèbrent les joies de la maternité. Dans l'entourage immédiat d'Alexandrine, Amélie Laborde, sa cousine, Julia Dau-

---

1. Dans *Fécondité* (1899), c'est par le directeur de l'Assistance publique, interrogé, que l'existence de l'enfant abandonné par Norine est confirmée. Il est toujours vivant. En ce cas, l'Assistance ne donnait aucun autre renseignement. Le décès, lui, figurait sur le registre où avait été consigné l'abandon.

det et Marguerite Charpentier, par exemple, ont chacune trois enfants. Mères épanouies, elles sont considérées comme des femmes à part entière. La situation d'Alexandrine a ceci de tragique qu'elle ne peut engendrer que la culpabilité, aussi bien vis-à-vis d'elle-même que vis-à-vis de l'homme qu'elle aime. En donnant à sa fille le prénom de sa mère, Caroline, et celui qu'elle s'était choisi, Gabrielle, Alexandrine a tissé des liens de filiation et d'identité que la mort a fixés à jamais. Mais les deux Caroline sont mortes, et Gabrielle n'aura jamais d'enfant.

La maternité, la culpabilité et la mort sont justement les trois thèmes majeurs du roman qu'écrit Zola à L'Estaque, *Une page d'amour*, qui raconte l'histoire tragique et symbiotique d'une mère et de sa fille. Même si le récit lui-même n'a rien à voir avec Alexandrine et Caroline, notons tout de même le caractère morbide de la relation entre Hélène et sa fille, son issue fatale qui ne sont pas sans quelque rapport avec les préoccupations très angoissées dont pouvait l'entretenir sa femme.

Courant août, le temps clément a fait place à une chaleur suffocante. Le mistral est tombé, le ciel est lourd, orageux, il fait plus de quarante degrés à midi. Alexandrine souffre de la chaleur étouffante. Quant à Émile, il vit presque cloîtré, et écrit.

C'est en septembre qu'une nouvelle épreuve attend Alexandrine. Sa belle-mère, Joséphine, lui a écrit (preuve au passage qu'elles sont toujours en relation). Son père est très malade, si elle veut le revoir, elle doit se hâter. Le séjour à l'Estaque est prévu jusqu'en novembre. Doit-elle rentrer à Paris ? Zola charge le cousin d'Alexandrine, Émile Laborde, de se renseigner : l'état d'Edmond est-il vraiment aussi grave que le prétend Joséphine ? Émile Laborde, lui, a rompu toute relation avec les Meley, mais peut-il obtenir du médecin qui soigne le malade l'assurance formelle que son état est désespéré, auquel cas Alexandrine rentrera à Paris ? On remarque que c'est Zola qui se charge de cette démarche auprès de son cousin. La réponse ne tarde pas : Émile Laborde est allé voir son oncle, et l'a trouvé dans un état de santé très critique. Le 8 septembre, il précise qu'Edmond est à l'article de la mort. Très lucide, le moribond regrette seulement de ne pas pouvoir participer au scrutin et « joindre sa protestation à celle du pays contre notre gouvernement ». Le 13 septembre 1877, à neuf heures du matin, il meurt, à l'âge de cinquante-sept ans. Sa femme, son gendre Paul Gaillard et sa fille Berthe l'entourent.

Sa fille aînée, Alexandrine, n'arrive que le lendemain matin, à 8 h 30, après un voyage de quinze heures. Son absence aux côtés de son père dans ses derniers instants, le souci de la dépense d'un tel déplacement, mentionné par Zola dans sa première lettre à Laborde (alors que leur situation matérielle est plutôt florissante), sa présence à l'enterrement et son chagrin laissent deviner toute l'ambivalence de ses relations avec son père. Avec Edmond, c'est le dernier lien avec son enfance qui est rompu. Quels souvenirs, quelles images, quels regrets l'ancien typographe devenu marchand de vin emporte-t-il avec lui dans sa tombe ? Quelles pensées sa fille remue-t-elle en reprenant son train pour Marseille le dimanche soir ? Alexandrine rentrera triste et fatiguée. Une page d'amour est tournée.

La séparation a semblé bien longue à Émile. Il écrit deux fois par jour à sa femme, répétant de façon obsessionnelle les horaires des trains et des levées, mêlant les recommandations futiles aux soucis les plus tendres. Alexandrine peut être rassurée, il ne lui cache rien de son emploi du temps, de ses nuits, de son travail, de ses « affaires littéraires » et du temps qu'il fait. Il s'ennuie d'elle, écoute le grondement des trains sur la côte, lit les journaux, travaille. Quant à Raton, le chien, il tourne dans l'appartement comme une âme en peine, et s'endort avec le chat Moinillon sur le lit d'Alexandrine. Même Maman Zola a du mal à dormir, c'est dire. À l'Estaque, les commères s'interrogent sur son départ. Émile s'inquiète pour la santé de sa femme, comme chaque fois qu'elle voyage, il la supplie de se ménager, de prendre son temps, de ne pas se surmener. Son tempérament anxieux imagine le pire, mais, avec un humour inconscient, son égoïsme – à moins qu'il ne s'agisse d'une ruse pour l'occuper, mais on en doute – la charge d'une kyrielle de corvées : acheter rue Le Peletier ou rue de l'Odéon des broderies pour les fameux rideaux ; faire les brocanteurs ; se montrer chez les Charpentier (ce à quoi elle renâcle : on la comprend, faire des mondanités le jour de l'enterrement de son père...) ; rendre visite à sa tante, très vraisemblablement la mère d'Émile Laborde, Alexandrine-Bibienne ; aller voir Roux... Alexandrine suit-elle l'emploi du temps surchargé qu'il lui propose, pour utiliser au mieux les deux jours qu'il lui reste à passer à Paris ?

> « ... Même en cherchant des broderies tu pourrais peut-être partir dimanche soir. En effet, tu reculerais la visite à ta tante au dimanche ; comme tu ne pars que par le train de sept heures quinze minutes, tu aurais le temps d'aller voir ta tante, le dimanche de midi à trois heures, de revenir à la maison en voiture pour manger un morceau et d'être à la gare à l'heure. De cette façon tu garderais toute la journée du samedi pendant laquelle tu ferais toutes tes courses – en voiture, n'est-ce pas ? Tu irais voir Roux, tu passerais chez Mademoiselle Guilleau et chez les autres brocanteurs. »

On peut dire qu'Alexandrine ne sera pas montée à Paris pour rien. La voilà même chargée de trouver des motifs gothiques pour leur lit à baldaquin ! Et que pense-t-elle de cette ultime remarque de son Loulou ?

> « Voilà tout ce que j'ai à te dire pour ce soir, ma chérie. Si tu as des chagrins, console-toi en pensant à moi, et dis-toi que tu vas revenir te reposer pendant six semaines encore. »

Les lettres d'Alexandrine ne nous sont pas parvenues. Peut-être a-t-elle trouvé attendrissant ce mélange d'inconscience, d'égoïsme et d'affection, et bien réconfortant le « million de baisers » que son mari dépose dans un petit rond tracé sur le papier sans oublier « toutes sortes de petites caresses ». L'orpheline a plus que jamais besoin des tendresses de son compagnon, qu'elle appelle son « Mimi », de ses exigences de fils gâté, de ses efforts pour la rassurer. Le grand vide qu'elle laisse derrière elle, le besoin qu'il a d'elle, les petits soins dont il l'entoure lui font chaud au cœur. Comment ne serait-elle pas comblée ? Quand elle rentrera, ils reprendront leur « petite vie tranquille ».

Dès la semaine suivante, en effet, tout rentre dans l'ordre. Les amis Alexis et Coste sont à demeure. Alexandrine se surpasse aux fourneaux : ils mangent « comme des curés », écrit Émile à Marius Roux. Un automne splendide s'annonce.

Ils ne rentreront à Paris que fin octobre, comme prévu.

14

Maison des villes, maison des champs

Alexandrine retrouve son nouvel appartement, au 23 rue de Boulogne, équipé des fameux rideaux confectionnés à L'Estaque. Située au sud des Batignolles, de l'autre côté de la place Clichy, la rue de Boulogne joint la rue de Clichy à la rue Blanche. Ouverte en 1860, elle appartient à un quartier agréable et neuf, le quartier Saint-Georges qui prolonge celui de la Nouvelle-Athènes fort en vogue à l'époque romantique. De nombreux artistes en apprécient l'esprit de village. Tourgueniev a son pied-à-terre à deux pas, Manet habite à quelques rues de là, et Duranty, le critique, vient en voisin. Quant à Hugo, il y demeure avant de s'installer un peu plus loin, au 21 rue de Clichy.

Les Zola emménagent d'abord au deuxième étage de l'immeuble qui abrite aussi un atelier de peinture et un autre de sculpture, dans un appartement de taille moyenne dont trois fenêtres donnent sur la façade. En 1882, ils s'installeront au premier étage, dans un appartement un peu plus grand (il y a une chambre supplémentaire) et plus cher.

Leur appartement reflète leur prospérité récente, ainsi que les penchants qu'ils peuvent maintenant satisfaire. On s'est beaucoup gaussé de ces goûts, à la suite de Goncourt, amateur éclairé du XVIIIe siècle, que le « bric-à-brac » romantico-médiéval de ces nouveaux riches amusait beaucoup. Il évoque, au lendemain du

dîner de crémaillère[1], « très fin, très succulent », le
« trône de palissandre massif portugais » qui sert de
siège à Zola dans son cabinet de travail, les vitraux du
XIIᵉ siècle, les « tapisseries de saintes verdâtres aux
murs et aux plafonds », les « devants d'autel au-dessus
des portes », bref, « tout un mobilier d'antiquaillerie
ecclésiastique » qu'il juge excentrique – autrement dit,
de mauvais goût et un peu comique.

Certes, à l'époque, on aime les décors chargés et
sombres, mais chez les Zola, les visiteurs sont frappés
par le caractère excessif de la décoration, et la tonalité
gothique et religieuse. Cette religiosité participe à la
fois d'un détournement un peu impie (après tout, un
devant d'autel n'est pas fait pour se trouver dans une
salle à manger), et d'une recherche d'atmosphère qui
n'est pas sans rappeler certains romans de Zola. Quant
à l'entassement et à la profusion des détails, ils sont
bien dans sa manière : qu'on songe à son goût de l'énumération descriptive. La sobriété n'a jamais été sa qualité dominante.

Toutefois, même s'il semble que les choix décoratifs
du « jeune maître », comme le nomme Goncourt,
soient prépondérants, Alexandrine est loin d'en être
absente. C'est même à elle que revient la lourde responsabilité de tout mettre en place, de choisir les
étoffes, et de participer aux débauches de brocante qui
unissent les deux époux dans une même passion.
Comme la gourmandise, la brocante relève chez tous
deux d'un appétit de vivre, d'accumuler, de dépenser,
de céder au désir de la profusion et du gaspillage. Une
dizaine d'années plus tard, Zola confie à Henri Bryois :

> « Seul avec ma femme, je n'ai point les préoccupa-
> tions du père de famille, qui s'applique à arrondir le
> patrimoine de ses enfants. Les rentrées se font avec les
> sorties. Je satisfais furieusement ma passion de bibelo-

---

1. Goncourt. *Journal*, 3 avril 1878.

teur. (...) Je gagne beaucoup, je dépense beaucoup, et j'ignore ce qu'on appelle le placement de son argent. »

C'est donc une sorte de pulsion qui les pousse à acquérir des objets et douillettement meubler l'espace comme ils régalent leurs papilles gustatives d'une nourriture abondante et recherchée. Il y a là chez eux une forme de sensualité, qui s'épanouit dans le toucher comme dans la saveur. Dans le même entretien donné au *Figaro* en 1890, Zola précise :

> « Je collectionne principalement tapisseries, vieilles étoffes, tentures anciennes, draperies éclatantes. Voyez ces robes, richement damassées, si superbes en couleurs, aux fines broderies, elles ont appartenu à des grandes dames de la cour de Louis XIV. »

Alexandrine, héritière d'une lignée de marchands d'étoffe, ancienne lingère, sera toujours sensible à la beauté des tissus. Comme en cuisine, les Zola affectionnent la touche d'exotisme : faïences chinoises, bibelots du Japon si chers à Goncourt cohabitent avec les meubles patinés par le temps et les objets du culte. L'ensemble est « étrange, bizarre », note Maurice Guillemot, qui remarque les rideaux « curieux et rares », faits d'applications de bandes de chasubles sur de la dentelle.

À l'évidence, et contrairement à ce qu'on a pu dire, Alexandrine et Émile ne cherchent pas à constituer un décor conventionnel qui marquerait leur entrée dans la bourgeoisie. Leurs choix procèdent d'une démarche beaucoup plus personnelle, et c'est pourquoi elle choque ou amuse. Au mur, contrastant avec la dominante passéiste de l'ameublement, sont accrochées les toiles les plus avant-gardistes de leur temps : Cézanne, Monet, Manet, Pissarro, Jongkind, Morisot, Guillemet. Ils laissent parler leurs goûts et leur cœur, et s'enchantent mutuellement de leurs trouvailles. Il en ira ainsi dans toutes leurs demeures, et la liste détaillée des

objets d'art et d'ameublement vendus par Alexandrine
à Drouot, après la mort de Zola, est impressionnante.
Ils rempliront trois salles de l'hôtel, et la vente s'éten-
dra sur cinq jours[1].

Le roman *L'Œuvre* décrit et analyse ce phénomène
de façon très fine. Henriette et Pierre Sandoz, grâce au
succès de l'écrivain, ont déménagé. Ils amoncellent les
meubles anciens, les vieilles tapisseries, les bibelots
« de tous les peuples et de tous les siècles, un flot montant, débordant à cette heure qui avait commencé aux
Batignolles par le vieux pot de Rouen qu'elle lui avait
offert un jour de fête ». Ils sont eux aussi animés d'une
« rage joyeuse d'acheter » et courent les brocanteurs.
Comme Zola, Sandoz comble ses désirs d'adolescent,
et achète tout ce qu'il ne pouvait pas s'offrir à quinze
ans ; ses goûts le portent ainsi vers le Moyen Âge en
vogue dans sa jeunesse romantique. Le salon des Sandoz est surchargé et hétéroclite, mais chaleureux :

> « Le salon à la vérité, éclairé par deux lampes de
> vieux Delft, prenait des tons fanés très doux et très
> chauds, les ors éteints des dalmatiques réappliquées
> sur les sièges, les incrustations jaunies des cabinets
> italiens et des vitrines hollandaises, les teintes fondues
> des portières orientales, les cent petites notes des
> ivoires, des faïences, des émaux, pâlis par l'âge et se
> détachant contre la tenture neutre de la pièce, d'un
> rouge sombre. »

Ce décor montre comment Alexandrine et Émile
Zola se bâtissent peu à peu le *foyer* qu'ils n'ont pas
connu dans leur enfance. On a parfois imputé à la seule
Alexandrine le goût discutable de la décoration. Ce
texte montre au contraire, s'il en était besoin (car bien
des lettres le confirment), qu'il est le reflet du couple.
Cet intérieur surchargé, symboliquement constitué par
des objets du passé, est tel que peuvent le rêver deux

---

1. Voir le *Dictionnaire d'Émile Zola, op. cit.*

anciens pauvres. Il baigne dans une lumière diffuse et chaude, comme un souvenir d'enfance rêvée. Il est leur cocon, leur revanche commune sur le froid, le dénuement, la solitude. Il leur garantit un avenir doux et confortable. En le contemplant, ils peuvent aussi mesurer le chemin parcouru. Tout cela leur appartient. En un temps où l'essentiel du mobilier se transmet par héritage, ils se constituent, bien obligés, leur propre bien. Ils ne vont pas tarder à l'étendre en s'offrant un véritable fief.

Depuis plusieurs années, Émile et sa mère rêvent d'une maison à la campagne. Parisienne et maîtresse de maison, Alexandrine est moins enthousiaste. Deux domiciles à entretenir, c'est une lourde charge. S'enterrer à la campagne, dans la boue et à des lieues de ses fournisseurs, de ses connaissances, des théâtres où elle accompagne chaque semaine Émile ne lui dit guère. Mais il y tient. Alors...

Alors, il charge d'abord ses amis de lui trouver un lieu de villégiature. Le peintre Guillemet leur recommande la région de Triel, près de Poissy, à l'ouest de Paris. Mais « ça, la campagne ? Alors autant tout de suite les Batignolles », s'exclame le romancier qui sait de quoi il parle. Malgré tout, il loue une voiture, et se lance avec Alexandrine dans l'exploration de la contrée. Non loin de Vernouillet, la première maison d'un village, Médan, sur les bords de la Seine, attire son attention. En pierre, toute petite (il n'y a que trois fenêtres et un bout de jardin), séparée de la Seine par une voie ferrée, un peu en retrait du village, elle se niche dans « un pays charmant avec de l'eau et des arbres » comme l'écrit Alexandrine à son cousin Émile Laborde. Les prairies, les rideaux de trembles, de peupliers et de saules, l'ombre des noyers et des noisetiers, les îlots verdoyants sur la Seine en font « un paradis de verdure ». On se croirait à des kilomètres de Paris, le village est peuplé de paysans, « pas un seul bourgeois dans son voisinage ». Le rêve... Malheureusement, la maison est à vendre, alors qu'ils ne veulent que louer. Qu'à cela ne tienne, ils achèteront. Les formidables tirages de *L'Assommoir* le permettent. La « cabane à lapins » ne coûtera que neuf mille francs. « La littérature a payé ce modeste asile champêtre », écrit Zola à l'ami Flaubert, qu'il s'empresse d'inviter.

Tous les amis sont bien vite conviés, et l'on étrenne sur la Seine la barque *Nana*, que le jeune Maupassant, passionné de canotage, a ramenée de Bezons le 14 juillet 1878. Pour arriver à Médan, c'est un vrai parcours du combattant. Zola, toujours précis, envoie ses instructions à Léon Hennique :

> « Vous prendrez le train qui part à deux heures de Paris et vous descendrez à Triel ; là, vous reviendrez sur vos pas, vers Paris en suivant le côté gauche de la voie ; un chemin suit la voie et conduit droit à Médan, au bout d'une demi-heure de marche, quand vous rencontrerez un pont, vous passerez ce pont et vous serez arrivé : la maison est de l'autre côté du pont, à droite. »

Les jours de pluie, quand les chemins sont boueux, ou les matins de gel quand la température descend à − 22° comme en 1879, on imagine l'expédition ! Quelques années plus tard, une voiture attelée viendra chercher les invités à la gare de Villennes, construite entre-temps, et les conduira à Médan.

Émile entreprend tout de suite des travaux. C'est sa distraction, ce sera bien vite une passion. Il rêve d'un grand cabinet de travail avec des lits partout, et d'une terrasse. Pour commencer, il acquiert une petite pièce de terre de 400 m², premier des vingt-quatre achats de terrains qui feront passer la propriété de 1 200 à 41 909 m², et incluront les prés jusqu'à la Seine, ainsi que l'île de Médan, acquise en 1880. On confie l'exécution des travaux à un maçon du cru, Alfred Burneron, et bientôt, la maisonnette se transforme en un vaste chantier. Les Zola ont du plâtre jusque dans leur lit, mais ils s'amusent beaucoup. Le projet est gran-

diose : d'abord, une tour carrée qui abritera le cabinet
de travail d'Émile ; ensuite, on verra... Bâtisseur dans
l'âme, il édifie parallèlement son « château » ainsi
qu'il l'appelle plaisamment et son œuvre. La tour carrée s'élève en même temps que la pile des épreuves de
Nana, et portera son nom.

Mais s'il en est l'architecte, l'entrepreneur est
Alexandrine. Son autorité naturelle, sa vigilance, son
sens du concret font merveille sur le chantier. C'est
elle qui suit les travaux, elle qui distribue la paie du
samedi soir. Assise près de la table de la cuisine, elle
consulte un registre qu'elle tient soigneusement à jour.
Les ouvriers défilent un à un devant elle, et reçoivent
leur dû. Parfois, un conflit survient qu'elle apaise avec
son bon sens et son autorité habituels. Denise Le
Blond-Zola confirme :

> « Médan a été l'œuvre de Mme Zola ; (...) Pas un
> arbre n'y fut planté, pas une corbeille dessinée, pas
> une allée tracée qu'elle n'ait donné son avis [1]. »

Et Zola lui-même écrit à Céard :

> « Ma pauvre femme et moi nous sommes patraques.
> Nous travaillons trop, elle à organiser, à surveiller
> cette grande coquine de maison, moi à me décarcasser
> jusqu'à deux heures du matin sur des phrases... »

Avec Médan, en effet, Alexandrine a trouvé un
extraordinaire terrain d'activité. Peu à peu, la propriété
va devenir son domaine au moins autant que celui
d'Émile. L'ancienne grisette est devenue la *châtelaine*
de Médan, comme le dit amicalement Goncourt avec
son sens habituel de l'à-propos. Le même Goncourt,
qui admire sa pâleur, espère qu'elle ne prendra pas
« une santé trop campagnarde ».

Bientôt, grâce à leurs efforts, Émile peut occuper

---

1. Denise Le Blond-Zola, *op. cit.*

son cabinet de travail, une immense pièce, dont les
5,50 m de hauteur s'ouvrent sur une large baie vitrée
donnant sur la Seine. Une colossale cheminée Renais-
sance, des vitraux du XVᵉ siècle et l'habituel méli-mélo
d'antiquailles (tapisseries, armures du Moyen Âge,
meubles japonais, bibelots XVIIIᵉ) meublent cet atelier
consacré à l'écriture, comme le rappelle la devise de
Balzac inscrite au-dessus de la cheminée : *Nulla dies
sine linea*. Goncourt a beau jeu d'ironiser sur la démesure et la « bibeloterie infecte » de l'auteur de *L'Assommoir*, ainsi que sur l'orgue-mélodium dont il tire
des accords séraphiques à la tombée de la nuit.

Dès août 1879, on peut inviter Céard et Hennique,
les deux jeunes naturalistes, à dormir sur place. Les
hommes travailleront au frais à *L'Abbé Faujas*, tandis
qu'Alexandrine surveillera la cuisine et les régalera.
Enfin, les Zola sont confortablement installés, c'est le
« calme plat... Il n'y a plus que les peintres et les tapis-
siers ». Au rez-de-chaussée de la tour, est aménagée la
salle à manger, tendue de cuir de Cordoue en
novembre. Pour plus de confort, et ménager les
bronches fragiles d'Alexandrine, on fait installer un
grand calorifère, appareil ultra-moderne, qu'un wagon
de 10 tonnes de charbon anglais livré grâce au père de
Céard pourra alimenter durant le terrible hiver 1879.
Durant l'été 1896, on installe, comble du modernisme,
un éclairage à l'acétylène qui oblige Alexandrine à
porter des verres fumés ! Inutile de préciser que tout
ceci coûte fort cher : « Cette maison est un gouffre à
combler [1] », soupire Émile dans une lettre à Céard en
1880.

Alexandrine Zola a bientôt quarante ans, et « une
beauté faite de la douceur de deux yeux très noirs dans
la pâleur comme éclairée d'un visage [2] ». Au printemps
1879, le pastel peint par Manet fixe son expression à

1. Bakker, *op. cit.*, lettre à Céard, 8 mai 1880.
2. Goncourt, *Journal*, 6 février 1878.

la fois rêveuse et volontaire. Au départ, Zola lui a demandé de décorer un éventail de sa femme. L'objet s'avère trop fragile, Manet s'excuse, et en échange offre de faire son portrait. Nous n'y perdons rien. L'artiste a saisi le double visage d'Alexandrine : la femme forte aux épaules rondes et au cou un peu épais, dont la vitalité s'enracine dans le terreau populaire, et son double mélancolique, accentué par le peintre, qui semble cacher une peine secrète ou une maladie mystérieuse. Manet a choisi de représenter le visage et le haut du buste. Les épaules et le cou sont vigoureux, mais l'ovale du visage et son inclinaison gracieux. Une encolure en pointe à la simple broderie de dentelle, un châle bleu à peine esquissé soulignent son extrême simplicité : pas de bijou, seul un petit peigne sur le sommet de la tête retient l'épaisse chevelure brune et bouclée. Elle est peinte « en cheveux », dans l'intimité, et des friselis bruns courent sur sa nuque. Le visage est montré de trois quarts, et exprime à la fois la bonté et la fermeté : l'arc impeccable des sourcils, le nez long et droit, les yeux très sombres sont d'un caractère impérieux, à n'en pas douter. Mais le modelé du menton, le fin sourire, la bouche très ourlée accentuée par un léger duvet donnent au visage une humanité, que souligne encore le regard. Les yeux d'Alexandrine ne sont pas dirigés vers le peintre, mais vers un point situé à sa droite, vers le bas, comme si elle poursuivait un dialogue intérieur. Il y a en elle un soupçon de mélancolie, mêlé à beaucoup de vie, un zeste d'absence et une indéniable présence.

Contre toute attente, Médan l'enchante. Elle a enfin un territoire à sa mesure. Au fil des années, la propriété va se développer au point que la maison de campagne deviendra leur résidence principale : en 1878, ils y restent de juillet à janvier, en 1879 de mai à janvier, en 1880 de mai à décembre.

En septembre 1880, c'est Alexandrine qui a inauguré le chalet norvégien installé sur l'île. Ce chalet,

acquis lors de la démolition de l'Exposition universelle, se compose d'une grande pièce tout en sapin, aux
murs garnis de faïence, et dont l'immense cheminée
permet de faire rôtir un agneau. Au cours d'une petite
cérémonie, elle dépose dans une boîte de fer scellée
dans le mur un parchemin sur lequel elle a écrit ces
mots symboliques : « J'ai posé le 27 septembre 1880,
la première pierre de cette maison dans notre propriété
de l'île, propriété que nous avons nommée le Paradou. » Zola a ajouté de sa main : « J'ai assisté à la pose
de la première pierre faite par ma chère femme. » Au-
delà de la solennité touchante et un peu comique de
cette double déclaration, on sent l'importance de ce
geste pour le couple. Leur paradis, ils l'ont construit
de leurs propres mains, ou presque, il est leur œuvre
commune. Un débarcadère au pied du chalet permet
d'accoster, et on se rend en barque au Paradou pour
goûter ou déjeuner en bande. Cet été-là, on se baigne,
on paresse dans l'herbe, on se promène au fil de l'eau
comme aux plus beaux jours de Bennecourt.

Deux ans plus tard, en 1882, on fait construire le
pavillon des amis, baptisé le pavillon Charpentier. Il
faut croire que Marguerite et Alexandrine sont devenues plus intimes, puisque ce pavillon est presque
réservé à l'éditeur et à sa femme. Quatre chambres
confortables mais très simplement tapissées de cre-
tonne aux motifs colorés les accueillent durant leurs
séjours parfois assez longs à Médan, comme en cet été
1897 où ils resteront quinze jours. Les liens entre les
deux femmes se sont resserrés, et en 1887, Charpentier
peut écrire en toute sincérité à son ami Zola : « Ma
femme embrasse la vôtre comme elle l'aime [1]. »

En 1885, le succès de *Germinal* permet de faire bâtir
une deuxième tour, qui portera le nom du roman.
Hexagonale, elle abrite au rez-de-chaussée une grande
salle de billard au sol de mosaïque et aux vitraux
colorés.

---

1. C. Becker, *Trente ans d'amitié*, lettres de l'éditeur Charpentier
à Émile Zola, PUF, 1980.

Alexandrine n'est pas oubliée : au deuxième étage, Émile fait installer pour sa femme une vaste lingerie, pendant exact de son bureau situé dans l'autre tour. Trois hautes fenêtres l'éclairent, donnant à gauche sur la propriété, de face sur la Seine, à droite sur le pont du chemin de fer. La pièce est spacieuse, lumineuse, et sa sobriété contraste avec le reste de la maison. Les murs sont recouverts jusqu'au plafond de profonds placards en bois sombre. On y range les immenses piles de linge blanc nécessaire au train de maison souvent important. Les invités sont nombreux à Médan. Imagine-t-on le nombre de draps et de serviettes qu'il faut prévoir en un temps où les lessives ne se font que deux fois par an ? Une grande table de coupe, avec de hauts tabourets, une machine à coudre, une corbeille à ouvrage : Gabrielle-Alexandrine a-t-elle une pensée pour Marguerite Lesaux, sa tante lingère, le jour où, pour la première fois, elle s'installe dans sa belle lingerie ? L'a-t-elle saluée avec émotion, la petite Marguerite morte à l'hospice, ou n'a-t-elle éprouvé que l'orgueil d'une vie bien réussie ?

Dès ce jour, en tout cas, elle en fait son salon, son cabinet de travail, son boudoir : en compagnie d'Amélie sa cousine, d'amies, ou d'aides-couturières qu'elle engage pour l'aider à entretenir le linge, elle y passe ses meilleurs moments. C'est dans cette pièce qu'elle réalise tous ses travaux, se jugeant désormais trop à l'étroit à Paris pour les mener à bien. Quand une année, le départ de Médan est un peu avancé, la voici qui coud sans relâche une partie de la nuit pour achever avant son retour les travaux commencés.

Souvent, elle se lève à l'aube, et brode dans le silence de la maison endormie. Près de la fenêtre, elle a installé sa petite table à ouvrage en osier. Quand elle lève les yeux, son regard contemple le paysage brumeux qui descend jusqu'à la Seine. C'est son moment de paix, son heure exquise. Elle peut se laisser aller à ses deux penchants contraires, l'activité et la rêverie, que seule autorise la couture car on peut tirer l'aiguille tout en songeant, « descendre, point à point, piqûre à piqûre, un chemin de risques et de tentations[1] ». Chez Alexandrine, c'est plutôt un chemin de mélancolie et de nostalgie qui la porte, en deçà du geste précis et de la parole brève, vers des terres qu'elle est seule à connaître.

Zola dans son cabinet de travail, Alexandrine dans sa lingerie : Médan offre à chacun des époux son coin de paradis. L'ancienne cousette a dû rêver de posséder un jour, pour elle toute seule, une grande pièce où elle aurait tout à portée de main, où la lumière du jour entrant à flots permettrait d'enfiler les aiguilles les plus fines. Comment la jeune femme pourrait-elle deviner que c'est ce lieu, la lingerie, que le destin choisira pour ses tours de Malin, quelques années plus tard ?

À l'opposé de la lingerie, au rez-de-chaussée de l'ancienne maison, se trouve l'autre domaine réservé d'Alexandrine, la cuisine. Décorée de carreaux de faïence bleue, elle aligne une double rangée de casseroles en cuivre, et tous les instruments dont peut rêver une cuisinière en cette fin du XIXe siècle : moulins à café et à viande, hachoir, cafetière, balance à poids, sauteuses et marmites de toutes tailles... Une cheminée de rôtissage fait face au grand fourneau. À côté de la porte de la salle à manger est fixé un petit lavabo de cuivre rouge ouvragé. Une table coulissante en bois blanc occupe le milieu de la pièce. Tout est d'une propreté extrême. Comme dans la lingerie, transparaît le caractère méticuleux et pratique d'Alexandrine : rien qui n'ait son utilité, chaque chose a sa place, l'arrangement est pensé en fonction de son usage et non dans un but décoratif ou poétique, contrairement à Émile qui n'hésite pas à s'entourer d'armures du Moyen Âge pour écrire le roman des temps modernes... Pragmatisme d'un côté, imagination visionnaire de l'autre.

---

1. Colette, « La Couseuse », in *La Maison de Claudine*.

La plupart du temps, comme toutes les maîtresses de maison bourgeoises de l'époque, elle se contente d'organiser l'intendance, de décider des achats et des menus, de donner ses directives pour la confection des plats. Ses talents de cuisinière et son caractère autoritaire en font une redoutable patronne, exigeante et capable. Mais elle-même met souvent la main à la pâte, pour le plaisir, et pour l'honneur. Pas un menu de réception sur lequel elle n'ait personnellement veillé. Elle fait dans ce cas ses achats elle-même, accompagnée de la bonne, chez les meilleurs fournisseurs. On ne grandit pas pour rien près de la rue Montorgueil, « la rue gastronomique par excellence » comme le rappelle Courtine, célèbre depuis la fin du XVIIIe pour ses parcs à huîtres et ses restaurants ! Les épiceries de luxe, les marchands de primeurs ou de denrées exotiques, les pâtissiers renommés : le propre de la bourgeoisie est d'avoir *ses* fournisseurs, et en ce siècle de « grande bouffe » de ne manger que le meilleur. Comme Julia Daudet, Marguerite Charpentier ou Madame Adrien Proust, Alexandrine a *ses* adresses. Pourquoi pas Corcellet, au 104 galerie de Valois, spécialisé dans l'épicerie fine et les produits exotiques dont raffolent les Zola ? Est-ce chez lui (ou plutôt chez son successeur) qu'Alexandrine achète le kangourou qu'elle offre à ses invités un soir de février 1896 ? Une viande qui ressemble à du vieux chevreuil, commente Goncourt, bougon. On peut imaginer que, comme les Daudet, ils achètent leurs produits méridionaux chez Creste et Roudil, rue de Turbigo, dont Léon Daudet garde un souvenir ému :

> « De la vraie (huile) qui n'avait rien de commun avec l'horrible fabrication vendue sous ce nom dans la plupart des épiceries, et suivant la saison, des primeurs, des pois chiches, des petits artichauts tendres ou des melons ou des pêches, alberges, et même du menu gibier. Séparé du monde par une cloison de verre, le terrible cacha, fromage frénétique, conservé

entre des feuilles de vigne ou de mûrier, concentrait
en lui-même ses armes délectables et redoutées. Les
fruits confits d'Apt alternaient sur les étagères avec
les calissons d'Aix et les berlingots de Carpentras. À
époques espacées, cette gourmandise des amis de la
mer, la poutargue des Martigues, conglomérat d'œufs
de mulet, plus rare comme saveur immédiate et horizon du goût que le caviar, selon mon humble avis,
faisait son apparition[1]... »

Mais il arrive aussi qu'on fasse venir directement les
produits de leur lieu d'origine, grâce aux amis, toujours
diligents : le Provençal Numa Coste fournit les barils
d'huile d'olive, Henry Céard ou Albert Laborde le vin,
le critique d'art Théodore Duret, originaire des Cha-
rentes, l'eau-de-vie blanche, Antony Valabrègue le
miel, et Amélie, qui a gardé des attaches aux Antilles,
le rhum.

Dans son *Zola à table*, Courtine tourne en dérision
les goûts des Zola, ne voyant chez celui-ci qu'un
bâfreur prétentieux, et chez celle-là, une dondon acariâtre qui se venge sur ses casseroles. C'est faire bon
marché de tous les témoignages qui vantent l'excellence de la table et de l'accueil, à Médan comme à
Paris. Sans doute, dans la composition parfois très
recherchée des menus, faut-il voir le « bourgeoisisme »
de l'époque, comme le reconnaît Courtine, ainsi qu'une
certaine volonté d'étonner ou de charmer. Alexandrine
a une réputation à soutenir, elle aime surprendre par
l'originalité et le raffinement de sa cuisine. Entre les
Charpentier, les Daudet et les Zola, existe aussi une
forme de compétition amicale de bons vivants. Sur ce
terrain-là, au moins, Alexandrine peut largement rivaliser avec Marguerite ou Julia. Nul ne lui conteste sa
supériorité. Et elle doit s'en montrer digne. Quitte à
frôler parfois le ridicule en jouant « la comédie du
chic » comme au cours de ce dîner servi par des

---

1. Léon Daudet, *Souvenirs*, cité par Robert Courtine in *Le Ventre
de Paris*, Perrin, 1985.

domestiques en cravate blanche, où selon René Simond, le directeur de *L'Écho de Paris*, Alexandrine, « décolletée, débraillée », préside « un dîner épatant : sept verres, avec les vins annoncés, Chambertin 1877, Château-Lafite 1880, Château-Yquem 82, etc. (...) ». Enfin, ajoute Goncourt, une « telle pose » dans ce dîner à la campagne, que les deux convives sortent « en poussant un éclat de rire [1] ». Faisons la part de la médisance haineuse (une Alexandrine « débraillée », ce serait bien la première fois), et concédons que le faste des Zola est parfois déplacé, ou propre à faire des envieux.

Dans ce milieu, pourtant, littérature et gastronomie vont de pair : on se réunit dans les meilleurs restaurants, on se reçoit autour d'une table somptueuse. Le *Journal* de Goncourt fourmille de comptes rendus gastronomiques qui mettent l'eau à la bouche (ou le cœur au bord des lèvres selon le cas !). Ainsi, ce « fin dîner » du jeudi 9 mars 1882, dont Zola s'inspirera dans *L'Œuvre* :

> « ... Un potage au blé vert, des langues de rennes de Laponie, des surmulets à la provençale, une pintade truffée. »
>
> « Un dîner de gourmets, ajoute Goncourt, assaisonné d'une originale conversation sur les choses de la gueule et l'imagination de l'estomac, au bout de laquelle Tourgueniev prend l'engagement de nous faire manger des doubles bécassines de Russie, le premier gibier du monde [2]. »

Quand on sait que Goncourt, malade du foie (on le serait à moins !), est la terreur des maîtresses de maison qui craignent par-dessus tout ses chipotages et ses mines dégoûtées, on estime à leur juste valeur l'hommage qu'il rend aux talents culinaires de Madame Zola.

---

1. Goncourt, *Journal*, 3 janvier 1889.
2. Goncourt, *Journal*, tome II, 9 mars 1882.

Variante du précédent, le dîner qui a inspiré *L'Œuvre* combine le potage de blé vert et les surmulets à des bouchées aux huîtres, des filets mignons aux raviolis, une pintade truffée, des foies gras en terrine, une salade de laitue, des asperges en tranches, une glace hollandaise sans oublier le fromage et le dessert.

Une autre fois, à Paris où l'on pend la crémaillère de la rue de Boulogne, ce seront des gelinottes, que Daudet compare avec tact à de la chair de vieille courtisane marinée dans un bidet. Alexandrine a dû apprécier le compliment ! Il est vrai qu'on a beaucoup bu, et que « Flaubert, un peu poussé de nourriture, un peu soûl, débite avec accompagnement de m... et de f... toute la série de ses lapalissades féroces et truculentes contre le *bôrgeois*... », sous l'œil stupéfait et déçu de Julia Daudet !

Comme beaucoup de maîtresses de maison, Alexandrine glane des recettes qu'elle emprunte à ses amies ou rapporte de voyage : ainsi, de Belgique, servies en l'honneur de François Coppée, ces bécasses au vin de Champagne dont le « velouté sucré inénarrable » vient du foie gras écrasé dans la sauce du salmis, ou ces desserts, « oranges farcies » et « zambaglione » dont elle recopie à Rome les recettes, probablement traduites sur le vif :

> « *Zambaglione*
> Autant de jaunes d'œufs que de personnes ; un verre à bordeaux de Marsalla, la moitié d'un autre de Malaga ou Lunel, un verre à liqueur de rhum, enfin finir avec un verre de vin blanc très bon, pour quatre œufs, que le tout fasse trois verres de liquide. Mettre de la vanille et de la cannelle en poudre. Mettre sur le feu en remuant sans cesse avec une chocolatière jusqu'à ce que ça fasse une crème, surtout ne pas laisser bouillir, servir chaud tout de suite. »

Zola, lui-même, servi par son redoutable odorat, et sa « gueulardise », selon le mot de Goncourt, est capable d'identifier immédiatement ce qui manque à un plat, qu'il s'agisse de l'assaisonnement ou de la cuisson.

> « D'un œuf à la coque, en examinant la chambre, il vous indique professoralement combien l'œuf a de jours, a d'heures. »

Au quotidien, Madame Zola sert une cuisine beaucoup plus simple, même si elle est toujours savoureuse et copieuse. Les droits d'auteur de *Pot-Bouille*, en 1882, permettent d'installer des serres aux fleurs rares, des volières, une basse-cour. La propriété devient une véritable ferme modèle, qui fournit les œufs, le lait et le beurre, la volaille.

« J'ai appris par la voix publique que vous ne mangiez plus que les fruits et les légumes de votre propriété. Il paraît que vos petits pois sont exquis ! » écrit Georges Charpentier à Zola en juin 1878. Alexandrine veille sur l'élevage des poules et des lapins, comme à l'époque des Batignolles, dans la cabane adossée au mur du jardinet.

> « La bonne ménagère qu'elle a toujours été s'inquiète encore à Médan des couvées et du bien-être des animaux de la ferme. Il faut que tout soit propre, que tout reluise, ici comme dans la maison du maître[1]. »

D'après Denise Le Blond-Zola, l'étable est dallée, les mangeoires de marbre, et le nom des vaches inscrit sur les murs. La vache La Mouquette, le cheval Bonhomme qui va chercher avec la calèche les invités à la gare de Villennes, les volailles de la basse-cour, les lapins, les chiens et les chats, la volière rappellent aux invités qu'ils sont à la campagne. En septembre 1881, Hennique envoie des petits lapins à Médan que les Zola vont chercher à la gare en grande cérémonie. En

---

1. Denise Le Blond-Zola, *op. cit.*

été, les groseilles, les framboises, les cassis, les prunes abondent, et Alexandrine aime en offrir à ses amis, ou en faire des bocaux ou des confitures pour l'hiver. Théodore Duret la fournit en eau-de-vie blanche par cinquante litres, c'est dire !

Pour la seconder, elle dispose d'un personnel assez important. Si en 1881, seuls Henri Cavillier, valet de chambre, et Zélie Leriche son épouse, cuisinière, figurent sur les listes communales, cinq ans plus tard, deux jardiniers et une femme de chambre s'y ajoutent. Après une période de flottement, et le renvoi d'un nouveau couple qui a été engagé, on retrouve en 1891 un cocher, Henri Cavillier, Zélie la cuisinière, Pierre Lenôtre dit Octave le jardinier et sa femme Léonie, une jeune femme de chambre, et un aide-jardinier. Le personnel est le premier signe du train de maison, et traduit la réussite sociale et l'embourgeoisement du couple. En 1896, les Zola emploient sept personnes : un cocher, Joseph Canesson, un valet de chambre, Jules Delahalle, une cuisinière, sa femme Eugénie, une femme de chambre, Marie Sommier, le jardinier Pierre Lenôtre et sa femme Léonie, et un garçon jardinier[1]. Ce décompte peut paraître futile, mais les problèmes de personnel occupent une place non négligeable dans les préoccupations d'Alexandrine, place qui ira en augmentant au fil des années, en particulier après la mort de Zola, quand l'âge la rendra encore plus exigeante. Céard lui-même est appelé à la rescousse et propose en janvier 1887 les services d'une jeune femme de chambre aux doigts de fée, vivement recommandée. En vain : de nouveaux domestiques viennent d'être engagés. Un an plus tard, ils ont été renvoyés, et les Zola se retrouvent sans domestiques. Grave handicap : ils ne peuvent inviter à dîner, les familiers devront se contenter d'une tasse de thé. Il est loin le temps où Gabrielle se mettait elle-même aux fourneaux... Mais Alexandrine sait aussi reconnaître les mérites de ceux

---

1. Voir le *Dictionnaire Émile Zola*, *op. cit.*, p. 253.

qui la servent, et dans son testament, elle ne les oubliera pas : elle fait un legs de 1 000 F à Simone Lenôtre, la fille de ses plus anciens jardiniers, de 2 000 F à sa bonne Jeanne Bacens pour la remercier de ne pas l'avoir quittée pendant la guerre, et de 500 F à sa concierge de la rue de Rome.

Le train bourgeois de la maison, les nombreuses invitations, le perfectionnisme d'Alexandrine et son aspiration à la respectabilité font qu'elle ne néglige aucun détail. Tout doit être prévu. Ainsi, ces quelques mots à Élina, la fille de sa cousine Amélie :

> « Il va falloir, ma minette, me répondre tout de suite pour me dire si je dois vous attendre pour le déjeuner ou le dîner. Par ce temps orageux, je n'ose prendre de la nourriture à l'avance. Puis, je veux vous envoyer le bon Rouleau pour vos bagages [1]. »

Il est vrai qu'un séjour des Charpentier annulé au dernier moment, quelques jours auparavant, l'a contrariée fortement :

> « Les Charpentier nous font faux bond. (...) Moi qui me chamaille depuis huit jours avec les domestiques pour arriver à ce que tout soit en état et qui me suis donné une peine de chien... [2] »

Les Charpentier doivent être coutumiers du fait, car une autre fois, c'est l'inverse qui se produit : ils avancent leur séjour, obligeant Alexandrine à modifier toute son organisation – chose qu'elle n'aime guère, on s'en doute.

À Médan, les choses se compliquent du fait de l'éloignement de Paris, et il n'est pas rare qu'elle charge l'un de ses invités d'une liste de courses aussi précise qu'un ordre de mission. Ainsi, en ce même

---

1. Collection Morin-Laborde.
2. *Idem.*

mois de juillet 1890, la jeune Elina, âgée de quinze
ans, doit passer prendre une préparation à base de tein-
ture d'iode chez le pharmacien, prévenu à l'avance par
courrier, le lorgnon d'Alexandrine mis en réparation
chez Laurençon, opticien installé dans l'une des boutiques du Terminus à Saint-Lazare, ainsi que 5 mètres
de tresse de laine pour ses travaux de couture !
D'autres fois, Madame Zola fait elle-même l'aller-
retour en train, comme ce jour de juillet 1897, où elle
passe sa matinée à faire des achats dans son grand
magasin favori, La Place Clichy, et ne peut déjeuner
qu'à une heure et demie chez Lathuille, où elle se rend,
seule apparemment. Elle y mangera la spécialité de ce
restaurant, tenu par les descendants directs du Père
Lathuille qui ouvrit sa taverne en 1769 à la barrière de
Clichy, le célèbre poulet sauté, entouré d'oignons, de
pommes de terre et de fonds d'artichauts. Un régal,
paraît-il...

15

L'hôtesse de Médan

À Médan, la journée d'Alexandrine commence tôt, nous l'avons vu. Elle se lève avant Émile, fait allumer le feu dans la cuisine. Le petit déjeuner se prend en famille, avant neuf heures. Émile dépouille son courrier, Alexandrine l'aide parfois à trier les très nombreux articles qui lui sont consacrés, comme après la parution de *Lourdes*, quand la table de billard est entièrement recouverte par les coupures de journaux. Puis l'écrivain monte à son cabinet de travail, avec son petit chien Pinpin, le loulou de Poméranie, sous son bras. Pendant ce temps, Alexandrine s'occupe de la maison. Elle distribue leurs tâches aux divers employés, surveille le ménage, donne ses instructions à Zélie pour le déjeuner, et veille à ce que son mari ne soit pas dérangé.

À une heure, deux coups de cloche appellent au repas. Il se prend dans la salle à manger : Émile est assis dos au jardin, Alexandrine face à lui, plus près de la porte. Les époux ont chacun leur fauteuil et leur gobelet en argent. La pièce est spacieuse, et une dizaine de convives peut y tenir. Une petite armoire, près de Zola, contient les médicaments qu'il prend au moment des repas. Le repas de midi, même quand il y a des convives, se fait sans décorum, dans une ambiance détendue. Quand le romancier a bien travaillé, il annonce le nombre de pages qu'il a écrites, et en parle volontiers. Après le repas, Alexandrine aime

boire une tasse de café, Zola, lui, apprécie un petit
verre de liqueur, qu'ils prennent dans la salle de billard. On décide ensuite de l'emploi du temps de
l'après-midi, qui commence toujours pour l'écrivain
par une sieste. Alexandrine profite souvent de ce
moment pour écrire, entretenant une correspondance
de plus en plus volumineuse au fil des années[1].

L'ambiance à Médan est plutôt gaie. Alexandrine est
une bonne maîtresse de maison, mais elle aime aussi
rire et s'amuser. Elle a toujours fréquenté les artistes,
et entourée d'amis, elle est tout sauf collet monté. Elle
se sent particulièrement heureuse quand elle reçoit les
jeunes admirateurs de Zola, qui sont aussi ses amis.
C'est la suite logique des jeudis des Batignolles quand
on partageait la marmite à la bonne franquette. Le
mont-de-piété n'est plus qu'un mauvais souvenir, mais
raison de plus pour gâter les artistes moins favorisés.
Elle est pour eux une grande sœur, une mère nourricière, et l'épouse de l'homme qu'ils admirent le plus.
D'une certaine manière, elle est un personnage à leurs
yeux, et elle le savoure comme tout ce qui lui apporte
un peu de pouvoir. C'est un rôle gratifiant qui lui
confère une sorte d'aura, mais n'empêche pas l'amitié,
l'humour et la fantaisie.

Depuis 1876, Henry Céard est devenu un intime.
Leur amitié a commencé de façon amusante : habitant
à Bercy, l'entrepôt des vins où son père était sous-chef
de gare, quand il a fait passer sa carte à Zola celui-ci
l'a pris pour un représentant en vins, et l'a reçu à ce
titre. Le malentendu s'est vite dissipé. Alexandrine et
Émile aiment beaucoup ce garçon d'une dizaine d'années plus jeune qu'eux, intelligent et dévoué. Sa gaieté,
son élégance de boulevardier, ses anecdotes sur le
Tout-Paris, sa disponibilité, en font un compagnon
bien agréable. Il rend aux Zola mille services, qui vont
de la recherche d'informations à l'achat d'un cheval.

---

1. Voir « Émile Zola à Médan : un entretien avec Albert Laborde », *Cahiers naturalistes*, n° 38, 1969.

Henry Céard a amené à son tour Huysmans, et Paul Alexis leur a fait connaître Léon Hennique, qu'une brillante conférence sur *L'Assommoir*, à laquelle assistait Alexandrine incognito, a rendu célèbre. Quant à Maupassant, qui signe encore Guy de Valmont, Alexis l'a rencontré chez Flaubert, rue du Faubourg-Saint-Honoré. Les jeunes gens se retrouvent dans un café borgne de la place Pigalle pour discuter avec passion de littérature, et sont assidus aux jeudis de la rue de Boulogne.

Entre Alexandrine Zola et Henry Céard règne une complicité toute particulière, peut-être due à un sens de l'humour très semblable. « Les taquines éloquences » d'Alexandrine, selon le mot de Céard, prennent souvent pour cible Paul Alexis, le disciple favori de Zola.

« Alexis, prière de ne rien casser aujourd'hui », lance-t-elle quand le jeune homme, « gros garçon myope à l'air un peu ahuri », navigue à vue dans le salon chargé de bibelots.

Elle ne pouvait le souffrir, ajoute Louis de Robert, un jeune écrivain admirateur de Zola, parce que chaque soir, à l'heure où les autres allaient se coucher, Alexis s'installait dans le salon du rez-de-chaussée sous le prétexte qu'il ne pouvait travailler que la nuit. On devait allumer les deux grandes lampes à pétrole, et on le laissait là.

> « Madame Zola, en femme d'ordre, trouvait que ce gros garçon aurait mieux fait de travailler le jour et de dormir la nuit, comme tout le monde. Elle aimait la littérature, mais elle pensait à son pétrole », conclut Louis de Robert non sans humour [1].

Dès 1878, « la petite bande », comme l'appell Alexandrine, se rend à Médan pour travailler aussi pour passer du bon temps. C'est à une lité nouvelle en littérature que Zola in

---

1. Louis de Robert, *De Loti à Proust*, Flammario

artistes, à l'écart de Paris, des salons, des cafés. Médan, par sa situation géographique, mais aussi par son style de vie dans lequel est pleinement impliquée Alexandrine, va permettre à Zola de créer son propre lieu mythique. Paul Alexis, Henry Céard, Joris Huysmans, Léon Hennique, Guy de Maupassant, mais aussi Paul Cézanne, le graveur Fernand Desmoulin, Octave Mirbeau, Edmond de Goncourt, mais aussi des couples comme Georges et Marguerite Charpentier, Alphonse et Julia Daudet, et plus tard, le compositeur Alfred Bruneau et sa femme Philippine, Jeanne et Eugène Fasquelle, vont en faire bien mieux qu'un salon littéraire, une villégiature où il fait bon vivre.

Rapidement, les Zola sont des figures de Médan : Émile devient conseiller municipal, et Alexandrine, qui entretient de bonnes relations avec le curé du village, se voit confier la responsabilité d'offrir le pain bénit le jour de la fête du village, en échange de ses dons généreux. Jusqu'à la vente de la maison, elle présidera aussi la distribution des prix. Elle écrit, non sans humour à Élina Laborde, la fille d'Amélie :

> « Je te rappelle que je suis <u>officielle</u> [1] pendant deux jours. J'offre le pain bénit le dimanche, et lundi j'assiste à la distribution des prix [2]. »

L'un de ces dimanches de fête est aussi raconté par Céard, qui nous donne une idée des plaisirs de la vie médanaise...

> « Les jours de fête patronale, on accompagnait à l'église Madame Zola rendant le pain bénit. (...) Autre musique le soir. Aux sons de l'orchestre mécanique d'un manège de chevaux de bois, dans un pré, sous les lampions et les astres remplaçant le feu d'artifice interdit au mince budget de la commune, on dansait

---

C'est elle qui souligne.
Collection Morin-Laborde.

des polkas, et l'on saluait comme il convient, au rythme des figures de quadrille, les demoiselles de l'endroit triomphatrices au noble jeu des ciseaux. »

Parmi les visiteurs, faisons une place à part au vieux camarade Cézanne, qui viendra plusieurs fois peindre à Médan. On a beaucoup dit qu'Alexandrine n'aimait pas Paul Cézanne, et qu'elle avait joué un rôle dans le refroidissement entre les deux amis. On a même prétendu qu'elle avait brûlé des toiles de Cézanne. Eut-elle quelque ressentiment personnel contre lui, pour des raisons que nous ne connaissons pas ? Rien n'autorise à l'affirmer[1].

Les lettres de Cézanne permettent de suivre assez fidèlement l'évolution de ses relations avec Alexandrine. La première à faire référence à Gabrielle date du 30 juin 1866, aucune lettre n'ayant été retrouvée pour 1864 et 1865. Le ton est amical, comme dans les deux autres missives de cette année : « Mes respects à Gabrielle ainsi qu'à toi », « Tu diras bonjour à Gabrielle », « Je te serre la main ainsi qu'à Gabrielle ». Le ton est direct, et place le couple sur un plan d'égalité. Gabrielle est encore « le camarade » de la bande de Bennecourt.

Au fil des années, la voici devenue « Madame Zola ». Distance critique d'un Cézanne agacé par les prétentions à la bourgeoisie de l'ancienne grisette ? Certaines remarques témoignent encore d'une certaine proximité : « Est-ce que les bains de mer sont salutaires à Madame Zola, et toi-même fends-tu les flots amers ? » mais le ton s'est figé : les « respects à Madame Zola » alternent avec les « salutations respec-

---

1. Dans une lettre à Eugène Fasquelle (octobre 1906), elle demande que la correspondance de Zola avec Cézanne figure en tête du premier volume de ses *Lettres de jeunesse*. Elle précise : « Les bonnes relations qui ont toujours existé entre mon cher Émile et Cézanne font qu'il serait préférable que celui-ci soit en tête du volume (...) Pour ma belle-mère et pour moi, il était aimé comme s'il était nôtre. » (Avec l'aimable autorisation de Jean-Claude Fasquelle.)

tueuses ». Madame Zola désigne du reste tantôt
Alexandrine tantôt sa belle-mère. Elles se partagent les
mêmes formules de politesse distante, à la limite de
l'hyperbole ironique : « Que je n'oublie pas de présenter mes respects à Madame et la prier de me considérer
comme son très humble serviteur. » La première interprétation semble la bonne : depuis longtemps, Cézanne
ne reconnaît plus Gabrielle en Alexandrine, tout en
étant redevable à l'hôtesse de Médan de son hospitalité. En effet, chaque fois qu'il en témoigne le désir, la
porte lui est grande ouverte. Il aime aller au motif dans
« la campagne éclatante », ou emprunter la barque
Nana pour se rendre dans l'île de Villennes.

Un jour d'été 1879, il décide même de peindre
Alexandrine servant le thé au jardin. Il tente de saisir
le geste gracieux vers la théière, le « beau bras trem-
blant », la robe d'été légère, la courbe du corps vers la
table. Poser pour Cézanne n'est pas une mince affaire ;
il faut rester immobile comme une pomme. Mais
Alexandrine fait un effort, et, le bras en suspens, verse
patiemment dans la tasse de porcelaine un thé imaginaire. Elle qui a tant de choses à faire... Elle connaît
son Cézanne sur le bout des doigts. Quand il bougonne
et marmonne des jurons entre ses dents, ce n'est pas
bon signe. Mieux vaut ne pas l'irriter si l'on veut qu'il
aille au bout de sa toile. Enfin, si cela ne tenait qu'à
elle... Ajouter encore un Cézanne aux neuf tableaux
qu'ils ont déjà, quand elle n'a qu'un désir, les flanquer
au grenier et les remplacer par un paysage de Monet ou
une marine de Guillemet. Justement, le voici, Antoine
Guillemet, l'ami de sa jeunesse, toujours charmant. Il
s'avance en plaisantant vers la main qui tient la théière
pour la baiser, puis vers Cézanne, aux lèvres une plaisanterie mousseuse comme sa moustache. Alexandrine
se tourne vers lui en éclatant de rire, et lâche la pose.
Alors, Cézanne explose. Il se lève en renversant son
chevalet, brise ses pinceaux, et crève la toile. Sans
écouter Alexandrine et Guillemet qui répriment leur
fou rire en essayant de le retenir, il s'éloigne en gesti-

culant. Tant pis. Elle hausse les épaules, et propose une tasse de thé à Antoine. Il n'y aura jamais de tableau d'Alexandrine servant le thé au jardin.

Avec Cézanne elle est partagée entre affection et agacement. Et de plus en plus, c'est l'agacement qui prend le dessus. Il a toujours eu une allure farfelue et négligée, avec ses vestes tachées de peinture et ses grands chapeaux. Jadis, on pouvait mettre cela sur le compte de la pauvreté et de la jeunesse. Mais, à plus de quarante ans !

À cela il faut ajouter son épouvantable caractère, qui avec l'âge et les contrariétés ne va pas en s'améliorant. Jamais satisfait, toujours ironique ou amer, il est un hôte difficile que ses meilleurs amis sont soulagés de voir partir. Alexandrine sait bien que la vie n'est pas facile pour lui : le succès n'est pas venu, il vit sous la dépendance de son père qui continue à décacheter son courrier, et à qui il n'a pas encore osé avouer sa liaison avec Hortense, ni l'existence du petit Paul qui a plus de huit ans. Pendant des mois, ils ont survécu grâce à la pension de soixante francs que Zola a versée à Hortense. Elle admire et respecte cette générosité, même si parfois, elle la juge un peu excessive. Et s'il n'y avait que Cézanne... Alexandrine, elle, s'est contentée de donner des grands tas de chiffon, que le peintre utilise durant l'été 1880. Modeste contribution au génie...

Et puis, il y a Hortense, Hortense Fiquet. Alexandrine ne l'aime pas. Elle l'appelle la Boule, mais elle n'est pas la seule, c'est son surnom. Le petit Paul sera « le Boulet ». Paul l'a rencontrée vers 1870, cette grande fille aux yeux noirs, originaire du Jura, venue très jeune à Paris avec ses parents. Orpheline de mère, elle a vécu avec son père, un petit employé de banque. Elle-même a gagné sa vie comme ouvrière brocheuse, posant à l'occasion pour améliorer l'ordinaire. Faut-il le souligner ? Le parallèle avec Gabrielle est frappant. Même milieu d'origine, même contexte familial, mêmes débuts dans la vie, même liaison avec un grand

artiste encore inconnu. Tout pourrait les rapprocher ;
c'est justement ce qui les éloigne. Alexandrine ne pardonne pas à qui lui rappelle ce qu'elle veut oublier, ou
faire oublier. Elles ne seront jamais amies, et en dépit
des ressemblances de départ, leurs vies seront très différentes. Hortense, malgré la naissance du petit Paul
en janvier 1872 et son mariage tardif avec Cézanne,
restera ce qu'elle est. Alexandrine deviendra ce qu'elle
voulait être, *Madame Zola*, comme dirait Paul.

Il y aura d'autres séjours de Paul à Médan, une
semaine en octobre 1881, après le retour des Zola de
Grandcamp, plusieurs semaines à l'automne 1882, et
trois ans plus tard, en juillet 1885. Mais le cœur n'y
est plus. Trop de choses séparent Émile et Paul : l'éclatante réussite de l'un, l'isolement et les doutes de
l'autre, leur conception différente de la vie et de l'art.
Cet été-là, les Zola promettent de passer par Aix après
leur cure au Mont-Dore, mais le choléra est à Marseille. Les Charpentier qui doivent les accompagner
craignent pour leurs enfants. L'épidémie a éclaté en
juin dans le sud de l'Espagne, et a fait un nombre
considérable de victimes. Les journaux en font état
quotidiennement. Le 20 août, on compte déjà
170 000 cas, dont plus de 67 000 victimes. Depuis
juillet, l'épidémie s'est propagée en France, et dans les
rues de Marseille on allume déjà les grands feux de
sinistre mémoire. On ne s'étonnera pas qu'après
quelque hésitation, Émile et Alexandrine renoncent à
leur voyage.

Cézanne et Zola ne se reverront jamais. Quand vient
la publication de *L'Œuvre*, en avril 1886, les liens
entre eux sont déjà distendus, à l'image de ces amitiés
d'enfance auxquelles on tient plus par fidélité au passé
que par goût du présent. Cézanne croit se reconnaître
dans Claude Lantier, le peintre raté. Sa dernière lettre
à Zola est émouvante dans sa dignité, et sa tristesse
contenue :

« Mon cher Émile,

Je viens de recevoir *L'Œuvre* que tu as bien voulu m'adresser. Je remercie l'auteur des *Rougon-Macquart* de ce bon témoignage de souvenir, et je lui demande de me permettre de lui serrer la main en songeant aux anciennes années.

Tout à toi sous l'impulsion des temps écoulés.

Paul Cézanne. »

Alexandrine peut faire monter les Cézanne au grenier[1].

La plupart du temps, on s'amuse beaucoup à Médan, comme en témoignent les nombreuses photos prises par Zola et Alexandrine à partir de 1894. Les activités sont nombreuses : jeu de boules ou de croquet, promenades, couture à la lingerie, canotage, baignades, et plus tard, photographie et bicyclette. La « petite reine » est la passion de cette fin de siècle. Véritable objet de luxe – elle coûte très cher et est soumise à l'impôt – elle symbolise le progrès physique et moral. « Cours vélo, cours dans ta lumière, le progrès chevauche sur toi » chante une *Ode au véloce*[2] ! Alexandrine, prudente, se limite au tricycle et consigne avec une fierté mitigée ses exploits : en 1896, elle signale à Albert Laborde qu'elle a couvert plus de 15 km, jusqu'au bois de Verneuil, et qu'elle a battu son propre record : « Je suis très fière de ces progrès, mais je ne suis pas plus emballée pour cela. » Le professionnel du vélo, dans la famille, c'est Émile pour qui la bicyclette est « un continuel apprentissage de la volonté, une admirable

---

1. Ces tableaux feront partie de la vente de 1903, après la mort de Zola. Il s'agit de *Néréides et Tritons, L'Estaque, Coin d'atelier, Une lecture de Paul Alexis chez Émile Zola, Nature morte, le Coquillage, L'Enlèvement*. Le tableau *Paul Alexis lisant à Émile Zola* sera retrouvé dans le grenier de Médan en 1927. *Portrait, Nature morte*, et le *Portrait de femme* inspiré par Gabrielle en 1864.

2. Théodore Deckert, Bordeaux, 1890, cité par Eugen Weber, *Fin de siècle*, Fayard, 1986.

leçon de conduite et de défense [1] ». En mars 1895, il
s'est même fait poser un « vélodomètre », qui lui a permis de comparer la distance sur deux itinéraires différents entre la rue de Bruxelles et Médan. On apprend
ainsi qu'en passant par Saint-Germain-en-Laye, il a
parcouru 34 km ! On découvre les excursions en
groupe, comme lors de ce dimanche du mois d'août
1894 où toute la bande d'amis part pour les bois de
Verneuil : le compositeur Bruneau, son ami Gallimard
et Alexandrine en voiture, le graveur Desmoulin avec
le cheval Bonhomme, et Zola et le docteur Larat à vélo.
Une pluie torrentielle les surprend et les trempe. Émile
doit remonter dans la victoria avec sa bicyclette, laissant le docteur Larat rentrer à Médan couvert de boue
de la tête aux pieds. Alexandrine n'a plus qu'à sécher
tout son monde au retour, et les vêtir de défroques
propres.

   La fin d'après-midi, après le thé qu'on prend dehors
ou dans la salle de billard, est souvent occupée par le
tirage des épreuves photographiques. Émile, ou
Alexandrine et son filleul Albert s'enferment dans le
laboratoire installé dans le sous-sol de l'antichambre
de la salle de billard. Une double fenêtre aux carreaux
rouges le protège de la lumière du jour, et une longue
table scellée dans le mur permet les manipulations.
Zola, initié à la photographie par le maire de Royan
durant son séjour de 1888, reçoit ensuite les conseils
éclairés de ses amis Carjat et Nadar et devient un passionné, ne possédant pas moins de dix appareils, dont
certains très sophistiqués. Alexandrine ne tarde pas à
partager son intérêt, et apprend aussi à développer. Il
est du reste difficile, pour certains clichés, de savoir
lequel des deux en est l'auteur, même si, comme pour
la bicyclette, elle reste largement en deçà des perfor-
mances d'Émile. Mais il n'y a pas entre eux de rivalité,
ce passe-temps les rapproche comme la brocante ou la
gastronomie. Du reste, Alexandrine ne se fait guère

---

1. Zola, *Paris*.

d'illusion sur ses talents de photographe. Avec son sens habituel de l'autodérision, elle confie à Élina :

> « Je fais des photographies affreuses qui me don-
> nent une peine énorme mais cela m'occupe. (...)
> L'épreuve de vous trois sur le devant de la maison
> n'est pas trop mal et me console un peu pour les autres
> horreurs que je vous adresserai[1]. »

Il arrive aussi qu'Alexandrine s'éclipse pour veiller au dîner, ou consacre à celui-ci la plus grande partie de son après-midi quand elle reçoit. Quant aux soirées, elles se déroulent le plus souvent dans la salle de billard, comme l'a raconté Albert Laborde dans ses souvenirs. Zola commence par deux ou trois essais de carambolages au billard, avant de faire une partie d'échecs ou de s'allonger sur un divan pour feuilleter livres et revues. Autour de la table, on lit, on coud, on bavarde. Alexandrine, Amélie et ses enfants se lancent souvent dans une partie de billard qu'ils nomment « la boutique » ou « la baraque ». À onze heures, chacun monte se coucher, un bougeoir de cuivre à la main. Émile et Alexandrine se retirent dans leur chambre située au-dessus de la salle à manger, dans la tour carrée. Point de décor chargé, mais un mobilier « en riche ébénisterie claire de l'époque », et une salle de bains attenante. Les deux portes-fenêtres donnent sur la Seine. Parfois, un train traverse la nuit. Des aboiements de chiens lui répondent, puis tout se tait.

Leurs obligations obligent parfois Alexandrine et Émile à se rendre à Paris. Bien souvent, c'est pour aller au théâtre, ce qui est la moindre des choses pour un critique dramatique. (Cela n'empêche pas Zola de se faire très souvent remplacer par Céard qui lui envoie des comptes rendus.) Il réclame toujours deux places car il déteste y aller seul, et le plus souvent, c'est

---

1. Collection Morin-Laborde.

Alexandrine qui l'accompagne. En vraie Parisienne, elle aime le théâtre, et tout ce qui va avec : les jolies toilettes, les rencontres, les potins. Sa préférence, il faut l'avouer, va aux pièces de son mari, ou aux drames tirés de ses œuvres, dont le moins qu'on puisse dire est qu'ils ne sont pas toujours des chefs-d'œuvre. Son engagement fait plus honneur à son fanatisme conjugal qu'à son goût littéraire. Elle est de tous les combats, et à plusieurs reprises, Céard salue « son énergique attitude et sa touchante bravoure ». Alexandrine se sent personnellement concernée par le succès ou l'échec des pièces de son mari, comme le montrent ses accès de mauvaise humeur les soirs de premières ratées.

Ainsi le soir de la première de *Nana*, en janvier 1881, quand Goncourt découvre Alexandrine en larmes dans sa loge plongée dans l'obscurité. À un mot qui se veut réconfortant, elle lui rétorque d'une voix sifflante : « De Goncourt, vous trouvez ce public bon, vous ? Eh bien, vous n'êtes pas difficile ! » Il prend la porte, mais bon prince, revient la voir quelque temps plus tard, après un tableau applaudi par le public. Alexandrine s'excuse, et lui offre cette fois son plus beau sourire. Après le spectacle, nouveau drame. Zola, par superstition, n'a pas commandé le souper : scène d'Alexandrine, décidément très nerveuse. Toute la famille naturaliste dînera finalement, comme pour *L'Assommoir*, chez Brébant, au coin du boulevard Montmartre et du faubourg Poissonnière, et la soirée se prolongera jusqu'à quatre heures du matin. Brave homme, du reste, que ce Brébant, qui nourrissait chaque matin tous les clochards et les malheureux qui faisaient la queue devant sa porte...

Le théâtre, c'est l'affaire d'Alexandrine, et il est hors de question de laisser Émile en affronter seul les risques comme l'indique ce mot à son cousin : « Un auteur ne peut abandonner les coulisses les premières soirées et vous ne nous trouveriez pas chez nous. » Mais jamais elle ne se sent aussi importante que lorsqu'elle doit distribuer billets de faveur et places gratuites :

> « Ci-joint deux places pour la matinée de dimanche prochain. Dans le cas où vous ne pourriez pas vous-même les utiliser, je vous prie de ne les donner qu'à des parents ou à des personnes de notre monde, ces places n'étant pas numérotées et étant presque personnelles, il faut que les gens soient comme il faut [1]... »

écrit-elle à sa cousine Amélie, en février 1879, lors des premières représentations de *L'Assommoir*. Bel exemple de snobisme, assorti peut-être de la crainte de se voir, qui sait ? assimilée à des spectateurs qui ne seraient pas « comme il faut »...

Ah ! cet *Assommoir* ! Non seulement elle a assisté à la première triomphale, le 18 janvier 1879, et a pleuré comme la plupart des femmes, mais elle a tenu à revoir une seconde fois la pièce, le lundi 14 avril, au grand étonnement de Zola qui trouve que « c'est une drôle d'idée », et s'en abstient. Qu'à cela ne tienne, elle ira seule et donnera rendez-vous à onze heures moins le quart à la jeune garde, Céard, Hennique et Huysmans. Il faut dire que c'est un événement puisque pour la centième, le directeur de L'Ambigu a accepté l'idée d'une représentation gratuite, ouverte à la population parisienne : le Peuple sera sur scène et dans la salle. On fait la queue dès sept heures du matin, et Dailly remporte un triomphe dans le rôle de Mes Bottes. Quinze jours plus tard a lieu un grand bal populaire, à l'Élysée-Montmartre. Belle opération de publicité. Le carton d'invitation précise qu'on va « casser la croûte à minuit. Les hommes en ouvriers, les dames en blanchisseuses. Ceux qui s'habilleront autrement seront bien reçus quand même ». Alexandrine et Émile éviteront la mascarade, au grand dam de certains, choqués de voir l'auteur de *L'Assommoir* habillé en bourgeois.

---

1. Collection Morin-Laborde.

Alexandrine... en costume de ses débuts, difficilement
pensable.

Mais ce n'est pas tout ! Elle retourne une troisième
fois à L'Ambigu, lors de la reprise, le jeudi 28 août.
La salle est comble. Cette fois, seul Céard, toujours
dévoué, l'accompagne et partage sa loge ! N'est-elle
pas touchante, cette assiduité qui ne doit peut-être pas
tout à l'admiration conjugale ? En effet, comment l'ancienne lingère ne se sentirait-elle pas remuée et fasci-
née par le sort de Gervaise et de Virginie, que cette
version mélodramatique du roman a dû lui rendre plus
proche encore ? Quant à Mes Bottes, la critique a salué
sa performance : « Un entrain, une franchise de bonne
humeur, une gaieté communicative qui ne s'arrêtent
pas un instant. » Le public populaire s'est reconnu en
lui. Et Alexandrine, elle, a voulu son effigie à la porte
de *sa* cuisine. Pourtant, il n'est pas « comme il faut »,
Mes Bottes. Non, mais comme il est proche de ceux
qu'elle a connus et aimés, il y a bien longtemps...

Difficile, enfin, de parler de Médan sans évoquer le
célèbre recueil qui en porta le nom. *Les Soirées de
Médan* firent connaître d'un coup et le groupe des
naturalistes et le village. Certes, les six écrivains
n'épargnèrent pas leur peine pour faire parler d'eux.
En 1880, seul Zola est connu du public. Les cinq
autres, Joris-Karl Huysmans, Henry Céard, Léon Hennique, Paul Alexis et Guy de Maupassant, plus jeunes,
font figure de débutants et de disciples. La critique ne
s'y trompe pas, et Albert Wolff, dans un article du
Figaro, dénonce le « titre prétentieux et qui semble
indiquer que le joli village entre Poissy et Triel est
aussi connu que les capitales européennes ». Il ajoute :

> « Zola y a fait construire une maison de campagne,
> où huit mois de l'année, il vit entouré de ses flatteurs ;
> il passe les autres quatre mois à Paris, en la société
> des mêmes jeunes gens qui l'appellent "cher maître",

en attendant qu'ils le saluent comme Grand Citoyen de Médan [1]. »

Le choix du titre, il est vrai, n'a pas été facile. On a écarté *L'Invasion comique*, plus explicite quant au contenu – une vision démythifiante de la guerre de 70 –, au profit de la note intimiste, mettant l'accent sur le cadre des rencontres des six écrivains, et le rôle joué par Zola. Il s'agit aussi, rappelle Céard, de rendre « hommage à la chère maison où Madame Zola nous traitait maternellement et s'égayait à faire de nous de grands enfants gâtés [2] ». Ainsi Alexandrine n'est-elle pas tout à fait absente de cette œuvre collective, qui rassemble six nouvelles sur le même thème. Maupassant a beaucoup fait pour la légende du recueil en donnant dans *Le Gaulois* une version très arrangée et, d'après Céard, totalement fantaisiste de sa naissance.

« Nous nous trouvions réunis l'été, chez Zola, dans sa propriété de Médan. Pendant les longues digestions des longs repas (car nous sommes tous gourmands et gourmets, et Zola mange à lui seul comme trois romanciers ordinaires), nous causions. Il nous racontait ses futurs romans, ses idées littéraires, ses opinions sur toutes choses. Quelquefois, il prenait son fusil, qu'il manœuvrait en myope, et tout en parlant, il tirait sur les touffes d'herbes que nous lui affirmions être des oiseaux, s'étonnant considérablement quand il ne trouvait aucun cadavre.

Certains jours, on pêchait à la ligne. Hennique se distinguait alors, au grand désespoir de Zola, qui n'attrapait que des savates.

Moi je restais étendu dans la barque Nana, ou bien je m'éloignais pendant des heures, pendant que Paul Alexis rôdait avec des idées grivoises, que Huysmans

---

1. Albert Wolff, *Le Figaro*, 19 avril 1880.
2. Pierre Cogny, *Le Huysmans intime de Céard et Caldain*, Nizet, 1957.

fumait des cigarettes et que Céard s'embêtait, trouvant stupide la campagne.

Ainsi se passaient les après-midi ; mais comme les nuits étaient magnifiques, chaudes, pleines d'odeurs de feuilles, nous allions chaque soir nous promener dans la grande île, en face.

Je passais tout le monde dans la barque Nana. Or, par une nuit de pleine lune, nous parlions de Mérimée dont les dames disent : "Quel charmant conteur !" (...)

Zola trouva que c'était une idée, qu'il fallait se dire des histoires. L'invention nous fit rire, et on convint, pour augmenter la difficulté, que le cadre choisi serait conservé par les autres qui y placeraient des aventures différentes.

On alla s'asseoir, et dans le grand repos des champs assoupis, sous la lumière éclatante de la lune, Zola nous dit cette terrible page de l'histoire sinistre des guerres qui s'appelle l'Attaque du Moulin. »

En réalité, il semblerait que *Les Soirées de Médan* soient nées chez Maupassant, rue Clauzel. À part *Boule de suif*, toutes les autres nouvelles étaient déjà écrites ou en passe de l'être. Chacun lut la sienne, mais après avoir entendu *Boule de suif*, tous se levèrent, et saluèrent son auteur comme un maître. Un écrivain était né. On tira au sort les places des nouvelles dans le recueil – à l'exception de celle de Zola – et Maupassant arriva le premier.

Avec un sens incontestable de la publicité, il affirma : « L'essentiel est de faire démarrer la critique... » Et de fait, elle démarra : « L'extrême gauche de l'encrier vient de se constituer », prophétisa Richepin. Curieusement, ce fut la version de Maupassant qui demeura dans les esprits, peut-être parce qu'au-delà de l'invention, proche du canular, elle traduisait avec justesse l'atmosphère détendue et champêtre qui régnait à Médan.

Le recueil passa pour le manifeste de l'école natura-liste, et Médan conquit la célébrité. Les Zola avaient inventé un art de vivre. Alexandrine devint mieux qu'une châtelaine : elle fut l'hôtesse de Médan.

16

Idées noires

Terrible année 1880 : en avril, la mort de Duranty, l'un des proches d'Émile Zola, en mai celle de Flaubert, le Vieux, comme il l'appelle avec tendresse, en octobre celle de sa mère.

Depuis quelques années, les rapports se sont tendus entre Alexandrine et sa belle-mère, au point qu'Émilie Zola a préféré s'éloigner. Pour la première fois de sa vie, ou presque, elle n'habite plus avec son fils. Certes, elle a encore sa chambre au premier étage de la maison de Médan, mais elle habite désormais dans un petit appartement rue Ballu, tout près de chez lui. Possessives et indépendantes toutes les deux, très jalouses, adorant le même homme, elles ont eu plus d'une fois l'occasion de se heurter. Elles sont rivales. Depuis son mariage, et surtout depuis la réussite de son mari, Alexandrine a bien fait sentir qui est la véritable maîtresse de la maison. Aucune contestation possible. Elle n'est pas femme à partager son territoire, quelle que soit sa générosité. Les tiraillements ont donc abouti à l'éloignement de Madame François Zola. Le départ d'Émilie, douloureux pour son fils, a dû sonner comme une victoire pour Alexandrine. Enfin seuls ! Zola, lui, s'est senti malheureux mais soulagé d'échapper aux querelles et aux récriminations des deux femmes. Quel homme aime trancher entre sa mère et sa femme ? Pas lui, en tout cas.

Au début du mois d'octobre 1880, Émilie Zola est

allée passer quelques jours chez le fils de son frère, Louis-Gabriel Aubert, dans la Meuse. Atteinte par ce qu'on a cru être une crise de colique hépatique, elle a voulu rentrer chez son fils à Médan. La suite nous est racontée par Alexandrine dans une lettre du 8 novembre 1880 à sa cousine Amélie :

> « En allant la prendre à Paris, j'ai été fort effrayée de la trouver avec les jambes épouvantablement enflées et ça n'a été qu'à cause de son désir formel et sur l'avis absolu d'un médecin que nous l'avons transportée à la campagne. Je vous dirai qu'aussitôt la visite du médecin, j'étais avertie du malheur qui nous menaçait. Pourtant nous n'attendions pas le cruel dénouement d'une façon aussi brusque [1]. »

Son fils, incapable de supporter le spectacle de sa mère moribonde, erre dans la campagne ou se cache dans la maison. Alexandrine soigne seule sa belle-mère, malgré les scènes atroces d'Émilie, persuadée qu'elle veut l'empoisonner.

C'est dans le roman *La Joie de vivre*, écrit trois ans plus tard, que Zola tentera d'exorciser la mort de sa mère. Malgré la transposition et les tâtonnements des différentes ébauches, les sources biographiques sont évidentes. Le triangle Mme Chanteau-Pauline-Lazare évoque celui formé naguère par Émilie-Alexandrine et Émile. Comme Madame Zola, Mme Chanteau meurt d'une maladie de cœur compliquée d'œdème. Durant son agonie veillée par sa nièce, Pauline, une orpheline qu'elle a recueillie, elle laisse éclater sa haine contre la jeune fille qui doit épouser son fils unique et adoré. Pauline la soigne avec dévouement malgré le délire de la malade qui l'accuse d'avoir voulu l'empoisonner pour se débarrasser d'elle et lui prendre son fils. Quant à celui-ci, terrorisé et culpabilisé, en proie depuis long-

---

1. Collection Morin-Laborde.

temps à des angoisses morbides qu'il ne parvient pas à juguler, il se montre incapable d'assister sa mère, et se terre dans la maison, rongé par son impuissance.

Ces pages d'une grande violence, parmi les plus belles écrites par Zola, marquées par sa souffrance, expriment sans doute au plus près l'horreur de cette agonie, et le ressentiment extrême d'Émilie à l'égard d'Alexandrine. Celle-ci, en retour, n'a pu qu'en vouloir terriblement à sa belle-mère de ces accusations :

> « Même à côté de ce lit de mort, la paix ne se faisait pas en elle, il lui était impossible de pardonner. (...) Ses violences de jadis, ses rancunes jalouses s'éveillaient, aux détails qu'elle remâchait péniblement. Ne plus être aimée, mon Dieu ! se voir trahie par ceux qu'on aime ! se retrouver seule, pleine de mépris et de révolte ! (...) L'affection ne revenait pas, seul le devoir la tenait dans cette chambre. »

Mais elle a dû, comme Pauline, parvenir à dépasser ses premiers sentiments négatifs, et éprouver de la pitié pour la mourante qu'elle soigna jusqu'au bout avec dévouement, malgré les horribles crises qui dressaient l'agonisante contre elle.

Madame François Zola est enterrée à Aix aux côtés de son mari. La cérémonie est très pénible, « Mme Zola est soutenue par sa bonne et le domestique, la figure crispée dans une effrayante concentration de douleur », témoigne Céard. Alexandrine paraît presque plus secouée que son mari qui écrit :

> « Ma femme est tellement brisée que nous ne reviendrons sans doute qu'à petites journées. »

Mais durant des mois, c'est elle qui va soutenir Zola, hanté toutes les nuits par des cauchemars atroces, habité par des idées de mort, supportant difficilement de revenir habiter à Médan. La fenêtre par laquelle il a fallu faire descendre le cercueil l'obsède : qui, de sa

femme ou lui, la descendra le prochain ? En mars
1882, il confie à Goncourt :

> « Oui, la mort, depuis ce jour, elle est toujours au
> fond de notre pensée et bien souvent – nous avons une
> veilleuse maintenant dans notre chambre à coucher –
> bien souvent, la nuit, regardant ma femme, qui ne dort
> pas, je sens qu'elle pense comme moi à cela ; et nous
> restons ainsi sans jamais faire allusion à ce que nous
> pensons, tous les deux... par pudeur, oui, par une cer-
> taine pudeur... Oh c'est terrible, cette pensée ! »

Jamais mieux la similitude entre les époux n'est
apparue. Dès l'enfance, la mort les a précipités dans le
malheur, la pauvreté et la solitude. Elle les hante tous
les deux, même si cette obsession prend une forme
beaucoup plus angoissée chez Zola. Sans doute
Alexandrine est-elle trop proche de son compagnon
pour lui être d'un grand secours dans ces moments-là.
Comme elle l'écrit à sa cousine, elle peut seulement
être à ses côtés, et veiller sur lui. Et conserver malgré
tout son inaltérable vitalité.

Grande, charpentée, volontaire et très active, on
pourrait imaginer Alexandrine robuste. Elle fut une
éternelle malade. Cela ne l'empêcha pas de vivre jusqu'à quatre-vingt-six ans, mais fit de sa vie une alternance continuelle de périodes de santé et de maladie.
Certes, il faut faire la part de l'époque : au XIXe siècle,
les femmes sont en proie à toutes sortes de maux,
maladies de femme qu'on traite avec complaisance et
un certain mépris : migraines, langueur, évanouissements, idées noires, pertes blanches, hystérie, on n'en
finit pas d'énumérer ces maladies mystérieuses qui les
frappent, et encouragent les médecins – tous des
hommes – dans l'idée d'une nature féminine fragile et
complexe. Dans une société aussi pudibonde, les rapports entre le médecin et la malade sont parfois difficiles, l'examen médical pouvant paraître comme une

violation de la pudeur féminine. La proximité physique, la nudité sont autant d'obstacles à la confiance
entre le médecin et sa patiente, à une époque où la
notion de détachement scientifique est encore peu
répandue. Ainsi, si les femmes souffrent plus, elles
consultent moins, ou le font trop tard. L'état de maladie, chez beaucoup d'entre elles, entretenu par l'ignorance de la science dans la compréhension d'un certain
nombre de phénomènes biologiques, est donc presque
moins pathologique que normal.

Alexandrine n'échappe pas à la règle. Elle est fréquemment alitée, parfois pendant plusieurs semaines
comme durant l'été 1875, sans que sa maladie soit
jamais nommée. « Souffrante », « patraque », « mal en
point », « fatiguée », « malade », Zola quand il parle
de l'état de santé de sa femme multiplie les allusions
sans jamais, ou presque, préciser le mal dont elle
souffre. Lui-même n'hésite pas à fournir des détails sur
ses propres problèmes de santé, très nombreux aussi.
Très nerveux depuis l'enfance, il a souffert de coliques,
puis de cystite aiguë, d'irritation des muqueuses de
l'estomac et des intestins. Ces douleurs vont en s'accentuant avec les années et le travail, s'augmentant de
problèmes de vessie, de troubles cardiaques et d'idées
morbides. Ses confidences au docteur Toulouse[1] montrent, tout comme les témoignages de ses contemporains, un homme profondément angoissé, d'une grande
nervosité, en proie à des manies obsessionnelles conju-
ratoires, telles que l'arithmomanie (la manie de tout
compter) ou la superstition.

La mort de sa mère a encore accentué ces phénomènes et déclenché chez Alexandrine des crises d'angoisse profonde et de culpabilité. Ainsi ses attaques
d'asthme se succèdent-elles en 1881 et en 1882. L'origine nerveuse de cette affection est clairement identifiée par Zola, très impressionné par ces crises qui

---

1. Docteur Édouard Toulouse, *Émile Zola, enquête médico-psy-
chologique sur les rapports de la supériorité intellectuelle avec la
névropathie*, Société d'éditions scientifiques, Paris, 1896.

l'inquiètent et le renvoient à sa propre nervosité. Le séjour aux bains de mer à Grandcamp ne procure pas le soulagement qu'on attendait, et Zola envisage pour sa femme « un traitement fort sévère » dès leur retour à Paris. Ces étouffements nerveux, dont elle avait déjà souffert en 1874, en avril 1875, en 1877 et en février 1878, reprennent de plus belle en novembre 1882. Cette fois, l'inquiétude de Zola est au plus haut. Il passe ses nuits à la veiller. Désespéré, il écrit à Céard : « J'ai beau aimer la vie, je retourne au pessimisme. » Rien ne semble en effet venir à bout de cette maladie, déclenchée aussi bien par un refroidissement anodin qu'une contrariété profonde.

Depuis quand souffre-t-elle d'asthme ? Probablement longtemps, car on voit Émilie s'inquiéter de la santé fragile de sa future belle-fille dès le début de la liaison de son fils avec elle. Mais les crises semblent redoubler d'intensité avec les années. À chaque fois, son mari la soigne avec un dévouement qui contraste avec sa propre hantise de la maladie, et la terreur répulsive qui s'emparera de lui durant l'agonie de sa mère. On retrouve le souvenir de ces crises dans *La Joie de vivre*, lorsque Lazare passe ses jours et ses nuits au chevet de Pauline malade. La respiration sifflante de la malade, sa toux sèche et gutturale, ses accès d'étouffement ne sont pas sans évoquer la maladie d'Alexandrine, au moins autant que l'angine dont Pauline est censée souffrir. Quant aux peurs et aux interrogations de Lazare, elles font écho à celles de Zola :

> « Pourquoi cette abomination de la douleur ? N'était-ce pas monstrueusement inutile, ce tiraillement des chairs, ces muscles tordus et brûlés, lorsque le mal s'attaquait à un pauvre corps de fille, d'une blancheur si délicate ? Une obsession du mal le ramenait sans cesse près du lit. Il l'interrogeait, au risque de la fatiguer : souffrait-elle davantage ? Où était-ce maintenant[1] ? »

---

1. Zola, *La Joie de vivre*, chapitre IV.

Comme pour Lazare et Pauline, on peut penser que la maladie crée entre Zola et Alexandrine une sorte de communion, faite d'inquiétudes et de soins communs.

> « La nuit surtout, lorsqu'il veillait près d'elle, ils finissaient l'un et l'autre par s'entendre penser, la menace de l'éternelle séparation attendrissait jusqu'à leur silence. Rien n'était d'une douceur si cruelle, jamais ils n'avaient senti leurs êtres se fondre à ce point[1]. »

Cette fragilité inattendue chez une femme aussi forte la rend plus touchante, et permet sans doute à Zola d'éprouver pour elle un sentiment de protection, à l'inverse de leur relation habituelle. Une Alexandrine forte fait naître en lui l'admiration et la reconnaissance, mais une Alexandrine faible éveille sa compassion. La vulnérabilité de sa compagne l'attache à lui au moins autant que sa solidité, l'avenir le montrera.

Quant à l'origine de cet asthme et de ses multiples variantes, rhinite, emphysème, bronchite, difficultés respiratoires, elle est naturellement complexe. L'époque ne dispose ni des éclairages psychanalytiques, ni des connaissances allergologiques qui sont les nôtres. *Le Larousse universel du XIXᵉ siècle*, que possèdent les Zola, souligne la nature inconnue de cette affection. Plusieurs causes sont proposées : elle serait « sous la dépendance du vice herpétique », ou proviendrait d'une « altération de la force expansive propre des vésicules pulmonaires », ou bien encore d'une « lésion de sécrétion causée par une affection du grand sympathique ». Le dictionnaire insiste surtout sur le caractère héréditaire de la maladie, et son développement croissant avec l'âge. Il s'emploie à démonter la thèse répandue qui affirme que l'asthme est une garantie de longévité, en soulignant le danger, cardiaque en particulier, qu'il fait courir au malade. Quant au traitement, il consiste essen-

---

1. *Idem.*

tiellement dans des consignes négatives et préventives : se prémunir contre les variations de température, s'abstenir de boissons alcoolisées et de café, d'aliments lourds, et éviter les émotions violentes. On conseille la gymnastique et les courses à cheval et en bateau, avec de profondes inspirations rythmées par la cadence des rames. En bref, une hygiène de vie qui ne peut être que favorable au malade, sans pour autant le guérir. Les traitements proprement dits vont de la saignée à l'électricité galvanique, en passant par les douches froides, et la cautérisation du pharynx à l'ammoniaque. À ces médications plutôt violentes, on associe les narcotiques et les antispasmodiques, essentiellement sous la forme de cigarettes ou de fumigations.

On le voit, cette maladie laisse les médecins du XIXe siècle plutôt démunis, et l'on peut comprendre l'inconfort et l'inquiétude qui en résultent.

La médecine contemporaine n'a pas résolu toutes les questions posées par l'asthme, tant s'en faut, mais lui attribue quatre grandes causes : l'allergie, l'infection, l'effort et l'excès d'émotion. Les asthmatiques sont décrits comme plus émotifs et impressionnables que la moyenne des individus, plus sensibles à la suggestion. L'examen de la correspondance d'Alexandrine confirme cette observation. Le moindre retard, ou un silence un peu prolongé d'un être cher l'inquiète outre mesure. Peur de l'abandon ? Inquiétude pour ses proches dès qu'ils ne donnent pas de nouvelles ? L'émotivité d'Alexandrine peut la rendre tyrannique. On comprend qu'à l'inverse, quand ils sont séparés, les lettres quotidiennes de son mari, les précisions quasi obsessionnelles dont elles sont truffées puissent la rassurer.

Mais quand les événements font resurgir des sources d'angoisse profonde, cela se manifeste par des attaques d'asthme et des étouffements, ou des douleurs d'estomac qui la clouent au lit durant des jours. Ainsi la mort de la mère de Zola, qu'ont suivie les crises de 1881 et de 1882, a pu faire émerger des émotions liées à la mort de sa propre mère. La recherche actuelle insiste sur la conjonction des facteurs allergiques et psychiques dans l'apparition de symptômes qui peuvent aller du simple rhume à la trachéite et à l'asthme proprement dit. La psychanalyse, quant à elle, tend à souligner le lien profond entre l'asthme et les difficultés relationnelles entre la mère et l'enfant. Peut-être faut-il alors chercher dans l'enfance d'Alexandrine les causes de ces accès qui la feront souffrir toute sa vie ?

Rien dans ce que nous connaissons de l'enfance d'Alexandrine ne permet de trancher avec certitude, mais si l'on ajoute à la séparation de ses parents, aux conflits qui ont dû la précéder, à la mort de sa mère, aux aléas des années qui ont suivi, l'abandon de sa propre fille, on peut avoir la certitude qu'elle a vécu elle-même, dans sa toute petite enfance, une relation très ambivalente avec sa propre mère. Désir impossible de fusion avec sa mère, sentiment précoce d'abandon, culpabilité à sa mort, besoin d'amour inassouvi, conflit inconscient et impossible à résoudre autrement que dans la maladie : toutes ces hypothèses nous permettent de deviner chez Alexandrine-Gabrielle une problématique complexe, dont l'adoption puis le rejet d'une « autre » identité serait l'un des indices.

Sacrifice propitiatoire, l'abandon de la petite Caroline Gabrielle, née sous le signe de leur double prénom, apparaît comme un symbole de cette relation mère-fille qu'elle ne connaîtra plus jamais dans sa chair, mais qu'elle tentera de faire revivre d'abord avec Élina, la fille de sa cousine Amélie, puis avec Denise, la fille de Jeanne Rozerot.

Car si l'asthme nous conduit sur la piste de la petite enfance d'Alexandrine, il nous parle aussi de son mal d'enfant, autrement dit de sa stérilité. Stérilité, ou plutôt infécondité puisqu'elle a déjà eu un enfant. Se sachant capable d'enfanter, Alexandrine dut vivre d'autant plus intensément l'espoir d'avoir un enfant puis le désespoir de n'y pas parvenir. Comment Zola et elle interprétèrent-ils cette stérilité, jusqu'à la nais-

sance de la fille, puis du fils du romancier ? Le romancier n'eut-il pas des doutes sur sa propre capacité à
procréer, même si Larousse précisait que dans un cas
sur dix seulement, l'homme était responsable de l'infécondité du couple ? Quelles angoisses supplémentaires
cette infirmité supposée fit-elle peser sur lui ? Quel
sentiment de culpabilité à l'égard d'une compagne dont
les dispositions maternelles lui étaient connues ?

Une esquisse de réponse nous est peut-être fournie
dans l'un des romans les plus étranges, les plus aty-
piques de Zola : *Le Rêve*, écrit en 1888, le seul, selon
son auteur, à mettre entre les mains d'une jeune fille.
Certaines similitudes avec la situation d'Alexandrine
et de Zola sont troublantes : un couple d'artisans-bro-
deurs, Hubert et Hubertine, aux prénoms curieusement
jumeaux, s'est marié par amour, et contre la volonté
de la mère de la jeune fille, qui l'a maudite avant de
mourir. Elle met au monde un enfant qui meurt à son
tour.

> « Le ménage n'avait plus eu d'enfant, malgré son
> ardent désir. Après vingt-quatre années, ils pleuraient
> celui qu'ils avaient perdu... »

L'infécondité d'Hubertine est alors vécue par le
couple comme une véritable punition.

> « Cependant, ils s'adoraient, ils avaient vécu de tra-
> vail, sans besoins ; et ils étaient malheureux, ils en
> seraient certainement arrivés à des querelles, une vie
> d'enfer, peut-être une séparation violente sans leurs
> efforts, sa bonté à lui, sa raison à elle. »

Tout se passe comme si les éléments du réel étaient
simplement déplacés, à l'image de ce qui se produit
dans le rêve, précisément. Ainsi, l'opposition de la
mère d'Hubertine rappelle celle de Madame François
Zola, et la mort de cet enfant, sans nom, celle de la
fille d'Alexandrine. Même les vingt-quatre années de

stérilité correspondent au temps écoulé depuis leur rencontre en 1864. Il y a plus troublant : le couple découvre une petite fille abandonnée. Angélique est une enfant de l'Assistance. Elle porte sur elle son seul bien, son

> « livret d'élève, délivré par l'Administration des Enfants assistés du département de la Seine. À la première page, au-dessous d'un médaillon de Saint Vincent de Paul, il y avait, imprimées, les formules : nom de l'élève, et un simple trait à l'encre remplissait le blanc ; puis aux prénoms, ceux d'Angélique, Marie ; aux dates, née le 22 janvier 1851, admise le 23 du même mois, sous le numéro matricule 1634. Ainsi, père et mère inconnus, aucun papier, pas même un extrait de naissance, rien que ce livret d'une froideur administrative, avec sa couverture de toile rose pâle. Personne au monde et un écrou, l'abandon numéroté et classé ».

Comment ne pas noter la précision de la description et la terrible conclusion ? Plus loin, Zola évoque le collier fait d'olives en os, fermé par la médaille d'argent qui porte son nom et son matricule, « le collier d'esclave » qu'elle a gardé jusqu'à l'âge de six ans.

> « Elle le sentait toujours à son cou, ce collier de bête domestique, qu'on marque pour la reconnaître : il lui restait dans la chair, elle étouffait. »

Au bout de quelques années, les époux décident d'adopter l'enfant, et Hubert part faire des recherches à Paris. L'Assistance publique refuse de donner le moindre renseignement. On le renvoie trois fois de suite.

> « Il dut s'obstiner, s'expliquer dans quatre bureaux, s'obstiner à se présenter comme tuteur officieux, avant

qu'un sous-chef, un grand sec, voulût bien lui apprendre l'absence absolue de documents précis. »

Il finit malgré tout par obtenir un extrait de naissance qui lui livre le nom de la sage-femme qui a déposé l'enfant.

Il nous semble voir Zola lui-même, s'acharnant de bureau en bureau pour retrouver la piste de l'enfant perdue. À une différence près, et de taille : sur l'extrait de naissance de Caroline, figure non pas le nom d'une sage-femme venue la déposer, mais celui d'Alexandrine Meley elle-même.

Le puzzle fantasmatique du *Rêve* semble alors se reconstituer : que se serait-il passé si Alexandrine et Émile avaient pu retrouver la petite fille, et l'élever à la place de l'enfant qu'ils ne pouvaient avoir ?

Mais la malédiction pèse sur eux. Hubertine en fait le reproche amer à son mari, consterné :

« — Tu m'accuses ?

— Oui, tu es le coupable, j'ai commis la faute aussi en te suivant... Nous avons désobéi, toute notre vie en a été gâtée.

— Et tu n'es pas heureuse ?

— Non, je ne suis pas heureuse... Une femme qui n'a point d'enfant n'est pas heureuse... Aimer n'est rien, il faut que l'amour soit béni. »

Tout est dit [1].

Au XIXe siècle, la stérilité reste un phénomène mystérieux. On oscille entre des causes mécaniques et phy-

---

1. Un autre écho de ce drame de la stérilité sera donné dans *Fécondité* (1899). Madame Angelin, après avoir tout tenté pendant des années – médicaments, eaux, sages-femmes, charlatans – deviendra « dame déléguée de l'Assistance publique », et grâce au contact avec les enfants souffrira moins de « sa maternité détruite ». Comment ne pas songer à Madame Zola qui se consacrera plus tard à l'œuvre de la Pouponnière ?

siologiques, et des explications pseudo-psychologiques, qui nous semblent presque relever d'interprétations magiques. Trois causes étaient généralement attribuées à l'infécondité : l'inaptitude au coït ou impuissance, l'inaptitude à l'imprégnation ou infécondation, et l'inaptitude à la germination ou à l'ovulation. L'auteur de l'article du Larousse met en relation « le sentiment voluptueux de la femme », ce qu'il appelle son « aptitude à l'imprégnation », autrement dit l'orgasme, et la fécondité. Il est intéressant de noter que cette théorie de l'imprégnation avait été reprise à son compte par Zola lors de la rédaction de *Madeleine Férat*. Les Zola ont-ils pu croire que l'« imprégnation » d'un ancien amant, en l'occurrence le père de la petite Caroline Gabrielle, rendait à tout jamais Alexandrine incapable d'avoir un autre enfant ?

La stérilité d'Alexandrine attrista définitivement sa vie commune avec Émile Zola malgré leur affection et leur complicité. Nous ne saurons jamais pourquoi au juste elle n'eut plus d'enfant, et sans doute l'ignorat-elle elle-même. Mais jamais les chambres de Médan ne résonnèrent du rire de leurs enfants, comme le remarqua à deux reprises Goncourt lors d'une visite à Médan :

> « On revient dîner, et il se lève, aux heures du soleil baissant, du jardin sans arbres, de la maison sans enfants, une tristesse qui prend Daudet comme moi [1]. »

Lors de la parution du *Journal* en 1891, Alexandrine fut profondément blessée par cette observation, et elle en voulut longtemps à Goncourt.

Reste la plus troublante des hypothèses, qu'un passage des mémoires de Louis de Robert nous oblige à

---

1. Goncourt, *Journal*, 20 juin 1881. Voir aussi, à la date du 6 juillet 1882 : « En revenant de Médan, je me dis qu'un ménage peut se passer d'enfants dans un appartement de Paris, mais non pas dans une maison de campagne. La nature appelle des petits. »

formuler. Évoquant les visites qu'il rendait à Alexandrine après la mort de Zola, il écrit :

> « Pourtant, cette grande âme avait des moments
> d'amertume. Elle pleurait en me disant :
> — Pourquoi n'a-t-il pas voulu des enfants de moi
> quand j'étais encore en état de lui en donner ?
> — Pourquoi ? ajoute Louis de Robert, parce que
> trop longtemps, il n'avait pensé qu'à son œuvre, qu'à
> sa mission d'écrivain. L'instinct de paternité s'était
> éveillé tard en lui, la cinquantaine atteinte, à cette
> heure où, la fièvre créatrice commençant à s'apaiser,
> il découvrait qu'il s'était privé de bien des joies et que
> l'écrivain n'avait pas fait sa part à l'homme. Voilà tout
> le drame [1]. »

On frémit alors en se rappelant à cette phrase écrite
à propos de Claude Lantier dans le dossier préparatoire
de *L'Œuvre* : « Enfanter des œuvres préféré à l'enfantement de l'œuvre de chair. »

Après l'échec thérapeutique du séjour à Grandcamp
en 1881, et de celui de Bénodet en 1883, les Zola décident de tenter l'expérience de la cure thermale. Les
villes d'eaux sont très à la mode depuis le Second
Empire, et comme pour les plages, le développement
des chemins de fer a contribué à les rendre accessibles.
Certaines allient mondanités, casinos et soins, permet-
tant aux amis et parents de se joindre aux malades sans
trop s'ennuyer durant leur cure. Elles deviennent donc
jusqu'à la veille de la guerre de 14 le grand rendez-
vous de la bonne société, l'un des hauts lieux de la
sociabilité bourgeoise et aristocratique de l'Europe :
Karlsbad, Baden, Vichy ou Aix-les-Bains proposent à
leur clientèle fortunée hôtels de luxe, casinos, théâtres,
concerts et bals. À la veille de la Première Guerre mondiale, on évalue à 700 000 le nombre de personnes fré-

---

1. Louis de Robert, *op. cit.*

quantant les villes d'eaux en France, dont la moitié environ viennent pour accompagner des malades.

Pour Alexandrine, point de doute : elle part en cure pour se soigner. Le choix va donc se porter sur Le Mont-Dore, une station très réputée pour le traitement des maladies respiratoires, mais dont l'environnement est encore assez primitif. Henry Céard qui accompagne son père au Mont-Dore en juin 1881 en fait aux Zola un tableau décourageant. Les baigneurs sont stupides et ridicules, n'hésitant pas à louer des costumes auvergnats pour poser devant les photographes, « la vie est mortelle dans ce public de table d'hôte », et il est impossible de travailler au milieu du tohu-bohu de l'hôtel : va-et-vient continuel des curistes qui n'ont pas les mêmes heures de soin, ou des employés qui montent les bassinoires. Les cloisons sont minces, il n'y a pas de tapis, les portes claquent sans arrêt. Céard n'est pas malade, « tort grave dans un pays où tout le monde envoie les cacochymes les plus variés ». Bref, on finit par réquisitionner sa chambre pour l'attribuer à un curiste confirmé, « catarrheux autoritaire » dont le séjour sera plus avantageux pour l'hôtelier. Seule consolation : le paysage, sauvage et somptueux, qui permet à Céard d'excursionner toute la journée. Résultat : il « insulte les malades par sa triomphante bonne santé [1] » !

Cette mise en garde n'a pas dissuadé les Zola de prendre à leur tour la direction du Mont-Dore trois ans plus tard. Il est vrai que les troubles d'Alexandrine sont de plus en plus violents, et que comme pour beaucoup de malades de l'époque, la cure thermale est un ultime recours. Les chemins de fer d'Orléans ont établi des liaisons fréquentes avec Clermont-Ferrand, où des diligences prennent en charge les curistes. Partis de la gare de Lyon à 19 h 55, les Zola arrivent à Clermont à 5 heures du matin. Le plus dur reste à faire : la route jusqu'au Mont-Dore, très escarpée sur plus de vingt

1. Burns, *Lettres inédites de H. Céard à Zola*, Nizet, 1958.

kilomètres. Voyage animé, si l'on croit Zola, puisque
la cinquantaine de kilomètres de Clermont au Mont-
Dore les voit pris sous un véritable déluge ; les grêlons
pleuvent, la foudre terrorise les chevaux, la voiture est
secouée sur le chemin désert de pleine montagne : rude
mise en condition. Il faut toute la beauté des monts
d'Auvergne, une fois la pluie arrêtée, pour les réconforter.

La station est desservie par deux entreprises de mes-
sagerie qui assurent la liaison avec Clermont. Dès leur
arrivée, les voyageurs sont pris d'assaut par des « pis-
teurs » chargés de démarcher pour les hôtels, car, chose
assez étonnante, on ne réserve pas à l'avance à
l'époque. La maréchaussée veille à ce qu'ils ne soient
pas importunés par ces lascars qui ne reculent devant
rien pour s'assurer un pourboire. La clientèle du Mont-
Dore est élégante, mais sans le luxe tapageur de certaines grandes villes d'eaux. Même si l'hôtel Chabaury
aîné où sont descendus les Zola reçoit le meilleur
monde, gens titrés ou célébrités artistiques, le personnel est assez peu nombreux, et certains touristes n'hésitent pas à amener avec eux leurs propres serviteurs.

La plupart du temps, les repas se prennent à la table
d'hôte. Chez Chabaury aîné, deux grandes tables
accueillent une centaine de personnes, et quelques
tables disséminées dans des petits salons permettent de
déjeuner ou de dîner dans un cadre plus intime.

La vie des Zola est rythmée par la cure d'Alexandrine. Sa journée commence très tôt, à quatre heures
du matin, afin d'arriver l'une des premières à l'inhalation. Elle se rend à l'établissement thermal revêtue
d'un peignoir en flanelle blanche avec capuchon, et
subit un traitement réputé pour sa sévérité et son efficacité. Au début, il se résume à des inhalations et des
bains de pieds, mais se complique rapidement : hydro-
thérapie, douches de vapeur, aspirations, bains dans la
piscine d'eau minérale se succèdent jusqu'à neuf
heures environ. Elle se soigne dans le « bâtiment des
vapeurs », un peu plus moderne que l'établissement

d'origine. Dans le vestibule, des chaises à porteurs évitent aux curistes de marcher pour se rendre aux bains. À l'étage, trois salles d'inhalation sont en activité, noyées d'une vapeur épaisse et humide. Une lumière jaunâtre pénètre par les vitres dépolies, les curistes vêtus de flanelle blanche errent dans le brouillard moite, comme des spectres. On forme des groupes, on retient des chaises. On cause, ou on se repose. Le traitement est épuisant. Alexandrine est parfois si fatiguée qu'elle doit s'allonger en rentrant. En septembre 1885, Zola s'en plaint auprès de Céard :

> « Ma femme, très lasse est étourdie par les cruautés du traitement, de sorte qu'on ne peut savoir si elle s'en trouve mieux ou plus mal. »

En 1884, il se félicite cependant de la sagesse du médecin qui lui défend de fatiguer sa femme et « paraît avoir la haine des déplacements inutiles ». Le médecin reste prudent du reste, et ne prévoit aucun soulagement immédiat. Le mieux ne se fera sentir que dans deux mois minimum. Voilà qui donne une idée favorable du médecin à Zola, mais décourage Alexandrine qui se plaint de « la rigueur enfantine » de son traitement.

Céard la réconforte comme il peut, expliquant que

> « le plus actif dans les maisons d'eaux, c'est cette vie d'imbécile qu'on mène mathématiquement. On se repose en se fatiguant d'une manière nouvelle et spéciale[1] ».

Les repas ont lieu à dix heures le matin et à cinq heures ou cinq heures et demie le soir. Ils sont annoncés par un double carillon qui ramène les curistes dispersés autour de la table. On est en Auvergne, c'est dire si la chère est copieuse. Grillades, rôtis de mouton, galantines, volailles, écrevisses et truites se succèdent,

---

1. *Idem.*

accompagnés de légumes ou de « pommes de terre à la Mont-Dore », la spécialité de l'hôtel Chabaury : une purée de pommes de terre mélangée à de la crème fraîche et des œufs montés en neige, et servie sous la forme d'un dôme recouvert de fromage du pays râpé et de beurre frais. Diététique de l'époque oblige : par ordre du médecin, on ne sert ni salade ni crudités ni viande de porc. Le dessert se compose généralement de compotes, de saint-nectaire et de petites fraises des bois récoltées dans les montagnes voisines.

On le voit, le séjour au Mont-Dore ne contribue sans doute pas à affiner la silhouette déjà bien enrobée des époux Zola, même si on y ajoute l'absorption des sacro-saints gobelets d'eau minérale, dont la quantité a été fixée par le médecin thermal, le docteur Percepied, dit Percecœur en raison de ses bonnes fortunes. On consomme sur place, servi sous les arcades de l'établissement par les donneuses d'eaux, en général de jeunes paysannes en costume local, chaussées de sabots pour les protéger de l'humidité du sol.

L'essentiel de l'après-midi est consacré aux excursions. Après bien des hésitations, les Zola tentent l'ascension du Sancy sous la conduite d'un guide. Céard les a mis en garde : le Sancy est une affaire d'hommes, il faut se méfier de la « bravoure nerveuse » des femmes. Mais Alexandrine insiste. Mal lui en prend. Un voisin de Médan, le docteur Magitot, a loué des chevaux et retenu un guide. Les Zola ne sont jamais montés à cheval, ni l'un ni l'autre : cinq heures de selle et une ascension de sept cents mètres constituent une initiation un peu rude ! À l'aller tout se passe bien. Mais au retour, le cheval de la pauvre Alexandrine prend subitement le trot, et la malheureuse tombe à la renverse et se retrouve pendue par un pied, la tête dans le vide. Heureusement, le cheval s'arrête. On finit par la dégager, saine et sauve. Elle aurait pu être tuée, elle en est quitte pour la peur et deux petites bosses. Zola, lui, est si secoué que pendant deux jours, il en garde « un grand tremblement intérieur », et ne peut fermer les yeux sans la voir « tomber à la renverse et se casser la tête ».

Il se déclare finalement déçu par le spectacle du Sancy, et de manière générale par la ville d'eaux, qu'il ne pense pas pouvoir utiliser pour un roman. Les distractions des curistes et les rencontres (Vallès moribond et sa compagne Séverine) ne le consolent pas d'avoir interrompu la rédaction de *Germinal*. Mais Alexandrine se sent mieux, et elle poursuit même sa cure chez elle comme en témoigne cette lettre à Élina :

> « J'ai fait venir quelques bouteilles d'eau du Mont-Dore que je vais ingurgiter par verrées le matin à jeun. Puis je fais des inhalations d'eau d'Enghien. Nouvelle distraction [1] ! »

En 1885, après une année difficile, et un rhumatisme très douloureux au genou qui la cloue au lit, c'est Émile qui la pousse à reprendre le chemin du Mont-Dore.

L'arrivée, cette fois encore, est mélodramatique. Alexandrine a pris froid dans le train, et elle commence son séjour alitée. Zola est aux abois, craignant pour sa « malade chère » une fluxion de poitrine, au milieu du fracas de l'hôtel et de l'indifférence des bonnes. Le traitement, très fatigant, se révèle finalement moins efficace qu'on ne pouvait l'espérer, et les Zola décident que l'année suivante, ils renoueront avec les bains de mer et un climat plus clément que celui de l'Auvergne.

C'est surtout après la mort de Zola que les cures au Mont-Dore pour son asthme et celles à Salsomaggiore, en Italie, pour ses rhumatismes ponctueront l'existence d'Alexandrine. Madame Zola sera reçue avec tous les égards dus à sa situation. Chez les curistes, tout le monde n'a pas un mari au Panthéon.

---

1. Lettre du 10 décembre 1884, collection Morin-Laborde.

MADAME ZOLA

17

La crise de la cinquantaine

Les années 1885-1888 sont pour Zola celles de la gloire. Son roman *Germinal* est salué par la presse. La condition ouvrière est un sujet d'une grande nouveauté à l'époque, et c'est un monde presque inconnu et redoutable qu'il fait découvrir à son public. Jamais sans doute ne s'est manifestée avec autant d'éclat sa puissance de visionnaire, qui tire une force de persuasion unique de la rigueur même de sa méthode.

Son travail de documentation, ses contacts avec le député Giard et les socialistes, la dizaine de jours qu'il a passée à Anzin du 23 février au 2 mars 1884 ont servi de base à sa peinture de la vie des mineurs. Le travail a été pénible, et Zola a plus d'une fois douté de sa réussite. Il est obsédé par la crainte de perdre sa créativité, et d'avoir à finir *Les Rougon-Macquart* par une série de livres médiocres. Plus que jamais, il s'interroge. Aussi, son soulagement est-il grand quand l'ensemble de la critique célèbre « la grandeur épique » de ses évocations. Même ses détracteurs doivent reconnaître son talent. Avec *Germinal*, Zola devient un symbole, et de la France entière lui parviennent des demandes de feuilles socialistes désireuses de publier des extraits du roman. Bien que n'étant pas socialiste lui-même, Zola accède à toutes ces demandes : *Germinal* a été écrit pour les pauvres et appartient aux pauvres. « Mon livre, c'est une œuvre de pitié, pas autre chose », affirme-t-il à un journaliste du *Matin*. À

la mort de son auteur, en 1902, « l'œuvre de pitié » se
sera vendue à cent dix mille exemplaires, venant à
cette date en quatrième position, derrière *La Débâcle,
Nana* et *L'Assommoir*.

Pour l'heure, Zola est célèbre dans l'Europe entière.
Et riche. À la fin de l'année 1885, *Germinal* seul lui a
rapporté environ soixante-dix mille francs, sans compter la quinzaine de mille francs des traductions étran-
gères. Ce n'est qu'un début : le revenu annuel des Zola
va passer d'environ quatre-vingt mille francs à cent
soixante mille francs durant les dix ans à venir. Si l'on
cherche à convertir en francs de notre époque, cela
donne des revenus oscillant entre un million huit cent
quarante mille francs et trois millions six cent quatre-
vingt mille francs, sommes des plus confortables. À
titre de comparaison, signalons qu'en 1889, un auteur
reçoit cinq à six cents francs, pour un tirage moyen de
1 500 exemplaires.

Difficile pour Alexandrine et Émile Zola de ne pas
tirer une satisfaction particulière de cet afflux d'argent.
Quand on a connu la gêne et la misère, comment être
insensible à ce qui vous donne non seulement la sécurité, mais la liberté ? Pour Zola, « l'argent a émancipé
l'écrivain, l'argent a créé les lettres modernes[1] ». Il
n'éprouve donc aucune fausse honte à en gagner, et
ses lettres nous montrent à quel point il suit de près
l'aspect financier de son travail. Mais les Zola ne thé-
saurisent pas pour autant. Sans enfants, aimant les
bonnes choses, s'entourant d'amis nombreux, ils
dépensent beaucoup. À l'exception de la construction
et de l'aménagement de Médan et de leur passion pour
la brocante, on peut dire que l'essentiel de leur fortune
est employé à recevoir avec générosité, et à s'offrir un
mode de vie très confortable. Il s'agit moins d'un train
de vie mondain, que d'une jouissance au jour le jour. À
mi-chemin de la dilapidation bohème et de la sécurité
bourgeoise, les Zola satisfont avec l'argent d'aujour-

---

1. Zola, *Le Roman expérimental*.

d'hui les désirs d'hier. Généreux avec les artistes qu'il aide plus souvent qu'à son tour – Paul Cézanne, Claude Monet, Philippe Solari ou Paul Verlaine en savent quelque chose – Zola sait aussi être prodigue et n'attache pas d'importance à l'argent en lui-même. « La fortune est venue, je l'ai acceptée, mais je la disperse sans compter. »

Pour Alexandrine, si l'argent a le goût de la revanche, elle n'en dit rien et partage les goûts de son mari pour les avantages de l'aisance. Coquette, elle aime s'habiller avec élégance. Pour cela, elle choisit les plus beaux tissus, mais elle ne s'habille pas chez les grands couturiers comme son amie Marguerite Charpentier, dont Worth est le favori. Il lui arrive de confier ses travaux à une couturière, même si le plus souvent elle préfère confectionner elle-même ses toilettes. Elle aime aussi feuilleter les catalogues par correspondance qu'elle collectionne, comme ceux du Second Empire que Zola consulte pour son roman *Au Bonheur des Dames*, ou s'inspirer de modèles pris dans *Le Miroir des modes*, qu'elle adapte ensuite à son goût. C'est ainsi que procèdent les couturières. Son magasin favori, c'est La Place Clichy, tout près de chez elle mais elle se fournit aussi aux magasins du Louvre. Rien par conséquent de très luxueux, mais l'abondance cossue d'un couple de bourgeois. Ainsi, il n'est pas rare vers cette époque que les Zola se déplacent en vacances avec neuf malles et trois domestiques, un signe qui ne trompe pas !

La gloire ne change pas vraiment leur façon de vivre, même si elle les oblige à éviter la foule des curieux pour passer des vacances tranquilles. Zola tient surtout à maintenir son rythme de travail et de publication jusqu'au terme de son entreprise. Après *Germinal* en 1885, il donne *L'Œuvre* en 1886, *La Terre* en 1887, *Le Rêve* en 1888. Si *L'Œuvre* a profondément déçu ses amis impressionnistes et contribué à le brouiller avec Cézanne, *La Terre* est l'objet d'un véritable scandale. On lui reproche sa peinture très crue des paysans, et il est vrai que l'extrême violence du roman – sexualité puissante et incontrôlable, viols, meurtres, avortement forcé – tranche avec le roman psychologique en vogue à l'époque, et apparaît comme une véritable provocation.

Cinq jeunes auteurs, protégés de Daudet et de Goncourt, vont en profiter pour l'attaquer personnellement, de la façon la plus directe et la plus odieuse. Le Manifeste des Cinq paraît le 18 août 1887 dans *Le Figaro*. Les signataires, Paul Bonnetain, Joseph-Henri Rosny, Lucien Descaves, Gustave Guiches et Paul Margueritte, sont peu connus, mais s'expriment au nom d'une certaine conception du naturalisme. Après avoir critiqué sa méthode de documentation, superficielle et fournie par des tiers complaisants, et « l'enfantillage du fameux arbre généalogique », ils s'en prennent à la personne même du romancier et à ses rapports avec les femmes et la sexualité.

> « Jeune, il fut très pauvre, très timide, et la femme qu'il n'a point connue à l'âge où l'on doit la connaître, le hante d'une vision évidemment fausse. Puis le trouble d'équilibre qui résulte de sa maladie rénale contribue sans doute à l'inquiéter outre mesure de certaines fonctions, le poussent à grossir leur importance. »

En bref, Zola serait un « chaste », doublé d'un impuissant hanté par la crainte qu'on ne le découvre. Ce psychopathe morbide et obsédé par le sexe relèverait de la Salpêtrière au moins autant que de la littérature.

Inutile de dire que la presse, en mal de copie, en fait ses choux gras tout l'été, même si dans leur immense majorité, les journalistes prennent la défense de Zola. Quant à la réaction d'Alexandrine à ce manifeste-pamphlet, on l'imagine aisément. Il est des accusations qu'une épouse ne pardonne pas. Mais avec dignité et intelligence, Zola s'abstient volontairement de toute réponse à ces accusations, et accepte même un dîner de réconciliation avec Daudet et Goncourt, fortement suspectés d'avoir inspiré le Manifeste. Il a lieu en « terrain neutre », chez les Charpentier, le 4 mars 1888. Du reste, les signataires du Manifeste, à part Bonnetain mort précocement, feront plus tard amende honorable les uns après les autres. Mais Alexandrine, elle, n'oubliera jamais.

Si nous insistons sur cet épisode, qui pourrait paraître un simple incident du microcosme littéraire, c'est qu'il a sans doute aggravé l'épuisement qui a gagné Zola malgré la réussite et la fortune, et trouvé en lui un écho plus profond qu'il n'a bien voulu le dire. « On se fait vieux », soupirait déjà en 1885 cet homme de quarante-cinq ans, fatigué par la tâche accompli. Deux ans plus tard, il imagine dans l'ébauche du *Rêve* le canevas suivant : un homme de quarante ans s'est consacré tout entier à la science et n'a jamais aimé. Il s'éprend d'une jeune fille de seize ans, qui croit l'aimer mais rencontre à son tour un jeune homme dont elle tombe amoureuse. L'homme de quarante ans, malgré sa souffrance, se résigne et se sacrifie en donnant la jeune fille au jeune homme. Dans ses notes, Zola avoue :

> « Moi, le travail, la littérature qui a mangé ma vie, et le bouleversement, la crise, le besoin d'être aimé. »

Il va plus loin, ajoutant :

> « Après toutes les recherches, il n'y a que la femme. C'est l'aveu. Des sanglots, une vie manquée. La vieillesse qui arrive, plus d'amour possible, le corps qui s'en va. »

Ce sont les débuts de ce qu'il appellera en 1889 « la crise de la cinquantaine ». À Van Santen Kolff, un correspondant hollandais, il écrit :

> « Pardonnez-moi mon long silence. Il est des semaines, des mois, où il y a tempête dans mon être, tempête de désirs et de regrets. Le mieux alors serait de dormir. »

Alexandrine a-t-elle conscience de la profondeur de ce désarroi ? Mesure-t-elle la nouveauté et la force des regrets qui saisissent le romancier au fur et à mesure qu'il avance vers le terme de son œuvre ? On peut penser que si confidences il y eut entre les époux, elle a mis cette crise sur le compte de l'angoisse chronique qui habite son mari depuis qu'elle le connaît. Son optimisme l'a sans doute protégée d'une vérité plus cruelle que laissait déjà deviner cette phrase de *L'Œuvre* à propos du couple de Sandoz et d'Henriette, dont on sait la ressemblance avec le leur : « Ils se donnaient moins d'amour que d'apaisement. » Cet apaisement lui suffit-il, à elle ? C'est possible. Sans doute, elle ressent l'éloignement de celui qui écrit dans le même roman :

> « Écoute, le travail a pris mon existence. (...) Ma pauvre femme n'a pas de mari, je ne suis plus avec elle, même lorsque nos mains se touchent. »

Mais elle le met au compte de son labeur, sans prendre la mesure de la lassitude qui s'est emparée de lui, de son trouble, de son agitation. Elle ne comprend pas qu'il est entré dans une période de remous, où le regret de ce qu'il n'a pas vécu se mêle à la nostalgie de ce qu'il a imaginé. Elle le croit comblé par la gloire, il se demande s'il n'a pas raté sa vie. Elle minimise ses craintes, elle le rassure, elle le gronde ; elle passe à côté de lui, elle le nie. Son manque d'imagination ne lui permet pas d'entrevoir le gouffre qui s'entrouvre. Elle croit trop en leur couple, trop en la singularité d'Émile, si différent à ses yeux des autres hommes. Ses certitudes l'ont endormie.

Dans le premier canevas de *La Joie de vivre* Émile Zola se donne pour tâche de

« peindre l'amour dans le mariage, avec des crises de tendresse et des froideurs : la vie telle qu'elle est ».

Le réalisme d'Alexandrine peut se contenter de la vie telle qu'elle est. Mais à l'évidence, l'apaisement, la tendresse et les froideurs ne suffisent plus à masquer le sentiment de frustration de son mari.

À Goncourt, il confie en 1889 :

« Ma femme n'est pas là... Eh bien je ne vois pas passer une jeune fille comme celle-ci sans me dire : "Ça ne vaut-il pas mieux qu'un livre ?" »

Dans cette crise existentielle, le besoin de vivre et la peur de vieillir se conjuguent à l'angoisse du créateur pour aboutir au fantasme le plus platement masculin : la jeune fille. L'héroïne du *Rêve*, Angélique, comme son nom l'indique, en sera la très pure incarnation, au terme d'une solide autocensure du romancier qui transforme l'homme de quarante ans en... évêque torturé par ses désirs. Quant à la jeune fille, elle mourra vierge sur le parvis de l'église où elle vient d'épouser le jeune homme, fils de l'évêque. Fantasmes, culpabilité, combat intérieur contre le désir sexuel témoignent donc du malaise de Zola, comme si, métaphoriquement, la littérature ne parvenait plus à nourrir son homme alors même qu'elle l'enrichit financièrement.

Précisément, son rapport avec la nourriture se modifie aussi. Depuis qu'il a arrêté de fumer, Zola a beaucoup grossi, et son mètre vingt de tour de taille commence à concurrencer dangereusement sa stature d'un mètre soixante-douze. En 1887, il pèse quatre-vingt-seize kilos, et au théâtre, il a du mal à se glisser entre les rangées de fauteuils. Quant à Alexandrine, presque aussi grande que lui, elle frôle les quatre-vingts kilos, conséquence peut-être de la ménopause, mais surtout, comme pour Zola, d'un régime alimentaire trop riche. Tous deux mangent trop et trop bien.

Ils ne font pas d'exercice (la bicyclette, ce sera pour plus tard), et leur corpulence est aussi le signe de leur embourgeoisement. Pour l'auteur du *Ventre de Paris* qui voyait tout un symbole dans l'opposition entre les Gras et les Maigres, être passé du côté des Gras a quelque chose d'insupportable.

Pour Alexandrine, le problème est un peu différent. Elle approche de la cinquantaine. Les canons de la beauté en cette fin de siècle favorisent les femmes plantureuses, et lorsqu'on la compare à ses amies du même âge, la belle Marguerite Charpentier comprise, on s'aperçoit que toutes correspondent à ce qu'on appelle alors de belles femmes, et non des grosses dames. Corsetée, portant avec panache jupes à tournures, corsages à jabots, vestes ajustées et longs colliers, Alexandrine, toujours très droite, a la maturité épanouie. Sans doute est-ce pourquoi la décision d'Émile la laisse aussi sceptique. Quoi ! entreprendre un régime ? L'idée lui semble saugrenue, voire insultante pour ses qualités de cordon-bleu. Qu'il ne compte pas sur elle. Mais qu'il se lance, si ça lui chante. On verra bien combien de temps il tiendra... Et Émile se lance, au mois de novembre 1887. Le régime est simple : il consiste à ne plus boire vin ni alcool, à ne rien boire en mangeant, à supprimer les féculents, à se nourrir de viande rôtie ou grillée. Quant au résultat, il est spectaculaire : il perd quatorze kilos en trois mois.

Alexandrine y gagne un mari svelte et rajeuni. Mais elle perd le complice de leurs débauches gastronomiques, et, qui sait ? son propre rôle nourricier, si important dans leur relation. En changeant son mode d'alimentation, Émile modifie l'un des liens qui les unissaient. Il s'émancipe, en quelque sorte. Il la trahit un peu. Et renie aussi le seul plaisir sensuel qu'ils partageaient encore. Sa métamorphose physique est impressionnante. Le 4 mars 1888, après le « dîner de rapatriage » qui les a réunis chez les Charpentier, Goncourt note dans son *Journal* :

« Son estomac est fondu, et son individu est comme allongé, étiré et, ce qui est parfaitement curieux surtout, c'est que le fin modelage de sa figure passée, perdu, enfoui dans sa pleine et grosse face de ces dernières années, s'est retrouvé et que vraiment, il recommence à ressembler à son portrait de Manet avec une nuance de méchanceté dans la physionomie. »

Autrement dit, il retrouve la silhouette de sa jeunesse, et du même coup, un bel appétit de vivre. Ce sont, paraît-il, des signes qui ne trompent guère chez les hommes aux alentours de la cinquantaine.

Voici donc Zola prêt à se battre pour l'adaptation théâtrale de *Germinal*. Alexandrine, elle, prend six kilos à partir d'août 1888. Son corps a toujours su parler avant elle.

En 1885, les Charpentier ont découvert grâce au critique d'art Théodore Duret la côte saintongeaise. Ils ont loué un chalet dans un petit village, Le Bureau, attaché à la commune de Saint-Palais-sur-Mer, près de Royan. Charmés par ce premier séjour, l'année suivante ils ont acheté un terrain dans le nouveau lotissement de La Vallière, et fait construire un chalet qu'en hommage à Zola, ils baptiseront le Paradou[1].

Les Zola les rejoignent le 11 septembre 1886, et après douze heures de chemin de fer, s'installent avec eux dans la villa La Guadeloupe que les Charpentier ont louée en attendant la fin de leurs travaux. Malheureusement, leur séjour est en grande partie gâché par un coup que s'est donné à la jambe la pauvre Alexandrine. L'hématome ne se résorbe pas, un œdème se déclare, inquiétant Zola qui conserve le souvenir des jambes enflées de sa mère avant sa mort. Mais l'alerte est sans raison. Quelques jours plus tard, la jambe d'Alexandrine va mieux, et ils peuvent poursuivre leur

---

1. Rappelons que le Paradou est le nom d'une propriété sauvage et belle évoquée dans *La Faute de l'abbé Mouret* (1875). C'est aussi celui que donnèrent les Zola à leur chalet de l'île de Médan.

séjour comme prévu jusqu'au 21 septembre. Ils rentrent par le train de nuit, en coupé-lit, la catégorie la plus luxueuse.

L'été 1887 les revoit à Royan. Ils sont partis le 31 août, déboursant 60 francs de suppléments, pour ce qui est nommé désormais un compartiment « lit-toilettes ». Cette fois, ils resteront cinq semaines à Royan, ne rentrant à Paris que le 3 octobre. Ils séjournent avec leurs trois domestiques au chalet Albert, une villa voisine du Paradou où les Charpentier se sont enfin installés. Ce sont six semaines « charmantes » en compagnie de la bande d'amis qui entoure Georges et Marguerite Charpentier, Victor Billaud, le directeur de *La Gazette des bains de mer de Royan*, les graveurs Prunaire et Desmoulin qui deviendra un proche, le poète André Lemoyne. Henry Céard ne tarde pas à rejoindre le groupe des amis, et excursions, baignades, repas gourmands – au menu, confit de cochon, coquillages, et même « bouillabaisse espagnole » : qu'on se rassure, Zola n'a pas commencé son régime –, promenades en mer, visite à Cognac chez Duret et retour en bateau, soirée à l'Opéra font de ce séjour « une vie de fainéantise » qui enchante Zola.

Alexandrine, elle, connaît encore quelques déboires comme en témoigne cet extrait d'une lettre à Élina Laborde :

> « Non, ma chérie, je n'ai pu encore tremper mon joli costume de bain, et il est certain que je le rapporterai à Paris sans l'avoir sorti de la malle. Ton oncle, lui, se baigne chaque jour, excepté quand nous sommes en grande excursion. Les excursions, d'ailleurs, ne me portent pas chance, car celle de mardi que j'avais annoncée à ta petite mère, m'a fait cadeau d'un bon rhume. Nos amis, pour voir un magnifique point de vue, nous ont laissées sur la plage, Madame Charpentier et moi comme mauvaises marcheuses. Ils se sont perdus, nous avons dû les attendre pendant plus de deux heures sur une grande plage. Et voilà comment

ta pauvre tante parle du nez et pleure comme une malheureuse. Ajoute à cela une boussole énorme à
l'oreille droite, où j'ai l'air d'avoir attaché une tomate
comme boucle d'oreille[1]. »

On le voit, Alexandrine ne perd pas son sens de l'humour, malgré ces petits maux qui l'empêchent d'être à
l'unisson des réjouissances. Mais on peut imaginer que
le ton de la lettre destinée à la jeune Élina est plus
enjoué qu'il ne le fut dans la réalité. Sans le vouloir,
une fois encore, elle joue les Madame Catastrophe.
Décidément les vacances ne lui réussissent pas : elle
s'évanouit sur le bord du chemin à Piriac, tombe de
cheval au Mont-Dore, se donne un coup sur la jambe
avant de partir pour Royan, se retrouve abandonnée
sur la plage, ou condamnée à soigner son rhume et sa
grosseur à l'oreille pendant que les autres sautent dans
les vagues. Victime de sa mauvaise santé et d'une
maladresse étonnante chez une femme par ailleurs si
adroite, elle semble se mettre elle-même sur la touche,
et en concevoir tantôt du dépit tantôt de l'accablement.
Mais rentrée à Médan, elle retrouve sa verve comme
en témoigne cette lettre adressée le 2 novembre 1887
à sa cousine Amélie Laborde :

> « Bien sûr que non, ma chère amie, tu n'es pas un
> vilain singe, mais bien moi qui aurais dû t'écrire depuis
> longtemps. Mais notre cher fils, ainsi que tu nommes
> notre pauvre Monsieur Mi m'occupe beaucoup, à cause
> de tous les soins que je lui donne du matin au soir, sans
> obtenir un véritable changement. Il va pourtant un peu
> mieux, quoique toujours fou, et mangeant énormément.
> Puis, il continue à être sale, ce qui est un indice que la
> convalescence n'est pas encore venue.
>
> D'autre part, Loulou s'ennuie à périr dans la grande
> maison, qu'il trouve en effet trop grande pour le
> moment. Aussi, jeudi 10 rentrerons-nous à Paris défi-

---

1. Collection Morin-Laborde.

nitivement pour l'hiver. Je me tue à travailler pour
mettre ma couture à peu près au point ; car il m'est
très difficile de travailler à Paris, où je suis vraiment
très mal pour faire quelque chose de sérieux.

Je voulais te répondre au lendemain de la réception
de ta lettre, et voilà trois jours que j'ai une névralgie
insupportable.

La nouvelle que tu m'apprends sur Narcisse me ter-
rifie. Ne pourrions-nous pas lui envoyer des femmes à
épouser ? Peut-être dans la quantité y en aurait-il une
qui pourrait lui plaire.

Ah bien ! tu sais, tu es un vilain singe. J'ai dû laisser
cette lettre commencée hier pour la reprendre aujour-
d'hui ; et voilà que ce matin, Émile reçoit une épître de
toi où tu lui dis que je suis abominable. Ah ! vieille
hypocrite ! Et cela en félicitant Monsieur de ce qu'on lui
rend *Germinal*. Eh bien tu verras si je me vengerai.

En attendant, je t'envoie, ma bien chère Mélotte,
mes plus affectueux baisers et mes bien tendres
caresses aux enfants. Ne m'oublie pas non plus auprès
des tiens.

Bien à toi,

Alexandrine Zola

En embrassant ma tante pour moi annonce-lui notre
retour [1]. »

Tout Alexandrine est dans ce mélange d'humour aci-
dulé et d'affection sincère, de spontanéité et d'agressivité. Son amour des animaux, son activité de
couturière, sa malice à l'égard d'Amélie, ses liens
familiaux, ses migraines, le besoin qu'a son mari d'être
entouré : le quotidien de cette femme sans enfants de
quarante-huit ans. Quant à l'oncle Narcisse, nous ne
savons pas, en l'absence de la lettre d'Amélie, quelle
nouvelle frasque il a commise, mais l'âge ne semble
pas l'avoir diminué. Il a pourtant presque soixante-dix
ans !

---

1. Collection Morin-Laborde.

Un an plus tard, en 1888, nouveau séjour à Royan. Les Zola, partis le 25 août au soir, s'installent à partir du 26 villa des Œillets. Alexandrine qui ne ménage pas sa peine tient comme toujours à ce que tout soit parfait. Elle est « dans un tel coup de feu », écrit Zola à Amélie, qu'elle l'a même chargé d'écrire à sa cousine pour elle. En effet, celle-ci doit les rejoindre avec ses deux enfants, Élina et Albert, le filleul d'Alexandrine. Il fait beau, la mer est chaude, assure Zola qui s'est déjà baigné. Les vacances s'annoncent d'autant mieux qu'on doit célébrer les fiançailles de Georgette, la fille des Charpentier, avec le journaliste Abel Hermant. Bref, « c'est une fête perpétuelle et rien ne devient plus difficile que d'écrire deux lignes », prévient le romancier en insistant auprès de Céard pour qu'il rejoigne la bande : Georges et Marguerite Charpentier, Fernand Desmoulin, Victor Billaud et sa femme, Théodore Duret, Amélie Laborde et ses enfants.

En effet, les fêtes succèdent aux excursions, aux dîners et aux baignades, comme en témoignent *La Gazette des bains de mer de Royan*, et les souvenirs personnels d'Albert Laborde, alors âgé de dix ans. On surnomme « les trois hommes blancs » le trio Zola, Charpentier, Desmoulin : toujours vêtus de flanelle blanche impeccable, ils adoptent sur les photographies l'élégante désinvolture du boulevardier en villégiature. Sur l'une d'entre elles, Émile Zola, coiffé d'un demihaute forme, tient affectueusement ses amis par l'épaule : mince, la barbe retaillée, les cheveux coiffés en arrière, il a rajeuni de dix ans. Une autre photo, très gaie, rassemble une quinzaine de convives sous les arbres. Le soleil d'été sème des taches de lumière sur la robe bleu marine à pois blancs de Marguerite Charpentier et sur son visage souriant abrité sous une grande capeline. Sa fille, la ravissante Georgette, est assise au premier plan. Un canotier a été déposé sur une table. Certains convives tiennent un verre à la main, et Zola, debout au fond, lève le sien en guise de salut, une main sur l'épaule de sa femme, abritée sous une somptueuse

capeline blanche. Alexandrine est la seule à ne pas regarder en direction de l'objectif, et elle semble étrangement
absente. Dans son visage épaissi et un peu crispé, son
regard suit quelque chose devant elle – peut-être l'autre
groupe massé à l'extrême gauche de la photographie :
deux servantes et deux enfants. Bonnet et casquettes,
sarraus gris et tabliers de ferme blanc, poing sur la
hanche et bras croisés, ils ont accepté de poser mais sans
oser s'avancer et, à distance, ils fixent l'objectif d'un air
timide. Deux mondes se côtoient.

De fréquents malaises obligent Madame Zola à garder la chambre. Elle reste alitée, pendant que les autres
s'amusent. Dans sa chambre aux rideaux tirés, elle
entend de loin les rires. La pénombre l'apaise. Elle se
sent loin de tout, sans regrets ni tristesse. Fatiguée seulement. Ailleurs. Émile s'amuse, c'est bien. Pour lui,
elle organise avec la complicité d'Amélie une soirée-
surprise antillaise [1]. On se déguise avec de grandes
toges, et on se barbouille le visage en noir avec du
bouchon brûlé. Suprême luxe, le menu d'un exotisme
radical a été commandé à Paris dans le plus grand
secret et on propose aux convives ébahis un kalalou,
un court-bouillon poisson, un ragoût viande-cochon,
des pois-z'yeux-noué... La soirée se prolonge dans la
nuit, et dans la ville endormie, quelques hommes noirs
vont sonner à la porte d'un hôtel voisin, en quête de
« bon lait blanc pour de pauvres petits nègres ». On en
rit encore plusieurs jours après.

Durant ce séjour, l'écrivain s'initie aussi à la photographie grâce à Frédéric Garnier, le maire de Royan.
Très vite, il se passionne pour cet art encore récent.

Mais la véritable révélation de ces vacances, celle
qui va bouleverser sa vie et celle d'Alexandrine, a-t-il
seulement osé se l'avouer à lui-même ? Émile Zola est
tombé amoureux.

---

1. Voir Albert Laborde, *Trente-huit années près de Zola. La Vie
d'Alexandrine Émile Zola*, Les Éditeurs français réunis, 1963.

18

La jeune lingère

Quand Alexandrine a-t-elle engagé Jeanne Rozerot ? Probablement en mai 1888, comme le suggère Denise Le Blond-Zola [1]. Le 4 mai, les Zola partent pour la campagne, et c'est toujours à Médan qu'Alexandrine réalise les grands travaux de couture pour lesquels elle a besoin d'une aide supplémentaire. Entretenir les draps, le linge de table, les torchons, faire ses robes, tout cela est devenu une tâche trop lourde pour elle. La jeune fille qu'on lui a recommandée fera office de femme de chambre et de lingère. C'est aussi pour Alexandrine un pas supplémentaire dans l'échelle sociale. La boucle est bouclée : l'ancienne grisette, la « nièce » de Marguerite Lesaux peut à son tour engager une lingère à son service. Et celle-ci a tout pour lui plaire. Élevée au couvent, très adroite, elle est discrète, gaie et obéissante. Pas l'une de ces effrontées qui sortent d'on ne sait où, et dont on ne vient pas à bout ; ou de ces ingrates que vous formez avec patience pour qu'elles vous quittent au bout de quelques mois. Alexandrine compte d'autant plus sur elle qu'elle n'est pas satisfaite du couple de serviteurs qu'elle a engagé fin 1886, à la place d'Henri et Zélie Cavillier. Elle ne tardera pas à les renvoyer, du reste. Mais avec Jeanne, elle est certaine d'être à l'abri de ce genre de problèmes. Elle s'y connaît.

---

1. Denise Le Blond-Zola, *op. cit.*

Elle a même éprouvé un curieux sentiment à l'égard de Jeanne Rozerot, une sympathie toute particulière qu'elle identifie mal. Au fond, ce qu'elle aimerait, c'est former Jeanne, en faire peut-être une sorte de dame de compagnie. Ensemble, elles travaillent à la lingerie. Jeanne a appris la broderie, elle a la main légère. En la voyant ainsi penchée sur son travail, ou passant le fer en fonte sur un drap qu'elle vient de repriser, une étrange impression s'empare d'Alexandrine. Il lui semble presque se revoir au même âge. Jeanne a vingt et un ans. Elle pourrait être sa fille. Grande, brune, la taille souple et le buste droit, sa silhouette élégante lui rappelle la Gabrielle de sa jeunesse. Bien sûr, la mode a changé, et les crinolines du Second Empire ont laissé place aux jupes étroites et aux cols montants. Mais tout de même, la vue de cette jeune fille fait remonter tant de souvenirs dans sa mémoire... Elle aussi était lingère...

Jeanne est très réservée, mais en l'interrogeant, comme il se doit, Alexandrine a pu apprendre quelques bribes de son histoire. Et cette histoire présente aussi des ressemblances étonnantes avec la sienne. Oui, voilà peut-être ce qui trouble par-dessus tout Alexandrine.

Jeanne est née le 14 avril 1867, à Rouvres-sous-Meilly, près de Pouilly-en-Auxois, en Bourgogne. Elle est la deuxième fille d'un meunier, Philibert Rozerot. Elle perd sa mère à l'âge de deux ans, et son père se remarie trois ans plus tard. De son second mariage, il aura six enfants, mais sa nouvelle épouse se conduit en marâtre avec Jeanne et sa sœur aînée, Cécile. Jeanne se réfugie chez sa grand-mère maternelle, et fait quelques études chez les sœurs où elle apprend la couture. Elle est ensuite recueillie avec Cécile par une tante, boulangère à Courbevoie, dans la région parisienne. Cécile épousera du reste un boulanger, tandis qu'on fera apprendre à Jeanne le métier de lingère, dans un atelier. Que devient-elle de 1884 à 1888 ? Nous ne le savons pas. Comme pour Alexandrine, la biographie de sa jeunesse reste incomplète.

ADMINISTRATION GÉNÉRALE DE L'ASSISTANCE PUBLIQUE A PARIS.

ENFANTS ASSISTÉS DU DÉPARTEMENT DE LA SEINE.

CERTIFICAT D'ORIGINE.

EXTRAIT des Archives des Enfants assistés du département de la Seine.

La Nommée *Meley Caroline Gabrielle*
a été admise *le mars 1859* sous le n° *810*
Cette élève née à Paris,
arron. le 23 mars le 7 mars 1859 en fille
naturelle de Meley Alexandrine Éléonore

Certifié véritable le présent extrait.
Paris, le *1 mars* 18 *76*

Le Directeur de l'Administration générale
de l'Assistance publique à Paris.

1. Ce document délivré par l'Administration aux enfants
de l'Assistance, ainsi que l'acte de naissance reconstitué en 1877,
figurent dans le dossier de Caroline Gabrielle Meley.

2. La photo la plus ancienne d'Alexandrine
Meley. Elle date de 1870, l'année de son
mariage avec Emile Zola. Elle a 31 ans.

3. Alexandrine Zola en 1875. Le couple
part pour la première fois en vacances.
L'écrivain commence à rédiger *L'Assommoir*.

4. Emile Zola en 1870. "Ce qui frappait en lui, c'est la puissance patiente de pensée écrite sur son front (...) ; c'est la ligne volontaire de la bouche et je ne sais quoi de césarien dans le menton." (Armand Sylvestre)

5. Royan, 1888 : Emile Zola, métamorphosé, avec ses amis Georges Charpentier et Fernand Desmoulin. Il vient de rencontrer Jeanne Rozerot.

6. L'écrivain dans son cabinet de travail, rue de Bruxelles à Paris. C'est sur cette table qu'il rédige le "J'accuse" en 1898.

7. La propriété de Médan photographiée par Zola. A gauche, la tour "Germinal". La fenêtre ouverte est celle de la lingerie. A droite, dans la tour " Nana", la verrière du cabinet de travail de l'écrivain. Entre les deux tours, la maison d'origine.

8. La cuisine de Médan, avec Jules, le valet de chambre, et Eugénie Delahalle, la cuisinière, photographiés par E. Zola.

9. Le chalet du Paradou, dans l'île de Médan. Une boîte en fer, scellée dans le mur, contient ces phrases d'Alexandrine et Emile Zola : " J'ai posé, le 27 septembre 1880, la première pierre de cette maison." "J'ai assisté à la pose de la première pierre faite par ma chère femme. " Le chalet sera détruit en 1935.

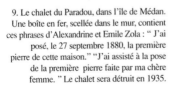

10. Réalisée par Zola en 1902, l'une des dernières photos du couple, à Médan, devant le sarcophage. L'écrivain mourra la nuit de son retour à Paris.

11. Alexandrine à la mandoline. Autour d'elle, Emile Zola, Marguerite et Georges Charpentier, Fernand Desmoulin.

12. Du côté de Verneuil, été 1902. L'heure du thé avec Jeanne Rozerot et les enfants, Denise et Jacques.

13. Instantané de la vie médanaise, par E. Zola. Au premier plan, Albert Laborde.
De gauche à droite, Amélie Laborde, Georges Loiseau, son épouse Elina (née Laborde),
Alexandrine et le chien Fan.

14. L'exil en Angleterre. Zola photographie Alexandrine à la fenêtre
du Queen's Hotel, à Londres. (Automne 1898.)

15. Sur le chemin de l'Italie. En 1895, Madame Zola voyage seule pour la première fois.
Elle se fait photographier lors d'un bref séjour à Aix-en-Provence.

16. Denise Le Blond-Zola à 20 ans, en 1909.

17. Le pèlerinage littéraire de Médan en 1910. Au premier rang, de gauche à droite, Amélie Laborde, Pierre Domange (gendre d'Eugène Fasquelle), Mme Pierre Domange (née Renée Fasquelle), Suzanne Bruneau, Mme Eugène Fasquelle et, côte à côte, Jeanne Rozerot, Alexandrine Zola et Colona Romano.

Mais celle-ci n'a pu que remarquer les points communs avec ses propres débuts dans la vie. Toutes deux orphelines de mère, elles ont souffert du remariage de leur père. Même le métier de meunier n'est pas tout à fait étranger à Alexandrine, car, on s'en souvient peut-être, c'était la profession des parents de Joséphine Derumigny, sa belle-mère. Rejetées, peut-être maltraitées ou exploitées, toutes deux ont trouvé refuge dans leur famille et été élevées par une tante. Enfin, c'est au métier de lingère qu'on les a formées, en les plaçant très jeunes en apprentissage.

Certes, ces ressemblances n'excluent pas les différences : l'origine provinciale plus marquée chez Jeanne, son passage au couvent, et peut-être une formation professionnelle plus complète. Et surtout, Alexandrine s'en rend bien compte, la vie de Jeanne n'a pas été aussi mouvementée que la sienne, c'est une jeune fille sage. C'est même ce qui plaît à Madame Zola, qui n'engagerait peut-être pas une Gabrielle... Au fond, Jeanne est une version idéalisée et provinciale de Gabrielle, douce, fraîche, un peu timide. Une orpheline comme Zola aime en montrer dans ses œuvres, la Denise du *Bonheur des dames*, par exemple, dont la simplicité et l'honnêteté finiront par conquérir le puissant Octave Mouret.

En tout cas, Alexandrine est très satisfaite de sa nouvelle employée. Sa fraîcheur, sa réserve, sa beauté ont pour pendant ses qualités de brodeuse et son sérieux. Alexandrine ne tarit pas d'éloges sur elle. Quant à Zola, comment n'aurait-il pas remarqué une jeune fille si charmante dans la grande maison de Médan qui lui semblait si vide et triste, l'hiver précédent ? Il ne peut que se réjouir de la décision de sa femme : emmener Jeanne avec eux à Royan. Se rend-il déjà compte de l'ambiguïté des sentiments qu'il éprouve pour la jeune fille ? Si une simple passante peut éveiller chez lui la nostalgie du désir, qu'en est-il de cette jeune fille qu'il côtoie chaque jour ? Ne correspond-elle pas à l'image qu'il se fait de la femme idéale ? Et Alexandrine l'affirme : elle a tant de qualités.

Trop sûre d'elle, Alexandrine, trop confiante, trop persuadée de connaître son Zola sur le bout des doigts. Sa cousine, Amélie Laborde, plus fine mouche, la met en garde. Jeanne est jeune et jolie, elle est digne d'être remarquée, même aimée. Méfie-toi, Alexandrine. Mais Alexandrine sourit, toute à ses illusions. Aucun danger. Que vas-tu chercher ? C'est ridicule. Émile n'est pas un homme à femmes.

C'est décidé, Jeanne viendra à Royan.

Quels frôlements, quels mots doux, quelles étreintes préludèrent aux amours de ces deux timides, Émile Zola et Jeanne Rozerot ? À Royan, les occasions de se retrouver ne manquaient pas. Alexandrine, souffrante, a-t-elle, comme on le dit, elle-même encouragé son mari à sortir la jeune lingère ? Partout, ils durent rencontrer l'ombre d'Alexandrine, que tous deux trahissaient. Au début, Jeanne se méfia peut-être de cet employeur, écrivain grisonnant et célèbre, qui la poursuivait de ses assiduités. En fille honnête, elle résista certainement. Mais le bouleversement de ce vieux jeune homme finit par la persuader de sa sincérité. Il l'aimait.

Jamais ses amis n'ont vu Zola dans une pareille forme. Loin de passer ses vacances enfermé à écrire, il est de toutes les réjouissances. Il a retrouvé son appétit de vivre. À ses côtés, Alexandrine sourit discrètement. Elle a toujours su que ces vacances feraient le plus grand bien à Émile.

À la rentrée, toutefois, elle éprouve une grande déception : Jeanne lui demande son congé. Elle a beau insister, la jeune fille ne peut rester. Des raisons personnelles. Décidément, on ne peut jamais faire confiance à personne, songe Alexandrine. Mais après tout, cela vaut peut-être mieux, se dit-elle en repensant à la mise en garde de sa cousine Amélie. Peu à peu, elle oublie Jeanne.

Elle ignore que son mari l'a installée dans un appartement situé au 66 de la rue Saint-Lazare, au coin de la rue Blanche, à quelques rues de chez elle. Plus extraordinaire : à quelques numéros de l'immeuble où elle-même est née, dans la même rue. Elle ignore aussi qu'en décembre, il est devenu son amant, comme en témoigne une carte de vœux envoyée dix ans plus tard à Jeanne, en souvenir de ce 11 décembre 1888.

Elle ignore tout. Elle va tout ignorer durant trois ans. Voilà qui est proprement stupéfiant chez une femme qu'on dit jalouse et possessive. Comment ! il ne s'est trouvé aucun ami charitable pour lui ouvrir les yeux, pas une cousine, pas une amie bien intentionnée pour la mettre sur la voie, quand tout Paris faisait des gorges chaudes sur la liaison de son mari ? Craint-on pour sa santé ? Redoute-t-on sa réaction ? Est-ce elle qu'on épargne, ou son mari ? Est-elle victime comme des milliers d'autres femmes de la connivence d'une société qui a érigé l'adultère masculin en mode de vie bourgeois ? Ou bien arrête-t-elle la moindre allusion, le moindre doute par un regard plus terrible qu'un « je ne veux rien savoir » ?

Les relations entre Émile Zola et sa femme sont-elles à ce point fossilisées, ont-ils à ce point cessé de se regarder pour qu'elle ne remarque pas chez lui cet air fringant que les plus indifférents notent avec étonnement ? Il faut que Zola ait été un redoutable comédien, un simulateur de premier ordre pour qu'il ait réussi à cacher à la femme avec laquelle il vivait depuis vingt-cinq ans une liaison aussi capitale pour lui. Mais il faut aussi qu'Alexandrine, dont l'œil noir ne laissait jamais rien échapper, ait eu une farouche volonté d'ignorance pour ne rien deviner. De telles situations exigent de deux époux une complicité d'autant plus forte qu'elle est inconsciente : la complicité du silence. Elle signe le double désir de ne rien faire bouger avant même que la volonté s'en mêle. Quand celle-ci se manifeste enfin, au-delà des cris et des larmes, des menaces et des faux départs, tout est signé depuis longtemps : le couple ne se séparera pas. Le silence de Zola, l'aveuglement d'Alexandrine sont là pour en témoigner.

Certes, les choses sont toujours faciles à lire après coup. En 1889, il y a simplement là un homme qui trompe sa femme avec une autre, de trente ans plus jeune. Rien que de très banal. Il a pour elle tous les égards. Son appartement est confortable, il va engager pour elle une cuisinière et une femme de chambre, il lui fait même donner des leçons de piano. Il lui apporte des livres, il fait son éducation. Il lui offre des vêtements, des bijoux, beaucoup de bijoux. Il aime le regard neuf qu'elle porte sur le monde, sa fraîcheur, ses questions, son admiration. Il aime sa jeunesse, la douceur de son corps, l'odeur de sa peau. Il aime ses regards et ses gestes caressants, les plaisirs qu'il découvre avec elle. Il aime sa propre vigueur, sa vitalité revenue, sa puissance. À travers elle, c'est lui aussi qu'il aime.

Tout cela, Alexandrine l'ignore. Elle se félicite de le voir gai, de bonne humeur. Il travaille moins. Tant mieux. Le succès l'a peut-être enfin rassuré. En juillet 1888, on l'a nommé chevalier de la Légion d'honneur. Elle en est si fière pour lui. Il envisage de se présenter à l'Académie française. Ils abordent la cinquantaine avec tous les honneurs. Deviendrait-il sage, enfin ? Commencerait-il à profiter un peu de la vie ? Vont-ils voyager, elle qui aime tant cela ? Elle fait un effort pour se mettre à l'unisson, malgré les migraines et les idées noires. Mais ses sautes d'humeur sont de plus en plus fréquentes. Elle ne parvient pas à les contrôler. Elle est souvent grognon, ou de mauvaise humeur. Elle a toujours eu un caractère difficile, elle devient acariâtre. Elle se sent patraque, elle a des douleurs d'estomac. Sa peau commence à se rider. Elle a grossi. Quand elle se regarde dans la glace, elle se reconnaît à peine : engoncée dans ses robes à collet montant, la poitrine énorme, le buste élargi par les épaulettes et les manches gigot, la silhouette alourdie par sa jupe à tournure, elle se trouve des airs de matrone.

En juin 1889, la mort de Fanfan, leur chien, l'a bouleversée, tout comme Émile. Depuis six mois, ils le faisaient manger et boire, le soignaient comme un enfant. Amélie pour taquiner sa cousine l'appelait « ton cher fils ».

Elle voit moins son mari. Quand ils sont à Médan, Zola va un peu plus souvent à Paris, sans elle. Quand il est à Paris, il prévient ses correspondants qu'il n'est jamais là l'après-midi. Il prépare son nouveau roman. Il a tant à faire, il est si souvent sollicité. En mars 1888, il a fait la connaissance d'un jeune compositeur, Alfred Bruneau. Il veut mettre en musique *La Faute de l'abbé Mouret*, mais Zola, qui l'a déjà promis à Massenet, lui propose *Le Rêve*. Bruneau s'adresse au librettiste Louis Gallet, et ensemble ils créent le premier opéra tiré d'une œuvre de Zola. Ce sont les débuts d'une collaboration fructueuse et les prémices d'une amitié très profonde qui unira les deux artistes et se prolongera avec Alexandrine au-delà de la mort de son mari.

Durant l'été 1889, Zola s'est enfin mis à la rédaction de *La Bête humaine*. Pour ce roman, toujours soucieux de compléter sa documentation, il est monté à l'avant d'une locomotive afin d'éprouver lui-même les sensations qu'il décrira dans son roman :

> « D'abord une grande trépidation, de la fatigue dans les jambes et un ahurissement à la longue produit par les secousses. La tête semble se vider. »

Auparavant, au mois de mars, il s'était livré à une petite escapade semi-professionnelle au Havre où devait se passer une partie du roman, en compagnie de Jeanne. Bien sûr, Alexandrine n'en a rien su. La ligne de l'Ouest passe sous les fenêtres de Médan. La pincée de culpabilité ajoute-t-elle un peu de piment à l'aventure ? ou l'attriste-t-elle quelques instants ? Combien de fois, avec sa femme, a-t-il écouté, filant dans la nuit, le train qui emportera Jacques Lantier vers la mort ? Ce roman au titre terrible devrait être lu selon F.W.J. Hemmings comme un « cryptogramme où le message sous-jacent se répète à plusieurs reprises : je suis coupable, je dois cacher ma culpabilité, si jamais elle était découverte, cela déclencherait une épouvantable catastrophe[1] ».

---

1. F.W.J. Hemmings, *The life and times of Émile Zola*, New York, Charles Scribner's sons, 1977.

19

Le grand secret

Si elle n'est pas du voyage de *La Bête humaine*, Alexandrine reste très présente dans la vie sociale de Zola. Le mariage de Georgette Charpentier et d'Abel Hermant la retrouve au bras du poète Théodore de Banville, un peu inquiète pour sa robe de soie chaque fois que le poète tousse et crache. Le 2 juillet, lors de l'Exposition universelle de 1889, une joyeuse équipée les mène sur la plate-forme de la tour Eiffel où ils dînent en compagnie des Charpentier, des Hermant, des Dayot et d'Edmond de Goncourt. On emprunte les ascenseurs à la montée et on descend à pied. L'effet est vertigineux, on s'émerveille de l'aventure. On poursuit la soirée rue du Caire, où l'on a reconstitué entre le Champ-de-Mars et l'avenue de Suffren un souk avec ses échoppes, ses cafés arabes et ses maisons égyptiennes. La foule parisienne s'y presse, curieuse de se plonger dans l'atmosphère exotique et chaude, parmi les âniers et les Africains chargés d'assurer le dépaysement. Dans un restaurant oriental, on applaudit une danse du ventre, qui rappelle à Goncourt des souvenirs mauresques plus crus. On finit la soirée dans les cafés de la rue. Alexandrine boit de l'alcool de dattes et s'amuse beaucoup.

En septembre, nouvelle distraction : les Zola déménagent et s'installent au 21 bis rue de Bruxelles. Ce sera le dernier domicile du romancier, le plus chargé en bibelots, en mobilier aussi massif qu'hétéroclite, le

plus souvent photographié ou décrit par les visiteurs.
Un bureau aussi grand qu'une table de banquet, un
escalier orné de boiseries et de tentures, un vaste salon
et une salle à manger à l'avenant sont quelques-uns des
signes de leur nouvelle position sociale. Zola ne
néglige rien pour satisfaire sa femme, et celle-ci peut
considérer avec fierté son hôtel particulier et s'amuser
à le décorer. Il a même fait installer l'éclairage électrique, un luxe exceptionnel pour l'époque. Toutefois,
la rue de Bruxelles ne sera jamais la maison du bonheur. Les lieux laissent souvent transparaître l'âme de
ceux qui les habitent. Est-ce pour cette raison que leur
dernière demeure commune donna souvent une impression de froid ?

> « Ah, cette maison où il n'y a jamais la joie d'une
> petite flamme dans une cheminée, où l'éclairage élec-
> trique fait mal aux yeux et où on gèle à cause des
> portes ouvertes pour l'exposition dans l'escalier des
> sarcophages d'épiciers romains et de retables sculptés
> au couteau qui devaient orner la chapelle d'une maison
> d'aveugles [1] »,

peste Goncourt qui prétend avoir déjà souffert d'une
crise hépatique causée par le froid qui règne chez les
Zola. De plus en plus, le vrai foyer de Zola est au 66
de la rue Saint-Lazare. Mais Alexandrine ne le sait pas.

Comme elle ne sait pas que dix jours après leur installation rue de Bruxelles, le 20 septembre 1889, alors
qu'elle s'active encore au milieu des caisses et de l'ac-
crochage des rideaux, son mari, pour la première fois
de sa vie, vient d'être père. Une petite fille aux grands
yeux gris, Denise, Émilie, Henriette, est née rue Saint-
Lazare où Jeanne a accouché, assistée par le docteur
Delineau. C'est peut-être le plus grand bonheur de la
vie de Zola, le plus inespéré, et le plus clandestin. Si

---

1. Goncourt, *Journal*, 25 janvier 1896.

clandestin qu'Alexandrine n'a rien soupçonné, igno-
rant les missives codées qu'il a écrites au médecin
comme celle-ci, du 31 mai 1889, alors que Jeanne est
enceinte de cinq mois :

> « Merci mille fois, mon cher docteur, des bonnes
> nouvelles que vous me donnez. Soignez bien mon petit
> ami, et je vous serai profondément reconnaissant, si
> tout marche à souhait, car je vous ai dit la grande joie
> que j'aurais à un bon résultat. »

Ou cette autre, envoyée le 4 septembre :

> « Cher docteur, je resterai chez mon ami jusqu'à
> quatre heures et demie et je serai très heureux de vous
> y voir, si vous pouvez y venir. Bien qu'il n'y ait aucun
> danger, je voudrais repartir tout à fait rassuré. »

Rassuré, il l'est donc, en ce 20 septembre. La mère
et l'enfant, selon l'expression, se portent bien.
L'épouse ne va pas trop mal. Elle vide les caisses et
remplit les armoires.

Le 23 septembre, Zola réquisitionne l'homme des
missions secrètes, Henry Céard, et lui demande de
signer, comme second témoin, l'acte de naissance à la
mairie du IXᵉ arrondissement. Un billet énigmatique a
fixé le rendez-vous :

> « Mon bon Céard, je m'adresse à vous, comme au
> plus sûr et au plus discret de mes amis, pour vous
> demander un service. Veuillez vous trouver demain
> lundi, à onze heures, dans la cour de la mairie du neu-
> vième, rue Drouot. Il s'agit simplement d'une signa-
> ture. »

Émile Zola fait office de premier témoin, et Denise est
déclarée de « père non dénommé ». Jeanne, deux mois
plus tard, signera elle-même le document en reconnaissant officiellement sa fille. Céard se doute-t-il à cette

époque de la vérité ? Sa discrétion, et la destruction probable par Alexandrine de certaines lettres datant de cette
période ne nous permettent pas de répondre de façon certaine. Mais c'est possible. On imagine le malaise de ce
célibataire endurci que des liens particulièrement affectueux attachent depuis longtemps à Alexandrine. Pourquoi Zola n'a-t-il pas fait plutôt appel à Paul Alexis, dont
la femme Marie sera la marraine de Denise ? Il y a dans
le choix d'Henry Céard comme confident et complice
privilégié une maladresse qui explique en partie les
malentendus qui suivront.

Quoi qu'il en soit, deux mois plus tard, le
21 décembre 1889, il donne un nouveau rendez-vous à
Céard dans un café situé en face de l'église de la Tri-
nité, et lui révèle la vérité. Céard, très embarrassé,
accepte de se taire. Il témoigne dans une note inédite
sur Jeanne :

> « Il me déclara que rien ne s'était passé sous le toit
> conjugal, mais dans un appartement 66 rue Saint-
> Lazare et préalablement rempli de fleurs. Il me montra
> les fenêtres au 5e : on les voyait de notre table, à tra-
> vers les vitres, au-dessus du square de la Trinité. »

Dans cette même note, il ajoute que Zola lui affirma
qu'il continuait à aimer sa femme, mais que,

> « dans son goût de se reproduire, il avait choisi
> auprès de lui une personne saine, une tête "droite" ».

Si la naissance de Denise reste secrète, la liaison de
Zola commence à faire jaser. Il ne cherche pas à la
cacher, semble-t-il. À sa grande stupéfaction, Léon
Hennique rencontre le romancier à la tour Eiffel en
compagnie d'une ravissante jeune femme à chapeau
rose. On les croise dans Paris. Contrairement à Céard,
Paul Alexis ne sait pas tenir sa langue, et des bruits
courent dont, avec une joie mauvaise, l'inévitable Goncourt se fait l'écho :

« Aujourd'hui, Paul Alexis (...) me confirme dans la certitude que Zola a un *petit ménage*. Il lui aurait fait la confidence que sa femme avait de grandes qualités de femme de ménage, mais bien des choses *réfrigérantes*, qui l'avaient poussé à chercher un peu de *chaleur* ailleurs. Et il parle du revenez-y de jeunesse, et de fureurs de jouissances de toutes sortes, et de satisfactions de vanités mondaines chez ce vieux lettré, qui demandait dernièrement à Céard si en douze leçons il pourrait se tenir à cheval, de façon à faire un tour au Bois [1]. »

Comment Daudet et sa femme ne seraient-ils pas au courant ? Et les Charpentier ? Alexandrine est l'objet d'une curiosité inquiète. On guette ses réactions, ses humeurs. Ses accès de dépression prennent un nouveau sens. Quand la vérité éclatera-t-elle ? Chacun pense que ce n'est qu'une question de temps. Mais Alexandrine semble ne se douter de rien. Ou si elle a des doutes, elle les cache ou les chasse bien vite. De 1888 à 1891, subsistent peu de lettres de sa correspondance avec Amélie Laborde. Elle a pu s'épancher auprès de sa cousine sans que nous le sachions, lui faire quelques confidences. Les lettres dont nous disposons ne font état que des projets d'invitations pour Médan, de courses à faire dans Paris, de groseilles à cueillir. Un billet, pourtant, adressé à Émile le 27 mai 1890 la montre en amoureuse passionnée :

« Mon cher Loulou, nous partons demain à Paris. J'espère que tu vas être le plus mignon des maris pendant ce court voyage. Si tu es bien gentil, je t'adorerai encore plus si cela est possible.

Je t'embrasse bien fort, et puis encore.

Ta Louloute qui t'aime bien [2]. »

---

1. Goncourt, *Journal*, 21 novembre 1889.
2. ITEM-CNRS, Centre Zola. Nous adopterons désormais la formule Centre Zola pour désigner cette provenance.

Oui, Zola est aussi l'homme à qui on peut écrire de telles missives.

Mais durant l'été 1890, la fatigue d'Alexandrine devient extrême, et il lui arrive de s'endormir après le déjeuner. Elle souffre de maux d'estomac. On la sent étrangement seule, se réjouissant avec tendresse de la prochaine visite d'Amélie et de ses enfants.

En public, elle excuse son mari avec son fanatisme habituel, comme au cours de ce dîner chez les Charpentier où le romancier se montre grognon : il a mal travaillé le matin, plaide Alexandrine, et de plus, il a eu une déception à propos de l'achat d'un meuble Louis XIV. Devant la perspective d'un ajournement de l'opéra tiré du *Rêve*, Goncourt note « l'aigreur qui s'infiltre dans la voix d'une poissarde qui va bientôt nous engueuler ». Apparemment, donc, rien de bien nouveau : la fatigue et les malaises alternent avec les coups de gueule et les élans d'enthousiasme.

Pourtant, certains signes trahissent le décalage croissant entre les époux. Au cours d'un dîner chez Daudet, Alexandrine confie à Goncourt qu'elle souffre d'atroces migraines. Il ajoute :

> « Elle est persuadée qu'elle deviendra folle ; et comme je la plaisante sur cette idée biscornue, elle revient à son idée de folie comme à une idée fixe avec une persistance singulière [1]. »

À cette date, juillet 1891, Goncourt n'a pas encore reçu les confidences de Paul Alexis, et n'épilogue pas sur cette crise d'Alexandrine. Il remarque seulement que par comparaison, jamais Zola n'a semblé aussi énergique et plein de vie. Et pour cause.

Les scrupules qui le déchirent, la mauvaise conscience qui le traque n'empêchent pas Émile Zola

---

1. Goncourt, *Journal*, 15 juillet 1891.

de vivre plus intensément qu'il l'a jamais fait. Même s'il se reproche amèrement de tromper sa femme et de maintenir sa jeune maîtresse dans l'ombre, ce qui domine chez lui, c'est la découverte de l'amour et de la paternité. Instants volés, échappées trop brèves, émerveillement teinté de tristesse, il fait pour la première fois la double expérience de la trahison et du bonheur. Chaque après-midi, ou presque, quand il est à Paris, il fait un saut chez Jeanne et lui offre des fleurs qu'il achète chez les marchandes de Saint-Lazare ; bientôt, sur les conseils de Paul Alexis, il louera une maison pour elle à Cheverchemont, tout près de Médan et s'éclipsera de temps à autre pour lui rendre visite. D'un côté, la jeune femme et l'enfant ; de l'autre, la compagne des jours anciens. Zola retrouve le triangle passionnel de son enfance, entre sa mère et sa grand-mère, et celui de sa jeunesse, entre sa mère et Alexandrine. D'une certaine façon, ce triangle assure son équilibre.

De glissement en glissement, voici donc Alexandrine dans le rôle ingrat de l'épouse vieillissante, frigide et trompée. Un rôle qu'elle ignore encore, mais pressent et joue sans faute, non sans une certaine amertume. Elle si friande de voyages, voici comment elle annonce à sa cousine celui qu'elle entreprend avec Zola en septembre 1891 :

> « ... car il faut te dire que le fameux voyage est décidé. Où vais-je, n'est-ce pas ? tu devrais le deviner, naturellement c'est où je désirais le moins aller. Les Pyrénées et finir par Royan. Tu bondis, je le sens, mais ma chère amie, c'est toute mon existence, n'avoir jamais ce que je désire, ou l'avoir quand je n'en ai plus envie. Enfin me voici dans les malles, et sans enthousiasme. Peut-être vais-je faire un voyage charmant. (...) De temps en temps tu recevras une carte pour te faire voir que je suis encore vivante [1]... »

---

1. Collection Morin-Laborde.

Cette lettre semble bien faire suite à des confidences
échangées par les deux cousines durant le récent séjour
d'Amélie à Médan. On y remarque l'alternance de
désenchantement et d'espoir, le ton désabusé et teinté
d'attendrissement sur soi. Elle aurait bien sujet de se
plaindre davantage, si elle savait. Car ce voyage, Zola
ne l'a entrepris que pour fuir, malgré le désir sans
doute immense de rester. Enfoncé dans son mensonge
rendu chaque jour plus nécessaire, il n'a trouvé que
cette solution pour affronter, si l'on peut dire, la naissance de son second enfant.

Cet homme qui se montrera si courageux au moment
de l'affaire Dreyfus, se révèle incapable, au début, de
faire face à son drame personnel. Il y a dans cette situation quelque chose qui le terrise et le pousse à des
solutions ubuesques. Faiblesse, lâcheté, peur de faire
souffrir, culpabilité, impossibilité d'affronter ses responsabilités : le grand homme agit comme un tout petit
garçon, et s'en remet aux adultes pour régler le problème. Qui charge-t-il de veiller sur Jeanne et sa petite
fille de deux ans ? Le « bon Céard », naturellement. Le
8 septembre, il lui écrit :

> « Mon vieil ami j'aurais en effet bien vivement
> désiré vous voir, car j'ai des services à vous demander.
> Après le 20 de ce mois, lorsque vous serez de
> retour, montez donc une après-midi voir ma pauvre J.
> Elle n'aura sans doute besoin de rien. Mais je serai
> tranquillisé, en sachant qu'elle a près d'elle, à sa dis-
> position, un cœur solide et discret comme le vôtre.
> J'envoie au docteur votre adresse, pour qu'il vous
> lance une dépêche, dès que les choses seront faites.
> Vous aurez l'obligeance d'aller avec lui déclarer l'en-
> fant ; Jacques Émile Jean si c'est un garçon ; Ger-
> maine, Émilie, Jeanne si c'est une fille. Et, comme
> second témoin, vous prendrez Alexis ou une autre per-
> sonne que J. vous désignera. – Dans le cas d'un mal-
> heur, vous me remplaceriez, et vous tâcheriez de me

prévenir le plus vite possible. Je vais songer au moyen de vous donner une adresse.

Nous partons demain matin, pour Bordeaux et les Pyrénées.

Et merci de tout mon cœur, mon vieil ami, et tout ce que vous ferez sera une bonne action, car je ne suis pas heureux. »

On comprend qu'il ne soit « pas heureux ». De tous côtés, il s'emploie à accumuler la culpabilité : il visite Lourdes et Saint-Sébastien sous la pluie en compagnie d'une épouse qui n'a pas souhaité ce voyage, pendant que sa maîtresse s'apprête à mettre au monde son enfant. Il quitte une jeune femme sur le point d'accoucher et, pour plus de sûreté, met mille kilomètres entre eux, ce qui exclut toute intervention « en cas de malheur ». Mesure-t-il la solitude de Jeanne dans de telles circonstances ? La présence du vieil ami du couple Zola, si attentionné soit-il, ne peut pas remplacer la sienne.

Un billet clandestin instruit Céard de la marche à suivre pour l'avertir : une adresse en poste restante à Biarritz, et une note, signée Duval, à passer dans les correspondances personnelles du *Figaro*. « Mettez faisan pour garçon, faisane pour fille, enfin comme s'il était question d'une volière. »

Le 27 septembre, l'annonce est diffusée : c'est un faisan.

Céard est allé déclarer l'enfant comme convenu : il s'appellera Jacques, Émile. Zola remercie son ami, insistant sur l'émotion qu'il en a éprouvée. « Malgré les grands chagrins où me jette cette aventure, toute mon humanité en a été profondément remuée. À mon âge, ce sont-là des choses profondes. »

On ne sait qui plaindre davantage, de Jeanne seule avec ses bébés, de Zola éloigné de ce qu'il aime, ou d'Alexandrine dans l'ignorance d'une double, d'une triple trahison. Quel visage cet homme bouleversé peut-il offrir à la femme qui l'accompagne ? De quoi peut-il parler avec cette épouse sans enfant, lui qui vient d'apprendre la naissance de son fils ? Il sait qu'il lui doit la vérité. Il ne peut pas la lui dire. Le silence entre eux n'est plus tenable. La parole ne l'est plus non plus.

20

La lettre

Imaginons la scène. Nous sommes le 10 novembre 1891, un jour gris et triste, agité de vents mauvais. On remet le courrier à Madame Zola. Elle s'installe dans son fauteuil, chausse ses lunettes. On reste debout. Cette écriture-là ne lui est pas connue. Elle ouvre la lettre. Lit. « Votre mari... Jeanne Rozerot... 66 rue Saint-Lazare... deux enfants... » Ces mots-là ou d'autres. Dans cet ordre ou dans un autre, peu importe. La douleur qui la traverse. La suffocation. Le « Ce n'est pas vrai » qui se mêle au « Je le savais ». L'impression de devenir folle. Elle hurle, elle étouffe, elle veut tuer, elle veut se tuer.

L'humiliation – son ancienne lingère –, le désespoir, la haine.

Penser que cet homme dont elle partage la vie depuis vingt-huit ans, dont elle n'a jamais douté un seul instant, qu'elle a toujours soutenu, toujours aimé, en qui elle a toujours cru, ait pu lui mentir pendant trois ans. Trois ans et deux enfants. Un pan entier de sa vie s'écroule. Non, c'est toute sa vie qui s'écroule. Pendant trois ans, il lui a menti : c'est comme s'il lui avait toujours menti. Et le pire : les enfants. Elle hurle encore, parle de meurtre.

Zola s'affole, et appelle une fois encore Céard au secours :

« Mon vieil ami, ma femme devient absolument folle. Je crains un malheur. Veuillez donc passer demain matin rue de Saint-Lazare et faire le nécessaire. Pardonnez-moi. »

Céard fait le nécessaire, évacue Jeanne et les enfants, les met à l'abri.

La lettre dit : 66 rue Saint-Lazare. C'est à côté. Alexandrine n'hésite pas, il faut qu'elle sache, qu'elle arrache cette douleur de sa poitrine ou qu'elle en meure. Cette envie de tuer, cette violence qui jaillit d'elle à jet continu, comme un vomissement de sang. Cette Jeanne, si elle avait su. On lui aurait donné le bon Dieu sans confession. Elle pénètre dans l'appartement – comment ? –, brise un secrétaire et s'empare des lettres qui s'y trouvent. Les lit-elle avant de les détruire ? Oui, en premier, elle s'en prend aux lettres de son écrivain, plus précieuses que des baisers.

Ses hurlements terrorisent les serviteurs.

Zola s'excuse auprès de Jeanne : « J'ai tout fait pour empêcher qu'on allât chez toi. Je suis bien malheureux. Ne désespère pas. » Toujours la plainte. Mais Jeanne comprend. Même si elle redoute la souffrance et la colère de Madame Zola, elle les comprend. Elle est assez généreuse et lucide pour cela. Résignée aussi.

Qui ne la comprendrait pas, cette femme brutalement spoliée de ce qui faisait le sens de sa vie ? Trois ans de mensonges : son ancienne femme de chambre, deux enfants, un autre appartement. Une autre famille. Chaque jour apporte son lot de questions, de révélations. Un gouffre sans fond, où sans cesse elle retombe. Mais alors quand il me disait que, c'était que... Et les autres, tous les autres, qui savaient et ne disaient rien. Elle se croit la risée de tout Paris. Plus jamais elle n'osera sortir, affronter ces regards. Et lui, lui, surtout comment a-t-il pu ? Si encore elle avait eu affaire à un séducteur, un homme à femmes, un Maupassant ou même un Daudet, elle comprendrait. Mais lui, lui. Elle a toujours été si sûre. Si elle s'était trompée depuis le début ?

Ce seront des mois et des mois de crises et de souffrance. Par moments, Zola prend peur. Les grossièretés, les injures, les aigreurs remontent à la surface. On dit qu'il fait capitonner les murs de leur chambre pour étouffer ses cris. Dans ces cris, il y a les larmes de la petite orpheline de huit ans, celles de la mère de vingt ans qui perd sa fille, celles de la femme qui n'a jamais plus enfanté. Une fois de plus, la voici rattrapée par son destin. D'un coup, la lettre l'a arrachée à l'identité qu'elle s'était construite, avec patience et opiniâtreté. Elle n'existe pas par elle-même, parce que rien dans son enfance ne lui a permis de le faire. La trahison de Zola la renvoie à la solitude de la petite Alexandrine, aux errances de Gabrielle. Rejetée, bientôt abandonnée, elle rejoint la cohorte des Marguerite, de toutes les « déshéritées de l'existence ». Son mari a beau lui jurer le contraire, elle ne le croit plus. Pour cette femme entière et possessive, le mal est fait. Il a rompu avec vingt-cinq ans de complicité, de compagnonnage.

En choisissant Jeanne, il réaffirme le goût qui lui a fait aimer Gabrielle, mais il bafoue Alexandrine. Elle ne peut vivre cette trahison que comme un meurtre. Celui de l'épouse qu'elle est devenue. On mesure en effet à quel point Alexandrine n'a d'autre identité que celle accordée par Zola. Sentimentalement, psychologiquement, socialement, de la tête aux pieds, elle EST Madame Zola. C'est pourquoi sa réaction va bien au-delà de la douleur et de la colère légitimes d'une femme trompée. Par ses cris, ses hurlements, sa démesure, elle exprime le désespoir d'un être à qui on arrache la vie. Ce qui s'y mêle d'amour-propre, de vanité blessée, de jalousie, de tyrannie ou de mesquinerie n'est que la croûte d'une blessure plus profonde : celle d'un individu qui découvre brutalement qu'il n'a pas d'existence propre, et préfère en mourir.

Les craintes de Zola étaient parfaitement justifiées,

Alexandrine pouvait aussi bien se suicider que tuer. Quatre ans plus tard – quatre ans – il confie à Goncourt qu'il lui arrive encore de « se voir éclaboussé du sang de ses enfants, du sang de sa maîtresse, assassinés par sa femme, à craindre de se voir lui-même défiguré par cette furie [1] ». Imaginations d'artiste ? Pas seulement. On peut même penser que si Alexandrine ne passa pas à l'acte, ce ne fut pas faute de haine ou de courage, mais grâce aux atermoiements et à l'attitude somme toute prudente et habile de son mari.

En effet, abandonner Jeanne et les enfants, il n'en est pas question. Sans ses enfants, Zola aurait peut-être fini par renoncer à son amour pour la jeune femme, quoi qu'il lui en coûtât. Mais sa maîtresse est devenue la mère de ses enfants. À son amour sensuel pour Jeanne se mêlent une tendresse, une reconnaissance qui éclatent dans toutes les photographies où on les voit ensemble. Cette gratitude est celle d'un homme qui n'espérait plus être père, et par là même doutait de sa virilité. Mais c'est aussi celle d'un homme de cinquante ans qui découvre tout simplement le bonheur de la paternité. Il doit à ses enfants, à leur mère, amour et protection. Il assume ses responsabilités. Dans sa situation, ce n'est pas chose si facile.

Quitter Alexandrine, il ne l'envisagera pas non plus, et s'y refusera quand elle parlera de divorce. Même si depuis plusieurs années leur vie conjugale ne le satisfait sans doute plus, elle reste son épouse, et à elle aussi, il voue une indéracinable reconnaissance. À Georgette Hermant, la fille des Charpentier, il écrit :

> « Sois bien certaine, ma chère Georgette, que jamais je ne me conduirai en méchant homme. Ma femme ne me quittera pas, à moins que son bonheur soit de me quitter, ce qui n'est pas [2]. »

---

1. Goncourt, *Journal*, 10 février 1895.
2. Collection René Coursaget.

Dans l'infidélité, Zola reste fidèle : à leur vie passée, aux années difficiles, au dévouement d'Alexandrine. Il n'est pas un homme de rupture. Quitter celle qui a tout partagé avec lui, qui a toujours cru en lui, et l'aime d'un amour inconditionnel – même si en ce moment elle le hait d'une haine tout aussi inconditionnelle, c'est se jeter dans le vide, en abandonnant une part de lui-même. Il semble bien que, pas une seule fois, il n'ait envisagé leur séparation. Elle est l'alliée indéfectible, la sœur qu'il n'a jamais eue, la compagne de ses angoisses. La mère surtout. Il a toujours besoin d'elle. Elle est la base du triangle.

Il y a là sans doute des raisons psychologiques, peut-être sociales, qu'on a souvent évoquées. Mais des motifs plus profonds existent aussi. La présence d'Alexandrine à ses côtés est inséparable de son œuvre. Leur rencontre est contemporaine de ses débuts de romancier, leur mariage des débuts des *Rougon-Macquart*, et la crise de leur couple, à peu de chose près, de la fin de sa rédaction. Le dernier livre de la série, *Le Docteur Pascal*, manquera même de signer leur séparation.

Alexandrine, par tout ce qu'elle *est* et n'est *pas*, constitue l'un des rouages indispensables à la machine zolienne. Comme un contre-poids, elle garantit son équilibre. En le soutenant dans son travail, en participant à sa réussite sociale, elle l'aide aussi dans la conquête de la gloire. Puissance et continuité de la création, construction de l'édifice et couronnement de l'œuvre sont complémentaires pour Zola. Sans elle, il aurait écrit, mais il n'aurait pas bâti.

Toutes les issues sont bloquées : il se retrouve dans un piège, au moment clef de son existence où ses forces de création commencent à s'affaiblir. Les deux femmes à ses côtés ne représentent pas le passé et l'avenir, mais les deux faces inséparables d'une ambivalence fondamentale. Chacune à sa manière va l'accompagner sur la route qui lui reste à parcourir, l'une dans l'ombre, l'autre sur le devant de la scène. Avant qu'elles ne se rejoignent, il faudra encore bien des épreuves.

Mue par une ambition et une persévérance égales à la sienne, ni créatrice ni fertile, Alexandrine a mis toute son énergie au service de son mari, non comme on se sacrifie mais comme on se *réalise*. Voilà pourquoi la trahison est invivable ; pourquoi elle permettra à la femme en elle de se reconstruire, quand elle aura compris que Jeanne Rozerot ne convoite pas sa place. Voilà pourquoi aussi la séparation entre Émile et Alexandrine Zola est impossible.

21

Ô les lendemains de la gloire

La première réaction du couple est de tenter un modus vivendi. Que personne ne remette en cause la légitimité d'Alexandrine et les choses pourront aller. Madame Zola elle est, Madame Zola elle restera. Zola est d'autant plus prêt à lui accorder cet avantage que lui aussi a besoin de sauvegarder les apparences. Le divorce n'a été rétabli que très récemment, et il est encore entaché d'opprobre. Un postulant à l'Académie française se doit d'être insoupçonnable.

On décide donc de ne rien changer, et de faire le voyage prévu en Belgique : Bruxelles et Anvers seront les premières étapes d'une série de voyages qui ont pour but de rapprocher les époux, sinon dans l'intimité, du moins aux yeux du monde. Loin de Paris, Alexandrine sait que son mari est loin de Jeanne : c'est un soulagement à sa jalousie permanente. Car quand on habite à quelques centaines de mètres de sa rivale, comment ne pas être constamment sur le qui-vive ? Dès leur retour, les hostilités reprennent. Au moindre retard, Zola est soupçonné, elle le traque, elle le questionne, elle l'espionne, elle lui mène une vie d'enfer.

Il est vrai qu'il profite de la moindre occasion pour aller embrasser Jeanne et les enfants, qu'il pense à eux.

« Dis à ma petite Denise que, si son papa ne va pas la voir, c'est qu'il est très occupé ailleurs et qu'il

l'aime tout de même. Il pense à elle et à vous autres
tous les soirs et tous les matins. Vous êtes ma prière »,

écrit-il à Jeanne de Lourdes en août 1892.

Durant des mois, alternance de crises et d'accalmies.
Henry Céard et Amélie Laborde tentent d'unir leurs
efforts pour apaiser Alexandrine, comme en témoigne
cette lettre du critique à Mme Laborde :

> « Chère Madame, demain vous trouverez là-bas un
> peu plus de calme. Hier lundi j'y suis allé et j'ai essayé
> d'apaiser les choses. Je ne me dissimule pas qu'il n'y
> a là qu'un temps d'arrêt et qu'un jour ou l'autre, une
> solution plus définitive s'imposera. Le tout est d'avoir
> le loisir de la chercher tranquillement et de ne pas
> prendre de décision dans la violence, mais à quoi se
> résoudre ? Notre pauvre amie parlait de départ, de soli-
> tude, de travail même pour vivre. Je crois avoir réussi
> à la consoler un peu et à l'empêcher de se décider si
> vite. Je vois bien d'autre part que la vie commune est
> un déchirement et un combat permanents, et j'ai peur
> que ce soit une entreprise sans résultat d'essayer de
> remettre en équilibre des cœurs aussi rompus. Je n'irai
> là-bas que samedi soir ou dimanche ; cela est convenu
> et aura l'avantage de ne pas avoir l'air de tenir un
> conseil de guerre. Ainsi, nous gagnerons peut-être huit
> jours de détente. Ô les lendemains de la gloire [1] ! »

Henry Céard, on le constate, est vraiment touché par
la douleur d'Alexandrine et conscient lui aussi du tour
dramatique que risquent de prendre les choses. Il
témoigne aussi de la volonté extrême de son amie,
prête à cinquante-trois ans à quitter le domicile conjugal et gagner sa vie par ses propres moyens. Rien ne
permet de douter de sa sincérité.. Voilà qui montre
qu'Alexandrine se bat pour bien autre chose que de
simples avantages matériels.

---

1. Burns, *op. cit.*

Quelques jours plus tard, une première excursion mène le couple en Normandie. Alexandrine est au plus bas. Ils passent trois jours au Havre, visitent Honfleur et Trouville. À Fécamp, ils s'arrêtent chez Amélie, à Étretat chez les Fasquelle. Ce voyage et les attentions de ses amis lui font du bien, et tous deux rentrent « un peu fatigués mais très contents ».

Quelques jours plus tard, ils repartent pour Lourdes, cette fois, où Zola prend des notes durant une quinzaine de jours pour un roman, avant de mettre le cap sur le Midi et l'Italie, où ils recevront un accueil triomphal. Après être passés par Toulouse, Carcassonne, Nîmes et Arles, ils séjournent à Aix, où le romancier retourne sur les lieux de son enfance. Ils descendent ensuite à Monte-Carlo, d'où Alexandrine écrit à Élina. À son habitude, elle commence par la remercier de ses lettres, ajoutant : « À mon âge, vois-tu chérie, l'on a besoin de beaucoup d'amitiés autour de soi. » Les Zola ont renoncé à s'arrêter à Nice, en raison d'une rumeur de fièvre typhoïde, mais la ville déserte et les boutiques fermées ne leur font rien regretter. La saison ne commencera que dans un mois – on est en septembre – en attendant, la côte est lugubre :

> « Depuis Marseille, les villes, soi-disant d'hiver, sont toutes ainsi. Cela donne une très grande impression de tristesse. Les jardins que je me figurais très beaux, pleins de fleurs, sont eux-mêmes abandonnés. Dans quelques jours, on commencera à faire les gazons. Comme ces jardins n'ont reçu aucun soin depuis mai dernier et que les routes sont pleines de poussière, il s'ensuit que les verdures, les arbres sont tout blancs et tout rôtis[1]. »

Le ciel est nuageux et la température lourde. Fatigués, Émile et Alexandrine se contenteront d'une

---

1. Collection Morin-Laborde.

petite promenade. Quant au Casino, raconte Alexandrine,

> « nous sommes sortis, ton oncle et moi, consternés
> qu'on puisse s'amuser, se passionner pour une chose
> qui nous a semblé fort bête et à laquelle, il est vrai,
> nous n'avons rien compris. (...) Il n'y avait que ceux
> qui ne jouaient pas, autour des tables, qui ont été fort
> intéressés par la présence de ton oncle. À peine étions-
> nous entrés que les chuchotements ont commencé dans
> les groupes, qui d'ailleurs étaient peu nombreux, vu la
> saison [1] ».

Malgré la mélancolie qui baigne la lettre, le couple
semble retrouver un semblant d'apaisement.

Mais un an plus tard, un nouvel événement vient
relancer la crise : la parution du dernier roman de la
série des *Rougon-Macquart, Le Docteur Pascal*.
Comment Zola a-t-il pu oser faire lire à sa femme
ce roman consacré à la célébration de son amour pour
Jeanne ? Inconscience, cruauté, égoïsme d'auteur ou de
vieil amant ? Un peu de tout cela, sans doute. Circons-
tance aggravante, le livre est solennellement dédié à sa
mère et à sa femme. A-t-il confondu les deux ?

> « *À la Mémoire*
> *de*
> *MA MÈRE*
> *et à*
> *MA CHÈRE FEMME,*
> *Je dédie ce roman*
> *qui est le résumé et la conclusion*
> *de toute mon œuvre* »

On comprend bien l'hommage que l'écrivain a voulu
rendre aux deux femmes qui l'ont accompagné dans

---

1. Collection Morin-Laborde.

son long périple, mais au regard du contenu, il se
teinte, malgré lui, d'une ironie tragique. Point final de
l'œuvre, ne marque-t-il pas aussi le point final du rôle
d'Alexandrine à ses côtés ? Rappelons le thème : le
docteur Pascal Rougon, âgé de cinquante-neuf ans, sent
cruellement l'urgence du temps qui passe. Comme
Zola, il a consacré sa vie à son travail, et oublié de
vivre et d'aimer.

> « Ah ! que n'avait-il vécu ! Certaines nuits, il arri-
> vait à maudire la science, qu'il accusait d'avoir pris le
> meilleur de sa virilité. Il s'était laissé dévorer par le
> travail, qui lui avait mangé le cerveau, mangé le cœur,
> mangé les muscles. De toute cette passion solitaire, il
> n'était sorti que des livres (...). »

Sa vie bascule quand il prend conscience de la passion qui le lie à sa nièce de vingt-cinq ans (l'âge de
Jeanne), et devient son amant.

Avec émotion et complaisance, Zola décrit leurs premiers émois, leur première nuit d'amour. Clotilde est
le vivant portrait de Jeanne, dont elle porte le collier à
sept perles que celle-ci gardera toute sa vie à son cou.
Qu'en aurait-il été si Alexandrine avait pu lire la dédi-
cace rédigée pour l'exemplaire offert à Jeanne ?

> « À ma bien-aimée Jeanne – à ma Clotilde, qui m'a
> donné le royal festin de sa jeunesse et qui m'a rendu
> mes trente ans, en me faisant cadeau de ma Denise et
> de mon Jacques, les deux chers enfants pour qui j'ai
> écrit ce livre, afin qu'ils sachent, en le lisant un jour,
> combien j'ai adoré leur mère et de quelle respectueuse
> tendresse ils devront lui payer plus tard le bonheur
> dont elle m'a consolé dans mes grands chagrins. »

En lisant le roman, Alexandrine peut constater
combien, en effet, Zola adore Jeanne. Elle peut aussi
s'interroger sur l'utilisation qu'il fait dans le roman de

la fameuse lettre anonyme qui avait mis le feu aux poudres.

Pascal et Clotilde vivent pleinement leur passion, sans souci des qu'en-dira-t-on qui cessent, du reste, à la vue de ce couple superbe, marchant dans sa gloire, tel le roi David appuyé « sur l'épaule nue d'Abisaïg, la jeune Sunamite ». Un jour, cependant, Pascal reçoit une lettre qui lui reproche son comportement avec Clotilde : si la passion peut être excusable, rien ne justifie qu'il s'obstine en sacrifiant cette jeune fille qu'il déshonore par ses « amours séniles ». On espère qu'il finira par se séparer d'elle et que la morale triomphera.

Passé le premier instant de stupéfaction et de colère, Pascal reconnaît le style de sa mère, Félicité. La lettre le force à s'interroger et à prendre conscience du tort qu'il cause à Clotilde.

Comment Alexandrine peut-elle interpréter ce détournement qui ne vise qu'à souligner le drame intérieur de Pascal et sa passion tragique pour la jeune femme ? Ne lui semble-t-il pas que même son malheur lui est volé ? Quant au personnage de Félicité, soucieuse seulement de sauvegarder la façade sociale de la famille, ne peut-elle s'imaginer, à tort peut-être, qu'il contient une allusion à sa propre personne ?

À la réflexion, on se dit que ce roman est peut-être le seul moyen – extraordinairement maladroit – qu'a trouvé Zola pour faire comprendre ce qu'il éprouve à sa femme. Sous le cynisme ou l'inconscience apparents (dédier à son épouse le récit de ses amours avec sa maîtresse) se cacherait un aveu un peu pitoyable. Mais Alexandrine ne le comprit pas ainsi : elle y vit une humiliation supplémentaire, et un affront insupportable.

C'est la crise la plus violente de leur couple. Cette fois, Alexandrine veut vraiment s'en aller. Comment pourrait-elle supporter que, non content de la tromper dans la vie, Zola en laisse la trace dans son œuvre, et précisément dans celle-ci, qui doit conclure et résumer toutes les autres ? Le roman est achevé le 14 mai 1893, mais Alexandrine qui en a déjà lu des passages et en connaît le sujet est déjà souffrante en mars. Tantôt malade, tantôt furieuse et prête aux pires extrémités, elle inquiète les amis du couple.

Quelques jours avant la sortie en librairie, Céard écrit à Amélie Laborde :

> « Chère Madame, je ne pourrai pas aller dîner avec vous ce soir. Mais j'irai vous voir dans la soirée. Nous causerons, s'il se peut, d'une situation où tout est grave, même l'issue.
>
> Bien respectueusement à vous. »

Le 5 juin, c'est à Zola qu'il s'adresse :

> « J'ai reçu tout à l'heure la visite de Madame Zola. Malgré les efforts de Madame Laborde et les miens, à cause de circonstances nouvelles, elle se juge au bout de son abnégation et parle définitivement de séparation.
>
> Devant son idée raisonnée et arrêtée, pour qu'elle ne s'adressât pas à un homme de justice qui n'aurait vu dans votre malheur que l'occasion d'un procès retentissant, j'ai pensé à chercher un intermédiaire également juridique et humain, capable aussi, en dehors de la trop grande amitié et de la trop grande passion, de trouver des moyens de conciliation, pour arriver à un rapprochement que je souhaite de tout mon cœur.
>
> C'est mon brave ami Jacquemaire dont je sais tout le dévouement professionnel et toute l'affection littéraire. Voulez-vous que, vous et moi, nous allions causer avec lui, demain mardi à 5 heures ? Il nous dira peut-être des choses que je ne sais plus dire et qui mèneront peut-être aussi à mieux une situation que je pleure de voir aussi désespérée.
>
> L'ennui n'est pas de vieillir, mon grand ami. C'est

de voir ce que l'amitié même peut vous apporter de tristesse.

Très douloureusement à vous.

Henry Céard[1]. »

On s'achemine vers un divorce. Le ton très affligé de cette lettre montre à quel point Céard prend part au drame des Zola, et son désir de les voir se réconcilier. Sans doute est-ce la raison pour laquelle, un an auparavant, le parrain de Denise avait déjà préféré ne pas assister au baptême de Jacques. Jeanne garda longtemps la boîte de dragées pour Céard, certaine de le revoir un jour. Mais il ne revint jamais. Il avait choisi son camp, celui de l'affection plus ancienne qu'il éprouvait pour Alexandrine. Celle-ci l'avait elle-même appelé au secours, dans une lettre malheureusement non datée :

« Mon cher ami,

Au nom de la profonde affection que j'ai pour vous, au nom de celle que vous me portez, au nom de ceux qui vous sont chers, venez me donner quelques instants à Médan, à partir de mercredi. Entre vous et ma chère Amélie, toute mon affection désormais[2]. »

Le 21 juin 1893, un banquet au chalet des Isles célèbre avec faste la conclusion des *Rougon-Macquart*. Deux cents invités, habits noirs et toilettes fleuries, débarquent dans l'île du bois de Boulogne. Des amis anciens comme Marius Roux ou Paul Alexis, des écrivains, ou des célébrités du Tout-Paris. Le gouvernement est représenté par son ministre de l'Instruction publique et des Beaux-Arts, Raymond Poincaré. Madame Zola sourit, tend sa main à baiser, prononce des paroles aimables. On prend le repas sous un vaste chapiteau ; le menu d'été est digne d'elle, elle a veillé

1. Burns, *op. cit.*, p. 411.
2. *Idem*, p. 27.

au moindre détail : melon, truite saumonée sauce verte,
filet de bœuf Richelieu, noix de veau aux pointes d'asperges, rôti de dindonneau nouveau, salade de
légumes, galantine truffée de perdreau, bombe glacée,
fromages et fruits. Au dessert, on porte des toasts.
Georges Charpentier n'oublie pas dans son discours de
rendre hommage à « la compagne courageuse et
dévouée des jours d'autrefois, des jours heureusement
lointains de chagrin et de misère ». Quelle amertume
ces paroles dites avec la meilleure intention du monde
n'éveillent-elles pas chez Alexandrine ! Et si la
réponse de Zola célébrant ses noces d'argent avec
l'éditeur lui met les larmes aux yeux, c'est peut-être
aussi parce qu'elle songe que les siennes sont déjà passées de quatre ans. La cérémonie est un véritable sup-
plice. Mais elle continue à sourire. Elle est Madame
Zola, « la compagne des jours d'autrefois »...

Goncourt n'est pas là, ni Huysmans, ni Daudet.
Henry Céard, lui non plus, n'est pas venu, et c'est un
chagrin supplémentaire pour Alexandrine. Son affection et son humour lui manquent. Jusqu'au déjeuner,
elle n'a pu s'empêcher de le chercher des yeux. Il s'en
explique trois jours plus tard dans une lettre adressée
à Amélie. Sa présence l'aurait obligé de prendre la
parole. Il n'aurait pu s'empêcher de rendre hommage
à Alexandrine, et ses compliments n'auraient pu lui
apporter que blessure et douleur. Par délicatesse, et
dans le souci d'éviter un scandale qu'il redoute de la
part de sa vieille amie, il a préféré s'abstenir. Il ajoute :

> « Que nous réserve l'avenir ? Je ne l'envisage pas
> sans tristesse, car la santé de notre pauvre amie s'altère
> beaucoup au milieu de toutes ces traverses... »

Peu à peu, ses relations avec les Zola vont s'espacer.
Sans se brouiller vraiment ils cesseront de se voir.
Mais Henry Céard n'a pas oublié Alexandrine. En
1896, lors de l'enterrement de Goncourt, il s'approche
d'elle et lui demande si elle souffre toujours beaucoup.

Elle ne répond pas sur le moment, mais lui écrit quelques jours plus tard :

> « ... Voici ma réponse, mon cher Céard ; depuis le jour où j'ai compris toute l'inutilité de mes efforts, que j'ai eu la pénible impression que la brisure était irrémédiable, je me suis promis de me tenir tranquille, de ne plus parler de rien, enfin de me résigner à la triste vie qui m'était faite en récompense des jours passés... Me trouvez-vous suffisamment raisonnable ? »

Plus curieusement, il reprend contact avec elle en pleine affaire Dreyfus, alors même qu'il vient de prendre parti contre Zola et que celui-ci est en exil. Indignée, elle ne manque pas de souligner les contradictions de ce personnage complexe et parfois tortueux. Mais après la mort de Zola, c'est elle qui lui écrira afin d'obtenir un éclaircissement sur un passage du testament de Zola, puis à propos du manuscrit de *Nana*. Un début de reprise de leurs relations s'amorce alors, et en 1903, elle invite Céard à passer la voir à l'un de ses passages à Paris, ajoutant :

> « Enfin, oublions ce qu'il y a de pénible dans le passé (...) »

Mais Céard, retiré en Bretagne, ne souhaite pas renouer avec ses anciens amis littéraires. Alexandrine le regrette, et lui écrit affectueusement en 1905 :

> « Puisque vous ne voulez plus venir me dire un bonjour, écrivez-moi ; je trouve que les séparations d'affections sont si douloureuses que j'en souffre beaucoup, et que quelques lignes viennent adoucir cette tristesse. »

Peut-être songe-t-elle également à l'autre soutien des jours mauvais, Amélie Laborde, avec laquelle elle s'est brouillée peu après la mort de Zola. Céard néanmoins lui fait parvenir un exemplaire de son dernier roman, *Terrains à vendre au bord de la mer*, dont elle accuse réception avec enthousiasme le 19 octobre 1906 :

> « Merci de l'envoi de votre livre et de votre bon souvenir dont je suis très touchée. Et bravo ! bravo ! de votre retour à la littérature que vous n'auriez pas dû, permettez-moi ce reproche, abandonner, pas plus que ceux qui vous aimaient. C'est avec joie que j'accueille cette bonne nouvelle, pour mon compte personnel et pour ceux, hélas, qui ne sont plus [1]... »

Henry Céard est pardonné.

---

1. Tous ces extraits sont tirés de Burns, *op. cit.*

22

Vers l'acceptation

Malgré ses efforts, ni l'état de santé ni le moral d'Alexandrine ne s'améliorent pendant l'été 1893. Après le séjour des Charpentier à Médan, un voyage est prévu à Beg-Meil, précédé d'un circuit en Bretagne qui leur permettrait de rendre visite aux Fasquelle, aux Bruneau et à l'écrivain Gustave Toudouze, vice-président de la Société des gens de lettres que préside Zola. Celui-ci espère sans doute qu'entourée d'amis, le sachant loin de Jeanne, elle retrouvera la santé. Elle-même essaye d'y croire, luttant contre la dépression et tentant de prendre exemple sur le graveur Fernand Desmoulin dont elle admire l'heureux caractère. À Philippine Bruneau, l'épouse du compositeur, elle écrit :

> « Oui, mon amie, je vais suivre votre conseil en tâchant d'être gaie, mais malgré ma bonne volonté, y arriverai-je ? Quand on a votre âge, les orages passent, ce n'est qu'un peu de noir. Mais au mien, voyez-vous, c'est beaucoup plus grave ; les orages lorsqu'ils sont violents emportent tout, car l'on a perdu la jeunesse qui est la force pour tout supporter. »

Finalement, le voyage est annulé en raison de son état de fatigue. Le médecin s'y oppose formellement. Alexandrine, « vieillie, ridée, grippée » et selon l'expression de Mme Daudet « semblable à une vieille

poupée à l'étalage d'un magasin en faillite [1] », se sent
« lasse, lasse au-dessus de tout », comme elle l'écrit à
Amélie. Ses confidences à Julia Daudet, rapportées par
Goncourt, trahissent sa tristesse et son ressentiment à
l'égard de son mari :

> « Je ne le vois qu'au déjeuner... Après le déjeuner,
> il fait quelques tours dans le jardin, attendant deux
> heures, attendant l'arrivée des journaux et jusque-là
> me jetant quelques paroles... m'engageant à m'occuper
> de la vache. Mais je n'y connais rien, c'est bien mieux
> l'affaire de la jardinière... Puis il remonte lire les jour-
> naux, fait sa sieste... J'avais une cousine les autres
> années ; cette année, elle me manque, elle est aux
> bains de mer. »

Même Médan lui pèse. Elle espère seulement que
leur voyage à Londres pourra la distraire, et prépare
ses bagages.

Zola, en effet, est invité par l'Institut des journalistes
anglais au titre de président de la Société des gens de
lettres. Il est convenu que Madame Zola participera au
voyage, et assistera à toutes les manifestations prévues.
Si le romancier est un peu inquiet de l'accueil du
public anglais, ses craintes sont vite effacées. C'est un
triomphe. Un somptueux bouquet livré dans leur suite
du Savoy Hotel de la part d'Oscar Wilde annonce le
début des célébrations qui vont se succéder durant tout
leur séjour. Zola est fêté de « façon royale », écrit une
Alexandrine enthousiaste à Mme Bruneau, et elle-
même est de toutes les fêtes. Et quelles fêtes ! Soirée
à l'Alhambra, le plus célèbre music-hall de Londres,
promenade en landau dans les beaux quartiers suivie
de la réception organisée par l'Institut des journalistes
au Lincoln's Inn Hall, début de soirée au théâtre, avant
une somptueuse réception offerte au Guilhall par le

---

1. Goncourt, *Journal*, 4 août 1893.

lord-maire, qui offre le bras à Alexandrine pour descendre le grand escalier de la salle des Guildes où les attend une foule de quatre à cinq mille invités. Quelle consécration ! À quoi songe la fille de Caroline Wadoux en répondant aux salutations de la meilleure *society* ? À rien d'autre qu'à son plaisir, sans doute. Le reste du séjour est à l'avenant, du banquet de Crystal Palace à la garden-party donnée en leur honneur par Sir Edward Lawson, de la réception de Covent Garden à la visite du British Museum, ils rencontrent le même accueil chaleureux et fastueux. Au Club des auteurs (« The Authors' Club ») les plus grands artistes anglais applaudissent Zola : Conan Doyle, Thomas Hardy, Jerome K. Jerome, George Moore, Oscar Wilde.

Alexandrine rentre métamorphosée. Ces hommages qui l'ont associée à son mari sont une rosée bienfaisante pour elle. Tout en flattant sa vanité et son admiration de midinette pour le luxe et l'aristocratie, ils lui ont rendu sa vraie, sa seule place : aux côtés de Zola.

Bien loin de cet éclat, une jeune femme et ses enfants attendent le retour de celui qu'ils aiment. Il ne les oublie pas :

> « Je te raconte cela, ma grande Jeanne, parce qu'en ce moment j'ai songé à vous. Oui, il y avait dans un petit coin de France trois êtres qui me sont bien chers, et, s'ils étaient dans l'ombre, ils ne partageaient pas moins ma gloire. Je veux que toi et mes deux mignons en aient leur part. Un jour, il faudra bien qu'ils soient mes enfants pour tout le monde, et alors tout ce qui se passe ici sera aussi pour vous. Je veux qu'ils partagent tout le nom de leur père[1] ! »

C'est Alexandrine qui exaucera ce souhait.

---

1. Lettre du 24 septembre 1893, citée par D. Le Blond-Zola, *op. cit.*

Le lent processus qui va la mener du refus à l'acceptation ou, comme elle le dit, à la résignation, est en
marche. À de nombreuses reprises, Alexandrine affir-
mera ne plus avoir été heureuse à dater de 1891, et
c'est vrai. Mais sa vitalité puissante et son amour de
la vie vont reprendre le dessus, et elle va se résigner,
au fil des années, à la double vie de son mari. Elle y
trouvera même une occasion de dépassement, poussée
peut-être par la crainte de voir lui échapper sa place de
première épouse, à moins que ce ne soit tout simplement par l'amour indéfectible qu'elle porte à son mari.
Elle va même dans une certaine mesure s'accommoder
de la situation, devenant de plus en plus indépendante.
Peu à peu, elle va se constituer son propre groupe
d'amis, ses propres lieux de villégiature, ses propres
références.

Ce double mouvement vers l'indépendance et l'acceptation marque les années 1895-1898. Mais il ne se
fait pas sans heurts et sans difficultés. Certains jours, la
jalousie ou l'amertume reprennent le dessus, et Alexandrine replonge dans les invectives et les reproches. En
mars 1894, Zola peut confier à Van Santen Kolff qu'il
vient de traverser « une longue crise de souffrances phy-
siques et morales ». À d'autres moments, par contre, elle
se montre généreuse et tolérante. Et même, chose surprenante, peu à peu, elle acceptera Jeanne, elle acceptera les
enfants.

Dans cette évolution, quelle est la part du sacrifice,
quelle est celle du calcul ? Elle a pris la mesure de la
détermination de Zola, elle sait qu'il n'abandonnera
pas Jeanne et les enfants, et qu'elle devra le partager.
Elle tient à sauver ce qui peut l'être : son rôle public,
les moments heureux avec leurs amis, leur complicité
de vieux couple, le quotidien partagé. En 1894, ils
fêtent leurs trente ans de vie commune. Pour se faire
pardonner sa double vie, Zola est aux petits soins avec
son épouse. Plus que jamais, elle est de toutes les cérémonies, de toutes les sorties publiques, de tous les
voyages, très entourée aussi par leurs amis : Marguerite

et Georges Charpentier, Alfred et Philippine Bruneau, Jeanne et Eugène Fasquelle, Desmoulin, Amélie Laborde.

Par comparaison, la vie de Jeanne paraît bien solitaire. Parmi les amis de Zola, ne la fréquentent qu'un ménage d'ingénieur, les Triouleyre, et Paul Alexis et sa femme auxquels la porte de Médan est désormais fermée. Zola est conscient de ne pas lui donner la vie à laquelle elle aurait pu prétendre, même si elle ne réclame rien d'autre que ce qu'il lui offre. Alors qu'en vacances avec les enfants à Saint-Aubin-sur-Mer, elle lui demande de lui raconter de belles choses pour la distraire, il écrit :

> « J'aurais voulu donner quelques plaisirs à ta jeunesse et ne pas te forcer à vivre comme une recluse ; j'aurais été si heureux d'être jeune avec toi, de me rajeunir avec ta jeunesse, et au lieu de cela, c'est moi qui te vieillis, qui t'attriste continuellement. (...)
>
> C'est bien vrai, ma plus grosse peine, en me privant de la mer, a été de ne pouvoir faire le bon papa avec mes chers enfants. J'aurais été si heureux de l'emporter dans mes bras, ma chère fillette, et de rire avec elle dans la fraîcheur de l'eau ! Et j'aurais appris à Jacques à faire avec le sable des citadelles que la marée montante emporte. »

En l'absence de tout témoignage, nous ne savons pas grand-chose des sentiments éprouvés par Jeanne. Très discrète, volontairement effacée, sa personnalité reste en demi-teinte, comme si elle avait souhaité se dissimuler derrière la stature de son grand homme et des enfants qu'elle lui a donnés.

Qui était Jeanne Rozerot ? Les photographies très nombreuses que Zola a laissées d'elle nous montrent une jeune femme ravissante, au visage très doux, au regard un peu triste. Grande, brune, un peu épaissie vers la trentaine, elle garde sur les clichés un air placide qui se teinte parfois de gravité, de léger ennui ou de rêverie. Une impression de calme se dégage d'elle, de docilité aussi : Zola lui demande-t-il de poser vêtue d'un drap à l'antique, de lever les bras et de les poser sur la tête, d'offrir à son objectif un profil perdu ou une nuque ombrée de cheveux follets ? Elle le fait, avec un rien de soumission. Comme une grande poupée, vêtue parfois somptueusement de tous les atours qu'elle ne pourra jamais mettre pour sortir dans le monde, boa, voilette, soieries, parfois presque nue, elle se plie aux désirs de son amant dont il nous semble entendre les directives : « Lève la tête, regarde-moi, regarde vers la gauche, un peu plus encore, appuie ton bras contre le banc, c'est bien. » Elle est la femme de ses fantasmes. La plupart des photographies où elle figure seule sont sensuelles, comme si le romancier avait voulu fixer à jamais les coins de peau qu'il préfère chez elle (ses épaules, le creux de son dos nu, ses longs cheveux dénoués) et les attitudes qui l'émeuvent.

Les clichés qu'il a pris d'elle contrastent avec ceux de ses enfants. Son objectif suit Denise et Jacques dans leurs jeux, leurs rires, leur course à travers le jardin de Verneuil, leurs promenades à bicyclette, leurs bouderies. Ce qu'il tente de saisir, c'est leur bonheur de vivre, leur liberté, leur complicité. À côté d'eux, à la table du goûter, en train de lire, de broder ou d'arranger des fleurs, Jeanne veille, calme et bienveillante. Nous ne pouvons que deviner ses instants de découragement, ses craintes pour l'avenir de ses enfants, son amour et sa foi en Zola, son admiration, et la force patiente qui lui permit de tenir bon malgré tout. Jeanne a choisi l'ombre, elle ne s'en est jamais plainte, elle s'y est tenue. Peut-être lui convenait-elle, après tout.

Quant à Zola, il lui arrive bien souvent de douter et de se reprocher d'avoir semé le malheur autour de lui. À Jeanne, il écrit de Médan en juillet 1894 :

> « Je ne suis pas heureux. Ce partage, cette vie double que je suis obligé de vivre, finissent par me

désespérer. Aussi, je te prie d'être bonne avec moi et de ne pas m'en vouloir, lorsque les choses ne marchent pas selon mon désir. J'avais fait le rêve de rendre tout le monde heureux autour de moi, mais je vois bien que cela est impossible, et je suis le premier frappé [1]. »

Petit à petit, pourtant, un équilibre fait de compromis et de frustrations se met en place. L'écrivain se partage entre ses deux foyers. Les matinées de travail, le déjeuner et la sieste appartiennent à l'épouse, le thé et les fins d'après-midi à la maîtresse et aux enfants. Quand Jeanne et les petits sont à Cheverchemont, ils voient peu Zola, qui doit se contenter de les apercevoir à la jumelle. A Paris, où ils habitent désormais rue Taitbout, entre le boulevard Haussmann et le boulevard des Italiens, il peut venir les embrasser plus facilement. A partir de 1895, c'est avec l'accord d'Alexandrine qu'il vient prendre le thé tous les jours chez eux. Il s'assied dans un grand fauteuil bleu, il lit les journaux du soir que la femme de chambre est descendue lui acheter au kiosque des Grands Boulevards, et prend ses enfants sur les genoux pour leur raconter des histoires. Cette même année, il inscrit lui-même Denise, âgée de six ans, au cours de Mme Dieterlen où elle fera toute sa scolarité. Deux ans plus tard, c'est au Petit Condorcet qu'il conduira le petit Jacques.

Vers 1896, il loue pour Jeanne une maison à Verneuil, près de Triel, et quand il est à Médan, il vient chaque jour à bicyclette goûter avec les enfants. Les nombreuses photographies qu'il a prises de ces après-midi reflètent l'intimité de ce qui pourrait être une famille comme les autres. Mais jamais, à l'exception de quelques semaines durant l'exil du romancier en Angleterre en 1898 et 1899, Zola, Jeanne Rozerot et leurs enfants ne vivront ensemble.

1. Denise Le Blond-Zola, *op. cit.*

C'est son amour pour les enfants qui jouera un rôle déterminant dans le rapprochement entre Alexandrine et la seconde vie de son mari. Dans cette acceptation, sa propre culpabilité de n'avoir pas donné d'enfants à Zola quand il était encore jeune joue certainement aussi. Comme d'autres facteurs, tels que la certitude de garder sa place à ses côtés, les égards de son mari pour elle, et – qui sait ? dans cette société bourgeoise de la Troisième République où l'adultère masculin est monnaie courante – le sentiment de l'inéluctable. Jamais Madame Zola ne pardonnera, jamais elle ne se résignera vraiment. Mais elle finira par accepter. Elle fera même mieux : elle se fraiera un chemin jusqu'au cœur des enfants de sa rivale. Non par machiavélisme, mais parce que son propre besoin d'amour est sans fond, et celui qu'elle voue à son mari, sans fin.

Vient un temps, donc, vers 1895, où Émile Zola n'a plus besoin de se cacher. Dans ses lettres, Alexandrine demande des nouvelles de Jacques, dit Coco, et de Denise, le Poulet. Elle leur rapporte des cadeaux de ses voyages. Petit à petit, les enfants de Zola lui deviennent chers, même si pour eux elle reste une dame lointaine qu'ils situent mal. Comment pourraient-ils deviner que « la dame » qui leur sourit et les embrasse est la femme de leur père ? Une ou deux fois par mois, elle les emmène se promener avec leur père aux Tuileries, au Palais-Royal, aux Champs-Élysées l'hiver, puis au bois de Boulogne à la belle saison. Bientôt, ce sera une fois par semaine.

« Nous ne rentrions pas les mains vides, raconte Denise Le Blond-Zola : "la dame" faisait toujours des cadeaux, surtout au retour de son voyage annuel en Italie. J'avais dix ans peut-être lorsque la fille aînée d'Alexis me parla un jour, par hasard, de sa marraine, Mme Émile Zola qu'elle voyait très rarement. Aucun étonnement ne vint troubler ma quiétude enfantine ; nous étions heureux, nous nous aimions tendrement,

parents et enfants, rien ne me semblait capable
d'amoindrir ce bonheur[1]. »

Ce faisant, Alexandrine reconquiert sa place aux
côtés de Zola, mieux que si elle s'était enfermée dans
le refus ou la dépression. Compromis, tolérance, acceptation lui permettent de respecter la règle du jeu à trois
dont chacun est à la fois le gagnant et le perdant. Elle
accorde à Émile Zola le droit d'être père, et lui reconnaît celui d'être à jamais « le cher camarade de (sa)
vie ». Au compositeur Alfred Bruneau, elle affirme en
1896 :

> « Croyez-moi, cher ami, ce qu'il y a de bon, ce qui
> est au-dessus de tout, c'est l'affection si bonne qui est
> née de nos relations. »

En acceptant Jeanne et les enfants, elle s'est grandie.
Quand éclatera l'affaire Dreyfus, elle sera prête.

---

1. *Idem.*

23

Le bel automne italien

Janvier 1894 : Auguste Vaillant, un ouvrier du cuir de vingt-deux ans, explique au tribunal que la bombe qu'il a lancée en pleine Chambre de députés est un acte de justice sociale. Il est exécuté en février. Le 12 février Émile Henry jette une bombe au café Terminus, près de la gare Saint-Lazare, faisant deux morts et plusieurs blessés. Il est guillotiné en mai. Un peu partout, des bombes explosent dans des cafés et des restaurants. En juin, un Italien de vingt et un ans, Santo Caserio, poignarde le président Sadi Carnot à Lyon aux cris de « Vive la Révolution ! Vive l'anarchie ! ». Dans l'heure qui suit, les magasins et les cafés italiens de Lyon sont mis à sac, et on doit faire intervenir l'armée pour protéger les Italiens.

Émile et Alexandrine Zola, eux, s'apprêtent à partir pour Rome.

Leur voyage doit durer six semaines, du 31 octobre au 15 décembre 1894. L'écrivain l'a longuement préparé, se ménageant à l'avance des relations sur place, comme le cousin de Goncourt, Édouard Lefèvre de Béhaine, ambassadeur de France auprès du Saint-Siège, afin de travailler dans les meilleures conditions au second roman de sa trilogie des *Trois Villes : Lourdes, Rome, Paris*. Pour le troisième, c'est l'anarchie qui lui servira de toile de fond. Sur place, il se livre à un véritable travail d'enquête, prenant de très nombreuses notes, et des photographies dans la plupart des villes où il se rend : Rome bien sûr, mais aussi Naples, Capri, Florence, Venise, Sienne et Milan.

C'est en septembre 1892, on s'en souvient, que les Zola ont découvert pour la première fois l'Italie. Invité à Gênes à l'occasion des célébrations en l'honneur de Christophe Colomb, le romancier avait reçu un accueil triomphal dans la patrie de ses ancêtres. Les époux étaient alors au pire de la crise de leur couple.

À son arrivée à Rome, à sept heures du matin, le couple est accueilli par Attilio Luzzato et le comte Bertolelli, respectivement directeur et administrateur de *La Tribuna*, le journal qui avait publié *Les Rougon-Macquart*. Vêtue à la descente du train d'un ample cache-poussière qui protège son ensemble à basques, tenant à la main un sac de voyage, Alexandrine est aussi majestueuse que massive. Le comte Edoardo Bertolelli d'Auro se met au service de Monsieur et Madame Zola, et les installe dans une suite somptueuse du Grand Hôtel. Dandy célèbre – on l'appelle le Brummell de l'Italie – ce bel homme brun de quarante ans, à la barbe fournie, tient via Veneto un des salons les plus en vogue de l'époque. Généreux et accueillant, il aurait voulu leur offrir l'hospitalité de son hôtel particulier, mais Zola a préféré garder son indépendance. Edoardo Bertolelli sera, des années durant, le chevalier servant de Madame Zola.

Sous le charme, elle se prend de passion pour l'Italie et les Italiens. Le ciel est d'un bleu transparent. Le léger vent du nord protège d'une excessive chaleur, les monts violets se détachent sur les lointains de la campagne romaine, les marchés, la basilique Saint-Pierre, les vicolli qui joignent le Tibre à la via Giulia, le Trastevere, la musique de la langue italienne, tout l'enthousiasme. Ils ne tardent pas à être pris dans un tourbillon d'invitations et de visites, comme le prouve cette lettre adressée le 5 novembre à Philippine Bruneau :

« Ma chère amie,

Je suis comme Pinpin, je commence à tirer la langue, tant je suis fatiguée. Mais tout ce que nous voyons est si intéressant que je vais tout de même. Le pis est que cette fatigue ira en croissant, les invitations commençant à arriver. Mon mari, pour les accepter attend une réponse du pape. Il se doute bien aujourd'hui qu'il ne sera pas reçu, mais pourtant rien n'est encore décidé. C'est dans quelques jours seulement qu'il aura une réponse définitive. Nous avons dîné hier à l'Ambassade de France, près du Saint-Siège, chez M. de Béhaine, cousin de Goncourt. C'est un homme fort aimable, j'ai regretté de ne pas faire la connaissance de sa femme qui est en France pour raison de santé.

Jusqu'à présent je ne suis pas restée une heure seule. Je suis de toutes les visites. On me comble de fleurs. Le journal *La Tribuna*, qui publie les traductions des romans de mon mari m'envoie un bouquet chaque matin.

Nous sommes allés cette après-midi à la Villa Médicis, où parmi les pensionnaires, nous avons vu un musicien, ami de votre mari. C'est Hébert, avec qui nous avons dîné hier à l'Ambassade, qui a voulu, comme ancien directeur de l'Académie, nous faire les honneurs de la Villa. Les pensionnaires sont assez bien installés, dans une des positions les plus belles de Rome. Ils devraient tous avoir du génie. En attendant, ils ont été fort aimables, en nous offrant un thé, des gâteaux, sans compter un superbe bouquet pour moi. Pendant les deux heures que nous sommes restés à la Villa, j'ai eu une sensation délicieuse, celle de me retrouver avec des Français.

Je commence à me retrouver un peu dans la ville qui est vaste, car tout ce que je voyais d'abord était un véritable tohu-bohu dans ma pauvre tête. D'ailleurs je crois qu'après être rentrée à Paris, je verrai beaucoup plus clair qu'en ce moment, la fatigue se mêlant à mes admirations et à mes étonnements.

> Quelle stupeur par exemple dans les thermes de
> Caracalla, où quatre-vingt mille personnes pouvaient
> se baigner. Presque tout dans la Rome antique est dans
> ces proportions [1]. »

Les Zola sont accueillis comme des souverains, et
pilotés dans les salons de l'aristocratie italienne que
Zola veut décrire dans son futur roman. Si le pape
Léon XIII refuse de recevoir Émile – *Lourdes* est à
l'index et l'auteur de *Germinal* et de *La Terre* n'a
jamais été en odeur de sainteté –, en revanche, le
1er décembre, le roi Humbert lui accorde une audience,
et trois jours plus tard, Alexandrine est reçue par la
reine Marguerite. Reçue par une reine !

Partout, ils sont fêtés. À Venise, seulement, la ville
natale de François Zola, le père du romancier, l'évêque
fait dire des prières pendant le séjour de l'Antéchrist.

Alexandrine et Émile Zola rentrent ravis de leur
périple italien. Jamais le romancier n'a amassé autant
de documentation. Il ne manque pas non plus de rapporter des cadeaux pour Jeanne et les enfants, ainsi que
des pièces de collection qu'il a fait acheminer pour
la rue de Bruxelles et Médan : des bas-reliefs, deux
sarcophages gigantesques et des bustes. Ils ajouteront
une touche antique à la décoration médiévale de leur
intérieur...

Qu'importe après tout les attaques de la presse française qui voit une trahison dans cet accueil d'un pays
avec lequel la France entretient de mauvaises relations :

> « À la collection d'injures que j'ai recueillies au
> cours de ma carrière, il n'en manquait plus qu'une,
> celle de "sans patrie". Je l'ai maintenant, la collection
> est complète. »

---

1. Centre Zola.

Hélas, pas tout à fait : il s'en rendra compte quatre ans plus tard.

L'Italie est entrée dans le cœur d'Alexandrine. Chaque année, désormais, jusqu'à la guerre de 14 [1], elle s'y rendra à partir du mois d'octobre, voyageant de Salsomaggiore où elle fait sa cure, à Parme, Florence, Rome ou Naples. Au fil de ses voyages, une nouvelle femme s'éveille en elle, curieuse, avide de culture, indépendante, aventureuse. Elle apprend l'italien, et se réjouit de pouvoir l'écrire un peu. Si son voyage annuel lui a d'abord fourni une occasion d'échapper au compromis conjugal qui ne cessera de lui peser, bien vite, il devient une fin en soi, et un plaisir qu'elle attend avec impatience. Le cercle de ses relations s'élargit, et d'année en année, elle retrouve ses amis italiens, Edoardo Bertolelli, le comte Primoli, familier de Goncourt et du salon de la princesse Mathilde, le directeur de *La Tribuna*, Luzzato et sa femme, le journaliste Lupinacci, auxquels s'ajoutent nombre de comtesses romaines ou florentines.

Tout l'enchante, la lumière dorée de l'automne romain, les jardins de la villa Borghèse ou ceux de la villa Médicis, l'odeur des buis et des eucalyptus, la silhouette des pins parasols et des cyprès au Pincio à l'heure où le soleil se couche derrière le dôme argenté de Saint-Pierre, les statues antiques sur les terrasses lumineuses, les piazzetas qu'on découvre au détour d'une ruelle, les eaux rousses du Tibre, la route qui monte au milieu des vignes et des oliviers vers Frascati. Mais aussi, les monuments, la peinture, la musique, les réceptions fastueuses, les soirées au théâtre, la gentillesse et la gaieté italiennes, cet impalpable charme qui fait la vie plus légère et les femmes plus belles. Chaque automne, le train l'emporte vers l'Italie comme une délivrance. Elle échappe au poids du quotidien, à la jalousie, à la grisaille.

---

1. Seule exception : l'année 1898, quand Zola est en exil en Angleterre.

Ce n'est pas sans une certaine inquiétude que Zola voit sa femme voyager toute seule la première année, en 1895. N'oublions pas qu'en trente ans, c'est la première fois qu'elle le quitte, si l'on excepte les trois jours passés à Paris pour l'enterrement de son père pendant leur séjour à L'Estaque en 1877. À coups de dépêches et de longues missives quotidiennes, il lui conseille pourtant de sortir, de s'amuser. Or, elle vient précisément de refuser des invitations. Qu'à cela ne tienne : il se justifie, l'engage à faire à son idée, elle a raison, « cela est plus discret, plus distingué ». Cette sollicitude excessive et un peu suspecte agace Alexandrine. Les blessures sont encore fraîches, et par tous les moyens, Zola essaie de ménager sa femme en évitant de réveiller les monstres endormis :

> « Encore un coup, amuse-toi bien, repose-toi bien, écris-moi des lettres où je te sente vivre, comme celle de ce matin, car ce sera toujours une grande consolation pour moi, quand je saurai que malgré tout ce qui est arrivé, tu n'es pas trop malheureuse. »

Comme toujours, ses effusions sentimentales sont des plus retenues. Mais Alexandrine sait lire entre les lignes :

> « Je ne puis te dire que je suis très gai, et je crains fort de ne jamais l'être, car le partage du cœur m'est aussi douloureux que l'abandon dans lequel tu as pu te croire. (...) N'est-ce donc rien d'avoir une très vieille affection, très solide, et qui, si elle n'a pu se garder totale, demeure inébranlable dans sa volonté de défendre ce qui peut te rester de bonheur, contre les autres et contre toi-même [1] ? »

Ils s'écrivent tous les jours. En lisant ses lettres, elle suit les petits événements de sa vie quotidienne, les

---

1. Extrait de catalogue Sotheby's (« Émile Zola et l'affaire Dreyfus »).

visites à leurs amis, la pluie qui martèle le zinc des
fenêtres, les travaux des domestiques : on profite de
son absence pour nettoyer la maison de fond en
comble, quand elle reviendra, les escaliers et les
meubles seront cirés, l'argenterie et les cuivres étincel-
lants. Il embrasse Pinpin sur le bout du nez pour elle,
Octave lui a donné de bonnes nouvelles des bêtes de
Médan : la Mouquette a eu son veau mais elle se fait
vieille, une oie s'est coincé le cou dans la canardière
et Léonie a préféré la tuer et l'envoyer rue de
Bruxelles, avec un panier de chrysanthèmes et une
bourriche de coings. Il n'arrivera jamais à la manger
tout seul. L'électricien est passé, l'entrepreneur a
presque fini son travail dans la cave. On repave la rue
– pourtant, le pavé n'était pas mauvais.

Et puis aussi, le bijoutier est venu montrer quelques
pièces, trop chères, le fumiste de Médan demande un
acompte, le pharmacien corse, Mariani, a fait cadeau
de quatre bouteilles de whisky et de douze bouteilles
de son vin à la coca. Alexandrine pourra s'en régaler
à son retour, pour lui, cela ne lui vaut rien. Il fait un
peu de bicyclette avec Desmoulin, il travaille à son
roman *Rome*, le chapitre XI lui donne bien du mal. Il
l'informe de ses projets d'articles pour *Le Figaro*, de
ses rendez-vous, des traductions de ses romans. En son
absence, il « tourne de plus en plus au solitaire », ne
sortant que pour aller voir les enfants. Il travaille avec
Denise, et lui fait réciter ses leçons d'Histoire sainte.
La fillette, âgée de six ans, raconte avec une telle
conviction le mariage d'Isaac et l'histoire de Joseph
vendu par ses frères que le petit Jacques lui-même les
sait aussi. Ils se régalent tous deux avec les fruits
confits que leur a envoyés Alexandrine, et se portent
bien.

« La pauvre Denise est très prise par ses cours, et
nous devrons changer pour la prendre avec Jacques,
l'après-midi du mardi, parce que ce jour-là, elle

retourne au cours. Je crois que je choisirai le mercredi pour les sortir avec toi, si tu n'y vois pas d'obstacle. Enfin, nous en causerons [1]. »

La vie de son mari est toujours aussi organisée. Pas un mot de Jeanne, bien sûr. Elle est comme sous-entendue. Du reste, Alexandrine sait bien qu'il ne profite pas de son absence pour s'installer chez sa maîtresse. Il travaille. Rien ne peut modifier les horaires qu'il s'impose. Les absents ont toujours raison : son affection pour elle s'exprime par le rappel de leurs rituels. Une semaine à peine après son départ, il prévoit son retour :

> « Je te ferai notre dîner classique de retour : un bon bouillon, des huîtres et un perdreau. »

Il tient du reste à aller la chercher lui-même à la gare. Il a beau savoir qu'elle se débrouille très bien sans lui – elle le lui a rappelé assez souvent –, il tient à ce qu'il y ait à la gare quelqu'un qui l'aime. Toujours sensible et intuitif, il craint pour elle la nostalgie de ces retours dans la grisaille, où l'on regrette, à peine rentré, « la joie de là-bas ».

> « Laisse-moi donc faire, insiste-t-il, ne me plains pas de me lever un peu matin, puisque cela me fera un très grand plaisir. Je viens d'aller commander un petit omnibus qui sera à ma porte, lundi, à six heures. Tu n'auras qu'à sauter dedans, et nous rentrerons ensemble. »

Ensemble, ils prendront aussi leur premier petit déjeuner, du thé avec de bonnes rôties. « Tu vois, la belle dînette ! » Décidément, ils ont encore bien des plaisirs à partager, comme il le souligne avec tendresse à la fin de sa lettre du 19 novembre :

---

1. Bakker, *op. cit.*, 20 novembre 1895.

« Notre journal va finir, puisque ton retour est prochain. Tes lettres ont été pour moi, chaque matin, un gros plaisir, et je suis heureux de penser que les miennes t'ont suivie partout en te rappelant que la maison t'attendait et que tu y avais un vieil et bon ami qui t'aime et songe, malgré tout, à ton bonheur comme au sien propre. »

Alexandrine ne peut s'empêcher d'être émue en lisant ces lignes. Elle sait qu'il est sincère. Elle a peut-être compris aussi que le rôle de victime a ses avantages...

Mais que fait donc Madame Zola toute seule en Italie ? En l'absence de ses lettres qui n'ont pas été communiquées[1], on ne peut que tenter de reconstituer son voyage à partir de celles de Zola. Après une étape à Aix dans la famille de Zola, et à Marseille, qu'elle n'aime pas, puis à Monte-Carlo, elle est arrivée à Rome le samedi 9 novembre.

Comme l'année précédente et celles à venir, elle séjourne au Grand Hôtel. Il fait un temps superbe qui change de la grisaille parisienne de novembre et, dès le dimanche, elle commence la série de ses visites, revoyant les gens qu'ils ont connus ensemble l'année précédente, tels l'ancien directeur de la villa Médicis, Ernest Hébert, l'ambassadeur de France au Vatican Béhaine, le comte Primoli, ou Edoardo Bertolelli, venu leur rendre visite à Médan au mois de juin. Alexandrine ne manque pas d'entretenir son mari longuement de ce dernier, qui, semble-t-il, n'est pas aussi heureux

---

1. Rappelons qu'une partie importante de la correspondance entre Zola et Alexandrine d'une part, et Zola et Jeanne d'autre part est indisponible actuellement. Selon un bordereau établi autrefois par le fils du romancier, Jacques Émile-Zola, d'octobre 1897 à novembre 1899, 194 lettres et 23 télégrammes à Alexandrine, ainsi que 78 lettres et 11 cartes à Jeanne ont été conservés. En outre, pour la période précédente, 108 lettres à Jeanne existent. La méconnaissance de ces lettres est particulièrement préjudiciable à cette dernière, qui nous est moins connue par d'autres sources.

qu'il y paraît. Elle visite la chapelle Sixtine, le Forum, la villa Borghèse, les catacombes, et assiste à une chasse au renard. Rien ne l'arrête, même pas le tremblement de terre qui se produit à Rome dans la nuit du 14 au 15 novembre. Si elle était restée plus longtemps, on ne l'aurait plus laissée partir du tout, constate Zola, puisqu'on s'est mis à donner des fêtes en son honneur. Qu'elle n'hésite pas à prolonger son séjour, si elle le désire ! Mais, malgré les encouragements de son mari, la fidèle Alexandrine tient à rentrer à la date convenue. Le reste, ce sera pour l'année prochaine.

Et de fait, en 1896, forte de son expérience, elle avance son départ fixé au 15 septembre. Dès le mois d'août, elle a organisé son voyage et annoncé son arrivée. Il fait une chaleur accablante, mais cela ne diminue en rien son enthousiasme. Elle écrit à Élina Laborde, devenue sa correspondante la plus régulière :

> « J'ai failli cuire en route tant j'ai eu chaud et ce n'est pas à Rome que je trouve la fraîcheur, tant s'en faut. Mais le ciel est d'un bleu intense et merveilleux. Le "Pincio" a des senteurs délicieuses, vers six heures du soir, que je vais respirer avec joie, car dans la journée, je ne me hasarde pas dehors. Il faut te dire que je pars tous les matins faire ma fameuse cure aux Eaux d'Albule. Je quitte l'hôtel à sept heures et demie pour ne rentrer qu'à midi. Mon traitement ne me demande même pas une heure, mais j'ai plus d'une heure pour aller et autant pour revenir[1]. »

Très en verve et avec un sens personnel de la mise en scène, elle poursuit en se moquant de son « charmant Bertolelli » : « Un serin, aimable, pourtant. »

> « Le pauvre garçon n'a pu venir me prendre à la gare, il avait passé la nuit assis sur le siège de ses

---

1. Collection Morin-Laborde.

cabinets ou sur le pot, je n'ai pas précisément de détails, mais seulement il avait une cuvette sur les genoux car il y avait des "cuscutelle" de tous les côtés, chez mon pauvre ami. Tu vois, (...) "Non é della poesia, questa". Il m'a écrit qu'il était désolé, mais qu'il n'était pas dans un état à pouvoir se présenter à l'hôtel. (...) Enfin, le lendemain, il s'amène, tiré à quatre épingles, mais très pâle encore. Alors il s'est mis tout de suite à ma disposition, il a voulu m'accompagner à l'endroit où je vais faire mon traitement pour le premier jour. Pendant que je faisais mes petites affaires, il s'est promené dans le jardin, a lu ses journaux et m'a reconduite à l'hôtel [1]. »

Ce bel exemple de galanterie latine se poursuit les jours suivants. Cette fois, le « Brummell italien » envoie son propre fils accompagné de sa femme de chambre, pour escorter Alexandrine. Le petit garçon ne parle pas un mot de français, mais se plaît avec elle. Toujours maternelle, elle demande donc à son ami de lui prêter son fils pour qu'elle le promène. Accordé : le petit Bertolelli l'accompagnera le jeudi et le dimanche à l'établissement de bains, il se baignera dans la piscine et fera de la gymnastique pendant qu'elle suivra son traitement. Le voyage du matin sera plus gai...

Les Romains sont encore absents de la ville trop chaude en été ; sur les deux comtesses amies demeurées sur place, l'une est malade, l'autre, Alexandrine ne l'a pas encore vue. « C'est vide, vide, tout à fait vide. » Mais elle ne s'en plaint pas, au contraire : « Je dirais même que cette ville endormie me plaît assez. » Seule l'attriste la maladie de sa vieille amie Mme Lienhard, qu'elle a dû abandonner à Paris.

Un mois plus tard, la voici à Naples, installée à l'Hôtel Royal des Étrangers. Elle a essuyé un ouragan, une tempête terrible qui l'a terrifiée et ravie. Si seulement

---

1. *Idem.*

Émile pouvait traduire cela dans son poème destiné à l'opéra de Bruneau ! Entre-temps, son amie Mme Lienhard est morte, et c'est Émile, justement qui l'a représentée à l'enterrement. Elle lui en est profondément reconnaissante, car elle sait combien il a horreur de ce genre de cérémonie. Mais sa passion pour l'Italie ne faiblit pas, comme le prouve cet extrait d'une lettre à Élina :

> « Tu me demandes quand nous nous reverrons. Le moment est encore peut-être un peu éloigné, chérie, car ton oncle m'accable de ses bontés en me donnant continuellement du temps pour que je ne me fatigue pas, et pour que je satisfasse tous mes désirs. Je m'attarde de plus en plus. D'abord ça a été mon traitement, maintenant, c'est le mauvais temps. Je ne puis faire aussi vite les excursions que je me suis promises. Il est même presque certain que je devrai en abandonner quelques-unes. Pourtant, comme je m'intéresse à tout ce que je vois ! Tant de choses que l'on connaît par l'histoire, mais qui vous attachent bien plus lorsque l'on se promène dans tous ces lieux historiques.
>
> Je vous raconterai beaucoup de choses cet hiver. Vous me questionnerez et vous savez avec quelle facilité je m'emballe. Je vois des choses qui me donnent froid dans tout le corps, et le froid est encore plus intense lorsque je réfléchis à ce que j'ai pu voir.
>
> Ton oncle a tort de se tourmenter ainsi sur mon compte, je suis, malgré mes airs téméraires, d'une prudence extrême. (...)
>
> Je quitterai Naples sans doute dimanche ou lundi. Le temps n'étant guère propice, je ne m'attarderai très probablement pas. Puis, je voudrais jouir un peu de Rome ! Je ne crois retrouver ton oncle avant la Toussaint, puisqu'il a la bonté de me donner jusque-là[1]. »

---

1. Collection Morin-Laborde.

Cette lettre dont nous avons cité de larges extraits appelle quelques commentaires. D'abord, on note la curiosité débordante, la santé et l'enthousiasme de cette femme de cinquante-sept ans, si souvent malade ou plaintive. Sortie de l'ombre de son mari, elle a gagné une indépendance inespérée, puisque jamais elle n'y avait aspiré avant l'arrivée de Jeanne dans leur vie. N'est-ce pas un peu de la liberté de Gabrielle qu'elle retrouve là, une Gabrielle que protégerait son statut d'épouse Zola ? Elle est consciente qu'à travers elle, c'est à l'écrivain que vont ces hommages :

> « Tu es bon avec les hommages que l'on me rend, lui écrit-elle en 1900, tu veux dire ceux que l'on te doit, (que) c'est moi qui en profite ainsi que de ta gloire. »

Ses automnes italiens sont une véritable évasion. Elle n'est plus la femme d'intérieur, soucieuse de la seule bonne marche de sa maison et soumise aux règles imposées par son mari, mais une voyageuse guidée par son seul plaisir. Ses villégiatures sont signalées dans le carnet du *Figaro*. Elle séjourne dans les meilleurs hôtels, elle est reçue partout comme une reine, elle ne fait que ce qui lui plaît. Dans ses appartements envahis de corbeilles de fleurs, elle lit chaque jour les journaux envoyés de France, prend son thé, fait sa correspondance, reçoit ses intimes. Elle se promène en calèche, fréquente les salons, assiste aux premières. Elle s'est créé un cercle d'amis, dans le monde de la presse et de l'aristocratie. On y savoure son humour, sa gaieté, son élégance. Elle est la Parisienne. Son image d'elle-même s'en trouve restaurée : la voici, quoi qu'elle en dise, téméraire – il est peu habituel à l'époque qu'une femme de son âge voyage seule dans un pays étranger – le nez au vent, l'esprit curieux, toute pleine de sensations. Au diable les horaires stricts et les emplois du temps planifiés : elle quittera Naples dimanche ou lundi, et ne sait encore au juste quand elle rentrera en

France ! Pas avant la Toussaint, en tout cas... puisque son mari a la bonté (le mot est répété deux fois) de la laisser libre de sa date de retour. Les séjours italiens sont la contrepartie de l'infidélité de son mari. Les rôles sont inversés. Il est à la maison et l'attend. Elle prend le vent de l'aventure. Une nouvelle vie s'ouvre devant elle. Elle est une autre femme.

La métamorphose de Madame Zola est assez spectaculaire pour qu'un an auparavant, Goncourt s'en soit déjà aperçu, décrivant une Alexandrine « toute guillerette, toute reverdissante, un bouquet de violettes à la ceinture » venue le remercier de l'accueil que lui a fait à Rome son cousin l'ambassadeur. « Cette escampette de quinze jours, tout à fait extraordinaire » ne laisse pas de l'intriguer, mais Primoli, à qui il demande des explications, éclaire sa lanterne :

> Il « se met à rire, pousse des *Ah* !, des *Ah* ! et finit par me dire qu'elle a un flirtage avec un journaliste italien, qu'il croit du reste platonique [1] ».

Qui sait ? Peut-être le « charmant Bertolelli » eut-il quelques-unes de ces attentions délicates qui permettent à une femme trompée de retrouver l'estime de soi et le goût de la vie ? Gageons que cette petite revanche ne dut pas déplaire à Alexandrine, et réjouissons-nous pour elle. Cet homme séduisant, de quatorze ans plus jeune qu'elle, est fidèle à chacun de leurs rendez-vous d'automne. Il vient la voir à son hôtel tous les jours, lui offre des fleurs, l'accompagne au spectacle et en promenade. Ils sont assez intimes pour qu'elle se soucie de sa santé, et qu'un accès de bronchite de son chevalier servant assombrisse la fin de l'un de ses séjours. Il est d'une générosité inépuisable, toujours disponible. Il commandera même au peintre Lelièvre le portrait de la dame : le tableau nous montre une Alexandrine élégante et rajeunie, conquérante dans sa

---

1. Goncourt, *Journal*, 27 novembre 1895.

robe de soie moirée, des aigrettes dans les cheveux, un bouquet de fleurs à la main. C'est là le portrait d'une femme aimée, n'en doutons pas. Mais nous ne savons rien de plus. Jamais elle ne se départira à son encontre d'un ton un peu moqueur ou attendri, jamais dans ses lettres elle ne l'appellera autrement que par son nom de famille, ou ne laissera entrevoir la moindre familiarité entre eux. Tout laisse à penser que cette cour restera platonique, comme le supposait Primoli, et que Bertolelli devra se contenter d'une amitié tendre. Mais elle sera la meilleure des cures de jouvence pour Alexandrine. Le comte Edoardo Bertolelli d'Auro mourra en 1913. Madame Zola n'ira plus en Italie.

En octobre 1897, nouveau périple qui commence cette fois par le nord de l'Italie, où elle retrouve à Milan et à Brescia la famille de Carlo Zola, conseiller à la cour d'appel. N'oublions pas que c'est la patrie d'origine de son mari que s'est appropriée Alexandrine. Émile Zola, lui, ne retournera jamais en Italie. Un peu envahissants, toutefois, les cousins, « charmants, beaucoup trop charmants » : tant de cajoleries finissent par la lasser. Ses cadeaux ont fait le tour de la ville, ce qui n'est pas pour lui plaire. Bref, la voilà débordée.

Pire, confie-t-elle un mois plus tard à Élina, quand elle retrouve enfin ses esprits : « Ils ont voulu que je les tutoie, m'ont demandé très humblement à en faire autant. Aïe ! Aïe ! Voilà qui n'est guère dans mes habitudes ! Mais en Italie, sitôt qu'on s'est vu deux fois, vlan ! du tu ! » Et elle ajoute : « Je ne sais si ton oncle vous a fait voir les tendres horreurs brodées ? Sûrement. C'est très tendre, même jusqu'aux larmes ! »

« Tresora della casa nostra, prediletta Madonica », ironise-t-elle, toute fière de ses progrès en italien. Elle le parle mal, reconnaît-elle, mais on la comprend dans la rue, c'est l'essentiel ! Elle a même « le toupet d'écrire en italien ». Elle peut donc s'en donner à cœur joie, et armée du vieux Baedeker de leur premier

voyage, arpenter les rues de Parme sous la pluie. Le
Duomo, le Baptistère, l'art byzantin, Giotto, tout l'enthousiasme dans cette Italie « qui la passionne encore
plus à chacun de (ses) voyages »...

À Rome, elle a retrouvé sa « vie de patachon ». Il
lui arrive de recevoir toute la journée, sans même avoir
le temps de descendre acheter ses journaux français. À
peine a-t-elle celui d'avaler une bouchée, que voici un
nouveau visiteur et « Mademoiselle, ne riez pas, ma
conversation a un charme tel – pas en italien – que ce
cher monsieur cause jusqu'à cette heure presque indue,
et avec cela, il me quitte en me suppliant de le faire
venir chaque fois le soir chez moi ».

> « Hier, déjeuner en ville, le soir théâtre, aujourd'hui
> réception de jour et de soir, demain à peu près tran-
> quille, sauf une belle promenade pour moi toute seule.
> Mercredi, réception ; jeudi promenade au Frascati ; ou
> un dîner chez ma comtesse, dîner en vue chez les Luz-
> zato, je ne sais encore pour quel jour, dimanche dîner
> chez ma comtesse, et probablement un théâtre, ouf,
> ouf. »

Et cela sans compter le fidèle Bertolelli, qui vient la
voir presque tous les jours. « Il n'est pas bien gai, le
malheureux ! » Alexandrine le taquine pour le dérider,
et quand elle croit être allée un peu loin, elle s'excuse.
Il proteste, avec son charmant accent italien :

> « Mais non, mais non, vous ne me fâchez pas, vous
> êtes un rayon de soleil dans ma pauvre existence
> pleine de soucis. »

Si elle écoutait ses amis romains, elle passerait l'hiver auprès d'eux et ne rentrerait qu'en février. Mais ne
risquerait-elle pas de ressembler alors à cette Parisienne rencontrée la veille, qui a pris à ce point les
manières d'ici que même lorsqu'elle parle français, on

s'y trompe... Cette perte d'identité a fortement impressionné Alexandrine.

> « J'en ai été stupéfaite, et je me demande, si sans m'en apercevoir, j'étais de même. En tout cas, j'espère ne pas être longtemps à reprendre l'air de ma chère ville de Paris. C'est même curieux l'impression pénible que ce fait m'a produit. »

Aurait-elle fugitivement envisagé de vivre en Italie ? « Je me plais ici, mais sûrement je n'y vivrais jamais tout à fait », précise-t-elle comme un demi-aveu.

Quoi qu'il en soit, elle se réjouit de retrouver ceux qu'elle aime, et de « revenir vivre du bien et du mal de mon chez moi ». Ses récriminations, confesse-t-elle, dissimulent souvent sa tendresse inquiète. Et puis, son mari tient à ce qu'elle rentre. Il lui a conseillé de prendre le nouveau Rome-Paris direct, qui en vingt-huit heures et demie la conduira à la gare de Lyon, sans l'obliger à venir la chercher à l'heure habituelle « dans la nuit triste et humide ».

Elle sait par ses missives qu'il tient à sa présence auprès de lui. Celle du 6 décembre 1897 s'est même faite pressante :

> « Les passions sont tellement montées, qu'il faut s'attendre à tout ; et l'on s'étonnerait que tu ne fusses pas à mon côté. »

Le message est clair. Elle doit rentrer. Émile Zola vient de s'engager dans l'affaire Dreyfus.

24

« J'accuse »

Tout au long de l'Affaire, Alexandrine sera l'alter ego de Zola, sa correspondante de guerre, son témoin numéro 1. Que se serait-il passé si elle s'était opposée à son engagement ? Jamais cette femme qu'on a si souvent dite bourgeoise et éprise de respectabilité ne le freinera, ne le retiendra quand il risquera leur fortune et leur paix dans cette Affaire qui au départ n'était pas la leur. Bien au contraire. Combattante-née, la fille de Caroline Wadoux dont elle adoptera le nom pour signer ses lettres saura tirer de l'adversité une force et une dignité nouvelles. Plus que les années de misère et de compagnonnage, plus que l'infidélité acceptée, c'est son rôle aux côtés de son mari dans l'affaire Dreyfus qui aux yeux de tous fera d'elle à jamais Madame Zola [1].

Étranges débuts que ceux d'Émile Zola dans l'Affaire. Comme si le destin hésitait, ou prenait son élan avant de frapper, il aura fallu quatre ans avant que l'écrivain ne se jette dans le combat qui allait marquer à jamais sa vie. Il a d'abord reculé devant sa mission. Il ne s'est pas reconnu dans le rôle qu'on lui proposait ; il n'a pas vu sa place dans cette « affaire ». Une fois que l'Histoire, précisément, a pris forme pour lui, une fois qu'elle est devenue drame, qu'il a pu identifier les acteurs, la victime, l'injustice et la peine, il s'est lancé

---

1. Notons au passage que ce rôle est passé sous silence dans la grande majorité des documents consacrés à l'Affaire.

dans la bataille en y jetant toutes ses forces. Il a sacrifié sa tranquillité, le confort, la paix si chèrement acquise. Il est entré dans l'Histoire. Il est à son tour devenu un personnage, une victime et, disons-le, un héros. À ses côtés, avec lui, pour lui, deux femmes. Chacune à sa manière, elles vont le soutenir, l'encourager, l'aider. Jeanne en veillant sur les enfants menacés eux aussi par la tourmente et en restant le havre de calme et de tendresse dont il aura besoin pour reprendre des forces ; Alexandrine en redevenant le camarade de combat qu'elle avait été durant vingt-cinq ans, active, passionnée, énergique, loyale et dévouée, exigeante et injuste, aussi, comme elle sait si bien l'être.

Quand Zola lui envoie sa missive de décembre 1897 la pressant de rentrer, en sept lettres, elle a pu mesurer l'évolution de son mari. C'est d'abord à elle qu'il confie ses hésitations, puis sa conviction. Au fil des jours, il clarifie pour elle, mais aussi pour lui-même, ses positions. Elle est le premier témoin d'Émile Zola.

6 novembre. Bernard Lazare pour la seconde fois en un an vient solliciter l'intervention du romancier. Celui-ci écrit à sa femme :

> « Je préfère m'en tenir à l'écart, la plaie est trop envenimée. »

8 novembre. L'avocat de Picquart, Louis Leblois, invite Zola à déjeuner le 13 novembre chez le vice-président du Sénat, Scheurer-Kestner, convaincu de l'innocence de Dreyfus :

> « Les pièces qui m'ont été soumises m'ont absolument convaincu que Dreyfus est innocent ; il y a là une épouvantable erreur judiciaire, dont la responsabilité va retomber sur tous les gros bonnets du ministère de la Guerre. Le scandale va être affreux, une sorte de Panama militaire. (...)

Je ne me mettrai en avant que si je dois le faire. (...)
J'avoue qu'un tel drame me passionne, car je ne
connais rien de plus beau. »

10 novembre :

« Personnellement je n'interviendrai pas, car je n'ai
en somme aucune qualité pour le faire. »

16 novembre :

« Le frère de Dreyfus lance l'accusation. Si tu
voyais dans quelle boue le traînent les Drumont et
Rochefort. Cela me passionne, car il y aura peut-être
plus tard une œuvre admirable à faire. »

25 novembre :

« Tu ne sais pas ce que j'ai fait ? un article, écrit
en coup de foudre, sur Scheurer-Kestner et l'affaire
Dreyfus. J'étais hanté, je ne dormais plus, il a fallu
que je me soulage. Je trouvais lâche de me taire. Tant
pis pour les conséquences, je suis assez fort, je brave
tout. L'article paraîtra demain dans *Le Figaro.* »

29 novembre :

« Cette affaire Dreyfus me jette dans une colère
dont mes mains tremblent. (...) Je désire élargir le
débat, en faire une énorme affaire d'humanité et de
justice. »

2 décembre :

« Il s'est déclaré un mouvement autour de moi (...)
la jeunesse actuelle (...) des adversaires littéraires qui
reviennent à moi tout frémissants d'émotion (...) toute
la famille Dreyfus.
(...) Encore une fois, sois tranquille sur mon

compte : je suis en train d'écrire la plus belle page de
ma vie. C'est un grand bonheur et une grande gloire
qui m'arrivent. – Je n'interviendrai de nouveau que
dans quelques jours, quand j'en sentirai l'utilité. »

Et le 6 décembre :

« Les passions sont tellement montées, qu'il faut
s'attendre à tout ; et l'on s'étonnerait que tu ne fusses
pas à mon côté. »

« *Je suis en train d'écrire la plus belle page de ma
vie...* » « *Et l'on s'étonnerait que tu ne fusses pas à
mon côté.* » Comment Alexandrine ne rentrerait-elle
pas ? Le dimanche 12 décembre 1897, elle est à Paris.
Elle sera à son côté.

Entre-temps, Émile a publié trois articles dans *Le
Figaro*, trois articles assez véhéments pour qu'une
campagne de désabonnements lui interdise d'y faire
paraître les suivants. La conclusion de celui du
25 novembre deviendra la devise des dreyfusards :
« La vérité est en marche, et rien ne l'arrêtera. » C'est
Eugène Fasquelle, à la tête de la maison d'édition
depuis 1896, quand la mort de leur fils Paul a conduit
les Charpentier à se retirer, qui prend le relais. Cet
ancien commis d'agent de change est entré à vingt et
un ans chez Charpentier comme secrétaire. Trois ans
plus tard, en 1887, il est devenu l'associé de l'éditeur,
et a épousé Jeanne, la fille unique de l'éditeur Marpon
qui depuis 1883 possédait plus de la moitié du fonds
Charpentier. Cet homme jeune – il a trente-cinq ans –
va se révéler un soutien précieux pour Zola tout au
long de l'affaire Dreyfus.

Le 14 décembre, l'écrivain publie sa vibrante *Lettre
à la jeunesse*, le 7 janvier sa *Lettre à la France*. Mais
quelques jours plus tard, le 11 janvier 1898, le conseil
de guerre vote l'acquittement d'Esterhazy.

Comment en est-on arrivé là ? Pour le comprendre,
il est nécessaire de rappeler les épisodes principaux de

ce que Zola, dans une lettre à son vieil ami Numa Coste, appelle « la plus extraordinaire aventure du monde[1] », et dont il raconte les détails à Alexandrine dès son arrivée à Paris.

Tout a commencé trois ans plus tôt.

Le 25 septembre 1894, le Service de renseignements de l'armée intercepte une lettre adressée à l'attaché militaire de l'ambassade allemande à Paris, Schwartz-koppen. C'est le fameux « bordereau ». Cette lettre prouve à l'évidence qu'un traître se cache dans les rangs des militaires français. Mais qui ? Le général Mercier, ministre de la Guerre, ordonne une enquête. Aux yeux de bien des Français, l'Allemagne, ne l'oublions pas, est depuis la guerre de 1870 une ennemie potentielle, toujours susceptible d'un mauvais coup.

Très vite, et de façon d'abord assez fortuite, les soupçons se portent sur le capitaine Alfred Dreyfus, officier stagiaire à l'état-major. Brillant, alsacien, riche. Et juif. Pour son malheur, son écriture ressemble vaguement à celle du bordereau. Suffisamment en tout cas, pour que le 15 octobre, dans des conditions rocambolesques, il soit arrêté par le commandant du Paty de Clam. Désespoir de Dreyfus qui ne sait même pas de quoi on l'accuse. Le 1er novembre, la presse entre en campagne, sous la forme d'un article de *La Libre Parole*, le journal antisémite d'Édouard Drumont qui livre pour la première fois le nom d'Alfred Dreyfus au public. Le 19 décembre, le procès de Dreyfus débute devant le conseil de guerre, à huis clos.

Le 22, il est condamné comme traître à la déportation à vie. Le 5 janvier, il est dégradé publiquement dans la cour de l'École militaire, sous les huées et les menaces. Une dizaine de jours plus tard, il est conduit de nuit vers son lieu de détention, d'abord l'île de Ré,

---

1. Pour un récit détaillé de l'affaire Dreyfus, nous conseillons la lecture du livre de Jean-Denis Bredin, *L'Affaire*, Julliard, 1983. Pour le rôle de Zola dans l'affaire, voir Alain Pagès, *Émile Zola, un intellectuel dans l'affaire Dreyfus*, Séguier, 1991.

puis l'île du Diable, au large de la Guyane, où il arrive
en avril. On a aménagé pour lui une prison spéciale :
une case de pierre de quatre mètres sur quatre. L'île
du Diable porte bien son nom. On n'en sort pas vivant.

Mars 1896 : nouvelle péripétie. Cependant que
Mathieu Dreyfus, le frère du proscrit, et Lucie sa
femme désespèrent de faire connaître la vérité, le
commandant Picquart, à la tête du Service des renseignements depuis juillet 95, entre en possession d'une
carte-télégramme écrite par Schwartzkoppen, toujours
attaché militaire à l'ambassade d'Allemagne, et adressée à un certain Esterhazy. C'est « le petit bleu ». Un
deuxième espion se cacherait-il dans l'armée ? Picquart décide d'enquêter. Deux lettres écrites par
Esterhazy tombent entre ses mains. Stupéfaction : c'est
l'écriture du bordereau. Il n'y a donc qu'un traître.
L'autre est innocent. Au bagne, à l'île du Diable. Aus-
sitôt convaincu, Picquart fait part de sa découverte au
chef de l'état-major, le général de Boisdeffre. Qui lui
recommande la plus grande prudence. En vain. Sept
semaines suffisent aux supérieurs de Picquart pour
décider que le plus jeune lieutenant-colonel de l'Armée
française devient gênant. Qu'à cela ne tienne, on l'enverra inspecter la frontière de l'Est.

En ce mois de mai 1896, Zola, qui ne sait rien de
tout cela, publie dans *Le Figaro* un article très virulent
contre l'antisémitisme.

Le 16 septembre, Lucie Dreyfus a demandé la révision du procès de son mari. Voilà qui devient dange-
reux. Le dossier est léger, Dreyfus risque d'être
acquitté cette fois. Comment l'épaissir ? On n'est
jamais mieux servi que par soi-même. Le commandant
Henry, du Service des renseignements, s'en charge : il
rédige, ou fait rédiger un document qui accable Dreyfus, une lettre de Schwartzkoppen à son homologue et
ami très personnel, l'Italien Panizzardi. Ce sera « le
faux Henry ». Et pour plus de sûreté, on prolongera la
mission de Picquart par la Tunisie.

Il était temps. Bernard Lazare, un journaliste juif

persuadé de l'innocence de Dreyfus, fait paraître à Bruxelles une brochure intitulée *Une erreur judiciaire. La vérité sur l'affaire Dreyfus*. Il multiplie aussi les démarches pour essayer de convaincre des personnalités du monde des lettres et de la politique. Dont Zola. Qui refuse.

Arrivé en Tunisie en janvier 1897, Picquart a compris. Au cours d'une permission à Paris, il raconte toute l'histoire à son avocat Louis Leblois, sous le sceau du secret professionnel. Celui-ci, toujours sous le sceau du secret, en fait part à Scheurer-Kestner, qui décide de se battre pour la réhabilitation de Dreyfus. Bernard Lazare poursuit lui aussi sa campagne. Il rend une deuxième fois visite à Zola, qui accepte cette fois de se rendre à une réunion chez Scheurer-Kestner.

De son côté, Mathieu Dreyfus a appris par le banquier d'Esterhazy le nom du véritable auteur du bordereau. Les journaux du 16 novembre publient sa lettre au ministre de la Guerre, le général Billot qui a remplacé Mercier, dénonçant Esterhazy. Nécessité fait loi : une enquête est ouverte au sujet de cet Esterhazy, capitaine sans grand avenir, aventurier couvert de dettes et sans scrupules. C'est ce moment que choisit Zola pour lancer sa campagne dans *Le Figaro* et rappeler Alexandrine à Paris. L'affaire peut sembler en bonne voie pour les partisans de Dreyfus.

D'où leur étonnement quand ils apprennent, à la fin du mois de décembre, le non-lieu prononcé en faveur d'Esterhazy à la suite du rapport des experts en écriture. Son procès n'est plus qu'une simple formalité, nécessaire pour clore l'affaire. C'est chose faite le 11 janvier 1898 : il est acquitté à l'unanimité par le conseil de guerre. Quant à Picquart, qui avait porté plainte contre les experts, il est arrêté et conduit le lendemain au Mont-Valérien. Les dreyfusards sont scandalisés. L'Affaire est dans l'impasse. Tous les moyens légaux ont échoué, Dreyfus qui lutte contre les fièvres sur son rocher du Diable risque d'y laisser sa vie. Ce n'est plus qu'une question de temps.

Zola a prévu l'acquittement d'Esterhazy. Il sait qu'il faut rompre avec la légalité et la prudence prônées par Mathieu Dreyfus et Scheurer-Kestner si l'on veut sauver Alfred Dreyfus. Il faut en finir avec les huis-clos et les conseils de guerre. Il faut arracher l'Affaire aux militaires. Il faut la porter devant le public, et faire éclater la vérité, d'un coup. Ce sera un coup de génie. Un grand coup de courage aussi, pour cet homme vieillissant qui va jeter en pâture sa renommée mondiale pour faire triompher la vérité dans le texte explosif qu'il rédige en deux jours et demi de fièvre. Sa *Lettre ouverte au Président de la République* – le célèbre « J'accuse » – récapitule tous les événements depuis le début de l'Affaire, et donne avec fougue sa version des faits. Il montre, il proteste, il dénonce, il accuse. Son but ? se faire traîner en justice pour faire exploser au grand jour l'Affaire.

Alexandrine, en compagnie d'Amélie et d'Élina, attend le retour de son mari, allé porter le manuscrit de son article au journal *L'Aurore*. C'est une véritable veillée d'armes.

> « Ce matin, leur confie-t-elle, tandis qu'Émile écrivait encore, je suis entrée dans son bureau sans aucune intention précise, comme il m'arrive parfois de le faire ; mais son regard m'a foudroyée et j'ai disparu ! » (Collection Morin-Laborde.)

Aucun doute possible. Elle sait comme lui que l'heure est grave, qu'ils sont à un tournant de leur vie. Sans doute n'imaginent-ils pas à quel point, mais les centaines de lettres d'encouragements et d'insultes que le romancier reçoit depuis son entrée dans l'Affaire leur disent suffisamment les passions et les haines déchaînées. Pour ce vieux briscard de la polémique, c'est un signe.

Il ne s'est pas trompé : il est bien en train d'écrire la plus belle page de sa vie.

« ... J'accuse le lieutenant-colonel du Paty de Clam d'avoir été l'ouvrier diabolique de l'erreur judiciaire...

... J'accuse le général Mercier de s'être rendu complice, tout au moins par faiblesse d'esprit, d'une des plus grandes iniquités du siècle.

... J'accuse le général Billot d'avoir eu entre les mains les preuves certaines de l'innocence de Dreyfus et de les avoir étouffées...

... J'accuse le général de Boisdeffre et le général Gonse de s'être rendus complices du même crime...

... J'accuse le général Pellieux et le commandant Ravary d'avoir fait une enquête scélérate...

... J'accuse les trois experts en écriture, les sieurs Belhomme, Varinard et Couard, d'avoir fait des rapports mensongers et frauduleux...

... J'accuse les bureaux de la guerre d'avoir mené dans la presse, particulièrement dans *L'Éclair* et dans *L'Écho de Paris*, une campagne abominable, pour égarer l'opinion et couvrir leur faute.

... J'accuse enfin le premier conseil de guerre d'avoir violé le droit, en condamnant un accusé sur une pièce restée secrète, et j'accuse le second conseil de guerre d'avoir couvert cette illégalité, par ordre...

En portant ces accusations, je n'ignore pas que je me mets sous le coup des articles 30 et 31 de la loi sur la presse du 29 juillet 1881, qui punit les délits de diffamation. Et c'est volontairement que je m'expose.

Quant aux gens que j'accuse, je ne les connais pas, je ne les ai jamais vus, je n'ai contre eux ni rancune ni haine. Ils ne sont pour moi que des entités, des esprits de malfaisance sociale. Et l'acte que j'accomplis n'est qu'un moyen révolutionnaire pour hâter l'explosion de la vérité et de la justice.

Je n'ai qu'une passion, celle de la lumière, au nom de l'humanité qui a tant souffert et qui a droit au bonheur, ma protestation enflammée n'est que le cri de mon âme. Qu'on ose donc me traduire en cours d'assises et que l'enquête ait lieu au grand jour !

J'attends.

Veuillez agréer, Monsieur le Président, l'assurance de mon profond respect. »

Le « J'accuse » (c'est Clemenceau, directeur politique de *L'Aurore*, qui a trouvé ce titre) est mis en vente le 13 janvier, à huit heures du matin. Toute la journée, des crieurs vendent les exemplaires de *L'Aurore* dans les rues de Paris, au total plus de deux cent mille. « Le choc donné fut si extraordinaire que Paris faillit se retourner », commente Péguy, dont la librairie, rue Cujas, sera l'un des quartiers généraux des dreyfusards. Le geste de Zola relance l'Affaire en en changeant définitivement la physionomie. Il ne s'agit plus seulement du combat pour défendre un homme, fût-il innocent, mais d'une lutte entre les partisans de la justice, de la vérité et d'une certaine conception des Droits de l'homme d'un côté, et ceux de l'armée, des institutions, de l'Église, de la chose jugée, de la raison d'État de l'autre. Les enjeux ne sont plus les mêmes. Le petit groupe des dreyfusards de la première heure va se transformer en un véritable parti de la Révision. La presse, toute la presse entre en lice. On verra même le principal journal sportif, *Le Vélo*, éclater en deux feuilles concurrentes[1] ! Les messages de soutien affluent du monde entier, des pétitions circulent, des artistes, des écrivains reconnus ou débutants tels qu'Anatole France ou le jeune Marcel Proust s'engagent : la conception moderne de l'« intellectuel » est née.

Mais on aurait tort de négliger les forces auxquelles ils se heurtent : en cette année d'élections législatives, enjeux politiques, enjeux éthiques, luttes de pouvoir, souci de se ménager les électeurs se mêlent étroitement. Derrière la vieille droite traditionnelle monarchiste et bonapartiste, dont certains membres sont persuadés de l'innocence de Dreyfus, se profile une nouvelle droite, violemment antisémite et nationaliste.

---

1. Eugen Weber, *Fin de siècle*, Fayard, 1986.

Anciens boulangistes de droite comme Paul Déroulède, fondateur de la Ligue des patriotes et chantre d'un patriotisme musclé, ou de gauche comme Rochefort, ils se retrouvent, unis par un même antisémitisme, au sein d'une nouvelle formation d'extrême droite nationaliste et antirépublicaine : journaux, manifestations, actions de rue, bris de vitrines de magasins juifs, menaces, insultes, calomnies, appel à l'union des « vrais Français » contre les « agents de l'étranger », tous les moyens sont bons pour impressionner une opinion publique très partagée, et faire pression sur elle.

Dans toute la France, du jour au lendemain, les manifestations de haine se déchaînent. Partout, on associe aux slogans antisémites le nom de Zola. À Nantes, 3 000 jeunes gens défilent avec des cris de mort, et brisent des devantures de magasins juifs. À Nancy, à Rennes, à Bordeaux, à Moulins, à Montpellier, à Angoulême, à Tours, à Poitiers, à Toulouse – et la liste n'est pas exhaustive –, les foules défilent aux cris de « Mort aux Juifs, mort à Zola, mort à Dreyfus ». La troupe doit protéger les magasins juifs du pillage. Dans tout l'Est de la France, durant plusieurs jours, on défile aux cris de « À bas Zola, à bas les Juifs ! ». 4 000 personnes à Marseille, autant à Bordeaux, 2 000 à Rouen. Des réunions ont lieu tous les soirs pour dénoncer Zola, Dreyfus, les Juifs. À Paris, Jules Guérin, qui dès 1897 a ressuscité la Ligue antisémitique de France de Drumont, fait manœuvrer ses bandes composées « de portefaix et de bouchers, de rôdeurs et de malandrins de toute espèce[1] ». Lui-même, moustache noire et feutre gris, ne circule qu'entouré d'une douzaine de bouchers de la Villette armés de gourdins et de barres de fer. Il réclame la tête de Zola. De gigantesques pancartes sont brandies partout dans Paris avec l'inscription « Zola à la potence ».

Alexandrine entend, lit, voit tout cela. La foule

---

1. Joseph Reinach, cité par Éric Cahm, *L'Affaire Dreyfus*, coll. Références, Le Livre de Poche.

gronde sous ses fenêtres. Nuit et jour, des cris montent : « À bas Zola ! À mort Zola ! » Comment ne pas les entendre ? Quand ils sortent, on se précipite à la portière de leur voiture pour les insulter. C'est dans une véritable guerre qu'ils s'engagent, elle en est consciente. Le danger est réel. Leurs ennemis ne sont pas près de faiblir. Deux mois plus tôt, elle voyageait en Italie, épouse respectée d'un romancier populaire. Elle est devenue la femme d'un ennemi public.

La preuve : traduit devant les assises de la Seine, défendu par le jeune avocat Fernand Labori, dont le verbe est au moins aussi fougueux que la plume de son client, Zola est condamné le 23 février pour diffamation au maximum de la peine encourue : un an de prison et 3 000 francs d'amende.

Le procès s'est ouvert le 7 février. Ce jour-là, il pleut et il fait froid. Malgré les proclamations de Drumont et de Jules Guérin, accroché à un bec de gaz et vociférant pour ameuter la foule, l'arrivée de Zola s'est effectuée dans le calme. D'importantes forces de police contiennent la foule. Mais le 8 février, elles sont débordées par des centaines de manifestants qui l'attendent à la sortie du tribunal. Les cannes plombées, les gourdins, les coups de poing se heurtent aux matraques des policiers. On doit protéger Zola et ses amis jusqu'au fiacre qui les emmène sous les cris et les injures de la foule. Dès le lendemain, il est contraint d'arriver plus discrètement au Palais par le quai des Orfèvres. On change d'itinéraire chaque jour. Desmoulin, Fasquelle et Bruneau jouent les gardes du corps, et l'escortent dans l'une des deux voitures mises à sa disposition, l'autre étant occupée par les agents de la Sûreté chargés de tenir la foule à distance. Le procès durera deux semaines.

Dans la salle, c'est l'affluence des grands jours. On se bat pour obtenir des invitations. Des avocats stagiaires doivent même s'asseoir par terre. Il fait une chaleur suffocante. Alexandrine Zola est là, arrivée de son côté ; elle reviendra tous les jours, entourée par ses amis, siégeant sur ce qu'on finira par appeler « le banc de la défense » : à ses côtés, la mère et l'épouse de l'avocat, la jeune et jolie Mme Fernand Labori, Marguerite et Georges Charpentier, Amélie Laborde et ses enfants, Mme Jaquemaire la fille de Georges Clemenceau, le critique et dramaturge Octave Mirbeau et sa femme Alice, et bien sûr Eugène Fasquelle, Fernand Desmoulin et Alfred Bruneau. On est tenté d'ajouter... et Mme Verdurin, qu'on « avait vue à côté de Mme Zola, tout aux pieds du tribunal, aux séances de la cour d'assises [1] ». Quant au petit Marcel Proust, comme Bloch son personnage, il arrive « le matin, pour n'en sortir que le soir, avec une provision de sandwiches et une bouteille de café, comme au concours général ou aux compositions du baccalauréat [2]... ».

Le cœur chaviré et le buste droit, Alexandrine ne quitte pas des yeux Émile, assis au banc des accusés, vêtu avec soin, redingote noire, gilet blanc, gants rouges, rosette de la Légion d'honneur, le menton appuyé sur sa canne – comme s'il rêvait ou s'ennuyait par moments. Derrière lui, la défense, Fernand Labori, Albert et Georges Clemenceau, autorisé à plaider.

À chaque effort de Labori pour soulever un coin du voile et aborder les points chauds de l'affaire, malgré le défilé des très nombreux témoins cités par la défense, une seule réponse du président :

« La question ne sera pas posée. »

À l'énoncé de la sentence, c'est une véritable explosion. La foule fanatique insulte Zola. Des dames montent sur les bancs en hurlant. Alexandrine sortie plus tôt, heureusement, n'entend pas ce cri terrible : « À mort ! À mort ! » auquel Zola ne répond que par un mot :

« Cannibales ! »

Elle attend dans l'angoisse. Réfugié chez Eugène

1. Proust, *À la recherche du temps perdu, La Prisonnière*, coll. La Pléiade, Gallimard, tome 3, p. 237.

2. Proust, *Le Côté de Guermantes*, tome 2, p. 234.

Fasquelle, boulevard Haussmann, l'écrivain lui fait
porter à neuf heures du soir un billet pour la rassurer :

> « Chère femme bien-aimée, ne t'inquiète pas. Nous
> arrivons chez Fasquelle sans avoir rencontré âme qui
> vive. J'ai très faim et je vais très bien dîner, en buvant
> un peu de champagne pour me remettre tout à fait
> d'aplomb. Touny[1] a préféré que je dîne dehors et que je
> ne rentre qu'ensuite. Attends-moi donc entre onze
> heures et demie et minuit. Tout va très bien, et tout sera
> pour le mieux, quand mes résolutions seront prises.
>
> Je t'embrasse de tout mon cœur. »

L'alternative est simple : ou accepter le verdict et
aller en prison ; ou se pourvoir en appel. C'est cette
solution que le persuadent d'adopter Labori et Clemenceau. Sur le moment, Alexandrine est soulagée. Elle
sait qu'il est prêt à tout. Il a solennellement engagé sa
vie sur l'innocence de Dreyfus, il ira jusqu'au bout.
Mais dans l'immédiat, autant éviter la prison.

Solidaire, partageant ses colères et sa détermination,
elle l'accompagne. Face au danger, le couple s'est
reformé. On doit les protéger, la porte de leur domicile
rue de Bruxelles est gardée jour et nuit. Leur vie tranquille est bien finie. Mais a-t-elle vraiment existé ? Par
moments, elle se le demande. Alexandrine est un peu
fatiguée – il y a de quoi – mais vaillante, confirme
Zola. Quoi qu'il en soit, il est hors de question de
céder. Du reste, Émile est loin d'être abattu. Il est
convaincu de servir une cause juste, il est en pleine
effervescence, et écrit :

> « On m'a condamné au maximum et je tiendrai au
> maximum. »

Pourquoi douter ?

---

1. Il s'agit du directeur de la police parisienne, chargé de la protection de Zola pendant le procès.

Pourvoi en cassation, annulation pour vice de forme du jugement, second pourvoi : Alexandrine devient savante en droit. Plus que jamais, elle lit les journaux, rencontre Fernand Labori, Mathieu Dreyfus, Georges Clemenceau, et Georges Picquart avec qui se sont noués des liens d'amitié depuis le procès. C'est un homme cultivé, qui parle quatre langues, passionné de lecture et d'art. Grand et mince, il est aussi réservé que courageux. Un second procès, intenté à Zola par les experts, se greffe sur le premier. Le 9 juillet, il est condamné à verser 5 000 F de dommages et intérêts à chaque expert, 2 000 F d'amende et 2 mois de prison avec sursis.

Le même jour, le journaliste Ernest Judet publie dans *Le Petit Journal*, le plus puissant des journaux populaires – il tire à un million d'exemplaires –, un article calomnieux contre François Zola, le père de l'écrivain, qu'il accuse d'avoir été renvoyé de l'armée pour détournement de fonds. Deux mètres de haut, pantalons militaires, appartement truffé d'armes, ami des généraux et des ministres, revenus obscurs, le futur directeur de *L'Éclair* est une puissance dans la presse. Meurtri aux larmes, Zola répond par une plainte en diffamation. Sans preuves. Alexandrine a beau remuer de fond en comble le cabinet de son mari, « son capharnaüm à papiers dont certains sont là depuis vingt ans » à la recherche de documents sur son beau-père, elle ne trouve rien.

Leur vie a basculé, ils vivent au centre d'un tourbillon, dans une continuelle bousculade à grand spectacle. Le courage de Zola les a propulsés au cœur de l'Histoire. Il est haï ou adulé. Bouquets de fleurs, couronnes, gerbes, télégrammes, pétitions, articles de journaux, lettres de menaces ou de remerciements venues du monde entier s'amoncellent à leur domicile, sur les tables, les meubles, les cheminées. Réconfort de ces lettres de soutien, naïves, exaltées, chaleureuses, en prose, en vers, écrites par des ouvriers, des bourgeois, des hommes, des femmes, des étudiants, des enfants même, de France, d'Angleterre, d'Italie, de Russie, de Norvège, de Turquie, d'Amérique du Sud. Mais horreur, horreur surtout de ces dizaines de billets anonymes, qu'ils reconnaissent avant même de les ouvrir et qui martèlent à vomir les mêmes mots : « italien » « traître », « vendu », « prussien », « juif », « youpin », « bout coupé », « sale cochon », « je t'emmerde », « merde, sale crapule », « à mort, à mort, infâme juif », « va crever au pilori de l'infamie »... Et ces enveloppes pleines d'excréments, ou ces portraits de l'écrivain, vautré dans l'ordure, les yeux crevés [1]. Chacune de leur côté, sa femme et sa maîtresse craignent pour lui. Un jour, Jeanne le suit même de loin dans la rue avec les enfants. Alexandrine l'accompagne partout.

Enfiévrée, elle ne se plaint pas. Comme l'écrit Albert Laborde [2], elle se retrouve « vibrante comme dans sa jeunesse, accueillant une fois encore "comme de vrais enfants gâtés" » tous ceux qui soutiennent son mari. Les jeudis redeviennent des réunions de combat, où l'on vient aux nouvelles, où l'on commente les derniers événements, où l'on se retrouve entre partisans, où l'on fourbit des armes. Même chose chez Marguerite Charpentier, dont Proust attribuera le salon dreyfusard à Madame Verdurin, chez qui les invités peuvent rencontrer toutes les vedettes de la cause révisionniste, Zola, le beau colonel Picquart dans son uniforme bleu ciel à galons dorés, Georges Clemenceau, le baron Reinach ou Fernand Labori. Et si l'ambiance est plus mondaine, la Présidente, comme l'appelle Alexandrine (Proust dira « la Patronne »), a dû se séparer de certains fidèles et renouveler son public. Il est loin le temps où elle pouvait faire cohabiter les opinions les plus diverses, l'esprit n'est plus à la tolérance. Son vieil ami Renoir est passé à l'ennemi, et fréquente le salon antisémite de Madame de Loynes, avenue des Champs-Élysées, où se retrouvent le critique Jules

---

1. Alain Pagès, *op. cit.*
2. A. Laborde, *op. cit.*

Lemaître, le richissime Boni de Castellane, Ernest Judet et tous les futurs chefs de la Ligue de la patrie française. Pissarro et Sisley n'adressent plus la parole à Renoir et Cézanne. Degas renvoie sa bonne protestante, car « tous les protestants sont pour Dreyfus ». Monet, en froid avec Zola, lui écrit pour l'applaudir.

Chaque camp a son état-major, ses journaux, ses quartiers, ses salons, ses cafés, ses brasseries, ses assemblées, ses bals même. Dans cet ouragan qui allume les passions, déchire les familles et pousse des milliers de gens dans la rue, le nom de Zola est sur toutes les lèvres, il a presque éclipsé en ce début de 1898 le véritable héros de l'Affaire, Dreyfus.

Par moments, Alexandrine Zola a l'impression de faire un mauvais rêve. À d'autres, elle est furieuse, toutes griffes dehors. À Médan où ils sont depuis le début du mois d'avril, on leur jette des ordures par-dessus les murs ; on les insulte ; un groupe de soldats leur lance des pierres. À Verneuil, où Zola loue une maison de vacances pour Jeanne, des seaux d'eau sale sont déversés sur le passage des enfants à bicyclette. Tous reçoivent des menaces de mort. Les journaux catholiques, et en particulier *La Croix* des assomptionnistes, se déchaînent. Dans les milieux bien pensants, Zola devient synonyme d'immondice. François Mauriac raconte que dans sa famille, on appelait le pot de chambre un « Zola[1] ». Comment faire face à un tel déferlement de haine ? Comment l'oublier ? À tout prix, Alexandrine essaye de préserver des instants de paix. Et l'annonce de la reprise des poursuites les trouve à Médan, sereins malgré tout, profitant de la campagne, entourés de leurs intimes, et s'adonnant à la photographie. La trêve.

Vers la fin du procès, les dreyfusards ont senti la nécessité de se regrouper au sein d'une association. Le sénateur Ludovic Trarieux, ancien ministre de la Justice, fonde avec quelques amis la Ligue des Droits de

---

1. Rapporté par J.-D. Bredin, *op. cit.*

l'homme, qui grâce à ses sections dans toute la France, ses réunions publiques, ses publications deviendra le centre intellectuel du dreyfusisme. Mais elle ne fait pas le poids face aux ligues du parti adverse, de plus en plus nombreuses et offensives : la Ligue antisémitique de Guérin, la Ligue des patriotes de Déroulède, la Ligue de la Patrie française, qui quelques mois plus tard, rassemble des intellectuels opposés à la Révision comme Charles Maurras, le poète catholique François Coppée, Jules Lemaître, l'écrivain Maurice Barrès, Léon Daudet, le fils d'Alphonse, Frédéric Mistral, Jules Verne ou le peintre Édouard Degas.

À la mi-juin le gouvernement Brisson remplace celui de Méline. À sa tête, un nouveau ministre de la Guerre, Cavaignac, républicain fanatique, persuadé d'être de taille à liquider tout seul l'Affaire. Dans un discours au Parlement, le 7 juillet, il exécute à la fois Esterhazy, persuadé qu'il est complice de Dreyfus, et ce dernier, sur la foi de nouvelles preuves qu'il affirme détenir, ainsi que sur son soi-disant aveu. Le discours est affiché dans toutes les communes de France. C'est un triomphe. Et une nouvelle déception pour les partisans de la Révision : comment lutter contre un homme que rien ne permet de soupçonner de connivence avec la droite ? C'est Jaurès, enfin gagné à la cause, qui va leur rendre l'espoir : il est certain depuis le début que ces prétendus documents sont des faux. « Les faussaires sont sortis de leur trou ; nous les tenons maintenant à la gorge », affirme-t-il. À sa façon, Cavaignac a en effet relancé l'Affaire : si de nouvelles preuves sont fournies, il faut donc rejuger Dreyfus. Picquart, mis à la réforme depuis février, dénonce publiquement ces faux. Cavaignac rétorque en le faisant arrêter.

Les choses semblent à la fois aller plus vite et piétiner. Esterhazy est arrêté le 12 juillet et libéré sur non-lieu un mois plus tard. Dreyfus est toujours à l'île du Diable. Zola est sur le point d'être jugé une nouvelle fois, à Versailles, ville massivement favorable à l'armée. Dans certaines campagnes, on brûle son portrait

en effigie. Mais c'est peut-être en Algérie, où le décret
Crémieux avait en 1871 naturalisé tous les Juifs d'Algérie, que la haine est la plus forte. Des dizaines et des
dizaines de boutiques pillées. Pas un jour sans violence. Des morts. Sur les six députés d'Algérie élus en
mai 1898, quatre seront membres du groupe antisémite
de l'Assemblée.

C'est dans cette atmosphère survoltée que va se
dérouler le second procès de Zola.

Le samedi 16 juillet, l'écrivain a quitté Médan pour
son domicile parisien. Le lundi 18, en compagnie de
Desmoulin, il passe chez les Charpentier avenue du
Bois, et rejoint Versailles par le bois de Boulogne et
Sèvres. Le début des opérations est soigneusement mis
au point avec Labori qui demande un nouveau pourvoi
en cassation. Celui-ci n'étant pas jugé suspensif, à la
surprise générale, Zola quitte le banc des accusés et,
très calme, sort sans un mot sous les huées et les
insultes qui fusent de toutes parts : « Lâche », « Traître », « Retourne chez les Juifs ». Déroulède hurle :
« Hors de France ! À Venise. » Comme la première
fois, Émile Zola est condamné au maximum : un an de
prison ferme et trois mille francs d'amende.

Dans la voiture, inspiration du moment ou stratégie
préméditée, les frères Clemenceau et Fernand Labori
lui conseillent de quitter la France avant que l'arrêt ne
lui soit signifié. Émile Zola, très réticent devant ce qui
lui semble une fuite, demande quelques instants de
réflexion. Il rejoint ses amis chez les Charpentier. C'est
là qu'il cède à la pression des avocats et prend la décision si lourde de conséquence pour la suite de sa vie :
il partira pour Londres le soir même.

Alexandrine, demeurée rue de Bruxelles, ne l'a pas
revu depuis le matin. Si elle avait été là, aurait-il
accepté ce départ ? Desmoulin est chargé d'aller la prévenir, tandis qu'Émile écrit un mot à Jeanne :

« Chère femme, l'affaire a tourné de telle façon que
je suis obligé de partir ce soir pour l'Angleterre. Ne

t'inquiète pas, attends tranquillement de mes nouvelles. Dès que j'aurai pu décider quelque chose, je te
préviendrai. Je vais tâcher de trouver un endroit où tu
viendras me rejoindre avec les enfants. Mais il y a
quelques difficultés et plusieurs jours seront nécessaires. D'ailleurs je te tiendrai au courant, je t'écrirai
dès que je serai à l'étranger. Ne dis à personne au
monde où je vais [1]. »

N'osant faire une valise – la rue de Bruxelles est
sous surveillance permanente –, complètement bouleversée, Alexandrine roule une chemise de nuit et
quelques menus objets dans un journal et les lui
apporte en catastrophe. Tous deux montent dans un
fiacre pour se rendre gare du Nord. Émile lui a pris la
main et la serre de toutes ses forces dans la sienne,
ils n'échangent que quelques mots entrecoupés. Arrivé
dans une autre voiture, Georges Charpentier prend le
billet de Zola pour Londres.

Et Alexandrine, déchirée, sans comprendre, regarde
son mari partir, « les yeux troubles, les mains jointes
et tremblantes ». Elle est devenue l'épouse d'un exilé.

---

1. Denise Le Blond-Zola, *op. cit.*, p. 244.

25

La gardienne et la dévouée

« Je ne veux pas attendre, pauvre ami, d'être rentrée
à la campagne pour t'écrire. C(harpentier) m'a quittée
à la maison où je me rendais après t'avoir quitté. Là,
j'ai rencontré B(runeau) qui est resté avec moi, chez
nous, jusqu'à 11 heures et demie. Lui et moi nous
étions stupides vis-à-vis l'un de l'autre, car dans ce
cauchemar nous n'avons pas compris cette détermination brusque et quel était le danger ; j'ai beau me dire
qu'il ne faut pas "qu'on te touche", mais les raisons je
les ignore, et tout à l'heure, je me rendrai chez ton
conseil pour qu'il m'explique un peu les choses.

Je ne pourrai rentrer à la campagne que dans
l'après-midi. Je reviendrai mercredi le soir ainsi que
nous faisions ces temps derniers. Pourrai-je partir
jeudi, cela je l'ignore totalement. Il est six heures du
matin, je n'ai donc pu m'inquiéter du départ des trains,
et en sortant de la gare, ma tête et mon cœur te sui-
vaient, sans songer à mon prochain départ.

Il faut qu'il y ait un danger bien gros pour que tu
aies consenti à partir si vite en laissant tout ce que tu
aimes derrière toi, et pourquoi si tu le savais, ne me
l'avoir pas dit, à moi, de qui tu dois connaître le
dévouement. Mais je ne veux pas t'attrister par ma
pauvre personne. Je ne demande encore qu'une chose,
c'est de vivre encore assez, si je dois t'être utile.

Il y avait beaucoup de lettres aimables et des cartes.

Madame Ménard a envoyé une gerbe de roses extraordinaire, et ces roses m'ont rappelé notre triste sort : rose en apparence, mais que d'épines au fond de notre cœur brisé.

Le Chevalier [1] a compris qu'il lui en manque un, il me regarde l'air stupéfait et semblant me demander compte de ce que j'ai fait de toi.

En revenant de chez le conseil, je ferai deux ou trois courses, je déjeunerai et nous partirons.

Je crains les visites des amis qui m'attendriront et me feront m'amollir, ce que je ne veux pas, j'ai tant besoin de tout le peu que je possède de force.

Dans les baisers que je pose ici, trouve tout mon dévouement.

Surtout ne sois pas malade, grands Dieux !

Je serai près de toi aussi vite que je pourrai, mais seulement pour quelques jours.

Ta pauvre vieille

Alexandrine [2]. »

Ces pages écrites quelques heures après le départ de Zola donnent la tonalité des lettres d'Alexandrine à l'exilé : mélange de réalisme et de sentimentalité, de dévouement et d'exigence, elles reflètent à la fois la situation concrète qu'elle doit affronter, les démarches qu'elle envisage, les mesures qu'elle prévoit et la complexité du lien qui l'attache à son mari. Maternelle, aimante, inquisitrice, mais aussi fragile, sensible, inquiète. Son tempérament de femme active et indépendante laisse poindre comme malgré elle ses requêtes de victime agressive. Forte par nature, faible par situation.

« Je me fais l'effet d'un pauvre bateau au milieu de la mer qui supporte toutes les tempêtes, écrit-elle à madame Bruneau quelques jours plus tard, (...) et qui

---

1. Il s'agit de leur chien, Pinpin.
2. Centre Zola.

trouve toujours à remonter au moment où on croit qu'il
sombre, mais tout de même à chaque fois, j'y laisse
un morceau d'épave [1]. »

À l'heure où elle lui écrit, Émile Zola est presque
arrivé à Londres. Il s'installe dans une chambre, sous
le nom de « Pascal », au Grovenor Hotel, tout près de
Victoria Station. Il lui écrit tout de suite une lettre qu'il
adresse à son avocat Fernand Labori pour qu'il la lui
remette quand elle ira le voir. Le jeudi 21, Alexandrine
entre donc en possession de deux lettres de son mari,
et commence par le rassurer :

> « Je suis encore plus calme, même excessivement
> calme, car je sens que tout va bien (...) Ne t'inquiète
> pas, je suis d'aplomb et je me sens très forte. »

Elle ajoute un peu plus tard :

> « J'ai toujours l'air par terre dans les accalmies,
> mais mes forces reviennent dans les cas graves. »

Mais à sa demande de le rejoindre tout de suite, elle
répond par la négative :

> « Tu me dis de venir, comment veux-tu que je
> bouge d'ici ? Je ne puis faire un pas ni ici ni à la
> campagne, on sait tout ce que je fais minute par
> minute, il y a de la police secrète à nos portes et des
> reporters. »

Les gares, les ports, les frontières sont surveillés,
tandis que des agents sont lancés à la recherche du
fugitif. La police diffuse son signalement. On l'aurait
vu en Suisse, en Allemagne, en Belgique, rapportent
les journaux... Pour brouiller les pistes, Alexandrine
demande à ses domestiques de porter des paniers de

---

1. Collection Puaux-Bruneau.

provisions dans l'île de Médan. Comment pourrait-elle le rejoindre sans donner l'alerte ? Elle est certaine que ses lettres sont ouvertes, comme elle l'écrit à Mme Bruneau :

> « Il y a devant notre porte des agents de la police secrète, il y en a aussi dans l'hôtel qui est en face de nous rue de Bruxelles, il y en a à Médan, les reporters des journaux immondes mouchardent aussi ; je ne puis ni me moucher ni tousser sans que cela soit imprimé le lendemain. L'on sait à quelle heure les domestiques se couchent, à quelle heure j'en fais autant. L'on écrit des infamies sur les murs de la propriété, l'on m'envoie des lettres me menaçant moi et les domestiques avec. Eh bien, ma chère amie, je suis raide comme un pieu, je n'ai aucunement l'air d'être assaillie de cette manière ; je vais à Paris quand je suis appelée ; et dimanche, jour de la fête du pays, je donnerai le pain bénit comme chaque année [1]. (...) »

« Raide comme un pieu » elle est désormais seule à faire face. Elle fera face. Dès le 19 juillet, Desmoulin est venu rejoindre Zola en Angleterre et l'aide à prendre contact avec un avocat anglais. Son traducteur, Ernest Vizetelly, lui rend également visite. En compagnie de l'avocat, ils partent tous trois ensuite pour le Surrey, où Zola et Desmoulin s'installent dans un hôtel. Une sorte de réseau de solidarité se met en place : l'éditeur Fasquelle se charge de lui envoyer de l'argent, Desmoulin fait les aller-retour avec l'Angleterre, la correspondance avec Alexandrine est assurée grâce à un cousin de celui-ci, le docteur Jules Larat. On utilise des pseudonymes pour égarer les soupçons : Alexandrine devient Alex, puis Caroline Wadoux, Jeanne Jean, les Mirbeau Saint Blaise, Eugène Fasquelle, M. des Clématites, etc. Quant à Labori, il justifie la stratégie juridique « improvisée » lors du départ

---

1. Collection Puaux-Bruneau.

précipité de l'écrivain en lui recommandant de se cacher, même si théoriquement les agents français n'ont pas le droit d'opérer sur le territoire anglais. Dans trois mois, il pourra rentrer, et ce sera le triomphe.

Le 26 juillet, Desmoulin revenu en France adresse ce télégramme à Zola qui attend toujours sa femme :

> « Difficultés départ immédiat Alexandre. Lettre suit. Auroux. »

La lettre en question expose les réticences d'Alexandrine : elle compte bien venir, mais quelques jours seulement et envisage de se rendre ensuite... en Italie, comme d'habitude. Desmoulin, un peu désarçonné par cette décision qui lui « paraît bien un peu extraordinaire », y voit l'effet d'un « état nerveux inaccoutumé » et de son « esprit de résistance avant la réflexion » – autrement dit de son caractère buté. Il espère la faire changer d'avis, mais Zola, qui connaît bien sa femme, le prie de n'en rien faire :

> « Mon cher ami, je vous supplie de n'exercer aucune pression sur Alex, et de le laisser libre de prendre le parti qu'il préférera. (...) Malgré le bonheur que j'aurais à l'embrasser, je sens que le plus sage serait sans doute qu'il ne vînt pas dans ces conditions. Enfin, je ne veux avoir aucune opinion. Qu'il décide lui-même. »

En réalité, elle préfère attendre l'arrêt de la Cour de cassation qui doit débattre de la demande de pourvoi déposée par Labori le 18 juillet avant de prendre une décision. Pourtant, lui écrit-elle, « le temps me semble d'une longueur infinie, car je voudrais te revoir vite... ». Tiraillée entre les mises en garde de Labori et le désir de son mari, elle hésite et se débat. Elle finit par se ranger à l'avis de l'avocat, tout en assurant à Émile que s'il insiste, elle le rejoindra, mais à ses risques et périls... De façon assez amusante, et très caractéristique de leur relation, chacun proteste de sa volonté de se soumettre à l'autre, tout en manifestant avec insistance la sienne. Le problème, c'est qu'ils sont loin et que le décalage du courrier rend bientôt la situation très confuse. Alors qu'Alexandrine est très entourée, Zola lui, isolé et obligé de se cacher dans un pays dont il ne connaît pas la langue, est de plus en plus déchiré.

> « Chère femme, j'ai mon pauvre cœur plein d'incertitude et d'angoisse. Voilà six grands jours que je discute avec le bon Desmoulin le meilleur parti que j'ai à prendre. Et je ne sais plus, j'en suis arrivé à un point d'anxiété extrême, ne t'ayant pas là pour causer et savoir ce que tu désires toi-même.
>
> J'ai décidé Desmoulin à partir pour qu'il te porte mes doutes et le désir que j'ai de te laisser l'absolue maîtresse de la situation. Il t'expliquera toutes les hypothèses que j'ai envisagées, vous les discuterez ensemble. Mais je t'en supplie, au nom de notre vieux ménage, au nom de nos trente ans passés de vie commune, agis comme si ton bonheur seul était en cause, et comme si moi-même je n'existais pas. Je veux que tu sois encore la plus heureuse possible, et je ne serai heureux qu'à cette condition.
>
> Je t'embrasse de tout mon pauvre cœur ulcéré, qui est malade de ne plus savoir que faire [1]. »

En fait, ces tergiversations sont le reflet d'une situation que l'exil a rendue encore plus compliquée. L'équilibre que Zola était parvenu à instaurer entre ses deux ménages est rompu. Tout juste a-t-il pu charger Desmoulin le 27 juillet de remettre une lettre à Jeanne restée sans nouvelles, on imagine dans quelle angoisse et quelle solitude. Elle aussi est surveillée. Les scénarios qu'envisagent à tour de rôle Émile et Alexandrine

---

1. Bakker, *op. cit.*, tome 9, 3 août 1898.

font donc la part de ce qu'elle appelle les « autres affections » de Zola. La différence entre eux, c'est que lui se garde bien d'y faire la moindre allusion. Elle, craint qu'en sa présence, il n'éprouve le regret d'« affections plus consolantes et plus gaies » que la sienne, qu'ils en soient conscients tous deux et « n'osent se l'avouer ».

Elle énumère donc diverses hypothèses, aussi imparfaites les unes que les autres : soit elle le rejoint pour quelques jours seulement et rentre à Paris ; soit elle vient et cède ensuite sa place à Jeanne et part directement pour l'Italie ; soit, elle reste auprès de lui. La situation se complique encore à l'annonce de l'arrêt de la cour de Versailles qui, signifié à domicile, risque d'avoir pour conséquence la vente de tous leurs meubles pour acquitter les frais du procès. Comment abandonner la maison dans ces conditions ? Le malheureux Desmoulin est chargé des tractations, et joue le mieux possible ce rôle délicat – allant jusqu'à traverser la Manche pour remplir sa mission !

C'est donc lui qui annonce à Zola la décision finale d'Alexandrine :

> « Elle croit, et il y a beaucoup de vrai dans sa croyance, qu'il est indispensable qu'elle soit ici pour répondre aux gens, pour rechercher des pièces qui peuvent être utiles, et enfin pour être là au moment de la vente en question (...) Elle m'a donc chargé de vous *inviter* à faire venir vos enfants près de vous car elle comprend très bien que vous ne pouvez pas très longtemps rester seul. Quant à l'Italie, elle y renonce, *dit-elle*[1]. »

Sa ligne de conduite fixée, Alexandrine n'en bougera plus, quoi qu'en pense Desmoulin, persuadé qu'elle partira tout de même pour l'Italie. Elle ne s'est pas effacée devant Jeanne et ses enfants – elle ne l'au-

---

1. *Idem*, 15 août 1898.

rait jamais accepté –, elle a décidé que sa place était à
Paris. Qu'on ne s'y trompe pas : c'est bien un sacrifice,
elle y reviendra à plusieurs reprises dans sa correspondance, mais un sacrifice qu'elle choisit librement,
parce qu'il lui semble que la situation l'exige. Elle fera
« ce qu'il y a de mieux à faire pour le mieux de tous,
je dis de tous ». Elle a tranché.

> « Je sens que je ne dois pas moi lâcher tout à la
> moindre inquiétude, nos regrets seraient trop grands
> d'avoir pu céder à la tendresse que nous avons encore
> l'un pour l'autre.
> (...) Aller vivre près de toi et te quitter surtout cela
> serait encore un grand déchirement, rester près de toi
> jusqu'au moment propice serait te priver d'autres
> affections qui sont inutiles ici [1]... »

Cette décision a dû lui coûter. Mais elle lui rappor-
tera beaucoup, si l'on nous passe ces termes de comp-
tabilité. Il ne s'agit pas d'un calcul de sa part, mais
d'un sens très aigu de ses responsabilités et d'une
grande lucidité. Elle a pris ses risques. Les bénéfices
secondaires qu'elle pourrait en tirer – la reconnaissance
de Zola, son éventuelle culpabilité, sa dette à son
égard – elle ne semble pas les avoir pris en compte.
Mais son attitude est dans la droite ligne de celle
qu'elle adoptera jusqu'à la fin de sa vie ; être digne de
l'homme qu'elle a épousé et qu'elle aime. Une fois
pour toutes, elle lui a donné sa vie :

> « Mon seul plaisir, ma seule joie, tout mon bonheur
> est de pouvoir t'être utile et me mettre entièrement à
> ta disposition. »

Les circonstances exceptionnelles qu'ils vivent lui
permettent de s'élever au-dessus d'elle-même. Elles
vont faire d'elle une femme plus aimée peut-être

---

1. Centre Zola.

qu'elle ne l'a été depuis longtemps. En témoigne cette réponse d'un Zola très ému :

> « (...) Je vais avoir près de moi les enfants, mais ils ne sont pas tout, et si tu savais combien mon pauvre cœur est resté si plein de toi, souffre de ce qui se passe. Je n'ai plus de tranquillité, ma vie est trop bouleversée, l'incertitude me donne un tremblement nerveux qui ne cesse pas.
>
> Pourtant, je crois que tu as pris le meilleur parti. Je ne pouvais te le conseiller sans paraître retarder le jour où nous nous retrouverons réunis. Mais je t'approuve, tu es la sagesse même. (...)
>
> Je t'embrasse de tout mon cœur, chère femme, tu es en ce moment la gardienne et la dévouée, c'est toi qui me représentes et qui me défends.
>
> Sois certaine que je n'oublierai jamais ton admirable cœur en ces tristes circonstances. Si je ne t'aimais pas toujours comme je t'aime, ton attitude actuelle me donnerait bien du remords [1]. »

La sincérité du romancier ne peut être mise en doute, comme le prouvent ces notes prises au même moment :

> « Quand les enfants seront ici, peut-être me calmerai-je un peu. Mais ils ne sont pas tout mon cœur, et combien ma pauvre femme me manquera [2]. »

Dès cet instant, le rôle de Madame Zola est tracé : elle est « la gardienne et la dévouée », chargée de représenter et défendre l'écrivain. Elle va s'y consacrer à plein temps, y puiser des forces neuves – et surtout y gagner une stature que, sans l'exil, elle n'aurait jamais acquise. Zola, bouleversé, mesure ce qu'il lui doit, les dangers qu'elle court dans ce climat d'hostilité et de menaces, et la place qu'elle occupe dans son cœur.

---

1. Bakker, *op. cit.*, lettre du 6 août 1898.
2. Denise Le Blond-Zola, *op. cit.*, p. 253.

Mais qu'il ne cède pas trop à l'attendrissement. D'avance, elle lui a répondu :

> « Tu dis que tu voudrais me voir heureuse, hélas ! mon pauvre ami ! toi qui me connais mieux que personne, tu me connais encore bien mal, si à cette heure tu penses garder l'espoir de me voir heureuse, avec toutes les tristesses et les amertumes dont je suis abreuvée depuis bientôt dix ans. Je te le disais deux années après, que tout était fini pour moi, que je n'avais plus qu'à employer ma triste existence à faire du bien encore à ceux que j'aimais. Je tâche de le faire, et je continuerai tant que je pourrai [1]. »

Oblative, certes, mais pas amnésique. Le compte ouvert entre eux en 1891 n'est pas près d'être fermé.

Pour la première fois, elle vit donc sans lui en France. De toutes parts, lui arrivent des invitations à déjeuner. Mais pour l'instant, elle préfère rester seule :

> « Je ne me sens bien que lorsque je ne vois personne, comme en ce moment par exemple, à l'heure que nous aimons tant tous les deux lorsque le monde est couché et qu'aucun bruit ne règne dans la maison [2]... »

Et quelques jours plus tard :

> « J'entretiens l'illusion que tu n'es pas parti, et en effet, tu es toujours là, je m'imagine que tu y es, et à ce point parfois que j'ai la bouche ouverte pour te parler, oubliant complètement que tu n'es pas assis là en face de moi, ainsi qu'aux jours ordinaires. »

Elle fait marcher la grosse horloge qu'il aime entendre, elle fleurit son cabinet de travail où tout est

---

1. Centre Zola.
2. *Idem.*

rangé comme s'il allait rentrer d'un instant à l'autre.
Mais « la machine du travail n'y ronfle plus ». Ses
feuilles de papier et ses buvards l'attendent. Les lettres,
les revues, tout ce qui lui est adressé est placé sur la
table devant sa chaise. Chaque soir, avant de se coucher, elle les classe, et pose les couteaux à papier sur
la pile. À la fin de la semaine, elle fait un paquet sur
lequel elle inscrit la date. Elle s'occupe de Pinpin, leur
chien préféré, lui donne ses pilules et ses bains, et lui
parle de son maître. Petit à petit, sa vie s'organise entre
Médan où elle s'est installée, et Paris où elle se rend
deux ou trois fois par semaine, parfois quatre au début,
malgré la chaleur étouffante, pour régler leurs affaires
et chercher son courrier. Zola lui envoie ses lettres les
jeudis et dimanches soir afin qu'elle puisse les récupérer le samedi et le mardi. Assez vite, et sans doute
parce qu'elle peut, elle, à la différence de son compagnon, se raccrocher à ses habitudes, elle a pris son parti
de la situation sans pour autant s'y résigner. Le 12 août
au soir, alors qu'elle sait que Jeanne et les enfants sont
arrivés auprès de lui, c'est même elle qui lui remonte
le moral :

> « D'abord, tu m'inquiètes terriblement de te sentir
> si agité ; pour Dieu ! calme-toi. Notre séparation a été
> terrible dans les conditions où elle a eu lieu, mais rap-
> pelle-toi que nous devions nous séparer au commence-
> ment de ce mois, pour ne nous revoir qu'en octobre,
> tu avais accepté cette séparation tout heureux de pou-
> voir plus largement vivre de tes affections ; les choses
> ont été un peu brusquées par les circonstances, c'est
> ce qui fait que nous en sommes tristes tous les deux
> et nous manquons de raison de ne pas remettre les
> choses au point, lorsque notre cœur déménage. »

L'arrivée de Jeanne et des enfants qui l'ont rejoint
dans la maison de Penn, près de Weybridge, où il s'est
installé depuis le 1er août, ne semble pas apaiser totalement Zola que l'acquittement d'Esterhazy et la marche

de l'Affaire rendent de plus en plus pessimiste. En les faisant venir, il a pris un risque supplémentaire, lui rappelle Desmoulin, celui de porter l'attention sur sa situation extra-conjugale. Leurs partisans risquent de s'en offusquer si cela se sait. Et ils sont plusieurs, en effet, dans son entourage parisien, à avoir estimé sa personne un peu encombrante, et susceptible de nuire à la Cause... De là à penser qu'en Angleterre, il sera moins gênant... Quand on lui parle de précautions, cette fois, Zola explose. Il répond à Desmoulin :

> « Mais tout ce que vous vous êtes dit, je me le suis dit à moi-même, voici longtemps déjà. Et vous ne savez pas pourquoi j'ai passé outre ? C'est parce que je m'en fous ! J'en ai assez, j'en ai assez, j'en ai assez ! Mon devoir est rempli, et je demande qu'on me fiche la paix. »

De plus en plus, confie-t-il à Alexandrine, il a des doutes sur les manœuvres qui ont abouti à son exil. Tout ce tracas aurait pu être évité. Il lui conseille de ne pas se laisser manipuler par Labori et ses amis, quelle que puisse être leur sincérité, et de ne se fier qu'à son bon sens. Pour sa part, il est de plus en plus découragé, et lui propose un nouveau scénario pour les mois qui viennent. Qu'elle parte se reposer et faire sa cure en Italie en septembre, et dès le départ des enfants, le 1ᵉʳ octobre, il la rejoindra à Gênes, où elle lui apportera quelques affaires. Et là, ils vivront tous les deux, ne rentrant en France que lorsque « justice sera faite ».

> « Nous sommes trop vieux maintenant pour recommencer la vie ; et tout ce que je demande, c'est de finir en paix, fût-ce dans le dernier des trous [1]. »

Loin de chez lui, déstabilisé, inquiet pour l'avenir

---

1. Bakker, *op. cit.*, tome 9, 13 août 1898, p. 254.

de ses enfants, il semble avoir plus que jamais besoin
de sa femme [1] :

> « (...) Jamais nous n'avons traversé un moment où
> nous ayons plus besoin de nous aimer et de nous
> entendre. Le moindre désaccord entre nous serait sim-
> plement abominable. C'est pourquoi je demande tant
> que tu me fasses connaître ton désir, toujours, pour
> tâcher de m'y conformer. Soyons bien d'accord sur
> tout, pour souffrir moins. »

Ses lettres la tiennent au courant de son travail – il
vient de commencer un nouveau roman –, de la vie des
enfants auprès de lui, de la moindre de ses pensées...
sauf de celles qui concernent Jeanne, comme mysté-
rieusement gommée [2]. Et comment interpréter une
phrase aussi surprenante que celle-ci, écrite le jeudi
18 août 1898 ?

> « J'embrasse les enfants en pensant à toi. »

Alexandrine, inquiète pour le moral de son mari,
n'en perd pas pour autant le sens de l'humour et de
l'efficacité. Elle expose sa thérapie musclée à
Mme Bruneau :

> « J'ai été très attristée par les dernières lettres, non
> à cause de la santé, mais une espèce de découragement
> moral. Alors j'ai pris mon grand cheval de bataille et
> j'ai terrorisé mon héros, ce qui lui a fait du bien car
> aujourd'hui j'ai senti que le baromètre de son cerveau
> se remettait au bon point. »

En quelques semaines, le silence est retombé sur
l'exilé. Loin de tout, déchiffrant péniblement la presse
anglaise à l'aide d'un dictionnaire, il n'est informé de

---

1. *Idem*, 11 août 1898.
2. Rappelons que l'ignorance où nous sommes du contenu des
lettres adressées à Jeanne renforce encore cette impression.

la marche des événements qu'avec un jour ou deux de retard. Et par-dessus tout, il ne peut pas agir. Pour un homme comme Zola, c'est insupportable. Loin de se plaindre, il se replonge dans son travail de romancier, et la rédaction de *Fécondité* lui fait oublier son impuissance. En compagnie de Jeanne et des enfants, il retrouve le calme nécessaire à sa vie de créateur. Mais, parallèlement, il a le sentiment que son rôle dans l'Affaire est terminé [1].

Celui d'Alexandrine commence. En France, l'Affaire bat son plein. On est loin d'avoir oublié Zola, qui pour des dizaines de milliers de gens incarne avec Dreyfus tout ce qu'ils haïssent. Les ligues n'ont jamais été aussi puissantes. La République pourrait bien chanceler. Madame Zola va donc prendre le relais. D'abord, en rappelant à son mari la mission qu'il s'est fixée, sans chercher à tirer parti de son découragement. Beau courage dans une telle situation :

> « Mon pauvre ami, le malheur est que tu ne peux pas lâcher ce que tu as commencé, ce ne serait pas digne de toi, et cela démentirait tout ton passé ; tu dois te résigner à aller jusqu'au bout, quoi qu'il t'en coûte, à toi et aux tiens. Le sacrifice est commencé, tu dois le continuer. »

Pour sa part, rien ne la fera reculer. Sa présence à Paris est nécessaire. Elle est en relation permanente avec les dreyfusards et avec Labori. C'est à elle qu'incombe la tâche de retrouver les papiers nécessaires à la défense, telle ou telle lettre indispensable pour le dossier. Elle assure aussi les contacts avec les traducteurs et les éditeurs, question d'autant plus essentielle que l'Affaire a mis a mal leur fortune, et que les droits d'auteur sont plus que jamais vitaux. Le dernier roman,

---

1. Il est à noter que les livres consacrés à l'affaire Dreyfus cessent de parler de Zola à partir de son départ en exil.

Paris, sorti durant les événements, n'a pas été un grand succès, le moindre chèque, comme celui que verse la banque Macmillan pour ses droits d'auteur de la traduction américaine de *Paris*, est le bienvenu. Elle multiplie aussi les démarches pour tenter de régler la question de la somme à verser aux experts mis en cause dans « J'accuse ». La totalité des frais repose sur Zola, et avec l'aide d'Octave Mirbeau et de sa femme Alice, elle intervient avec succès auprès de *L'Aurore* et de Joseph Reinach pour qu'on les aide à payer.

Très active, elle multiplie les démarches pour défendre au mieux les intérêts de Zola. Elle est sur tous les fronts. Consciente sans doute du péril qui les menace, elle s'inquiète aussi pour Denise et Jacques, ces enfants qui n'ont aucun droit, aucune ressource au cas où il arriverait quelque chose à leur père.

> « (...) Penser à moi, ne te mets pas en peine de moi, je saurai bien sortir d'embarras dans un moment pénible, mais ce sont les petits, en effet, qui sont une grosse affaire dans ton existence, n'étant en aucune manière secourus de ce côté, et sans l'espoir de l'être si les choses se gâtaient encore. »

Elle s'inquiète aussi de leur santé, des conditions dans lesquelles ils ont effectué la traversée, de leur adaptation à leur nouvelle vie.

> « Si Poulet (Denise) demande des nouvelles de la "Dame", dis que la "Dame" l'embrasse bien ainsi que Ma (Jacques) [1]. »

Apprenant que le petit garçon, âgé de sept ans, est un peu dépaysé, elle constate :

> « Je ne suis pas étonnée de ce qu'éprouve le petit Ma, car il est, lui, d'une nature plus réfléchie, et certaines choses doivent fortement l'impressionner plus

---

1. Centre Zola.

> que Poulet, qui est d'une nature plus en l'air. Je suis
> contente que tu les aies près de toi, cela doit adoucir
> ton exil[1]. »

Comment le romancier n'éprouverait-il pas admiration et amour pour une femme dont il connaît la nature
possessive, quand elle est capable de faire preuve d'un
aussi sublime renoncement que dans ces lignes ?

> « Donne-toi à ceux que tu as près de toi et que ton
> cœur désirait tant, faute de joujoux donne-leur une
> figure gaie autant que tu le pourras.
> Moi, je suis la vieille, ça ne compte plus, et je ne
> suis là que pour tenter d'adoucir dans la limite de mes
> faibles ressources les amertumes de ceux que j'aime
> et je n'ai pas besoin de te dire qui passe en premier et
> au-dessus de tout. »

Alexandrine est-elle vraiment sincère ? A-t-elle, à
l'aube de ses soixante ans, vraiment renoncé à être
aimée pour elle-même ? Joue-t-elle à ses propres yeux
l'enivrante partition de la femme généreuse et à jamais
irremplaçable, celle que Barbey d'Aurevilly appelait
« la vieille maîtresse » ? Un peu de tout cela à la fois,
sans doute, dans cet éclatant et amer effacement...

---

1. Centre Zola, lettre du 30 août.

26

« Toi et moi à la fois »

Dans les semaines qui précèdent, les événements se sont précipités. Le 13 août 1898, le capitaine Cuignet, chargé par Cavaignac de revoir toutes les pièces du dossier, a découvert que le document brandi par le ministre de la Guerre est en réalité un faux grossier : à la lueur de sa lampe, la différence de couleur entre l'en-tête et la signature montre que la pièce a été fabriquée par Henry ; le 30, ce sont les aveux et l'arrestation du commandant Henry, le 31, l'annonce de son suicide dans sa cellule du Mont-Valérien. La nouvelle fait le tour du monde. En quelques heures, la presse révisionniste passe de 2 à 40 % des ventes. L'opinion se retourne.

Le jour même des aveux, le docteur Larat a prévenu par dépêche Zola de la bonne nouvelle qui semble relancer l'Affaire de façon inespérée. Alexandrine doit se contenter de la deuxième place :

> « Je suis jalouse de ceux qui ont pu te prévenir, car je voudrais toujours qu'une joie ne puisse te venir que de moi. Je suis incorrigible, n'est-ce pas ? »

Mais cela ne retire rien à sa joie et à son espoir de voir bientôt le retour de son mari. Espoir bientôt déçu, les événements continuant à se succéder, tantôt favorables à la Révision, tantôt défavorables. Le 3 septembre, Cavaignac démissionne. Mais le 4, Esterhazy quitte Paris sans bagages, prend le premier train, se retrouve à Maubeuge où il coupe ses moustaches pour passer incognito à Bruxelles, puis à Londres. Les anti-dreyfusards ne restent pas longtemps abattus. À la suite de Maurras, le faux devient un « faux patriotique » forgé pour les besoins de la cause, sauver la France, et Henry, un héros.

D'un jour à l'autre, Alexandrine passe de la colère à la joie. Elle n'ose partir, de peur que les événements ne se précipitent, certaine aussi que partout,

> « ce sera encore et quand même "L'Affaire". Où aller pour n'en entendre plus parler, je crois que chez les Sauvages, ils s'en entretiennent aussi »,

confie-t-elle à Alfred Bruneau, en vacances à Porni-chet[1]. Mais le 15 septembre, elle envisage à nouveau de se rendre en Italie jusqu'à la fin du mois, quitte à rentrer précipitamment si le besoin s'en faisait sentir. Elle ferait auparavant un crochet par Londres, comme elle l'écrit à Élina,

> « afin de l'aider à achever son exil, car décidément je commence à manquer, mais il paraît quand même que je puis m'en aller respirer l'odeur des eucalyptus ».

La version donnée à Zola est plus romantique :

> « Ce que je voudrais, ce serait d'avoir mon mari, ma maison, mes chiens, tout enfin, n'être pas séparée de ce qui est ma vie. Comme mon désir ne peut être, que je sois ici ou là importe peu. »

Enfin, le 17 septembre, le Conseil des ministres, sous la conduite de Brisson, se montre favorable à la Révision. Mais le 20, le gouverneur militaire de Paris,

---

1. Collection Puaux-Bruneau.

Zurlinden, confirmé dans son poste, donne l'ordre d'instruire contre Picquart, accusé d'avoir falsifié le « petit bleu » destiné à Esterhazy. Inculpé de faux, il est écroué à la prison du Cherche-Midi.

Ces incertitudes minent les forces de l'exilé, que Jeanne et les enfants doivent quitter le 15 octobre. Installés depuis le 27 août à Addlestone, à quelques kilomètres de son ancienne résidence, ils profitent d'un endroit plus désert, et d'un grand jardin où les enfants peuvent s'ébattre sans crainte. Le moral du romancier reste vacillant.

> « Il me semble que nous sommes en pleine nuit obscure et que nous ne savons où nous allons. Rien n'est plus douloureux [1]. »

Un autre événement va contribuer à le désespérer : la mort de Pinpin, leur petit chien adoré.

L'amour des époux Zola pour les animaux est connu : chats, chiens, volaille, perruches, cheval, vaches, ouistitis même, ont habité leur vie, et bien souvent leur ont tenu lieu d'enfants comme le reconnaît volontiers Alexandrine. Entre eux, ils échangent des petits noms tendres tels que Coco, Loulou, ou plus original « chien-loup-chat », code amoureux dont tous deux usent durant toute la correspondance d'exil. Ainsi, le 4 septembre 1898 :

> « Et nous deux, ma chère femme, je crois que nous recommençons à être de beaux chiens-loups-chats ; le chat-loup-chien embrasse le loup-chat-chien de tout son cœur. »

Dans chaque lettre, Alexandrine entretient son mari de la santé du loulou de Poméranie, de ses incartades, de sa tendresse. Elle le prend le matin dans son lit pour le câliner, il est dans ses jambes à longueur de temps,

---

1. Bakker, *op. cit.*, tome 9, 25 septembre 1898.

il a même sa place à table. De son côté, Zola transmet dans chaque lettre une caresse à son Mr Pin.

Le petit chien est brutalement emporté par une gastro-entérite. Incapable d'avouer la vérité à Zola, elle commence par lui dire qu'il est malade. Mais son émotion se trahit dans l'évocation de son propre attachement pour Pinpin entré chez eux durant « un drame horrible pour moi d'il y a quelques années ». Il s'agit bien sûr de la découverte de la liaison avec Jeanne, comme si tout la ramenait à cet événement, qui a marqué pour eux, dit-elle dans une autre lettre, le début du malheur.

Est-ce la mort de Pinpin ? Dans cette même lettre, elle s'abandonne pour la première fois à sa tristesse :

> « Je ne t'en parlais jamais du trouble de mon âme dans lequel m'a jetée ton départ, et nous pourrions nous embrasser durant des années, cette terrifiante chose ne s'effacera jamais oh non ! jamais de ma mémoire et j'en sentirai toujours l'immense effondrement que j'ai senti ce jour-là. (...) Sois sûr que ma souffrance n'est pas moins grande que la tienne, et qu'elle est sans doute encore augmentée, car je n'ai personne à qui raconter mes douleurs (...)
>
> Embrasse tes chers petits qui t'apportent une grande douceur dans ton exil, et cela doit me faire supporter (...) cette séparation qui n'est pas près de finir. »

Vient enfin, le 26 septembre, l'aveu de la mort de Pinpin :

> « Je crus devenir folle de douleur, car je pensais à toi et à cette horrible responsabilité que j'avais de ne pas laisser tomber ce petit. »

Il est mort sur ses genoux, « ce petit enfant adoré ». Elle l'a enseveli dans un suaire, avant de le déposer dans un cercueil, terrassée de douleur et de culpabilité, elle-même « enterrée vivante ». Zola est à la fois

effondré par la nouvelle, et persuadé que sa femme lui
cache la vérité, qu'elle est en fait elle-même gravement
malade. En proie à une véritable panique, il écrit au
docteur Larat, pour lui demander la vérité. Celui-ci le
rassure, mais n'amoindrit pas pour autant le choc de la
mort de son petit chien préféré. Bouleversé, incapable
d'écrire, il est obligé de garder le lit, en proie à une
crise profonde où se mêlent la perte de Pinpin, la douleur de l'exil, les doutes sur la suite de l'Affaire et son
retour, les attaques de Judet contre son père et le départ
prochain de Jeanne et les enfants. Son désespoir prend
une forme extrême, et c'est un véritable appel au
secours qu'il lance à sa femme :

> « Si tu ne viens pas me retrouver le 16 je ne vivrai
> plus[1]. »

Leurs sentiments exacerbés se répondent. Si j'étais
sur le point de mourir, lui écrit Alexandrine, « je parti-
rais près de toi afin que tu recueilles mon dernier sou-
pir ». Elle ajoute :

> « Si tu ne m'avais pas, ce serait un bien gros souci
> de moins pour toi, et c'est pourquoi je fais tout ce qu'il
> m'est possible afin de te récompenser de la tendresse
> que tu as gardée malgré tout pour moi. »

Profondément découragé, il perd aussi la foi dans
son combat, et dans ses chances de réussite.

> « Du moment qu'on retient Picquart en prison, que
> Paris entier ne s'est pas levé à l'idée que Dreyfus était
> innocent, que la France continue à se faire la complice
> de tant de crimes, tout devient possible, on peut s'at-
> tendre aux pires infamies pour cacher tant d'infamies
> déjà commises[2]. »

---

1. Bakker, *op. cit.*, 27 septembre 1898.
2. *Idem*, 4 octobre 1898.

Mais dès que sa crise s'apaise un peu, il s'empresse de la rassurer :

> « Chère femme, nous sommes encore debout l'un et l'autre. Nous nous aimons toujours, et là doit être notre force[1]. »

Entre-temps, Georges Charpentier est venu lui rendre visite, et il éprouve un grand apaisement à parler avec son ami.

Seulement, voilà, cette visite déclenche de nouveaux remous. Marguerite Charpentier, en effet, apprend le jeudi 6 octobre à Alexandrine que son mari s'apprête à rendre visite au sien. Impossible, décrète celle-ci, Émile ne veut recevoir personne. Ce qu'affirme en effet Zola dans l'une de ses lettres, pour ne pas heurter de front son épouse en recevant leurs amis communs durant le séjour de Jeanne à ses côtés. Mme Charpentier a beau jeu de démontrer que son mari est bien à Londres, provoquant un état de rage indescriptible chez Alexandrine. La querelle est assez violente pour qu'elle mette son ancienne amie à la porte de chez elle, non sans que ces dames se soient dit quelques vérités qui devaient couver depuis plusieurs décennies. Alexandrine est outrée par le « ton arrogant » de Mme Charpentier qui lui a fait sèchement remarquer que son mari n'a pas de conseils à recevoir d'elle, et qu'il est libre d'agir à sa guise. Pis, elle reproche à Alexandrine de ne pas aller voir Zola elle-même et de l'abandonner alors qu'il a été gravement malade. Le lendemain, Alexandrine reçoit « une lettre stupide d'insultes aussi basses qu'en pourrait écrire la portière la plus mal élevée ». Entre autres douceurs, Marguerite lui fait remarquer que Zola a été bien heureux de trouver Charpentier quand personne ne voulait de ses livres !

La querelle a pour prétexte les relations entre Zola

---

1. *Idem*, 2 octobre 1898.

et Charpentier, mais elle donne l'occasion aux deux femmes de se dire leurs quatre vérités.

> « Je n'en veux pas à Charpentier qui n'est dans cette chose comme toujours qu'un instrument. (...) Tu verras à ton retour à quel point de folie elle en est arrivée. »

Dans un premier temps, Marguerite a détourné sur elle, bien involontairement, la rancœur d'Alexandrine vis-à-vis de son mari. Mais très vite, les lettres prennent un tour dramatique. Elle reproche surtout à son mari de s'être montré à ses amis avec Jeanne et les enfants. Fais-les tous venir, maintenant, lui dit-elle en substance, y compris ceux qui jusqu'à présent ont eu la délicatesse de ne pas venir te voir. Elle prend ce qui est pour elle une façon d'officialiser son couple avec Jeanne comme une véritable trahison : en sortant sa liaison de la clandestinité, il précipite leur propre séparation. Cela équivaut à une rupture de contrat entre eux. Sans doute le compromis sur lequel repose leur vie a-t-il pour condition une discrétion absolue quant à l'existence de Jeanne.

> « Quel abîme pour moi, au lieu du rêve de ma vie pendant 24 ans, avoir souffert, pour lutter à tes côtés pendant tes commencements si durs, avoir trouvé du courage dans l'espoir d'une vieillesse heureuse, côte à côte, jouissant enfin de ta rude vie de labeur, nous serrant davantage l'un près de l'autre pour oublier toutes les déchirures que les épines du chemin nous avaient faites, au contraire, près de la mort, elles nous entrent plus cruellement dans la peau. »

Elle le punit donc en décidant de ne pas venir le retrouver.

Elle a touché juste. Il lui répond :

« Je commence à croire qu'il vaudrait mieux la
mort. (...) À quoi bon le travail, lorsque tout croule
autour de moi, jusqu'à notre affection [1] ? »

Et il la supplie de ne pas le punir ainsi, et d'arriver
vite.

Cet étrange dialogue montre une fois de plus la
complexité de leur relation et la manière de tutelle
qu'exerce Alexandrine sur Zola. À la façon de certaines mères abusives – et qui sait, peut-être d'Émilie
Zola ? – elle sait faire jouer les mécanismes de la
culpabilité et de la dépendance : comment ! elle s'est
sacrifiée pour lui, elle lui a voué sa vie, elle n'espère
plus qu'une vieillesse heureuse, et voilà ce qu'il lui
fait ! Mais tant pis, elle est prête à nouveau à se sacri-
fier, malgré sa faiblesse :

« Tu as commencé une séparation douloureuse, tu
peux la continuer, dès le premier jour, je t'ai dit que
j'étais prête à m'en aller lorsque ce serait ton désir, je
n'ai pas changé d'avis, cela ne m'empêchera jamais
de te soutenir de mes faibles efforts tant que je le pourrai. »

Cette générosité sonne comme une punition. Éternellement dépendant, éternellement coupable, Zola,
pris de panique, cède éternellement.

Quant à la brouille d'Alexandrine Zola et de Marguerite Charpentier, elle durera assez longtemps, mais
les deux amies finiront par se réconcilier et collaborer
au sein de l'œuvre présidée par Madame Charpentier,
la Pouponnière.

L'un des arguments utilisés par Alexandrine est que
le séjour de Jeanne aux côtés de Zola risque d'être
connu publiquement, et de porter préjudice à la cause.

Une fois de plus, on s'étonne, en effet, que cette

---

1. Bakker, *op. cit.*, tome 9, 15 octobre 1898.

situation ait réussi à rester secrète, alors même qu'un rapport de police d'avril 1898 précisait au sujet de Zola :

> « Les mauvaises langues lui attribuent une nommée Rozerot pour maîtresse. Celle-ci est âgée de trente ans et demeure 3 rue du Havre au loyer de 4 000 F. C'est une grande femme blonde, très élégante et menant grand train de maison. Elle a beaucoup de bijoux et on évalue ses dépenses mensuelles à 1 500 F. »

Pourquoi ses ennemis n'ont-ils pas utilisé cette liaison contre lui ?

C'est en tout cas une somme de 5 000 F que Zola demande à Fasquelle d'envoyer à Jeanne, dès le retour de celle-ci à Paris, le 15 octobre. Et à Alexandrine, le 18 octobre, il confie son inquiétude de ne pas encore avoir de nouvelles des enfants rentrés trois jours plus tôt.

Mais la marche de l'Affaire reste le souci majeur de Madame Zola. Elle donne des interviews, et répond aux journalistes qui l'interrogent sur le retour de son mari. La réponse est toujours la même : pas avant l'arrêt de la Cour de cassation autorisant la Révision. Le 11 octobre, elle fait face, entourée de ses amis, à la vente-saisie destinée à acquitter les 30 000 francs de dommages-intérêts aux experts. Mais Eugène Fasquelle, au nom d'Octave Mirbeau, a acheté pour 32 000 F le premier objet mis en vente, une table Louis XIII, mettant fin à la saisie. Alexandrine échappe ainsi à sa grande crainte : ouvrir au public le cabinet de Zola et leur chambre, « ces deux pièces qui sont plus à nous que les autres puisque ce sont dans celles-là que nous vivons le plus côte à côte ».

Quotidiennement, elle doit affronter la curiosité du public, et les marques parfois délirantes de soutien ou de haine : chaque jour, par exemple, une femme vient déposer une gerbe de fleurs devant leur domicile, 21 bis rue de Bruxelles ; sur le même trottoir, les partisans de Guérin ont dressé un bûcher afin d'y jeter « les œuvres pleines de fiente et de crachats de l'Italien » ; des messages arrivent du monde entier, souvent de gens modestes exprimant naïvement mais de façon émouvante leur admiration, des propositions parfois saugrenues et surtout des dizaines et des dizaines de lettres de menaces et d'insultes qui à elles seules remplissent un épais dossier. Tout ce courrier, c'est Alexandrine qui le reçoit, le lit, le trie – et, dans la plupart des cas, en épargne la teneur à son mari. Certaines lettres lui sont personnellement adressées. Imagine-t-on sa réaction à la lecture de torchons tels que celui-ci, reçu le 9 octobre 1898 ?

> « Madame si vous ne foutez pas le camp d'ici 8 jours, on trouvera moyen, malgré la domesticité qui vous entoure, de vous foutre dans le ventre ce qu'il faut pour vous faire crever. Puisque votre infect époux se dérobe, on s'attaquera aux siens, on n'épargnera rien. Mort aux juifs et à ceux qui les soutiennent. »

Le 25 octobre, elle cède enfin aux prières de Zola et part pour l'Angleterre, en compagnie d'Eugène Fasquelle.

> « Tu m'arraches tellement le cœur en me voulant et en n'étant pas plus raisonnable que tu n'es, que je sacrifie tout ici. »

Elle a pris toutes ses précautions : les malles partent en consigne avec les paniers de provision, sont récupérées par un voiturier de Fasquelle, qui les ramène à la maison d'édition d'où elles repartent pour l'Angleterre. Les derniers mots d'Alexandrine avant de rejoindre son mari sont encore d'amour :

> « À bientôt maintenant. Je n'ose croire encore que c'est vrai, que je poserai mes lèvres sur ton cher

visage, que je vais enfin t'embrasser. Encore une fois
mes tendres baisers sur ce froid papier. »

Quelques heures plus tard, ils sont enfin réunis.

Le 29 octobre 1898, la Cour de cassation déclare la
demande de révision recevable, et ouvre une enquête.
La victoire est en vue, même si les Zola ne comptent
plus sur un retour immédiat, et si l'écrivain reste
méfiant. Alexandrine qui est maintenant près de lui est
frappée par sa nervosité, au point qu'il est pris, dit-elle,
de véritables convulsions quand il ouvre les journaux.
Leur appartement de trois pièces au Queen's Hotel à
Upper Norwood leur convient bien, mais elle ne s'ac-
coutume pas à la cuisine anglaise.

> « Ce pays où il y a de la viande superbe chez les
> bouchers, est abîmée *(sic)* par la façon de la cuire,
> jamais on ne peut obtenir un morceau de bœuf sai-
> gnant, il n'y a de bon que les pommes de terre qui
> reviennent à tous les repas. Le poisson aussi est très
> bon mais tout cela est cuit sans beurre, sans sel, on
> croirait que c'est resté dans l'eau pendant des jours, et
> c'est cuit à ne plus avoir aucun goût, et les pâtisseries
> lourdes à vous rendre malade rien qu'à les regarder ».

se plaint-elle dans une lettre à Mme Bruneau[1].
L'Angleterre, du reste, est loin de lui plaire, même
si elle lui est reconnaissante « d'avoir abrité avec tant
de discrétion (son) exilé ».
Surtout, elle se lasse rapidement de son inaction.
Zola est en bonne santé et s'emploie à achever son
roman *Fécondité*. Elle se sent inutile et, dès le
1er décembre, elle commence à envisager son retour :

> « Je commence à m'agiter d'une façon furibonde,
> ne servant à rien, à rien ici, et d'être là dans l'inaction.

---

1. Collection Puaux-Bruneau.

J'ai absolument besoin pour ma santé d'aller prendre l'air de chez nous, je pourrai peut-être y faire quelque chose d'utile... »

Être utile, son obsession. Le lundi 5 décembre, après la traversée qu'elle effectue debout sur le pont, collée au mât pour éviter le mal de mer, la voilà donc rentrée chez elle. Elle est restée à peine six semaines en Angleterre. Elle peut reprendre son rythme forcené de visites, de discussions, de contacts si nécessaires à son tempérament actif et passionné. Dès le lendemain de son arrivée, après une nuit d'insomnie passée à lire les journaux jusqu'à cinq heures du matin, elle se rend à une invitation à déjeuner d'Alice Mirbeau, chez qui elle retrouve Anatole France et Clemenceau. Après un saut chez Jean Psichari, le secrétaire de la Ligue des droits de l'homme, absent, elle court chez Labori, qui la supplie de décourager son mari de rentrer avant l'heure. Elle se couche avec un léger mal de tête : on ne s'en étonnera pas ! Elle est aussi chargée par Émile Zola de remettre à son éditeur les douze premiers chapitres de *Fécondité* que le romancier a commencé six mois plus tôt. Elle joue pendant l'exil un véritable rôle d'agent littéraire, c'est par elle que transitent toutes les demandes des différents journaux, des éditeurs étrangers, des traducteurs. Elle est depuis longtemps rompue à ce travail de collaboratrice. Toutefois, jamais elle ne prend la moindre initiative sans en référer au romancier, et quel que soit son point de vue, qu'elle ne manque jamais d'exposer en détail, elle suit toujours à la lettre ses instructions.

Quelques jours plus tard, elle apprend à Zola que ses défenseurs n'envisagent absolument pas son retour immédiat. Comment n'aurait-il pas l'impression qu'on cherche à l'écarter ? Il finit, avec une grande tristesse, par se ranger à leurs arguments qu'Alexandrine, persuadée par Labori, défend le mieux possible.

Pour sa part, elle a retrouvé avec soulagement son activité, et ses lettres-fleuves (« Je voudrais bien

réduire ma jolie prose mais je ne sais pas être brève »)
commentent avec vigueur l'actualité ou les bruits des
salons dreyfusards. Elle raconte ainsi avec entraîne-
ment une réunion publique houleuse à laquelle elle a
assisté, de l'estrade : huées contre les traîtres, début de
bagarre, sortie en force, retour à la maison avec ses
« trois copains » *(sic)* ; visiblement, elle revit. Ce climat de passion et de guerre civile lui convient à merveille. Elle n'a pas peur de prendre des risques, elle ne
fait pas mystère de ses jugements tranchés. Téméraire,
belliqueuse et entière, elle est dans son élément. Son
« caractère vif », comme elle dit, est encore vivifié par
l'atmosphère électrique de ces mois décisifs. Elle a ses
héros, comme le séduisant colonel Picquart, pour qui
elle éprouve une indéfectible admiration :

> « Hier, j'ai vu Picq, dans le greffe, c'est plein de
> fleurs pour lui, et chaque jour, c'est de même. Il est
> superbe de santé, malgré son rhume qui s'achève. Il
> m'a demandé de tes nouvelles, il m'a chargée de
> toutes ses amitiés pour toi, et il est toujours dans un
> aussi beau calme attendant l'heure de la délivrance
> avec stoïcisme. »

Elle n'est pas la seule : Picquart fait l'objet d'un
véritable culte.

> « Nous demandions un héros, le voilà : Oui, c'est
> un héros dans toute la force du terme, un héros qui
> honore l'humanité et qui semble sorti des pages de
> Plutarque », écrit Pressensé en 1898 [1].

Elle a ses traîtres : Esterhazy, bien sûr, « le Uhlan »,
dont elle a craint pour Zola la présence à Londres ;
mais aussi, tous ceux de leurs amis, ou ex-amis qui
sont dans le camp adverse, ou qu'elle trouve un peu
tièdes : Henry Céard, bien sûr, Joris-Karl Huysmans,

---

1. Cité par Alain Pagès, *op. cit.*, p. 207.

François Coppée, Marius Roux qui travaille pour *Le
Petit Journal* de Judet mais aussi Paul Bourget ou Léon
Hennique, l'ancien disciple naturaliste qu'elle accuse
de s'être réveillé trop tard. Cette fois encore, Céard
s'est distingué. Ses sympathies ne vont pas à Dreyfus,
c'est le moins qu'on puisse dire. Le 26 juillet 1898,
soit une semaine environ après le départ de Zola pour
l'Angleterre, il écrit à son ancienne amie, porté sans
doute par un mouvement du cœur très sincère. Il y fait
allusion à la souffrance de Madame Zola depuis des
années. La réaction d'Alexandrine ne se fait pas
attendre. Elle a reçu une lettre, écrit-elle à son mari,

> « de notre ex-Baron, pour moi seule, des plus atten-
> drissantes. Je ne lui répondrai pas long mais je vais lui
> dire en deux (mots) qu'il aurait dû me témoigner son
> affection en étant ce qu'il aurait dû être, neutre si ses
> convictions n'étaient pas les miennes, et qu'il ne
> devait pas toucher à la seule chose que j'ai de sacré
> au monde, surtout qu'il n'ignorait pas l'état de mon
> cœur pour cette personne. En lisant cette lettre, j'ai eu
> une révolte de colère ».

Un peu de cette colère s'est-elle évaporée quand elle
prend la plume pour répondre à Céard ? L'indignation,
réelle, semble tempérée par le souvenir de l'affection
passée :

> « Au milieu de la terrible tourmente qui fond sur
> nous, votre lettre m'arrivant me stupéfie... Vous pensez
> à mon amertume quotidienne, dites-vous, lorsque vous
> ouvrez un journal ; comment alors n'avez-vous jamais
> songé quelle douleur je devais encore éprouver en lisant
> vos articles ? Merci pour votre bon mouvement, mon
> bon Céard ; vous qui avez tant de souci de mes larmes,
> vous m'avez pourtant fait pleurer bien souvent. »

Mais qu'il s'agisse de Céard ou d'un autre, la
combattante n'admet aucune faiblesse, comme en

témoigne dans une lettre à Élina cette allusion à des amis communs, fréquentant un « esterhaziste » qu'a rencontré sa nièce :

> « ... Eh bien... ils peuvent l'hiver prochain venir me faire des courbettes si les choses continuent à s'éclaircir, ce qui est certain. Ils sont sûrs que je les remiserai de la belle manière, en les faisant flanquer à la porte par les domestiques ; j'en ai quelques-uns comme cela auxquels je me réserve de leur dire leur fait. Cela est fait pour Céard, et je viens de le faire pour Roux. En voilà toujours deux. Les autres auront leur tour, car ils nous reviendront, ceux qui sont restés entre deux eaux, je me charge de leur faire faire le plongeon [1]. »

Pas de quartier ! Alexandrine ne fait qu'un avec la Cause. Plongée dans la bataille, elle se montre intransigeante. Jamais elle ne pardonnera à ceux qui ont choisi l'autre camp pendant l'affaire Dreyfus. Inversement, ceux qui resteront fidèles à Zola auront droit à toute son indulgence : Paul Alexis sera pardonné d'avoir choisi Jeanne Rozerot.

D'autres tâches plus intimes l'occupent aussi. En cette fin d'année 1898, c'est elle, et non Jeanne, que Zola a chargée d'acheter les cadeaux de Noël pour les enfants, ce dont elle s'acquitte fort scrupuleusement :

> « Je vais dès aujourd'hui m'occuper des jouets des enfants, je regrette que pour Denise, tu ne m'aies indiqué un jouet "pour jouer". Elle a déjà tant de poupées que sûrement ce n'est pas celui que la minette désire. »

Denise et Jacques occupent déjà dans son cœur de mère sans enfants une place à part : elle se réjouit de les gâter, et affronte la cohue de Noël sans se plaindre. Quel bonheur pour elle d'acheter des jouets ! Ce n'est

---

1. Collection Morin-Laborde.

pas avec eux qu'elle est en rivalité, bien au contraire. Ses lettres sont aussi dépourvues, à notre connaissance, de toute remarque hostile à Jeanne. Simplement, elle n'en parle pas. Chaque fois qu'elle éprouve un grief, c'est contre son mari, et lui seul, parce qu'il n'a pas respecté selon elle le pacte qui les lie. Non seulement les enfants ne la menacent pas, mais ils sont même l'occasion pour elle d'exprimer ses sentiments maternels. Se vivant comme l'autre moitié de Zola, il lui semble normal d'agir pour lui.

> « Depuis deux jours, je suis occupée par les affaires, les visites d'amis, de journalistes et que de lettres à lire et à répondre, en un mot je suis toi et moi à la fois. »

« Je suis toi et moi à la fois » : comment mieux dire ? Elle repart pour l'Angleterre le 22 décembre au soir, et passe les fêtes de fin d'année à Norwood avec son mari. Cette fois, ils reçoivent plusieurs visites : Clemenceau le 3 janvier, le journaliste Eugène Séménoff vers le 20, Octave et Alice Mirbeau dont elle est très proche, au début du mois de février, et Eugène Fasquelle le 11. Mais elle a pris froid en faisant des courses au début de l'année, et ne parvient à se débarrasser de son rhume et de ses crises de toux qu'à force de frictions de térébenthine, et de sirop de malt et d'huile de foie de morue. Elle confie à Amélie :

> « Pour moi, ma pauvre chatte, commence à t'habituer à mon absence, car tu sais que je ne peux pas avoir une longue existence encore, malade comme je suis. (...) À la moindre sortie, j'ai des congestions qui donnent des douleurs et des palpitations très violentes, et j'ai tout un orchestre de sifflements qui me coupe la respiration [1]. »

En France, l'Affaire s'enlise une fois de plus dans les arguties et les lenteurs juridiques. À l'optimisme

---

1. Collection Morin-Laborde.

affiché par Fernand Labori, Émile Zola oppose ses doutes et ses « plus noirs pressentiments ». Voilà sept mois qu'il est exilé. De plus en plus, il a l'impression d'être mis sur la touche malgré le dévouement de ses amis et de sa femme. Il commence à se demander à qui profite son exil. Alexandrine partage son pessimisme, et exprime avec virulence ses doutes et ses révoltes contre ce « peuple avachi » :

> « La stupéfaction ici est générale, et les articles de journaux sont effrayants d'insultes pour cette France assassinée. Et que dire ? (...) Il est certain que si cet état de choses ne change pas, il n'y a plus qu'à s'expatrier. (...) Un Guérin, le rebut de la société, ses acolytes, tous des récidivistes, un Quesnay de Beaurepaire calomniateur se servant de faux papiers. Aucune de ces canailles n'est inquiétée[1]. Est-il possible de vivre dans un pareil pays ? Nous sommes ici dans le découragement le plus absolu, sans garder la moindre lueur d'espoir. Et c'est à ce point que malgré mon désir de quitter cet endroit qui m'est si funeste, je suis très ennuyée de laisser mon malheureux mari seul à se miner le cerveau, regrettant amèrement cette sottise qu'on l'a obligé de faire, de s'en aller[2]. »

Est-ce le climat anglais ? Ses crises d'emphysème sont violentes au point qu'elle se résout à rentrer en France, malgré les prières de son compagnon qui voudrait la garder près de lui. Alarmé, le romancier écrit une lettre au docteur Larat :

> « Mon cher ami, ma chère femme va vous arriver bien souffrante. Je n'ai consenti à son départ qu'en voyant qu'elle se frappait l'imagination ici et qu'elle avait l'impérieux besoin d'être soignée chez elle. Je

---

[1]. Jules Guérin : fondateur de la Ligue antisémite ; Quesnay de Beaurepaire, juge à la Cour de cassation, démissionna après l'acceptation de la demande de révision.
[2]. Collection Morin-Laborde.

vous en supplie, voyez-la, examinez-la le plus tôt possible, faites le nécessaire pour qu'elle ne sorte pas, qu'elle se repose, qu'elle suive une médication énergique qui la remette debout. Et surtout, tenez-moi au courant, renseignez-moi tout de suite sur son état véritable, ne me cachez rien, car il faut que je sache. Si quelque complication inquiétante se présentait, je compte sur vous pour me prévenir immédiatement, de façon à ce que je puisse arriver par le train suivant. Ce que je crains surtout, ce sont ses imprudences, maintenant que je ne vais plus être près d'elle [1]. »

Les docteurs Gouverné et Larat, appelés en consultation le soir même de son arrivée, ordonnent le repos complet et des piqûres de morphine. Alexandrine passe les matinées allongée dans la salle de billard, et les après-midi dans sa chambre, respirant dans son inhalateur, lisant les journaux en fumant des cigarettes à l'eucalyptus, avalant de l'iodure de potassium, buvant du lait et de l'eau de La Bourboule dans le nuage bleu des fumigations.

Mais il en faudrait plus pour l'empêcher de repartir au front. Seule concession à la Faculté, elle reçoit à domicile ses amis au lieu de se déplacer. Il ne lui faut pas longtemps pour se remettre au travail. Elle s'inquiète de l'avenir des versements faits à Zola par *L'Aurore*, commentant la publication par ce journal des récentes déclarations d'Esterhazy. Elle reprend sa gestion des comptes, et ses contacts avec les traducteurs, comme la correspondante hongroise de Zola. Elle répond pour lui à un journal de Copenhague qui demande un article pour le 1er mai, aborde avec Fasquelle la mise au point du contrat pour *Fécondité*. Elle informe aussi Zola de la marche de la maison : les domestiques sont toujours très bien, et demandent sans cesse de ses nouvelles. Il n'en va pas de même pour les jardiniers de Médan qu'elle a suspectés de mou-

---

charder, et qu'elle soupçonne maintenant de manquer
d'honnêteté. Résultat : elle n'enverra à Octave que des
graines de légumes, mais ni plantes ni fleurs. Quant à
l'aide-jardinier qu'il demande, il s'en passera.

Elle lui annonce aussi la prochaine visite de son avocat, selon qui, paraît-il, l'Affaire doit se finir au plus
tard le 8 mai. La mort de Félix Faure, opposé à la
révision, l'élection d'Émile Loubet, le 18 février, et
l'échec du coup de force de Déroulède semblent indiquer que le vent souffle dans le bon sens. Mais Zola
n'y croit plus. Alexandrine partie, il se retrouve seul,
situation qu'il supporte difficilement. Il n'a pas vu
Jeanne et ses enfants depuis la mi-octobre. Il écrit donc
à sa femme pour lui demander la permission de les
faire venir. La réponse est immédiate et foudroyante :

« Comment veux-tu que je ne sois pas consentante
à ton désir, puisque c'est moi la première qui t'en ai
parlé, comprenant combien tu dois être privé de
n'avoir pas près de toi les êtres chers, qui, seuls, doivent occuper ton existence désormais, sans le moindre
souci autre ? Et n'y serais-je pas consentante, il me
semble qu'à présent, dans nos situations respectives,
tu n'aurais qu'à passer outre. Enfin, il faudrait que
j'eusse l'âme bien noire, pour ne pas accéder à ton
désir. Et je m'étonne de ta demande, car il me semblait
que depuis dix années, je n'ai jamais contredit en quoi
que ce soit, ce que tu voulais ; et il me semblait que
cela n'avait pu t'échapper. Lorsqu'autrefois, je faisais
des réflexions, c'est que je pensais agir dans ton intérêt, mais malheureusement, on (a) beau se connaître
depuis longtemps, on ne sent pas toujours les bonnes
intentions l'un de l'autre ; c'est (que) pour moi, j'ai-
mais les explications nettes, que tu as dû prendre, je
m'en suis aperçue depuis, pour de la taquinerie de ma
part, et il m'a fallu pour m'en convaincre le drame
affreux qui a éclaté sur notre malheureux intérieur[1]. »

---

1. Centre Zola.

Comme souvent, son cœur va plus vite que sa main.
Mais on comprend qu'une fois encore, Zola s'est
conduit en enfant, quêtant une autorisation qu'elle n'a
pas à lui donner. Comme chaque fois que la présence
de Jeanne est évoquée, le thème de l'Italie est introduit.
Zola a proposé de rejoindre Alexandrine à Gênes (le
vieux projet), tandis qu'elle partirait ensuite pour
Rome. Projet jugé par elle absurde, même si elle
n'écarte pas l'idée de séjourner deux mois en Italie
pour se soigner. Avec une certaine perfidie, elle insiste
sur sa maladie, allant jusqu'à l'en rendre plus ou moins
responsable :

> « (...) je paie en ce moment les tourments et les
> émotions qui ont commencé du jour de tes premières
> lettres sur l'Affaire, à la fin de mon séjour en Italie
> 9bre 1897. »

Quelques jours plus tard, l'écrivain demande à
Eugène Fasquelle de faire envoyer une corbeille de
fleurs à sa femme. Ses instructions sont comme toujours très précises : il doit les acheter chez Baudry, rue
de la Chaussée-d'Antin et les faire envoyer le vendredi 17 mars, entre trois heures et quatre heures, très
exactement. S'agit-il de la fête d'Alexandrine ? C'est
possible. Mais cette date et la précision de l'heure semblent plutôt correspondre à l'anniversaire de leur rencontre, ce qui expliquerait le télégramme qu'elle lui a
adressé à 6 h 33, le jour même :

> « Du fond de mon cœur très ému je t'envoie un
> tendre baiser. »

Mais quelques heures plus tard, le somptueux envoi
de son mari auquel est jointe une carte de vœux lui
souhaitant « happy returns » déclenche un déluge de
larmes et une nouvelle crise :

« Mon cher Loulou,

Aujourd'hui, tu as raison plus que jamais pour les nombres, car ce 17, jour de Fête et malgré ta tendre attention est un véritable jour de deuil, je puis le mettre parmi ceux qui m'ont été les plus douloureux dans ces dernières années, car sur ces 35 années de vie commune, l'on doit en retrancher une dizaine d'un calvaire affreux qui ne cessera qu'avec moi. Aujourd'hui tout ce flot de chagrin passé devant ma solitude dans la vie me remonte et c'est dans une souffrance des plus amères que je passe cette journée au milieu des fleurs qui ne m'ont pas été ménagées (...)

J'étais près de toi lorsque la 34e année s'est achevée, le 28 décembre. Et ni l'un ni l'autre, nous n'en avons parlé et j'ai rentré mes larmes et mes soupirs désespérés, n'ayant pas encore compris comment ce bonheur que je rêvais pour nos vieux jours avait pu ainsi m'échapper... (...) Et ce que je ne puis comprendre non plus, ce sont tes lettres, c'est cette "card" où tu me dis des mots d'une tendresse stupéfiante devant notre situation vis-à-vis l'un de l'autre, et lorsque nous sommes en présence, je ne sens plus rien de ce que tu m'as écrit précédemment. »

Cette lettre appelle quelques remarques. Depuis la mort de la mère de Zola le 17 octobre 1880, le chiffre 17 avait pris pour l'écrivain un sens néfaste. Elle semble aussi confirmer l'hypothèse de la date anniversaire de leur rencontre. Albert Laborde rapporte quelques mots écrits à sa sœur Élina, le 16 mars 1903, soit quelques mois après la mort de Zola, lui demandant instamment de ne pas venir le lendemain. Alexandrine ajoute :

« Ne voulant pas savoir si ce jour existe, ni fleurs, ni baisers, cela me serait si pénible que tu voudras, sans m'en vouloir, accéder à mon vif désir : ta chère maman te fera comprendre. »

Son filleul s'interroge lui aussi :

> « Quel souvenir correspondait en elle à cette date
> précise dont elle voulait ignorer le retour ? Évoquait-
> elle un événement de leur vie dont la célébration était
> devenue rituelle, assez ouvertement cependant pour
> que ma mère ait pu en connaître l'origine [1] ? »

L'absence a sans doute permis à l'écrivain de mesurer combien sa femme est nécessaire à son existence.
Non qu'il ne tienne pas à Jeanne. Mais Jeanne est un
peu le contrepoids de son épouse et, osons le dire, le
moyen peut-être de la supporter. Par la force des
choses, elle n'a jamais été imbriquée à sa vie comme
l'est Alexandrine, capable de passer sans transition de
cette scène de ménage épistolaire, à l'acquittement de
Gohier, journaliste de *L'Aurore* poursuivi pour un
recueil d'articles très virulents contre l'armée, aux
droits d'auteur pour *Fécondité* et à la campagne de
presse qui doit précéder sa parution.

On voit ainsi de quelle façon leur dialogue amoureux (comment le nommer autrement ?) est inséparable
du travail de l'écrivain, qui dans chaque lettre lui fait
part des progrès ou des difficultés qu'il rencontre, de
sa carrière, de l'évolution de l'Affaire. Comme elle le
dit elle-même, ses reproches à l'égard de Zola, sa tristesse ne l'empêchent pas de lui rester dévouée, et de
s'occuper passionnément de tout ce qui le concerne.

Symboliquement, le magnifique bouquet, objet de
son grand désespoir, est transporté par elle du guéridon
japonais du cabinet de travail de son mari à la table du
salon lors de sa soirée du jeudi, avant de regagner le
cabinet en fin de journée. C'est là qu'elle a posé toutes
les fleurs qu'on lui a offertes pour son anniversaire, le
23 mars, comme si elle les lui dédiait. Amélie et ses
enfants sont venus le fêter avec elle. Elle a fait monter
une bouteille de son vin syrien. Ensemble, ils ont

---

1. Laborde, *op. cit.*, p. 183.

trinqué au retour de l'exilé, avant de prendre le thé dans le cabinet tout fleuri – mais bien vide...

Est-ce aussi en raison de l'anniversaire de sa naissance qu'elle se rend sur la tombe de son père dans les jours qui suivent, ou le fait-elle régulièrement ? Rien dans sa lettre ne laisse à penser qu'il s'agit d'un événement exceptionnel. Mais elle en revient fatiguée, et le vent et la poussière des travaux sur le boulevard déclenchent une nouvelle crise d'emphysème.

Au fil des semaines, ses réserves à l'égard de Fernand Labori vont grandissant. Madame Zola lui reproche de n'être jamais disponible, ou de ne rien vouloir lui révéler alors qu'il « plaide pour ses invités dans son salon », ou de venir chez elle « avec un air lugubre comme s'il venait m'annoncer la mort de toute sa famille », et de différer indéfiniment le retour d'Émile. Plus profondément, elle le rend responsable de l'exil de Zola qu'elle n'a jamais accepté, et qui ressemble trop à une dérobade pour satisfaire et son tempérament de guerrière et l'image héroïque qu'elle a de son mari. Octave Mirbeau, qu'elle voit souvent, partage ses préventions contre l'avocat. À l'opposé, ses liens se resserrent avec Mathieu Dreyfus, le frère d'Alfred, qui, lui, la tient informée de la marche des événements, prend des nouvelles de sa santé et lui a même promis une visite hebdomadaire.

Autre nouvelle : un admirateur russe a envoyé une peau d'ours en hommage au romancier. Trapu, jeune et redoutable, cet ours impressionne beaucoup Alexandrine qui l'a exposé sur le divan de Zola avant de le ranger dans sa caisse pour le préserver des mites. Elle profite de son absence pour faire nettoyer la couverture de son fauteuil, le refuge favori du pauvre Pinpin. Elle envisage aussi de faire rafraîchir le tapis et raccorder le matelas. Ce nettoyage de printemps est l'occasion d'une proposition aussi inattendue qu'insistante de sa part. Il lui vient à l'idée que ce serait l'occasion idéale de réorganiser leur chambre à coucher. Pourquoi Zola ne dormirait-il pas sur le divan de son cabinet de travail, aménagé en chambre à coucher sans que rien n'y paraisse, alors qu'elle-même coucherait sa toux et ses étouffements dans le lit conjugal ? Quant à la table de travail de l'écrivain, elle remplacerait le billard dans ce qui deviendrait ainsi un bureau.

> « Je crois que tous les deux nous serions beaucoup mieux d'avoir chacun notre chez-nous [1]. »

Cette suggestion est loin de plaire à son mari, qui refuse. Qu'à cela ne tienne, elle revient à la charge six jours plus tard. Il lui semble que désormais, elle manquera d'air à côté de lui.

Elle ajoute :

> « Nos goûts sont trop différents sur la chaleur et sur les odeurs pour que nous n'en arrivions pas là, ou alors il me faudra encore cesser les soins constants dont ma santé a le plus besoin [2]. »

Il est vrai que les inhalations d'eucalyptus et les frictions de térébenthine ont de quoi incommoder un homme aussi sensible aux odeurs que Zola. Mais apparemment, il ne s'en plaint pas, et l'opposition de son mari à ses projets de réaménagements force Madame Zola à y renoncer. À la fin du XIXe siècle, le mode de vie bourgeois a remplacé les habitudes aristocratiques. La conjugalité s'affiche. Que penserait-on d'un mari exilé sur un divan ? Les Zola continueront à partager le même lit.

Le cabinet de travail où trône toujours la fameuse corbeille fleurie est aussi l'occasion, le 23 mars, jour de l'anniversaire de la naissance d'Alexandrine, d'une nouvelle mise au point :

---

1. Centre Zola, 15 mars 1899.
2. *Idem*, 21 mars 1899.

« (...) Toujours, c'est un terrible point d'interrogation que tu m'avais autrefois promis de m'expliquer un jour, et lorsque je sens en toi un peu d'effusion, je crois toujours que je vais enfin savoir pourquoi et d'où vient ma souffrance et c'est une double déception de ne pas pouvoir m'en rendre compte ; et je ne comprends pas que toi-même tu ne te sentes pas le besoin de parler et de m'apprendre comment il se peut faire que tu aies gardé cette tendresse pour moi et qui me paraît simplement faite de pitié. Je ne peux pas m'entrer dans la tête que l'affection que tu as choisie n'emporte pas radicalement toute celle que tu me disais toujours avoir pour moi. Je sais et je sens que j'ai tort de te parler avec tant de franchise, mais que veux-tu, j'ai soixante ans aujourd'hui, il me serait bien difficile de me changer [1]. »

Ces quelques lignes, très franches, en effet, nous semblent rendre compte avec justesse du caractère passionnel de sa souffrance : elle repose sur une incompréhension profonde des sentiments de Zola à son égard. Comment peut-il encore l'aimer, elle, alors qu'il en aime une autre ? Comment pourrait-il éprouver pour elle autre chose que de la pitié ? À chaque retour de flamme de son mari se réveille chez cette femme de soixante ans, sans cesse inquiète, la petite fille à qui la séparation de ses parents, la mort de sa mère et les absences de son père ne surent pas donner confiance en elle. Plongée dans le mystère des sentiments d'autrui, elle souffre sans comprendre, et sans plus savoir qui elle est. Peut-elle alors justifier son existence aux côtés de son mari, autrement qu'en lui étant *utile*, ce mot qui revient comme un leitmotiv sous sa plume ?

Elle se livre pour lui à des travaux de documentation, comme dans *Le Grand Larousse* ces recherches sur les pays africains, dont il a besoin pour le dernier chapitre de *Fécondité*. Collaboratrice dévouée, elle

---

1. *Idem.*

reporte ses corrections sur les épreuves, et s'émerveille des premiers chapitres qu'elle lit, « d'un effet extraordinaire, de la plus grande joie à la plus immense douleur ». Cette éternelle admiratrice lui fait part de ses émotions (« le cœur me battait à se rompre pendant la visite de Constance à Morange »), d'autant plus fortes que ce livre est le premier qu'il écrit loin d'elle. Comment ne serait-elle pas touchée par ce roman qui décrit sous les couleurs les plus noires le drame des femmes sans enfants, tandis que l'héroïne met au monde – avec le sourire – douze enfants ? Certaines coïncidences avec le passé de Gabrielle sont troublantes, comme le prénom de l'enfant abandonné par une jeune ouvrière, Alexandre-Honoré, sorti tout droit de l'arbre généalogique des Meley, ou l'évocation du village de Montfort sous le nom de Rougemont. Et que dire de ce passage qui semble résumer tristement leur vie de couple ?

> « Le mari avait gagné une grosse fortune, le ménage possédait tout, argent, santé, affections nombreuses. Mais aucun de ces biens n'existait, je ne les ai connus que dans la peine, souhaitant uniquement la seule joie qu'ils n'avaient pas, des garçons, des filles, pour égayer leur triste maison vide... Et ce souci, ils l'avaient eu, dès le lendemain de leur mariage, étonnés d'abord de ne rien voir venir, puis de plus en plus inquiets, à mesure que se succédaient les années stériles, désespérés enfin, lorsque l'affreuse impuissance leur fut montrée définitivement[1]. »

Les exigences, les récriminations de Madame Zola ne sont peut-être que l'autre face de ses doutes et de

---

1. *Fécondité*, Fasquelle, 1899, p. 325. Voir aussi les six premiers chapitres du roman, pour lesquels Zola semble s'être inspiré non seulement de *La Vérité sur les enfants trouvés* du docteur Brochard et de *L'Enfance malheureuse* de Paul Strauss apportés par Desmoulin en juillet 1898, mais aussi de l'expérience d'Alexandrine. Le roman mérite une étude particulière de ce point de vue.

son immense besoin de reconnaissance et d'amour, brasier inquiet que l'infidélité de son mari rallume per-pétuellement.

Le 29 mars, Jeanne et les enfants rejoignent Zola pour les vacances de Pâques. Il s'installe avec eux au Crystal Palace Royal Hotel, à Norwood, sous le nom de Roger. Les quelques lettres dont nous disposons montrent qu'il suit de près le travail des enfants et leurs progrès, leur écrivant de petites lettres affectueuses et moralisatrices, comme, à l'époque, tout papa qui se respecte. Avec tact, ses lettres tentent surtout de donner l'impression aux enfants que tout est normal, et leur situation familiale, et son absence. Ainsi, ces quelques lignes d'une grande tendresse adressées à Denise, âgée d'une dizaine d'années :

> « Vous allez faire encore un beau voyage. Tâchez de ne pas être malades sur le bateau. Puis, lorsque je rentrerai, après vous, vous apprendrez à monter à bicyclette, et nous irons tous les quatre de Verneuil à Meulan, pour acheter des gâteaux. Nous serons si beaux, nous tiendrons tant de place sur la route, que tout le monde s'arrêtera pour nous regarder passer.
>
> À bientôt, ma petite Denise, et en attendant, un très gros baiser de ton papa qui t'aime[1]. »

Alexandrine est certaine que désormais Zola devrait suivre son propre instinct et rentrer en France. « Tu as dans la vie toujours agi par toi-même, (pourquoi) ne continues-tu pas ? », insiste-t-elle le 30 mars. Le lende-main, la Révision fait un pas décisif, grâce à la publica-tion par *Le Figaro* de l'enquête de la Chambre criminelle. Pour la première fois, les principaux élé-ments de l'Affaire sont portés à la connaissance du public. Beaucoup rejoignent les rangs des partisans de la Révision. Mais les amis de Zola pensent qu'il vaut

---

1. Collection Le Blond-Zola.

mieux attendre pour son retour l'arrêt définitif de la Cour de cassation. Elle-même est persuadée du dénouement proche, et s'agite en tout sens pour récolter auprès de Labori et de Mathieu Dreyfus le plus d'informations possible qu'elle transmet ensuite à Zola :

> « Tu peux compter sur moi pour te raconter ce qui se passe car je sens que tu dois être absolument au courant maintenant. Aie donc confiance en moi, car je me considère toujours comme ta fervente et dévouée amie qui t'embrasse très tendrement. »

Elle ajoute ce post-scriptum :

> « Ne sois pas trop imprudent par ces temps horribles ; et soigne-toi bien, s'il fallait que tu t'enrhumes, vois quelle serait mon inquiétude loin de toi ! »

Le même jour, le 11 avril, il lui a adressé ces mots :

> « Aimons-nous bien, chère femme, car les mauvais jours ne sont pas finis. »

En ce mois de mai, le printemps s'avance, les marronniers et les lilas des Champs-Élysées sont en fleurs, Alexandrine a mangé ses premières fraises, et en envoie à son Loulou, avec bien des précautions, dans un colis. Ces colis ! elle y met tout son cœur : flacons de médicaments dont elle enduit le bouchon de vaseline pour qu'il les ouvre facilement, marrons glacés, beignets d'orange, confiture de prunes, prunes à l'eau-de-vie, chocolat, bonbons anglais, cyclamens cueillis à Médan, première giroflée, chaussettes (en coton ou en laine), flanelle, et même brie de Meaux... ils apportent à l'exilé les saveurs et les tendresses d'une épouse qui tremble quand il s'enrhume, et ne cessera jamais de croire aux effets magiques des petits soins gourmands. Il devrait faire un peu de vélo, veut-il qu'elle lui fasse parvenir son costume de cycliste ? Elle est heureuse qu'il ait enfin l'électricité, mais comment peut-il en arriver à coudre lui-même ses boutons ? Qu'il demande à une femme de chambre de prendre soin de ses affaires ! Bientôt, tout cela ne sera qu'un mauvais souvenir...

Elle-même a à ses côtés un nouveau compagnon, qu'elle ne résiste pas au plaisir de prendre dans son lit : un tout petit minet noir, qui dort comme une souche sur sa main. « Donne-moi un nom pour lui, supplie-t-elle, je veux qu'il soit baptisé par toi. » Elle s'était pourtant juré de ne pas prendre un nouvel animal en son absence, mais il est si attendrissant... Il s'appellera Moineaud, comme l'un des personnages de *Fécondité*. Il n'a pas hésité à faire pipi sur *Il Tempo* ouvert à la page d'un article de Cameroni :

> « Moineaud est couché sur ton canapé entre deux oreillers, il fait un dodo colossal. Je l'élève très mal, car aux repas, il met ses quatre pattes dans mon assiette, je ne peux me défendre contre lui lorsqu'il veut que je partage avec lui mon repas. Cette semaine, il n'a augmenté que de 110 grammes, ce qui est déjà très raisonnable. »

Les jours suivants, un nouvel accès de bronchite qui menace de tourner en asthme ne l'empêche pas de discuter de près le montant auquel Zola a cédé les droits de son roman au directeur de *La Tribuna*, Luzzato. Mais son moral remonte, la victoire est en vue. Elle songe déjà aux modalités de retour de l'exilé. Ce nouveau sujet d'angoisse occupe des pages entières des lettres de la fin mai. Craignant la bousculade, les mouchards, les reporters, et surtout les adversaires qui pourraient se glisser dans la foule, elle penche pour un retour discret, de nuit, juste avant la publication de son article de rentrée. Ses amis attendraient l'écrivain chez lui, seuls les Fasquelle iraient le chercher à la gare.

Elle lui recommande la plus grande prudence. Qu'il ne dise à personne à quelle date au juste il compte rentrer.

Car cette fois, ils peuvent être bien sûrs de son retour :

> « Tu n'as pas à attendre de réponse d'amis, puisqu'il est bien entendu que tu rentres, surtout avec cette certitude que la révision sera prononcée ; rien, aucune raison ne sera mise cette fois en travers de ton retour. »

La vie reprend ses couleurs avec le printemps, et la perspective de la victoire. Sa lettre du 31 mai est un double cri de joie.

D'abord, Zola a fini son roman. Le 28, il lui a écrit :

> « J'avais commencé le roman seul le 4 août 1898, et je viens de le terminer, seul, le 27 mai 1899, 1006 pages de mon écriture. »

Elle lui répond :

> « Je me réjouis de ta joie, et moi aussi je suis un peu triste pour nous deux, ce moment où tu écris le mot "fin" de ne pas être auprès l'un de l'autre, moi à lire ta dernière page, toi à me causer avec ta volubilité, dans l'émotion de cette œuvre mise debout par un labeur acharné. »

Ce livre, au titre ô combien symbolique, *Fécondité*, sera le seul qu'il aura écrit loin d'elle. Étrange hasard...
Et puis, le plus important :

> « Ça y est maintenant, (...) aucun doute n'est plus permis. »

Le 29 mai, dans la grande salle du Palais de justice, les trois chambres ont écouté le rapport de Ballot-Beaupré. À la question centrale, « le bordereau est-il oui ou non de la main de Dreyfus ? », il a répondu, dans le silence absolu d'une assistance suspendue à ses lèvres :

> « Après un examen approfondi, j'ai acquis pour ma part la conviction que le bordereau a été écrit, non par Dreyfus, mais par Esterhazy. »

La Cour, d'accord avec les avocats de la défense et Lucie Dreyfus, l'épouse de l'accusé, ordonne alors le renvoi de Dreyfus devant un nouveau conseil de guerre : le détenu de l'île du Diable sera rejugé.

Alexandrine, elle, s'inquiète pour le retour de son mari :

> « Les frontières surveillées, les gens d'ici qui te veulent acclamer, notre porte à nouveau gardée. Tu n'as plus le droit d'être toi-même, le public te prend comme sa chose, tes volontés, tes désirs doivent s'anéantir devant ce public qui ne comprend pas, et ne songe pas qu'après ton exil de près de onze mois, tu doives surtout désirer de rentrer chez toi tranquillement. »

Elle attend ses dernières instructions à propos de l'article qui doit marquer son retour, et que veulent relire Labori, Clemenceau et Mathieu Dreyfus.

> « À bientôt, à bientôt, mon cher Loulou, bien heureuse de ce nom d'exilé qui va te quitter et qui m'était si douloureux au cœur. »

Le 3 juin, la Cour casse le jugement de 1894 et renvoie Alfred Dreyfus devant le conseil de guerre de Rennes.

À 5 h 54, elle envoie à Zola une dernière missive, sous la forme d'un télégramme codé :

> « Chèque ajourné. Facture reçue. Tout va bien. Caro. »

L'exilé de Londres peut rentrer.

Le jour même, Émile Zola retrouve les Fasquelle à Londres, et dîne avec eux et son traducteur anglais Vizetelly au Queen's Hotel. Le 4, il prend avec son éditeur le train de 9 heures du soir, et arrive à Paris à 5 heures du matin. Sa femme l'attend. Après avoir pris avec Alexandrine leur rituel petit déjeuner des retrouvailles, rue de Bruxelles, il envoie un « petit bleu » à ses plus proches amis qu'il invite à passer chez lui à partir de quatre heures. Son retour s'est effectué dans la plus grande discrétion, mais cela n'empêche pas les jours suivants d'être agités. On imagine la joie d'Alexandrine, mais aussi celle de Jeanne et des enfants.

Tous leurs amis vont témoigner auprès de Zola du courage d'Alexandrine et du rôle qu'elle a joué pendant son absence. Il peut être fier de sa femme. Elle a conquis une nouvelle dignité, une grandeur à la mesure de l'épreuve qu'ils viennent de traverser. Son engagement de tous les instants a montré qu'elle n'agissait pas seulement au nom de son mari, mais en vertu aussi de ses propres convictions. En bravant le danger, en refusant tout compromis, en défendant les autres victimes de l'Affaire, en ne faisant qu'un avec la Cause, en prenant parfois violemment parti, elle a fait la preuve de sa détermination et de son dévouement. Plus que jamais, aux yeux de tous, elle est Madame Zola.

Les épreuves traversées ont servi de révélateur : difficile, convenons-en, de nier le caractère amoureux de leur couple. On est loin de l'image « pépère », comme aurait dit Zola, d'une conjugalité amortie. On vit, on souffre, on se plaint, on espère, on rassure, on s'inquiète, on crie, on pleure : bref, on s'aime. Comment s'étonner en ce cas qu'Émile et Alexandrine Zola n'aient jamais divorcé ? L'amour entier, exclusif d'Alexandrine pour son mari, leur complicité, leur incessant dialogue, leur collaboration apparaissent plus solides que jamais. Tout simplement, leur amour n'est

pas mort, comme en témoigne ce court extrait d'une
lettre adressée d'Angleterre à Alexandrine :

> « Il n'y a pas que des souvenirs entre nous, chère
> femme, il y a l'avenir. Dis-toi que je suis ton seul ami,
> que moi seul t'aime, et que je te veux la plus heureuse
> possible [1]. »

L'avenir est tout proche.

---

1. Bakker, *op. cit.*, tome 10, [1899]. Extrait de catalogue Hôtel
Drouot, juin 1992.

27

Après l'exil

Une autre épouse heureuse, c'est Lucie Dreyfus : on a informé Dreyfus le 5 juin de l'arrêt de Révision. Il quitte l'île du Diable le 9, à bord du croiseur *Le Sfax*, où il est soumis au traitement d'un officier aux arrêts de rigueur, et il débarque dans la nuit du 30 juin au 1ᵉʳ juillet dans la presqu'île de Quiberon. Qu'on n'imagine pas un retour en fanfare. Ce débarquement nocturne et presque clandestin est celui d'un prisonnier décharné, très affaibli, pouvant à peine marcher, et ne sachant rien de sa situation : il n'a jamais entendu parler ni de Picquart, ni de Scheurer-Kestner, ni de « J'accuse ». On l'enferme au petit matin dans la prison militaire de Rennes.

Le 4 juillet, ses avocats lui remettent la sténographie du procès Zola de février 1898, et l'enquête de la Chambre criminelle, et il peut mesurer l'ampleur du combat dont il a été l'objet. Mais c'est un homme détruit par la déportation qui est revenu, et beaucoup de ceux qui le rencontreront auront l'impression qu'il est étranger à sa propre histoire. Ne s'est-elle pas faite sans lui, d'une certaine façon ?

Mais cette histoire, justement, n'est pas finie.

Le jour même du retour de Zola, une manifestation hostile a accueilli à l'hippodrome d'Auteuil le président de la République Émile Loubet, favorable à la Révision. Un homme du monde, le baron Cristiani, a même profité de la confusion pour frapper le Président de deux coups de canne ! Une semaine plus tard, la revanche : cette fois, le terrain d'affrontement est Longchamp, et les manifestants, les républicains. Deux mois plus tard, l'antisémite Jules Guérin s'enferme avec quinze de ses partisans dans les locaux du Grand Occident, son fief, pour échapper à l'arrestation. C'est l'épisode fameux du « Fort Chabrol » qui va tenir Paris en haleine jusqu'au 20 septembre. Durant deux mois, jour et nuit, les antisémites campent sur les trottoirs de la rue Chabrol interdite à la circulation, hurlant des slogans hostiles aux Juifs, à la police et à Zola, attirant la sympathie du public parisien pour les assiégés, défendus avec vigueur par une partie de la presse populaire. Guérin, malgré ses rodomontades, se rendra à la police sans coup férir.

Dès le mois de juillet, les Zola sont retournés à Médan où les ont rejoints Amélie, Élina et Albert Laborde, puis le docteur Larat et sa femme. Photographie, bicyclette – tricycle pour Alexandrine – n'empêchent pas le couple et leurs amis d'attendre avec anxiété la suite des événements.

En effet, le 7 août 1899, s'ouvre à Rennes le second procès de Dreyfus. Du monde entier, affluent journalistes, écrivains, hommes politiques. La ville est en état de siège, des patrouilles circulent sans cesse dans les rues, des trains descendent témoins et personnalités parisiennes venus assister ou participer aux délibérations. Celles-ci doivent avoir lieu dans la salle des fêtes du lycée, occupé militairement, tant on craint un attentat. Un millier de personnes s'y pressent, journalistes, militaires en tenue, et femmes en toilettes d'été.

Émile Zola, lui, n'est pas venu. Il ne veut pas ajouter à l'agitation, ni laisser entendre qu'il pourrait douter de l'issue du procès. Il ne *veut* pas en douter. Mais il est dans un tel état d'agitation qu'il ne peut pas travailler. L'attentat dont est victime Labori le 14 août est un premier choc. En fait, les conséquences pour la santé de l'avocat sont bénignes – le coup de revolver qu'il a reçu dans le dos n'a pas atteint la moelle épinière – mais il l'immobilise quelques jours, à un moment crucial du procès et affaiblit encore une défense déjà très divisée sur la stratégie à adopter.

C'est Desmoulin qui se charge de rapporter aux Zola les débats qu'ils suivent aussi dans les journaux, ainsi que les impressions de leurs amis. Desmoulin est de plus en plus pessimiste. Le 19 août, la déposition de Dreyfus, véritable fantôme, bouleverse toute l'assemblée, y compris ses ennemis comme Barrès. Zola est littéralement malade d'inquiétude. Il souffre de vertiges, craint une anémie cérébrale et sa fin proche. Il se jette sur les journaux du soir dès leur arrivée, et peut à peine les lire tant sa vue est troublée. L'ambiance médanaise est loin d'être sereine.

> « Je sais très bien par moi-même, écrit Alexandrine à sa petite cousine Élina, ce qu'il a ressenti, car depuis votre départ, je suis moi aussi plongée dans la lecture de ces journaux, et j'écris des quantités de lettres, je n'ai fait que cela depuis votre départ du matin au soir ; cela me détourne un peu de la pensée du vide que vous avez laissé ici. Je suis bien obligée de me débattre avec mes idées noires, dans cette solitude continuelle, pour ne pas verser des larmes du matin au soir.
>
> Pauvre chérie ! Qu'est-ce que je te raconte ! Voilà que ma plume partait dans le noir, sans plus songer que j'allais t'attrister bien stupidement, heureusement que tu auras pu t'amuser à l'audience de ce fou de Bertillon[1] et je te le rappelle pour te faire rire et effacer mes lignes ci-dessus[2]... »

Tous leurs amis présents au procès se relaient pour les informer, et Alexandrine apprécie particulièrement les lettres quotidiennes d'Alice Mirbeau, pleines d'anecdotes contées au fil de la plume. Le procès est

---

1. Expert en graphologie dont la théorie était que Dreyfus avait imité... sa propre écriture dans le bordereau.
2. Collection Morin-Laborde.

dominé par le général Mercier, qui se bat sur tous les fronts. Aucun fait nouveau n'apparaît, propre à convaincre le jury militaire du conseil de guerre. Les Zola tentent d'obtenir, par l'intermédiaire du journaliste Alessandro Lupinacci, un témoignage de l'attaché militaire italien Panizzardi. En automne 1899, Alexandrine, en voyage en Italie, essaiera même de le rencontrer personnellement pour le fléchir. En vain. L'angoisse croît avec l'approche du verdict. Le 9 septembre, c'est la sentence : Dreyfus est à nouveau condamné, avec les circonstances atténuantes cette fois.

« Ma chère Linette,

Nous avons appris dès 7 h du soir, samedi, la sentence, et tels que vous, nous étions stupides en apprenant les circonstances atténuantes, et à chaque seconde, nous lancions des pourquoi à n'en plus finir. Heureusement, malgré les lettres de la bonne Alice, nous ne nous laissions pas aller à la joie... Émile s'est complètement changé, en une heure, après la nouvelle. En sortant de table, il a commencé son article que vous aurez lu quand cette lettre vous parviendra, il l'a fini dimanche, malgré les trois amis qui sont venus dans la journée, et hier j'allai le porter au journal "L'Aurore"... Enfin, moi, je considère que nous ne sommes pas des vaincus, car après tout, c'est une besogne qui vient d'être soulevée puisque ce martyr n'est plus à l'île du Diable, qu'il va pouvoir voir sa famille... Il reste à renverser la montagne, ce n'est plus le gros de la besogne... Tous nos amis ont été comme vous, très affolés. Fasquelle nous répétait hier soir, en ne nous voyant pas par terre : il n'y a qu'ici que l'on peut reprendre courage... Duret, Brulat, Desmoulin sont venus dimanche et sont restés stupéfaits de notre courage et de notre espoir [1]... »

---

1. Collection Morin-Laborde.

Dans son article intitulé « Le cinquième acte », Zola, lui, exprime sa stupeur :

> « Je suis dans l'épouvante. Et ce n'est plus la colère, l'indignation vengeresse, le besoin de crier le crime, d'en demander le châtiment, au nom de la vérité et de la justice ; c'est l'épouvante, la terreur sacrée de l'homme qui voit l'impossible se réaliser, les fleuves remonter vers leurs sources, la terre culbuter sous le soleil. »

Mais l'état de faiblesse du condamné conduit Mathieu Dreyfus, Joseph Reinach et Bernard Lazare à réclamer une grâce présidentielle, que le républicain Loubet est tout prêt à accorder. Cette démarche rencontre l'opposition de certains dreyfusards, tels que Picquart ou Labori, hostiles à ce qu'ils tiennent comme une reconnaissance implicite du jugement, donc de la culpabilité de Dreyfus. Alfred Dreyfus est cependant gracié le 19 septembre 1899.

Zola, bien que partisan de l'attitude la plus intransigeante, se montre très humain, et dans une longue et belle lettre à Lucie Dreyfus, il lui témoigne sa compréhension tout en affirmant sa volonté personnelle de continuer la lutte jusqu'à la réhabilitation.

Malgré ses efforts, son propre procès n'aura pas lieu : le 19 décembre 1900, la loi d'amnistie est votée par la Chambre, par 155 voix contre 2, renvoyant dos à dos innocents et coupables en mettant fin à toutes les poursuites.

Écœuré mais digne, Zola conclut dans une lettre ouverte à M. Loubet, président de la République :

> « J'ai rempli tout mon rôle, le plus honnêtement que j'ai pu, et je rentre définitivement dans le silence. »

Cette phrase prendra un sens tragique moins de deux ans plus tard : Émile Zola ne verra pas la réhabilitation de Dreyfus en 1906.

Comme il l'a toujours fait, c'est dans le travail que le romancier tente de récupérer ses forces, mises à mal par l'affaire Dreyfus et son dénouement, ainsi que par les onze mois d'exil. *Fécondité* est le premier volume de ses *Quatre Évangiles*. Paru en 1899, il est suivi en 1901 par *Travail*, et par *Vérité*, en septembre 1902, moins d'un mois avant sa mort. Il n'aura pas le temps d'écrire le quatrième, *Justice*. La fin de l'Affaire l'a laissé amer, et ce désenchantement se sent dans sa correspondance. Sa méfiance à l'égard de la politique est plus forte que jamais, et sa décision de se tenir à l'écart de la vie publique paraît irrévocable. Il a décidé de ne plus prendre la parole en public, et ne fera une exception que pour la mort de son ami Paul Alexis en juillet 1901. Dans une lettre à Élie Pécaut, il s'explique sur son silence dans la presse, après les trois articles de *L'Aurore* consacrés à son père en 1900 :

> « J'estime que chacun doit faire son œuvre sur le terrain où il se sent le plus solide. Je ne suis qu'un faiseur de livres ; et si j'ai à exercer une action bonne sur mes semblables, c'est par mes livres que cette action s'exercera. Je ne suis ni un homme politique, ni un homme de tribune, ni même un journaliste. Ce sont mes livres que je jette en semence, et il en poussera ce que la bonne terre et le soleil voudront [1]. »

Ainsi, à plusieurs reprises, c'est à sa femme qu'il confiera la tâche de le représenter dans des manifestations publiques, très marquées politiquement, comme celles qui saluent en 1901 la parution de *Travail*. La première, le 15 mai, est organisée par le Parti socialiste et le Théâtre civique de Louis Lumet. En compagnie d'Eugène Fasquelle, de Labori, d'Alfred Bruneau et d'Octave Mirbeau, Alexandrine assiste à des lectures de textes de Zola, puis à une conférence de Jean Jaurès sur le roman contemporain. Ses propres opinions poli-

---

1. Bakker, *op. cit.*, tome 10.

tiques semblent s'être radicalisées. Le 9 juin, elle le
représente au banquet donné par les disciples de Fou-
rier et les associations ouvrières. En novembre 1901,
c'est elle aussi qui s'occupe de la publication de *Vérité*
dans *La Tribuna*. Elle poursuit de la sorte le rôle inauguré durant l'exil. Comment pourrait-elle se douter que
c'est celui qu'elle jouera durant les dernières vingt-
cinq années de sa vie ?

Le boulangisme, les attentats anarchistes, les scan-
dales, les grèves et leur répression parfois sanglante
– en 1891, la troupe avait tiré sur la foule à Fourmies
faisant 12 morts et 30 blessés –, l'affaire Dreyfus,
l'antisémitisme et la xénophobie : Zola se montre
peu disposé à « chanter glorieusement cette fin de
siècle », comme il l'écrit à Labori. Il n'en réaffirme
pas moins ses convictions et guette avec espoir les
signes d'un avenir meilleur pour l'homme. Il se passionne aussi pour les livrets qu'il écrit pour la
musique de Bruneau.

Mais son attitude de retrait, la recherche d'une forme
d'isolement (tout relatif chez cet homme très sociable),
marque ces années d'une certaine tristesse. Il l'avoue
lui-même, en avril 1900 :

> « Nous sommes ici dans une grande solitude, et je
> ne suis pas gai. »

Pas gai, ou absent, comme l'écrit Alexandrine à
Élina, puisque le partage de Zola entre ses deux foyers
a repris. À sa petite cousine qui appréhende le départ
d'Albert au service militaire, elle écrit :

> « Je sens aussi combien vous devez trouver la mai-
> son vide, car les hommes y tiennent beaucoup de place
> surtout lorsqu'ils y sont aimés, sous ce rapport tu dois
> savoir que je suis très à même de l'apprécier, puisque
> l'année dernière je subis cette épreuve très rudement,
> quoique... ton oncle, son existence me l'enlève à peu

près complètement, et qu'étant près l'un de l'autre, nous vivions si peu ensemble [1]. »

À cela s'ajoutent des soucis d'argent, ce qui ne s'était plus produit depuis une vingtaine d'années. Contrairement à ce que l'on avait voulu faire croire avec le mythe d'un Syndicat juif qui aurait payé Zola pendant l'Affaire, le romancier s'est beaucoup appauvri. Il a refusé de percevoir un salaire pour ses articles en faveur de Dreyfus, et a dû dépenser une fortune en frais de justice. Ne voulant tirer aucun profit de ces événements, il a renoncé à récupérer l'argent versé aux experts en graphologie, ainsi que celui accordé à Judet. Ses livres se vendent moins bien, et paraissent à un rythme moins soutenu. En juillet 1902, Alexandrine confie à son filleul qu'elle a même songé à vendre Médan, mais que Zola s'y est opposé.

Enfin, le cercle de leurs amis semble s'être un peu modifié. Certains comme Antony Valabrègue, Daudet ou Paul Alexis sont morts. D'autres se sont définitivement éloignés, comme Henry Céard. La famille Charpentier par contre revient à Médan, les dames étant réconciliées. Ils gardent aussi des contacts avec ceux qui se sont battus avec eux pendant l'Affaire : Georges Picquart, Alice et Octave Mirbeau, Mathieu Dreyfus, Alfred et Lucie Dreyfus, chez qui ils dîneront un soir. Quant aux dîners d'Alexandrine, ils n'ont rien perdu de leur saveur, comme en témoigne ce menu conservé par Philippine Bruneau : potage, gnocchi, saumon braisé, gigot de pré-salé en ragoût de morilles, mousse de jambon glacée, truffes au porto, bécasses rôties, salade verte, compote chaude, glace Johannisberg, dessert...

Le grand événement parisien de ces années, c'est l'Exposition universelle de 1900. En cette période charnière, elle doit célébrer le modernisme et les

---

1. Collection Morin-Laborde.

espoirs d'un nouveau siècle. 1900, c'est aussi la théorie des quanta de Max Planck, la découverte des groupes sanguins, *L'Interprétation des rêves* de Freud, les débuts du cubisme... Comme le monde a changé en quelques années ! Les innovations techniques ne se comptent plus. La Belle Époque inaugure l'ère du futur : la bicyclette, l'automobile, les tramways et les autobus, l'ouverture de la première ligne de métro, l'aéroplane bouleversent les déplacements et modifient le paysage urbain ; les usines modernes remplacent peu à peu les ateliers ; l'éclairage électrique commence à se répandre ; l'empire colonial s'étend et entraîne de nouvelles formes d'investissements. C'est tout cela que fête l'Exposition. Et si Zola refuse de la célébrer dans un article, cela ne l'empêche pas de s'y rendre à plusieurs reprises, en compagnie de Jeanne et des enfants, et en celle d'Alexandrine. Il prend aussi de très nombreuses photos des pavillons, de la tour Eiffel, des ponts, des constructions d'acier ou du palais de l'Électricité.

L'une d'elles nous montre Alexandrine sur le trottoir roulant qui mène les visiteurs à plus de 8,5 km à l'heure. Un sourire aux lèvres, la chevelure encore bien brune, une petite mallette à la main, un corsage en soie claire et une veste à manches gigot s'ajustant sur une jupe que son pas vif fait danser, elle avance, élégamment chapeautée et gantée en vraie Parisienne qui se promet bien du plaisir sur le chemin de l'Expo'... Elle est charmante, bien semblable sans doute à la voyageuse que découvrent ses amis italiens quand elle leur rend visite.

Car l'Italie l'appelle à nouveau chaque année, d'octobre à décembre. Brescia, Florence, Rome, à ses escales habituelles s'ajoute désormais une cure de trois semaines pour ses rhumatismes à Salsomaggiore, près de Parme. Son premier séjour en 1900 vaut à Zola une longue description des thermes refaits à neuf, avec tout le confort moderne. Deux jours après son arrivée, le médecin lui fait visiter l'établissement dont elle apprécie l'extrême propreté grâce à un système performant de désinfection. Elle évoque les grands couloirs qui débouchent sur des salles d'inhalation avec jets directs dans la bouche, les salles de bains, les profondes baignoires en granit rouge et noir où l'on doit s'appuyer des pieds ou des mains si l'on ne veut pas rouler « comme un caillou dans une rivière » à cause de la pression de l'eau. Quant aux boues, on ne les applique que partiellement sur la partie du corps malade, tant on craint leur action corrosive.

Tout enchante Alexandrine. La cure est progressive, et au début, à cause de sa peau sensible, le médecin préconise une eau mixte, « moitié mère et moitié potable », à 37°, pendant une vingtaine de minutes. Elle se recouche durant une heure. Elle n'a qu'à traverser un couloir, en peignoir et sans bas, pour se rendre de sa chambre d'hôtel à sa séance d'inhalation qui a lieu plus tard. Au grand étonnement du directeur de l'hôtel, elle a demandé à prendre ses repas chez elle, ne voulant pas être un objet de curiosité pour les soixante-dix personnes qui ont choisi la salle à manger. Le nom de Zola est si célèbre en Italie, que sans cesse durant son séjour elle sera accostée par des curieux. Une dame lui demande humblement les bandes qui entourent ses journaux et les enveloppes qu'on lui adresse. On lui fait signer des albums, et l'année précédente, à Florence, elle s'est même vu réclamer des autographes de son mari, comme si « j'en faisais commerce pendant mes voyages ».

Mais les cures sont aussi des rendez-vous mondains. Madame Zola est coquette au demeurant, et au désespoir parce qu'elle a oublié deux jolis jupons à Paris. Émile pourrait-il les faire envoyer par Eugénie, en prenant bien soin d'écrire l'adresse lui-même pour qu'il n'y ait pas d'erreur ? L'un est vieux rose orné de rubans de velours noirs, l'autre à petits carreaux roses et bleus. Ah ! et puis, il y a aussi son boléro en drap bleu garni de plissés noirs... En 1901, elle commence un régime et ne mange presque rien. Qu'on en juge : du macaroni, un peu de charlotte aux pommes, un café au lait miellé, un petit pain, et un tout petit, mais vraiment minuscule croissant. Et elle maigrit... Elle sort beaucoup, comme ce 13 novembre 1900, où elle assiste à Rome à l'ouverture de la Casa Goldoni, le nouveau théâtre. Bertolelli, bien sûr, doit l'accompagner. Alexandrine a demandé à Mme Lupinacci de jouer les chaperons, mais voilà que celle-ci craint de se retrouver seule en voiture avec le redoutable séducteur, s'ils passent chercher Madame Zola en dernier.

> « Pourvu qu'il ne s'avise pas de pincer les mollets de Mme Lupinacci ! » plaisante-t-elle avant de conclure : « Je vais bien m'amuser en étudiant l'attitude de ma compagne[1]. »

Comme toujours en Italie, ses lettres sont pleines d'allégresse et de vivacité, malgré le temps épouvantable qui va sévir jusqu'à son retour : pluies torrentielles, fleuves de boues, inondations, accidents de chemin de fer, il en faut plus pour l'effrayer. Seuls les orages la terrorisent, et elle se réfugie dans le couloir de l'hôtel en maudissant ceux qui osent tourner le commutateur électrique. Un regret : ce vilain temps n'est pas propice à la photographie. Elle a emporté son appareil, et trouve malgré tout l'occasion d'utiliser huit bobines. Les détails techniques succèdent aux descriptions de prises de vue. À n'en pas douter, elle partage la passion de Zola, même si elle continue à affirmer que jamais elle ne sera un bon photographe.

C'est donc armée de son matériel qu'à Rome elle essaie de pénétrer une première fois à Saint-Pierre. Hélas, il faut un permis spécial qu'elle n'a pas demandé. Elle visite tout de même le Dôme, toute seule, au grand affolement de son mari, et toujours

---

1. Centre Zola.

seule revient en flânant par les rues. À pied, elle
découvre « des portes louches ouvertes sur des fonds
obscurs, avec à l'entrée de vieilles peaux, des chiffons,
une immensité d'ordures ».

> « Je me demande, ajoute-t-elle, quelle peut être la
> plèbe qui vit dans ces bouges et il faut absolument être
> à pied pour voir ces choses. Les cochers ne passeraient
> point dans ces coins[1]. »

En 1900, une dame « comme il faut » ne se promène
pas seule à pied dans la rue. A fortiori âgée de soixante
ans, épouse de l'un des hommes les plus célèbres du
monde, et dans les bas quartiers de Rome... Un an plus
tard elle avoue :

> « Je commence à être plus prudente que les pre-
> mières années, c'est de la sénilité sans doute[2]. »

Mais qu'allait-elle faire à Saint-Pierre qu'elle avait
déjà visitée avec Zola ? C'est toute une histoire, un
véritable feuilleton dont nous suivons les péripéties de
lettre en lettre.

Denise, la petite Denise, veut faire sa communion.
Et Alexandrine qui désire lui faire un cadeau s'est mis
en tête de lui offrir un chapelet. Un chapelet ? facile à
trouver à Rome. Reste à décider si on le veut en perle,
en nacre, en argent, en cristal de roche, en ivoire... Et
pendant qu'elle y est, elle en achètera deux autres pour
les petites Fasquelle qui elles aussi font leur communion. Et elle y joindra une médaille, qu'elle fera bénir
par le pape « avec l'espoir très léger que cette bénédic-
tion comble de bonheur ces enfants ». Le plan est
simple : Bertolelli (toujours lui) demandera à sa bonne
d'obtenir de son curé des billets pour assister à la cérémonie. Il n'est pas question qu'on sache que l'épouse

---

1. 28 novembre 1900, Centre Zola.
2. 12 novembre 1901, Centre Zola.

du champion de Dreyfus fait bénir des médailles par le pape, pour la fille de la maîtresse de son mari... Les contretemps s'accumulent et ce n'est que quelques jours avant son départ qu'elle parvient enfin à son but. Avec humour et dérision, elle décrit la cérémonie en détail à Zola, concluant :

> « Inutile de te dire que j'ai tendu mes chapelets, et qu'ils ont été largement bénis [1]. »

Quant à Jacques, il recevra un cachet, choisi avec soin.

Mais si elle pense souvent aux enfants, elle hésite encore sur le rôle qu'elle doit tenir. Elle avoue à son mari :

> « Enfin, tu me parles des enfants, tu vas faire leur portrait, je suppose qu'ils vont bien, je n'osais t'en parler ne sachant jamais si cela ne te déplaît pas. Si tu as envie que je leur rapporte quelque chose, dis-le-moi sans te gêner [2]. »

Au mois de novembre 1900, une lettre de Zola lui apprend la mort de Berthe sa demi-sœur. Alexandrine la voyait de temps à autre, et éprouvait une grande affection pour elle. Sa mort la peine, d'autant que Berthe, beaucoup plus jeune, souffrait également d'asthme. Elle ne peut s'empêcher de faire la comparaison entre leurs deux destins. Rien ne laissait supposer qu'elle soit si vite emportée et Alexandrine ressent cette mort comme une injustice :

> « Je ne cesse de penser à cette pauvre Berthe, en voilà encore une existence que la sienne, à quoi bon être venue sur la terre [3] ? »

---

1. Centre Zola.
2. *Idem.*
3. Collection Émile-Zola, lettre du 11 novembre 1900.

En son absence, c'est son mari qui a fait porter une couronne. Il a même signé la dépêche de condoléances, malgré les recommandations d'Alexandrine de n'indiquer que son prénom à elle, afin de ne pas mêler le nom de Zola à ses affaires de famille. Une fois de plus, on voit la coupure symbolique entre son identité d'épouse et son passé familial – auquel elle reste malgré tout très attachée, comme le montre sa présence à l'enterrement de sa belle-mère en 1893. Elle remercie Émile Zola comme s'il avait accompli un geste extraordinaire. Malgré les apparences, son ascension sociale ne parviendra jamais à effacer tout à fait le sentiment d'infériorité lié à ses origines.

Ses voyages ne l'empêchent pas de veiller sur lui. Elle ne lui épargne ni les conseils vestimentaires, ni les conseils culinaires, ni même les conseils financiers. Au cours de ses tractations avec le directeur de *La Tribuna*, elle écrit à Zola :

> « Excuse-moi si je suis plus âpre au gain que toi, mais ce n'est que dans ton intérêt, sachant combien tes besoins sont grands et combien aussi tu te donnes de peine pour ton travail ; enfin tous les gens s'imaginent que tu gagnes un million avec chacun de tes livres et c'est écœurant de voir que l'on chipote ainsi tes œuvres, sans te rétribuer selon ce qu'on devrait [1]. »

Certaines angoisses deviennent obsessionnelles, comme sa peur, durant son voyage de 1901, qu'il ne soit renversé par une voiture en traversant la place du Havre, ou, toujours distrait, ne tombe dans l'une des excavations du métropolitain. Ils s'écrivent tous les jours, et Émile Zola range les lettres de sa femme dans un dossier intitulé : « Lettres de Loulou, octobre-novembre 1901. » Il photographie le bouquet de roses et de chrysanthèmes qu'elle lui a envoyé pour la reprise de *L'Assommoir* en 1900, qu'elle espère tant

---

1. 11 octobre 1900, Centre Zola.

voir dès son retour : la mort de Gervaise dans les bras de Gouget était si belle et si prenante autrefois...

> « Ce ne sont pas les œuvres de Busnach que je vais voir, ce sont tous tes personnages, créés par toi et si vivants[1]. »

Le même surnom continue à les unir, et les mêmes préoccupations. Les considérations sur les remous au *Figaro*, les vagues à la Comédie-Française causées par la nouvelle pièce de Mirbeau, *Les affaires sont les affaires*, la querelle entre les anciens partisans de Dreyfus, Reinach et Labori, les ambitions politiques de ce dernier, l'avenir des filles d'Alexis s'entremêlent aux détails techniques sur ses prises de vue, sur les pellicules que lui envoie Kodak et à ses démêlés avec le nouvel objectif qu'elle regrette bien d'avoir acheté. Leur correspondance règle leurs journées. Zola se couche très tard pour lui écrire chaque soir, et attend la lettre de sa femme chaque matin.

> « Je suis comme toi, lui répond-elle, lorsque ta lettre me manque, ma journée est stupide et désorientée. »

Et ailleurs :

> « Pour moi, ton journal quotidien est plus intéressant que quoi que ce soit au monde, je suis heureuse comme tout de ce moment de la journée où je vis un peu avec toi, que je presse ce papier où tes mains se sont promenées, c'est encore un peu de toi que j'ai près de moi[2]. »

Leurs sentiments semblent avoir retrouvé toute leur fraîcheur, et la joie d'Alexandrine Zola est à son comble quand son mari lui promet une promenade au

---

1. 12 novembre 1901, Centre Zola.
2. 22 novembre 1901, Centre Zola.

musée de Cluny pour son retour. Elle a beau y être
allée plusieurs fois seule depuis leur première visite,
ce sera une fête car leurs sorties ne se bornent plus
qu'à « faire des achats à la Belle Jardinière »... Une
fois dégusté le traditionnel dîner de retrouvailles
(huîtres, pot-au-feu très cuit et perdreau), elle pourra
reprendre son rôle à ses côtés :

> « Prends patience, mon pauvre Loulou, puisque je
> rentre, je t'éviterai comme je le fais toujours, un tas
> de dérangements avec ces mendiants, tu seras plus
> tranquille pour travailler le matin, je dirai aux domes-
> tiques ainsi que je le fais toujours que l'on me sou-
> mette les visites le matin [1]. »

Les mendiants : ce sont tous ceux qui sollicitent la
générosité du « Maître magnanime », comme le
nomme l'une de ses correspondantes dans le besoin.
Madame Zola saura leur répondre, n'en doutons pas.

---

[1]. 3 décembre 1901, Centre Zola.

28

La mort de Zola

En ce mois de septembre 1902, les Zola se reposent à Médan. Le jardin déploie ses charmes d'arrière-saison, et ils retrouvent le calme dont a besoin Zola pour s'atteler au livret promis à Bruneau, *Sylvanire ou Paris en amour*. Du 12 août au 1er septembre, ils ont reçu la famille Charpentier au grand complet : Georges et Marguerite, leurs filles, Georgette, son mari Pierre Chambolle et leur fils Robert, et Jane et Henri Dutar. Neuf personnes à table en permanence, sans compter les amis de passage, Alexandrine a de quoi s'occuper. Après les derniers beaux jours, le temps se rafraîchit. Début octobre, elle doit partir pour son séjour désormais rituel en Italie, et ils décident donc de rentrer le 28 septembre à Paris. La veille, Zola est allé embrasser Jeanne et les enfants qui passent les vacances à Verneuil, comme d'habitude. Le romancier est soucieux. Jacques, âgé maintenant de onze ans, ne se débarrasse pas d'une petite toux, et ne retrouve pas son appétit. Il a donc demandé au médecin des enfants, le docteur Delineau, qui avait déjà accouché Jeanne, de prendre contact avec un pédiatre réputé, le docteur Hutinel, afin de lui montrer Jacques à la rentrée. Les examens révéleront que l'enfant est frappé d'une tuberculose vertébrale, le mal de Pott.

Le dimanche 28 septembre au matin, le fidèle domestique Jules Delahalle, qui a quitté Médan avant ses maîtres afin de préparer leur hôtel de la rue de

Bruxelles, allume un feu de boulets dans leur chambre.
Le temps est humide, le feu ne prend pas. Plus étrange,
une épaisse fumée se dégage, et la grille est salie de
plâtre et de poussière, comme si des pierres étaient
tombées du conduit. La fumée est telle, que Jules
renonce à allumer le feu, et laisse les fenêtres grandes
ouvertes durant tout l'après-midi. À vrai dire, ce n'est
pas la première fois que ce phénomène se produit.
Trois ans plus tôt, Jules s'en souvient, il s'est passé la
même chose, et Zola a écrit à sa femme :

> « Bien que Jules ait relevé la trappe, il s'est produit
> une telle fumée, qu'il a fallu s'enfuir en ouvrant toutes
> les fenêtres. Dans la rue on a cru à un incendie. (...)
> Desmoulin prétend que des antidreyfusards sont
> montés sur le toit boucher nos cheminées [1]. »

Cette fois les Zola, rentrés à Paris, se couchent sans
s'inquiéter, il fait frais dans la chambre, voilà tout. Ils
ne se rendent pas compte que le feu a continué à couver, sans flamme. Au beau milieu de la nuit, Alexandrine se réveille, prise d'un violent mal de tête et de
nausées. Elle se lève, se dirige vers le cabinet de toilette contigu à la chambre, mais tombe dans l'entrée.
Parvenant à se relever, elle se traîne jusqu'à son lit, en
proie à des vertiges. Elle demande à son mari d'appeler
les domestiques, mais il ne veut pas les déranger en
pleine nuit. Lui aussi se sent lourd et barbouillé. Mais
il lui assure : « Demain nous serons guéris. » Et ils
éteignent.

Jules a convoqué les fumistes à la première heure
pour examiner la cheminée. Le lundi matin à huit
heures, ils sont là. Mais la grande chambre reste silencieuse. Les maîtres dorment toujours. À neuf heures
passées, Jules est persuadé que ce silence est anormal.
On force la porte de la chambre, fermée à clef. Alexandrine est étendue sur le lit, inanimée ; Zola, allongé par

---

1. Bakker, *op. cit.*, tome 10, p. 87.

terre, la tête contre l'estrade qui surélève le grand lit à colonnes. Sur le miroir qu'on place contre sa bouche, pas de traces de buée. Les médecins, les amis vont se relayer pour tenter de ranimer le corps encore tiède. En vain.

Zola est mort intoxiqué par les vapeurs d'oxyde de carbone, sous les yeux de sa femme, consciente mais incapable de se mouvoir. Impuissante comme dans un cauchemar [1].

Commis par le préfet de police, le directeur du laboratoire municipal Charles Girard confirme le diagnostic, ainsi que le médecin expert Charles Vibert, arrivé rue de Bruxelles au début de l'après-midi. Ce dernier fait transporter Alexandrine, toujours inconsciente, dans la clinique du docteur Défaut, à Neuilly, où on la ranimera le jour même. Sa cousine Amélie l'accompagne afin de la soutenir à son réveil.

Le lendemain, 30 septembre, une autopsie est pratiquée sur le corps d'Émile Zola, aboutissant aux mêmes conclusions [2]. C'est le docteur Jules Larat qui se charge d'apprendre la mort de son mari à Alexandrine. On imagine le choc. C'est pourtant elle qui demandera qu'on aille prévenir Jeanne. Eugène Fasquelle et Fernand Desmoulin trouveront là deux enfants tout habillés pour aller faire les courses de rentrée avec leur père.

Alexandrine, très affaiblie, ne peut pas se déplacer. Il faudra plusieurs jours avant qu'elle soit en état de se rendre sur les lieux du drame pour un dernier baiser. On retarde l'enterrement, on embaume le corps, la veillée funèbre dure une semaine. Tous les fidèles sont là : Georges Charpentier, Eugène Fasquelle, Frantz Jour-

---

1. Laborde, *op. cit.*, p. 174.
2. Malgré les expertises pratiquées le 8 et le 14 octobre, la thèse de l'accident ne pourra jamais être prouvée avec certitude. Pas plus que celle de l'assassinat, malgré les aveux d'un entrepreneur de fumisterie en 1927, prétendant avoir bouché la cheminée avant le retour des Zola. Un attentat n'aurait cependant rien d'invraisemblable, si l'on songe à la violence qui marque les mœurs politiques de l'époque.

dain, le docteur Larat, Théodore Duret, Octave Mirbeau, Maurice Le Blond un jeune disciple, mais aussi Picquart et Alfred Dreyfus. En ce début d'automne, il fait très froid, et comme les nécessités de l'enquête interdisent l'usage du calorifère et de la cheminée, ils sont enveloppés dans d'épaisses couvertures, les pieds sur des cruchons d'eau chaude. Zola repose sur le divan de son cabinet de travail dont la porte reste ouverte. En bas, dans le hall, un registre est ouvert pour les signatures. Ne sont autorisés à monter que les fidèles du jeudi. Seule exception, rapporte le compositeur Alfred Bruneau, « une dame et deux enfants : très jeune fille et très jeune garçon, vêtus de noir, qui sanglotèrent longuement... ».

Laissons-le raconter le retour d'Alexandrine :

> « Nous attendîmes celle-ci en proie au sentiment poignant que vous devinez ; chaque voiture qui se montrait rue de Bruxelles nous rendait tremblants et muets. Enfin, l'une d'elles s'arrêta. Le heurt de la grosse porte d'entrée qui se refermait bruyamment ébranla l'hôtel d'une secousse effroyable, des pas précipités retentirent et madame Zola, blême, échevelée, ayant gravi les marches en une course démente se jeta dans un grand cri déchirant sur le pauvre corps dévasté [1]. »

C'est pourtant elle qui réglera la cérémonie dans ses moindres détails, ne voulant laisser à personne cet ultime soin. Un problème en particulier se pose : la présence d'Alfred Dreyfus aux obsèques. Il tient à y assister, afin de témoigner sa reconnaissance à Zola ; mais certains, dont Alexandrine et Joseph Reinach, craignent que sa présence n'entraîne des troubles et ne « politise » en quelque sorte les obsèques. Dreyfus, après avoir cédé à leur pression, revient sur sa décision et maintient son intention d'y participer. De fait, rien de fâcheux ne se produira.

---

[1]. Bruneau, *op. cit.*

Les obsèques ont lieu le dimanche 5 octobre 1902, une semaine après le drame. Une foule immense et silencieuse s'est massée sur le passage du corbillard, de la rue de Bruxelles au cimetière Montmartre. Les honneurs militaires sont rendus à la levée du corps de l'auteur de « J'accuse ». C'est Anatole France qui prononce les dernières paroles, saluant en Émile Zola « un moment de la conscience humaine ». Devant la sépulture provisoire, après les proches, les officiels et les personnalités, pendant des heures, le peuple de Paris va défiler. À sa tête, trois travailleurs envoyés par la ville de Denain – un mineur, un forgeron, un paysan – chacun revêtu de sa tenue de travail, et des délégations de mineurs du Nord. Ils avancent lentement, arborant l'églantine rouge et scandant d'une voix forte les mots de révolte et d'espoir : « Germinal, Germinal ».

Émile Zola a rejoint Victor Hugo dans la conscience populaire.

Perdus dans la foule, anonymes, une femme et ses deux enfants en deuil voient emporter le cercueil de celui qu'ils aiment.

Alexandrine, elle, n'a pu supporter l'épreuve. Elle n'assistera pas aux obsèques. Après trente-huit ans de vie commune, son compagnon l'a définitivement quittée. Il lui en reste vingt-trois à vivre : une éternité.

ALEXANDRINE ÉMILE-ZOLA

29

Le devoir de mémoire

Alexandrine n'avait pas encore eu la force de pousser la porte du cabinet de travail. Elle se leva en soupirant. Ses jambes faiblirent quand elle posa la main sur la poignée. Elle entra. Tout était là, la grande table recouverte de son tapis à franges, les tapisseries sur les murs, les plantes vertes, les bronzes et les cuivres. Elle étouffa un gémissement et ferma les yeux. Comment fait-on pour survivre ? Ironie du destin qui la sauvait de l'asphyxie, sa vieille ennemie, et emportait son compagnon. Devant cette injustice supplémentaire, elle était partagée entre la révolte et l'accablement. Les larmes lui montèrent aux yeux. Elle se raidit et referma la porte tout doucement, ainsi qu'elle l'avait toujours fait. La mort n'avait pas voulu d'elle. Il fallait réapprendre à vivre. Elle entra dans le salon, redressa une rose dans un vase, déplaça un coussin. Dès jeudi, elle ferait signe aux amis. Loulou serait d'accord.

Ainsi Alexandrine Zola réussit-elle à surmonter la dépression après la mort de son mari. Elle se jette dans l'activité et le travail, puisant dans sa douleur l'énergie et la volonté farouche de mener à bien les tâches qu'elle s'est fixées. Ses moments de déchirure, elle les garde pour elle. Elle n'oublie pas, elle va de l'avant. L'exil fut sa répétition générale : elle sait faire face. Cette femme, qui selon ses propres termes ne sait « pas ce qu'est l'ennui et que la solitude n'effraye pas », vit avec la pensée constante de Zola à ses côtés, menant

ses affaires, veillant à la virgule près sur son œuvre,
dans une sorte d'adoration proche du fanatisme : sous
sa plume et dans sa bouche, Émile Zola devient un
« héros », un « génial créateur », « un colosse », un
grand homme auquel la Patrie doit être reconnaissante.
Plus que jamais, elle est la gardienne et la dévouée.

Gardienne de l'œuvre, d'abord, dont elle surveille le
devenir avec vigilance. Eugène Fasquelle est avec le
critique d'art Théodore Duret l'exécuteur testamentaire
d'Émile Zola. Duret étant très âgé, c'est l'éditeur qui
assure l'essentiel de la tâche, et prend en main les
affaires d'Alexandrine. Cet homme chaleureux et possessif est entré très tôt dans la carrière et exercera ses
fonctions presque jusqu'à sa mort en 1952. Aux côtés
de Zola dans l'affaire Dreyfus, il est aussi son ami, et
celui du couple. Il lui est même arrivé de jouer les
médiateurs dans leurs querelles, et d'avoir eu, selon ses
propres termes, à « recoller le ménage ». C'est dire à
quel point Alexandrine lui est, elle aussi, attachée, ce
qui ne l'empêche pas d'intervenir régulièrement dans
sa gestion des droits ou de la réédition des œuvres de
Zola.

Tantôt, elle lui reproche d'avoir laissé répondre par
l'un de ses libraires que tel ouvrage était « épuisé » :
ce mot laisse une pénible impression. Ne vaudrait-il
pas mieux dire qu'il est en « réimpression » ? Tantôt,
quelques années avant sa mort, en 1921, elle lui
conseille de se faire payer par la maison d'édition allemande Kurt Wolf Verlag en argent français, et non en
marks, comme il a été prévu, le cours du franc étant
plus avantageux. En 1908, elle propose le titre de
Lettres d'exil, « plus doux », à la place de *Lettres sur
l'Affaire*, et signale à Fasquelle qu'elle dispose de
soixante-dix lettres de Zola pour cette seule période.
On pourrait donner cent exemples de la sorte. Rien ne
lui échappe. Dans une longue lettre à l'éditeur, écrite
en avril 1919, juste après la rédaction de son testament,
elle lui confie solennellement le soin de veiller sur
l'œuvre d'Émile Zola. Elle s'oppose en particulier à la

réunion en volumes de petits manuscrits inédits, des articles publiés en Russie, de discours, de nouvelles ou de tout autre texte non publié du vivant de son auteur.

> « ... De chaque chose je ne crois pas qu'il y ait assez de matière pour un volume et je ne suis guère d'avis d'en confectionner un de toutes sortes de choses, ça me ferait l'effet d'un grattage de fonds de tiroir. On peut publier si vous le jugez mieux des plaquettes de discours seuls, de nouvelles seules, vous me comprenez[1]. »

Son intervention pose de façon exemplaire la question des ayants droit dans la publication des inédits, jusqu'au passage dans le domaine public. Dans le cas de Madame Zola, on voit qu'il s'agit moins de la publication elle-même que de l'exploitation qui pourrait en être faite. De la même manière, l'éditeur lui-même s'opposera à la publication en volume par Henri Massis des notes et des plans de Zola, « fâcheuse à la réputation de Zola auprès du grand public ».

Quant à une édition des œuvres complètes d'Émile Zola, la même lettre à Eugène Fasquelle nous apprend que :

> « À un moment, Charpentier désirait et poussait mon cher mari à faire une grande édition définitive ; il avait commencé des corrections de *La Fortune des Rougon* mais il n'a même pas fini le volume, trouvait le travail colossal et assommant, préférant ne pas perdre son temps à ce travail et trouvant que le mieux et plus intéressant était de créer d'autres livres. Pour une semblable édition à cette heure, il n'y faut plus compter car personne, sauf l'auteur, ne peut faire pareille besogne[2]. »

---

1. Centre Zola, lettre du 4 avril 1919.
2. Centre Zola, lettre du 5 février 1905.

On mesure une fois de plus combien, depuis le début de leur vie commune, elle a suivi de près le travail de Zola.

Madame Zola veille aussi jalousement au respect du texte théâtral, comme lors de la reprise de *Thérèse Raquin* à l'Odéon en janvier 1905. Non contente d'assister à toutes les répétitions et de refuser la moindre coupure, elle se mêle du jeu des acteurs (exécrable, ils ne savent même pas leur texte !), critique les décors (l'un d'eux est affreux !) et donne son avis sur la mise en scène. Elle ne ménage pas sa fatigue, se couche tous les soirs à une heure du matin pour se lever à sept, mais conclut avec optimisme : « Heureusement que dans ma bousculade je puis secouer un peu mes rhumatismes [1]. »

Quant à la correspondance qu'elle réunit avec Fasquelle en 1907-1908, elle comprend 347 lettres réparties en deux volumes : *Lettres de jeunesse* et *Les Lettres et les Arts*. Elle s'est employée à les rassembler en écrivant à tous les amis de Zola – pestant contre ces paresseux de Méridionaux qui tardent à lui répondre –, et les a recopiées de sa main avant de les rendre à leurs propriétaires, supprimant au passage certaines allusions ou ce qui rappelle d'un peu trop près sa vie avant son mariage. Gabrielle se trouve transformée en « ma femme » dans les lettres de celui qui n'était alors que son compagnon : Alexandrine efface ainsi définitivement Gabrielle. Elle signe désormais Alexandrine Émile-Zola. Réunis dans la même signature, leurs deux prénoms ne forment plus qu'un seul nom – un seul être, puisque son mari survit en elle. De son passé de jeune fille, il ne reste plus de témoins, ou presque : le vieux Narcisse Meley, son oncle, mourra à plus de quatre-vingt-dix ans en décembre 1908.

On sait aussi le sort qu'elle fait subir à certaines correspondances, comme celle de Cézanne : il ne subsiste aucune missive du peintre à Zola pour la période

---

1. Lettre à Jeanne Rozerot, Centre Zola.

comprise entre le 29 décembre 1859 et le 30 juin 1866.
Que sont devenues ces lettres, qui couvrent la période
décisive à laquelle Gabrielle a pu connaître le peintre,
et rencontré Émile Zola ? Il est possible qu'elle les ait
détruites. Sa prudence apparaît dans ces lignes à
Eugène Fasquelle.

> « Il y en a deux (lettres) qui contiennent des choses
> plus intimes que dans les premières, elles sont adres-
> sées à Cézanne, mais elles ne regardent que mon cher
> mari. Vous ferez bien de les voir ; je ne crois pas
> qu'elles choquent personne, mais vous verrez vous-
> même ; et j'en reverrai les épreuves, je verrai aussi si
> cela fait mauvais effet [1]. »

Un article de son testament, doublé d'une lettre à
son éditeur, retire en 1919 à Bruneau, fidèle entre les
fidèles, l'autorisation d'adapter toute œuvre de Zola,
pour cette raison que le compositeur a modifié *L'Attaque du moulin* dans une nouvelle version lyrique du
texte. Jamais elle ne semble éprouver le moindre doute,
sa règle est invariable : servir la mémoire de son mari
en respectant à la lettre sa volonté, qui parle par sa
bouche. Ainsi la fidélité d'Alexandrine s'exprime-
t-elle par une attitude souvent plus rigide que celle de
Zola lui-même.

> « Je suis dans un rêve pendant ces jours douloureux,
> devant tant de témoignages à mon cher aimé, heureuse
> comme je ne puis l'exprimer ; heureuse d'avoir à y
> répondre, malgré le surcroît de fatigue [2] »,

écrit-elle au lendemain des cérémonies qui ont accompagné le deuxième anniversaire de sa mort. Il se glisse

---

1. Lettre du 18 octobre 1906 (avec l'aimable autorisation de
J.-C. Fasquelle).
2. Lettre à Jeanne Rozerot, 8 octobre 1904. Comme toute la correspondance avec J. Rozerot citée dans ces pages, elle est conservée
au Centre Zola.

dans ces hommages une dimension quasi religieuse, partagée par les admirateurs du Maître, qui transparaît dans le vocabulaire employé : vénération, culte, disciples, pèlerinage. Un an après la mort de Zola, un groupe de jeunes gens, Maurice Le Blond, Saint-Georges de Bouhélier et Paul Brulat, a décidé d'organiser dans la maison de Médan une cérémonie en son honneur. À cette cérémonie à laquelle assistent Denise et Jacques aux côtés d'Alexandrine, se rendent plus d'une centaine de personnes, parmi lesquelles Alfred Bruneau qui la préside, le colonel Picquart, les Dreyfus. La journaliste Séverine, ancienne compagne de Jules Vallès, et Maurice Le Blond prennent la parole. Très émue, digne et drapée de noir, Alexandrine assistera chaque année à ce pèlerinage, qui se perpétue aujourd'hui encore, le premier dimanche d'octobre. Le fils de Denise n'a pas oublié le coup d'œil sévère que Madame Zola lui jeta un après-midi de 1919, tandis que le petit garçon jouait avec les graviers durant l'un des interminables discours des grandes personnes. Elle encourage aussi la création de l'Association Émile-Zola, et celle de la Société littéraire des amis d'Émile Zola.

Elle suscite ainsi toutes les occasions de garder vivant le souvenir de son mari : inaugurations, tombeaux, statues, anniversaires, noms de rues. Les haines de l'affaire Dreyfus ne sont pas éteintes, chaque commémoration est aussi un combat. En 1904, c'est l'inauguration du tombeau au cimetière Montmartre. La tombe sur laquelle l'architecte Frantz Jourdain a dressé un monument sculpté abritera, elle en est certaine, leurs deux sépultures. Le moment venu, elle rejoindra enfin son Loulou. Ici encore, elle a veillé de près à l'exécution des travaux, allant jusqu'à choisir pour l'inscription « un style de lettres qui ne jure pas avec le style de l'œuvre ». Cette tombe sans cesse fleurie reçoit très régulièrement sa visite. Elle y tient au point de s'y rendre avant de rentrer chez elle à son retour d'Italie, après une trentaine d'heures de chemin de fer. Du reste, elle entretient avec cette tombe un lien passionnel comme nous le verrons au moment du transfert au Panthéon, cet hommage suprême auquel elle tentera de s'opposer, parce qu'il la sépare à jamais de l'homme qu'elle continue à aimer passionnément.

En 1906, elle assiste à l'inauguration du buste de Zola par Philippe Solari, à la bibliothèque Méjane d'Aix, à laquelle elle a légué les manuscrits et les dossiers préparatoires des *Trois Villes*. Les vieux amis sont présents : Numa Coste prononce un discours émouvant, et Paul Cézanne, bouleversé, pleure durant toute la cérémonie. Mais Alexandrine et lui ne s'adresseront pas la parole. Quelques mois plus tard, le peintre mourra à son tour.

Sa fidélité s'étend aussi à ceux que Zola a aimés. Ainsi prend-elle en charge le projet d'un monument destiné à la tombe de Paul Alexis, alors qu'elle lui interdisait sa porte depuis longtemps en raison de son amitié pour Jeanne Rozerot... Elle lance la souscription, et va choisir elle-même le terrain avec l'architecte Frantz Jourdain, près de Triel, tout près de Verneuil où Zola allait rendre visite à ses enfants.

Veuve abusive comme il y a des mères abusives, Alexandrine Zola défend la mémoire de son mari avec passion.

Et pourtant...

Est-ce son amour pour son mari qui permet d'expliquer le tour très étonnant que vont prendre les relations d'Alexandrine Zola avec Jeanne Rozerot et avec ses enfants ? On sait que depuis 1895, elle a progressivement accepté l'existence de Denise et de Jacques. Elle se préoccupe de leur santé, de leurs études, de leur avenir. En agissant de la sorte, du vivant de Zola, elle se comportait déjà d'une façon peu conformiste, qui prêtait à sourire à certains de ses contemporains, ou en choquait d'autres. Ce sont les enfants de la maîtresse de son mari, un adultère dont elle a souffert outre mesure. Pour la société de son temps, des « enfants naturels », auxquels leur statut d'enfants illégitimes n'accorde aucun droit, d'aucune sorte. Quant à Jeanne Rozerot que son mari a entretenue très généreusement, elle a travaillé à son service, rappelons-le. Alexandrine a donc toutes les raisons, à la mort de son mari, de couper les ponts définitivement avec sa rivale et ses enfants. Or non seulement, elle ne va pas le faire, mais leurs liens vont se resserrer, et l'on peut dire sans exagérer qu'une troisième famille va se former : l'épouse, la maîtresse et les enfants.

30

Les deux veuves

Juste après l'accident, on s'en souvient, c'est Alexandrine qui a demandé qu'on aille prévenir Jeanne. Au moment de fermer le cercueil, rapporte Louis de Robert, un proche a demandé à la veuve si l'on devait y déposer les portraits des enfants. « Mettez-y aussi le portrait de leur mère », a-t-elle répondu.

La mort balaierait-elle définitivement les préjugés, les blessures du cœur, et les morsures de l'amour-propre ?

En réalité, le processus remonte à plus loin, comme si depuis quelques années – le retour d'exil, peut-être ? – Alexandrine avait enfin admis la situation et cessé d'en souffrir, parce qu'elle avait eu la preuve de l'attachement de Zola à son égard. Rassurée sur la place qu'elle occupait dans son cœur et à ses côtés, cette femme indépendante avait fini par s'accommoder de la bigamie de son mari. L'âge avait fait le reste. Quant aux enfants, petit à petit, elle s'était attachée à eux, et s'était mise à les aimer. « Bonne Amie », comme l'appelaient Denise et Jacques, était devenue pour eux une sorte de grand-mère, ou de marraine.

Moins de deux mois après la mort de leur père, elle les invite à venir déjeuner chez elle, comme en témoigne la réponse de Denise, datée du 18 novembre 1902 :

« Chère Amie,
Jacques et moi nous serons très contents de déjeuner

jeudi avec vous. Seulement comme Jacques ne sort du catéchisme qu'assez tard, nous ne serons chez vous qu'à midi et demi.

Mon frère et moi, vous embrassons affectueusement.

Denise. »

Indéniablement, ce sont les enfants qui vont faire le lien entre les deux femmes, et constituer le sujet principal de leur correspondance. Mais le Grand Absent occupe une place non négligeable dans leurs lettres, comme s'il les rapprochait après les avoir séparées. Les lettres échangées entre Jeanne Rozerot et Alexandrine Zola, et accessibles, sont au nombre de quatre-vingt-dix, et elles couvrent la période de 1903 à 1913. Les en-têtes et les formules de politesse nous donnent déjà une idée des relations qu'elles entretiennent : les « Chère Madame » un peu cérémonieux contrastent avec des salutations très chaleureuses : les « Je vous embrasse », « nous vous embrassons affectueusement », et autres « je vous serre les mains très amicalement », témoignent d'une familiarité surprenante. Nulle part[1], nous n'avons trouvé la trace de formules qui abaisseraient Jeanne. Cernées de noir, les missives des deux veuves se répondent, orchestrant soucis d'argent, inquiétudes pour la santé du petit Jacques, pensées émues pour leur mort chéri. Progressivement, les allusions aux amis proches ou lointains s'y font plus nombreuses, comme si les barrières tombaient les unes après les autres. Alexandrine donne même à Jeanne des nouvelles de Dreyfus qui souffre d'eczéma, et lui confie son émotion lors de la mort de Marguerite Charpentier qu'elle tient à lui annoncer elle-même, le 1er décembre 1904 : les querelles oubliées, Alexandrine, bouleversée, ne se souvient que des trente-deux ans d'amitié avec Marguerite et dans un dernier adieu,

---

1. Nous nous référons ici, bien sûr, aux lettres qui sont à la disposition des chercheurs au Centre Zola.

rapporte-t-elle à Jeanne, elle a baisé les mains de la morte.

Au printemps 1903, Jacques est tombé gravement malade. Durant une dizaine de jours, Jeanne note soigneusement pour Alexandrine, jusqu'à quatre fois par jour, la température de l'enfant avant et après le bain, et quelques lignes de commentaire, telles que « Jacques embrasse sa bonne amie et demande des nouvelles de ses jambes. Il est calme et bien raisonnable et prend bien ses bains ». Malgré les espoirs des deux femmes, son état s'aggrave – la tuberculose osseuse a gagné le bras – et exige l'année suivante un séjour à Berck. Les traitements se succèdent, éveillant parfois la méfiance d'Alexandrine, comme lorsqu'on administre au petit garçon un sérum qu'a déconseillé l'Institut Pasteur. Inlassablement, Jeanne s'emploie à rassurer sa correspondante dont la nature anxieuse et alarmiste contraste avec son calme et sa confiance. En la lisant, on comprend quelle influence apaisante elle a pu avoir sur Zola. Mais ici encore, les deux femmes se complètent : Jeanne s'en remet facilement aux autres, au risque d'être dupée, Alexandrine ne relâche jamais sa vigilance, et sa méfiance est aussi une sauvegarde. Elle assiste à certaines entrevues avec les médecins, se rend à Berck, demande l'avis des plus hautes autorités médicales, ou demande à voir elle-même le bras malade. Elle envoie son valet Jules prendre des nouvelles, aider au bain du garçon (il faut le porter et il devient lourd pour sa mère), ou chercher et raccompagner Denise dont elle s'occupe quotidiennement pendant le mois de mars 1904. Elle donne aussi des conseils maison, comme celui de suralimenter l'enfant en le nourrissant de lait et d'œufs entre les repas, assurant, fidèle à elle-même, que « c'est là, dans la nourriture qu'il faut surtout espérer ». Cette maladie contribuera aussi à souder les liens entre les deux femmes.

Opération, piqûres, grattage de l'os, la maladie de Jacques va durer plus de trois ans, et il en gardera un bras légèrement plus court que l'autre. Trois ans de

soins coûteux, auxquels s'ajoutent les séjours de
Jeanne et de Denise à Berck, les cours particuliers pour
les enfants, et plus tard leurs études (Jacques deviendra
médecin) : c'est Alexandrine qui subvient à tous les
frais.

Zola, en effet, à l'exception d'une assurance, ne
semble pas avoir réglé l'avenir financier de son second
foyer. Il n'avait pas modifié son testament rédigé avant
sa rencontre avec Jeanne et qui faisait d'Alexandrine
sa légataire universelle. Cet homme menacé, angoissé
n'a rien su ou voulu prévoir, par égard sans doute pour
son épouse. Mais il a certainement abordé ce sujet avec
elle. Sa mort accidentelle place Jeanne Rozerot et ses
enfants dans une situation très précaire. À part vendre
ses bijoux, on imagine qu'elle n'aurait eu d'autre solution que de retrouver son métier. C'est Alexandrine qui
va intervenir, obéissant peut-être à une promesse faite
à son mari – mais nous n'en avons aucune preuve.
Tous les trois mois, elle lui fait verser par Eugène Fasquelle une rente de six mille francs, soit environ
107 000 F actuels[1], qui permettront à Jeanne de payer
son loyer et de vivre confortablement. En outre, elle
prend en charge l'éducation des enfants. Dès 1903,
Jeanne a déménagé et quitté son appartement confortable de la rue du Havre pour un logement plus petit
mais bien ensoleillé au 80 rue Blanche. Alexandrine a
réglé les frais de déménagement, tout en regrettant
qu'ils ne se soient pas installés encore plus près de
chez elle. Elle assure les frais de l'éducation de Denise
dans le cours privé de Mme Dieterlen. Si elle envisage
un moment de faire entrer la fillette âgée de quatorze
ans au lycée Racine, elle précise bien que ce n'est pas
pour une question d'argent, mais parce que leur père
craignait l'influence sur Denise de « l'air que certaines
élèves apportent de leur famille »...

---

1. Nous utilisons les valeurs citées dans le *Dictionnaire Zola* :
1 franc de 1903 équivaut à 17,86 F de 1993.

Cette situation donne à Alexandrine un indéniable ascendant sur Jeanne, déjà doublement inférieure sur le plan social de par son ancien statut d'employée et son illégitimité. Même si Alexandrine ne fait pas peser sur elle sa générosité et traite de ces questions d'argent avec sa franchise habituelle, elle en tire une autorité supplémentaire et met parfois à mal, sans le vouloir, la fierté de Jeanne. La lettre suivante[1], du 22 février 1904, donne un aperçu de ces relations délicates :

> « Chère Madame,
>
> Je vous remercie bien vivement pour la question argent. Les six mille francs (que) vous me proposez nous suffiront grandement. Vous serez donc bien gentille en donnant des ordres pour que tous les trois mois, je n'ai pas besoin de demander ; car je vous avoue que cela a été pour moi très pénible d'exposer ainsi notre situation.
>
> Je vous suis donc infiniment reconnaissante, au nom de notre cher disparu de votre délicatesse à notre sujet.
>
> Mais dites-moi, vous aussi, franchement si nous ne sommes pas une trop lourde charge pour vos ressources, car je sais combien l'instruction des enfants est coûteuse.
>
> En donnant des ordres à M. Fasquelle, vous voudrez bien lui dire de nous envoyer 500 F pour le premier mars, afin de pouvoir attendre le trimestre d'avril. (...)
>
> Je vous serre les mains affectueusement,
>
> J. Rozerot[2]. »

La largesse d'Alexandrine est d'autant plus remarquable que sa propre situation financière est loin d'être glorieuse. Les Zola ont toujours dépensé sans compter. On le sait, l'affaire Dreyfus, l'exil et la mévente des derniers livres ont largement entamé leur fortune. En l'absence de nouveaux romans – et nous avons vu que

---

1. Centre Zola.
2. *Idem*.

son honnêteté et le respect de l'œuvre de son mari la conduisent à refuser de « racler les fonds de tiroir » – elle est contrainte de réduire son train de vie. Du 9 au 13 mars 1903, une vente aux enchères à Drouot réunit livres, gravures, dessins, tableaux anciens et modernes (parmi lesquels les neuf œuvres de Cézanne, deux Guillemet, un Monet et deux Pissarro), objets d'art, vitraux, bois sculptés, sculptures antiques, bronzes et cuivres, meubles, étoffes, et tapisseries, en tout plus de sept cents objets, tout un passé de brocante et de collections précieuses, auxquels sont liés pour elle bien des souvenirs. La vente rapporte 152 412 francs, soit environ 2 millions 722 000 de nos francs actuels. Elle vend aussi les terrains de Médan allant de la ligne de chemin de fer à la Seine, ainsi que ceux de l'île.

A la mi-avril, elle quitte l'hôtel particulier de la rue de Bruxelles, pour un appartement au 62 de la rue de Rome, dans lequel elle reconstitue le cabinet de travail de son mari. Du passé, elle ne conserve que l'essentiel. C'est là que tous les jeudis soir elle recevra les fidèles, réservant le samedi de 16 à 18 h pour son « jour » personnel.

Ainsi, si ses revenus demeurent confortables et lui permettent d'envisager l'avenir sans trop d'inquiétude, ils n'ont plus rien à voir avec ceux qu'elle a connus jadis. Elle en fait assez vivement la remarque à Jeanne, un jour que celle-ci lui demande si elle compte solliciter la présidence de la Pouponnière, laissée vacante par la mort de Marguerite Charpentier.

> « Comment avez-vous pu penser, connaissant mes ressources et ma vieillesse que j'assumerais cette tâche (...) ? Il faut pour cela une femme riche entourée d'autres aussi très fortunées, ce qui est loin d'être mon cas [1]. »

Sa générosité à l'égard de Jeanne et des enfants n'en est que plus remarquable. En aucune manière, ce n'est

---

[1]. 29 décembre 1904, Centre Zola.

un dû, rien ne l'y oblige – et surtout pas le souci de respectabilité auquel on l'a si souvent réduite. Au contraire. Aux yeux de la société de l'époque (et de la nôtre ?), cette femme qui continue à entretenir la maîtresse de son mari et ses enfants se comporte de façon peu conventionnelle.

Elle s'en explique à plusieurs reprises, répétant qu'elle fait ce que son mari aurait fait lui-même s'il était resté vivant. À ses propres yeux, il n'y a là rien que de naturel, dans la continuité de son amour pour lui. S'acquitte-t-elle par là d'une sorte de dette ? C'est possible. Mais surtout, comme pour son œuvre, elle poursuit sa tâche et veut se montrer digne de l'homme exceptionnel qu'elle a aimé. Capable de mesquinerie dans les petites choses, elle fait preuve d'une réelle grandeur dans les circonstances importantes. Alexandrine est la femme des grandes occasions.

Toutefois, ses relations avec Jeanne vont bien au-delà. Après tout, elle pourrait se contenter de lui faire verser sa rente, sans lui écrire ou la fréquenter. Or, très peu de temps après la mort de Zola, elles vont se rencontrer et nouer des liens d'amitié. Alfred Bruneau évoque l'unique réunion du conseil d'amis chargé de veiller sur les enfants. À la sortie de la séance qui a eu lieu à la mairie de l'Élysée, Desmoulin et lui ont la stupeur « d'apercevoir, au bout de la rue, s'éloignant côte à côte, les deux femmes, l'épouse et l'autre, également dignes de respect [1]... ».

Cette lettre du 6 août 1903 nous donne une idée de ces relations, *moins d'un an* après la mort de Zola, et peut-être les éclaire.

> « Chère Madame,
>
> Il m'a été complètement impossible d'aller hier à votre appartement, je n'ai pu le faire que ce matin. J'ai parfaitement trouvé tout ce que vous désiriez avoir

---

1. Alfred Bruneau, *op. cit.*, p. 203.

ainsi que vous le verrez par ce paquet que j'ai fait mettre au colis postal, à 10 h 1/2, gare du Nord. Je pense qu'il partira par le train de 3 h express et que vous le recevrez demain matin au plus tard, si vous ne l'avez pas, faites-le réclamer à la gare.

La concierge a été très complaisante, c'est elle qui a donné la grosse corde qui entoure ce paquet car je craignais que le fil de mes coutures craquât en chemin... La concierge m'a chargée de vous avertir qu'elle partait dans huit jours pour la campagne, et pour huit jours seulement, mais qu'elle ne donnerait pas la clef de l'appartement à la personne qui doit la remplacer pendant cette huitaine d'absence. Donc si vous pensiez avoir besoin d'autre chose, vous pouvez me l'écrire par retour de courrier, j'aurais encore le temps d'exécuter ce que vous me demanderiez. Autrement, je pars lundi à Médan, et je serai de retour ce 15 septembre. En tout cas, venir à Paris me serait de peu de dérangement.

Voici une petite branche de pélargonium, je viens de la cueillir sur notre chère tombe, partagez-la avec nos chers enfants.

Je leur recommande de reporter sur vous tout l'amour qu'ils devaient avoir pour leur adoré papa ; vous devez être vous et lui à la fois pour eux, et faites qu'ils pensent un peu à leur bonne amie qui les chérit au moins autant que les chérissait notre grand et cher disparu.

Je vous donne des baisers pour que vous les rendiez sur la tête de nos chérubins.

Alexandrine Zola [1]. »

Comme on peut le constater, l'intimité est suffisante entre les deux femmes pour qu'Alexandrine se rende chez Jeanne en son absence, afin d'y chercher des objets dont celle-ci a besoin. On est loin de l'irruption brutale de novembre 1891... De même, lorsqu'elle est

---

1. Centre Zola.

en cure en Italie, c'est chez Jeanne que le domestique se rend pour avoir des nouvelles de sa maîtresse. Alexandrine rend ce service avec son habituelle bonne volonté et son esprit pratique, et propose même de revenir exprès de Médan si nécessaire. Mais le plus étonnant dans cette lettre est la circulation des sentiments, symbolisée en quelque sorte par la branche de pélargonium prélevée sur la tombe. Jeanne semble être au centre de ce cercle d'amour, au point que c'est par elle que transite l'affection d'Alexandrine pour les enfants. Cet amour est si grand qu'elle « les chérit au moins autant » que leur propre père... Tout se passe comme si Jeanne permettait à Alexandrine d'exprimer encore et toujours son amour pour Zola, à travers la femme qu'il a aimée, à travers les enfants qu'elle lui a donnés. En prenant la place de son mari, en l'intériorisant au point de devenir elle et lui à la fois, elle efface sa disparition – elle ne vit que pour lui, il vit à travers elle. Zola n'est pas mort, puisqu'elle continue à veiller sur ses enfants, et qu'elle fait vivre sa maîtresse. Zola n'est pas mort puisqu'elle est Alexandrine *Émile* Zola.

Il se crée donc, au fil des jours, une relation étrange entre ces deux femmes seules, comme si, à leur tour, elles étaient indissolublement liées, à la fois par leur amour pour le même homme, et par leur tendresse pour ses enfants. Ce n'est pas une paix armée ni une complicité comme celle qu'elle entretenait avec Amélie Laborde avant leur brouille, c'est un lien purement sentimental auquel ces deux femmes d'un autre siècle se livrent sans méfiance, avec ingénuité, pourrait-on dire, et où se mêlent attraction, identification, fusion, effusion, rapports d'argent et de pouvoir.

Ainsi, Jeanne à Alexandrine : « Nos deux chéris se joignent à moi pour vous embrasser bien tendrement. » « Ne vous inquiétez pas pour notre chère tombe car elle est régulièrement soignée », et quelques jours plus tard : « En posant mon petit bouquet, je vous ai unis tous deux dans ma pensée. »

Alexandrine à Jeanne : « Embrassez bien pour moi

nos deux chers trésors, avec toute la tendresse de mon cœur, et trouvez aussi pour vous mon sincère baiser. » Ou bien : « Ma main se lie à la vôtre, partageant affectueusement les inquiétudes que vous pourrez ressentir... »

Au nom de celui que l'une d'elles appelle « notre grand et adoré ami », mais aussi au-delà de lui, elles se sont retrouvées, faisant fi des conventions et des préjugés.

La sympathie qui avait dû présider à leur rencontre, leurs points communs leur permettent de renouer facilement le dialogue ébauché dans la lingerie de Médan quelque quinze années plus tôt... Leur cher disparu est définitivement béatifié par la mort. Il est un trait d'union supplémentaire. Mais, précisément, leur relation garde aussi quelque chose de leur situation d'origine. Alexandrine à l'évidence reste maîtresse du jeu, supérieure par sa position sociale, sa légitimité, son autorité naturelle, sa culture et son expérience de la vie. Si digne soit-elle, Jeanne témoigne d'une modestie qui, sans aller jusqu'à l'humilité, la pousse à s'effacer, à préférer l'ombre à la lumière, et à se réfugier derrière l'autorité d'Alexandrine, comme elle le faisait peut-être avec Zola. Ainsi refuse-t-elle, malgré l'invitation d'Alexandrine, d'assister à ses côtés au premier pèlerinage. Celle-ci devra se contenter de lui envoyer les journaux. En avril 1906, autre exemple : désespérant de parvenir à faire travailler Jacques perturbé dans sa scolarité par sa longue maladie, elle fait porter à Alexandrine les notes du jeune garçon, afin que celle-ci lui fasse un peu de morale,

> « car moi, explique-t-elle, je n'ai aucune influence sur lui, si vous vous en avez, je vous prie d'en user ; c'est un grand service à lui rendre ».

Mais Alexandrine lui répond vertement :

« Comment voulez-vous que moi, j'aie une influence sur nos enfants si vous, vous n'arrivez pas à en avoir, qui êtes leur mère ? Ils devraient vous obéir et respecter toutes vos volontés. »

Suit un sermon très dur, moins destiné à Jeanne qu'aux enfants désobéissants, que pour sa part, elle renonce à réprimander et à guider :

« Je laisse à l'avenir le soin de leur donner les remords qu'ils ne pourront manquer d'avoir lorsque la vie les cinglera ainsi qu'elle fait pour tous... »,

ajoute-t-elle, selon son processus de culpabilisation habituel. (Faites ce que vous voulez, je ne dis plus rien, vous êtes libre, mais vous verrez plus tard...) Bref, elle fait la grosse voix, mais comme toujours, c'est à la mesure de sa tendresse qui éclate à la fin de la lettre quand elle demande à Jeanne d'embrasser pour elle ses « chers récalcitrants »...

« Nos enfants » : oui, c'est bien ainsi qu'Alexandrine et Jeanne désignent toutes les deux Denise et Jacques. On l'a compris, les deux femmes se partagent la maternité des enfants de Zola, devenu sous la plume de la première, « *le père de nos*[1] *enfants* » ! C'est un cas assez unique, et l'on mesure ce que représentent de telles expressions et pour l'une et pour l'autre. Il leur a sans doute fallu beaucoup de générosité, et une étonnante liberté pour que Jeanne ne se sente pas dépossédée, ni Alexandrine manipulée. « La grande affection qu'ils avaient pour leur père, ils en reportent un peu sur vous qui les aimez en mère », assure Jeanne à Alexandrine dans une lettre d'octobre 1904. « Vous devez être vous et lui pour eux », répond l'autre.

Comme le faisait son mari, dont elle perpétue le rôle protecteur, Alexandrine veille aux besoins du foyer, supervise leur travail – auquel elle accorde une impor-

---

1. C'est nous qui soulignons. Lettre du 8 octobre 1904.

tance considérable, suivant en cela l'exemple de
Zola –, prend les décisions graves. C'est à ses yeux
une mission sacrée, il lui semble même avoir survécu
à Zola pour pouvoir la mener à bien, comme elle l'écrit
à Jeanne le 29 décembre 1904, en rentrant du cimetière
où elle a déposé une couronne de gui piquée de roses
fraîches comme il les aimait tant :

> « Il ne m'appelle pas, je puis rester encore près de
> ses chéris, afin de me donner cette joie de les aimer
> pour lui et pour moi. »

L'une de ses tâches essentielles est donc d'apprendre
aux enfants qui était leur père. Voilà pourquoi elle tient
tant à ce qu'ils assistent au premier pèlerinage à
Médan, allant jusqu'à écrire qu'elle ne pourrait supporter leur absence. Ensuite, il appartiendra à Jeanne de
reprendre le flambeau :

> « Lorsqu'ils seront en âge de vouloir savoir, de
> s'initier à cette vie de labeur (...), ils comprendront, je
> l'espère quelle sera leur conduite à tenir pour que le
> nom de Zola reste à la hauteur où il a été élevé, par
> ceux qui le portaient, leur père et leur grand-père.
> Vous serez là, pour les diriger et leur apprendre bien
> des choses [1]... »

Mais chassez le naturel, il revient au galop : la fin
de la phrase est à elle seule plus significative que tout
ce qui précède :

> « ... malheureusement peu, vous ne l'avez pas connu
> autant que moi, qui pendant trente-huit ans ai vécu
> près de lui et qui pendant 24 années sur ces trente-
> huit, ne l'ai pas quitté d'une heure. »

---

1. *Idem.*

Quant à l'adverbe « malheureusement », il laisse rêveur !

Il lui arrive donc de revendiquer cette autorité qu'elle semblait refuser, ou tout au moins un droit de regard sur leur éducation. Ainsi, en septembre 1903, elle reproche à Jeanne de ne pas prolonger le séjour à Berck pour éviter toute rechute :

> « Ne prenez pas ombrage de mes réflexions, ce n'est que mon grand amour pour ces chéris, et toute la douleur pour la perte de leur cher papa qui était pour moi tous les amours, toutes les affections, qui me fait parler ainsi. Je voudrais tant les voir Jacques et Denise supérieurs en tout, j'aurais au moins avant de mourir la satisfaction qu'ils sont ce que leur cher papa aurait voulu qu'ils soient... Embrassez bien pour moi nos deux chers trésors... »

Avec toute son énergie, elle va donc s'employer à les rendre « supérieurs en tout », et surtout, dignes de la tâche qu'elle s'est fixée : obtenir qu'ils portent le nom de leur père.

Son sentiment maternel, si longtemps sans objet, peut enfin se donner libre cours, comme en témoignent ces mots :

> « Embrassez nos chers mignons autant que vous les aimez, ce sera comme je les aime moi-même. »

Comment ne prendrait-elle pas à cœur de leur faire donner *le nom de leur père*, elle la fille naturelle d'Edmond Meley, et la mère de la petite Caroline Gabrielle née et morte de père non dénommé ? Comment ne serait-elle pas sensible à leur situation d'enfants illégitimes, elle qui a mis tant d'années à conquérir sa propre légitimité ? Enfin, s'ils portent le même nom qu'elle, ne seront-ils pas encore un peu plus comme ses propres enfants ? C'est au moment où elle commence à réfléchir à ce projet qu'elle se met à signer « Alexandrine Émile-Zola », ou « Alexandrine É. Zola ».

Si Eugène Fasquelle, exécuteur testamentaire de Zola, est le tuteur légal des enfants, elle en est la tutrice officieuse, et doit à ce titre rendre des comptes devant le conseil de famille chargé de veiller aux intérêts des enfants. Dès 1904 (et peut-être plus tôt), elle réfléchit à la mise en œuvre de son projet. Ainsi, tient-elle à voir en sa possession les reçus des paiements faits en son nom aux professeurs des enfants, afin de donner des preuves du sérieux de sa tutelle. Elle considère qu'à ce titre leur instruction la regarde personnellement, afin que le moment voulu, ils puissent porter le nom de leur père. Elle s'y emploiera de toutes ses forces, assure-t-elle à Jeanne :

> « ... Soyez sans crainte, si j'ai encore quelques années à vivre, je vous aiderai de tout mon pouvoir, pour qu'à nous deux, nous accomplissions autant que possible tous les désirs de leur père. Il me semble que c'est encore à lui que je sers à quelque chose, et cela m'est d'un grand bien dans ma douleur. »

La loi du 11 germinal an XI (1er avril 1803) permet à « toute personne qui aura quelque raison de changer de nom » d'en faire la demande. Mais il s'agit d'une grâce, et non d'un droit, et les élus sont peu nombreux : des débuts de la Troisième République aux années 1930, une cinquantaine de changements par an. Aucun recours n'existe en cas de refus. On doit commencer par la publication d'un avis dans le *Bulletin des lois* (l'actuel *Journal officiel*) et dans deux journaux d'annonces légales. Puis adresser au ministère de la Justice une requête justifiant la demande, et un dossier comportant toutes les pièces nécessaires. L'ensemble est instruit par le procureur de la République, puis transmis par voie hiérarchique à la Chancellerie. De là, il sera envoyé au Conseil d'État qui émettra un avis, puis renvoyé à la Chancellerie qui établira un rapport aboutissant, le cas échéant, au décret. La procédure, on le voit, est complexe et, à l'époque, très coûteuse puisqu'aux droits du sceau s'ajoutent divers frais annexes dont les honoraires élevés du référendaire au sceau de France. Le cas des enfants d'Émile Zola entre dans la catégorie du relèvement d'un nom illustre, comme pour les héritiers de Pasteur, de Marx ou de Guizot par exemple. Le lien familial doit être bien sûr indiscutable. Il s'y ajoutera le signe distinctif, très en vogue sous la Troisième République, du nom et du prénom soudés par un trait d'union qu'adoptera Alexandrine elle-même, « nouvelle forme de distinction républicaine [1] ».

En novembre 1906, Madame Zola lance la procédure auprès du Conseil d'État, et prévient Jeanne qu'elle sera sans doute convoquée par le référendaire, pour des informations ou des signatures. Elle sait que les délais sont longs, et qu'une fois le décret paru au *Journal officiel*, les enfants devront attendre encore une année pour avoir le droit de porter le nom et de le faire transcrire sur les actes d'état civil. Elle précise aussi qu'elle n'a pas demandé le nom pour elle, mais directement pour les enfants, ainsi que le lui a conseillé le directeur des Affaires civiles et du Sceau.

Elle confie à Jeanne le soin de mener l'affaire à bien si elle-même n'en voit pas la fin. Mais il n'en sera rien, et en 1907, un décret officiel accorde à Denise et Jacques le droit de porter le nom de leur père : Émile-Zola. Jeanne avait déjà exprimé sa reconnaissance un an auparavant, résumant leur situation avec simplicité et justesse :

> « Chère madame,
>
> Je vous remercie bien vivement de vous occuper de façon aussi active afin que nos enfants aient le nom

---

de leur cher papa. C'était un de ses désirs, car il s'en était déjà occupé lui-même, mais le sort a voulu qu'il ne puisse pas jouir de ce bonheur. Mais puisque vous avez bien voulu pousser la bonté de le remplacer auprès de ses chers enfants, je serai particulièrement heureuse le jour où vous aurez enfin réussi à donner à nos chers enfants le nom glorieux de Zola. J'espère qu'ils sauront le porter dignement et vous entourer de leur tendresse et de leur reconnaissance. Car ce grand nom, c'est à vous qu'ils le devront. Et je souhaite que vous et moi nous ayons encore de longues années à être auprès de nos enfants et à veiller sur eux, car vous et moi sommes toute leur famille, ils seraient bien seuls si nous leur manquions.

Je vous embrasse
J. Rozerot [1] »

L'avenir, hélas, allait en partie justifier ses craintes, puisqu'elle mourut prématurément en mai 1914. Alexandrine resta seule pour veiller sur leurs « chers enfants ».

---

1. Centre Zola, lettre du 10 novembre 1906.

31

Le rayon de soleil

« ... Chers enfants qui êtes le seul rayon de soleil que je puis avoir maintenant... » : c'est en ces termes qu'Alexandrine s'adresse à Denise et Jacques un jour de septembre 1905, alors que, pour la première fois, elle a oublié de leur souhaiter leur anniversaire. Affectueuses, grondeuses, moralisatrices ou moqueuses, ses lettres vont porter durant presque un quart de siècle ses messages d'amour aux enfants d'Émile Zola et de Jeanne Rozerot.

Elle va leur écrire très régulièrement, exigeant la pareille en retour. Tâche dont Denise, futur écrivain, s'acquitte aisément même quand, selon son propre aveu, elle n'a « absolument rien à dire », mais qui, pour Jacques, tient souvent de la corvée. Répondre à Bonne Amie, remercier Bonne Amie a dû peser plus d'une fois à ce petit garçon de onze ans dont Alexandrine a deviné depuis longtemps la nature réfléchie et sensible, mais qui, s'extériorisant moins que sa sœur, restera toujours plus distant avec la femme de son père. Très attaché à sa mère, plus jeune de deux ans que Denise, il a peu connu son père. Dès l'enfance ses réticences à l'égard de Bonne Amie sont sensibles, et celle-ci ne manque pas de les souligner, tout en essayant de les excuser. Souffre-t-il de la dépendance dans laquelle se trouve sa mère ? Ressent-il la protection de Madame Zola comme un peu encombrante ? Quoi qu'il en soit, c'est surtout avec Denise que va se

créer une relation très proche, très profonde, même si
Jacques lui témoignera toujours respect et affection, et
qu'elle lui écrira à lui aussi de très nombreuses lettres.

À sa manière directe, Alexandrine exprime cette différence dans une lettre à Denise :

> « ... Toi et Jacques vous êtes mes deux enfants
> adorés, et je devrais avoir pour toi un peu de préfé-
> rence puisque tu me témoignes beaucoup plus de ten-
> dresse, mais je ne désespère pas tout à fait du bon petit
> cœur de ton frère, malgré l'indifférence qu'il fait voir,
> le fond ne peut être que très bon aussi [1]. »

Cette tendresse réciproque va donner naissance à
une correspondance riche, touchante et souvent amusante entre les deux épistolières, que cinquante ans
séparent et qu'un même amour de la vie rapproche. En
1902, Denise a treize ans, et Alexandrine soixante-
trois. À travers leurs lettres, c'est aussi à l'éclosion
d'une jeune fille que nous assistons, à son éducation,
à ses débuts dans la vie, à ses premiers émois de
femme, à ses maternités. Portrait d'une jeune femme
du début du siècle, elles témoignent aussi du rôle
qu'Alexandrine a joué auprès de Denise, ainsi que de
sa vie après la mort de Zola.

La première lettre de Denise à Madame Zola date
du 18 novembre 1902, nous le savons, soit un mois et
demi à peine après la mort de son père. Comme celle-
ci, les missives de 1902 et 1903 ont souvent pour objet

---

1. Ce passage est extrait d'une lettre inédite (non datée) d'Alexandrine à Denise. Comme toutes celles qui vont suivre, cette citation
est due à la générosité de Mme Françoise Le Blond et de M. Jean-
Claude Le Blond, qui ont mis à notre entière disposition toute la
correspondance inédite conservée entre leur mère et Mme Zola, soit
455 lettres écrites de 1902 à 1925 (256 lettres de Denise et 199
d'Alexandrine). Qu'ils en soient très chaleureusement remerciés.
Tous les extraits cités de la correspondance entre Denise Le Blond-
Zola et Alexandrine Zola appartiennent donc à cette collection particulière.

la confirmation d'un rendez-vous – ici un déjeuner du jeudi –, ou des remerciements qui n'appellent pas de réponse. Mais elles permettent de voir les rapports quotidiens qui se tissent déjà. Alexandrine s'occupe de trouver à Jeanne un appartement pour remplacer celui de la rue du Havre, cherche une bonne pour les enfants, ou leur offre le gui qu'elle destinait à son mari pour les fêtes de fin d'année. Elle leur envoie des bonbons, des brioches, des fruits confits, un collier de marguerites pour la fillette. Elle emmène Denise et Jacques se promener à Versailles ou à Sèvres (« rendez-vous au pied de l'escalier de la cour de Rome »), et déjeune avec eux tous les jeudis. D'autres réjouissances plus inattendues sont prévues, comme aller tous ensemble admirer le roi Édouard VII, ou se rendre au concert au Trocadéro pour faire la connaissance des Bruneau. Il est loin le temps où Alexandrine refusait que ses amis fréquentent l'autre famille de son mari. C'est elle qui désormais encourage ces relations : ainsi, les enfants de Zola passent-ils la journée du 24 mai 1903 avec Mme Bruneau et sa fille Suzanne, ou goûtent le 10 octobre chez Mme Charpentier.

L'année 1903 est assombrie par la maladie de Jacques, et le départ en juin pour Berck. Mais Denise ne perd rien de sa joie de vivre. Elle découvre les bains de mer et la pêche aux coquillages, tout en déplorant le temps capricieux. « Ah Berck, soupire-t-elle avec humour, suprême pays des rêves, qu'il est subtile *(sic)* de comprendre ton climat ! » Pour sa part, elle y renonce. Elle s'inquiète aussi du projet de Madame Zola à propos de son changement d'établissement scolaire. Comme toutes les filles de son âge, elle ne veut pas quitter ses amies, et craint que la différence de niveau ne l'oblige à redoubler. Mais elle se pliera à la volonté de Bonne Amie. Quant à la facture du trimestre au cours Dieterlen, il suffit de l'attendre et de payer quand on veut, précise-t-elle, en réponse sans doute à une question d'Alexandrine. Le travail occupe une place importante dans la vie de Denise qui à Berck prend des cours par correspondance : elle « se rase sur les maths » mais adore le français. Cela ne l'empêche pas de déchaîner un petit scandale en écrivant dans une rédaction destinée au prestigieux Bellesort tout le mal qu'elle pense de Jeanne d'Arc. Denise a les valeurs de sa famille, et Alexandrine se réjouit de son impertinence, en assurant que son père se serait bien amusé s'il l'avait su.

La jeune fille écrit des vers et, sur l'insistance d'Alexandrine, elle les lui envoie : « Maintenant au moins, vous ne me raserez plus, estimez-vous heureuse ! » Mais celle-ci, toute fière, les a montrés à Bruneau, ce qui lui vaut une réponse courroucée de Denise.

> « Encore s'ils n'étaient pas signés, je me moquerais un peu qu'on les voie ! Mais ayant le nom de l'auteur (!) en bas, comment voulez-vous qu'on dise : "ils sont très mal" comme on le pense[1] ? »

On le constate, le ton entre les deux correspondantes est très libre. Si Alexandrine est rigoureuse en matière d'éducation et de règles sociales, elle s'enchante de la spontanéité de Denise et de son franc-parler qui n'est pas sans ressembler au sien. De façon très moderne pour l'époque, elle ne lui demande pas d'adopter avec elle le comportement stéréotypé d'une jeune fille bien élevée. Elle prend même auprès d'elle des leçons d'argot – le sien doit commencer à dater : « costo » signifie chic, explique Denise à sa demande, et « truc = chose, machin chose ». Complices, elles échangent des mots tendres et des plaisanteries, et possèdent leurs petits secrets :

> « Je vous prie <u>bonne</u> amie de ne pas parler de ce qui s'est passé entre nous »,

---

1. Collection particulière.

ordonne Denise en 1903. Ou :

> « Et maintenant pour vous taquiner j'ajoute seulement : "Je vous aime, Bonne amie[1]." »

Leur tendresse chahuteuse éclate partout dans ces pages, et l'on sent que dans la réalité aussi – surtout – les câlins doivent être bien nombreux, comme le laissent entendre ces mots d'Alexandrine écrits en 1905 :

> « Tu es sûre d'être barbifiée par moi à votre rentrée, je vais te donner tous les baisers dont j'ai été privée pendant votre séjour à Berck. »

> « Je ne t'ai pas plus tôt quittée tout à l'heure que j'ai pensé que nous n'avions pris aucun jour pour que tu viennes déjeuner avec moi. Quel jour puis-je t'avoir ? Tu seras bien gentille de ne pas me faire espérer trop longtemps, puisque dans ma vie tu es ma joie, mon rayon de soleil. À bientôt n'est-ce pas ? Je t'embrasse de toute ma vive tendresse. »

> « ... heureuse comme tout que tu m'étouffes sous tes baisers, et moi aussi j'en fais autant en te berçant sur mes genoux comme cela arrive quelquefois, oh ! chère fillette, sois toujours folle ainsi, car je t'aime bien[2]. »

Même si elle a l'âge d'être sa grand-mère, Alexandrine a trouvé sa fille. L'amour maternel accumulé pendant des années peut enfin s'exprimer, d'autant plus fortement qu'elle est seule, et que Denise est une enfant selon son cœur.

Mais l'affection de ces deux passionnées n'empêche pas les disputes, bien au contraire. Comme toujours l'angoisse rend Alexandrine injuste. Inquiète à propos de l'opération de Jacques, en mai 1904, elle reproche

---

1. *Idem.*
2. *Idem.*

à Denise de ne pas lui avoir écrit. Tous les amis attendent des nouvelles, Bruneau et Mme Bouhélier se sont même déplacés pour en avoir, Mme Charpentier a écrit. Que peut-elle leur répondre ? Sans doute Denise ne sait-elle pas ce qu'est l'attente... Mais celle-ci ne se laisse pas faire, et répond avec vivacité :

> « Bonne amie,
> Je vous en veux. Pourquoi m'avez-vous grondée parce que je n'avais pas parlé de Jacques dans une carte ? Était-ce de ma faute si je n'avais pas de nouvelles [1] ? »

En fait la petite fille a attendu elle aussi toute une longue journée des nouvelles de son frère. Elle se défend bravement :

> « Qui vous a dit que je ne connais pas l'attente ? J'ai fait un devoir dessus il y a un an, et je la connaissais déjà [2] »

mais, ne pouvant retenir ses larmes, elle fait promettre à Bonne Amie de ne parler à personne de cet accès de tristesse. Gageons que pour une fois, c'est Alexandrine qui a dû se sentir coupable.

S'il est un domaine dans lequel elle ne plaisante pas, c'est celui des devoirs à rendre aux amis d'Émile Zola. Elle ne manque jamais de rappeler ses obligations à Denise. Ainsi en juin 1905, alors que celle-ci vient de réussir son Brevet dont l'épreuve pratique a consisté en une page d'écriture, une couture anglaise et le traditionnel dessin d'une cruche, ni Fasquelle ni Charpentier n'ont reçu de lettre leur annonçant son succès. Le ton est sévère et sans appel :

---

1. *Idem.*
2. *Idem.*

« Ma chère Mignonne,

Je ne te gronde jamais, je ne te fais que des observations pour que l'on ne pense pas que tu oublies la plus stricte déférence vis-à-vis d'amis qui te portent un vif intérêt, tel votre tuteur. Et si tu prends mes réflexions affectueuses pour des reproches, tant pis, en voici un nouveau, c'est moi qui l'ai reçu, je te le repasse[1]. »

Quelques jours plus tard, Bonne Amie s'explique à nouveau, et on la croit volontiers : elle exige ces marques d'amitié à l'égard de ceux qui leur sont chers et qui les méritent, mais ne lui fera jamais user de trop de politesse à l'égard des indifférents. De fait, l'éducation donnée à la jeune fille s'inscrit tout entière dans son exigence de fidélité, à des êtres, à des valeurs, et par-dessus tout à celui qu'elle continue à vénérer.

Denise a peu vu son père, si l'on y songe, et n'a vécu avec lui que pendant l'exil en Angleterre. Il n'y a guère que durant le dernier hiver, en 1901, que Zola s'autorisa à sortir avec ses enfants. Alexandrine étant en Italie, il passa plus de temps avec eux, leur réservant cette année-là les après-midi, le dîner et la soirée. Il leur fit visiter Paris, les emmena dîner dans des grands restaurants. Il les conduisit aussi au théâtre admirer Sarah Bernhardt dans *L'Aiglon* et à l'Opéra-Comique, *Louise* de Gustave Charpentier. La fillette était en adoration devant son père, comme le rappelle Denise Le Blond-Zola :

« J'étais un peu jalouse de ma mère, de l'affection que lui témoignait mon père ; je voulais toujours prendre son bras, je vivais réellement dans l'atmosphère de gloire que je sentais autour de lui. Ma mère ne s'en fâchait nullement, elle souriait de ma tendresse autoritaire. Elle m'a laissée ainsi savourer l'infinie douceur de m'appuyer au bras de mon père, je ne l'ai pas oublié[2]. »

1. *Idem.*
2. Denise Le Blond-Zola, *op. cit.*, p. 277.

Auprès d'Alexandrine à qui elle peut poser toutes
les questions qu'elle désire, Denise retrouve donc aussi
son père, qui la décrivait dans ses notes de travail sur
Vérité sous les traits de Louise :

> « Chez Louise, la petite fille redevenue brune, de la
> vie, de la jeunesse, un grand amour de la vérité, de
> logique, et toute la libération. Elle va plutôt vers son
> père qu'elle aime beaucoup [1]. »

La jeune fille et l'épouse éprouvent le même bonheur à parler de lui et Denise va vers Alexandrine
comme elle allait vers son père. En tous points, aux
yeux de sa Bonne Amie, elle doit être la fille qu'aurait
tant aimé voir grandir Émile Zola. Quel plus grand
compliment peut-elle alors lui faire que celui-ci ?

> « Je connais ton cœur qui renferme une grande
> bonté. Ce n'est pas en vain que tu es la fille de Zola,
> dont la bonté était sans fin [2]. »

Au fil de sa correspondance avec Denise, et à travers
ce filtre particulier, nous pouvons aussi suivre Alexandrine Zola tout au long des vingt et quelques années
qui lui restent à vivre. À partir de 1904, elle rapporte
à Denise, alors âgée de quinze ans, la plupart des événements, petits ou grands, qui lui arrivent, et ses lettres
constituent une sorte de chronique.

À nouveau malade durant une partie des mois de
mai et juin 1904, elle se décide à retourner en cure au
Mont-Dore, malgré son peu de goût pour « ces montagnes qui l'embêtent trop ». Elle craint aussi, comme
elle l'écrit à Jeanne, les souvenirs des deux séjours
qu'elle y a faits en compagnie de son mari en 1884 et
1885. Seul intérêt de ce départ un peu précipité : il lui
permettra de fuir la distribution des prix de Médan qui

---

1. *Idem*, p. 274.
2. *Idem*.

lui rappelle aussi tant de choses... Pendant ce temps,
Denise, qui aurait bien aimé accompagner Alexandrine, est très occupée à Berck : plage, tennis, lecture,
promenades ne lui laissent même pas le temps de se
consacrer à ses travaux d'aiguille auxquels sa mère et
Bonne Amie attachent tant d'importance. Les deux
anciennes lingères s'entendent pour faire de Denise
une couseuse habile, la fournissant sans cesse en
ouvrages. Elle doit toujours en avoir un en train, nous
apprend-on. Mais elle ne pourra se remettre à la couture qu'après les vacances, quand ses amis auront
déserté la plage. Pour l'instant, elle est trop occupée.
Jeanne lui apprend à confectionner de la frivolité, une
dentelle composée d'anneaux et de picots. Au début,
Denise se contente de faire avec sa navette et son crochet des petits ronds assez réguliers, mais elle reçoit
les félicitations d'Alexandrine que Jeanne a prévenue
des progrès de sa fille.

> « Ta maman me dit que tu te mets très bien à la
> couture, ça me fait très plaisir, car même lorsqu'on n'a
> pas à les faire soi-même, ces travaux dans la vie, il
> faut savoir comment ils se font. Ton cher papa tenait
> extrêmement à ce que tu comprennes sinon exécutes
> tout ce qu'une femme doit connaître. Et combien il
> serait heureux de savoir que tu es si habile aux travaux
> d'aiguille [1]. »

Alexandrine a repris le rythme fastidieux de la cure :
sortie à quatre heures du matin, elle rentre dans son
appartement de l'hôtel Sarciron à sept, et renouvelle
ses soins quatre fois par jour. Le médecin n'a pas
changé, toujours aussi peu énergique, selon Madame
Zola. Quant au verre d'eau qu'elle doit ingurgiter trois
fois par jour, elle le remplit à la « source des chanteu-
ses », ce qui lui donnera « la facilité, explique-t-elle à

---

1. *Idem.*

Jeanne, d'épater cet hiver Bruneau en lui chantant toutes ses œuvres ».

Le compositeur l'émeut profondément, en août, en lui demandant de l'accueillir chez elle pour recevoir la Légion d'honneur que doit lui remettre Jourdain. Ainsi, pourra-t-il associer son grand ami Zola à cet honneur. Et que dire du geste d'Eugénie, la cuisinière, qui a envoyé un colis de fleurs pour la tombe ?

> « Quelle rareté de pareils êtres. Aussi je me prive-rais plutôt de tout que de me séparer d'eux par ma propre volonté », assure-t-elle à Jeanne.

Après avoir assisté au pèlerinage de Médan, Alexan-drine repart pour l'Italie, où elle va soigner ses rhuma-tismes à Salsomaggiore, avant de retrouver ses amis à Rome. Elle écrit de longues lettres à Denise, tout en craignant de l'ennuyer. Mais celle-ci proteste énergi-quement :

> « Et ne dites pas surtout que vos lettres peuvent m'ennuyer et que je dois, si cela est, les jeter au panier. Je ne jette jamais rien et surtout pas vos gentilles let-tres [1]. Mettez-vous cela dans la tête. »

Rentrée en France, elle apprend la mort de Margue-rite Charpentier, et prend en charge la vente annuelle de la Pouponnière. Cette œuvre de bienfaisance avait été créée par Mme Charpentier en 1891. Sensibilisée à la misère par Renoir, elle avait déjà envisagé la créa-tion d'un pouponnat en 1876. Alexandrine la seconde dans cette œuvre qui la touche de très près, puisqu'elle consiste à recueillir les mères seules et les enfants en bas âge des classes les plus pauvres. En grande bour-geoise de son temps, Madame Zola est aussi une « dame patronnesse », qui ne ménage pas sa peine pour placer des billets auprès de ses relations, ou obtenir

---

1. Souligné par Denise.

des lots pour ses ventes de charité, comme le coussin confectionné par Denise en 1904 et acheté par Jane Dutar, la fille des Charpentier. Elle s'emploie aussi à faire entrer de l'argent dans les caisses de l'œuvre : en 1897, par exemple, elle organise une représentation de *Thérèse Raquin*, avec la Duse dans le rôle principal. C'est Mme Veil-Picard qui succédera à Marguerite Charpentier, et la Pouponnière survivra jusqu'en 1958.

Des sujets plus frivoles lui tiennent aussi à cœur, comme la robe qu'elle désire commander à sa couturière pour Denise. Cette dame, qui habite Neuilly, ne peut venir à domicile que le matin, et ne fait exception à cette règle que pour Mmes Charpentier et Zola, chez qui elle consent à se déplacer l'après-midi. Dans la plupart des cas, on se rendait chez la couturière. Mais pour des clientes de marque ou fortunées, les essayages se faisaient bien sûr à domicile. On apprend au passage que toutes ces dames du clan Zola s'adressent à elle, puisqu'en ce mois de décembre 1904, elle s'occupe non seulement des robes de deuil de Jane et Georgette Charpentier, mais a en commande une robe du soir en tulle point d'Esprit pour Suzanne Bruneau. On a oublié aujourd'hui combien la couturière était, jusque dans un passé récent, un personnage important dans les familles. Une bonne couturière se ménageait. C'est elle qui avait la haute main sur l'élégance et la réputation d'une femme. Le choix du modèle, du tissu, des modifications éventuelles à apporter au patron se faisait sous sa direction. Ensuite venaient les sacro-saints essayages qui devaient faire de la robe un chef-d'œuvre sur mesure. La robe de Denise, destinée aux réceptions de jour, est une véritable affaire d'État. Alexandrine pour la décrire à Denise utilise un délicieux vocabulaire technique qui sent la professionnelle :

« Je n'ai pas hésité un instant à prendre le voile à petits pois, qui ainsi qu'à toi, me plaisait beaucoup.

Voici ce que j'ai décidé pour la façon avec la couturière. Jupe plissée soleil, 5 petits rubans de satin dans le bas, faisant ourlet. Corsage de même plissé, le haut faisant guimpe, au-dessous de cette guimpe un volant donnant l'aspect d'une berthe, garni de 3 rubans semblables à la jupe. Manches plissées, avec une engageante de deux petits volants garnis du même petit ruban de satin.

Dessous de taffetas naturellement [1]. »

Naturellement. Mais cette description laisse Denise bien perplexe.

« Pour ma robe faites-la ainsi que vous voulez. Mais ne croyez-vous pas que la jupe serait plus jolie sans ruban et toute simple ? Je n'ai pas compris ce que vous entendez par guimpe, pour le corsage. Maman me l'a expliqué, mais je suis bien bête car je n'ai rien compris. J'ai eu recours au dico qui parle du "haut du vêtement chez les religieuses", si bien que j'ai renoncé à éclairer mon intelligence. Comment sera donc ce corsage [2] ? »

On suppose que la robe fut tout de même réussie, car Alexandrine lui recommandera quelques mois plus tard de la porter pour un dîner au Ritz, place Vendôme...

On le voit, l'éducation de Denise est aussi mondaine. La jeune fille aide à recevoir le samedi, jour d'Alexandrine, et sert le thé aux dames. Elle est minutieusement informée des mouvements divers qui animent les relations de Madame Zola : querelle avec « cet imbécile de Lumbroso », décès divers à l'occasion desquels Denise doit présenter ses condoléances, comme pour celui du père de Madame Clemenceau, mariage de Véra Séménoff avec un barbon beaucoup

---

1. Collection particulière.
2. *Idem.*

plus âgé qu'elle, remariage de Desmoulin, fréquenta-
tions de cure – une Mme Dettelbach, Gast, le cousin
de Picquart, les Gémier, Mme Wertheim, et un M. Katz
qu'elle affectionne tout particulièrement. Sans compter
les fidèles de ses jeudis, Charpentier, ses filles et leurs
maris, les Bruneau, Philippe Solari et son fils Émile,
Duret, Jourdain, Thiébaut, les Mirbeau, les Fasquelle
et d'autres encore qui fréquentent le salon de Madame
Zola depuis si longtemps... Peu à peu, les rangs des
anciens se sont clairsemés, mais leurs enfants main-
tiennent la tradition, et des jeunes comme Maurice Le
Blond se sont joints à eux. Alexandrine ne manque
jamais de signaler à Denise les « belles chambrées » du
jeudi, qui lui font chaud au cœur. Cette fidélité compte
beaucoup pour elle, et quand elle rentre de voyage, son
premier soin après la visite au cimetière est de
reprendre ses jeudis.

Denise est donc associée de très près à sa vie.
Alexandrine a reporté sur elle non seulement son sentiment maternel frustré, mais aussi l'amour qu'elle
éprouvait pour Zola. Sa « tendresse autoritaire », son
énergie inépuisable se conjuguent pour entourer la fille
de son mari d'un véritable tourbillon de sollicitude, de
conseils, de baisers et de réprimandes. Denise est bien
sa fille adoptive. Non seulement elle partage ses indi-
gnations, ses joies, ses chagrins ou ses soucis, mais elle
est capable de lui résister ou d'exprimer parfois la
peine que lui font ses reproches injustes, comme dans
ces lignes écrites en 1923 :

> « Bonne amie, si bonne, que m'avez-vous écrit, à moi
> qui vous nomme tout bas ma grand-mère si chère ? »

Quant à Jeanne, elle semble accepter sans réticences
cette affection d'Alexandrine pour sa fille, qui pourrait
ressembler, pour une autre mère, à un vol d'amour.
D'une certaine façon, Alexandrine s'est « approprié »
Denise. On peut comprendre l'attitude plus distante de
Jacques, très proche de sa mère. Jeanne, décidément,

aura tout partagé... Juge-t-elle que c'est une grande chance qui est donnée à sa fille ? Sa nature discrète qui lui a permis de rester dans l'ombre de Zola la rend-elle capable d'accepter ce dont une femme plus possessive aurait peut-être souffert ? A-t-elle seulement le choix face à une aussi redoutable bienfaitrice ? Mais Alexandrine veillera à ne jamais l'écarter ou chercher à la dresser contre sa fille. Denise eut ainsi la chance d'avoir à ses côtés deux femmes, qui, ayant l'une et l'autre perdu leur propre mère, conjuguèrent leurs efforts pour en faire une jeune fille heureuse.

32

Honneurs posthumes

La fidélité d'Alexandrine s'attache moins aux choses qu'aux êtres. On l'a vu, dès 1903, elle se sépare, sans trop de nostalgie semble-t-il, de nombreux objets de collection et d'une partie des terrains de Médan. La propriété devient une charge trop lourde. Elle songe d'abord à la vendre, comme l'atteste une carte postale de 1905, montrant la maison affublée d'un écriteau « Propriété à vendre ». C'est Maurice Le Blond qui trouve une meilleure solution.

En 1897, ce jeune homme de vingt ans a fondé *La Revue naturiste* qui prend ses distances aussi bien avec le symbolisme et ses héritiers décadents, qu'avec le naturalisme, jugé trop pessimiste. Les naturistes croient en l'homme et en ses chances de bonheur. Au moment de l'affaire Dreyfus, il a fait partie de ces jeunes gens prêts à se battre pour faire triompher la Révision. Devenu journaliste et critique littéraire, Maurice Le Blond entre en 1901 à *L'Aurore*, alors dirigé par Clemenceau. Il admire aussi le Zola messianique des *Quatre Évangiles*, et le rencontre en juin 1902, quelques mois avant sa mort. Dans un entretien très libre, le romancier lui confie alors ses doutes et sa lassitude. Dès cette époque, il se consacre à l'œuvre de Zola tout en menant parallèlement une carrière de haut fonctionnaire. C'est lui, on s'en souvient, qui a eu le premier l'idée du Pèlerinage, soutenu dans son projet par Alfred Bruneau, Marcel Batillat, et son ami de jeunesse Saint-Georges de Bouhélier. Cette fois, il propose à Madame Zola de faire don de la maison de Médan à l'Assistance publique.

Alexandrine pourrait ainsi se défaire de Médan tout en consacrant la maison au souvenir de son mari, puisqu'en même temps serait créée une Fondation Émile Zola. C'est l'assurance pour elle que la maison va revivre, et que le Pèlerinage pourra se perpétuer. En 23 février 1905, le contrat est signé avec l'Assistance publique en la personne de son directeur M. Mesureur, l'institution devient propriétaire de la maison sous condition de voir conservé « dans son état actuel » le corps de bâtiment principal. Le contrat stipule aussi que doit être maintenu « le libre accès de la propriété dans la plus large mesure compatible avec l'ordre et la bonne tenue de l'établissement à toutes les personnes qui se présenteront, soit isolément, soit en groupe pour visiter la maison de campagne en souvenir d'Émile Zola, et pour honorer la mémoire de l'illustre écrivain ». « La maison devra abriter des enfants. » En avril, le conseil municipal accepte enfin ce don, et Alexandrine remercie Le Blond de lui avoir suggéré cet arrangement.

En juin, on vend les plantes de la serre et les animaux de la ferme. À la fin du mois, Alexandrine rencontre le chef du contentieux de l'Assistance publique pour lui remettre les clefs et régler les comptes des jardiniers. Si elle éprouve des regrets, elle n'en dit rien, ou peu de chose. Il est vrai que depuis longtemps, avant même la mort de l'écrivain, les Zola s'étaient un peu détachés de Médan, qui représentait surtout leur passé, comme en témoigne cette confidence d'Alexandrine à son mari :

> « J'ai encore le souvenir du premier temps où la vie était plus douce et je lui garde une vive reconnaissance des bonnes heures d'autrefois[1]. »

---

1. Lettre du 8 novembre 1901.

La boucle est bouclée : la mère de Caroline-Gabrielle, recueillie par l'Assistance un jour de mars 1859, a payé sa dette. Sans le savoir – ainsi va le destin – Maurice Le Blond a aiguillé Alexandrine sur sa propre voie. En donnant sa maison aux enfants, elle l'ouvre aussi à la vie et à l'avenir. Pour le troisième pèlerinage, en 1905, les visages de petits convalescents, amenés tout spécialement pour l'occasion, viendront égayer la maison qui résonne enfin des rires de l'enfance. On inaugure officiellement la plaque de marbre qui porte l'inscription Fondation Émile-Zola. « Mon désir est réalisé », conclut Alexandrine dans une lettre à Denise.

Mais le passé n'en finit pas de mourir. En novembre, le décès de Georges Charpentier qui n'a pas survécu à sa femme la bouleverse profondément, au point qu'elle est incapable de prendre la plume, et ne prévient qu'un jour plus tard ses amis de son retour d'Italie pour avoir le temps de maîtriser son émotion. Ne pas se montrer défaite, faire front, toujours.

Six mois plus tard, un autre événement va l'affecter, d'autant qu'il la touche de plus près encore.

Grâce à l'initiative de Jaurès, une nouvelle enquête est menée sur l'affaire Dreyfus, et des documents prouvant son innocence font surface. On s'achemine enfin vers la Révision, décidée le 25 décembre 1903. Mais il faudra encore trois ans pour que, dans l'indifférence générale, les Chambres réunies cassent sans renvoi le jugement de 1894. Le 12 juillet 1906, la Cour de cassation prononce l'arrêt de réhabilitation. Alexandrine Zola, qui s'est rendue tous les jours à la Cour de cassation, prévient Denise la veille, souhaitant partager ce bonheur avec ses enfants, afin, dit-elle, « que nous en soyons réjouis ensemble tout en regrettant votre pauvre et cher papa qui avait bien mérité d'assister à ce triomphe ». Le 13 juillet 1906, on vote la réintégration de Dreyfus et de Picquart dans l'armée, avec les grades respectifs de commandant et de général. Le 22 juillet, Dreyfus est décoré de la Légion d'honneur au cours d'une parade militaire aux Invalides, et en octobre, « le brave Picquart » est nommé par Clemenceau ministre de la Guerre. L'Affaire est close. Seule la presse partisane se fera vraiment l'écho de cet événement.

En ce mois de juillet 1906, les Français s'intéressent davantage à la création d'un ministère du Travail, avec à sa tête René Viviani, et au vote de la loi prescrivant le repos hebdomadaire obligatoire. Le roi du Cambodge est en visite officielle à Paris, et la République déploie ses fastes pour l'accueillir. Moins exotique, mais tout aussi extraordinaire voyage : on pourra désormais se rendre de la gare d'Austerlitz à la place d'Italie, grâce à la 5ᵉ ligne du métropolitain...

Mais un autre événement va secouer la léthargie de cet été 1906 : le 13 juillet, le député du Cher Jules-Louis Breton a proposé à la Chambre une loi visant à transférer les cendres d'Émile Zola au Panthéon. La proposition est adoptée sans débat par trois cent soixante-seize voix contre cent soixante-cinq. Alexandrine Zola est fière et consternée. Il lui semble perdre une deuxième fois son mari.

Une semaine plus tard, une lettre de Denise lui montre qu'elle n'est pas seule à éprouver ce sentiment d'arrachement. Timidement, la jeune fille, en vacances à Berck, lui fait part de l'ambivalence de ses sentiments. Elle est bien consciente de l'honneur que l'on fait à son père en le portant au Panthéon, mais sa tristesse en est redoublée. Craignant que Madame Zola ne le lui reproche, elle n'a pas osé lui en parler jusqu'ici. L'épouse et la fille de l'écrivain vont désormais communier, selon leurs propres termes, dans la même douleur.

> « Ma chère et bonne Denise,
>
> (...) Je n'avais nullement l'idée d'objecter quoi que ce soit à ta pensée qui avait senti comme moi un déchirement profond en songeant que l'on allait nous enle-

ver votre cher papa ; tu n'as pas idée, ma fillette
chérie, combien ta réflexion m'a été au cœur, le tien
et le mien ayant éprouvé la même douleur, le bien que
j'en ai éprouvé, le regret de ne pouvoir pleurer avec
toi, ne pas être à même de courir à toi pour te presser
sur mon cœur, très fort, m'a été une souffrance horrible. Je ne puis t'aimer plus que je t'aime, sans cela
je t'aimerais davantage à cette heure. (...) Je céderai,
je laisserai partir cette chère dépouille pour le Panthéon, c'est un sacrifice immense que je fais, je piétine
sur mon cœur atrocement. J'aurais été si heureuse de
songer que nous irions tous le retrouver un jour, qu'il
aurait avec lui, même dans la mort, tout ce qu'il avait
aimé. Mais non ! Il sera seul, là-bas, dans ces caveaux
du Panthéon, plus de fleurs à lui porter, il ne nous
restera plus qu'à faire des pèlerinages devant ce tombeau vide, je ne puis me faire à cette idée sans éprouver un arrachement. Ta peur d'une objection tu vois,
enfant, n'avait guère de raison d'être. Je pleure de nouveau, comme si je le perdais une seconde fois. Je sais
bien que comme moi tu es heureuse des honneurs que
l'on peut lui rendre, et je trouve qu'on ne lui en fera
jamais assez ; quoi qu'on fasse, je l'ai toujours estimé
comme le plus grand parmi les plus grands ; on peut
lui en rendre chaque jour, il les a bien mérités par sa
vie de travail, par son amour pour son pays et pour
l'humanité entière, ce ne sont pas les hommages dont
je me plaindrai, mais quelle gloire aura-t-il de plus
pour être au Panthéon, combien d'autres qui l'auraient
mérité qui n'y sont pas ? est-ce que pour cela leur
gloire n'existe pas ? La gloire, ce ne sont pas les
hommes qui vous la font, on se la fait soi-même, vous
en êtes témoins par votre cher père, c'est lui-même qui
s'est fait un monument impérissable par ses œuvres et
ses actes, c'est pourquoi, si je ne pensais qu'à moi, je
le garderais notre cher mort [1]. »

---

1. Collection particulière.

Sa position ne variera pas : elle cédera, comme elle l'écrit, mais à contrecœur. Elle reçoit une vingtaine de lettres de félicitations par jour auxquelles elle répond, mais prévoit « un hiver d'émotion sur émotion ». Désormais, tous les retards lui sont bons, tout en la révoltant. Sans grand espoir sur le vote du Sénat qui entérinera certainement la décision, elle trouve une alliée involontaire dans la droite nationaliste que le projet scandalise. On se croirait revenu au temps de l'Affaire : l'Action française placarde deux affiches contre « l'insulteur de la France, le métèque vénitien Zola ». Mais comme prévu, à l'issue de discussions très vives, le Sénat adopte le projet de loi à l'automne, par cent quarante voix contre cent deux. Le tour politique qu'a pris l'affaire entraîne malgré elle Alexandrine, restée une adversaire farouche de ceux qu'elle nomme la Boucherie et les Corbeaux. Par hasard, le général de Boisdeffre se retrouve en cure au Mont-Dore en même temps qu'elle. Voilà qui la contrarie profondément, même si elle ne le rencontre jamais. Si la chose se produisait, elle ne se retiendrait pas de « l'appeler ignoble canard, et j'aurais tout Le Mont-Dore contre moi, ajoute-t-elle, car ils sont tous nationalistes et cléricaux, et que le Corbeau abonde ici ».

D'autres tâches l'appellent : elle travaille à la publication de la correspondance de Zola, passant des heures à copier ses lettres de jeunesse. Elle en attend d'Aix, celles d'Alexis, « mais tous dans cette ville ont fait les morts. Je viens d'écrire à Coste pour savoir où cela en est. Je leur ai fait donner trois cents francs par Clemenceau et je n'ai rien reçu, quels flemmards que ces gens du midi ». En septembre 1906, elle remet environ 300 pages à Eugène Fasquelle.

Elle suit aussi le travail du sculpteur Charmay, qui œuvre au buste de Zola devant figurer à Médan. Énorme, assez peu ressemblant, selon elle, il donne tout de même « l'impression de ce colosse génial », et elle envisage de le faire placer sur la pelouse face à la maison, à l'endroit où se trouvait jadis une corbeille de roses et d'héliotropes. La statue est inaugurée au cours du pèlerinage de 1906.

Tandis que la loi sur le transfert des cendres tarde à être appliquée, l'année suivante offre à Alexandrine une autre diversion. L'opéra d'Alfred Bruneau *Naïs Micoulin*, dont le livret s'inspire de la nouvelle de Zola, doit être représenté pour la première fois à Monaco, et elle est invitée avec les Bruneau par le prince Albert Ier, grand admirateur de Zola et fervent dreyfusard. Le ciel d'hiver est un peu brumeux, mais Alexandrine s'enchante du spectacle de la Côte d'Azur ravissante sous la lune comme au soleil. Après une soirée au casino où elle assiste à l'exécution du prélude de *Messidor* et à l'ovation qui accueille Bruneau présent dans la salle, elle suit les répétitions de *Naïs Micoulin*, auxquelles l'a conviée le directeur du théâtre, M. Gunsburg. Le prince les a invités à séjourner au palais du 2 au 5 février. Dans un premier temps, elle refuse : ce séjour était jadis projeté avec Zola, elle éprouverait une trop grande émotion à l'accepter sans lui. Pour porter sa lettre d'excuses au château, elle retrouve la promenade faite jadis avec son compagnon, et contient difficilement ses larmes. « Me donner en spectacle m'est odieux », rappelle-t-elle, et cela ne fait que renforcer sa décision. Elle se console en racontant ses petites misères à Denise, et en lui achetant une boîte de fleurs, et un panier de mandarines pour Jacques.

> « Tout votre père se continue en vous, et il a été tellement tout dans ma vie, que plus rien n'a jamais compté depuis le jour où je l'ai connu[1]. »

Mais la lettre suivante porte les armes du Palais de Monaco, et nous apprend que les Bruneau et Alexandrine sont finalement installés chez Son Altesse, ayant chacun à leur disposition un salon, une chambre et un

---

1. *Idem.*

cabinet de toilette. Même si Monaco n'est pas la cour d'Angleterre, quel chemin parcouru pour l'ancienne grisette ! Ce qui charme Alexandrine, c'est la simplicité du prince, et son admiration pour Zola. « Votre bonne amie n'est pas trop à plaindre, même pas du tout », avoue-t-elle aux enfants. Et elle ajoute : « Je lui ai parlé de vous, la chose allait de soi. » Pas de problème : les Grimaldi ont les idées larges.

Le soir de la première et du dîner de gala, elle tient à faire bonne figure :

> « Votre vieille bonne amie va se faire aussi belle qu'elle pourra pour honorer autant que possible ce Prince si beau. »

On nage en plein conte de fées. La visite du musée océanographique, fondé par le prince Albert, est projetée pour le lundi matin. L'enthousiasme d'Alexandrine atteint son comble le surlendemain. Elle découvre chez le prince « des qualités admirables ». Après une soirée passée dans l'intimité, au cours de laquelle il n'a cessé de lui parler d'Émile Zola, elle lui trouve même « un charme extraordinaire » ! Il lui fait les honneurs de ses jardins particuliers, et promet de lui faire visiter sa chambre à coucher pour lui montrer le portrait de Zola qui s'y trouve. Après *Naïs*, on donne *Lucia de Lammermoor*, puis *Thérèse* de Massenet dont elle suit les répétitions. Les Bruneau sont charmants, les Desmoulin viennent d'arriver, tout va pour le mieux...

Mais trois jours plus tard, voici Cendrillon en larmes :

> « J'en ai assez de cette vie qui n'est pas la mienne, et je suis dans un tel état d'énervement que je voudrais être entrée chez moi déjà. Je savais bien que ce séjour ici me mettrait dans cet état, c'est pourquoi je redoutais tant d'y venir. (...) Je vous envoie mes baisers les plus tendres sous cette impression si douloureuse depuis que je suis ici, et je vous presse très fort sur

mon pauvre cœur malade. Heureusement que j'ai votre affection dans ma vie.

Je suis stupide de finir ma lettre dans les larmes, tout cela sera passé et vous me reverrez le sourire aux lèvres. Ne vous chagrinez pas, c'est un instant de mélancolie qui va passer [1]. »

Fatigue, émotivité, fragilité sous la cuirasse : cinq ans après la mort de son mari, Alexandrine Zola est encore très vulnérable. Elle finira son périple par une dernière promenade à Aix, le long du canal gelé... Le prince Albert ne lui en tiendra pas rigueur. Quelque temps plus tard, il lui demandera des photographies des enfants, et en 1908 participera généreusement à la souscription lancée pour le buste de Zola à Suresnes.

En juin, nouvelle alerte sur le front du Panthéon. Desmoulin, qui vient de rencontrer Clemenceau, confirme la nouvelle annoncée par les journaux : le transfert des cendres aura lieu dans la seconde quinzaine du mois. Alexandrine s'empresse de donner aux enfants tous les détails dont elle dispose : « Ces choses vous touchent de trop près pour que je vous les laisse ignorer. » Le ministre de l'Intérieur charge Desmoulin, Duret et Bruneau de s'entendre avec Dujardin-Beaumetz pour préparer la cérémonie. On jouera des extraits de *Messidor*, il n'y aura qu'un seul discours, Clemenceau y tient, prononcé par Briand. La veille, un groupe d'intimes assistera à l'exhumation et au transfert luimême.

« Le lendemain, alors, nous devons le considérer comme un jour de gloire, son apothéose. » Mais Alexandrine n'a rien perdu de son opinion : « Ce n'est pas son pays qui l'honore, souvenez-vous, c'est lui qui honore son pays. » Reste à décider quelques points de détail, et si la cérémonie, qui s'annonce grandiose, aura lieu en semaine ou un dimanche. Si c'est en semaine,

---

1. *Idem.*

que Coco se rassure, Bonne Amie se charge de lui
obtenir un jour de congé pour l'occasion. Mais le bud-
get n'est toujours pas voté, et la cérémonie est encore
retardée. Ces retards finissent par constituer un véritable camouflet, et Alexandrine n'est pas loin de s'opposer à ce transfert qui semble soulever tant de
difficultés.

À la mi-juillet, elle part pour sa cure annuelle au
Mont-Dore, où elle retrouve ses relations habituelles,
M. Katz, enrhumé, Mme Dettelbach, mal logée, ainsi
qu'une chanteuse présentée par « un journaliste bon
teint, c'est-à-dire dans nos idées ». Pour sa part, elle
jouit d'une belle chambre toute blanche, et s'enchante
des fleurs dont on la couvre : des roses offertes par une
admiratrice de Zola, des bleuets de M. Katz, un rosier
déposé par les Fasquelle. Sans son inquiétude profonde
due à l'absence de nouvelles des enfants, elle irait bien.
Elle va les rejoindre à Badenweiler, où Jeanne doit lui
retenir une chambre au soleil et aérée, un lit bien
propre et une cuvette pas trop petite... Les cures ther-
males sont un séjour obligé en cet été 1907. Mme Wertheim est à Baden-Baden ; quant à sa fille Dolly, elle a
attrapé la rougeole à Marienbad.

Alexandrine, elle, repart en octobre pour Salsomaggiore, où elle se retrouve en pleine grève générale : pas
d'électricité, pas de train, pas de télégraphe, pas de
courrier et pas de cure. L'esprit de la dame bat la campagne, elle s'imagine déjà prisonnière en Italie. Mais
la vie de la station reprend et elle peut suivre sa cure
normalement. Elle se rend ensuite à Florence, d'où elle
écrit à Briand afin de lui demander une audience pour
fixer la date du transfert. Elle a choisi les premiers
jours d'avril, à proximité de l'anniversaire de la naissance de Zola. Elle charge aussi Desmoulin d'une mission spéciale auprès du président du Conseil. Comme
elle l'explique à Denise, il s'agit de rien de moins que

« mettre les morts dans la grande salle du Panthéon
qui n'est plus une église, pour les enlever de cette

chose odieuse de ces caveaux sous terre car je voudrais bien que votre cher papa n'y descendît jamais. Et comme nous avons des mois devant nous, on peut organiser cela [1] (...) »

On le voit, la femme d'intérieur en Alexandrine ne recule pas devant l'idée de réaménager le Panthéon afin que son cher Émile ne souffre pas du noir qu'il détestait, comme en témoigne le thème quasi obsessionnel de l'ensevelissement dans son œuvre. Mais elle ne sera pas écoutée, et son mari rejoindra les grands hommes enfouis dans l'obscurité humide de leurs caveaux.

À l'approche de la cérémonie, l'agitation reprend. « Les cannibales se ruent de nouveau sur votre père », commente Alexandrine. Fin mars, nouveau sursis.

« (...) j'ai encore à moi notre cher mort pour deux mois, cela me ravit, et savoir, je garde l'espoir qu'il nous restera, pourvu que ce ne soit pas une illusion de ma part. (...) Gardez jusqu'à nouvel ordre mes réflexions, jeudi, peut-être aurons-nous décidé de quelque chose et je vous le dirai. Le prétexte du retard est qu'on n'a plus le temps pour les préparatifs, le Sénat n'a que le rapport de la Chambre aujourd'hui et il faut passer par des bureaux, des commissions et que cela demande du temps, et voilà quatre mois qu'on a accepté la date donnée par moi, en quatre mois ils n'ont pas eu le temps de s'occuper d'une chose qui a été votée il y aura deux ans le 12 juillet 1906. Enfin, il n'y a qu'à attendre les événements [2]. »

Ce qu'elle fait en préparant des crêpes pour le goûter des « enfants ».

Mais son espoir est de courte durée : le mercredi 3 juin 1908, l'exhumation a enfin lieu en présence

---

1. *Idem.*
2. *Idem.*

d'Alexandrine, de Denise, de Jacques et de quelques intimes dont Bruneau et Desmoulin. On a fermé les grilles du cimetière Montmartre pour éviter la foule des curieux. La cérémonie est particulièrement pénible : le bois de la bière entourant le cercueil en plomb s'est émietté et il faut en chercher une autre. Cela demande des heures. Quand le fourgon mortuaire parvient au Panthéon, il est plus de vingt heures. Sur le trajet, les cris de « À bas les Juifs ! À bas Zola ! » l'accompagnent. Tout autour de la place du Panthéon, boulevard Saint-Michel, rue Soufflot, une foule énorme s'est massée, une foule d'émeute, menaçante et hostile. L'ennemi n'a pas désarmé. Cinq mille nationalistes cherchent à bloquer le passage. Partisans et adversaires de Zola s'insultent dans le tumulte et la violence. Des coups sont échangés. On fait donner la troupe, et on procède à une quarantaine d'arrestations.

Cependant, Madame Zola, enveloppée dans ses voiles noirs, descend de la voiture et s'avance vers les marches de l'édifice, suivie de Jeanne Rozerot – c'est elle qui a tenu à la présence de la maîtresse de son mari –, de Denise et de Jacques, d'Alfred et de Lucie Dreyfus. Tout un symbole, qui pour beaucoup retentit comme un affront. Le cercueil est placé sur un immense catafalque de douze mètres de haut, au centre du monument. Très droite, Alexandrine se recueille silencieusement. Puis, entourée par les siens, elle se retire, laissant les compagnons de Zola le veiller une dernière fois : Fernand Desmoulin, Alfred Bruneau, Alfred Dreyfus, le docteur Larat, Eugène Fasquelle, Henri Dutar, Saint-Georges de Bouhélier, Maurice Le Blond, Georges Toudouze se retrouvent autour de la dépouille comme en 1902 et montent la garde dans le calme revenu.

La cérémonie officielle a lieu le lendemain. Les troupes sont massées tout autour du Panthéon. Elle commence à 9 h 30, aux accents de *La Marseillaise* qui accueille le président Fallières, Clemenceau et les ministres. L'orchestre joue ensuite le prélude de *Messi-*

dor et la *Marche funèbre* de Beethoven, tandis qu'Alexandrine Zola, Jeanne Rozerot, Denise, Jacques et le groupe des amis prennent place autour du catafalque. C'est le futur président de la République Gaston Doumergue, alors ministre de l'Instruction publique et des Beaux-Arts, qui prononce le seul discours de la cérémonie, saluant l'héroïsme d'Émile Zola. On vient prévenir Madame Zola que, par prudence, elle devrait se mettre moins en évidence. La réponse est cinglante : « Il y a du danger, alors je reste. »

Mais alors que le président Fallières achève la revue des troupes et s'apprête à se retirer, deux coups de feu claquent dans la direction du catafalque. Un début de panique s'ensuit, on distingue Mathieu Dreyfus en lutte avec un individu à la barbe grisonnante, aux vêtements usés. Albert Clemenceau, le frère de Georges, se précipite. Il aide à maîtriser l'agresseur, que les gendarmes arrêtent immédiatement. Louis Gregori, rédacteur au journal de droite *Le Gaulois*, a tiré sur Alfred Dreyfus. La foule n'a rien remarqué. On emmène Dreyfus, touché à l'avant-bras, pour le soigner chez lui. La blessure est sans gravité, mais elle rappelle à tous que les haines n'ont pas désarmé. Gregori sera acquitté le 11 septembre 1908. La veille de l'attentat, Madame Dreyfus avait reçu un bouquet de roses rouges, accompagné de ces mots : « Ces roses sont de la couleur du sang de votre mari. »

Entre-temps, la cérémonie s'est achevée. La foule a reflué, puis s'est dispersée. La musique s'est tue. Dans le silence et l'obscurité de la crypte, quatre silhouettes se recueillent devant le cercueil, placé à côté de celui de Victor Hugo, le grand aîné : Alexandrine Zola, Jeanne Rozerot, et leurs deux enfants.

Alexandrine n'aura plus la liberté de rendre visite à son mari comme elle le faisait au cimetière. En juillet, par mesure de précaution, on lui interdit l'accès au caveau. Elle se rendra au Panthéon en septembre, pour l'anniversaire de la mort de Zola, accompagnée de

Denise et de Jacques, comme elle le fera chaque année
par la suite. La descente dans ces caveaux humides
et sombres sera toujours un calvaire pour elle, et elle
continuera à fleurir le monument de Montmartre, où
elle espérait tant rejoindre son mari.

33

Bonne Amie

La Belle Époque bat son plein. Le monde et le demi-monde se retrouvent chez Maxim's, se promènent au Bois, roulent en automobile, s'installent pour l'hiver sur la Côte d'Azur ou la Riviera italienne. On prend le thé au Ritz, on danse le boston, on s'encanaille à Montmartre. Picasso peint *Les Demoiselles d'Avignon*. Les Ballets russes font scandale. Paul Poiret habille les Parisiennes à la mode, leur donnant une liberté toute nouvelle, une silhouette fluide enfin délivrée du corset. Le costume-tailleur a fait son apparition, révolutionnant l'allure féminine. Colette a quitté Willy et publie *Les Vrilles de la Vigne*.

Comme pour toutes les mères de ce début de siècle, le grand souci de Jeanne et d'Alexandrine est de marier « leur » fille. En 1908, Denise est âgée de dix-neuf ans. Les traits fins, les cheveux très longs, les yeux gris-vert, c'est une jeune fille intelligente, pleine de vie et d'humour, au caractère volontiers « gavroche », selon sa Bonne Amie. Ses instants de mélancolie ou de révolte pèsent peu en face de son enthousiasme et de ses éclats de rire. Très sensible, directe, expansive et tendre, elle exprime volontiers ses émotions ou ses mécontentements. Elle est élevée, on l'a vu, selon les principes de son milieu, mais à cette éducation bourgeoise de jeune fille de bonne famille se mêlent le foisonnement et les valeurs d'un milieu intellectuel et artiste. Très jeune, par la force des choses, elle s'est

trouvée confrontée à des situations particulières
comme l'exil, les menaces qui ont pesé sur ses proches
durant l'affaire Dreyfus, la mort tragique de son père
puis la grave maladie de son frère. Alexandrine tient à
l'associer étroitement, de même que son frère, à tout
ce qui concerne Émile Zola. Denise est donc une jeune
fille de la bourgeoisie de son temps, avec ses querelles
entre amies, ses parties de tennis, ses cours de dessin
et de piano, mais elle est aussi la fille d'Émile Zola,
dont elle porte désormais le nom. Comme pour
Jacques, on peut imaginer que c'est à la fois un privilège, un devoir, et – qui sait ? – parfois un poids.

Dès juillet 1905, Alexandrine a fait allusion dans
l'une de ses lettres à Maurice Le Blond, qui vient de
faire deux conférences sur Zola :

> « Tu vois, cette année encore, la mémoire de votre
> cher père sera honorée ; grâce à ce brave et excellent
> Maurice Le Blond qui, lui aussi, l'adorait et qui
> comme nous déplore cette douloureuse perte. N'ou-
> bliez jamais le nom de ce jeune ami plein de cœur et
> d'admiration [1]. »

À quel moment devine-t-elle en lui un époux poten-
tiel pour Denise ? Nous n'en savons rien. De douze ans
plus âgé, Maurice Le Blond, au début, ne voit sans
doute dans la jeune fille qu'une adolescente, et la fille
du grand homme qu'il admire. Mais n'imaginons pas
un disciple confit en dévotion. Ce jeune homme brillant, chef du secrétariat particulier de Clemenceau
devenu président du Conseil en 1906, est un être chaleureux et plein d'humour, qui aime rire et s'amuser,
jusqu'au goût du canular. C'est un bon vivant et un
homme généreux, qualités précieuses aux yeux de
Madame Zola. Les lettres d'Alexandrine font régulièrement allusion à sa propre reconnaissance à l'égard
du jeune homme. Il est probable que dès l'instant où

---

1. *Idem.*

germa en elle l'idée de marier les deux jeunes gens, elle a dû s'employer à les rapprocher, à chanter leurs louanges réciproques et à déployer son énergie habituelle pour faire aboutir son projet. Les sentiments de Maurice et Denise feront le reste. Le rôle d'Alexandrine dans ce mariage est indéniable, comme le prouve une lettre de Denise écrite pendant son voyage de noces à Biarritz, la « remerciant de l'avoir intéressée à lui ». Comme les bonnes fées, ou les marieuses averties, Alexandrine a vu juste. Il se mêle à sa satisfaction de savoir Denise heureuse, celle d'avoir été à l'origine de cette union qui ne sort pas de la « famille ». Maurice est le seul parmi ceux qui ont connu Zola à pouvoir épouser sa fille. Il y a là comme un rapprochement symbolique. Qui pourrait mieux que l'organisateur du Pèlerinage veiller sur le souvenir de Zola ? Le Blond s'y emploiera en créant en 1921 la Société littéraire des amis d'Émile Zola, et en étant le premier éditeur de ses œuvres complètes. Maurice est bien à tous égards le « gendre » idéal.

Alexandrine se retrouve donc au centre stratégique de nouvelles relations familiales, correspondant avec la mère de Maurice, faisant circuler l'information vers Jeanne et prenant une part active à la préparation des fiançailles.

Et d'abord, l'achat de la bague. Avec une discrétion bruyante, elle refuse de donner son avis à Maurice sur le goût de Denise en matière de pierres précieuses. « Dis maintenant que je n'observe pas avec religion les ordres qu'on me donne », conclut-elle avec bonne humeur. Ce jour-là, Maurice a apporté à Madame Zola un bouquet de roses rouges et un autre de roses roses. Elle dépose le premier près du buste de son mari et, sentimentale, joint à sa lettre quelques pétales roses qui porteront à Denise un peu de la pensée de Maurice...

Point de mariée sans trousseau. Celui de Denise est l'objet de longues négociations. Pantalons, chemises de jour et de nuit, cache-corset, jupons longs et courts, tabliers chics de la bonne sont commandés par Alexandrine aux magasins du Louvre. Nous apprenons au passage qu'elle-même s'habille en « quatrième grandeur », pour Denise ce sera une taille 2. L'opération est assez compliquée, en l'absence de la jeune fille en vacances à Berck. Alexandrine a consacré trois séances de trois heures au choix de la lingerie, et s'apprête à recommencer le lundi suivant pour le linge de maison. Il nous semble en lisant ses lettres retrouver l'univers du *Bonheur des dames* :

> « Ma chérie,
> Ci-inclus un petit échantillon en traversant le rayon de soieries tantôt que je me suis fait donner. Le ton en est très joli ; c'est le bleu paon à la dernière mode, car la pièce vient de rentrer, cela m'a intéressée, parce que ta mère m'avait aussi parlé de popeline et cela en est. »

Il reste à commander l'argenterie et prévoir les modalités de la cérémonie. Cette fois, c'est Jacques qu'il faut raisonner. Il voudrait conduire lui-même Denise à la mairie. Pas question : c'est le rôle de son tuteur. C'est aussi Eugène Fasquelle qui élaborera le contrat de mariage, après discussion avec Alexandrine et le notaire.

On le voit, Madame Zola ne manque pas d'occupations. Aux préparatifs du mariage s'ajoutent ses problèmes de femme de chambre. La sienne l'a lâchée, difficile d'en trouver une autre, d'autant qu'elle leur demande de coucher dans son appartement. Et ne parlons pas des lettres de félicitations auxquelles elle doit répondre dès les fiançailles, et qui pleuvront de plus belle pour le mariage. Tout cela ne l'empêche pas d'être en pleine forme, malgré un peu de surmenage qui fatigue surtout sa gorge. Ce mariage la rend très heureuse et sa correspondance avec Denise traduit leur excitation à toutes les deux :

> « C'est une drôle d'idée de vouloir me croquer, ma

chérie, tu ne devines donc pas que je suis loin d'être sucrée, mais fort coriace, tu peux m'en croire. »

Somme toute, fidèle à elle-même.

L'annonce du mariage résume la situation :

> « *Madame A. Émile-Zola et Madame Rozerot ont l'honneur de vous faire part du mariage de leur pupille et fille, Mademoiselle Émile-Zola, avec Monsieur Maurice Le Blond, Homme de Lettres, Sous-Préfet en congé, Attaché à la Présidence du Conseil.*
>
> *Et vous prient d'assister à la Cérémonie Civile qui aura lieu à la Mairie du VIIIe Arrondissement, rue d'Anjou, le Mercredi 14 Octobre, à deux heures de l'après-midi.*
>
> *62, Rue de Rome*
> *80, Rue Blanche*[1] »

Comment ne pas remarquer la similitude des noms d'Alexandrine et de Denise ? Impression étrange que Jeanne Rozerot est non plus la mère mais la tutrice. On comprend pourquoi Madame Zola a tenu à attendre pour le mariage le délai de rigueur après la publication du décret. En ce beau jour d'octobre 1908, Alexandrine, rayonnante, marie sa fille.

1909 : Pataud et Pouget, les organisateurs de la grève spectaculaire des électriciens qui, deux ans plus tôt, a plongé Paris dans l'obscurité, publient un petit livre étonnant, intitulé *Comment nous ferons la Révolution*. Sabotages, boycottages, débrayages, grèves sauvages et grève générale sont la preuve qu'une nouvelle ère s'annonce. Le monde est en marche.

Alexandrine Zola a soixante-dix ans. Les témoins de cette époque nous la montrent très droite, les cheveux

---

1. Centre Zola.

à peine grisonnants sous l'ample chapeau à la dernière mode, la taille sanglée dans son corset, vêtue comme elle l'aime d'un costume noir à petite veste cintrée et d'une blouse de mousseline à jabot de dentelle sous un transparent de soie mauve, sur lequel s'étalent chaînes et sautoirs. À son col, une broche en camée qui représente un Bacchus entouré de petites feuilles, à ses oreilles, des perles, à ses doigts, une améthyste énorme, sa pierre préférée. Son visage a un peu maigri, et les grands yeux sombres sont cernés. Sa silhouette amincie souligne l'élégance de l'allure. « Grande, svelte, la tête haute, se dégageant d'une admirable chute d'épaules » : ainsi la décrit Geneviève Béranger qui la rencontre deux ans plus tôt. Elle a gardé son expression à la fois altière et mélancolique, avec un rien de malice et de séduction au coin des lèvres. Elle est toujours « la belle Madame Émile Zola » dont on parlait dans les salons quelques décennies plus tôt.

Elle n'a plus de famille : cette fois, tous les Meley sont morts. Au mois de novembre 1900, elle avait perdu Berthe, sa demi-sœur. En novembre 1906, elle assiste à l'exhumation des restes de son père, qu'elle a fait enterrer avec sa femme et sa fille. En décembre 1908, c'est la mort de son oncle, le vieux Narcisse Meley. Âgé de quatre-vingt-onze ans, il a tenu jusqu'au bout son commerce de librairie à Levallois-Perret. Alexandrine et Albert Laborde l'ont aidé financièrement, et en échange, il leur offre de petits bibelots pour les remercier[1]. Alexandrine écrit à Denise :

> « Oui, la mort de ce vieillard qui était le dernier des miens m'a un peu affectée d'autant qu'il m'a fallu m'occuper des détails de l'enterrement, sa femme étant malade. Enfin, mon petit enfant, c'est la vie et on ne doit pas trop s'appesantir sur ses tristesses, avant soi, il y a les autres ; tu sais, c'est mon système[2]. »

---

1. Voir Laborde, *op. cit.*, p. 215.
2. Collection particulière.

Oraison funèbre un peu expéditive, mais qui a le mérite d'être honnête.

On le voit, contrairement à l'opinion courante, Alexandrine n'a jamais coupé les liens avec sa famille. L'infidélité n'est pas le genre de Madame Zola.

Après son mariage, Denise est partie vivre à Clamecy, dans la Nièvre, où son mari a été nommé sous-préfet. Elle ne s'y plaît guère, mais n'a pas le choix. Elle devra y rester jusqu'en 1913. C'est une charmante sous-préfète, la plus jeune de France, âgée de dix-neuf ans à peine. Les hanches larges, la taille fine, le maintien élégant, elle a adopté la coiffure en bandeaux de sa grand-mère paternelle Émilie Aubert. Très vite une petite fille est née, Aline, et Denise fait son apprentissage de maîtresse de maison et de jeune mère inquiète. Bien souvent, elle lance des appels désespérés à sa Bonne Amie, comme pour ce déjeuner de notables réunis pour le conseil de révision et qui ne disposent que d'une heure pour déjeuner chez elle. Bonne Amie, timbale de poisson ou filets de sole ? Côtelettes d'agneau ou filet de bœuf aux fonds d'artichaut et jardinière de légumes ? Où acheter le meilleur foie gras à Paris ? Et que dire de ce nouveau dessert qu'on appelle le vacherin ? Bonne Amie, faut-il mettre une entrée ? Quoi alors ? Répondez-moi vite, « je sais la grande expérience que vous avez et comme on fait de bons déjeuners chez vous ».

Bonne Amie répond.

Bonne Amie rend visite à Denise, offre un hochet et une médaille de Lalique à Linette, l'année suivante lui garde des catalogues, choisit pour Noël un chien qui saute et un joueur de tambour. En février 1911, Denise met au monde une deuxième petite fille, Violaine, dite l'Amour, dite Françoise. Alexandrine envoie des robes en dentelle, et coud elle-même les petits pantalons assortis.

Denise a confié Bonne Amie à Jacques, en espérant qu'il l'entourera de tendresse et s'occupera d'elle le

jeudi. Et Jacques remplit consciencieusement sa mission. En avril 1909, il l'emmène au cinéma, voir
l'adaptation de *L'Assommoir* par Capellani. Il vient
déjeuner le jeudi avec elle. Lui, si naturellement
réservé, fait même un effort pour être plus expansif
avec elle. Se rend-elle vraiment compte que le petit
Coco a grandi ? On peut se le demander en lisant cette
lettre écrite en 1910 :

> « Tu es le plus gentil des petits garçons, mon cher
> Coco, et je te remercie des bonnes cartes qui "m'ont
> fait un grand plaisir". J'espère que tu vas trouver
> autour de toi un gentil camarade pour que tu puisses
> jouer et te distraire à des plaisirs plus difficiles pour
> ta mère. Sois bien prudent pour tes bains, explore bien
> la place à marée basse afin que lorsque tu te baignes,
> éviter les trous, si tu n'es pas encore un baigneur émé-
> rite [1]. »

Jacques a presque dix-neuf ans...

La même année, les deux petits chiens Pinpin II et
Fanfan meurent. La mort de Pinpin l'attriste particulièrement, parce qu'il est le dernier à avoir reçu les
caresses de Zola. Elle le dépose dans une boîte avec
du son, et l'enterre avec leurs autres compagnons, dans
« le cimetière des toutous » sous les peupliers, dans
l'île de Médan.

« La vie est un peu vide sans Coco et sans Poulet »,
écrit Bonne Amie à Jacques, en vacances chez sa sœur
à Clamecy. Mais il ne faudrait pas l'imaginer abandonnée ou mélancolique. Sa vitalité est intacte. Ses deux
cures annuelles au Mont-Dore et en Italie, ses séjours
chez ses amis, comme à Villers chez les Bruneau en
1909, ses jeudis et ses samedis, les nombreuses invitations, thés, mariages mondains, cérémonies, visites, en
font une dame très occupée. « Je n'ai pas une minute
à moi ! » affirme-t-elle, remarquant au passage que la

---

1. Centre Zola.

mode cette année pour les jeunes mariées est à la robe brique, au manteau de loutre et au chapeau blanc... Deux fois par semaine, elle voit son amie Geneviève, beaucoup plus jeune mais à qui elle est liée par une complicité sans faille.

Le 12 novembre 1911, elle assiste à l'inauguration du buste de Zola par Philippe Solari, à Aix-en-Provence. Une manifestation des « Camelots du roi » (la « Camelote » sous la plume de Madame Zola) vient troubler la cérémonie, rappelant à tous que le nom de Zola excite encore les esprits. Bagarre, intervention de la police. Alexandrine, ravie, remporte chez elle une prise de guerre qu'elle gardera précieusement dans l'une de ses vitrines : un sifflet à roulette ayant appartenu à l'un des manifestants !

Car dans bien des cas, la fracture opérée par l'Affaire dans la société française n'est pas refermée. Un exemple nous en est donné par l'évolution des relations entre Julia Daudet et Alexandrine Zola. Sans être intimes, elles ont jadis entretenu de bons contacts. Mais entre-temps, sont venus l'amitié des Daudet avec Édouard Drumont, et l'engagement militant de Léon Daudet puis de toute la famille dans les rangs antidreyfusards. La mort d'Alphonse, en 1897, a prévenu une rupture inévitable entre les deux écrivains. Son épouse reprend le flambeau, et son livre, *Souvenirs autour d'un groupe littéraire*, paru en 1910, est ponctué de notations antisémites, ou de remarques à la gloire des vrais Français. L'extrait de son journal de mars 1884, revu et corrigé pour l'occasion, est un petit chef-d'œuvre dans l'art du sous-entendu :

> « L'intérieur des Zola me plaît par la bonhomie, l'empressement des hôtes, et ce qu'on y devine des difficiles commencements, du plaisir peu à peu goûté des achats artistiques et de la parure du logis. Le romancier en commençant dut avoir une âpreté à la vie, un désir de fortune que l'on sent dans ses premiers livres où les chiffres tiennent une place ; une avidité

qui s'est transformée maintenant que l'argent est venu. Honneurs, articles, réclames, accaparement du journalisme, voilà ce qu'il rêverait ; il veut *tout* selon son mot plus glouton qu'ambitieux (...)

Mais l'homme sous son grand front trop plein est affectueux, bon, discret, le Méridional châtié en lui par les origines de sa mère d'un de nos pays de Seine-et-Oise, et il paraît aimer tendrement sa femme qui le mérite. Je me la figure autrefois dans le petit logis des Batignolles, connaissant les charges et les fatigues multiples du ménage ; elle soigne admirablement sa maison, fait de jolis ouvrages, et ses robes elle-même, a toutes les minuties des femmes habituées depuis longtemps à se servir.

À Médan comme à Paris, ces gens sont et paraissent heureux l'un de l'autre et c'est la réponse vivante au dévergondage de la littérature de Zola. Ces mondes divers qu'il décrit, loin de les connaître, il ne les a pas entrevus et, moins visionnaire que Balzac, n'en a senti que les dehors, pas du tout l'entrelacement compliqué ; il en rend le dessin et non la trame. Seul *L'Assommoir* est un livre d'expérience ; Zola a vécu dans les quartiers pauvres, coudoyé ces gens de rien, souffert de leurs privations et rougi de leurs loques ; et vaillante, plus simple que lui, sa femme n'a pas dû rester étrangère aux notes navrantes et vraies de son livre. »

Qu'élégamment ces choses-là sont dites. On apprécie tout le sel de la description des braves Zola quand on sait qu'une grande partie du livre chante les louanges du raffiné Goncourt, de la princesse Mathilde, de Gyp, « si bien Mirabeau-Martel par toute l'originalité de la personne » et autres Robert de Montesquiou-Fezensac...

On imagine la fureur de Madame Zola à la lecture de ces lignes faussement bienveillantes. Elle a dû apprécier l'allusion aux « femmes habituées depuis longtemps à se servir »... Et on les comparera à ces commentaires, sous sa plume cette fois, lors de la parution des *Notes sur la vie* de Daudet rassemblées par sa femme.

> « Alors Madame Sourdis[1] continue à gratter la palette de son mari, bien qu'il ne soit plus, elle y ajoute un peu de son ton de guimauve et elle croit ainsi entretenir la mémoire de son mari[2]. »

Et un mois plus tard :

> « Quant aux raclures de tiroir de son mari que Madame Daudet colle les unes aux autres en y ajoutant sa sauce fade et personnelle (...) c'est mort à l'avance et pour la mémoire de Daudet, elle ferait mieux de ne pas continuer à faire Madame Sourdis[3]. »

Autre style. « Vaillant et simple. »

---

1. Héroïne d'une nouvelle de Zola, inspirée par le couple Daudet qui collaborait très étroitement.
2. Centre Zola, 28 octobre 1900.
3. *Idem*, 28 novembre 1900.

34

Les années de guerre

L'année 1914 est marquée par les deuils. D'abord, celui de Jeanne Rozerot, au mois de mai. Elle a quarante-sept ans. Sa mort, au cours d'une opération chirurgicale bénigne, affecte profondément ses enfants et consterne Alexandrine. Jeanne est partie discrètement. Sa vie aura été bien triste, si l'on y songe, marquée par l'attente, le partage et l'effacement. Elle aussi sera restée fidèle à Émile Zola, mais sans en quitter l'ombre. Bien que beaucoup plus jeune, elle ne lui aura survécu que douze ans, le temps de conduire ses enfants à l'âge adulte.

Puis c'est la mort de l'un des meilleurs amis de Madame Zola, Troubat, et celle de Desmoulin, à Venise. Alexandrine est elle-même souffrante et obligée de s'aliter dès son arrivée à l'Hôtel thermal de Royat, où elle fait sa cure cette année-là.

C'est à Royat que va la surprendre la mobilisation. Du jour au lendemain, tous les hôtels sont transformés en « ambulances », c'est-à-dire en centres de soins improvisés, et elle se retrouve bloquée dans la ville. Elle envisage malgré tout de poursuivre sa cure, puisque l'établissement thermal continue à fonctionner, et d'offrir ses services si la situation s'éternise. Elle écrit à son amie Geneviève Béranger afin de savoir s'il lui est possible de regagner Paris. Dès la mobilisation, le 1er août 1914, des milliers de gens se sont retrouvés dans la même situation. Les uns cherchent à rejoindre

Paris, tandis que les autres veulent rentrer chez eux en province. Ce chassé-croisé, qui s'ajoute aux transports de troupes, crée un invraisemblable désordre. Sur le Paris-Orléans ou le P.L.M., les arrêts en pleine campagne peuvent durer de deux à dix heures, pour laisser passer les trains militaires. Les services publics sont désorganisés. Le courrier parvient à destination quand il peut. Tous les moyens de transport, y compris les chevaux, sont réquisitionnés.

Mais Alexandrine désire passer rue de Rome afin de récupérer des papiers et des objets auxquels elle tient, comme le portrait de Zola par Manet. Ensuite elle tentera de rejoindre à Clamecy Denise, qui a accouché en juillet d'un petit Jean-Claude. La jeune femme craint de manquer de lait Galia, et demande aussi à Bonne Amie de lui envoyer du thé de Ceylan. Les blessés affluent à Royat, et « l'on a le cœur déchiré de voir des hommes jeunes entourés de bandelettes ainsi que des momies ». D'autres, remarque-t-elle, « sont très gais et ne demandent qu'à retourner au feu ». Dreyfus s'est réengagé, il est au fort de Vincennes, son fils Pierre a été promu sergent grâce à sa belle conduite dans l'Est. Madame Zola n'attend plus que la réponse de son amie pour faire partir ses malles en direction d'Orléans, tandis qu'elle-même empruntera le P.L.M. avec ses trente kilos de bagages...

Elle est finalement parvenue à rejoindre Paris. Les portes de la capitale sont hérissées d'ouvrages militaires, de frises et de barbelés et sont fermées de dix heures du soir à cinq heures du matin. Cafés et restaurants baissent leur rideau à huit heures du soir. Plus de théâtres ni de musées. Plus d'autobus, très peu de taxis, encore moins de tramways. Il faut marcher. Le sel manque. On fait la queue devant les guichets des banques. Pas un fournisseur, pas un serrurier, pas un plombier, pas un cordonnier, pas de dentistes ou de médecins. Le long du Cours-la-Reine, des troupeaux de bœufs, de vaches et de moutons courent sur la chaussée et le trottoir, avant qu'on les parque par milliers sur les champs de courses. La nuit, les réverbères sont éteints. Pendant trois semaines, le flot des soldats mobilisés en marche vers les gares du Nord et de l'Est a fait résonner le pavé de la rue de Dunkerque, non loin de la rue de Rome où habite Alexandrine. Sur les seuls réseaux de l'Est et de l'Orléans, plus de 600 000 hommes, 144 000 chevaux seront transportés. Les Parisiens craignent un siège et commencent à faire des stocks.

Le docteur Larat enlève Alexandrine pour la conduire à Angoulême, où elle loue une chambre, 17 rue Marengo. Denise, elle, a rejoint son mari à Bordeaux, avec le Gouvernement replié dès le 3 septembre. Un train spécial a emmené tous les officiels, suivi par vingt autres convois qui ont acheminé les réserves de la Banque de France. Comment Alexandrine n'évoquerait-elle pas ses propres souvenirs de la guerre de 1870, quand de Marseille, en plein hiver, elle a rejoint Émile à Bordeaux ? Mais la jeune femme craintive qui fuyait l'occupation prussienne est bien loin. En 1914, Madame Zola n'a qu'une hâte : se retrouver chez elle, à Paris.

C'est chose faite en octobre 1914. Dans la foulée du Gouvernement, beaucoup de Parisiens sont partis. La ville est déserte. À quatre heures de l'après-midi, on peut remonter tranquillement les Champs-Élysées en marchant au milieu de la chaussée. Alexandrine, elle, range ses armoires soigneusement numérotées, et prépare des colis pour les soldats, « ces pauvres gens qui nous défendent si vaillamment ». Elle n'a plus qu'une bonne à son service. Qu'à cela ne tienne, elle se débrouille dans cette opération délicate qui consiste à rouler les objets dans du papier, puis envelopper le tout dans des morceaux de toile soigneusement cousus, de même que l'étiquette, afin d'éviter que le paquet ne soit déchiré. Les bonnes volontés se déchaînent. Dames de la Croix-Rouge, infirmières bénévoles, « dames de l'après-midi » qui viennent tenir compagnie aux blessés, toutes les femmes de la meilleure société, mais pas seulement, rivalisent de dévouement. Pour beaucoup, c'est une véritable initiation : amputations, éventrations, sang, pus, hurlements de douleur, il n'est pas si facile de se trouver projetée d'un coup au vif de la souffrance humaine. Cette épreuve se double parfois d'une autre expérience : le contact avec des classes sociales que ces femmes n'ont jamais côtoyées d'aussi près. Cette intimité entre les « Dames blanches » et les poilus crée dans les ambulances une atmosphère très particulière, et n'est pas l'aspect le moins étonnant de la situation.

Alexandrine, elle, a rejoint son amie Geneviève Béranger, épouse d'un sénateur de la Guadeloupe, dans son Comité d'aide et d'assistance aux combattants coloniaux et aux prisonniers de guerre. Un petit Comité de dames décide des achats de vivres et de vêtements. Alexandrine Zola en a refusé la présidence : « J'ai horreur de ces choses-là, c'est absolument inutile », mais elle a accepté de les aider.

> « Le mardi donc, après-midi, pendant la guerre, nous la trouvions la première rue des Petits-Champs, où son œil averti considérait les marchandises soumises aux approbations, où ses doigts tâtaient la laine des chandails et où ses connaissances en toute chose orientaient et décidaient notre choix. Mais ce rôle vénérable d'arbitre ne suffisait pas à son énergie dévouée et agissante : elle voulut elle-même se trouver en contact direct avec nos soldats. Pour cela, on la vit souvent le matin, en robe tailleur et en blouse, recevoir dans le petit bureau du Comité nos braves coloniaux, noirs, blancs ou de couleur, qui venaient se ravitailler. Sa belle main longue et fine disparaissait dans la main rude du soldat : elle parlait à chacun, l'interrogeait, l'encourageait et ne manquait jamais de faire elle-même le paquet savamment ficelé que le brave combattant emportait avec lui[1]. »

---

1. Geneviève Béranger, *Bulletin de la Société littéraire des amis d'Émile Zola*, année 1925, nᵒ 7, p. 4.

Elle tricote pour les soldats, et en novembre, reçoit de Madame Béranger sept livres de laine pour ses bonnes œuvres. Mais ses rhumatismes ont repris avec le temps humide, et malgré ses efforts, son crochet lui tombe des mains. De tous côtés, on déplore des morts ou des disparitions. Comme celles de ses contemporains, les lettres d'Alexandrine à Denise font le bilan des pertes subies par leurs amis : le fils aîné de Mme Psichari, Ernest, porté disparu depuis le mois d'août, est mort. Où est-il enterré ? nul ne le sait. Son autre fils est blessé, et dans une ambulance au Mans. La fille de Paul Alexis a perdu son mari. Les nouvelles se succèdent, et l'on mesure les ravages que fait très vite cette guerre. C'est un grand soulagement pour Alexandrine d'apprendre que Jacques, à cause de son bras, restera en service à l'Hôtel-Dieu. De tous côtés surgissent les œuvres destinées à aider les soldats et les civils, « toutes vraiment nécessaires », selon Madame Zola. Ainsi, « les théâtres se hasardent aussi pour tenter de faire vivre les pauvres petits artistes qui meurent de faim par le manque de travail ». Quant au secrétaire de l'Association Émile-Zola, il lance un appel pour qu'on loge les instituteurs, les professeurs et les étudiants belges.

Les amies de Madame Zola ne sont pas en reste : Madame Fasquelle voudrait soigner les blessés, son mari va la faire entrer à Chaptal, Lucie Dreyfus est déjà à pied d'œuvre du matin au soir à l'hôpital Saint-Louis, Madame Perrin, elle, tricote force chaussettes pour les blessés. Quant à Madame Hadamard, elle a monté un ouvroir, elle achète des marchandises et fait travailler des ouvrières afin que celles-ci puissent manger. Ces ouvroirs se sont créés par centaines en France, pour permettre aux femmes qui ont perdu leur emploi, ouvrières, mais aussi professeurs de dessin ou de piano, artistes, ou femmes n'ayant jamais travaillé d'apprendre un métier pour gagner leur vie. Toutes ces dames semblent prises d'une saine émulation, qui participe de la générosité et de la joie de se sentir enfin utiles. C'est l'Union sacrée. La guerre réconcilie les camps les plus opposés, et en avril 1915, une même association, la Croisade des femmes françaises, réunit des personnalités aussi prestigieuses et différentes que : Juliette Adam, Julia Daudet, Jeanne Déroulède, la comtesse Greffulhe, Madeleine Lemaire, la duchesse de Rohan, la duchesse d'Uzès, douairière, Madame René Viviani et... Madame Émile Zola. Cette fois, l'affaire Dreyfus est vraiment enterrée. Au nom de la Patrie, les femmes qui auraient semblé les plus irréconciliables vingt ans plus tôt se retrouvent sur la même liste pour vendre des carnets de timbres au profit du comité. L'argent réuni permettra ensuite d'aider les soldats.

Alexandrine est portée par sa foi militante, et ne ménage pas sa peine malgré ses soixante-seize ans :

> « Il faut avoir un grand courage, le faire voir, se tenir ensemble afin de surmonter ce temps d'atrocités sans nombre à ajouter encore à l'état de guerre. Tout le monde est d'accord ou fait des merveilles de solidarité, ce qui est un bon signe de l'ambiance qui règne partout et chez tous. J'ai toujours quelques personnes le samedi, on cause tricot, chaussettes, gants, chandails, on déplore le moment présent, et on se quitte avec la joie de se revoir bientôt et l'espoir de succès pour nos soldats [1]. »

Elle fait à Chaptal des distributions de mouchoirs, de savons, de cigares, très impressionnée par les pertes subies chez les coloniaux, en particulier les Marocains, « que l'on met toujours en avant ». Ils ne sont plus que 300 environ, et parmi eux il y a de nombreux blessés.

De manière générale, elle est révoltée par les efforts que l'on demande à ces soldats si harassés qu'ils tombent en chemin, par ces morts inutiles. Nul triomphalisme dans ses lettres et son militantisme n'en fait pas

---

1. Collection particulière.

une va-t-en-guerre, loin de là. Elle est même assez lucide sur l'issue du conflit, écrivant en septembre 1916, que malgré son optimisme naturel, elle ne pense pas que la guerre puisse se finir avant au moins une grande année encore, et qu'elle craint plutôt de nouvelles complications.

Malgré les crises d'asthme en janvier 1915, elle n'a pas une minute à elle, « toujours en camp-volant » comme elle l'écrit à Denise. Les Le Blond sont revenus à Paris. Maurice est devenu chef de cabinet du président du Conseil, René Viviani. Quand elle ne s'occupe pas de ses soldats, Alexandrine coud pour les petites de Denise, s'inspirant de modèles pris dans le *Miroir des Modes*, comme ces petits ensembles en taffetas écossais dont se souvient sa petite-fille ; pour Jean-Claude, c'est un bonnet, dont la garniture est prête, mais qu'il faut essayer avant de le finir. En septembre 1915, elle assiste aux répétitions de *L'Assommoir*, sa pièce fétiche.

Elle est aussi devenue marraine d'un filleul de guerre, Max Robert Valteau. On sait quelle importance eut ce phénomène durant la Première Guerre mondiale. La marraine est pour le soldat « mutilé du cœur » un réconfort vital. Ses lettres, ses colis, son accueil quand il obtient une permission, donnent au combattant la force de ne pas se laisser mourir tout à fait. La marraine est à la fois une mère et une sorte de fiancée mystérieuse. Des relations très fortes se nouent au fil des lettres, entretenues par le danger et la mort toujours présente. La ferveur épistolaire des marraines est telle que certains bureaux de poste débordés ont dû faire « appel au patriotisme des dames » en leur demandant de se faire adresser leur courrier poste restante. Quand on sait qu'Alexandrine en temps normal ne recule pas devant une correspondance d'une vingtaine de missives par jour, on se dit que son filleul a dû faire des envieux...

Max Robert Valteau est un ingénieur, blessé après

dix-huit mois de front. Elle éprouve beaucoup d'affection pour ce garçon, qui est venu à elle en se recommandant de son admiration pour Zola. Il est seul, sans
aucune affection et dans le dénuement total. Elle l'appelle « mon enfant », et durant trois ans et demi entretient avec lui une correspondance suivie sans le voir.
L'a-t-elle recueilli ensuite, après sa blessure ? Des photos en tout cas le montrent à ses côtés, communiant les
mains jointes sur la réplique en bronze de la main de
Zola. Un jour où elle se sent mal, craignant de mourir
et de le laisser dans la peine, elle lui fait un legs de
20 000 F, avec cette clause qu'au cas où il serait tué,
le reste de la somme devrait aller aux aveugles mutilés
de guerre. Il survivra, mais c'est tout de même ce
qu'elle décidera de faire en 1919, quand Max Robert
Valteau retrouvera son emploi d'ingénieur, après avoir
été démobilisé. Nombreuses avaient été les marraines
dupes de soldats montant de véritables « affaires », ou
tout simplement d'escrocs comme le filleul de Sarah
Bernhardt. La générosité d'Alexandrine est assortie de
prudence, peut-être sur les conseils de son notaire, ou
d'Eugène Fasquelle.

Mais cette somme importante (à titre de comparaison c'est deux fois celle qu'elle a déboursée pour le
trousseau de Denise et qu'elle remet à Jacques dans
un souci d'égalité) semble indiquer des relations très
affectueuses entre le jeune homme et Alexandrine.
Grâce à lui, en 1918, toute contente, elle se remet à la
photographie, après avoir rassemblé, en bonne ménagère, ses « ustensiles ». En 1919, elle lui offre la collection des œuvres complètes de son mari. Toute sa
vie, elle aura eu besoin d'un enfant à aimer. Sans doute
reporte-t-elle aussi sur lui toute la pitié que lui inspirent
les soldats des tranchées. En l'absence de leur correspondance, qui d'après son testament aurait dû se trouver dans ses papiers, nous n'en savons pas davantage.
Il ne reste que quelques photos. Un mystère de plus.

Malgré la guerre, Alexandrine continue à se déplacer, même si elle doit renoncer à ses cures et à ses

voyages en Italie. Ainsi, prend-elle le train un dimanche de juillet 1916 pour passer la journée avec la famille Le Blond, malgré la chaleur suffocante, ses difficultés pour marcher et les longues attentes dans les gares. Mais elle en est « brisée » durant trois jours, et refuse ensuite la plupart des nombreux déjeuners à la campagne auxquels elle est invitée cet été-là.

À partir de 1917, du reste, elle réduit ses déplacements. On la sent fatiguée. Elle est de plus en plus pessimiste quant à la tournure des événements.

> « Les avions Boches reviennent nous voir depuis deux nuits, et avec cela la température est atroce, étouffante. (...)
>
> Ne crois pas à la paix du côté de l'Allemagne pour prochainement, ce serait un tort, ils ont tout ce qui leur faut, ils font courir les bruits qu'ils manquent de tout pour nous exciter à le croire. Non, non, ils ne manquent de rien, nous n'avons qu'à lutter encore autant que nous le pourrons [1]. »

Elle refuse de rejoindre à Paramé, près de Saint-Malo, Denise et Marguerite, la femme de Jacques – il s'est marié le 6 février, et leur fils unique, François, naîtra en novembre de la même année. Progressivement, du reste, c'est à Marguerite, elle-même médecin, plutôt qu'à Jacques, qu'elle s'adresse dans ses lettres. Pourtant, Paris est bien vide en cet été 17. Mais elle redoute les complications des trains, les correspondances, la fatigue de ces déplacements. Elle se contentera de rendre visite au docteur Toulouse et à sa femme à Villejuif, et aux Baille (l'ami d'enfance de son mari) à Villeneuve-Saint-Georges, chez qui elle retrouvera les Solari. On a l'impression que seuls ceux qui la relient à son passé avec Émile Zola trouvent grâce à ses yeux, même si elle parle rarement de lui dans ses lettres à Denise. Elle ressentira durement la double

---

1. Collection particulière.

perte d'Antoine Guillemet, son vieil ami, et de Baptistin Baille, le camarade de lycée d'Émile, quelques
mois plus tard en juin 1918. Des beaux étés de Bennecourt, il ne reste plus personne...

Mais elle ne se plaint pas de sa solitude, elle en
profite pour mettre à jour sa correspondance, et se promener au parc Monceau à la recherche d'un arbre aux
feuilles curieuses, le Ginkgo biloba. Du reste, même
au plus fort de l'été, elle a toujours du monde à ses
samedis. À peine a-t-elle le temps de tricoter : elle
n'a fini qu'une paire de bas, elle en a promis... vingt-
quatre.

Le 24 août 1917, Maurice Le Blond est envoyé sur
le front, à Craonne. Il connaîtra l'horreur des tranchées
et du Chemin des Dames. Denise, restée seule avec
ses trois enfants, tremble pour lui en lisant *Le Feu* de
Barbusse. Bonne Amie essaye de la rassurer et de la
réconforter.

À Paris, les alertes sont nombreuses. En mars 1918,
obligée de descendre à la cave comme les autres locataires de la rue de Rome, elle peste et se jure d'éviter
désormais de les suivre : la prochaine fois, elle restera
chez elle, elle a moins peur toute seule. Mais en juillet
1918, son incertitude est grande. Qu'adviendra-t-il de
Paris ? Doit-on partir ou rester ? Gothas et Bertha se
sont tus. Alexandrine s'interroge : « Qu'est-ce que cela
nous réserve ? » Il fait une chaleur terrible, et pour
comble de malheur, Marie, sa bonne, quitte Madame
Zola. Elle n'est pas la seule : avant la guerre, pour
7 millions de « bourgeois », on compte 1 660 000 serviteurs. Dès la fin de 1916, on ne trouve plus de
bonnes, et très peu de femmes de ménage[1]. La plupart
ont préféré travailler en usine, où elles gagnent plus
pour un travail mieux réglementé. Les autres sont
retournées chez elles, à la campagne, comme Jeanne
Bacens, la « Marie » de Madame Zola. Celle-ci, du

1. Cf. Gabriel Perreux, *La Vie quotidienne des civils en France pendant la Grande Guerre*, Hachette, 1966.

reste, lui témoignera sa reconnaissance d'être restée à ses côtés presque jusqu'à la fin de la guerre par un legs de 2 000 F.

De toutes les façons, elle ne se tracasse pas pour si peu :

> « Je vais être à la tête de ma femme de ménage quatre fois par semaine de 15 à 18 heures. Je vais redevenir tout à fait jeune si je pense m'illusionner que je retourne soixante ans en arrière, et allez donc. Je ferai ce que je pourrai. »

Elle en est réduite à se faire poser au mois d'octobre des ventouses par sa concierge. Sa bronchite l'oblige à annuler ses réceptions deux samedis de suite. Il est temps que la guerre s'achève.

35

Fin de partie

Ce fut une bien belle journée. Dans l'appartement silencieux, il flotte comme un écho des rires et des conversations. Le salon et le cabinet de travail disparaissent sous les gerbes et les corbeilles de fleurs. Assise dans son fauteuil préféré, près du bureau d'Émile, c'est à lui que vont encore ses pensées... Madame Zola vient de fêter ses quatre-vingts ans. Elle sait que bientôt son heure viendra. Elle est prête. Son testament aussi. Lundi, elle a rendez-vous avec son notaire.

Comme le monde a changé ! Par moments, il lui semble être une survivante. Combien sont-ils encore comme elle ? Elle est née sous Louis-Philippe, elle a grandi dans le Paris de Balzac, elle a vécu le Second Empire, la guerre de 70 et la Commune, fréquenté Flaubert et Manet ; et elle aura connu aussi l'électricité, les ascenseurs, le tout-à-l'égout, le métropolitain (le *nécropolitain* comme l'appellent ses détracteurs), les tramways, le cinématographe, le téléphone, l'aviation, la T.S.F...

Elle n'a pas cessé de s'intéresser à ce qui se passe autour d'elle. Au contraire, elle est toujours aussi avide de nouvelles, et sa correspondance estivale [1] avec Denise fourmille de détails concernant les enfants et la

---

1. Elles s'écrivent surtout durant les vacances d'été. Le reste de l'année, Denise se rend deux fois par semaine chez Bonne Amie, le mardi et le samedi.

vie quotidienne. Elle commente aussi l'actualité, lit la
presse : Trotski, Mussolini, Poincaré, l'occupation de
la Ruhr, plus tard, le Cartel des gauches... Elle souhaite
à Judet, le journaliste de *L'Éclair* qui avait calomnié
le père d'Émile Zola durant l'affaire Dreyfus, vingt ans
de bagne « aussi cruel que celui qu'aura supporté
Dreyfus », et se passionne en 1921 pour la publication
du *Journal* des Goncourt. Loin de sembler craindre des
révélations, elle s'amuse de la campagne de presse qui
l'entoure.

> « Je me fais assez de bon sang chaque jour en lisant
> tout ce que font paraître les journaux à ce sujet, moi
> qui ai, dans son temps, été au courant [1]. »

Elle est certaine que seule la première partie peut
être pornographique, car Jules était fort « juponnier ».

> « On a toujours supposé que de là la brièveté de
> son existence. Toute cette campagne ne manque pas
> de drôlerie [2]. »

Quant à la réhabilitation d'Henry Céard par l'Académie Goncourt, elle s'en gausse, rappelant qu'Edmond
l'avait jadis rayé de la liste des Dix.

> « Oui ! oui ! Le Groupe de Médan médaillé, c'est
> un comble, n'est-ce pas ? (...) et maintenant il se fonde
> une "Société des amis de Coppée". Céard est l'un des
> vice-présidents, et Dieu sait combien il débinait Cop-
> pée, le tournait en ridicule [3]. »

On imagine cependant que la lecture du *Journal* des
Goncourt ne la laissa pas indifférente et qu'elle dut
plus d'une fois sursauter au détour d'une page...

Elle garde aussi des contacts avec Lucien Daudet,

---

1. Collection particulière.
2. *Idem.*
3. *Idem.*

très différent de son frère Léon, directeur de *L'Action française*. Lucien envoie ses livres à Madame Zola, et lui parle de l'admiration de l'impératrice Eugénie pour l'œuvre de son mari. Cette lettre donnera un aperçu de leurs relations :

> « Madame,
>
> Il se pourrait que le volume de *Pastiches* de mon ami Marcel Proust (pour qui j'ai autant d'amitié que d'admiration) vous tombât sous les yeux et que vous lussiez le pastiche du Journal des Goncourt où Proust me fait raconter une histoire (inventée par lui naturellement) où le nom de votre cher mari se trouve mêlé.
>
> Je n'ai pas besoin de vous dire que Marcel Proust ne m'a pas consulté en cette affaire et qu'il ne m'a pas montré non plus les épreuves de son livre – auquel cas je l'aurais supplié d'en supprimer ces dix lignes, pour plus d'une raison, bien qu'elles n'aient rien que de fantaisiste, et, dans la pensée de Marcel Proust, de très gentil.
>
> Mais j'ai tenu à m'expliquer de cela avec vous. Je vous ai dit parfois et j'ai eu l'occasion aussi de témoigner, à plus d'une reprise, du culte que j'ai gardé pour la personne et l'œuvre d'Émile Zola. Il me serait pénible que vous pussiez croire que cette boutade, dont j'ai été plus que surpris, eût été approuvée par moi. Elle l'a été si peu que je ne puis qu'envoyer une dépêche à mon plus ancien ami pour le remercier de son livre, afin de n'être pas obligé de laisser paraître mon étonnement – car il connaît mes idées et certaines tristesses dont je ne parle pas – et mon reproche.
>
> J'espère, Madame, que vous passez un bon été, et je vous prie de daigner agréer l'hommage de mon profond respect.
>
> Lucien Alphonse-Daudet [1]. »

---

1. Lettre du 8 juillet 1919. Provenance Centre Zola. Quant au texte incriminé, on le trouvera dans *Pastiches et mélanges*, Gallimard, coll. Idées, p. 36. Voici les paroles prêtées par Proust à Lucien Daudet, dans un extrait fantaisiste du *Journal* des Goncourt : « Un

Ne dirait-on pas qu'à son tour, « le petit Lucien » s'est livré à un pastiche de son cher Proust ?

Alexandrine n'a rien perdu non plus de son appétit, même si elle prétend fort bien déjeuner d'œufs et de pommes de terre. Ses amis et sa famille le savent, et adressent à la gourmande miel en pot, andouillettes, ou cèpes. En 1920, elle apprend à Denise que la viande se vend 24 F le kilo à Paris, et propose de lui faire livrer du poisson à 22 F. En 1923, elle fait encore rentrer cinquante kilos de pommes de terre rouges, et les prunes n'étant pas belles, prévoit de faire de la gelée de pommes.

Elle s'intéresse aussi aux travaux de Denise qui écrit pour les enfants dans la célèbre collection de la Bibliothèque rose. La jeune femme, dont le mari est désormais secrétaire général des Journaux officiels, souhaite renouveler le genre conventionnel de la littérature enfantine en l'ouvrant sur la vie. Son premier livre s'est intitulé *Les Années heureuses*, le second *Frères de guerre*. Denise a choisi de prendre pour pseudonyme Aubert, le nom de jeune fille de sa grand-mère paternelle car elle ne veut surtout pas qu'on la compare à son père. Cela n'empêche pas Bonne Amie de lui donner quelques conseils et d'établir des rapprochements :

> « Tu m'étonnes fort en me disant vouloir finir ton travail en si peu de temps lorsqu'il te reste les deux tiers de ton volume à écrire encore et en deux mois. Ton pauvre papa serait aussi étonné que moi, lui qui

jour, un monsieur rendait un immense service à Marcel Proust, qui pour le remercier l'emmenait déjeuner à la campagne. Mais voici qu'en causant, le monsieur qui n'était autre que Zola, ne voulait absolument pas reconnaître qu'il n'y avait jamais eu en France qu'un écrivain tout à fait grand et dont Saint-Simon seul approchait, et que cet écrivain était Léon. Sur quoi, fichtre ! Proust oubliant la reconnaissance qu'il devait à Zola l'envoyait d'une paire de claques, rouler dix pas plus loin, les quatre fers en l'air. Le lendemain on se battait, mais, malgré l'entremise de Ganderax, Proust s'opposait bel et bien à toute réconciliation. »

mettait deux années en travaillant chaque jour pour en faire un [1]. »

En femme d'expérience, elle la met aussi en garde :

> « Tu penses t'installer au premier pour travailler, mais vas-tu travailler pendant le séjour de ton mari près de toi ? Ce ne me semble pas logique, car comme tout mari, il doit désirer vivement de ses courtes vacances pour profiter de la société de sa femme [2]. »

Toute sa vie d'épouse se trouve implicitement résumée dans cette remarque. Différence de génération, sans doute, mais aussi expérience particulière de Madame Zola pour qui disponibilité n'a jamais signifié passivité ou servilité. Témoin, cet extrait d'une lettre à son mari, à propos du caractère enfantin de Philippine Bruneau :

> « Il est évident que nous, compagnes d'hommes dont le cerveau est sans repos, nous devons autant que possible dissimuler le fond de notre pensée qui est aussi triste que la leur, mais cependant il y a une mesure [3]. »

Tout Alexandrine est dans la fin de la phrase. Cette « mesure » doit permettre à la compagne du créateur d'être elle-même. Quant à dissimuler sa pensée, on se demande ce que signifiait « autant que possible » pour elle...

Mais ses conseils ne l'empêchent pas d'être une fidèle lectrice de Denise, et de se montrer très touchée de la confiance que celle-ci lui témoigne en lui faisant lire les épreuves. Elle souligne la difficulté d'écrire pour les enfants, et trouve une lectrice privilégiée pour

---

1. Collection particulière, 27 juillet 1919.
2. Collection particulière.
3. Centre Zola, 26 novembre 1900.

Frères de guerre en la personne de la fillette de Marie,
sa nouvelle bonne, qu'elle aime avoir près d'elle :

> « Tu vois quel succès ! C'est une note cela ! D'ail-
> leurs elle est assez intelligente, timide mais franche,
> écoute avec beaucoup d'intérêt ce qu'on lui dit, pas
> effrontée du tout[1]. »

De loin en loin, lui reviennent aussi des souvenirs
de sa vie avec Émile Zola : leurs flâneries chez les
bouquinistes le long de la Seine, la criée au poisson en
Normandie, une tempête au large de Cherbourg qui les
a obligés à se cacher sous des voiles pour échapper aux
lames, leur amour commun des bains de mer, ou les
lits campagnards où l'on s'enfonce dans la plume jusqu'au cou. Elle ne s'attarde jamais, ni n'exprime la
moindre nostalgie. Le passé est là, sans doute, mais il
est mêlé au présent, dans les amis qui viennent la voir,
dans les meubles, les tableaux, les innombrables bibelots qui l'entourent, les questions d'édition ou les
œuvres de son mari qu'elle relit sans cesse :

> « Moi aussi je viens de faire une visite à Chartres,
> car je relis *La Terre* et je revis notre voyage si lointain.
> Je me rappelle aussi ces infamies que ce livre a susci-
> tées parmi ces charmants confrères et certains soi-
> disant amis[2]. »

Sa lecture est sans doute destinée à lui remettre le
texte en mémoire, car en septembre de la même année,
elle assiste à la projection du film d'André Antoine.
Elle revient à cette occasion sur le roman, et le
compare au film :

> « Oui, il est terrible de réalisme, ainsi que tu le dis,
> et encore, il est presque au-dessous de la réalité en

---

1. Collection particulière.
2. *Idem.*

certaines parties. Les livres sont écrits pour soi seul, et non pour la masse, c'est pourquoi au théâtre et au cinéma, on est obligé de réduire, ce qui est fâcheux pour l'œuvre, toujours [1]. »

En février 1925, elle relit *Son Excellence Eugène Rougon* et s'amuse « extraordinairement de toutes ces histoires de l'Empire si péniblement récoltées » par son mari. Elle est frappée par la valeur de témoignage des descriptions de ce Paris qui n'existe plus, et de l'actualité de certaines querelles politiques. Ses rhumatismes aux mains l'empêchent de coudre. Mais elle continue à beaucoup lire : Musset, qui reste son poète préféré, ou Flaubert, dont elle lit avec passion la correspondance.

Elle se plaît chez elle, et ne sort plus guère, ses « trois palmiers sur (son) balcon lui suffisant comme villégiature » : c'est ce qu'elle appelle « Balcon-Plage ». Rendre visite aux Cocos (Jacques et sa famille) à Ville-d'Avray, ou aux Le Blond à L'Étang-la-Ville, près de Marly-le-Roi, devient peu à peu une épreuve insurmontable. Elle hésite même à se rendre au Pèlerinage de 1921, et ne le fait que pour ne pas peiner son vieil ami Eugène Fasquelle à qui elle a promis d'être là. Il y a plus de six semaines qu'elle n'est pas sortie de chez elle à cause de la chaleur. Mais elle se déplace plus volontiers dans Paris, et prend encore l'autobus en 1924 – elle a quatre-vingt-cinq ans.

En femme du XIXᵉ siècle, son « jour » reste important. Elle continue à recevoir le samedi, comme en témoignent les souvenirs des enfants de Denise. C'est aux deux fillettes, Aline et Françoise, qu'est désormais accordé l'honneur de servir le thé aux invités de Madame Zola, et le terrible privilège d'aller chercher tasses et soucoupes dans la salle à manger obscure où trônent deux chats en porcelaine dont les yeux brillent. Dans l'appartement du deuxième étage de la rue de

---

1. *Idem.*

Rome, tout est d'une propreté éblouissante, y compris la salle de bains et les toilettes modernes en mosaïque, dont le siège en porcelaine blanche incrustée de fleurs bleues plonge les enfants dans l'admiration. Les murs recouverts de tentures, les tapis épais, les vitraux ajoutent à l'obscurité mystérieuse de l'appartement. Madame Zola reçoit toujours dans le cabinet de travail de son mari, reconstitué dans cette maison de la rue de Rome qu'il n'a jamais habitée. Le buste d'Émile Zola qu'elle décore de fleurs le jour de l'anniversaire de sa mort, son fauteuil et sa lampe d'argent, sa table de travail, les cadres qui tapissent les murs, le portrait de Manet au-dessus du divan en peluche : tout est là. Alexandrine se tient toujours entre le bureau, à sa gauche, et la fenêtre derrière elle, sur un fauteuil en tapisserie à dossier raide, rembourré de coussins. Ses cheveux sont blancs. Toujours coquette, elle les orne d'un nœud de velours noir. Elle est assise très droite, une main sur le bureau, sa main gauche caresse la reproduction en bronze de celle de son mari, posée sur ses genoux.

Le jour du Nouvel An, les enfants, dûment sermonnés, viennent recevoir des mains de Bonne Amie leurs étrennes, la même somme chaque année. On se rend en famille rue de Rome. Un nuage de vapeur sort d'une bouche sur le trottoir, les portes de l'ascenseur claquent, Marie vient ouvrir la porte. La salamandre bleue entretient dans l'appartement une chaleur étouffante. Dans l'antichambre, veille un bronze noir aux allures étranges. Après avoir embrassé Bonne Amie en lui souhaitant une bonne année, Aline, Françoise, Jean-Claude et leur cousin François, assis en rang d'oignons sur le canapé, doivent assister au défilé interminable des invités, qui viennent à leur tour présenter leurs vœux à Madame Zola. À chacun, elle dit un petit mot, suit la conversation, n'hésitant pas à répliquer vertement quand elle n'est pas d'accord.

Mais en juin 1923, une congestion cérébrale va beaucoup l'affaiblir. Elle trouve tout de même le courage d'écrire un mot à son ami Fasquelle pour l'en prévenir.

> « Mon bon ami,
>
> Chamboulant un peu sur mes jambes, j'ai fait appeler le docteur Main, qui croit et moi aussi que j'ai de la congestion cérébrale. Je ne voudrais pas que vous appreniez que je suis malade par une autre voie que la mienne, c'est pourquoi je me hâte de vous prévenir en vous priant de garder cela pour vous, afin qu'on ne vienne pas envahir ma pauvre bonne.
> Je vous embrasse bien tendrement.
> Alexandrine Émile-Zola
>
> Est-ce que Charles a écrit ou envoyé le bulletin à Mlle (illisible) à Saint-Mandé ?
> Main va m'envoyer son infirmier pour me mettre des sangsues derrière les oreilles [1]. »

Il en faut plus pour miner la force de caractère de Madame Zola. Geneviève Béranger raconte :

> « Son éclat brillant n'était plus. Son charmant visage s'était amenuisé. Son regard était fait d'humanité souffrante et douloureuse. La volonté farouche matait à chaque minute le corps souffrant qui souvent demandait grâce [2]... »

Elle récupérera toutes ses facultés mentales, redevenant comme le lui écrit l'éditeur « notre vaillante Alexandrine », mais elle ne sortira plus de chez elle, se croyant diminuée aux yeux des autres. Recevoir plusieurs personnes à la fois la fatigue. Son amie Geneviève vient la voir le dimanche, en tête à tête. Comme le personnel est en congé, c'est Alexandrine elle-même qui vient ouvrir :

---

1. Centre Zola.
2. *Bulletin de la Société littéraire des amis d'Émile Zola*, mai 1925.

> « J'entendais un petit pas pressé – comme un bruit
> de souris –, une chaîne de sûreté qui s'entrebâillait, et
> la charmante figure de mon amie qui me souhaitait la
> bienvenue [1]... »

La fatigue de Madame Zola s'estompe au fil de la
conversation, ses yeux pétillent, elle redevient la
vibrante Alexandrine : Goncourt, Flaubert, Tourgueniev, Manet, les bals de l'hôtel Cernuschi, les soirées
chez Marguerite et Georges Charpentier, les répétitions
au Théâtre-Libre, ses souvenirs sont si vivants...

Pourtant, la vieille dame ne se rendra pas à l'inauguration du monument consacré à Émile Zola, le 15 juin
1924. Elle a quatre-vingt-cinq ans. Mais rien n'a été
décidé sans son accord, et c'est elle qui a tenu à ce
qu'y figurent les lignes de la dernière œuvre de l'écrivain, interrompue par la mort :

> « Il n'est de justice que dans la vérité
> Il n'est de bonheur que dans la justice »

Les nombreux hommages l'associent à son mari.
Dans l'après-midi, la foule des Parisiens défile, pendant plus d'une heure, en silence, devant le buste
d'Émile Zola dressé sous la coupole du Panthéon. Le
soir, ce sont des milliers de spectateurs qui se pressent
au Trocadéro, à l'appel de la Ligue des droits de
l'homme. Les plus grands artistes lisent des pages de
Zola, des poèmes en son honneur, on joue les œuvres
de Bruneau et de Gustave Charpentier.

Alexandrine est restée chez elle. Elle participe à
cette célébration en se recueillant dans la solitude. Elle
sait qu'elle ne tardera plus à rejoindre Émile.

Elle est dans son cabinet de toilette, le dimanche
26 avril 1925, quand une nouvelle attaque cérébrale la
terrasse. Elle s'éteint quelques heures plus tard, à sept

---

1. *Idem.*

heures du soir. Un dimanche, comme Émile. Ses obsèques sont célébrées le 29 avril, et le char funèbre disparaît sous des monceaux de fleurs, ces fleurs qu'elle a tant aimées. Des gerbes composées avec les fleurs des parterres de Médan – celles-là mêmes qu'elle glissait dans ses lettres à son Loulou – l'accompagnent, et les derniers mots de Geneviève Béranger :

> « Cette Parisienne de Paris, qui sentit battre en elle un cœur ardent et une énergie indomptable, passa sa vie à se discipliner. Son enthousiasme pour les idées était sans bornes. Elle aimait et elle n'aimait pas, tout cela bravement et sainement, mais jamais d'une façon banale et quelconque. »

Mais notre ultime souvenir d'Alexandrine, nous l'emprunterons au petit-fils de l'écrivain, Jean-Claude Le Blond, alors âgé de onze ans.

Ce jour-là, un matin de mars ou d'avril 1925, quelques jours avant sa mort, il était allé tout seul avec sa sœur Françoise chez Bonne Amie, sans doute chargé d'une commission pour elle. Très fier, il avait pu s'entretenir avec elle, comme un grand. Elle leur avait parlé, ils lui avaient répondu poliment. Puis, au moment du départ, elle les avait raccompagnés elle-même à la porte et les avait embrassés. Ils descendirent les deux étages, et en arrivant dans le vestibule, ils levèrent la tête. Madame Zola, toute frêle, était penchée sur la barre d'appui du palier. Elle regardait partir les enfants.

ÉPILOGUE

Alexandrine Émile-Zola a institué pour légataires universels de tous ses biens Denise Le Blond-Zola et son frère Jacques Émile-Zola pour une moitié, et l'Assistance publique au profit de la Fondation Émile-Zola pour l'autre moitié. Les enfants d'Émile Zola reçurent en partage la propriété littéraire de leur père, les manuscrits furent légués à la Bibliothèque nationale, et les trois tableaux de Manet au Louvre. À la mort d'Alexandrine Zola, son mobilier a été mis aux enchères, selon sa volonté. « Que Jacques et Denise se souviennent qu'ils sont Zola par moi, non par leur père, dont le nom ne m'appartient pas », précisait-elle dans une lettre à son exécuteur testamentaire [1].

Parmi les nombreux articles de son testament, rédigé le 30 mars 1919, celui-ci :

« Quoique mon cher mari ne soit plus dans la tombe de Montmartre, cette tombe devra rester ainsi que s'il y était encore. La place qu'il y a occupée devra rester libre toujours comme s'il devait y revenir. On me mettra dans la cave à côté, les quatre autres appartiennent à Jacques et à Denise s'ils les veulent. »

---

1. Lettre à E. Fasquelle, 31 août 1923, Centre Zola.

REMERCIEMENTS

Merci à tous ceux qui m'ont encouragée et aidée par leur compétence et leur connaissance de l'univers d'Émile Zola : Henri Mitterand, Marion Aubin et Martine Le Blond, Danièle Coussot et Colette Morin-Laborde, Françoise Le Blond, et surtout, Jean-Claude Le Blond, dont l'accueil et la générosité m'ont été si précieux. Toute ma reconnaissance aussi à celles qui ont lu mon manuscrit et m'ont fait bénéficier de leurs remarques attentives : Jacqueline Zorlu, Sarah Hertz et la petite Lisa.

Merci enfin à Manuel Carcassonne, pour sa confiance et son exigence.

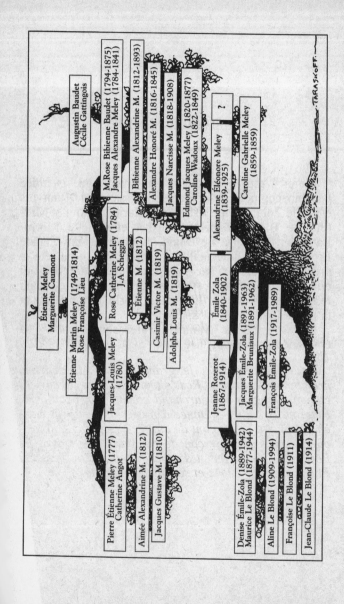

TARASKOFF.

L'ARBRE GÉNÉALOGIQUE DES MELEY

L'arbre généalogique des Meley, reconstitué pour la première fois, nous permet de constater l'extrême stabilité de cette famille ancrée à Yvetot, en Normandie, depuis le début du XVIIIe siècle au moins.

L'ancêtre, Étienne, est marchand de toile, son fils Étienne Martin également.

C'est Pierre Étienne, le petit-fils, qui rompra le premier avec la tradition en devenant percepteur et receveur principal de la ville, sous l'Empire.

Son frère sera aubergiste.

Quant à Rose et Jacques, leurs cadets, en vrais jumeaux ils se marient le même jour, le 12 novembre 1811.

Jacques Alexandre, le grand-père d'Alexandrine, prend pour femme une Rose, comme sa sœur, et devient commissionnaire de marchand comme son beau-père. Réformé en 1802 – l'année d'Austerlitz ! – il est marchand limonadier, avant de quitter Yvetot pour Rouen, où il sert comme garçon de comptoir, 11, rue de la Poterne. C'est le début d'un exode qui va le mener à Paris, avec sa femme et ses quatre enfants.

ÉLÉMENTS DE BIBLIOGRAPHIE

ALEXIS (Paul), *É. Zola. Notes d'un ami*, Charpentier, 1882.

ALLEM (Maurice), *La vie quotidienne sous le Second Empire*, Hachette, 1948.

BADINTER (Élisabeth), *L'Amour en plus*, Flammarion, 1980.

BECKER (Colette), *Trente années d'amitié*. Lettres de l'éditeur Charpentier à Émile Zola, PUF, 1980.

BECKER (Colette), *Dictionnaire d'Émile Zola*, Laffont, Bouquins, 1993.

BREDIN (Jean-Denis), *L'Affaire*, Julliard, 1983.

BROCHARD (Docteur), *De la mortalité des enfants*, Plon, 1866.

BROCHARD (Docteur), *La vérité sur les enfants trouvés*, Plon, 1876.

BROWN (Frederick), *Zola : une vie*, Belfond, 1996.

BRUNEAU (Alfred), *À l'ombre d'un grand cœur*, Slatkine, 1980 (réédition).

BURNS (Colin), *Lettres inédites de H. Céard à Zola*, Nizet, 1958.

CAHM (Éric), *L'affaire Dreyfus*, Livre de Poche, coll. Références, 1994.

CHEVALIER (Louis), *Classes laborieuses et classes dangereuses à Paris pendant la première moitié du XIXᵉ siècle*, Plon, 1958.

CHEVALIER (Louis), *Le choléra à Paris*, Revue de la Société d'histoire de la Révolution de 1848, 1958.

DAUDET (Julia), *Souvenirs autour d'un groupe littéraire*, Fasquelle, 1910.

DESERT (Gabriel), *La vie quotidienne sur les plages normandes du Second Empire aux années folles*, Hachette, 1983.

DREYFOUS (Maurice), *Ce qu'il me reste à dire*, Ollendorf, 1912.

DU CAMP (Maxime), *Paris, ses origines, ses fonctions et sa vie dans la deuxième moitié du XIXe*, Monaco, Rondeau, 1973.

DUPOUX (Albert), *Sur les pas de Mr Vincent*, Revue de l'Assistance publique, 1958.

FRAISSE (Geneviève), PERROT (Michèle), *Histoire des femmes en Occident*, Plon, 1991.

GONCOURT (Edmond et Jules), *Journal*, Laffont, collection Bouquins, 1989.

JEAN (Raymond), *Cézanne, la vie, l'espace*, Seuil, 1986.

LABORDE (Albert), *Trente-huit années près de Zola. La vie d'Alexandrine Émile Zola*, Les Éditeurs français réunis, 1963.

LANOUX (Armand), *Bonjour Monsieur Zola*, Hachette, 1964.

LE BLOND-ZOLA (Denise), *Émile Zola raconté par sa fille*, Grasset, 1931.

LELIÈVRE (Françoise et Claude), *Histoire de la scolarisation des filles*, Nathan, 1991.

MACK (Gerstle), *La vie de Paul Cézanne*, Gallimard, 1938.

MITTERAND (Henri), *Album Zola*, Gallimard, Bibliothèque de la Pléiade, 1963.

MONNERET (Sophie), *Zola-Cézanne : la fraternité du génie*, Denoël, 1978.

PAGES (Alain), *Émile Zola, un intellectuel dans l'affaire Dreyfus*, Librairie Séguier, 1991.

PERRUCHOT (Henri), *Vie de Cézanne. Son amitié avec Zola*, Hachette, 1956.

POUCHAIN, *Promenades en Normandie avec Émile Zola*, Corlet, 1993.

REWALD, *Paul Cézanne, Correspondance*, Grasset, 1978.

Robert (Louis de), *De Loti à Proust*, Flammarion, 1928.

Robida (Michel), *Le Salon Charpentier et les Impressionnistes*, Bibliothèque des arts, 1978.

Shorter (Edward), *Naissance de la famille moderne*, Le Seuil, 1977.

Ternois (René), *Zola et ses amis italiens*, Les Belles Lettres, 1967.

Troyat (Henri), *Émile Zola*, Flammarion, 1992.

Weber (Eugen), *Fin de siècle*, Fayard, 1986.

Zola (Émile), *Œuvres complètes* (édition établie sous la direction d'Henri Mitterand), 15 vol., Cercle du livre précieux, 1966-1969.

Zola (Émile), *Les Rougon-Macquart* (sous la dir. d'Henri Mitterand), 5 volumes, Gallimard, coll. La Pléiade, 1960-1967.

Zola (Émile), *Contes et nouvelles*, édition R. Ripoll, Gallimard, coll. La Pléiade, 1976.

Zola (Émile), *La Confession de Claude*, Slatkine, coll. Ressource, 1980.

Zola (Émile), *Les Quatre évangiles (Fécondité, Travail, Vérité)*, L'Harmattan, 1994.

Zola (Émile), *Correspondance*, édition B. H. Bakker, Presses de l'Université de Montréal-CNRS, 1978-1995, 10 volumes.

(Pour une bibliographie complète des ouvrages consacrés à Zola, voir David Baguley, *Bibliographie de la critique sur Émile Zola*, Université of Toronto Press. Mise à jour annuelle dans *Les Cahiers naturalistes*.)

Voici les sources essentielles
de la correspondance d'Alexandrine Zola :

— ITEM-CNRS, Centre Zola.
— Collection Morin-Laborde (Centre Zola).
— Collection Puaux-Bruneau (Centre Zola).
— Collection particulière Le Blond.

Table

Alexandrine Émile-Zola (1902-1925)

Du même auteur :

Chez Zola à Médan (Christian Pirot éditeur) 1999.

Flora Tristan la femme-messie (Grasset) 2001. Prix François Billetdoux.